講座FORMOS

台灣古典文學評論合集

許俊雅◎主編

何培夫、余美玲、吳福助、林文龍、林美秀、施懿琳
高志彬、許俊雅、黃美娥、游適宏、廖振富
◎合撰

編 序

在臺灣文學的發展史上，古典文學佔有極重的份量，從明鄭以降（1661～1895）至日本統治臺灣後的二十五年（1895～1920），幾近三百年間，臺灣文學的發展皆以古典詩文為主，尤其是詩作方面，雲興霞蔚。在日治時期，全臺各地更是詩社林立，詩人騷客定期擊缽唱吟，臺灣文風一時盛極。雖然一九二○年代以後，新文學之興起，逐漸取得文壇主導地位，但古典詩文還是擁有為數不少的創作人口，這些作品也具有一定的時代意義與文學價值。

相較於新文學的被關注，目前臺灣古典文學的研究仍有限，但可喜的是近十年的研究成果不能不說是豐碩的，在研究人數及研究議題上都有逐年的進步。我們看到臺灣文學有自己的文學經驗，也有自己的文論話語，這次組稿出書緣由，即是希望對各個主題有專精研究或長期觀察的論者之著述，能匯編成冊，以鑑往知今，提供古典文學新視界，開展出新思維、新視野、新議題或是引出新文學史料來。本書選錄〈清修臺灣方志藝文篇述評〉、〈臺灣早期詩文作品編印述略（1684～1945）〉、〈殖民地時期日人眼中的清代臺灣文學〉、〈尋找歷史的軌跡：臺灣新、舊文學的承接與過渡（1895～1924）〉、〈從《臺灣府志》〈藝文志〉看清領時期臺灣散文正典的生成〉諸篇，即期待在宏觀研究上的突破，引發更多人在較大的範圍內促進研究工作向前發展。當然，編者提倡宏觀研究，決不是天真的要將它同微觀研究對立起來，甚或割裂開來，或厚此薄彼，而是在紮實的微觀基礎上深化宏觀研究。因此亦選入個別作家創作的分析探討，如〈賴惠川《悶紅墨屑》「竹枝詞」選析〉、〈地理想像與臺灣認同——清代三篇臺灣賦的考察〉、〈櫟社詩人林痴仙的詞作研探〉、〈王松《臺陽詩話》的文本特質與書寫內涵〉，希冀微觀發現的積累帶來宏觀認識的變化。選錄之際，其實也考慮各文類在近年剛被關注開發的成果，竹枝詞、詞、賦、詩話、古典散文都有相當大的開展空間。其他主題式的研究有〈日治時期秋懷組詩探析〉、〈日治時期臺灣「監獄文學」探析〉，而在臺灣古典文學史料利用上，僅選〈臺灣碑碣文獻與文學資料初探〉、〈從張麗俊日記看日治時期中部傳統文人的文學活動與角色扮演〉二文以證，其實除碑文、日記外，籤詩、聯文、家譜、族譜、報紙、雜誌等都是臺灣古典文學史料之來源，但因限於篇幅，無法兼顧多選。

目前學術研究界的成果自然不僅此也，所涉及的文類也應該還要包括古典小說、戲曲在內，同樣因篇幅及主題的考量，不得不割愛，相關研究成果可另見〈九〇年代臺灣古典文學研究現況評介與反思〉、「相關臺灣古典文學研究的學位論文編目」及《島語》曾刊載過的張啓豐〈帝國陰影下的臺灣傳統戲曲——從泉州通淮關嶽廟〈勿褻〉碑談起〉一文。張文處理的即是過去較罕探索的「清代臺灣戲曲」的議題，其引用之史料為泉州關嶽廟，彰化生員林光夏撰寫的碑文，探討民間禁演「關公戲」背後所潛藏的帝國權力的運作機制。柯喬文〈殖民話語與集體記憶：以《三六九小報》古典小說為考察〉一文，探討「府城文人社群」主導的《三六九小報》如何在日本殖民者一面致力現代化的推行；一面藉由指定史蹟名勝，重新捏塑島民的歷史記憶及價值觀的同時，以「緘默技術」與「鄉土書寫」兩種策略，透過瑣碎小言、柔軟內容、幽默筆調，乃至荒誕鬼話，建構小區域、小時間的在地書寫，拒絕日人的官方大敘述，以期達到「抵殖民」的目的。（參施懿琳《島語 3》「臺灣古典文學新視界」專輯前言）。

就臺灣古典文學研究來說，正處於一重要的發展階段，也正醞釀著具有重要意義的突破及持續開展。先人百年辛勤耕耘，直到今日我們的建構還是有限，念及有文可稽的臺灣三百年古典文學實是開掘不盡的寶藏，只要肯下功夫多方位、多角度進行研究，完全可以發掘出屬於臺灣文學的經驗內容，在未來的臺灣古典文學研究當中，可以做的事情真的還很多，想望國內的專家學者及有興趣的的朋友共同努力，使臺灣古典文學的研究在新世紀大放異彩。

當然，沒有諸位先進的長期鑽研，不可能有這本書的出版，十位學者專家惠允收錄大作，我忝爲主編，甚感榮幸也銘感五內。如果可以因我們的工作而實際地引發朋友們進一步探索的興趣，那將是格外興奮的事。在本書即將出版之際，衷心祝願施懿琳教授早日康復，繼續爲臺灣文學掌舵。

許俊雅 謹識

2004 年 8 月 16 日於蘆洲

目錄

講座 FORMOSA

台灣古典文學評論合集

清修臺灣方志藝文篇述評

❖**高志彬**

臺北樹林人，1947 年生。中國文化學院史學系畢業。從楊家駱教授治契丹史、中國史部目錄學，為「仰風樓」門人；又從王恢教授習歷史地理學；獨嗜方志學，自署書房曰「讀志齋」。以讀史、編書、纂志為業。曾佐楊師抄纂《遼史長箋稿》、《中國史籍總目長編（卡）》；自組「國史研究室」，編印史籍；服務鼎文書局，協編「中國學術類編」；為成文出版公司主持《中華古今人名大辭典》編纂。1984 年起改事臺灣文獻整編：為成文出版公司主編臺灣方志叢書；執行編纂中央圖書館臺灣分館《臺灣文獻書目解題》，主編撰方志類、傳記類。現自組「臺灣文獻類編編輯室」，從事臺灣先賢詩文集、臺灣關係族譜等之整編；間為寺廟、地方纂修史志。

一、導言

清領臺灣二百一十二年（1684～1895）間，臺灣歷經十九次之修志，其中康熙末葉（1710～1720）、乾隆中葉（1752～1769）、道光年間（1828～1840）、光緒中葉（1892～1895），更曾有四次全面性之修志盛舉；迨日人據臺之初，猶有承清修志書之遺緒而作者。臺地雖屬新闢，然修志頻率之密，較諸中國文風鼎盛之府縣，實不遑多讓焉。

清修臺灣方志，創始於康熙二十四年（1685）蔣毓英修、季麒光纂之臺灣郡志稿（其後蔣毓英攜副稿返內地，經其子校刻，是爲近年出土之《臺灣府誌》，學界通稱「蔣志」）。康熙一朝，臺灣府志有三十三年（1694）高拱乾之纂組成書刻本（通稱「高志」），四十九年（1710）宋永清增輯、五十一年（1712）周元文重修之遞補刊本（通稱「周志」）；臺灣府轄之諸羅、鳳山、臺灣三縣志，亦於五十五～五十九年（1716～1720）間先後創修刊行。

乾隆朝，臺灣府志先有五年（1740）劉良璧之重修（通稱「劉志」），繼之有六十七、范咸於十年（1745）再度重纂（通稱「范志」），而後有二十五年（176）余文儀之續修（通稱「余志」）；臺灣縣志有十七年（1752）魯鼎梅之重修，鳳山縣志有二十八年（1763）王瑛曾之重輯，澎湖則有三十一年（1766）胡建偉之纂修《澎湖紀略》。余文儀續修府志時，曾委黃佾重修諸羅縣志、創輯彰化縣志，惜皆未見傳本。

嘉慶朝，臺灣縣志有十二年（1807）薛志亮之續修刊本、鄭兼才之增訂補刻本（道光元年刊行）。迨道光年間，鄧傳安於八年（1828）設志局擬重修府志，傳檄所屬以採訪及募捐二事，因之澎湖廳有蔣鏞之《澎湖續編》，彰化縣有周璽總纂之《彰化縣志》，淡水廳有鄭用錫之《淡水廳志》（未刊），噶瑪蘭廳有陳淑均之廳志初稿（無傳本）、定稿（未刊）與續補後之刻本（咸豐二年刊行），及柯培元私纂之《噶瑪蘭志略》（未刊）；而志局亦有《臺灣采訪冊》之抄本傳世。

同治年間，淡水廳志先有六年（1867）林豪之續纂（未見傳本），九年（1870）楊浚之重纂（無傳本），而後有十年（1871）陳培桂之重訂刻本。光緒四年（1878），林豪又有澎湖廳志之續纂（未刊）。迨臺灣升設行省，光緒十八年（1892）設「福建臺灣通志總局」，各府州廳縣亦各設修志分局，展開全面性之修志工作，迄二十一年（1895）三月臺灣陷日，期間，澎湖廳志再經林豪補纂（有清稿本傳世）、薛紹元刪訂後付梓；苗栗縣、恆春縣各有志書成稿，鳳山縣、雲林縣、臺東州、新竹縣，亦各有采訪冊稿抄本。嘉義縣、臺灣縣則有分堡采訪冊稿（嘉義縣采訪冊今見存五堡抄本，臺灣縣則僅見存揀東上堡采訪冊）。餘如宜蘭縣、淡水縣、基隆廳、彰化縣、安平縣、埔裡社廳等，雖各有採輯，且有成書者（如宜蘭縣采訪冊為最先採輯完成，並已造冊呈繳通志總局；其餘廳縣之採輯，則見通志稿及日人之引錄），惜迄今尚未得見其傳本。

日人據臺期間，為殖民統治之需要，乃廣搜清修舊志，覓購光緒年間新修志稿與采訪冊，既購得《臺灣通志稿》無遐逸齋抄本四十冊（《臺東州采訪修志冊》二冊夾存於其中）、傳抄《新竹縣采訪冊》五本六冊（足本為十一本十二冊）於福建，又聚島內所覓得之采訪冊與志稿於總督府圖書館。日人入臺之初，更上承清人修志之遺緒，而有新竹縣、樹杞林、苑裡等志之纂輯，其體例既仿陳培桂之《淡水廳志》，且皆由臺人以中文纂述，是可列為清修臺志之屬。

清代臺灣方志之纂修，不惟次數頻繁，存本亦多（有傳本者達三十七種，有排印本或影印本流通者亦有三十三種。清修臺志中今僅鄭用錫所纂《淡水廳志》、陳淑均重訂《噶瑪蘭廳志》定稿、林豪所纂《澎湖廳志》初稿、呂賡虞所輯《臺灣揀東上堡采訪冊》等四種有傳本但尚無刊本流通）。其纂輯體例與資料甄錄，除少數如「周志」、「余志」、《澎湖續編》係據前志逐門續補外，無論重修或續修，其前後志間固有相承相續之脈絡，然皆自訂綱目，獨立成書，且各具特色。清領臺灣期間，有關臺灣之著述，要以方志之纂修為最可觀，且最足稱。（按王國璠輯撰之《臺灣先賢著作提要》，共得書一七五種，內清代臺人之著作今有傳本者僅十餘家，較諸清修臺灣方志今有傳本三十七種，內多臺灣文士參預，半數以上可視為臺人著述之業績，論質量皆有不及。）若謂方志乃清代臺灣學術文化之表徵，當不為過。論清代臺灣之著述，捨方志則可言無多；談臺灣之文學，又何獨其不然！

漢人之入臺澎，雖可上溯至唐、宋；然漢文化之東傳，遲至鄭氏入臺後始有可觀。鄭王開臺，明之士大夫有隨之東遷者，既索居海島，惟肆意詩酒，或吟詠景物，而有述作。先鄭王來臺之沈光文（文開、斯菴），「學富情深，雄於詞賦，浮沉寂寞於蠻煙瘴雨中者二十餘年，凡登涉所至、耳目所及，無鉅細皆有記載」（季麒光〈題沈斯菴雜記詩〉語），遺有著述、詩文抄本凡九卷，而有「海東文獻初祖」之譽。臺灣之有著述，始自光文；而臺灣之文學，亦發軔於光文。

清人領臺初期，宦臺之官吏、游臺之佐幕，不乏雅好吟詠、博學儒雅之士，或出而纂輯志書：若諸羅知縣季麒光之首創臺灣郡志，分巡臺廈兵備道高拱乾之纂輯《臺灣府志》，鳳山知縣宋永清之增輯府志，諸羅知縣周鍾瑄之創修縣志，巡臺御史六十七、范咸之重修府志。或就見聞而有所述作：若季麒光有《蓉洲文稿》四卷，平朱一貴之役時之戎幕藍鼎元有《東征集》六卷，巡臺御史黃叔璥有《臺海使槎錄》八卷，分巡臺灣道劉良璧既重修府志又有《臺灣風土記》。或有詩詠之結集：若海防同知孫元衡有《赤崁集》四卷，《諸羅縣志》總纂、平朱一貴之役時之戎幕陳夢林有《遊臺詩》一卷，巡臺御史張湄有《瀛壖百詠》一卷。宦臺之官吏，既有雅重文教者，有關臺灣之著述於焉而有作，方志之纂輯，既為博學之士展現史才之良機；方志之藝文，更成為墨人騷客酬唱吟詠之園地。

鄭氏開臺，教育隨之而興。迨清人領臺，臺地文士或參預修志，或熱心舉業，宦臺官吏既好吟詠，本地士子乃隨之唱和。康熙三十二年（1693）中舉之王璋，其詠臺灣八景詩，首見於「高志」；康熙朝參預府縣志纂修之陳文達、李欽文、林中桂等，亦有詩文錄存於志書中；康熙年間纂修之臺灣一府三縣志，所錄臺人之詩作，合之已得二十九家之多矣！雍正以降，臺灣文士已有詩文之結集，若張從政（雍正元年恩貢生）有《剛齋詩文稿》，黃佺（雍正十二年拔貢）有《草廬詩草》、《東寧遊草》，陳斗南（乾隆初臺灣縣生員）有《東寧自娛集》；迄乾隆中葉，臺灣府縣志書所錄臺人之詩文，累積已有百餘家，其中如陳輝（乾隆三年舉人）有詩三十五首入「范志」，乃臺士詩文入志者之冠。道光之後，臺士於醉心科舉之餘，烹經煮史，旁及文藝，而有著述單獨問世矣！若鄭用錫有《北郭園全集》十卷刊本，陳肇興有《陶村詩稿》八卷刊本，施瓊芳有《石蘭山館遺稿》二十二卷，林占梅有《潛園琴餘草》抄本，陳維英有《偷閒錄》詩稿：皆屬皇皇巨帙。道光中葉以前，臺灣方志之藝文篇，成為臺士詩文問世之所在；道、咸以降，方志之纂修有間，臺士之著述未得刊行者，惟有藏稿於家以俟後人。

清人領臺二百餘年間，臺人之經營臺灣，比較而言，實重拓墾而輕文事。臺士之有著作付梓刊行且今有傳本者，係以同治年間鄭用錫《北郭園全集》刊行為首見，（按鄭用錫之前，有章甫《半崧集》刊行於嘉慶二十一年，然章氏本泉州人，年三十二始遷臺，其詩文集且刊於福州，嚴格言之，章氏著作不宜列屬臺士作品。）鄭氏之前，臺士之著述詩文結集，則皆散佚而無傳，有之惟錄存於方志中。道光以前，臺士之著作，更以參預纂輯志書為最可觀：康熙朝臺灣一府三縣志之纂修，採輯者皆為臺灣士人，其中陳文達先後參預「高志」、「周志」之分訂；李欽文先後參預宋永清增修府志之分校、周元文重修府志之分訂，與陳夢林同為《諸羅縣志》之編纂。陳、李二人與陳慧，既共任《鳳山縣志》之編纂，又與林中桂、張士箱同纂《臺灣縣志》。臺士於府志之創修補輯時任分纂，迄鳳山、臺灣二縣志創修時，已能獨當一面任主纂矣！乾隆以降，臺灣府縣志之重修、創輯，臺士亦多參預，或為採輯，或任分纂，更有實負主纂之責者：若鳳山舉人卓肇昌與侯官舉人黃佾同任《重修鳳山縣志》之參閱、彰化舉人曾作霖爲道光《彰化縣志》之纂輯、竹塹進士鄭用錫爲道光《淡水廳志》之纂輯、澎湖生員後中進士之蔡廷蘭爲《澎湖續編》之採輯，卓、曾、鄭、蔡皆爲實主纂務者。

清領臺灣時期，道光以前，臺士之學術業績盡在修志一端，詩文之作亦賴方志之藝文篇以錄存。是以欲溯臺灣文學之發軔，自當取材於清修臺灣方志；欲考清代臺灣之著作，亦惟清修臺志是賴。茲綜述清修臺志藝文篇之梗概，或可供臺灣文學研究之參考。

二、清修臺志藝文門概述

方志之志藝文，蓋昉自《漢書》。然《漢書・藝文志》乃係專以辨章學術、著錄載籍；而方志之標立「藝文」，則向多甄錄詩文。迨章學誠倡「方志立三書」之議，仿《文選》、《文苑》之體以作「文徵」。其後，方志但錄詩文之門目，究應名「文徵」？抑仍稱「藝文」？修志者每多議論，各有所見。至「藝文志」載錄之內容，即所分之子目，尤見紛歧，多寡懸殊至巨。而詩文之選，其重在「文」？抑所關在「獻」？更是各有所偏。凡此皆關係方志藝文門分目之多寡與甄錄之豐吝。

清修臺灣方志，見存府志中之高、劉、范三志，及臺縣志三修本、鳳縣志二修本、諸縣志、澎紀略與廳志、彰縣志、噶志略與廳志、淡廳志等十五志，後志雖有師仿前志之脈絡可尋，然多各有所重，皆能獨立成書。全志之體例與內容，諸書既各具其特徵，於藝文門亦如是，茲歸納綜述其梗概於下。

㈠門類標題

方志甄錄詩文之門類，章氏之前多名「藝文」，章氏立「文徵」之議出，其後始有改稱「文徵」者。清修臺志，康、乾兩朝所修者，皆標「藝文」；嘉慶以降，迨陳培桂纂《淡水廳志》，始依章氏之論，改稱「文徵」，並列爲附錄。陳氏於〈凡例〉特立一則謂：

> 史家志藝文，皆紀「著述書目」而已；若載文章，是選文，非志也。淡廳人文初啟，著述難立專志；舊稿所載之文，亦資考證，未可以不合志例而廢之。今依章氏學誠《文史通義》之論，列為「文徵」。

其後，臺灣通志總局之纂通志，則立「文徵」一書：今存見之《臺灣通志》，已成之志稿中無「文徵」門，然〈疆域〉門內之〈建革〉目，內有三處注見謂「奏見『文徵』」，今年通志稿抄本內有十九冊資料，乃清冊、名冊、奏摺、制、御製文等，審其所錄，蓋有師章學誠「方志立三書」之旨趣，其所錄存之志料，即「掌故」、「文徵」之內容。日據初期所纂之《新竹縣志初稿》、《樹杞林志》、《苑裡志》錄詩文之門皆標「文徵」。

陳培桂之改「藝文」爲「文徵」，《淡水續志稿》原纂者林豪，則大不以爲然。林氏於《淡水廳志訂謬》中，針對陳氏例言駁之曰：

> 夫向來志書之有藝文，則自通志、郡邑各志皆同，不自淡志始也。……「文徵」即「藝文」之別名，有以異乎？……大抵藝文、文徵之名，既皆有所本，則各從所好，惟各識其職已矣！

又云：

> 志書藝文，體例其有次序，宜先載奏疏，次書檄、文移，次論說、序記，而詩賦終焉：此定理也。

其後，林豪總纂澎湖廳志，於「藝文錄」分子目多達十三目，即本此說，臺灣通志總纂薛紹元爲之刪訂，仍從其門目(僅增「祭文」，刪有目無文之「論」)。而師仿陳氏「淡志」綱目體例之《苗栗縣志》，則僅改「文徵」爲「文藝志」，其餘門目全同；至今見存之采訪冊，其錄詩文之門，亦皆作「藝文」。是知陳氏之改「藝文」爲「文徵」，尚未全得後人之認同也。

今見存之清修臺志，於錄詩文之門，除標「藝文」、「文徵」外，苗志之作「文藝」，陳淑均噶廳志則以「紀文」列於「雜識」門內：此爲二特例，因無例言述及，未審其改名之旨意。

㈡子目內容

清修臺志中，首創之「蔣志」未有藝文，迨高拱乾補輯纂組成書，標立「藝文志」一門，與封域、規制、秩官、武備、賦役、典秩、風土、人物、外志合爲十門，而以藝文殿之。

「高志」於藝文門分宸翰、奏議、公移、序、傳、記、賦、詩等八目。其後，以臺灣戶口日增、田疇日闢、人文日盛，奏疏漸多、記述歌詠漸富，後志於藝文門收錄既多，分目理應漸繁。然清修臺志之藝文門，其所錄之範疇，並非全如「高志」之有宸翰（聖謨、皇言，即御製文）、奏議（奏疏）、公移（文移）、傳、記（含碑記）、序（以上三目乃文之屬）、賦詩（韻文之屬）等七類，分類有僅標文、詩者，至其子目最多者達十三目，少則不予分目。類目多寡至爲懸殊。

方志藝文收錄之項類，緣於修志者所識「藝文志」之性質。識見不同，類目自異。「高志」之載藝文，其〈凡例〉謂：

> 志載藝文，務關治理，苟有裨於斯郡，宜無美而不收。……今惟先集所見，上自宸章，下逮新詠。

高拱乾之視藝文爲「務關治理」，是以其藝文志既立「宸翰」一目，內收有康熙帝〈至聖先師孔子贊〉及顏子、曾子、子思子、孟子等贊；於「奏議」錄施琅〈報入臺灣疏〉、〈請留臺灣疏〉及張雲翼〈題請另編額中部覆疏略〉；於「公移」錄周昌〈詳請開科考試文〉、興永朝〈會薦臺廈監司疏〉（第一、二疏），又錄高拱乾之「示」九篇：此皆有關治理、有裨風化之文獻。其後劉良壁重修府志，移御製文於卷首，名「聖謨」，所錄多達五十四則（篇）；《澎湖廳志》卷首「皇言錄」，所收僅錄與澎湖有關者，亦有二十二道。至奏疏之屬，後志既多專立一目錄存，更有以之繫於有關門目後為附考資料者。

清修臺志之藝文門，其輯錄之旨趣，要以「上關乎治術政經，下裨乎人心風俗」（《續修臺灣縣志．藝文》小序語）為主流，是以有關奏疏、文移等檔冊文獻，多見存於藝文門，或分見於相關門類。然「高志」創例於前，「諸志」繼之而修時，於此卻有異見。「諸志」之〈凡例〉，就「高志」之藝文評之曰：

> 藝文之選，所重在文。……若功德碑記、上下文移，敗炙殘羹，一概濫充樽俎，觀者氣塞矣！

是以「諸志」刪「高志」所收之功德碑記、上下文移之類，僅收疏一、序一、記六、題記一、祭文一、詩八家三十九首耳，而不作分目。此例，其後僅陳培桂「淡志．文徵」仿之，所錄雖有檄、紀、疏、記、碑記、說、規約、論、議、狀、書、序等十二類文題，然亦未予分目，統謂為「文」。

「諸志」之主「藝文之選，所重在文」，後志少有師仿者，然乾隆以降所修之臺志，子目雖多依「高志」增刪，其選文則趨嚴慎；而「鳳志」、「重修臺志」、「重修鳳志」等，於藝文之分目精簡為四目，亦明顯受其影響。

清修臺志藝文門之子目，歸納之，大別可分五大類：一為宸翰；二為公牘；三為文；四為韻文；五為書目。茲分述於下：

1. 宸翰：即上諭、御製文之屬。僅「高志」、「臺志」藝文門有之（「周志」係就「高志」刻版增刻，亦有）。另「劉志」冠於卷首，名「聖謨」；「澎志」亦置於卷首，名「皇言錄」；「彰志」則錄於卷首，未立目。其餘有錄者皆將上諭、御製文分繫於各門相關條目內，或引入正文，或列爲附錄、附考。

2. 公牘：即疏議、上下文移、示諭等公文書類。清修臺志中出現之子目有奏議、奏疏，公移、文移，露布、檄文，札牒、書、議、稟牘、告示等目名。清修臺志中，除「鳳志」、「重修臺志」、「苗志」、「恆志」、《樹杞林志》及各采訪冊外，其餘各志藝文門皆收有此類文書。「諸志」、「噶志略」、「淡志」、「竹志稿」、《苑裡志》等，或不分目，或以「文」目統稱各文體，亦皆有收（惟篇數較少）。此類公牘，自「范志」以降，除於藝文門立目存錄外，凡與事物有關者，亦有分繫於相關條目後爲附錄。

3. 文：清修臺志於文體分類頗爲紛歧，有凡非韻文者統歸爲文，如「噶志略」、《樹杞林志》、《苑裡志》等是，其所收之「文」，實兼含各體，公文書牘亦屬之。有同一文體名，所收文章性質不同，如《澎湖廳志》所收之「告示」文屬公牘，《彰化縣志》所收之「告示」則可歸爲一般文類；又如「書」、「議」，有係公牘（「澎紀」），有係一般文類（如「續修臺志」、「彰志」所收之議屬之）。有以「文」爲文體名者，實或專收跋文、或專錄祭文。其中名實較明確之文體有傳、序、跋、記（碑記皆入此目）、說、論、紀、引、祭文等目。書（函）、議（議論）、告示等，則屬性不一。「駢體」之爲目，僅見於「范志」、「噶志」耳；《續修臺灣縣志》之「客問」目，所收之季麒光〈客問〉，「范志」列入「駢體」目內。

清修臺志所收之「文」，其中所錄之「碑記」文頗多，光緒年間所採輯之采訪冊，更有「碑碣」一目，今見存之《新竹縣采訪冊》，其所採碑碣篇幅多達一本二冊（佔全書 1/6）。至「高志」所立之「傳」目，其後「周志」頗有所補（原收四篇、增撰七篇）；而臺、鳳二縣志及「劉志」，雖存其目，然僅各錄一篇，並無新撰傳。「諸志」及「范志」以降各志之藝文門，皆無「傳」目；後志有傳文者，則見於人物門內。

4. 韻文：有賦、詩、詞等三目。「詩」爲清修臺志藝文門皆有之目。「詞」目，僅「續修臺志」有之，餘者皆附於「詩」目內。而「賦」目，除「彰志」及僅分文、詩兩目之志外，餘皆有其目。

詩詠中多有詠景、詠物之作，清修臺志除於藝文門專立一目錄存外，「周志」於節婦鄭氏月娘傳後，附鳳山知縣宋永清徵詩所得凡十八家。其後，「范志」於風俗、物產、雜記等門，以詠景，詠物之詩詠分繫於當條下；其例至魯鼎梅、王必昌重修臺灣縣志時，分繫更繁，如「山水志」內附繫之詩多達十二家三十五首、「祠宇志」附詩凡二十家二十一首、「古蹟」目附詩四十五首。詩詠分繫所詠景、物、事之條下，「范志」、「重修臺志」以降之志，亦有師法者。

5. 書目：清修臺志之著錄著作，首見於「范志」卷十九「雜記」門，以「雜著」名目，臚列所見聞有關臺灣之著述與詩文集，凡四十種。「重修臺志」增五種，立「著述」目，列爲「藝文志」之首目，又錄所得之書序跋文，立「書序」目於次，凡二十一篇。謝金鑾、鄭兼才續纂臺灣縣志時，再增十二種，亦以「著述」目冠於藝文門。迨林豪纂澎湖廳志，又立

「著述書目」列於「藝文錄」門之末，所錄僅得蔡廷蘭著作，惟撰有提要。清修臺志著錄書目者僅此四志，藝文門立「著述」目惟有三志，撰有提要者惟「澎志」耳。

除上述五類所列舉之子目外，《噶瑪蘭廳志》有「紀略」目，列於「紀文」門，與「彰志」藝文門之「紀」目所收之文體實同。又《續修臺灣縣志》收錄季麒光〈客問〉，獨標其目曰「客問」。另《噶瑪蘭廳志》於卷首附有「引用書目」，非全屬有關臺灣著述，不得與列藝文之書目。

㈢甄錄準則

漢人零星入臺澎，雖可上溯至唐、宋；然漢文化之東傳，遲至鄭成功開臺後始有可言。清領臺灣之初，明鄭遺民雖有撰述，流佈則鮮。《臺灣府誌》（蔣志）卷九〈人物〉，記王忠孝：平生喜著作，有《四居錄》及表、章、上諸王札並詞賦；記盧若騰：平生所著詩文甚富，其子孫或有藏之者；記沈佺期：平生著作，其子孫輯而藏之。清領臺灣之初，王、盧、沈之著述，皆無刊本流佈。首任諸羅知縣季麒光，與明鄭遺老多所唱和，沈光文〈東吟社序〉云：「鴻溪季蓉洲任諸羅令，公餘亦取社題相率唱和，扶掖後進。」更與沈光文交稱莫逆，得讀其著述。季麒光〈題沈斯菴雜記詩〉云：「及余來尹是邦，（斯菴）每出其所藏（按指所著）以相示，謂余能讀斯菴之文，亦惟余能知斯菴之人也。」兩人交契若是。麒光之纂臺志稿，其取資於光文之作自不為少。然沈氏著作始終不傳，迨乾隆初葉，范咸重修府志時，始輾轉自光文後裔處，得其詩文雜作鈔本九卷，半已蠹爛，但字跡猶可辨識，「范志」因據之多所徵引。

沈光文之著述，幸賴范咸之採集而得引錄傳世，然明鄭遺民詩社中人如吳蕖有《桴園詩集》、楊宗城有《碧浪園詩》，季麒光與臺灣知縣沈朝聘又有《東吟唱和詩》，康、雍間已未能得見（見《范志・雜著附考》引《赤崁筆談》文）。而季麒光有《海外集》、沈朝聘有《郊行集》，乾隆中重修臺灣縣志、嘉慶中續修臺灣縣志時，皆謂「今皆湮滅，不可復見」。（分見二志「藝文・著述」附記）

臺地著述原已無多，偶有之亦難傳佈。是以臺志之載藝文，甄錄宜從寬或從嚴，修志者每多斟酌。季麒光與明鄭遺民既多所往來，所見時人之著述必不為少，惜其所纂成之志稿未得藝文一門。迨康熙三十三年（1694）高拱乾據其草稿增補纂組成書，其載藝文，揆其〈凡例〉所謂「今惟先集所見」之語意，似無取捨之情事，其甄選之準則當採「從寬」者。是以「高志」於藝文之分目，兼及宸翰、奏議、公移、文、詩賦等五大類，就類項言，後志未有逾於此。就作者言，兼及宦臺官吏、學官、遊臺文士，亦有臺灣士人（王璋、張僊客）與明鄭人士（王忠孝、陳元圖）。就選文之範疇言，自取與臺灣景、物、事有關者，然如高拱乾〈送臺鎮穆公擢掌禁軍之京序〉、〈康熙三十二年春蒙聖恩賜袍至臺恭紀二十韻〉，及為姚啓聖立〈總督姚公平臺傳〉，類此與臺灣並非有直接關係之傳、文、詩，亦皆入志，略見其採錄範圍之寬鬆。

「周志」之增補，採錄尤寬，「公移」增周元文之詳文稿多達十五篇；「傳」增七篇，傳文皆極簡略；「記」增十九篇（內有臺灣士人陳文達、鄭應球、鄭鳳庭、陳聖彪、李欽文等五人所撰記文）；「詩」增宋永清之作多達二十六首，於「人物志」中又附詠節婦鄭氏月娘之詩達十八家（其中臺人有陳聖彪、李欽文、張纘緒、張士箱、鄭應球、鄭鳳庭、鄭煥文、施世榜、李廷綱等九家）。「周志」藝文門之篇幅已達「高志」之一倍，佔全志之比例幾達 1/3 矣。

「諸志」之載藝文則反是，其〈凡例〉言：「藝文之選，所重在文。古人一語不合，棄不入選，蓋其慎也。」周鍾瑄、陳夢林蓋視志載藝文爲「選文」者，其所選之文僅得十篇，所錄之詩凡八家、三十九首。其作者有沈光文（詩）、季麒光（題記）、高拱乾、齊體物、孫元衡、覺羅滿保、宋永清等；又有周鍾瑄、陳夢林、阮蔡文、陳聲等宦臺寓臺之時人；更遠求鰲峰書院山長蔡世遠爲諸羅縣學撰記；而臺人僅有李欽文一家詩二首（其中有一首詩疑爲臺人林中桂之作）耳。

方志之載藝文，高拱乾採「從寬」，周鍾瑄、陳夢林則採「從嚴」。後此修志者，唯依違於寬、嚴間。如《鳳山縣志》，其「藝文志」僅分傳、記、賦、詩等四目，其「傳」僅錄陳元圖〈明寧靖王傳〉一篇，未仿「周志」有所增撰；「記」僅增三篇；「賦」存高拱乾〈臺灣賦〉，刪林謙光之作，增李欽文〈紅毛城賦〉；「詩」則增宦臺官吏（本志主修知縣李丕煜）一家、寓臺文士四家：查其所錄，以上皆採「從嚴」之旨。然「詩」增臺灣士人黃名臣、陳慧、李欽文、陳文達、郭必捷、施陳慶、施世榜、謝正華、洪成度、張士箱、黃元弼、柳存信等十二家之詩：廣收臺人詩作，此又似有「從寬」之意。

「鳳志」係由臺灣士人陳文達、李欽文、陳慧編纂。陳文達、李欽文二人，於「鳳志」之後，又與林中桂、張士箱編纂

《臺灣縣志》。「臺志」編纂時，其藝文門之編次（列志末卷十）、子目，則皆回復「高志」之舊（子目僅刪「序」、增「文」，餘同）；而凡高、周二志已錄之詩與臺灣縣有關者皆行採擇無遺。至其新增者，「公移」全爲新採，計得季麒光之作四篇、陳璸詳文一篇；「記」增碑記十方、記一篇；「文」收季麒光之跋文一篇；「詩」除增宦臺文武官吏三人、寓臺文士六人外，又收臺人陳文達、李欽文、林中桂、施陳慶、施世榜、陳宗達、張士箱、黃名臣、王名標、郭必捷、王鳳池、張方高、黃元弼、黃廷光、蔣仕登、張大璋（以上皆爲文士）及李清運（武舉人）共十七家詩二十五首。審其甄錄，雖較高、周二志爲嚴，然搜羅之富、採錄之多，遠非諸、鳳二志可比。就篇幅較之，「諸志」藝文門僅爲全志 1/15，「鳳志」爲 1/8，「臺志」則達 1/5 矣。

清修臺灣志書之甄載藝文，至「臺志」實已臻定型。乾隆年間，府志兩度重修、一次續修，臺志、鳳志各一度重修，澎湖亦有胡建偉之「紀略」。就藝文門之子目言，僅《重修臺灣縣志》分著述、書序、賦、詩等四目，《重修鳳山縣志》歸納爲奏疏、文移、序記、詩賦等四目；其餘各志，無不就「高志」之子目增刪。就甄選之寬嚴論，雖已避「周志」之寬鬆，然蒐羅之勤、採集之富、甄選之慎，則遠邁舊志。此固文獻漸出、人文漸盛有以致之，然主纂務者兼取前修各志之例而折衷之，前修未密，後出轉精，要爲主因也。

乾隆五年（1740），劉良璧應臺灣士紳之呈請，設局重修府志，其志體例蓋仿雍正《福建通志》，但羅列門目而不總以綱。然藝文門之子目則仍依「高志」，僅仿通志將「宸翰」移冠於志前卷首，名「聖謨」，所錄多達五十四則；又增「文」目，仍得八目。「劉志」之載藝文，其〈凡例〉云：

> 舊志藝文頗繁，今稍為釐訂，擇其愷切詳明有關政教、風土者錄之，亦佐志乘所不逮焉。

是志於康熙朝所修府縣志所錄詩文頗有刪汰，如「公移」僅錄存周昌〈詳請開科考試文〉一篇，「傳」亦僅存〈總督姚公平臺傳〉；詩刪棄亦多。至其所增補者，有疏二、祭文四、書序四、記七（補一增六）、賦一；詩則補郁永河一家，增黃叔璥、夏之芳、楊二酉、張湄等宦臺官吏凡十二家詩，而臺灣士人之詩詠未見採錄。

「劉志」之載藝文，其甄錄頗爲嚴審，有「諸志」之風。然其志刊行（乾隆七年刻本）後三年，即有六十七、范咸之重修，六、范皆雅好吟詠，各有詩文集，既與詩人多所酬唱；迨其修志時，又搜得沈光文詩文集抄本九卷，採得施琅《靖海紀》、季麒光《臺灣雜記》、林謙光《臺灣紀略》、孫元衡《赤嵌集》、郁永河《裨海紀遊》、藍鼎元《東征集》、黃叔璥《臺海使槎錄》等書。六、范因以所得，採擇以入藝文。

「范志」之藝文門擴增爲六卷（卷 20～25），分奏疏、露布、文移、書、序、記、祭文、賦、駢體、詩等十目；又增「雜著」目載著述書目，列於「雜記」門內，首開臺志著錄「書目」之先例。「劉志」冠於卷首之「聖謨」，則刪其目，以上諭御製文有關臺灣者分繫於各相關條內。

「范志」於藝文之甄錄，去取較「劉志」爲尤嚴，「劉志」

所收者，刪序二篇、碑記二方、記文四篇、祭文二篇、賦一篇。然補「劉志」失收及新增者亦極多，增補疏八篇、露布三篇、文移九篇、書六篇、序八篇（內書序六、送序一、沈光文〈東吟社序〉）、碑記二方、紀文七篇、駢體文三篇（內有沈光文〈平臺灣序〉，今人盛成考係僞作）等。至於舊志所錄及新採之詩，詠景、詠物者分繫於「風俗」、「物產」、「雜記」等門相關景、物之條下外，「詩」目補沈光文之作凡五十六題七十八首、孫元衡詩三十五題五十三首、郁永河〈臺灣竹枝詞〉八首及〈泛海〉詩一首、藍鼎元詩十首，又補前志失收五家詩各一、二首；新增時人之詩多達三十餘家，內寓臺遊臺文士凡五家，臺灣士人則有鄭應球、李雰、陳輝、周日燦、陳斗南、葉泮英、盧九圍、林麟昭、傅汝霖、張英、陳廷藩、林青蓮等十二家，除鄭應球之作已見舊志錄存外（本志所收者係增補），餘十一人皆屬新見者。所增補之詩，內錄六十七、范咸、陳輝（三十五首）、盧九圍（十首）之作較多。

清修臺灣方志，發展至「范志」，就體例言，已臻成熟矣！後此修志者，於體例無所增進，或取其一端發揮之，或就其例變革之，甚則獨樹一幟改易之，迨林豪修志始重見其體型。後志或因、或變、或易，既未能旁出一支蔚成巨流，其變、易者且成孤例，要不能視爲清修臺志之典型，因不一一具述。茲歸納清修臺志甄錄詩文之準則如下，其有變體者附述之，俾窺清修臺志藝文門志例之全貌。

1. 志載藝文，務關治理：「高志」首創其例，「諸志」雖病其功德碑記、上下文移一概濫充樽俎，然亦謂：藝文「非徒標紀山川、張皇雲物云爾！將采民風、覘吏治，亦考鏡得失之林也。」(〈藝文志小序〉)是以奏疏、文移、示諭等公文書類,及建置之碑記文,因有關政教、可資考鏡,故志書藝文門多錄載之。以「諸志」視志載藝文爲選文,仍收覺羅滿保之〈題報生番歸化疏〉,及錄存縣學、學田、城隍廟、縣署之序記;「鳳志」雖刪奏疏,仍錄存碑記;「臺志」不惟回復奏疏、文移之目,更增補公移五篇。「范志」於公文書所補甚多,其後僅《重修臺灣縣志》全移此類文書分繫於各門相關條目,是爲孤例。迨光緒年間之采訪冊與苗、恆志,以公文書別有所繫(通志立「文徵」),故藝文門未收。

2. 雜文、詩賦,必於風土有關涉、文足傳世者,始為採入;非是,雖有鴻儒著述,不登焉:此爲《臺灣縣志》甄錄藝文之志例,蓋本《諸羅縣志》之「藝文之選,所重在文」說。詩文之關涉風土,有其客觀性;至「文足傳世」者,則純爲修志者主觀之品評。是以清修臺志,無論續修、重修,於前志所錄皆有去取。「劉志」於高、周二志所錄既有所刪,「范志」於「劉志」亦如之。其後余文儀之《續修臺灣府志》,雖係就「范志」逐門續補,於藝文仍有刪汰,如刪沈光文詩三十一首、孫元衡詩四首、六十七詩二首、臺人葉泮英詩一首、臺人林青蓮詩一首(唯一一首亦刪之)等是。

3. 修志者之詩文多見收錄:「高志」廣收高拱乾之示、序、詩,「周志」廣收周元文之詩、宋永清之詩,「諸志」收周鍾瑄、陳夢林之記詩,「劉志」收劉良璧之記詩,「范志」廣收六十七、范咸之詩。其後《重修臺灣縣志》總纂王必昌,數於修志時撰〈臺灣賦〉與〈澎湖賦〉,其於〈臺灣賦〉末有云:「謹就見聞,按圖記,輯俚詞,資多識。愧研練之無才,兼採摭之未俾。聊敷陳夫土風，用附登於邑志。」王氏此作無異爲臺灣史賦，文采、內容皆甚可觀，然係爲「附登於邑志」而作則已明言。志書廣採修志者之詩文，《續修臺灣縣志》總纂謝金鑾於此風頗有所議，謝氏之重訂續修志稿，曾致書鄭兼才謂：「名志、佳志必不收現在詩，況吾兩人詩收入志書，只得醜名。」鄭兼才於道光元年（1821）補刻時，乃將謝金鑾、鄭兼才、潘振甲等在志局者之詩作全予刪去。謝、鄭以修志者之詩入志爲醜，然清修臺志收錄志局中人之作，則屬通例。

4. 臺人詩文多所甄錄：「高志」所採臺人詩詞僅得王璋、張僊客二家，「周志」見錄之臺人作者則多達十家，「鳳志」又增八家、「臺志」再得九家；「劉志」雖未徵存臺人作品，至「范志」則新增作者十一家：累計至「范志」，臺人作品入志者，凡得四十家矣！其後《重修臺灣縣志》錄存之臺人作品，再得十五家，《重修鳳山縣志》所錄更多達約五十家。嘉慶以前所修臺志，其甄選臺人作品，凡百餘家；嘉、道以降，兩度全面修志，《臺灣采訪冊》原有一冊藝文，惜今未見存；臺灣通志總局原擬立「文徵」一書，惜未及成書。

「范志」之載藝文，除折衷前志得上述四例外，其以詠景物之詩彙入本條之例，其後《重修臺灣縣志》師而廣之，不僅詩詠之分繫各條，碑記、奏疏、議論、序跋亦皆仿此例，如山水繫詩凡十二家、三十五首，其〈凡例〉更有「附錄詩篇以當畫圖」之說；而學校、祠宇，凡有碑記、題記統分繫於其條下。是以其志之載藝文，僅分著述、書序、賦、詩等四目，詩之入藝文志，反係各門難附概者始量揀而編之：此乃孤例，《續修臺灣縣志》不僅回復舊志門目，更一反其例，於各門概不分繫詩記，是以藝文擴增爲三卷。臺灣縣志之重修、續修，於藝文志例各趨極端，後志未有師仿者：《重修鳳山縣志》雖精簡藝文子目爲四，然未如《重修臺灣縣志》以揀剩詩文入藝文門之例；彰志、噶志、澎志皆仿「郡志」（所指爲「余志」，其例則爲「范志」），而未取法《續修臺灣縣志》。

三、清修臺志藝文門綜評

方志之載藝文，論者評謂：自南宋經元、明前期之發展，至明中葉以後，幾成爲文人墨客誇飾文辭之所在。上焉者，廣錄風雲月露之詩文以侈卷帙；下焉者，以之爲文人酬唱之園地，甚或爲江湖遊乞、取媚當時之捷徑。方志之藝文，其濫與弊遂致不堪言矣！

臺灣方志創修於清康熙中葉，時清人於明志蕪雜之通病，曾力圖矯正之。康熙二十九年（1690），河南巡撫頒〈通飭修志牌照〉中有云：「藝文須擇佳者或關邑乘者載之；八景不可錄，錄必錄其佳者。」然則，清修臺志之藝文門，衡之明志藝文之病弊爲何如？

方志之載藝文，論方志之學者雖有「藝文志」本質之爭議，然於方志可錄載詩文則無異詞。而其載錄之範圍，不外如近人黎錦熙所擬「城固文徵」總括之三項：（甲）本籍人士詩文有關本縣者；（乙）外籍人士詩文有關本縣者；（丙）本籍人士詩文無關本縣者。甲、乙二者之入志，可無庸置論；丙項則有須操纂務者定去取矣。清修臺志之藝文門，其內容以近人之所擬衡之又如何？

清修臺灣方志之載藝文，「高志」首創其例，經「周志」之增補，再歷「諸志」、「鳳志」、「臺志」之斟酌，復得「劉志」以省通志之格局重整之，至「范志」集其志例之大成。繼起而修者，或因或革，雖各具特色，然皆不出其範圍。整體而言，清修臺志藝文門之內容，如以方志學者之論評衡之，其可析分之特徵如下：

㈠**八景詩收錄仍多，然已力圖矯正之：**「高志」所收之詩，以詠「臺灣八景」爲最多，計收高拱乾、齊體物、王善宗、王璋、林慶旺等五家。此後詠景物之詩作屢見於志書，如《重修鳳山縣志》所收者，有「秋物八詠」、「鼓山八詠」、「龜山八景」、「鳳山八景」等詩題。類此詩詠，固因臺灣景色迷人，然高拱乾首詠臺灣八景，時宦臺官吏與臺灣士人紛紛唱和，迨其後士子之習作亦予入志（重修鳳志所收是）。明志藝文濫收八景詩爲人所詬病者，清修臺志仍亦不免。然《諸羅縣志》特爲之矯正，以「藝文之選所重在文」，既無「諸羅八景」之目，臺灣八景之一「雞籠積雪」，亦僅錄高拱乾、齊體物所詠二首，別無新詠者；「范志」所收以「臺灣八景」爲題者，僅新增莊年一家，餘增補之詩雖亦多詠景之作，然已有甄選（如褚祿、陸廣霖詠八景僅錄其四），且多移繫於所詠景物條下，以避藝文門選錄之繁。按八景詩並非不可錄，「錄必錄其佳者」，綜觀清修臺志之錄存八景詩，雖所見多有，然已知所節制矣。

㈡**時人唱和之作多錄，明志之弊仍存：**清修臺志藝文門所收之詩文，多收修志者之所作，「高志」、「周志」藝文志幾成高拱乾、宋永清、周元文之詩文集；精審如「諸志」、「劉志」、「范志」、「重修臺志」，亦不避錄存修志者之作品。其後謝金鑾有「名志佳志必不收現在詩」之說，更有「吾兩人（指謝金鑾、鄭兼才總纂《續修臺灣縣志》）詩收入志書只得醜名」之顧忌。清修臺志之修志者，乾隆以前主動修志之宦臺官吏，多屬雅好吟詠能文者，其詩文入志，就文品評，要無濫收之可議；然就志書乃公器衡之，主修者或總纂者，雖屬能文之士，其詩文之入志過多，要有「公器私用」之疑忌。是以季麒光主纂臺郡志，藝文門非其急務；鄭兼才重訂續修臺灣縣志，盡刪志局中人之詩作；林豪總纂澎湖廳志，未收個人之詩詠。至清修臺志中廣錄臺灣士人之詩詠，此固臺志應收臺人之詩文，然其收錄時人家數之多如《重修鳳山縣志》者，亦未免失衡；《澎湖續編》收周凱之詩詠，其篇幅多達 1/3 卷以上，周氏與時人及澎湖諸生之唱和亦皆錄存，直如「周凱賑澎詩集」（按周氏於道光十二年春奉檄賑恤澎湖，所收之詩皆當時所詠及唱和），此亦不無取媚當時之嫌。至如陳培桂《淡水廳志》僅錄林占梅〈過內湖莊〉詩一首，棄林豪所選之〈聞警戒嚴〉、〈登埤誓眾〉諸詩；既錄鄭用錫〈北郭園八景〉雜詠，卻未收林占梅詠「潛園」景物之作：此乃涉及林、鄭兩家與當道之關係，而影響甄錄詩文之入志者，其弊也尤甚。

㈢**外籍人士之詩詠，間有無關本地者：**清修臺志所錄之詩文，其作者可分為宦臺文武學官員、遊寓人士、本地士人、其他外籍未曾寓臺之人士。綜觀清修臺志所錄未曾寓臺之外籍人士之詩詠，多有關本地之人事者；然宦臺官員亦屬外籍，其入志之詩文，間有與本地無關者：如巡臺御史張湄〈大嶝門〉、巡臺御史六十七〈人日〉、巡臺御史范咸〈登大嶝山〉（以上為

「范志」所錄），鳳山縣學教諭張應渭、江冰鑑所詠〈元宵菊〉（「重修鳳志」收），類此皆無關臺地之景物。另如「淡志」之收柯培元〈生番歌〉與〈熟番歌〉、鄧傳安〈番社紀略〉與〈番俗近古說〉、周鍾瑄〈望玉山〉詩等，或無關淡地或涉及淡水者僅一二。此類甄錄有因人而錄之嫌，清修臺志類此之處雖不多見，嚴謹衡之，仍不免有甄選欠當之可議。

㈣臺人詩文入志雖多，然仍有闕漏：清修臺志於嘉慶以前所修者，其採集臺人詩文入志，累計已達百餘家，不可謂不多，然或僅錄與本地有關者，或略選一二首以爲代表，故家數雖多，篇數卻少。稽諸志書所載，如《重修臺灣縣志．人物志》，「文學」內記王喜多著作、鄭萼達好詠吟、黃佺喜談詩、張從政有《剛齋詩文稿》，「方技」記盧周臣吟詠自娛、王之敬詩古文辭膾炙人口、海會寺住持釋澄聲好詠吟；又據著述書目載，曾曰唯有《半石居詩集》一卷，黃佺有《草廬草》二卷、《東寧游草》一卷，陳斗南有《東寧自娛集》一卷。以上所舉九人中，僅張從政、王之敬、黃佺、陳斗南有詩詠入志，餘五人之作品皆未見錄。而嘉慶以後，寓臺者與臺人著述吟詠有結集者，若章甫有《半崧集》六卷、陳肇興有《陶村詩稿》八卷、鄭用錫有《北郭園全集》十卷、吳子光有《一肚皮集》十八卷，皆有刊本；若施瓊芳有《石蘭山館遺稿》二十二卷、林占梅有《潛園琴餘草》、陳維英有《偷閒錄》，皆皇皇巨帙，雖未刊行，然作者或爲進士，或爲士紳，或爲名師，名重一時。上述諸人之詩文，其見諸清修臺志錄存者則多闕漏：如陳維英詩作，「淡志」僅錄〈題太古巢〉一首；林占梅吟詠「潛園」景物，林豪評謂美不勝收，「淡志」全未見錄。至章甫、陳肇興、施瓊芳等人之詩文，則以臺灣縣志（章居臺灣府，施爲臺灣縣人）、彰化縣志（陳爲彰縣人）未再重修，致未及入志。

清修臺志藝文門之內容，個別言之，仍有明修方志詩文收錄之濫與弊之缺失，亦有甄選欠嚴、收錄有缺之遺憾。然臺地新闢，文運方啓，自不能與中土郡縣相比論。甄選過嚴，則臺人之詩文可錄以入志者寡，或可邀得「名志」、「佳志」之令譽（如「諸志」）；若爲示清高，概不收修志者之詩文，或可免後人之譏評（如鄭兼才之增刪《續修臺灣縣志》）。然如以「諸志」甄錄之嚴，則若「范志」所收沈光文之詩，其遭刪必過半；如依鄭兼才之例，則「高志」無以立藝文門。苟如是，則道光以前臺人之詩文，十之七八恐已湮滅於人間；宦臺文武學官之記詩，泰半未能錄存於志書。就嚴謹志書纂輯義例衡之，清修臺志藝文門內容雖有濫收之可議，然適爲臺灣文學發展錄存豐富之史料。至道光以降臺人詩文之闕漏，乃志書纂修有間，要不能視爲清修臺志之病也。

四、餘述

臺灣之有著作，始自明鄭；臺灣之有文學，亦發軔於明末士大夫之渡臺。鄭氏治臺，文教雖興，方志之纂修則未有聞。迨清領臺灣之初，以時清廷有一統志、會典之纂修，屢詔各直省纂修通志，並詔天下郡縣各進其志書，以備採輯，首任臺灣知府蔣毓英乃奉命纂輯臺志，開臺灣官修方志之先聲。自是而後，終清領時期，二百餘年間，以宦臺官吏之積極作爲、遊臺學者之盡情發揮、臺灣士紳之主動參預，臺灣方志纂修次數之頻繁與存本之眾多，皆有可觀。考清代臺灣之著述，道光以前，臺人之詩文多賴方志藝文以錄存，臺士之學術亦表現於修志。清修臺灣方志，既爲清代臺灣學術文化之表徵，亦爲臺灣文學史料之淵藪。

清修臺志藝文篇，始創於高拱乾纂輯《臺灣府志》，其後繼修之府縣廳志與採輯之采訪冊，多有載錄詩文或碑記之門類。其門類之標題，康、乾兩朝所修之志皆名「藝文」；同治末年陳培桂纂輯淡水廳志，始依章學誠之論改標「文徵」。無論「藝文」或「文徵」，皆但載錄詩文；至《漢書・藝文志》之著錄載籍，以臺地人文初啓，著述難立專志，乃有立「著述」一目列入「藝文」門者。迨光緒中葉臺灣設局纂修通志，雖擬依章氏之議，別立「文徵」一書，惜以臺灣割日而不及完稿。今存清修臺志傳本中，除未完稿之「蔣志」、「通志」及鄭用錫纂「淡志」未有藝文門，另道光《臺灣采訪冊》藝文冊已佚，光緒《新竹縣采訪冊》僅採碑碣，其餘二十九種志書與采訪冊之藝文篇，錄存有關臺灣之奏疏、碑記、序跋與詩賦。清領臺灣時期宦臺文武學官之疏、議、記、文、吟詠，既多錄載於志書中；臺灣文士之所作，亦多得方志藝文之甄錄以傳世。清修臺灣方志，既可供探索臺灣開發史者之取資；欲考臺灣文學之發展，更有賴焉。

清修臺灣方志，其藝文篇之纂述體例與甄錄內容，以方志學之觀點衡之，雖仍有明季方志多收八景詩及文人酬唱之弊，然以臺地初闢、人文方啓，益以山川美秀、風物殊勝，宦臺游幕者既多詠之以詩，臺人能文之士載筆吟哦，相互唱和，方志藝文多所甄錄，以存臺員之文運，亦有足稱者。是以，有「海東文獻初祖」之譽之沈光文，其雜記詩文賴「范志」錄存以傳世；臺士王璋、陳文達、李欽文、鄭應球、鄭鳳廷、陳聖彪、施世榜、張士箱、陳輝、盧九圍、張從政、卓肇昌、潘振甲、韓必昌、曾作霖、蔡廷蘭等之詩文，亦多得道光以前府廳縣志之錄載而幸存。至如宦臺官吏季麒光、高拱乾、齊體物、宋永清、周元文、陳璸、楊二酉、劉良璧、夏之芳、莊年、范咸、六十七、錢琦、楊開鼎、魯鼎梅、蔣允焄等，其疏議記詩多存錄於臺志。道光以前，臺士之詩文縱有結集，亦難刊行流佈；宦臺、遊臺之士，若季麒光、郁永河、孫元衡、陳璸、施士嶽、宋永清、藍鼎元、黃叔璥、劉良璧、范咸、六十七、朱景英、楊廷理、鄭兼才、謝金鑾、姚瑩、周凱等，雖各有著述且結集刊行，然臺島甚難一見。若無臺志之錄存，則沈光文、王璋、陳文達、李欽文、陳輝、張從政、卓肇昌、高拱乾、齊體物、宋永清、施士嶽、周元文、楊二酉等之作品，今恐已多湮滅不存矣。清修臺志錄存有關臺灣早期之詩文，正爲研究臺灣文學發展史者，提供豐富史料。

臺灣山川秀奇、海濤壯麗；花草果木、飛禽走獸，既與中土有別；原住民之風俗，固爲中土所未見；漢人移民之習氣，亦有與內地異者。是以宦臺文武學官、遊臺佐幕儒雅之士，對此每覺新奇，或發之以詩，或載之以文，於是有所著述。而閩粵移民之入臺，拓墾有成者，子弟漸知向學；內地士子或東遷寄籍，或來臺設帳營生。臺地文風因是而起，馴至有著作結集問世。然宦臺官員之著作有傳本者，皆刊於內地，臺島難得一睹；臺士之著述，其能結集者已稀，得刊行者尤寡，其有存稿於家者亦多燬於兵燹。因之，臺志之志藝文，欲依「班志」之例以載典籍，其有不可得者；欲仿「文選」、「詩苑」以輯詩文，亦有其難處。迨光緒中葉，臺灣設志局以纂通志，始有別立「文徵」一書，惜以臺灣匆匆割日而未成編。日人據臺，廣搜有關臺灣之載籍，清修臺灣方志之刊本既多覓得，有未刊者亦竭力蒐求；而清代宦臺官吏之著作、臺士之吟詠，或得其刊本，或傳抄其存稿。戰後，臺灣省通志館（後改設省文獻委員會）成立，各縣市文獻會繼之先後組成，全臺展開全面性之修志事業，爲修志之需要，經學者（如方豪）、文獻工作者（如陳漢光、黃典權、王國璠）與圖書館人員（如賴永祥、曹永和、劉金狗）之蒐求，日人所未採得之方志、文集，漸次出土；其後再得周憲文主持之臺灣銀行經濟研究室之整理，而有「臺灣研究叢刊」、「臺灣文獻叢刊」之編印，清代有關臺灣之著作，吾人今所知聞者十有八九已在其中矣！

臺灣之關係著作既得漸集，先賢之遺稿亦日見出土，於是書目之彙編、提要之撰記、佚文之輯錄，每有所見。以詩而言，連橫先有《臺灣詩乘》之作，又有《臺灣詩薈》之編，繼之有賴子清輯《臺灣詩醇》、《臺灣詩海》、《臺灣科甲藝文集》、《臺灣古今詩文社》等，彭國棟作《廣臺灣詩乘》，吳幅員輯《臺灣詩鈔》，陳漢光編《臺灣詩錄》，林文龍補輯《臺灣詩錄拾遺》。前哲時賢用心至殷、用力亦勤，已爲臺灣古典文學作品之總集奠立厚實之基礎。然陳漢光之編《臺灣詩錄》，其〈凡例〉雖謂：「收錄各作力求全備，與一般選本異。」惟據林文龍於《臺灣詩錄拾遺》之〈弁言〉稱：「陳先生於纂輯《臺灣詩錄》之際，基於篇幅所限，於作品存世尙豐者，均已做適當之取捨，如施士洁《後蘇龕合集》、陳肇興《陶村詩稿》、邱逢甲《嶺雲海日樓詩抄》、林朝崧《無悶草堂詩存》、……等是。」而文龍之拾遺，其「參考文獻及採錄作品，皆避免與《臺灣詩錄》重複。」因之，陳、林之輯臺灣詩，仍有取捨，尚非總集之書也。陳漢光有輯「臺灣千家詩」之宏願，其《臺灣詩錄》輯得 697 人，約 5000 首；林文龍拾遺 137 人、720 餘首，謂「已盡心盡力，願同道先進能續予增補，俾『臺灣千家詩』早日編竣。」是以，臺灣詩文之輯佚、總集之輯編，尚待有心者之賡續從事焉。

清修臺灣方志藝文篇，既為臺灣文學史料之淵藪，臺灣詩文之輯佚、總集之輯編，自需取材於斯。本文綜述清修臺志藝文篇梗概如上，其可供輯佚、輯編臺灣詩文總集之取材者及其宜著力處，茲就管見所及附述於次：

㈠**臺灣之「全文」尚待輯編：**清修臺志有關臺灣之文，其上諭、奏疏、議論之屬，近年已有宦臺官吏別集、公藏檔案彙編之印行，其中所收自較志書所錄為豐富。然如高拱乾之「示」、周元文之「詳」錄存於「高志」、「周志」者，可補別集、檔案彙編不足者，仍所在多有，是以輯錄「臺灣經世文編」，自可取材於清修臺志，此項輯錄，除藝文篇之所錄外，宜詳查各門之徵引，以得其全。清修臺志藝文門所錄之「碑記」、采訪冊所採之「碑碣」，此類資料，今人用力甚勤，何培夫近年更有全臺全面採集拓碑之壯舉，彙集諸家所輯之大成，清修臺志所錄存者，既可補碑碣之已佚或殘缺，亦可資校勘之需；更有文同而字句有異者，如張宏〈臺邑城隍廟記〉、陳文達〈臺灣縣儒學廣文陸（登選）夫子去思碑〉，其文題與文字，「周志」與「臺志」所收即有歧異，有志輯編「臺灣碑碣全集」者，宜詳爲比勘、細爲校異。至於臺士之記、序、議、論、傳等文章，如鄭鳳庭〈諸羅文廟記〉，陳聖彪〈臺灣府義學田記〉，李欽文〈鳳山義學田記〉、〈平臺記〉，嚴炳勳〈半石居詩集序〉，董夢龍〈防海議〉，陳震曜〈天郝雲記〉，及臺灣士紳所採撰之人物傳（如《澎湖續編》、《彰化縣志》、《臺灣采訪冊》及光緒中葉各采訪冊），此類文章錄存於清修臺志雖無多，然近修之《臺灣省通志》之《學藝志．文徵篇》，既未收文，若合以道光以降迄近臺士之作品（如鄭用錫、施瓊芳、吳德功、施士洁、顏一瓢、邱逢甲、王松、洪棄生、連橫、林資修、林景仁……等），仍有可觀。按臺士原多吟詠，尤以日據時期詩社林立，繫缽催詩，極一時之盛，迄今未寢，而能文之士且其文可傳者蓋寡，然如連橫與霧峰、板橋二林之文，較諸中土名家所作，實不遑多讓，苟能彙集三百年來臺人之古文爲一書，更可彰顯臺灣文學發展之特色。

㈡**《臺灣詩錄》仍待校補：**臺灣之詩，陳、林所輯之詩錄，於有別集者既有去取，核對清修臺志之所收，仍有缺遺，如《臺灣縣志》所錄李清運詩，《重修臺灣縣志》所錄存戴遜、洪滄洲、錢元起等人所詠，陳錄未收，林拾亦未得。陳、林之輯拾，以工程浩繁，疏失難免。陳錄之誤，手民之誤有之，編者之失亦多。鄭喜夫、林文龍分就所見正誤共三十八則，餘有待校補者，管見所及其法有四：

1. 版本之比勘：清修臺志今傳之版本頗多，有原刻本、補刻本、稿本、抄本、傳抄本、排印本；而排印本中，今傳者又有日人鈴村讓輯、臺灣經世新報社出版之「臺灣全誌」本，臺灣銀行經濟研究室之「臺灣研究叢刊」、「臺灣文獻叢刊」二本，方豪主編、諸家校勘、國防研究院出版之「臺灣方志彙編」本。至抄本中，亦有一書有數種抄本而文句有歧異者，如《雲林縣采訪冊》。補刻本中，如《續修臺灣縣志》之原刻本與鄭兼才補刻本，後者係就前者挖改增刪補刻；《續修臺灣縣志》補刻本，可考者多達三種。清修臺志版本如是之多，補刻本（《續修臺灣縣志》）、傳抄本、排印本有誤字，本已難免，固有賴稿本、原刻本之校正；而祖本不同之抄本，更需相互比對。清修臺志之原刻本，如《噶瑪蘭廳志》，誤字極多；補刻本，如日據初期補刻之《續修臺灣縣志》本，誤字之多，慘不忍睹。排印本中，如「噶志」，臺銀「臺灣研究叢刊」本係據「臺灣全誌」本，「臺灣文獻叢刊」本又據「臺研本」改版，「噶志」原刻本已多誤字，「全誌本」手民再誤，臺銀二本如之，迨莊金德始行校勘，莊氏所校本收入「臺灣方志彙編」。清修臺志版本如是複雜，引錄宜多比校。

2. 前後志之核對：清修臺志中，府志今傳有六修本，臺灣縣志有三修二增補刻本，鳳山縣志有二修本，噶瑪蘭廳有志略與廳志定稿、刻本。後修之志所錄前志已收之詩文，固多據前志（包括府志與他廳縣志），然亦有同人同文而所據之來源不同者，如前舉陳文達、張宏所撰之碑記，「周志」與「臺志」所錄文題皆有歧異，此爲文章之例。至於詩，如宋永清〈登小西天最高頂〉，原爲「周志」所錄，「余志」錄同詩則改題〈竹溪寺〉；另如柯培元之《噶瑪蘭志略》，原以陳淑均所纂之《噶瑪蘭廳志初稿》爲藍本私修而成，然今傳廳志刻本與柯氏志略所收之詩歌，文字頗有歧異（如柯培元〈望龜山歌〉、楊廷理〈孟夏六月重上三貂嶺口占〉）。輯詩據清修臺志，同詩宜以前後志比勘核對，以別其異同；一詩有二本以上收錄者，應逐一注記。

3. 據作者別集以校補：有關臺灣之私人著述，近百年來頗有所見，陳、林之輯拾詩錄，已有所參考。清修臺志已收之作者，如季麒光《蓉洲文稿》四卷，近年已面世，鄭喜夫亦有〈季麒光在臺事蹟及遺作彙輯〉，輯自閩臺方志；郁永河《裨海紀遊》，版本甚多，方豪有合校足本；孫元衡《赤崁集》收詩凡三百六十篇；黃叔璥《臺海使槎錄》內附有題詠；六十七《使署閒情》收諸家詩二百二十八篇；楊廷理之詩稿《知還書屋詩鈔》，今已面世。清修臺志所收之詩詠，宜據可得之作者別集逐一核對校補，並注其異同。

4. 據內地志書校補：臺灣原爲福建省之一府，福建通志之纂修，所繫臺灣之事，或據臺灣府廳縣志，或別有所採。餘如宦臺文武學官、遊臺佐幕文士之本籍及其遊宦所至之志書，亦或有其人之傳記與詩文。如雍正《福建通志》之藝文，收有夏之芳之〈臺灣紀巡詩〉，後爲劉良璧《重修福建臺灣府志》引錄；道光《重纂福建通志》，採季麒光《蓉洲文稿》，錄其議詳與記文，於山川、古蹟亦繫有諸家題詠。又民國初年陳衍所纂福建通志，陳氏於近代詩文大家，所採詩文極爲豐富，臺灣影印者並非足本。陳漢光之輯詩錄，於內地志書已見參考，如據雍正《重修臺灣縣志》輯洪希文、夏之芳等人詩；據周瑛纂《重修興化府志》輯王弼詩；據周凱纂《廈門志》輯施德政、李楷、徐爲斌等人詩；據吳裕仁纂《重修惠安縣志》輯王忠孝詩。近年內地志書之影印本甚多，中國方志藏書目亦已出版，內地志書可供校補者必不爲少，披沙當能獲金！

清修臺灣方志所錄存之詩文，有賴作者之別集、其他志書之核補與校勘；反之，清修臺志所錄，亦有可補別集之遺漏者，如藍鼎元《鹿洲全集》原無詩作，清修臺志中「范志」、「重修臺志」各錄有十首，「續修臺志」錄有十二首，蔣炳釗、王鈿點校之《鹿洲全集》（廈門大學出版社，1995 年），綜合各志所收及《臺海使槎錄》、《使署閒情》、《臺灣詩乘》所錄，去其重複，得十五首，以《鹿洲詩選》之名補入全集中。清修臺志有裨詩文之輯佚，此爲一顯例。

㈢**臺灣「全韻文」有待輯編：**清修臺志藝文所錄除文、詩外，尚有詞、賦等，《臺灣詩錄》於此未見附錄；近修《臺灣省通志．學藝志．文徵篇》立賦、詞之目，賦收七篇，清修臺志中所錄存如林謙光、卓肇昌、朱仕玠、林夢麟、陳洪圭、周于仁、林萃岡、黃學海、李祺生等人所撰賦，既未見錄；而錄王必昌之〈臺灣賦〉、〈澎湖賦〉，其作者誤署王克捷，按《重修臺灣縣志》所收之〈臺灣賦〉、〈澎湖賦〉，其作者原署王必昌，係該志之總輯，乃福建德化縣人，乾隆乙丑（十年）科進士。連橫將王必昌所撰〈臺灣賦〉誤爲諸羅人乾隆丁丑（二十二年）科進士王克捷之作品，省通志沿其誤，作者小傳又附會爲修志者云：「克捷字必昌，……嘗爲德化縣令魯鼎梅延修《德化州志》。……鼎梅調知臺灣縣事，議修臺灣縣志，……徵克捷以總輯之。」此皆有待補足與訂正者。詞，清修臺志所收甚少，然若廣輯近人所作（如石儷玉、李德和），亦可成編。賦、詞與古文辭，臺士所作原已無多，方志既見錄存，益以近人之所作，彙編成帙，於臺灣文學之研究，實更具參考價值。

清修臺灣方志藝文篇之於臺灣文學研究，一如清修臺志之於清代臺灣開發史研究，乃係最基本之素材。清代臺灣開發史研究，固有檔案、古文書、族譜可供取材；臺灣文學研究，亦有私家別集可供取資。然清修臺志所錄存之資料，及其所提供之資訊，有檔案、文書、族譜、別集所未能取代者。清修臺志藝文篇，其纂輯義例容有所偏，其甄錄容有寬嚴之失衡，然若有人欲輯編臺灣經世文編、臺灣碑碣全集、臺灣韻文集、全臺文、全臺詩，其所能提供之資料實不爲少。前哲時賢用力已多，見賢思齊，「啓文運之光昌」，尚有待來者之踵事增華，以克竟其全功！

臺灣早期詩文作品編印述略

（1684～1945）

❖林文龍

南投縣人，1952 年生。現為國史館臺灣文獻館約聘研究員。臺灣文史資料蒐集自娛，多次參與地方志纂修。著有《吳光亮傳》、《林占梅傳》、《臺灣掌故與傳說》、《臺灣的書院與科舉》、《臺灣中部的開發》、《臺灣中部的人文》、《社寮三百年開發史》、《掃籜山房詩集》等多種。

一、引言

文以載道，詩以言志，自來是中國傳統文人揭櫫的文學創作目標，影響所及，詩文作品遂成中國傳統文學中的主流。以清代文淵閣《四庫全書》爲例，全書分經、史、子、集四部，總計收錄三六二七五冊，其中集部就佔了一二二六二冊，多達三分之一；而集部當中，以別集、總集合計，則達一一一六〇冊[1]，這些數字，顯示了傳統詩文作品，在中國古籍當中，實有舉足輕重的地位。

臺灣爲中國邊陲地帶，自古未納入「儒家文化圈」體系。明朝末年，太僕寺卿沈光文的漂流入臺，以及稍後明鄭王朝大批遺老東渡，從此儒家文化隨之源源不絕進入。也使臺灣開始有了中國傳統的文學作品，在詩文方面，以沈光文名氣最著，他曾著有《文開詩文集》各一卷，另有雜著多種，因此之故「臺灣文獻，推爲初祖」。沈光文遺著，雖中遭兵燹，稿失不傳，但仍可由府、縣志所載，略窺其風格。其他東渡縉紳，如徐孚遠、王忠孝、盧若騰等，亦有豐富的詩文作品，惟終明鄭之世，並未發現任何詩文集的刊刻文獻或實物流傳。

詩文作品，無論吟詠遣懷、感時誌聞、描述風土……，貴在引起讀者的共鳴，否則徒能孤芳自賞而已。明清兩代以迄日治時代，臺灣在傳統詩文發展方面，並無很好的成績，也少有

1　郭柏恭：《四庫全書纂修考》（長沙：商務印書館，1938 年），第五章《四庫全書》之容量，「著錄書冊數頁數表」，頁 111～114。

傑出的文學作品，關於這點，連橫《臺灣通史》有云：

> 臺灣三百年間，以文學鳴海上者，代不數睹。鄭氏之時，太僕寺卿沈光文始以詩鳴。一時避亂之士，眷懷故國，憑弔山河，抒寫唱酬，語多激楚，君子傷焉。……清人得臺，耆舊多物故，光文亦老矣，猶出而與韓又琦、趙行可、鄭廷桂等結詩社，所稱福臺新詠者。其時臺灣初啟，文運勃興，而清廷取士，仍用八比，士習講章，家傳制義，蔀塞聰明，汩沒天性，臺灣之文猶寥落也。連橫曰：我先民非不能以文鳴也。我先民之拓斯土也，手耒耜、腰刀銃，以與生番、猛獸相爭逐，篳路藍縷，以啟山林，用能宏大其族；艱難締造之功，亦良苦矣。我先民非不能以文鳴，且不忍以文鳴也。……。臺灣當鄭氏之時，草昧初啟，萬眾方來。而我延平以故國淪亡之痛，一成一旅，志切中興，我先民之奔走疏附者，兢兢業業，共揮天戈，以挽虞淵之落日。我先民固不忍以文鳴，且無暇以文鳴也。[2]

連氏認為臺灣之所以文學不興，一則是清廷以八股取士，風氣所及，而汩沒士子天性，影響文學創作意願。一則是臺灣草昧初啓的移墾社會，先民必須面對惡劣環境的挑戰，因此先民是「不忍」以文鳴，而「非不能」以文鳴，甚至是「無暇」以文鳴。連氏這番話，為臺灣三百年間文學不興之故，做了合理的

2 連横：《臺灣通史》（臺北：眾文圖書公司影印，1975 年），卷 24，頁 693。

詮釋。然而清朝八股取士的科舉制度，通行全國，不獨臺灣爲然，顯然八股取士、汨沒天性之說，並非真正的理由。先民移墾之初，篳路藍縷，以啓山林，「無暇」是事實，更是教育不普及的同義詞。事實上影響文學發展的原因尙多，與之關係最爲直接的，早期出版業式微，恐怕纔就是重要的關鍵。

臺灣早期的書籍出版，大致可分兩個階段，無論是傳統的木板印刷，或是清末光緒年間以後，由西方傳入的新法印刷（包括石印與鉛印），大多仰賴內地，前者以泉、廈爲主，後者以上海爲主。出書已屬不易，因而在詩文集的出版方面，更稀如鳳毛麟角。許多文學作品，僅能依靠稿本、鈔本流傳，終至消失。即使是早年曾校刻印行的詩文集，也因少有再版的機會，而在若存若亡之間，無法發揮應有的文學價值。有關自明末迄日治時代的詩文作品及版本，黃淵泉《重修臺灣省通志·藝文志著述篇》，著錄殆盡。本文試以傳統文學作品的詩文集爲經，以各階段印刷方式爲緯，依次舉例論述，俾略窺不同印刷條件對詩文創作的影響。惟取材對象，一爲在臺編定、刊印者，一爲臺籍人士攜往內地刊印者，至宦遊人士卸任後刊印於各地的相關著作，則概從割愛。

二、刻板印刷與詩文出版

臺灣本土的刻板印刷，固可上溯到明鄭時代，而不容否認的，清代以來臺灣絕大部分的木板刻印書籍，都需仰賴泉、廈各地，而造成刻書不易的現象，也使詩文等文學創作發展大受限制。

明鄭時代，在臺凡二十二年，目前尚有永曆二十五年刊印的「大明中興永曆二十五年大統曆」實物傳世，分藏英國牛津大學及大英博物館，被譽爲是「臺灣印刷史上唯一被發現明鄭時期在臺的刊本」[3]，既是目前所見明鄭在臺的唯一刊本，其他詩文作品，有無刊刻問世，甚至明鄭時代的刻印方式，是前往內地刻成後在臺印刷，抑或刊刻、印刷都在內地完成，由於文獻闕如，尚難稽考。

清初的臺灣，刻工難求，特別是康熙、雍正、乾隆三朝，刻書尤屬罕聞，就文獻記載，有關詩文作品的刊印，大抵只有學政校士的文字，其著者如：雍正年間巡臺御史夏之芳輯刊的《海天玉尺編》初集及二集，此二集的夏序，都收錄於乾隆劉良璧《重修福建臺灣府志》，《初集》序末段，有云：「茲因歲試告竣，擇其文尤雅馴者付之梓，而因以發之，益使臺之人知錄其文者之非徒以文示也。」《二集》序則云：「歲試既竣，則其文之拔前茅者錄付剞劂，亦爲海隅人士作其氣而導之先路也。……（中略）迨己酉正月，復奉恩綸留任，乃得以春三月舉行科試事。……（中略）乃更合歲、科試文得八十首付之梓，以爲多士式。」[4]合二序而觀，《海天玉尺編》雖分初集、二集，且分別付梓，但後來應合印爲一書，原書未見傳本，此迨臺灣早期有數的詩文作品刊本之一。另乾隆年間巡臺御史張湄任內，也刊有一部校士海東書院的《珊枝集》，據其序文，

---

3 林漢章〈清代臺灣出版概況〉，收入《臺灣傳統版畫特展》（高雄：高雄市立美術館，1995 年），頁 14。

4 劉良璧：《重修福建臺灣府志》（臺北：臺灣銀行經濟研究室，1961 年），卷 20，冊 4，頁 533～534。

固僅稱「斯集之成」[5]，未提到是否刊刻，惟劉良璧跋張著《瀛壖百詠》已云：「其校士也，冰壺朗鑑，鼇頂冒、拔真才，得課亦數十篇付之開雕，顏曰《珊枝集》，固已膾炙人口，紙貴臺陽矣。」[6]足見該書確已刊刻，並頗爲風行。上述康熙、雍正、乾隆三朝，文士詩文作品刊刻，有如此之難，詩文作品的出路，卻因而有不得不由府、縣志取代之勢。康、雍、乾三朝，爲臺灣方志最爲發達的一段時期。茲就現存官修官印者臚列如次：

名　　稱	纂修銜名	刊行時間
《臺灣府志》	纂輯高拱乾	康熙三十五年
《重修臺灣府志》	纂輯陳璸、周元文	康熙五十一年
《重修福建臺灣府志》	纂輯劉良璧、錢洙、范昌治	乾隆七年
《重修臺灣府志》	纂輯六十七、范咸	乾隆十二年
《續修臺灣府志》	主修余文儀	乾隆二十九年
《諸羅縣志》	主修周鍾瑄、編纂陳夢林、李欽文、張士箱	康熙五十六年
《鳳山縣志》	主修李丕煜、編纂陳文達、李欽文、陳慧	康熙五十九年
《臺灣縣志》	主修王禮、編纂陳文達、林中桂、李欽文	康熙五十九年
《重修臺灣縣志》	總輯王必昌	乾隆十七年
《重修鳳山縣志》	編纂王瑛曾	乾隆二十九年

以上府志五種、縣志五種，爲清代乾隆以前現存的臺灣方志，

5 同前書，頁535。

6 王必昌：《重修臺灣縣志》（臺北：臺灣銀行經濟研究室，1961年），卷13，冊4，頁454。

由於此一時期，臺灣刻書不易，於是各志主其事者，往往有藉修志之便，大量收錄詩文作品之舉，以六十七、范咸《重修臺灣府志》為例，該志凡二十五卷，而藝文部分竟佔去六卷的大量篇幅，即卷二十一至卷二十五，以如此篇幅去輯錄藝文，對照該書凡例所言：

> 臺郡初闢，中土士大夫至止者，類各有著述以紀異，然多散在四方，島嶼固鮮藏書之府也。范侍御奉命巡方，自京師攜黃玉圃先生《使槎錄》以行，至武林，又得孫湘南先生《赤崁集》，抵臺商榷修志，於是《臺灣志略》、《靖海紀》、《東征紀》、《臺灣紀略》、《臺灣雜記》、《裨海紀遊》諸集，按集搜索，並得全書。惟《沈文開集》，向時寓臺諸公所豔稱而未得見者，亦輾轉覓諸其後人，凡得詩文、雜作鈔本九卷，半皆蠹爛，但字跡猶可辨識，既不忍沒前人之苦心，故所徵引較前志尤多。他如沈文開不忘羈旅之思，孫湘南獨擅叢笑之什，是以採擇尤多，蓋是志於藝文之去取尤嚴也。餘若詠物、詠景之作，則彙入本條下，以見寫生屬情之妙。其不關此者，則統載藝文詩中云。[7]

可知范府志選輯藝文所持的基本態度，約有二端，一是流通島內稀見之書，包括瀕臨失傳的先賢作品，一是時賢詠物、詠景之作。這些作法，在板刻傳播詩文作品的年代，的確發揮了保存「前人之苦心」的功能。誠如近賢毛一波氏所言：「對於明

7 范咸：《重修臺灣府志》（臺北：臺灣銀行經濟研究室，1961 年），冊 1，卷首序例，頁 15～16。

清之際及乾隆初年，其有詩、詞、賦或文章流傳下來的人是不少的，而賴以保存那些作品者，有《臺灣府志》及其他邑志的藝文欄。」[8]由此看來，乾隆以前的臺灣府、縣志，不僅反映了刻書不易的時代背景，同時也負起若干流通藝文作品的責任，功不可沒。

又六十七、范咸重修《臺灣府志》，大量蒐錄詩文作品動機，已如前述。在修志過程當中，他們必須大量找尋資料，志書畢竟篇幅有限，書中所不能容納的部分，以及編竣後陸續新發現的詩文資料，六十七不忍加以丟棄，因而附以自作，另外刻為一部類似時人詩文作品選集的《使署閒情》。本書目前臺灣仍有乾隆十二年原刻本流傳，每面九行，行二十二字，四卷分訂四冊[9]，至於其刊刻方式如何，尚不得其詳，很有可能是與重修《臺灣府志》同時刻成。

進入嘉慶朝，臺灣各地由於土地開發、教育振興，紛紛呈現人文蔚起的景象，一般人民生活大幅度提升，對於書籍的需求量，自然相對的增加。其次，許多縉紳階級的士族，擁有雄厚的資產，往往不吝鉅金，刊刻自身或師友的作品。道光初年，由於市場需要，臺灣郡城上橫街統領巷出現了清代臺灣唯一的印書坊「松雲軒刻字店」。連橫《雅言》記云：「活版未興前，臺之印書，多在泉、廈刊行。府縣各誌，則募工來刻，故版藏臺灣。然臺南之松雲軒亦能雕鏤，余有《海東校士錄》、

8 毛一波：《古今臺灣文獻考》（臺北：臺灣風物雜誌社，1977 年），頁 117，《使署閒情》弁言。

9 六十七：《使署閒情》（臺北：臺灣銀行經濟研究室，1961 年），頁 139，楊雲萍後記。

《澄懷園唱和集》二書，則松雲軒之刻本也。紙墨俱佳，不遜泉、廈。」[10]連氏所記，爲清朝中晚期「活版未興前」的情形，雖說松雲軒是「紙墨俱佳，不遜泉、廈」，其實這中間仍有若干鄉曲之見的成份，故松雲軒仍以民間印送的宗教善書爲主要市場，詩文作品寥寥無幾。又所言《海東校士錄》，應爲《瀛洲校士錄》的誤記，此書與《澄懷園唱和集》，爲目前已知的二種詩文作品刻本（前者且尚有實物流傳），因此松雲軒對臺灣的詩文作品刻印，影響不大。茲略舉其他臺籍及宦遊人士刊本如次：

名　　稱	著（輯）者	刊刻時間	備　　註
《半崧集》八卷	章甫	嘉慶二十一年	
《六亭文集》十二卷	鄭兼才	道光二十年	
《海音》一卷	劉家謀	咸豐五年	
《北郭園全集》十卷	鄭用錫	同治九年	
《一肚皮集》十八卷	吳子光	光緒元年	
《陶村詩稿》八卷	陳肇興	光緒四年	
《詩畸》八卷外編二卷	唐景崧	光緒十九年	另附有《謎拾》一卷

以上所列，僅以目前仍確有刊本傳世者爲限，按《重修臺灣省通志．著述篇》，固然著錄不少刊本，但多不知出處，甚至有所轉引資料頗令人可疑者。嘉慶朝至光緒朝割臺爲止，約有百年，合前述《瀛洲校士錄》、《澄懷園唱和集》，不到十種，清代臺灣刻書之難，於此可見。茲分述各書出版情形如次：

10 連橫：《雅言》（臺北：臺灣銀行經濟研究室，1963 年），頁 56。

《半崧集》八卷，連橫《臺灣詩乘》卷四云：「章申友明經甫，臺邑人，居府治。著《半崧集》八卷，後附駢散文十數篇，嘉慶二十一年，門人刻之，今已絕版。」這是較早著錄本書的臺灣文獻。據傳黃得時教授藏有原刻本一部，惟筆者未寓目。另中央圖書館臺灣分館藏有抄本四冊，爲嘉慶二十一年原刻本的謄錄，每卷卷首均有「臺陽申友章甫著，門人聞圃郭紹芳、霄上施鈺、朝修陳青藜、男釆同校」字樣。[11]

《六亭文集》十二卷，德化鄭兼才著。兼才爲嘉慶、道光間臺灣縣學教諭，道光二年七月卒於任。兼才原編有《六亭文集》二集六卷。十五年，臺灣道姚瑩再囑海東書院山長左石橋編其雜著爲六卷，共十二卷，在臺「梓以傳焉」。共分訂四冊，書名頁未列刊刻資料，而於第十二卷最末一行列有「福省王源興在臺灣刊」等字樣[12]，按通常著錄本書，都將之列爲臺郡松雲軒的出版品，但以此資料考之，似未盡然，或係由海東書院自福建聘請梓人在臺刻成，而由松雲軒刷印成書，亦未可知。

《海音》一卷，侯官劉家謀著。咸豐五年刻本，書名頁作「乙卯夏，韋廷芳謹題，板藏一經堂」，乙卯，即咸豐五年。卷首有同時的二篇序文，一署「鄉晚生韋廷芳」，一署「鄉晚生周維新」。韋序對於本書刊刻始末，交代甚詳，略謂：「（先生）遷臺灣府學左齋，芳緣此識先生得數晨夕。壬子夏秋交，先生病幾殆，洎癒，出病中因稿相示。……芳讀竟慫恿付梓，

11 章甫：《半崧集簡編》（臺北：臺灣銀行經濟研究室，1964 年），〈弁言〉，頁 1。

12 鄭兼才：《六亭文集》（原刊，1835 年），卷 4，頁 17，或以本書為松雲軒刻本，非。

先生囑主剞劂，工未竣而先生遽逝，束閣及兩載。……芳爰督工蕆事，郵寄數冊，藏諸其家。」[13]按劉於道光三十年來任臺灣府學訓導，咸豐三年卒於官。本書的刊刻，據韋廷芳序，知始自咸豐元年壬子，三年「工未竣而先生遽逝」，又「束閣及兩載」，爲咸豐五年，與書名頁所題「乙卯夏」相符。本書由於韋、周二序都自稱是「鄉晚生」，故每被視爲福州刻本，吳守禮氏校注重刊作跋語云：「芑川既歿之二年，由其鄉人韋氏廷芳付諸剞劂。」[14]言下頗有刊於其鄉之意，故自來言清代臺灣出版者，悉不及本書。實則韋、周二人俱臺灣府人，韋爲道光二十七年歲貢，周爲道光二十九年拔貢，除載光緒《臺灣通志》外，相關事蹟，也可自其他史料檢索而得，如韋於咸豐八年掌教引心書院，事載馬公廟碑記。[15]周於咸豐初編有《島上闡幽錄》，事見臺灣道徐宗幹之序。[16]明乎韋、周爲臺灣籍，那麼所謂「鄉晚生」自稱，顯然是指以整個閩省而言的大同鄉。本書既可斷爲臺灣刻本，以當時校刻數年的情形來看，很有可能是出自松雲軒的作品。

《北郭園全集》十卷，含文鈔一卷、詩鈔五卷、制義二卷、

---

13 劉家謀：《海音詩全卷》（臺北：臺灣省文獻委員會，1953 年），頁 1〈序〉，並參所附刻書名頁書影。

14 同前書，校注者吳守禮跋。

15 《臺灣南部碑文集成》（臺北：臺灣銀行經濟研究室，1966 年），頁 316。

16 徐宗幹：《斯未信齋文編》（臺北：臺灣銀行經濟研究室，1960 年），頁 151，題作〈臺灣周邠圖維新島上闡幽錄序〉。按《海音詩》原注有云：「近周光郃明經，欲輯臺郡節烈勒成一編。」周光郃明經，殆指周維新而言。

試帖二卷，淡水進士鄭用錫撰。同治九年刻本，書名頁後署「同治庚午嘉平刊於竹塹」，同治庚午嘉平，爲九年十二月。本書刊刻經過，備載楊浚（雪滄）序言，據此可知當年五月，楊氏應聘至北郭園纂修《淡水廳志》，至九月告成，繼應鄭如梁之請，編次其父鄭用錫遺稿爲《北郭園全集》，旋付開雕。[17]

《陶村詩稿》八卷，彰化舉人陳肇興撰。光緒四年刻本。爲臺灣史家連橫故物有原刻本一冊，鄭喜夫校訂本《陶村詩稿》除載有原刻本書影一頁外，另有「版本介紹」。可得知原刻本爲光緒四年仲夏初刻，由陳氏門人林宗衡、楊春華、楊馨蘭、許尙賢等四人共同校刊，共一一四葉，每半葉九行，行二十一字。[18]

《詩畸》八卷、外編二卷、附《謎拾》一卷，唐景崧輯。光緒十九年刻本。本書所錄，爲灌陽唐景崧在福建、臺灣任內的「文酒之會」作品，包括詩鐘、七言律詩、燈謎等，卷首有唐景崧序略云：「光緒壬午，法越搆難。……事平官海外，於閩人爲親，閩人雅擅此，於是公暇復樂爲之，稿亦不存，續有所作，始稍稍輯錄。……壬辰入都，……而卒與閩中諸君子鏖戰數日，於車馬衣食日不暇給中而從容樂爲，其所嗜如此。洎歸海東，爰取鈔稿重加刪汰，分門編輯，綜計前後存十之三四，乃付剞劂，俾無再遺。」[19]有關唐景崧在臺韻事，頗膾炙

---

17 鄭用錫：《北郭園全集》（臺北：龍文出版社，1992 年）上，卷首總序頁 10～11，參書名頁。

18 陳肇興：《陶村詩稿全集》（臺中：臺灣省文獻委員會，1978 年），卷首頁 5 版本介紹，並參所附書影。

19 唐景崧（南注生）：《詩畸》（臺北：臺灣史蹟源流研究會，1982

人口，連橫《臺灣通史》云：「景崧雅好文學，聘進士施士洁主講海東書院，庠序之士，禮之甚優。道署舊有斐亭，葺而新之，暇輒邀僚屬爲文酒之會。……太夫人能詩，每一題成，主評甲乙，一時臺人士競爲爲詩學。十七年，陞布政使，駐臺北。……景崧又以時最之，建牡丹詩社。」[20]

《一肚皮集》十八卷，淡水舉人吳子光撰。光緒元年刻本，書名葉署「鋨梅老子自題、雙峰草堂藏板」，每半葉十行，行二十三字。本書的出版，頗具傳奇性，總錄之後，有作者的一段話：

> 是編蒐輯粗就，已經數年，惟刻資無所措，賴呂子以全力肩其責，工緐而費鉅，非靈山會上香火緣深者，不足以語此也。邑上舍楊君春華聞呂子有此舉，欣然出館穀金佐之，恰符大衍之數，遂合以授梓人焉。楊君家貧，以筆硯代耕，終日除讀書外，尤痂嗜余文，謂近今得未曾有，是楊君不惟莊士，是韻士，而豈陽山區冊之匹哉！[21]

按吳子光曾任教三角仔莊呂氏筱雲山莊，連橫《臺灣詩乘》謂：「吳芸閣孝廉子光，廣東嘉應人，寄籍淡水，著《一肚皮集》，門人呂賡虞刊之。」[22]即指本書。關於本書的開雕付

年），頁1，〈序〉。

20 連橫：《臺灣通史》，卷36，頁1149，唐劉列傳。

21 吳子光：《一肚皮集》（原刊，雙峰草堂藏板，1875年），目錄附識語。

22 連橫：《臺灣詩乘》（臺北：臺灣銀行經濟研究室，1960 年），冊2，頁193。

印，民間傳說曾花費當時約二十甲田的代價，惟據吳子光自言刻資爲「大衍之數」，大衍，即五十的代名詞，未知是五十金或五十兩，若然民間傳說，恐有所誇飾。

三、新法印刷的興起

海通以後，西法印刷傳入中土，石印與鉛印盛行，同治十年，上海申報館成立，附設點石齋與申昌書室，前者是石印，後者是鉛印，開啓了我國印刷史上的新紀元，由手工印刷，轉化爲機械印刷。光緒二年，上海徐家匯的土山彎印刷所，光緒七年，粵人成立的同文書局，都從事石印。光緒年間，北京擷華書局、京華印書局、法輪印書局，皆以鉛印著稱。自是舊法雕板逐漸沒落、淘汰，對往後詩文作品印刷的影響，至深且鉅。石印，又稱石版，爲奧國人施納飛爾特在一七九八年發明。以特種多孔質石材，有吸收水份而生反撥作用的特性，一與脂肪皂質化合，即能吸收油墨。先用富有膠性的藥墨將稿件寫在特種藥紙上，俟微乾覆於石上，用力壓之，則膠質藥墨留痕石面，將紙揭下，以水拭之，未乾時即滾以油墨，則文字畫面印在紙上，空白處因受水的反撥作用，故不黏油墨。民國九年，上海商務印書館更創爲照相石印，不用膠質，以陰文直接落樣在亞鉛版。鉛印，與中國傳統的活字版印刷相似，故早在嘉慶十二年，就由傳教士傳入，自同治年間至民國初年，歷經多次印刷機改良，由手搖到電動，終使鉛字印刷凌駕於石印之上，甚至取而代之，爲近代印刷主流。[23]

臺灣的新式印刷，濫觴於光緒七年，印刷機爲英國長老教會所贈，以印行宣教書刊爲主，偶爾也印行字典、甚至一般書刊[24]，但似乎未有傳統文學作品付印事例。光緒二十一年乙未，臺灣歸日本統治，正是新式印刷勃興的年代，迄民國三十四年，日本統治結束。短短五十年，傳統詩文作品的印刷，遠逾明清三百年，這些全拜高效率的新法印刷之賜。

日治五十年間印行的詩文作品，大致可由裝訂方式，分成兩個階段，一是傳統的線裝本，一是現代式的平（精）裝本，兩者之間，固然無法有確切的分際，約自大正初年，開始出現平（精）裝本傳統詩文集以來，年代愈晚，出現的比率亦愈高，印刷地點在臺灣本島的比率也成正比。在日治初期的明治末年，絕大多數都還維持著傳統的線裝方式。如就印刷方式而論，線裝本詩文集，通常是石印（或接近照相石印的珂羅板）、鉛印兼而有之，也有極爲少數手刻鋼板的油印本。平（精）裝本詩文集，則幾乎都屬鉛字排印。

臺灣的雕板印刷，大都仰賴泉、廈，海通之後，新法印刷則以上海爲中心，故在日治初期的明治末年，許多詩文作品，都遠赴大陸出版，即使後來臺灣本土在機械印刷較爲普遍之際，仍有人選擇在大陸出版。因自清末迄結束日本統治前夕，傳統詩文集出版品眾多，無法一一著錄，茲試區分爲大陸出版

23 嚴文郁：《中國書籍簡史》（臺北，臺灣商務印書館，1992 年），頁 227～237，第一節凸板印刷術、第二節平板印刷。

24 《重修臺灣省通志．文化事業篇》（南投：臺灣省文獻委員會，1995 年），頁 11，〈綜說〉。

及臺灣出版二類，就出版性質、方式，各舉例說明之。

㈠大陸出版

新法印刷固以上海爲中心，但檢視現存詩文集版本，也非全然是上海出版品，端視作者或付印者的際遇或財力、甚至文學價值而定。清代刻書不易，許多著作每賴傳鈔，不僅流通不易，甚至有湮滅之虞，日治以後，特別是初期，工省費廉的新法印刷，一般中上家庭，易於措辦，於是校刊先賢或先人遺集，便成了當務之急。其次，臺灣名流詩集，因得推介，見賞於大陸出版家，而獲資助出版，如吳興劉承幹爲王松（友竹）出版詩集。又上海印刷精美，遠過臺灣本島，豪富之家以詩文稿出版於滬上，遂蔚一時風氣。茲舉數例如次：

1.《詩友風義錄》：新竹鄭鵬雲編，光緒二十九年（日明治三十六年）刊。分內篇、外篇、附篇。輯者鄭鵬雲，字毓臣，光緒二十年新竹廩生，割臺後內渡，居廈門。自序有云：「鵬雲鷺江市隱，雖不能詩，然一誦佳篇，輒心折其人，隨手錄庋，葆於拱璧。追念生平師友風義，寤寐歷歷，深恐一旦溘先朝露，良負故知。今幸同志者有陳槐庭、蔡惠如、家檠甫諸君子，助予將伯，得以梓成斯集，非敢謂建安定霸、永明讓功，第此數十年之苦心，或藉是而一慰耳。」[25]頗能反映鄭氏保存故人心血情境，也是一般避地遺民心聲。

2.《窺園留草》：臺南許南英著，民國二十二年，刊於北

25 《重修臺灣省通志．著述篇》（南投：臺灣省文獻委員會，1993年），頁279～280。

京，鉛印線裝一冊。南英爲光緒十六年進士，抗日失敗後內渡，民國六年卒。遺稿未刊，由其三子許敦谷保存，民國十五年秋，幾燬於戰火。同年冬，敦谷將遺稿交予南英四子許地山，由許地山在民國二十二年付印（和濟印書局承印）。據許地山言：「敦谷於十五年冬到上海，在那裡，將這份稿本交給我，這幾年來每想精刊全書，可惜限於財力，未能如願。近因北京頻陷於危，怕原稿化成劫灰，不得已，草率印了五百部。」[26]

3.《滄海遺民賸稿》：新竹王松（友竹）著，民國十四年仲春刊印，鉛印（即所謂聚珍倣宋板印）線裝一冊，係名藏書家吳興劉承幹爲其刊印者，卷首有劉承幹序，略云：「（王君友竹）所著有《如此江山樓詩存》、《四香樓餘力草》，統名曰《滄海遺民賸稿》。今歲，由雷君曜年丈寄示，屬爲序言。……千里投契，後先同爲遺民，百折此心，我輩毋忘息壤。抱孤懷以誰語，有同病之相憐，宜吾讀君斯集而不知涕淚之橫集也。序既成，以聚珍板印行，庶幾傳之後世。」[27]同爲遺民、同病相憐，此爲劉承幹因請序而慨任印行的主要原因。

4.《成趣園詩鈔》：新竹鄭霽光（虛一）著，民國十四年仲夏刊印，鉛印線裝一冊，亦爲吳興劉承幹所刊印者，板式與《滄海遺民賸稿》悉同。據劉承幹序，稱：「今歲，友竹忽介君所著曰《成趣園集》者，屬爲一言」，又卷末有族人鄭肇基跋云：「族兄虛一，爲鄉先賢藻亭公曾孫，……工詩善書，自少至老，積成卷帙，經星洲邱菽園先生校之，署曰《成趣園詩

26 許南英：《窺園留草》（原刊本，1933 年），卷首頁 21，〈窺園先生詩傳〉。

27 王松：《滄海遺民賸稿》（原刊本，1925 年），卷首頁 1，劉承幹序。

鈔》，余讀而善之，慫恿印行。」[28]據此，則本書的付印，似乎是由鄭家出資，劉承幹只是單純的承印而已。按鄭虛一另有板式稍大、刊於民國十六年的《山色夕陽樓吟草》，其王松跋語曾言：「（虛一）近著《山色夕陽樓吟草》索序，且謂清水蔡君崑岡願獨力出資刊行。」[29]應能相互印證。

5.《寄鶴齋文譽》：彰化鹿港洪繻（棄生）著，江蘇丹徒王植（澹然）編纂。民國十一年刊印，鉛印線裝六冊，駢文、古文各三卷，共六卷。按本書作者洪繻於民國十一年有大陸之遊，將書稿攜往，俟機刊行。其付印經過，據卷首倪軼池序有云：「先生自言此來，將遍歷中原名山大川以快勝遊，而並以一滌屈、賈之厄塞，言時自出《寄鶴齋文譽》稿之待鐫者以相示。」該稿遂託倪之弟子王植代爲編纂，並處理在滬印刷事宜。[30]此爲遊歷大陸，順道印行文集之例。

6.《金川詩草》：臺南鹽水黃金川著，民國十九年六月出版。鉛印包背裝一冊。著者黃金川爲臺南聞人黃朝琴之妹。本書由黃朝琴付印，上海中華書局承印，僑務印書館發行，鹽水月津吟社代售，每冊「定價五角」。[31]私人出版詩集而定價出售，是頗爲少見的例子。

7.《吉光集》：彰化鹿港陳懷澄輯，民國二十三年（日昭

---

28 鄭霽光（虛一）：《成趣園詩鈔》（原刊本，1925 年），卷首頁 1，劉承幹序、鄭肇基跋。

29 鄭霽光（虛一）：《山色夕陽樓吟草》（原刊本，1937 年），王松跋。

30 程玉凰：《洪棄生及其作品考述》（臺北：國史館，1997 年），第六章〈「寄鶴齋」及其作品〉，頁 280。

31 黃金川：《金川詩草》（上海：僑務印書館，1930 年），版權頁。

和九年）二月印行，上海大一統印刷廠石印，線裝一冊，嘉義市蘭記圖書局「總經售」，定價「洋五角」。本書係輯者陳懷澄就所藏唐景崧《詩畸》殘本（分詠格卷五、卷六，嵌字格卷三、卷四，外編卷一、卷二），再選錄林幼泉編《壺天笙鶴集》、黃理堂編《雪泥鴻爪集》及若干時人佳作，略去姓名，釐爲三編，改題曰《吉光》。按嘉義蘭記書局在日治時代以「專辦中華各種書籍，如經史子集、筆記、論說、尺牘、字典……」[32]著名，所編印圖書都送往上海石印，商業氣息濃厚，此爲日治時期委由大陸印製書籍的另一種型態，惟少有臺籍人士文學作品。

㈡臺灣出版

日治初期的明治年間，臺灣本土的書籍印刷，仍一如清代，大正以後，新法印刷在臺逐漸普及，包括報社印刷廠（如臺灣日日新報社）、以出售書籍爲主的營利性書局（如蘭記書局、瑞成書局）、鄉紳自營以承印業務爲主的印刷廠（如南投活版社、鹿港信昌社），以及私人刻鋼板的油印，出版品多彩多姿，甚至裝訂方式，也出現了現代化的平裝、精裝本。茲略舉代表性的版本如次：

1. **《偏遠堂吟草》：**新竹鄭如蘭（香谷）撰，民國三年（日大正三年）三月印行，鉛印線裝一冊，臺北西門街臺灣日日新報承印，書名頁作「大正甲寅印于臺北」，大正甲寅，即

32 陳懷澄：《吉光集》（嘉義：蘭記書局，1934 年），卷首頁 2 序言，並參書名頁廣告、版權頁。

民國三年。本書發行所為「春官第」，據邱菽園跋云：「香谷老人富而好禮，今其文孫伯端君克承先志，方刻老人遺著，吳曾祺、江春霖及余樂得為之弁言。」[33]按伯端即鄭肇基，北郭園後人，對於鄭氏一族詩文作品的付印，頗為熱心。

2.《寄鶴齋詩轡》：彰化鹿港洪繻（棄生）著，民國六年（日大正六年）印行，石印，線裝四冊，南投活版社承印。按本書屬詩選性質，洪繻詩文著述甚富，詩稿凡九集，據其小引云：「懼貽罍之恥，不敢盡詅癡之符，乃於中掇其什一，剕成四卷，弁曰《寄鶴齋詩轡》，聊以自道而靳友朋，蓋非以求余之傳，將以求人之指摘也。」[34]再按南投活版社為施學賢所經營，施原籍鹿港，光緒十八年往南投發展，後即移家於此，活版社為其經營的事業之一。本書之印行於南投，應即兩人之間有所淵源。

3.《捲濤閣詩集》：彰化鹿港施天鶴（梅樵）撰，約民國六年（日大正六年）印行，鉛印平裝一冊。本書為目前所見年代較早的鉛印平裝本之一，筆者所見版本，缺版權頁，惟在臺付印應毋庸置疑。卷首有序文數篇，俱撰於民國六年（日大正六年），其出版當在是年或稍後。[35]

4.《肖巖草堂詩鈔》：臺中傅于天（子亦）撰，民國八年（日大正八年）七月印行，鉛印線裝一冊，線東堡彰化街博進

33 鄭如蘭：《偏遠堂吟草》（臺北：春官第，1914 年），「附存」，頁 13。
34 洪繻（棄生）：《寄鶴齋詩轡》（南投：南投活版社，1917 年），卷首頁 1。
35 施天鶴：《捲濤閣詩集》（出版者不詳，約 1917 年）。

社印刷。版權頁另載有「編輯人拺東上堡三角仔庄呂汝玉」[36]，知本書應為三角仔庄呂氏出資印行者。

5.《無悶草堂詩存》：臺中林朝崧（癡仙）撰，傅錫祺編輯，民國二十一年（日昭和七年）三月印行，翌年四月發行。鹿港信昌社印刷，鉛印線裝一冊。按林朝崧為櫟社創社社長，捐館後由繼任社長傅錫祺及社友陳懷澄、陳聯玉共同選輯、付印。[37]

6.《瀛洲詩集》：臺北林欽賜編輯、發行，民國二十二年（日昭和八年）二月發行，光明社印刷，鉛印精裝一冊。按本書以輯錄「昭和壬申全島詩人大會」作品為主，附以時人舊作及明清臺地詩人詩選[38]，為詩會輯印專輯最常見的模式。

四、方志保存文學作品

有清一代，臺灣的印刷條件欠佳，文人學士的詩文作品，將之刊刻成書，幾同緣木求魚，故如上文所述，方志的藝文志，就成了變相的詩文選集。誠如連橫所言：「臺灣前人之詩，頗少刊集，其存者每在方志，而《鳳山志》所收尤廣。然多近試帖，選取未精。」[39]「選取未精」，真是一言道盡了當年多數修志者所持的心態。不僅乾隆朝以前的府縣志如此，即

36 傅于天：《肖巖草堂詩鈔》（彰化：博進社，1917年），版權頁。

37 林朝崧：《無悶草堂詩存》（臺北：龍文出版社，1992 年），卷首各序，參書名頁。

38 林欽賜：《瀛洲詩集》（臺北：光明社，1933年）。

39 連橫：《臺灣詩乘》，冊1，頁100。

使是嘉慶朝至光緒末年，印刷條件稍見寬鬆，但檢視現存刊本詩文集，寥寥無幾，因而方志之流通文學作品，仍有一定的價值，其最顯著者有二，一曰提供輯佚材料，一曰提供校勘材料，分述如次：

㈠提供輯佚材料

早年臺灣的詩文作品，固難得有出版的機會，致許多詩文集都賴鈔本流通，而修志之際，這些鈔本、甚至原稿仍可循線訪求，予以收錄。年代既遠，鈔本、稿本湮滅，方志所錄作品，變成了重要的文史資料，足提供研究者之需。

連橫著《臺灣詩乘》，其中不少先賢作品，即輯自府、縣、廳志，連氏曾言：

臺灣三百年間，能詩之士後先蔚起，而稿多失傳。則僻處重洋，剞劂未便，采詩者復多遺佚，故余不得不急為搜羅，以存文獻，詩曰：「惟桑與梓，必恭敬止」，況於耆舊之文采，而可任之湮滅乎？[40]

又言：

余閱邑志所載臺人著作，……大都有目無書。……蓋以臺灣剞劂尚少，印書頗難，而前人著作，又未敢輕率付梓，藏之家中，以俟後人；子孫而賢，則知寶貴，傳之藝苑，

40 同前書，冊1，頁88。

否則徒供蠹食，甚者付之一炬。……故余不得不竭力搜求，以保遺芳於未墜也。[41]

連橫所「急為搜羅」者，除了若干零篇，逕予錄存《臺灣詩乘》外，又有參閱各志，分別作者的輯佚工作，其較具成果者，首推陳輝作品。按陳輝字旭初，臺灣府治人，乾隆三年舉鄉薦，臺灣巡道劉良璧續修《府志》，聘任分輯，因此志中頗載陳輝的詩作，連橫「從各處摭之，計得三十七首，大都閒居游覽之作」。[42]連橫此舉，殆創利用臺灣舊志為先賢文學作品輯佚的先例。

其次，輯佚的對象，不止限於「臺人著作」，若干文名甚著的宦遊人士作品，在原本失傳之後，利用臺灣方志，也能試為輯佚。以夏之芳《臺灣紀巡詩》、張湄《瀛壖百詠》為例，兩者在臺都未見傳本，端賴輯佚始能略窺原本面目。夏之芳字筠莊，號荔園，江蘇高郵進士，雍正六年來任巡臺御史兼學政，留任一年。曾「按巡南北二路，雞犬不驚，民番咸悅」。[43]所著《臺灣紀巡詩》（亦稱《臺灣雜詠》），即紀其按巡南北二路的見聞，共七絕詩百首，每詩並加詳註，為珍貴的早期臺灣文獻。又張湄字鷺洲，浙江錢塘進士。乾隆六年，任巡臺御史。任內曾寫了一本媲美《臺灣紀巡詩》的《瀛壖百詠》，亦屬「百詠」型態的作品。陳漢光氏云：「另《臺灣雜詠》百首，尤閩海蜚聲，與張鷺洲《瀛壖百詠》實可頡抗，至今藝

41 同前書，冊 1，頁 142。

42 同註 40。

43 劉良璧：《重修福建臺灣府志》，卷 15，頁 432，〈名宦〉。

苑，尚足稱道。」[44]兩書不僅有等量齊觀的評價，甚至刊本在臺的際遇也幾乎相同。

《臺灣紀巡詩》未見傳本，乾隆十一年，六十七、范咸《重修臺灣府志》曾收錄十二首，因此次修志而輯的《使署閒情》，則收有三首。近人陳漢光再從《重修福建通志》得三十九首，參以清阮元輯《淮海英靈集》所錄二十一首，去其重複，已達五十八首[45]，為原書的二分之一強，此為利用方志輯佚的又一事例。

《瀛壖百詠》最早著錄於乾隆六年劉良璧《續修臺灣府志》，該志卷十三職官「欽命巡視臺灣御史」條云：「張湄……著有《珊枝集》、《瀛壖百詠》。」[46]十七年，王必昌《重修臺灣縣志》亦著錄本書：「《瀛壖百詠》一卷，巡臺御史張湄鷺洲著。」[47]此後各志或收錄於藝文，或引述於物產、風俗、古蹟、祠廟，乾隆以來臺灣各方志、采訪冊中常見的徵引書籍之一。六十八年，筆者因讀陳漢光氏輯佚的夏之芳《臺灣紀巡詩》，而引起對張湄《瀛壖百詠》輯佚的興趣。張詩未如夏詩，只單純收入藝文志或選集，故頗為零碎，甚至還有輾轉引述的文獻，經仔細稽勾，共得詩五十九首（含斷句），及序、跋二篇，及數則有註無詩的記述。[48]

---

44 陳漢光〈夏之芳臺灣紀巡詩輯註〉，載《臺灣文獻》10 卷 2 期（臺北：臺灣省文獻委員會，1959 年），頁 149。

45 同前註。

46 劉良璧：《重修福建臺灣府志》，卷 20，冊 4，頁 535。

47 王必昌：《重修臺灣縣志》，卷 13，冊 4，頁 444，著述。

48 拙著：《臺灣史蹟叢論》（臺中：國彰出版社，1987 年），中冊，頁 187～204，〈張湄與瀛壖百詠〉。

㈡提供校勘材料

清代臺灣方志保存了豐富的詩文篇什，隨著方志一再重修、續修，或因行政區域的變革，而有所新修，主其事者不易取得詩文集原刊本或原稿據以校勘，往往沿襲舊志資料，在輾轉抄錄的情形之下，文字之訛誤，已在所難免，其尤爲荒謬者，即將作者姓名遺漏，結果使前後不同作者的作品，併爲同一作者，這種情形，以清代中晚期所修各志爲甚，幸舊志刊本俱在，持此校勘新志，不難水落石出。

有關晚出方志轉錄舊志作品，而漏列作者姓名，致併入前一作者的情形，最爲常見，茲舉數例：錢琦有〈澎湖文石歌〉，見臺灣府、縣志，光緒《澎湖廳志》卻誤作者爲盧若騰。陳夢林有〈玉山歌〉，見康熙《諸羅縣志》。道光《彰化縣志》同題詩，誤爲袁枚之作。又《諸羅縣志》收錄有周鍾瑄〈望玉山〉、〈水沙浮嶼〉二詩，《彰化縣志》將二詩誤爲黃清泰之作。道光間，噶瑪蘭廳通判柯培元有〈生番歌〉、〈熟番歌〉二詩，收入《噶瑪蘭志略》，而光緒《恆春縣志》誤爲黃逢昶之作。[49]以上皆爲漏列作者而引起的張冠李戴事例，孰是孰非，檢閱舊志，即見分曉，至晚出各志，往往有若干字句互異，也以書手、刻工的無心之誤爲多。

至於早期若干利用舊志詩文資料撰述的筆記、詩話，往往擅改古人作品，而治學貴在存真，古人作品經過潤飾，辭藻上

49 拙著：《臺灣詩錄拾遺》（臺中：臺灣省文獻委員會，1979 年），頁 3～10，〈弁言〉。

也許更爲優美，惟如用之於研究、考證，恐難免受其誤導，當然早期方志，便足以提供豐富的校勘材料。以連橫《臺灣詩乘》爲例，該書輯錄陳輝之詩，多達三十五首，據云：「陳旭初先生輝……乾隆三年領鄉薦，巡道劉良璧續修府志，聘任分輯，故志中頗載其詩。」[50]劉良璧續修府志，聘任陳輝爲分輯，固然不錯，但劉志中卻未見收錄陳輝詩作。其後的范志則收錄有二十五首之多，以此校讀《臺灣詩乘》，字句仍有一些差距，除明顯的通用、異體字外，表列如次：

詩題	《臺灣詩乘》	《重修臺灣府志》
〈小齋〉	日湧濃煙裡	日映濃華裡
〈鹿耳門夜泊〉	夢憶舊家園	歸夢憶家園
〈舟再泊月眉灣〉	喚得輕舠載酒來	喚得小船載酒來
〈春日遊海會寺〉	翠竹青榕小徑通，招提舊是館娃	翠竹斜榕小徑通，招提舊日館娃
〈二贊行溪〉	風靜平沙闊，煙籠遠樹低。	風靜寒沙闊，煙濃遠樹低。
〈過埤頭店〉	橋畔酒家旗影動	橋畔酒家帘影動
〈登石屏山〉	攀蘿直上石屏巓	扳蘿直上石屏巓
	遙臨萬樹鬱蒼連	遙臨萬樹鬱蔥連
〈山村見鳳仙花〉	小種花開地亦偏	小種花開地不偏
〈買隱〉	野鶴溪鷗共素心	野鶴溪鷗達素心
	許由自有高風在	許由原有高風在
〈不窳居訪林叟〉	飄然世外葛天初	超然世外葛天初
	綠野雲深一草廬	綠野煙消一草廬
〈買米〉	聚困私漁利	聚困漁利家
	抗志養其生	抗志養其真

50 連橫：《臺灣詩乘》，冊 1，頁 88。

其他引自舊志各詩，亦多有類似的情形，限於篇幅，不一一列舉。

五、功敗垂成的詩文刊刻

清代的臺灣，刊刻書籍不易，特別是文學作品方面，前文論述已詳。貧寒之士，固然無此福份，然而即使是富甲一方或甲、乙兩科登第人士，文學作品的刊刻，並非就能如願以償。日治初期鹿港名士洪繻（棄生）有〈近年薄置田畝，擬待拙集成變鬻，以供剞劂，特恐所作一文不值，不免詅癡符之誚也，詩以誌之〉有云：

> 吾也作詩豫買田，為口腹計謀朝饘。他日詩成待傳後，吾賣吾產刊遺編。此志非奢良易遂，此筆再支三十年。[51]

按洪家世代以金銀首飾爲業，算是個小康之家，都不免爲了出版詩集，而預置田產。這時臺灣已進入新法印刷的時代，詩集付印尚如此之難，如再逆推到刻板印刷的清朝時代，其困境更可想而知，因而文獻上仍不乏詩文集編定，並進行付印事宜，最後功虧一簣的例子。

道光十七年丁酉，澎湖名士蔡廷蘭梓行所著《海南雜著》，板藏蔡氏郁園。本書爲撰於道光十五年，是年蔡氏鄉試

---

51 洪繻：《寄鶴齋詩集．枯爛集》（南投：臺灣省文獻委員會，1993年），卷5，頁312。

罷歸，遭風飄至越南，由陸旋閩，旅中著有《滄溟紀險》、《炎荒紀程》、《越南紀略》，再合途次的紀行詩，梓爲《海南雜著》，預定分爲上下兩卷，共兩冊，上卷（冊）包括雜著三種，於道光十七年仲秋（八月）刊行問世，下卷（冊）則是越南之行的紀行詩集，未見刊本，據光緒《澎湖廳志》云：「下卷皆途次唱酹之詩，尙未刻行，其詩亦無由見也。」[52]可知《海南雜著》上卷問世之後，迄未再進行下卷紀行詩集的刊刻，終至全稿失傳。其原因至今不明，按據《澎湖廳志》，道光十七年，蔡廷蘭舉拔貢，旋領鄉薦，主講崇文書院，兼任引心、文石兩書院。至道光二十四年，成進士。[53]這段期間，正値蔡氏顯赫之時，《海南雜著》下卷未成，確耐人尋味。

同治年間，淡水富紳林占梅的《潛園琴餘草》，也是個不解之謎。按現存《潛園琴餘草》，有〈松潭廣文慫恿拙草付梓，即託薇臣到省鐫板，率成三絕句，以示歉懷〉詩，云：

> 觀天井底夜郎誇，荒陋無聞在海涯。今日反災梨與棗，瓿瓶難免覆蒙沙。
>
> 學吟詩句類塗鴉，高閣頻年東亂麻。寸鐵不持臨敵去，恐終貽累似濤斜。
>
> 吟詠聊當喚奈何，半生村野俗言多。刪詩雜取看宣聖，敢比滄浪孺子歌。[54]

---

52 林豪：《澎湖廳志》（臺北：臺灣銀行經濟研究室，1963 年），卷 14，頁 520，〈著述書目〉。

53 連横：《臺灣通史》，卷 34，文苑列傳，頁 1086。

54 林占梅：《潛園琴餘草簡編》（臺北：臺灣銀行經濟研究室，1964

此題繫於咸豐十年。詩題的「松潭廣文」，名葉清華，訓導銜，爲潛園的座上客。「薇臣」，名林維垣，閩縣人，亦潛園賓客。此爲《潛園琴餘草》付刻首次出現的文獻，由詩題來看，應已著手進行。同年除夕，林氏又有詩提到他的詩集，說是「社中諸君子知拙集編次已成，除夕各具酒脯集於梅花書屋，爲祭詩之會，作此愧謝」[55]，「編次已成」，所指未知指清稿寫成或校樣紅本完成，尚難定論。翌年，彰化戴萬生抗清事起，整個戰事蔓延至淡水竹塹，林氏從此奔波於鄉團事務，詩集付印，似也因而擱置。至同治八年，林占梅身故，集中未再有相關的紀事，《潛園琴餘草》的刊刻，終告無成。

約同治年間，由金門舉人林豪編成的臺郡進士施瓊芳《石蘭山館遺稿》，也是編定而付梓未成之例。按《石蘭山館遺稿》鈔本傳世有兩部，一部疑爲施氏親筆，一部爲筆跡工整的清鈔本。二本稿紙、行、字悉同，後者「就其抄工、格式觀之，恐係擬付雕之底本。每卷之首各空二行，當係供作釐卷、標題之用也」。[56]此集後來有無付梓、成書，仍不可考。

光緒初年，彰化三角仔莊呂氏爲乃師吳子光刊印《一肚皮集》，目錄之後，吳氏便做了「其《三長贅筆》、《經餘雜錄》二編，俱存雙峰草堂，俟續出」的預告。至二書內容，又云：「《三長贅筆》一編，共十六卷，則二十三史緒論也。又《經餘雜錄》一編，共十二卷，則書後、題跋、古今辭語、詞林典實

年），頁 121。

55 同前書，頁 124。

56 施瓊芳：《石蘭山館遺稿》（臺北，龍文出版社，1992 年），上冊卷首，版本說明。

之類也，末附以《小草拾遺》一卷焉。」[57]在刊本不易的年代，新書預告，不啻空談。類似吳子光的情形，則有民國六年洪棄生刊印的《寄鶴齋詩譬》。《寄鶴齋詩譬》一書，在書名葉左欄，一口氣便預告了三本書：「《寄鶴齋詩話》、《丁酉香籢集》續出」、「《三烈詩傳》（洪烈女、李烈女、林烈婦）繼刊」[58]，最後囿於財力，而不了了之。

六、叢書編輯及校刊

刊刻叢書，是清代家刻本中的一大特色。乾、嘉以後，叢書發展出很多種類型，有專門搜輯已失傳古書的輯佚叢書，有專門蒐集一地人士著作的郡邑叢書，有專門蒐集一姓一家著作的氏族叢書，有專門蒐羅一門學問的專類叢書。編輯叢書風氣，迄民國初年不衰。

清代的臺灣，刊刻一本普通的詩文集，已難如登天。大部頭的叢書，自然沾不上邊。直到日治時代，隨著機械鉛印的簡便、快速，纔有連横編輯《臺灣叢書》的出現。惟在此之前的同治、光緒年間，金門舉人林豪，已有過類似蒐集、編輯叢書的舉動。同治三年，林豪就館潛園，曾得潛園賓客吳希潛、曾驤遺稿，編入《清風集》，林著《淡水廳志訂謬》曾提到此事，說：

吳，浙之石門人；曾，粵之嘉應諸生。惟剛方不阿，皆卒

57 同註 24。

58 洪繻（棄生）：《寄鶴齋詩譬》，卷首書名頁。

於淡水，各有詩集，已成家數，以傳無疑，余藏其稿，錄於《清風集》中，將刊以問世也。[59]

《清風集》今未見傳本，存目見《金門志》，凡八卷[60]，據此，林豪蒐集未刊遺稿，應有相當的數量。

又《金門志》所錄林氏著述存目，另有《潛園詩選》四卷[61]，亦未見傳本，所錄似以潛園尙存的社友爲對象。臺郡進士施瓊芳爲林豪父執，曾問業於臺灣道富陽周凱之門，著有《石蘭山館遺稿》，身後遺稿零落，林氏遊郡垣時，乃手錄之，並逐篇細予論評。光緒四年，林氏在澎湖文石書院山長任內，又極力訪求遺書。澎湖進士蔡廷蘭著述甚富，卒後遺稿罕有之者，林氏乃在其後人處購得全稿，釐爲《愓園遺詩》四卷、《遺文》一卷、《駢體文》二卷、《尺牘》六卷，存其目於《澎湖廳志》。[62]林氏的蒐集、編輯《清風集》、《潛園詩選》、《石蘭山館遺稿》、《愓園遺詩、遺文、駢體文、尺牘》，成果豐碩，雖無叢書之名，實具叢書的雛形，惜所輯未見有刊本傳世。

日治中期，臺灣的印刷已幾爲鉛印所取代，除傳統詩文的印行外，詩文期刊的出現，如《臺灣文藝叢誌》、《三六九小報》、《詩報》、《臺灣詩薈》……等。爲傳統文學作品的傳播，

59 林豪：《淡水廳志訂謬》，附載陳培桂：《淡水廳志》（臺北：臺灣銀行經濟研究室，1963 年），冊 3，頁 477～478。

60 林焜熿原修、林豪增訂：《金門志》（臺北：臺灣銀行經濟研究室，1960 年），卷 14，冊 3，頁 372，著述書目。

61 同前註。

62 同註 52。

再現生機。其中由臺南史家、詩人連橫主持的《臺灣詩薈》，更以既有的期刊爲基礎，進行叢刊編印。

《臺灣詩薈》創刊於民國十三年二月十五日，該刊發行的旨趣，據連氏自謂：「厥有二義，一以振興現代之文學，一以保存舊時之遺書。」故除登載時人的傳統文學作品外，對於先賢遺集，也分期連載。關於後者的動機，可以十四年《臺灣詩薈》第十三號登出的「雅堂啓事」作爲說明：

> 不佞曩撰《臺灣通史》，曾搜臺灣關係之書數十種，大都抄本，或已失傳。原擬刊《臺灣叢書》，供之海內，而印費浩繁，尚須時日，乃擇其尤者，先登《詩薈》，名曰遺著。如前所刊出之《臺灣雜記》、《裨海紀遊》等，皆可入此門。讀者苟保存之，將來可成巨冊，是亦藝苑之珍祕也。[63]

據此可知連橫《臺灣叢書》的醞釀，尙在《詩薈》創刊之前。《詩薈》大量登載「遺著」，便是「印費浩繁，尙須時日」的替代方法。

爲了引起讀者訂閱《詩薈》的興趣，連橫特在同年四月十五出刊的《臺灣詩薈》第二號登出「遺書附刊預告啓事」，共計列了遺書二十四種，包括：沈光文《斯庵詩集》、孫元衡《赤崁集》、范咸《婆娑洋集》、朱仕玠《泛海紀程詩》、《海東

63 鄭喜夫：《連雅堂先生年譜》（南投：臺灣省文獻委員會，1992年），頁125。

紀勝詩》、《瀛涯漁唱》、季麒光《臺灣雜記》、郁永河《裨海紀遊》、徐懷祖《臺灣隨筆》、鄭亦鄒《鄭成功傳》、林豪《東瀛紀事》、朱景英《海東札記》、劉家謀《海潮音》、周凱《澎湖紀遊詩》、章甫《半崧集》、林占梅《琴餘草》、陳肇興《陶村詩稿》、蔡廷蘭《香祖詩稿》、謝金鑾《蛤仔難紀略》、丁紹儀《東瀛識略》、唐贊袞《臺陽見聞錄》、吳子光《芸閣雜說》、南注生《謎拾》、唐景崧《詩畸》等，並云：「以上多屬抄本，或已失傳，擬逐期附刊詩薈，以公同好。故凡連續購讀者，可收秘書數十種，誠一舉而兩得也。」[64]這是連氏初列的《臺灣叢書》書目。換言之，這份書目，應該就是連氏撰寫《臺灣通史》時，曾蒐集的數十種「臺灣關係之書」。

民國十四年六月三日，連氏校訂的《閩海紀要》，由臺灣詩薈社出版單行本，並編列爲《雅堂叢刊》之四。[65]按本書未列於上述預告的「遺書二十四種」，且預編爲《雅堂叢刊》之四，足證這時連氏已有將原擬出版《臺灣叢書》的想法改變，稱爲《雅堂叢刊》，但後來卻未再續出，本書乃成了《雅堂叢刊》唯一的刊本。

同年六月十五日的《臺灣詩薈》第十二號，刊出連氏的「徵求遺書啓事」：

《島噫詩》：同安盧牧洲尚書若騰，貞忠勁節，素為延平上客，著作頗多，而《島噫詩》尤為一生心血。囊於《同安

64 同前書，頁 111。

65 同前書，頁 132。

縣志》僅得其烈婦行一首，全集未見。《臺陽百詠》周靜瀾觀察所撰。觀察於道光初任臺灣道，《陽羨名陶錄》曾引其詩，未知有刻本否？以上二書，如有珍藏，敢乞借抄，俾登詩薈，以傳藝苑，並以所印詩薈贈閱，稍酬雅意。《莊雲從遺詩》：莊君雲從，號南村，大甲人，曾任臺中新聞記者，詩筆清新，眾所推許，後患狂疾，蟄居家中，遂廢吟詠。本年四月竟卒，哀哉！竊念莊君既遭窮厄於生前，自當流傳於死後，不佞曾得詩數十首，擬為編輯，刊諸詩薈，然遺失尚多，頗虞疏漏。諸君子如有存藏莊君之詩，敢乞錄下，至七月終為止，以備彙登，緬懷故誼，共發幽光，亦我輩之責也。[66]

連氏不以現有叢書爲滿足，隨時不忘蒐集，於此可見。所列三書之《島噫詩》、《臺陽百詠》似無任何的回憶。

十月十五日，《臺灣詩薈》第二十二期出版，爲最後一期，連氏出版或連載叢刊的豪情壯志，也告破滅。據其子連震東編的〈連雅堂先生年表〉，可得知連氏的《臺灣叢刊》三十八種（即《雅堂叢刊》），也在這年編竣，全部書目如次：一、餘姚黃宗羲撰《賜姓始末》；二、海澄鄭亦鄒著《鄭成功傳》；三、梁溪季麒光著《臺灣雜記》；四、仁和郁永河撰《番境補遺》；五、吳江吳振臣撰《臺灣偶記》；六、漳浦藍鼎元著《東征雜記》；七、鄞縣沈光文著《沈斯庵詩鈔》；八、鄞縣張煌言著《張蒼水詩鈔》；九、仁和范咸浣浦著《婆娑洋集》；十、藍

66 同前書，頁133。

鼎元著《平臺紀略》；十一、武陵朱景英撰《海東札記》；十二、建寧朱仕玠著《泛海記程》；十三、前人著《瀛涯漁唱》；十四、臺中林朝崧著《無悶詞鈔》；十五、湘陰黃逢昶著《臺灣竹枝》；十六、安溪林鶴年著《海東集》；十七、侯官馬清樞著《臺陽雜興》；十八、淡水林占梅著《潛園詩草》；十九、大興黃叔璥撰《臺海使槎錄》；二十、臺灣陳輝著《旭初詩草》；二十一、普陀山僧釋華佑《臺灣遊記》；二十二、郁永河撰《海上紀略》；二十三、前人撰《裨海紀遊》；二十四、漳浦陳夢林撰《諸羅外記》；二十五、華亭徐懷祖撰《臺灣隨筆》；二十六、華亭徐孚遠闇公《徐闇公詩鈔》；二十七、桐城孫元衡湘南著《赤嵌集》；二十八、侯官劉家謀著《海音詩》；二十九、同安林豪撰《東瀛紀事》；三十、滿洲六十七著《番社采風圖考》；三十一、前人著《海東攬勝》；三十二、彰化賴紹堯《悔之詩鈔》；三十三、礦溪陳肇興伯康《陶村詩集》；三十四、三水梁成柟著《鈍庵詩》；三十五、寶應王凱泰《臺灣雜詠》；三十六、富陽周凱著《澎湖紀行詩》；三十七、新寧鄺其照錄《臺灣番社考》；三十八、南安夏琳撰《閩海紀要》。[67]

七、結語

回顧臺灣的詩文作品出版史，自清初至日治時代大致可由印刷方式，前後二百六十一年間，大致可分爲四個階段：

第一、康熙、雍正、乾隆三朝，除了少數由官方出版的選

67 同前書，頁 137～138。

集之外，幾乎無個人詩文集的出版，這一階段，臺灣的詩文作品，以各級職官爲主，臺士作品無多，水準亦不及職官遠甚，其作品傳播管道，以府、縣志爲主，官方或職官選錄的《海天玉尺編》、《珊枝集》、《使署閒情》等次之。

第二、嘉慶朝以後至光緒乙未割臺止，爲第二個階段，仍以屬雕板印刷爲主，光緒年間，上海等地雖已出現新法石印、鉛印，但臺灣的詩文作品付印，並未受到影響。這一階段，開始出現本土人物雕板印刷詩文集，甚至臺灣府城的松雲軒刻坊，在出版宗教善書、版畫之餘，也具備了刻印書籍的能力，並有詩文集刻本傳世。

第三、日治初期，包括明治、大正兩個朝代，臺灣的印刷，進入新舊交替的時代，傳統雕板印刷，仍繼續在使用。除了舊板新印之外，民間編印鸞堂善書，仍遣人送往泉、廈刊刻，兩者都有大量的實物傳世，惟似未及於傳統詩文集。僅見苗栗賞化堂刊刻善書《啓明金鏡》，主事者陳海盛將其業師曾蓋臣詩文作品附錄刊行之例，陳氏有小序云：

> 校正兼宣講生陳海盛業師曾蓋臣，才學勝人，能文，尤工于詩賦，閩粵久慕其名，但其生前佳作，史冊罕載，余從學四載，深蒙化雨，欲報厚德而無由，茲逢本堂造書頒行勸世，余搜獲其原稿數篇，遂援筆謄正，附登書上，以垂久遠也。[68]

---

68 《啟明金鏡》（苗栗：賞化堂，約 1907 年），卷 4，貞部，頁 43～46。

餘未見雕板印行詩文集者。新法機械印刷的石印、鉛印，在日治初期，幾乎同時盛行，則使上海出版業取代泉、廈雕板印刷地位。這一階段的新法印刷，可以鹿港信昌社、南投活版社及商業性質的報社、書局爲代表。

第四、昭和改元至民國三十四年止，又是臺灣詩文出版史另一階段。這一階段，鉛印愈加便捷，石印漸次淘汰，西式平、精裝的裝釘方式，也更爲普遍。遂使臺灣傳統詩文集的出版，大爲盛行。相關期刊的發展，與日俱增。這一階段的出版品固然如雨後春筍，連橫及其創辦的《臺灣詩薈》，可爲這一階段的代表。連橫乃以《臺灣詩薈》，流通《臺灣叢刊》，其中詩文集作品，佔了相當大的比例，各書單獨成冊的叢刊印刷，終因「工費浩繁」，而告結束，而經由《臺灣詩薈》連載的先賢遺著，在異族統治下的臺灣，仍發揮了傳播傳統文學的功能，值得肯定。

總之，雕板印刷，費用高昂，又曠日廢時，非尋常人家莫辦，在如此困難的印刷條件之下，臺灣盛極一時的修志事業，藝文志蒐羅廣泛，竟因而發揮了部分流通文學作品功能。早期志書版本的流傳，甚至提供了爲文學作品輯佚及校勘的功能。日治時期的機械石印、鉛印，減低了不少印刷障礙，紳富之家刊印別集、總集者，日益增多，使臺灣傳統文學作品的流通，進入新的境界。由於日治時期傳統詩文集存世尙豐，且非筆者能盡寓目，本文僅就管窺所及，各舉例論述，疏漏尙多，敬請不吝教正。

【臺灣碑碣文獻與文學資料】

❖何培夫

任職：國立成功大學歷史學系
職稱：副教授
專長：臺灣史、臺灣古蹟與文物、臺南市古蹟、臺灣碑碣史料
經歷：內政部「臺閩地區古蹟評鑑審議專案小組」委員
臺南市政府文獻委員會委員
臺南市、臺南縣、嘉義市、嘉義縣古蹟暨歷史建築審查委員
臺南市文化資產保護協會理事、常務監事、理事長
執行：採拓整理臺灣地區現存碑碣計畫（79.07～88.06）
榮譽：臺灣省政府第一屆（八十八年度）「臺灣省傑出臺灣文獻獎」之「傑出文獻工作獎」
策展：

1. 臺南市文化資產保護協會九十年度「臺灣碑碣與生活」特展
2. 總統府地方文化展系統・臺南市《全臺首學・鳳凰展翅》
3. 臺南市文化資產保護協會「航出安平・平安出航」系列活動
4. 臺南市文化資產保護協會九十二年度「臺灣民俗辟邪」特展
5. 臺南市政府「2003 臺南市孔廟文節」總召集人

依據漢人許慎《說文解字》所稱：「碑，豎石也；碣，特立之石。」[1]

古人即以石材堅硬而不朽，利於銘刻紀事，立碑以昭示垂後。從最早的周代石鼓文、秦始皇刻石、漢代熹平石經與武梁祠石刻，以至於歷代遺留數目豐碩的碑記，不外乎紀功勳、述祖德、贊政績、彰律令、明學術、闡宗教、定里程、界疆域、理水利、究風土、避邪穢、鎮妖魔等作用，故中國境內碑碣遍地，儼然中國文化特色之一。

臺灣三、四百年的歷史遺留豐碩的碑碣史料，可以承先啓後；今日立碑樹碣的風氣依然盛行，可以繼往開來。以下分述臺灣碑碣文獻與文學資料，一窺臺灣文史的堂奧。

一、碑碣的形制

首述碑碣鐫刻形式、製作材質與立碑地點，以明碑碣意義。

㈠鐫刻形式

金石學所謂：「石碑又稱『刻石』，形式有二，即碑與碣；碑方而碣圓，碑有額而碣無額，碑有座而碣無座。」[2]但碑碣屬於人文產物，復有設計行爲，未必悉如上述形式。綜觀臺灣現存刻石，多碑而少碣，但碑額有方也有橢圓，鐫刻碑名，用

1 參見許慎：《說文解字》，第十「石」部，頁326。

2 參見陸九和：《中國金石學》，第二章〈分論〉，頁12，「碑碣類」。

以凸顯主題；碣也有座，座有圭狀方臺，也有龜狀贔屭，用以承受碑的重量。

石碑正面稱「碑陽」，刻碑文；背面稱「碑陰」，或不刻，或刻捐題紀事。碑側通常不刻，但也可充分利用。碑文之外復有圖案藻飾，以增美感。近代更有跳脫傳統巢臼、追求創新的意象與造型的碑碣，形成公共藝術的新趨勢。

銘刻形式也有二種，陰刻多用於碑文，陽刻多用於紋飾，碑名則陰刻、陽刻皆有。爲慎重其事，碑文與書法多請名家撰稿、書寫，刻工亦必求其精良。另有摩崖石刻的形式，即在崖壁刻字題詞，鹿谷鳳凰山中「萬年亨衢」、集集濁水溪畔「開闢鴻荒」與貢寮草嶺古道上「雄鎭蠻煙」，不只書法俊美、筆力遒勁，尤顯開疆拓土的恢宏氣度。至於北埔「五子之碑」則是創意造型，非碑非碣；以舒張手掌的五指而分刻五位遭難小孩的姓名，象徵五指連心、五子同憫，情意合一。

至於刻石紋飾，自有其美化作用與雕刻藝術的價值，卻非立碑的主要目的。勒石紀事、以文存昭的碑記則爲今古的重要文獻與歷史資料；尤其多采多姿的內容，足以反映當代時空的文化特色。墓碑與墓誌銘亦屬碑碣的範疇，卻既多且泛、無法周全，除非名留青史者，其價值不若碑記重要。

㈡製作材質

立碑刻石，必取堅實的石材雕造，以求不朽。檢視清代臺灣碑碣，青斗石與花崗岩是碑碣選材的最愛；觀音山石（安山岩）與砂岩則是次級品質，如果保存不當，更加容易風化浸蝕、碑文剝落。澎湖出產玄武岩、花蓮出產大理石，就地取材，成爲當地立碑的特色。

但是，由於經濟因素或某種考量，碑碣未必全然石材。容易雕刻的木牌、方便書寫的木板、堅硬耐久的銅板、輕巧易洗的磁磚，以及近代水泥、洗石子的製作、甚至紙張而成爲碑碣的另類形式。

㈢立碑地點

立碑銘紀，慎重其事；昭告周知，傳諸久遠。因此立碑的地點必須接近立碑主題、明顯易見或是群眾聚集的場所，才能達到立碑的訴求、完成立碑的目的。綜觀臺灣碑碣存立的地點，不外乎寺廟祠堂、衙署私宅、公園廠舍、交通要道、河川橋樑、田園埤圳，甚至僻野墳塚、高山峻嶺，都可以發現碑的蹤跡。

又爲保存碣碑，將散落各處的碑碣集中收藏；石碑羅列成林，故稱「碑林」。大陸的西安碑林、曲阜孔廟碑林與泰山岱廟碑林舉世聞名，臺灣的臺南赤嵌樓小碑林與大南門碑林亦享有盛名；臺北國立臺灣博物館碑林、左營崇聖祠碑林與鳳山曹公祠碑林的規模雖小，也有可觀之處。[3]

立碑，立於適得其所的地點；勒石，勒於恰到好處的文采。「里程碑」不只是里程記錄，而是重大轉捩點的形容詞；「有口皆碑」則是美好事物的肯定，「口碑」成爲名詞。

3　本節論述參見拙著：《臺灣碑碣的故事》，〈一、何謂碑碣〉，頁 10～24。

二、清代臺灣碑碣文獻的收錄

關於臺灣碑碣持續的記錄、整理與發表，首推清代臺灣方志。

自康熙三十五年（1696）高拱乾纂修《臺灣府志》以降，周元文《重修臺灣府志》、劉良璧《重修福建臺灣府志》、范咸《重修臺灣府志》、余文儀《續修臺灣府志》、陳夢林《諸羅縣志》、陳文達《臺灣縣志》、王必昌《重修臺灣縣志》、謝金鑾《續修臺灣縣志》、陳文達《鳳山縣志》、王瑛曾《重修鳳山縣志》、屠繼善《恆春縣志》、林豪《澎湖廳志》、周璽《彰化縣志》、陳培桂《淡水廳志》、沈茂蔭《苗栗縣志》、鄭鵬雲《新竹縣志初稿》、陳淑均《噶瑪蘭廳志》等歷代方志皆將碑碣收入於〈藝文志〉(或稱文藝、文徵、紀文、碑碣)；盧德嘉《鳳山縣采訪冊》、倪贊元《雲林縣采訪冊》與陳朝龍《新竹縣采訪冊》則廣泛收錄碑碣，以備修志所用。

方志中的〈藝文志〉偏重於「紀文」，以高拱乾《臺灣府志》爲例，收錄「平臺紀略碑記」、「靖海將軍侯施公功德碑記」、「靖海將軍靖海侯施公記」、「臺灣紀略碑文」、「總鎮府都督王公去思碑」、「臺灣郡侯蔣公去思碑記」與「澄臺記」等七篇碑文，即有文采，但著重於「紀事」與「紀功」。[4]

又以嘉慶十二年（1807）謝金鑾《續修臺灣縣志》爲例，收錄「澄臺記」、「始建海會寺記」、「始建高公祠記」、「建教場

---

4 參見高拱乾：《臺灣府志》，卷 10，〈藝文志〉。

演武廳記」、「重修府學新建明倫堂記」、「臺邑明倫堂碑記」、「始建火神廟記」、「始建縣城隍記」、「重修臺灣縣學碑記」、「重修府學碑記」、「新建朱文公祠碑記」、「新建文昌閣碑記」、「始建衛公祠記」、「始建海會寺記」、「重修臺灣縣學記」、「重修府學文廟記」、「始建田祖廟記」、「重修臺灣府學碑記」、「重修臺灣縣學碑記」、「藏書記」、「海東書院記」、「秀峰塔記」、「大南門魁星樓・小南門文昌樓記」、「重修崇聖祠記」、「重葺斐亭記」、「新修城隍廟前石道記」、「重修文廟碑記」、「重修府學文廟碑記」、「重修縣學文廟碑記」、「增建演武廳後堂記」、「新建崇文書院記」、「改建海東書院記」、「新建萬壽宮碑記」、「增建武廟官廳碑記」、「重修鎮北坊天后宮碑記」、「改建海東書院碑記」、「新建南湖書院碑記」、「水仙宮清界勒石記」、「新濬永康里南湖碑記」、「重建德安橋碑記」、「新建塭岸橋碑記」、「重修關帝廟碑記」、「新修郡城隍碑記」、「重建郡城碑記」、「建設義塚殯舍碑記」、「重修郡西關帝廟碑記」、「改建臺灣府城碑記」、「新修海靖寺碑記」、「重修義民祠碑記」、「捐建敬字堂記」與「臺灣縣學夫子廟碑記」等五十一篇，雖然歲月與篇幅共同增長，仍以事功、文教爲主。[5]

采訪冊所收錄碑碣的數目較多，題材亦較多元，以供纂修方志的抉擇。陳朝龍《新竹縣采訪冊》的〈碑碣〉即有六十二篇，並且詳備方志所略的立碑地點、落款年代、尺寸大小、捐題情形與作者職銜，提供原碑更清楚的風貌。[6]

5　參見謝金鑾：《續修臺灣縣志》，卷 7，〈藝文(二)〉。

6　參見陳朝龍：《新竹縣采訪冊》，第 5 本，〈碑碣〉。

三、近代臺灣碑碣文獻的調查與整理

日本據臺期間，雖有採錄碑碣的工作與編印《北臺灣の古碑》一書，卻是數量不多，缺乏全面性的田野調查。臺灣光復以後，臺灣省文獻委員會陳漢光、蕭宗岱、林淑達等人開始採拓碑碣，並以油印本刊行臺北市、高雄縣、高雄市、屏東縣與嘉義縣古碑文集五本，字字工整，誤筆不多；惜流傳不廣，後人鮮知前人努力的成果。

同時，臺南市文獻委員會與臺南縣文獻委員會也進行該地採錄清代碑碣，陸續發表在《臺南文化》與《南瀛文獻》；亦有諸家零星採錄報告，散見《臺灣風物》、《臺北文物》與《臺灣文獻》等期刊；《高雄縣誌稿・藝文志》的〈文徵〉收錄今古碑碣，《臺南縣志・附錄》的〈古碑志〉也將古碑納入文獻。而以專書形式呈現調查成果者，劉枝萬首開先河；其以一人之力，完成臺灣中部碑碣的蒐集工作，彙編《臺灣中部碑文集成》，貢獻最多。其後，黃典權綜合諸家，亦彙編《臺灣南部碑文集成》，終成鉅作；邱秀堂亦步亦趨，綜合方志所載與采訪所見，匯集而成《臺灣北部碑文集成》，初具規模。至於臺南市政府出版《臺南市南門碑林圖誌》，即由黃典權補正當年誤漏；並以圖文對照的方式呈現，方便探索原碑文。其後，臺灣省文獻委員會出版《明清臺灣碑碣選集》，亦採取圖文對照；內容雖屬選集，卻是涵蓋全臺，難能可貴。該會繼續出版《日據時期臺灣碑文集成》，內容亦屬集成，卻未周全；但是重視不同時代的碑碣資料，已成爲臺灣研究的指標。

上述臺灣碑碣的調查整理，多止於清代；又以時代、人力、經濟、交通與舊碑出土等諸多因素，而有所遺漏，又無法全面擴及於日據時期，遑論光復以後所立的眾多碑碣。有鑑於此，國立中央圖書館臺灣分館委託國立成功大學歷史學系執行「採拓整理臺灣地區現存碑碣計畫」，採拓民國七十年（1981）以前的碑碣，用以充實臺灣史料的典藏。本計畫自民國七十九年（1990）七月開始，至民國八十八年（1999）六月結束，筆者與拓碑小組成員完成長達九年的採拓工作；並將成果彙編《臺灣地區現存碑碣圖誌》，先後出版〈臺南市（上）篇〉、〈臺南市（下）篇〉、〈澎湖縣篇〉、〈嘉義縣市篇〉、〈臺南縣篇〉、〈高雄市・高雄縣篇〉、〈屏東縣・臺東縣篇〉、〈雲林縣・南投縣篇〉、〈彰化縣篇〉、〈臺中縣市・花蓮縣篇〉、〈新竹縣市篇〉、〈苗栗縣篇〉、〈臺北市・桃園縣篇〉、〈臺北縣篇〉、〈宜蘭縣・基隆市篇〉與〈補遺篇〉等十六冊，並且擴及採拓範圍而作《金門・馬祖地區現存碑碣圖誌》，增訂〈臺南縣篇〉而成《南瀛古碑誌》，備供各界參考。

碑碣堅硬而不朽，史料豐富卻難讀；所有成果盡在圖誌中呈現，只是默默陳列於圖書館書架之上，等待有心人的仔細發掘。民國九十年（2001）八月臺南市文化資產保護協會委託筆者策劃「臺灣碑碣與生活」特展，並且出版《臺灣碑碣與生活特展圖錄》一書，用以通俗的社會教育；同年十二月臺灣省政府發行筆者所撰《臺灣碑碣的故事》一書，生活化的碑碣得以面對世人。民國九十二年（2003）四月國家圖書館採用《臺灣地區現存碑碣圖誌》全部文字與圖片，建構「臺灣記憶系統」網頁之「碑碣拓片」單元（memory.ncl.edu.tw/tm/topic_ink.jsp），臺灣碑碣文獻經由網路的流通從此弗遠不至。[7]

四、臺灣碑碣的文獻意義

研讀碑文，秉燈拂灰；抄錄拓本，逐行逐字。爬羅剔抉，仍恐疏略；史料價值，意義尤宏。以下依據筆者主編《臺灣地區現存碑碣圖誌》所收錄的碑文內容，舉例概述臺灣碑碣文獻的意義：

㈠歲月久遠

石碑經過時間的考驗，不只寫下歷史，也留下滄桑，必然風化浸蝕。臺灣地區現存最早的明代石碑是馬公天后宮萬曆三十二年（1604）「沈有容諭退紅毛番韋麻郎」殘碑，最早的清代石碑是臺南大天后宮康熙二十四年（1685）「施琅平臺紀略碑記」，碑文皆已殘缺凋零；馬公孔子廟康熙二十二年（1683）「施琅靖臺碑記」慘遭磨平，喪失清碑第一的榮銜，非常遺憾。基隆「軍人軍屬火葬場之碑記」的立碑年代是「明治二十八年」（1875），日軍登陸臺灣不久，留下武力侵略的明證；內埔新北勢莊「重建東柵門捐題碑記」落款年代為「光緒二十六年」（1900），臺灣時已割讓日本而尚記清代年號，尤顯該莊懷思故國，允為特例。

7　至民國九十三年（2004）八月，國家圖書館所建構「臺灣記憶系統」網頁之「碑碣拓片」單元仍未完整呈現。

㈡文字互異

漢字爲碑文主流，處處可得；滿、漢文字合刻，十分罕見；日文鐫刻，倖存不多。臺南與彰化「文武官員軍民人等至此下馬」的告示碑，形成孔子廟口淨空，以示尊崇至聖先師。臺南赤嵌樓下九隻贔屭馱負九通乾隆御碑，分別採用漢、滿文字對照與合璧的形式，價値連城；基隆「招魂碑移建記」、臺北「村上鐵道翁略傳」、八里「樂山園設立紀念碑記」、貢寮「故吉次茂七郎君之碑記」、后里「臺中線震災復興記念碑」、日月潭「日本警察殉職紀念碑記」與車城「建立遭難琉球人題名錄碑記」採用日文書寫，保留至今，已屬不易。頭城「沈格夫紀念碑記」與淡水「馬偕墓碑」採用中、英文字對照，訴說外國人功在臺灣。不同的銘刻文字，呈現不同時代的風貌。

㈢文書並茂

碑碣足以舞文弄墨，文史並彰。高雄「海軍九二臺海勝利紀念碑記」的文采豐美，令人動容；臺南「雪泥鴻爪詩碑」的書法遒逸，令人神怡。書刻也可勵志，臺南「大畏民志」原龕臺灣府考棚內，用以勸勉莘莘學子，爲官之道首重民意與民心；「不矜不伐」原嵌臺灣總兵衙署內，用以喻意「不可恃功而驕、恃才而傲」。臺北「五百完人歌」以文頌史，可歌可泣；七美「七美人歌」以詩紀事，龍飛鳳舞。士林「新蘭亭記」與鹿港「重修鹿港龍山寺碑記」皆當代書法名家的作品，文藻相映。研讀碑文、摹拓碑帖，可以成爲碑學。

㈣建築映象

傳統木構建築不易保存，昔日風貌難以獲知。臺南孔子廟保存歷代重修碑記，可以勾勒規模演變與沿革興替，「臺灣府學全圖」詳細刻劃乾隆四十年代的建築形式與空間佈局。赤嵌樓「軍工廠圖」、「重修城隍廟圖」、開元寺「重修海會寺圖」、大南門碑林「萬壽宮圖」、「風神廟接官亭暨石坊圖」，可以提供當年寺廟格局與地理形勢。配合碑文，建築圖碑成爲珍貴而又稀有的史料。

㈤旌功頌德

凡有功於民、澤被蒼生者，無論官紳士庶，後人必也感念、樹立碑記，用以崇德報功。瑞芳「顏雲年頌德碑記」、大溪「恭塑總統蔣公銅像記略」、豐原「先賢丘逢甲先生誓師抗日碑」、霧峰「恩師林竹山夫子頌德碑」、草屯「龍泉圳功勞者黃春帆彰功文」、鹿谷「吳光亮德政碑記」、阿里山「琴山河合博士旌功碑」、臺南「雅堂先生像贊」、鳳山「曹公圳記」與車城「福康安等平亂頌德碑記」留下古今先賢的事蹟，足供思齊。宜蘭「西鄉廳憲德政碑」、永康「蔣公堤功德碑記」、臺南「海防分府傅大老爺榮陞去思碑」、高雄「大邑侯譚公德政碑文」與馬公「澎湖廳長小林三郎德政紀念碑記」記錄今古官員的治績，去思緬懷。

㈥殉難紀念

天災、地變奪人性命，戰亂、工程令人殉難。頭城「龜山遊覽遭難者招魂碑誌」、臺北「太原五百完人成仁紀念碑」、樹林「民族英雄樹林十三公抗日成仁紀念碑」、瑞芳「開掘金礦犧牲者招魂碑記」、苗栗「陸軍第二九六師剿匪陣亡將士紀念塔記」、后里「大震災殉難者追悼碑誌銘」、和平「興建橫貫公路殉職者饗堂碑記」、梅山「草嶺兵工殉難官兵墓誌碑」、阿里山「進藤熊之助殉職紀念碑記」、佳里「欽奉恩賜旌義御匾碑記」、臺南「義民祠記」、高雄「海軍中將司令胡嘉恒烈士傳」、馬公「奈良丸遭難哀悼紀念碑」與西嶼「澎湖縣跨海大橋施工殉難人員紀念碑」皆在追思犧牲悲情、表揚殉難功高。讀其碑文，感傷良多。

㈦政經建設

政治所以牧民，經濟所以裕民，各項相關建設必有記錄。頭城「坪林礁溪道路闢建記」、新莊「新莊水道記」、龍潭「石門水庫紀念碑」、新竹「新建臺灣府淡水廳城碑記」、埔心「員林大排水工程記」、橫山「臺灣鐵道內灣支線工程記」、頭屋「明德水庫修建記」、竹山「水沙連田園減則陞科示告碑記」、西螺「中沙大橋竣工紀念碑記」、下營「重建茅港尾橋鐵線橋碑記」、東山「修建嘉南大圳記」、臺南「創建安平第一橋碑記」與馬公「二二八事變蔣主席宣慰賑撫紀事碑記」、「興建馬公第二漁港紀略」，皆是今古政經建設的典範。

㈧開疆拓土

胼手胝足，得以開疆；墾殖拓土，文明大啓。礁溪「開蘭吳沙夫人墓碑記」、大溪「林本源發祥之地紀念碑」、北埔「開拓大隘紀念碑」、大甲「鐵砧山劍井記」、魚池「建立本村乙百週年紀念碑」、鹿谷「開闢後山舊例馳禁碑記」、臺南「旅櫬安之」、大同「臺灣省東西橫貫公路宜蘭工區刻石」、秀林「臺灣省東西橫貫公路太魯閣工區刻石」、臺東「清代臺東直隸州知州胡公鐵花紀念碑」與「八通關越道路開鑿紀念」，則是開發拓墾、辛苦備嘗的見證。

㈨劃定界址

居必有址、權必有分，無論田園廟地、陽宅陰厝、行政區域，甚至不同族群的生活範圍，必須劃界立碑、申明權限。例如臺北「歸番管業界碑」與「經理謝打馬眾番界止」、淡水「英國領事館界碑」、「英商寶順行界碑」與「總稅務司公署界石」、大溪「淡水社番奉憲分定界址」、芎林「萬善祠地基界址碑記」、石岡「勘定民番地界碑記」、梅山「嚴禁匠民越界私墾碑記」、白河「勘定社番管業碑記」、臺南「爵府王山界」、「蔡振益祖墳界趾」與「老古石街公議界址殘碑」、茄萣「臺灣鳳山二縣定界碑記」。

㈩社會檔案

示禁碑記如同公私告令、明文約章，可以獲知從前的社會風氣。宜蘭「嚴禁妄用牛油作燭碑記」、龜山「義塚祀業禁約碑記」、臺中「嚴禁養鴨奸徒搭寮窩匪擾民碑記」、集集「嚴禁水沙連社丁首索詐碑記」、彰化「嚴禁私開水道破壞堤工碑記」、嘉義「嚴禁地棍移屍詐藉命羅織碑記」、六甲「嚴禁佔墾牧地葬所碑記」、佳里「嚴禁海坪搭寮霸佔碑記」、永康「嚴禁壟斷修船暨私買軍料碑記」、臺南「嚴禁佛頭港貨物分界獨挑碑記」、梓官「嚴禁惡丐強索潑擾碑記」、旗山「嚴禁開賭強乞翦綹碑記」、美濃「端風正俗碑」、高雄「興隆寺產業示告碑記」、東港「嚴禁塭丁截溝捕採危害田禾碑記」與望安「嚴禁殘害女嬰耕牛龜鱉碑記」，清楚看到當年的陋規惡習。里鄰之間也有美德，慈善佈施，例如臺北「艋舺新建育嬰堂碑記」、八里「樂山園設立紀念碑記」、彰化「善養所碑記」、新港「再立笨新南港義塚碑記」、北門「烏腳病防治中心病房落成紀念碑記」與臺南「防火章程碑記」。

㈩宗教民俗

各地寺廟所立重修碑記數目十分可觀，蘊藏地方沿革史料，例如基隆「靈泉禪寺開山紀念碑記」、臺北「補置龍山寺大士香田勒名碑記」、新竹「鼎建關帝廟碑記」、苑里「蓬山慈和宮碑記」、大里「新興宮公置祀田碑記」、彰化「溫陵元清觀碑記」、鹿港「鹿溪新建鳳山寺碑記」、北港「重修諸羅縣笨港天后宮碑記」、臺南「重脩郡西關帝廟碑記」與臺東「新建埤南天后宮碑記」；捐題碑記充滿仕紳、父老、商店的名號與金額，得見昔日社群關係與經濟情況。更自捐題姓名中得知閩南人普遍存有「賤名」的風俗，例如取名朱高（豬哥）、憨頭、牛屎、烏番等，鄉土味濃厚；但是客家人的姓名則較端莊，並多書卷味。番路「嚴禁謀奪佛祖香燈碑記」與學甲「開基二大帝神像復歸慈濟宮協議書文勒石」則知信仰帶來真理，卻也帶來爭執。

㈡辟邪逐厲

畏懼天地鬼神，人之常情；崇拜超自然法力，理所當然。以宗教「豎符念咒」的儀式，符咒刻成石碑，立於門前、巷口、村落、港灣或山巔，都有辟邪、祈福與鎮護的作用，各地所見「石敢當」碑即具有悠久的歷史。由於澎湖四週環海，辟邪信仰發達而構成地方特色，湖西「南火當開化碑」、白沙「風鎮碑」與「魑魅魍魎碑」有其代表性。貢寮草嶺古道摩崖石刻「虎」字最具盛名，草書「虎」字喻意「虎虎生風」，足以辟邪逐厲、鎮風止煞。臺北也有「虎」字碑，亦係清同治年間臺灣總兵劉明燈所書，留下進出噶瑪蘭（即今宜蘭）的明證。

㈢文教薪傳

昔日各地孔子廟、書院與詩社傳承固有文化，西洋學堂與現代學校也在造育英才。淡水「牛津學堂沿革」、臺北「宏揚聖道維護孔廟碑記」、板橋「大觀義學碑記」、泰山「興直保新建明志書院碑」、龍潭「創建聖蹟亭序」、霧峰「櫟社二十年間題名碑記」、南投「新建藍田書院碑記」、臺南「新建朱文公祠記」、內門「新建萃文書院碑記」、佳冬「更新敬聖亭碑記」、滿州「高砂族教育發祥之地」與臺中「臺中一中創立紀念碑記」呈現不同時代、不同類型與不同族群的教育，真是「有教無類」。苗栗「建立徐友妹牌坊碑記」、大甲「重修林氏貞孝坊碑記」、彰化「重建中部節孝祠碑記」與臺南「五妃墓道」表揚婦女的潛德幽光，也有各時代的意義。

㈥慎終追遠

世人居處必有燈火照耀，先祖豈可無明；境內寺廟必有油香奉獻，宗祠豈可或缺。桃園「吳庚四無嗣祀業碑記」、宜蘭「重修林氏家廟碑記」、臺中「林姓宗廟沿革」、大林「簡姓乘風崢嶸碑記」、白河「黃氏家廟香燈牌記」、關廟「方氏祠堂祭祀規約」、楠西「嚴禁佔用江氏祠堂立約碑記」與臺南「臺郡銀同祖廟記」流露著烝嘗不斷、香煙延遞的精神，孝思得以常存，民德終究歸厚。

以上林林總總，不勝枚舉；每一件碑碣都有典故，鉅細之間，各有一片耐人尋味的天地；就待讀者尋碑、訪碑與讀碑，樂在其中。[8]

五、臺灣碑碣的文學資料

碑碣既收錄於方志中的藝文志，自有其文采豐美、文學價值的考量；並經汰蕪存菁，自有各時代肯定、後世流傳的意義。方志中的碑碣檢索可得，散置各處的碑碣正在整理。再以筆者主編《臺灣地區現存碑碣圖誌》爲素材，試論其中所蘊藏的文學資料，並予以分類，得見豐碩可賞的史事與文筆。例如：論道說理，明辨是非；建園設校，寄情山水；敘述緣起，求其必要；教化勉世，移風易俗；去思懷德，甘棠遺愛；殉難

8 本節論述參見拙著：《臺灣古蹟與文物》，〈臺灣的石碑〉，頁 63～74；今文已經增補。

追弔，哀思無限；澤及枯骨，悲憐動人；神靈異象，崇德報功；紀事繪景，如詩如畫；陋習積弊，惡形惡狀。敬天法祖，香煙延遞；惜生戒殺，仁物愛人。

㈠論道說理

文以載道，立碑申義。臺灣廈門兵備道陳璸因在臺灣府文廟內新建朱子祠，遂就朱子所言「分別義利二字，乃儒家第一義」一語，而申論：「義利分際甚微！凡無所爲而爲者，皆爲義也；凡有所爲而爲者，皆利也。義，固未嘗不利；利，正不容假義。」[9]

旋後，陳璸新建文昌閣，登閣觀景，藉以勉勵生員進學修德，其云：「登斯閣也，睠焉四顧：東峙大山，層巒疊翠，動振千仞之思；南望鳳山騫騰，隱在几席間；西則洋洋大海，渡濤洶湧，風檣出沒，變態不可名狀；其北有萬壽亭穿雲而起，君門萬里，何日得出此島，與海內諸英俊交遊，歷金馬、上玉堂爲一快？以是洗心，以是勵志，即以茲閣爲不欺闇室之一助也。」[10]

彰化縣知縣張世珍重修彰化文廟，因見泮池泉湧，以「泮水採芹」的意義而題石曰「芹泉」；並就朱子「源頭活水」一詞，而申論義理：「矧茲泉出泮池中，發自然之派，成不渣之源；意者夫子在天之靈，祕啓其鑰，將以指迷而覺悟歟！且夫

9 引自拙編：《臺灣地區現存碑碣圖誌・臺南市上篇》，頁 10，〈新建朱文公祠記〉。按，以下所引《臺灣地區現存碑碣圖誌》的書名從略，僅稱其篇名。

10 同前註，頁 13，〈新建文昌閣碑記〉。

天地磅礴之氣，鬱極必通。泉之伏土埋沙，不知幾千百年，而至今乃出；而彰之人士，應時而起，遂奪臺額於卯、辰兩榜中。天時人事，適相符而不爽，非其明驗耶！」[11]

清代道光年間，彰化縣同時進行撰修志書與重修文廟，各有所成。知縣黃開基藉此嘉許，並且勉勵諸生，其云：「昔人禮樂百年而後興。邑之設治，至今適當其期，而廟、志之修會逢其適；此山川之氣運所開，以大啓斯邑之文明多士。生當明備，誠志乎聖賢之道，務爲真品實學，處爲名儒、出爲醇吏。其道德文章，直可光史冊而垂不朽；豈惟是掇巍科、登顯仕，以侈爲閭里之榮哉？予于諸生有厚望焉。」[12]

㈡建園明志

建園寄情，建校明志，皆在山水奇石之間。臺灣府知府蔣允焄擴建府署亭園，取名「鴻指園」，藉蘇軾的詩意以明志：「夫古人流連景物，偶然寄之；去無所貪，來無所戀。漢水、峴山，陵谷變遷，歐陽公嘗譏杜預、羊祜汲汲於名，是不若蘇氏『雪泥鴻爪』之說爲足盡其義也。」[13]

參軍陳永華遊覽好友李茂春所建「夢蝶園」，以景論述莊子的自然主義，其云：「夫正青曠者也，其胸懷瀟灑無物者也。無物則無不物，故雖郊邑煙火之所比鄰、遊客樵夫之所闐咽而翛然自遠；竹籬茅舍若在世外，閒花野草時供枕席，則君

---

11 引自拙編：《彰化縣篇》，頁 3，〈重修邑學記〉。

12 同前註，頁 9，〈重新彰化縣學碑記〉。

13 同註 9，頁 49，〈鴻指園記〉。

真栩栩然蝶矣！不夢，夢也；夢，尤夢也！」[14]

書院宛如今日私立學校，士子讀書以求明德、修業在於濟世，學而優則仕，可謂任重道遠。新莊明志書院指出書院命名與養士的理想：「志在聖賢，義利不淆于慮；志存經濟，王霸必究其原。爰標『明志』之，冀成志遠之器。」[15]

馬公文石書院認爲：「人藉地靈，地因人重。澎湖島連三十六，繡相錯也；石蘊五采文，奇攸鍾也。則是巨浸中之砥柱，爲全閩之樞紐，將來其聖天子文教之名區乎？」遂以「文石」爲書院名稱，寓意所育人才如五采石般的秀麗。[16]

板橋大觀義學以爲：「風俗必本乎人心，人心關乎士習；賢才不可遽得，當培養而玉成之。然則化民成俗之原、興賢育才之道，莫要於建學立教。」恰好書院之前大屯山與觀音山對峙，故名「大觀」，期許士子培養宏觀鉅視的胸襟。[17]

㈢敘述緣起

追溯本源，嚴詞義正；究及緣起，理由正當。臺澎兵備道糜奇瑜重修嘉義文廟，申論修葺的意義，其云：「聖天子稽古右文，命天下郡縣皆立先師孔子廟，春秋祭祀，所以崇教化而正人心，甚盛典也。是故時代有升降、滄桑有變遷，而惟至聖廟宇揭日月以常行，歷萬古而不墜。蓋廢者興、圮者修，中土

---

14 同註 9，頁 163，〈夢蝶園記〉。

15 引自拙編：《臺北縣篇》，頁 110，〈興直保新建明志書院碑〉。

16 引自拙編：《澎湖縣篇》，頁 97，〈文石書院碑記〉。

17 同註 15，頁 77，〈大觀義學碑記〉。

固然；即極之海隅日出，罔敢或替。」[18]

關廟方氏祠堂奉立香燭牌，明定祭祀規約，文中首論香祀的重要性：「立廟奉神，斯幽明感通；而先祖之渙者可合，孔子嘗於易象著其義矣。由是思之，凡爲先祖憑依之處，則不啻先祖之在上焉。顧人於所居處必設燭爲照耀，何於先祖而或輕之？境內有神廟，且樂奉以油香，豈家有祖祠而可缺之？是故春秋之享祀，固當勿懈；而朝夕之香煙，必不可忘！」[19]

永和宮雖建殿宇，卻困於供養；必募香火，神光得以永續。其云：「夫有廟而無治廟之人，廟固不足恃爲有；有治廟之人而乏穀祿，人亦不能安。欲爲廟招人，先爲人而謀食，食由田出，田必人施。」[20]

㈣教化勉世

詩書禮樂，敦品立德。彰化重建中部節孝祠，撰文明沿革、詳功勞；文末意有所指，用以箴世，云：「閤屬之民懽忻鼓舞，而一、二醉心西學者且謂：『男女具有箇性，婦人貞操儘可聽之自然，不必加以獎勵。』嗚呼！誤矣！坊記云：『男女無媒，不交不親，無贄不相見。』以此坊民，民猶有自獻其身者！當此廉恥道喪之日，方將獎進之不暇，而謂可解而放之乎？」[21]

大甲重修林氏貞孝坊，倡言婦德，其云：「夫貞孝者，婦

---

18 引自拙編：《嘉義縣市篇》，頁 141，〈重修文廟碑記〉。
19 引自拙編：《臺南縣篇》，頁 209，〈方氏祠堂祭祀規約〉。
20 引自拙編：《臺中縣市・花蓮縣篇》，頁 25，〈永和宮募田記〉。
21 同註 11，頁 57，〈重建中部節孝祠碑記〉。

人之美德也。其生也，有以坊于時；其沒也，亦有以懷於心。雖閭巷匹夫、閨門弱質，猶時思慕而不能忘，敬畏而不敢慢；故其名久而行益彰、身亡而節彌著，縱經陵谷變遷，其貞孝之坊巍然獨存，此豈或使之然哉？然而鄉人歲時敬祝若禮，其先者何也？蓋所以興起其俗而動化其民，使知貞孝之不可泯也。」[22]

豐原慈濟宮重修工竣，主事者張麗俊在紀事之餘，有感時代變遷而言：「今日者功成既告，掛念殊深，欲增神聖之光、壯街莊之色。往古來今，人文代謝；歐風亞雨，時勢潮流；守舊者有人，維新者亦有人。當西化東漸，思南風北競，賴地方人士籌善後之策、補當前之遺，是吾人之所厚望也。」[23]遂於廟壁製作孝行詩與碑記，用以勸世立範，曰：「爰將廿四孝子分布十二孝形，彼夫順親養志、虞舜孝並、曾參負米、牽車仲由、孝同閔損；他如重父輕兒、董郭之孝心，獨苦焚香扇枕、丁黃之孝念。殊般豈徒乳姑供母、搤虎求魚，見孝行之可嘉也哉！今者其人既往，其名猶存；人子事親，自當仿此。」[24]

新建澄源齋堂，用以勸勉修善行、積功德，而成正果：「欲我澎湖清修之士，時或集此崇聖蹟、講皇諭、敦綱常；橋梁傾圮則修之，枯骨暴露則瘞之；安老懷幼、扶危持顛，一切有裨於世者，靡不孜孜焉爲之。由是明心見性、正本清源，坎抽離補、乾坤定位；道果圓成，無失『澄源』兩字之意耳。」[25]

---

22 同註 20，頁 68，〈貞節坊重修碑記〉。

23 同註 20，頁 5，〈慈濟宮修繕略記〉。

24 同註 20，頁 7，〈孝行詩詠碑記〉。

25 同註 16，頁 59，〈澎湖媽宮澄源齋堂記〉。

㈤去思懷德

凡有功於民、澤被蒼生者，無論官紳士庶，後人必也感念而崇德報功。臺澎兵備道蔣元樞治績循善，百姓感戴仁恩，立碑歌頌德政，其云：「其道則在嚴治竊匪、耡抑強宗，使不得生事擾民，共安衽席；今之四境晏如，此明驗也。而且修城垣以衛民居，設望樓以防民患，崇黌序以正民風，新神廟以庇民事，辯疑獄以重民命，廣賑恤以贍民窮；其經濟事功，彰彰如是！」[26]

臺灣北路協標左營守備黃簡任滿離職，士民感戴德政，勒石銘曰：「公來何暮！公去何早！福星載歌，甘棠垂路！昔無襦，今五褲！斯石長存，寸心永慕！」[27]

日據時顏雲年、蘇源泉闢建瑞芳至九份的道路，行人受益；復經營煤礦，造福鄉里、貢獻社會。頌德詩文並茂，其云：「山靈爭獻寶，助以濟金融；利澤沾近遠，輿望日彌隆。既仰顏君哲，復欽蘇與翁；屏營廿餘載，主相和衷。口碑今載道，勒石鐫其功；惜哉故蘇子，泉流竟不終。別碑鄰咫尺，輝映與茲同；嵯峨竝千古，摩撫挹雄風。」[28]

㈥殉難追弔

殉難功高，立碑追弔；犧牲壯烈，詩文緬懷；感傷良多，

26 引自拙編：《臺南市下篇》，頁 343，〈護理臺澎兵備道臺灣府正堂蔣德政碑〉。

27 同註 19，頁 13，〈古思碑〉。

28 同註 15，頁 310，〈顏雲年頌德碑記（乙）〉。

共掬淚光。明寧靖王朱術桂義不降清，以身殉國；其五位媵妾先行戴冠插笄、服飾整齊，一起自縊於堂內，從容就義的行為不讓鬚眉。「五妃墓道」碑用以闡貞表烈，碑首鐫巡臺滿御史六十七〈弔五妃墓〉一文，文采豐美；次琢巡臺漢御史范咸絕句十首，如泣如訴，其一曰：「天荒地老已無親，肯為容顏自愛身；遙望中原腸斷絕，傷心不獨是亡人。」[29]

又有「五妃之碑」，共掬慼慼情懷，其讚曰：「鯤海之潯，桂阜之邵；老榕鬱蔥，維五妃廟。庭無間言，娣姒貞淑；婦道相修，世家緝穆。一朝國難，偕殉王室；嗚呼烈哉，節操無匹。爰修其藏，吾銘其石；芳香遠馨，永世無斁。」[30]

傳說七位女子抗拒海盜，投井自殺以完節，澎湖大嶼改稱「七美人嶼」以紀念。何志浩睹物生情，述事哀思，立碑歌曰：「七美人兮白璧姿，抱貞拒賊兮死隨之；英魂永寄孤芳樹，井上長春兮開滿枝。」[31]

山西太原英勇抗日、犧牲壯烈，何志浩撰「五百完人歌」，贊曰：「民族有正氣，太原出完人；海天萬里招忠魂，歌聲悲壯動三晉。何以為完人？生而能殺賊、死而不留身，大節凜然表群倫。誰能為完人？男學梁敦厚、女學閻慧卿，死事壯烈泣鬼神、赴湯蹈火全忠貞，救國救民重生死，五百完人齊盡節。太原今日有田橫，民族有正氣；太原出完人，日月光華耀國門，萬古流芳美名存。」[32]

---

29 同註 26，頁 320，〈五妃墓道〉。

30 同註 9，頁 148，〈五妃之碑〉。

31 同註 16，頁 197，〈七美人歌〉。

32 引自拙編：《臺北市・桃園縣篇》，頁 48，〈五百完人歌〉。

近代闢建臺灣省東西横貫公路，以工程艱鉅而傷亡慘重，所謂「或躓埡而長埋、或墜崖而莫救；覆車瓦解、隕石星飛，肝腦糜於岡巒、肢體塡於溝壑」。因以立祠弔念，比於松柏而名「長春祠」，並歌頌曰：「濟濟多士，國之良輔；膂力方剛，用作霖雨。闢此康莊，夷彼險阻；從事賢勞，大造斯土。山岳傾頹，閬風折馭；魂無不之，死得其所。俎豆馨香，威靈布濩；儼然廟貌，悠悠千古。」[33]

㈦澤及枯骨

捐棺木、殮遺骸與建義塚是佈善行義，不只恩於黃泉、澤及枯骨，並且安定陽世的眾生與陰間的幽魂。「彰化縣東螺西保北斗街新建義塚碑序」記載：「人鬼殊途，養生必兼送死；幽明一理，陰地不後於陽居。蓋人生必死，死必歸土，此謂之鬼；鬼有所歸，乃不爲厲，此孝子、仁人所以必掩其親。古人掩枯埋骴，正謂此也。……自茲以往，生有室家之慶，死無溝壑之恨，人鬼均安，是亦一大陰騭事也。」新建義塚，澤及枯骨；憐憫之情，自然流露。其云：「我北斗街自舊社遷居以來，各事略備；獨義塚一節，前人未經建置。其在豐腴之家，隨地擇吉，不俟外求；可憐貧窮之家，一旦風水不虞，葬身無地，死而有知，咎將安歸？前賴十張犁、新眉兩埔得以退步，現十張犁墳墓纍纍，無從識認；新眉埔溪水沖迫，四處墳塋崩壞，骸骨飄流。不忍之心，人皆有之；袖手旁觀，豈情也哉？」[34]

---

33 同註 20，頁 233，〈臺灣省東西橫貫公路長春祠碑記〉。

34 同註 11，頁 293，〈彰化縣東螺西保北斗街新建義塚碑序〉。

彰化縣知縣錢燕喜給立告示，嚴禁佔墾官山義塚；文中引述地方士紳的血淚控訴，令人動容。其云：「甚有一種奸民盤踞坑仔內，綽號山鬼，私築窨堆以索銀元；從則得葬，忤則行兇。往往棺柩抬至山上，富者任其蹧踏，貧者莫可如何。又有不法之徒，掘取紅塗、挖賣山石，毋論縣龍過脈、人家墳塋，盡行挖壞。歷年雖有山差，亦奉行故事而已。現在八卦亭山左右，秀砂變爲殺曜，龍體竟無完膚；白骨橫鋪，奚堪暴露之慘！青燐化碧，盡成哭夜之悲。聞者靡不傷心，見者爲之下淚。」[35]

嵌頂地方士紳立碑，嚴禁掘土害塚，以固地脈、以安泉壤，其云：「上有墓，鱗疊成塚；居民掘取砂土，逼墳埕幾溝壑矣！壘壘幽城，風淒露冷；一遭崩隤，魂魄何依？仁人君子能毋怵惕！矧乃地靈人傑、坤輿鍾衍，宜培厚，不宜戔削耶。」[36]

㈧神靈異象

神明有靈，維繫人心；廟宇祀神，尤增異象。鳳山縣知縣羅憲章重修城隍廟，倡言城隍尊神幽明兩治的特性，以及神道設教的意義，其云：「試觀三年以來，兇頑之徒以次伏誅，是即作惡降殃之旨也；而忠義之士生膺顯擢、歿受褒崇，是即作善降祥之驗也。善惡之報，如以類應，冥冥中寔有陰爲主宰者；而城隍神之靈爽，於是乎在。……若其有關勸懲者，以爲

35 同註 11，頁 118，〈嚴禁佔墾官山義塚碑記〉。

36 引自拙編：《屏東縣・臺東縣篇》，頁 168，〈嚴禁掘土害塚碑記〉。

世戒；俾入斯廟者，知神之昭鑑不爽，悚然以思、憬然以悟。而獨知之地或陰有所警惕，則爲善之志日益堅，爲惡之機日以阻。庶先王神道設教之旨，昭垂於天下後世云。」[37]

鹿港龍山寺籌募觀世音菩薩的壽誕祀費，因以頌神，曰：「仰惟觀音菩薩，派衍西天、芳流南海，闡真如之密諦，設大會於無遮。座湧蓮花，現出身皆手眼；經繙貝葉，傳來服盡袈裟。超四大之中，群沾法雨；妙三摩之地，共沃慈雲。宜其俎豆輸誠不替，且偕賢愚享祀無窮者也。況鹿港踞郡北上游，爲海東巨鎮，遠近咸荷庇祐，春秋共獻悃忱。」[38]

媽宮武廟易地遷建，竟見神靈顯赫的事蹟，乃記此異聞：「抑有奇者，方定議改遷之始，吳公欲得巨木以爲神像，澎湖向不產木，無可得；思購之於內地，而未得其當。海中忽湧出一株，大可數圍、長可數丈；今廟中諸神像，悉以是木成之。聞者皆同聲稱異，意者廟已得地，故特著其靈歟？他日神靈赫濯，凡水旱疾疫而有禱皆應，大爲一方之庇者，抑又可預決矣。」[39]

㈨紀事繪景

見景生情，睹物感傷；文史不分，藻飾有加。臺灣總兵劉明燈因應船難所生的國際糾紛，帶兵進駐恆春，題詞揚己威、頌帝德，其云：「奉君命，討強梁；統貔貅，駐繡房。道途

37 引自拙編：《高雄市．高雄縣篇》，頁 6，〈重脩城隍祠碑記〉。

38 同註 11，頁 168，〈觀世音菩薩壽費捐題碑記〉。

39 同註 16，頁 113，〈新遷武廟記〉。

闢，弓矢張；小醜服，威武揚。增弁兵，設汛塘；嚴斥堠，衛民商。柔遠國，便梯航；功何有，頌吾皇。」[40]

三貂嶺古道（即今瑞芳）是昔日進出噶瑪蘭的要道，劉明燈北巡此地，登臨遠眺，見景生情，而在山壁題刻，曰：「雙旌遙向淡蘭來，此日登臨眼界開；大小雞籠明積雪，高低雉堞挾奔雷。穿雲十里連稠隴，夾道千章蔭古槐；海山鯨鯢今息浪，勤修武備拔良才。」書法與文采是劉明燈的才藝，古道與刻石則是噶瑪蘭開闢的象徵。[41]

長源埤圳創設十周年，功在灌溉；地方士紳紀念，回憶如畫美景：「眼觀形勝，直入如長虹；意察勢下，湧流似驚蛇。清暉嶂上鳥吹簫，靜鑒川中魚奏樂。須臾之間，化作稻田；斯時，鄉村扶老攜幼、歡聲遍野，堪慰暫時居止。」[42]

澎湖跨海大橋工竣落成，地方稱便，特加讚頌：「今日長虹臥波，落霞映海；添觀光之勝景、免商旅之艱難，無舟楫波濤之患、得軍民轉輸之利。口碑載道，豈偶然耶！」[43]

濁水湍急，橫渡不易；地方倡捐，創設義渡。舉人簡化成撰文明始末、紀功德，並言艱苦渡河的情形：「蓋聞溱洧濟人，尚廣乘輿之惠；漢江漁父，猶高辭劍之風。況桑梓之鄉、澗溪之險，一水橫流，萬人病涉；苟不給值以償勞，誰肯刺舟以待客。如彰屬之水沙連保濁水渡者，當內山南北溪流之衝，

40 同註 36，頁 212，〈劉明燈統師防海柔遠題詞〉。

41 同註 15，頁 303，〈過三貂嶺題詩〉。

42 引自拙編：《雲林縣・南投縣篇》，頁 200，〈長源埤圳十週年紀念牌序〉。

43 同註 16，頁 169，〈澎湖跨海大橋刻石後記〉。

湍激漲急；加以春夏之間，久雨纏綿、山水暴至，溜急似箭、浪湧如飛。舵工稍一鬆手，即翻船觸石，凶占滅頂。論者謂『臺灣一小天地，濁水之勢與黃河等』，非虛語也！」[44]

梁燕撰詩讚美「恆春八景」，以摩崖石刻的方式記下該地壯麗山川，曰：「貓鼻龜蛇峙海邊，三台高聳入雲顛；龍吟雨化潭心月，虎嘯風清岫口煙。牛背躬耕歸野徑，馬鞍誰著出塵韉？千秋洞鑑封侯蹟，雄鎮東南半壁天！」[45]八景依序為貓鼻山、龜山、三臺山、龍鑾潭、虎頭山、龍鑾山、馬鞍山、猴洞山；如今風景依舊，只是名稱略有更易而已。

㈩陋習積弊

令出必行，革陋除弊；勒碑示禁，社會顯象。諸羅縣知縣冷震金給立告示，嚴禁奸保蠹差藉命需索、噬累無辜的惡習，以安莊民。文中詳細敘述惡習，以及莊民遭受殘害的情形，其云：「飽其索，則暗為銷除；拂其慾，則明示開報。愚民畏累從索，在小康之戶，猶得糶粟賣畜以應需索；家本貧乏，則割肉療饑，其苦慘情狀，有不堪言。甚至此處圖詐已完，又暗令無賴將屍移抬別處，日久屍變肉腐，臭穢難聞！……更或埋後，串謀棍徒冒認屍親，指傷告究，任意羅織。差保藉票喚為藏金之穴，里民視告名為剝膚之痛：索酒食、講差禮，敲桌打椅、拳腳交加，擲碗碎盃、虎狼威赫。小民魄散膽落，不惜挖

---

44 同註 42，頁 162，〈永濟義渡碑記〉。又，名間鄉福興宮也有本件碑記，隔濁水溪而對峙，印證該溪南北兩岸渡船頭的遺蹟；參見同書，頁 206。

45 同註 36，頁 231，〈恆春八景題詩〉。

肉做瘡，饜其誅求；否則擅拘私押，異常蹧踏。以自盡之人命，禍無辜之生靈；此等流弊，言之殊堪髮指！」46

衙門胥役勒索，士民無奈，遂呈文官府，仔細描述胥役的惡形惡狀，其云：「最可恨者，刑杖什差，無票無案；如狼如虎，橫索鋪堂。投案之民有無力供奉者，驅而罰跪於福德祠；各出短棍，自頭至踵，參錯刑之。號泣哀求，既無一人焉出爲救；衙門深邃，又不聞疾痛慘怛之聲。……寒士有分文莫措者，穢語以辱之，扭扯以凌之；有不能忍受而反之以惡聲，則遭其扯破衣服，互相鬥毆者亦有之。」47

鳳山縣知縣翟灝給立告示，嚴禁惡丐強索潑擾。文中詳述乞丐橫行鄉里的惡劣行跡，其云：「遇有吉慶，招呼擁門，另索酒肉飯食；不給饜飫，必折送銀錢。少有忤拂，立倡眾夥，蜂擁穢濺，備極吵鬧。更有甚者：日穿庄社，逐家散乞、搶剝行人；夜宿廟宇部亭，肆橫盜偷、攘豬攫雞，害難盡數。」48

錮婢不嫁，傷風敗俗；地方紳士有感，遂呈文官府，力陳積弊，其云：「臺地風俗，婢長不嫁；或畜之於家、或轉鬻他人，終身老役，死而後已。或櫻桃花發，漫許白頭聚首之歡；洎乎犬馬力衰，空慘赤腳無齒之態。或父子不知而聚麀、或兄弟交迷而薦寢，或妒妻鞭撻以傷生、或嬌妾爭寵而搆釁，或日引月長，遂生孽種；無論名分，不明血脈誰是。或流入娼家，

---

46 同註 42，頁 63，〈嚴禁奸保蠹差藉屍圖詐碑記〉。又，嘉義縣水上鄉璿宿宮也有本件示禁碑記，卻將「擲碗碎盃」四字誤刻為「擲盃」二字，致令上下文意錯亂；參見註 18，頁 69。

47 同註 26，頁 361，〈奉憲禁各衙胥役勒索紳衿班數碑記〉。

48 同註 37，頁 67，〈嚴禁惡丐強索潑擾碑記〉。

或賣之越府，致使生爲無依之人，死爲無託之鬼。」[49]

彰化縣知縣李廷璧給立告示，申明創設東勢義渡以利濟行旅的宗旨，並嚴禁不法棍徒藉機私索。文中述及昔日渡河弊端，慘狀躍然，其云：「無如人心不古，恆肆鴟張；世路多艱，半眈虎視。舟子心奢，征夫囊澀，莫塡無底之壑。斷橋喚渡，酷索欲罄其行裝；新漲寄航，劫奪直窮其資斧。嗟哉過客，滋命幾障夫狂瀾。最冤枉者，持短棹以窮搜，橫逆莫甚于兇盜。」[50]

淡水撫民同知恩煜給立告示，曉諭大甲漳泉兩籍人士互敬互助、相處融洽，用以消泯分類爭鬥。其云：「試問若者爲漳，乃祖乃父已在漳，豈無高、曾而在泉乎？若者爲泉，乃祖乃父已在泉，豈無高、曾而在漳乎？淵源衍派，即在百世之本支；更烏可骨肉相殘，大傷厥祖考心！……最可傷者，殺人之父，人亦殺其父；殺人之兄，人亦殺其兄。報復無已，而國法寬。」[51]

㈩敬天法祖

敬天法祖，慎終追遠；建祠立廟，崇祖祀先。草屯林氏宗廟強調不可忘本：「蓋聞物本天而人本祖，水有源而木有本，理所固然。夫自兩儀肇分而人生其間，相繼相承，如水之千流百派，亦有其源；而木之分枝布蔓，亦有其根。是以溯其流則

49 同註 26，頁 379，〈錮婢積習示禁碑記〉。
50 同註 20，頁 114，〈創設義渡嚴禁私索碑記〉。
51 同註 20，頁 66，〈漳泉無分氣類示諭碑記〉。

源可考，究其條而本可尋。凡以祖派之傳，素明而宗支之分罔混也……奉主安座，虔誠奉祀。自是一族知所由來，昭穆有序、不忘本源，而祖宗之事永垂不泯矣！」[52]

佳冬雲岫公祠宣示建祠享祀：「吾儕今日即將嘗內餘貲酌議定規、建築宗祠，每逢寒食佳節，准此享祀，庶乎千年俎豆、萬載馨香也。」[53]

關廟方氏祠堂提醒族人表達孝思：「聖人以祀，禮教敬而民不苟。故備物告虔、事死如生，無非示人以報本追遠，自有之心也。爲子孫者可視爲具文，怠忽從事乎？凡遇祭日，值祀者當及早敬供其事；各房少、長亦及早咸集禮拜，各表一念之孝思。亦即以莘一堂之和，願勿以疏懶生廢墜之端也可。」[54]

㈢惜生戒殺

萬物皆有生命，「惜生戒殺」是對於生命的尊重；既能愛人，當必及於愛物。「嚴禁妄用牛油作燭碑記」刊載：「竊思牛爲有功之物，燭本敬神之信；有功固當愛憐，敬神所宜潔淨」；但是世人不察，妄宰耕牛、妄用牛油作燭，結果「是欲敬神，反以慢神；又不僅慢神，且以害民」。於是官方給示勒石，嚴禁牛油作燭，命令鋪戶作燭改用蠟油或柳油；從此「且以蠟燭敬，神必錫以福而降之祥，一舉而三善備矣！」[55]

---

52 同註 42，頁 238，〈創建林氏宗廟序（甲）〉。

53 引自拙編：《補遺篇》，頁 99，〈雲岫公祠宇建築碑記〉。

54 同註 19。

55 引自拙編：《宜蘭縣・基隆市篇》，頁 14，〈嚴禁妄用牛油作燭碑記〉。

畜牲生而供肉給人食用，乃是有理由的宰殺；畜牲死必弔魂以慰靈，乃是安人心的崇祀。「畜魂碑」記云：「大千世界，萬物皆寄；虛誕死生，修短奚異。方生方死，各適各遂；保身長族，永享福利。人養六畜，不外此義。夫畜資人，殺身以食；報德成仁，犧牲之至。非關弱肉強食，異類不忍觳觫；厥情無二，惟功百姓。」[56]

淡水臺灣省家畜衛生試驗所以獸疫血清製造生物藥品，不知犧牲多少動物；「犧牲動物紀念碑記」贊曰：「唯諸畜獻身眾生，塗肝腦、灑碧血，成仁取義，足可與先賢先烈之造福人群者爭輝同光。」[57]

綠島「人權紀念碑」於民國八十八年（1999）建立，紀念臺灣長達四十年白色恐怖時期，為爭取自由、民主、法治、尊嚴而被槍決或囚禁的人士。碑以一石又一石的連串鐫刻，羅列詳細名單，一個又一個的姓名，令人摒息而讀；又有新詩曰：「在那個時代，有多少母親，為她們囚禁在這個島上的孩子，長夜哭泣。」因人因事、因碑因詩，足以令來此憑弔的人們沈思而長嘆！[58]

六、結語

撫碑思古，跨越時空；讀文憶舊，風流浪漫。優游其間，

56 同前註，頁 16，〈畜魂碑〉。

57 同註 15，頁 249，〈犧牲動物紀念碑記〉。

58 同註 3，頁 194，〈造型設計意象新〉。

文采豐美，秀麗可賞；或嚴辭義正、或輕鬆雅趣，或針砭淑世、或積德善行，或風光明媚、或氣息陰涼，或楚楚動人、或咄咄逼人。臺灣碑碣文獻所蘊藏的文學資料豐美，正待吾人探討與發掘。

訪碑拓碑，無怨無悔；讀史寫史，兢兢業業。嘗撰碑文，亦文亦史；狗尾續貂，附記兩則，就教於方家：

「望月橋改建記」曰：「望月橋改建記望月橋橫臥運河，往來通暢。由於整治運河，舊橋重修設計改建，以鋼骨結構、圓拱懸吊、淡藍彩妝的造型，遠望宛如新月。夜幕低垂，明月高掛；波光粼粼，望月倒映成趣，美景再造。……因讚曰：新橋之月，仰望天藍；鋼樑之拱，對影成圓。運河之景，悠閒左岸；車馬之流，順利慶安。」[59]

「重修全臺吳姓大宗祠碑記」曰：「噫！小巷老祠相映趣，新貌古風兩相宜。値此殿宇重光、慶成之際，因讚曰：姬姓衍派，泰伯肇基；延陵郡號，季札傳遞。宗祠保存，族親盡力；祖德馨香，禋祀弗替。古蹟修復，新猷再啓；政通人和，清明永繼。」[60]

---

59 望月橋位於臺南市運河之上，於民國八十八年（1999）八月興工，至九十年（2001）十月竣工；筆者受臺南市政府文化局所託，為張燦鍙市長代筆改建事略，因故未見立碑。

60 全臺吳姓大宗祠名列臺閩地區第三級古蹟，於民國九十二年（2003）五月開工重修，次年五月竣工；筆者受臺南市政府文化局所託撰寫重修紀事，碑立該祠庭院。

參考書目

葉昌熾　《語石》，臺北市，臺灣商務印書館，民國45年4月
謝問岑　《高雄縣誌稿．藝文志》之〈文徵〉，鳳山鎮，高雄縣文獻委員會，民國49年5月
高拱乾　《臺灣府志》，臺北市，國防研究院．中華學術院，民國57年10月
謝金鑾　《續修臺灣縣志》，臺北市，國防研究院．中華學術院，民國57年10月
陳朝龍　《新竹縣采訪冊》，臺北市，國防研究院．中華學術院，民國57年10月
劉枝萬　《臺灣中部碑文集成》，臺北市，臺灣銀行經濟研究室，民國51年9月
黃典權　《臺灣南部碑文集成》，臺北市，臺灣銀行經濟研究室，民國55年3月
黃典權　《臺南市南門碑林圖誌》，臺南市，臺南市政府，民國68年
黃耀東　《明清臺灣碑碣選集》，臺中市，臺灣省文獻委員會，民國69年1月
洪波浪、吳新榮　《臺南縣志》卷十《附錄》之〈古碑志〉，新營鎮，臺南縣政府，民國69年6月
陸九和　《中國金石學》，臺北市，明文書局，民國70年3月
許　慎　《說文解字》，臺北市，華世出版社，民國71年11月
邱秀堂　《臺灣北部碑文集成》，臺北市，臺北市文獻委員

會，民國 75 年 6 月

鄭喜夫　《日據時期臺灣碑文集成》，南投市，臺灣省文獻委員會，民國 81 年 6 月

何培夫　《臺灣地區現存碑碣圖誌・臺南市（上）篇》，臺北市，國立中央圖書館臺灣分館，民國 81 年 6 月（以下圖誌出版地點與單位相同，從略）

何培夫　《臺灣地區現存碑碣圖誌・臺南市（下）篇》，民國 81 年 6 月

何培夫　《臺灣地區現存碑碣圖誌・澎湖縣篇》，民國 82 年 6 月

何培夫　《臺灣地區現存碑碣圖誌・嘉義縣市篇》，民國 83 年 5 月

何培夫　《臺灣地區現存碑碣圖誌・臺南縣篇》，民國 83 年 12 月

何培夫　《臺灣地區現存碑碣圖誌・高雄市・高雄縣篇》，民國 84 年 6 月

何培夫　《臺灣地區現存碑碣圖誌・屏東縣・臺東縣篇》，民國 84 年 12 月

何培夫　《臺灣地區現存碑碣圖誌・雲林縣・南投縣篇》，民國 85 年 12 月

何培夫　《臺灣地區現存碑碣圖誌・彰化縣篇》，民國 86 年 6 月

何培夫　《臺灣地區現存碑碣圖誌・臺中縣市・花蓮縣篇》，民國 86 年 12 月

何培夫　《臺灣地區現存碑碣圖誌・新竹縣市篇》，民國 87 年

6月

何培夫 《臺灣地區現存碑碣圖誌・苗栗縣篇》，民國 87 年 11月

何培夫 《臺灣地區現存碑碣圖誌・臺北市・桃園縣篇》，民國 88 年 3 月

何培夫 《臺灣地區現存碑碣圖誌・臺北縣篇》，民國 88 年 5 月

何培夫 《臺灣地區現存碑碣圖誌・宜蘭縣・基隆市篇》，民國 88 年 6 月

何培夫 《臺灣地區現存碑碣圖誌・補遺篇》，民國 88 年 6 月

何培夫 《臺灣古蹟與文物》，臺中市，臺灣省政府新聞處，民國 86 年 6 月

何培夫 《南瀛古碑誌》，新營市，臺南縣政府，民國 90 年 5 月

何培夫 《臺灣碑碣與生活特展圖錄》，臺南市，臺南市文化資產保護協會，民國 90 年 8 月

何培夫 《臺灣碑碣的故事》，南投市，臺灣省政府，民國 90 年 12 月

石阪莊作 《北臺灣の古碑》，臺北市，臺灣日日新報社，大正 12 年 4 月

從《臺灣府志》〈藝文志〉看清領前期臺灣散文正典的生成

❖**施懿琳**

〔現職〕

國立成功大學中文系教授

〔學歷〕

國立臺灣師範大學國研所博士

〔重要經歷〕

國立中正大學中文系副教授

〔主要著作〕

《日據時代鹿港民族正氣詩研究》

《清代臺灣詩所反映的漢人社會》

《臺中縣文學史》（合撰者許俊雅、楊翠）

《彰化縣文學史》（合撰者楊翠）

《跨語、漂泊、釘根——臺灣新文學研究論集》

《從沈光文到賴和——臺灣古典文學的發展與特色》

一、前　言

清朝領臺二一二年，至今可見傳本的方志有三十餘種，歷史學者陳捷先認為，這些方志「內容不差」，在臺灣一地能有這樣的成果「實在難能可貴」。[1]若從文學的角度來看，清代臺灣方志藝文志收錄了多數宦遊人士及部分本地士子的作品，「宦臺之官吏既有雅重文教者，有關臺灣之著述於焉而有作，方志之纂輯，既為博學之士展現史才之良機；方志之藝文，更成為墨人騷客酬唱吟詠之園地」[2]，其中實蘊藏著相當豐富的文學成果，值得細加探索。

本文主要以乾隆二十九年（1764）以前編修的五部《臺灣府志》〈藝文志〉中的散文[3]為對象，輔以其他縣志〈藝文志〉作品，嘗試探討清領前期，作為新附領土且在清帝國眼中處於

---

* 此文為 2002 年 10 月 16 日筆者於國家圖書館漢學研究中心舉辦的「地方文獻學術研討會」中，所發表的會議論文。會中承蒙陳捷先、來新夏、高志彬諸先生給予指正，尤其是會議結束後高志彬先生熱心地提供許多寶貴的意見，足以補充或修正本文若干論點，在此向諸先生致謝。

1 參考陳捷先：《清代臺灣方志研究》（臺北：臺灣學生書局，1996 年 8 月），頁 11。

2 參考高志彬〈清修臺灣方志藝文篇述評〉，東海中文系編：《臺灣古典文學與文獻》（臺北：文津出版社，1999 年 1 月），頁 56。

3 因受限於篇幅以及詩、文收錄狀況未盡相同，本論文只就「散文」的部分來討論，至於，韻文的部分（包括「賦」和「詩」），將來擬另文探討，在此暫不納入討論的範圍。

邊陲地區的臺灣，在執政者統治政策、文教制度以及官紳互動的環境下，如何逐漸由移墾社會發展成文治社會？而從數次方志藝文志的編纂，透顯了各個階段什麼樣相異或相同的篩選標準？在這樣的價值觀乃至意識型態主導之下，文學的正典如何產生？試圖藉由本文初步的觀察，探析清代臺灣散文典律的生成及其與政治、文化制度運作的關係。

二、清領前期臺灣方志編纂之目的、原則與選文特色

㈠方志的起源與發展

「方志」在中國發展的歷史相當長，有人將之追溯到先秦時代，認為晉《乘》、楚《杌》、魯《春秋》各國史書，乃至地圖與地理書《禹貢》、《山海經》等都是後代方志的源頭。到了漢代，為了更有效地治理國家，必須掌握全國各地的實際情況，志書的編纂更形重要。於是有全國性的地志如《漢書・地理志》；有郡國之書，如《三秦記》、《巴郡圖經》；有以人物為主的書，如《南陽風俗傳》、《陳留耆舊傳》；有以歷史為主的書，比如《越絕書》、《吳越春秋》等，使方志有了更進一步的發展。魏晉南北朝是一個大分裂的時代，地區性作品的因而有深一層發展的機會。專記地理的《洛陽記》、專記風俗的《關東風俗傳》、專記歲時的《荊楚歲時記》、專記寺廟的《洛陽伽藍記》……都是這階段重要的作品。值得一提的是晉代常璩編的《華陽國志》，此書雖以華陽一地為主，但是，他既談地理

風俗又記史蹟人物，將巴蜀地區從遠古到東晉的歷史大事做多方面的記述，與先前地志重地理知識或單談人物、歷史者不同；而且排列門類，頗類似近代方志體制，爲後代方志樹立了正典。志書到了唐代，發展更豐富了。爲了加強集權，達到「齊政」、「修教」的目的，志書不只用文字記錄，也輔以圖繪，「將風俗、物產、地圖上於尙書」，《沙州圖經》、《元和郡縣圖經》都是當時的名作。[4]宋代是中國方志發展最重要的時代，由於政治、社會的遽變，使得方志也隨之產生變化。此時，圖經的編纂定爲官制，不再如隋唐時期般由地方吏胥遵循中央命令書寫報告，而改由飽學的文人名士相繼參與纂修，除了增加有關「人」的文字，並收錄文藝作品之外，並以「志」名其書，此後，正式的、定型的「方志」書體開始出現。南宋以後，方志的編纂逐漸取代圖經、圖志，成爲記載郡、州、縣等行政區域的書體。陳捷先認爲：「宋代將古代各類地志融和改造，也爲後來方志學家以方志爲地方史的這一說法開了先河。」[5]元代以後，方志在南宋的基礎上繼續推進，一直到明清時期，不管在內容或體制上都有了更詳備的發展。清代臺灣一地的志書，便是在上述的歷史脈絡下累積、發展，清領二百年間府縣廳志的編修數量多達三十多種，而且具有一定的水準，實在相當難得。

---

4 以上有關方志的敘述參考陳捷先：《清代臺灣方志研究》，頁 1～4。

5 引陳捷先：《清代臺灣方志研究》，頁 6。並參考高志彬〈清代方志之纂修及其體例流變述略〉，《臺灣文獻》49 卷 3 期（1998 年 9 月），頁 187。

㈡清代臺灣府志的纂修背景與藝文志的編修原則

本論文選取清領前期編修的五部府志藝文志作爲觀察與討論的對象，主要因爲清修臺灣府志原有六部，第一部蔣毓英修的府志，並未編〈藝文志〉，因此，只能從第二部府志──高拱乾修的《臺灣府志》談起。之所以終止於乾隆二十九年余文儀修的《續修臺灣府志》，乃因爲到這部府志之後，臺灣便不再有府志的續修，一直要到百餘年後才有《臺灣通志》的編纂。[6]以下嘗試從方志的纂修背景、藝文志的編修原則及選文的特色幾個角度來比較五部府志的異同。

1. 高志

高拱乾在《臺灣府志》（以下簡稱《高志》）的〈自序〉中談到纂修府志的背景及緣由：

> ……臺灣蕞爾土，越在海外，遊氛餘孽，蔚為逋藪。熒熒番黎，茫然不知有晦日月……海外兵燹之餘，人心甫定、耳目未開，不為搜羅廢墜、纂輯典故，使天下觀者如身履其地而習其俗，無以彰聖天子一德同風之盛、廣久道化之

6　清代臺灣府志有六部：蔣毓英修《臺灣府志》（康熙二十七年，1688）；高拱乾等修《臺灣府志》（康熙三十五年，1696）；周元文等修《臺灣府志》（康熙五十七年，1718）；劉良璧等修《重修福建臺灣府志》（乾隆七年，1742）；范咸等修《重修臺灣府志》（乾隆十二年，1747）；余文儀等修《續修臺灣府志》（乾隆二十九年，1764）。

治，則亦守土者之過也……。

在清廷的眼中看來，臺灣雖爲蕞爾小島，但是，它曾是「鄭逆」的反清基地，所以負責職務的官員絕對不能掉以輕心，否則可能「餘孽猶存」，甚至可能成爲犯罪逋逃者的淵藪。如何快速地將此新附地納入大清王朝的版圖？如何使遙在京城的皇上知悉此地動態？如何使新版圖的子民感受到聖恩浩蕩？除了興利除弊、振學校、肅兵政、備軍實之外，高拱乾還不忘在臺政稍稍穩定之後，利用閒暇，觀察臺地風光景物，諮詢當地耆老，廣蒐文獻，做爲修志之參考。

《高志》的編修工作，於康熙三十三年（1694）正式開始。這一年高拱乾設修志局，吸納人才，進行修志工作。齊體物在〈臺灣府志序〉中謂：

甲戌（康熙三十三年），出其兩年來蒐集志草一帙，會守令、開志局、攬儒師，得明之士四人、文學十人，共襄校讎，計日程功，優以餘俸。

由這段文字可知，修志的準備工作應該早就在康熙三十一年（1692）便開始進行；而兩年後正式設修志局[7]，據「修志

7 高志彬認為「高志」諸家序跋中，齊體物與靳治揚二序與他人序跋字體有別，恐怕是補刻本才予以補上，其中頗有可疑之處。若單從初印本所見的「高（拱乾）序」與他家序跋來看，並未言及設局及靳治揚襄助之事。而，齊體物的序文說明設局纂修之經過，較「高序」與「凡例」詳盡；靳治揚序文言及志稿係經其相訂而請鑑於院

姓氏」可知，參與的成員，有「守令」──指當時攝臺灣府事的齊體物與臺灣、諸羅、鳳山三縣令；[8]有「儒師」──指臺灣府儒學教授張士昊、臺灣縣儒學教諭林宸書、鳳山縣儒學教諭黃式度、諸羅縣儒學教諭謝汝霖。至於在該志中列名「分訂」的實際工作負責人則是以臺灣本土文士爲主的：舉人王璋、貢生王弼、陳逸、黃巍、馬廷對、監生馮士戣、生員張銓、陳文達、鄭萼達、金繼美、張紹茂、柯廷樹、張僊客、盧賢、洪成度。

纂修方志實際進行的程序應該是由臺、諸、鳳三縣的文人在當地蒐羅資料、訪談耆老，撰述成初稿後，送交知府知縣以及府縣學教授、教諭審察校訂。而後由主其事的福建分巡臺廈道兼理學政高拱乾負責總纂，最後送「院司鑑定」[9]（齊序）。由此看來，雖然基礎工作是由本土士人負責，但是，發言權及思想取向還是必須受到層層架構其上的清朝官吏所制約。

至於纂修方志的目的何在？高拱乾在〈自序〉中云：「彰

司，「高序」則未加說明。論者（如方豪、高志彬）因此推測，初印本未收齊、靳二序文，隱然以此志為高拱乾一人所纂修，有剽竊王喜〈臺志稿〉、季麒光〈臺灣郡志稿〉以及貪功之嫌。參考高志彬：《臺灣文獻書目解題》（臺北：中央圖書館臺灣分館，1987 年 12 月）第一種方志類，頁 207~208。

8 據高志彬的說法，列名「校訂」的三縣令臺灣縣令李中素、鳳山知縣朱繡、諸羅知縣董之弼皆於康熙三十四年之後來臺，當未參與志局創設之初的工作。參考高志彬：《臺灣文獻書目解題》第一種方志類，頁 198。

9 即福建巡撫與布政使，參考高志彬：《臺灣文獻書目解題》第一種方志類，頁 205。

天子一聖同風之聖，廣久道化成之治」，藉此彰顯王化，使臺灣政治社會步上正軌的動機相當明顯。臺灣府海防同知齊體物在〈臺灣府志序〉中讚揚此書編纂的成效：

> 後之官乎此者，觀前人之善政，必知所矜式，而就乎正大。後之生乎此者，觀前人之芳躅，必知所興起，而進乎高明。則公之有補於治化，有關於運氣也不小，又豈特為紀事之書哉？

在此清楚地指出，方志的編纂，不只是知識性或史料性的紀事之書，而是「補治」之書，一方面要記載前人的善政、善行，建立值得仿效的典範，供後人學習；一方面則要努力宣揚皇恩浩蕩，使天朝的威望遍及這個海外新附島嶼。

在這樣的訴求下，高志在凡例裡，有關「藝文」一項，如是寫道：

> 凡載藝文，務關治理。苟有裨於斯郡，宜無美而不收。然，考獻徵文，前此遠在殊域；掞天華國，十年生聚方新。今惟先集所見，上自宸章，下逮新詠，後有作者，當俟之踵事增華。

〈藝文志〉的卷頭，還有一段序言，值得參考：

> 文章經國之大業、不朽之盛事。六經、子、史之外，凡施諸政事、見諸諷詠，足以垂世勵俗，皆所當尚。是以誌集

藝文，其中王言如綍，崇文德而振武功，蔑以加矣！至若章疏、移會、銘傳、詩篇，有關世教，例得採取。然裴行儉有言：「士先器識後文藝」；文雖工非品不傳，猶視其人何如耳！

在在揭示了《高志》〈藝文志〉選文的先決條件在：「務關治理」、「足以垂世勵俗」、「有關世教」……，亦即，假如與「治理」無關者，文章再好，恐怕不易入選。在此原則之下，我們看到高志的選文，將屬於上諭、御製之文的「宸翰」，安排在藝文志的第一類，由此可以看出方志纂修之初，〈藝文志〉被視爲「政治副產品」的色彩極爲濃厚。至於，其後的奏議、公移、序、傳、記等類的選文，大多偏向實用性之作。其中，選文最多的是纂輯者高拱乾本身的作品，比如〈捐修諸羅縣學宮序〉、〈送臺鎮穆公擢掌禁軍之京序〉、〈澄臺記〉皆屬之。尤其在「公移類」共有八篇：〈初至臺灣曉喻兵民示〉、〈月課示〉、〈嚴禁歲考營鑽招搖示〉、〈禁止對支兵米示〉、〈禁重利剝民示〉、〈禁苦累土番等弊示〉、〈勸埋枯骨示〉、〈禁飭插蔗并力種田示〉，等於是透過〈藝文志〉的編修，來達到臺灣最高行政長官宣佈政令、表達立場、記錄事功的目的。撰文之時，在明示施政立場之餘，仍不忘批評鄭氏劣跡，並宣揚清帝「仁政」的訊息。這情形在〈初至臺灣曉喻兵民示〉一文中，披露無遺：

照得昔日臺灣地居海外，人屬荒徼，地非內地，而民亦非內民也。自鄭氏竊據以來，徵兵、徵餉，臺民備極苦累。

皇上不忍置之化外，風聲所及，版籍來歸，復設重鎮以衛民，皆由皇仁浩蕩，軫念周全……至於歲科兩試，本道惟有矢公矢慎，以仰副皇仁培養至意，決不使有遺珠之嘆。生聚既繁，教育日殷；昔屬蠻邦，今為樂土。爾等亦回思鄭氏竊踞時，農盡驅而衝鋒、士盡驅而冒鏑，能有如是之煖衣飽食，敦詩說禮者乎？

2. 周志

至於周元文的《康熙重修臺灣府志》（以下簡稱《周志》），先是由鳳山縣令宋永清於康熙四十九年（1710）增修，康熙五十一年（1712）由周元文重修。雖然纂修的時間相差不遠，但是，從目前收錄在《周志》的宋、周二人之序文看來，宋氏修志帶有比較濃厚的宣揚政治的目的。整篇序文一開頭，即用了百餘字來讚頌因「天子惠愛」，致使「絕島異域，悉爲文物之區」的煥然氣象，並對先前《高志》的纂修抱持著肯定的態度，認爲它在封域、秩官、武備賦役、風土人物各方面莫不有書：「規模次第，瞭如指掌，其有裨於國社民生者不淺矣！」但是，從康熙三十五年至四十九年（1696～1710）在人事變遷、制度因革上已有許多變化，府志確有增修之必要，希望能因此「登全閩通志，爲採風問俗獻也」，試圖藉此納入全閩通志，作爲執政者之參考。宋永清於修志的同年，秩滿離職，此事遂中斷。厥後，臺灣知府周元文因爲對宋氏所修的內容有意見：「於政治之得失，生民之利病，闕焉而未詳，恐不足以垂久遠而備採擇。」（〈周志序〉）遂在康熙五十一年

（1712）春季，「與郡博士弟子員，搜討舊帙，諮訪新聞」，對人物、祿秩、土地、規制、廟祀的變化做了增補，其目的在：「庶幾異日有志之士，採風問俗，有以據而考焉。」與宋永清比起來，周元文修志似乎以記錄風俗，采集文獻爲主，而，宣揚皇威的目的性則比較不是那麼明顯。

據「重修府志姓氏」得知，參與《周志》編修者有：擔任纂輯的分巡臺廈道陳璸，臺灣知府周元文，臺灣、鳳山、諸羅三縣縣令張宏、時惟豫、劉宗樞，臺灣、鳳山、諸羅三縣儒學教諭康卓然、郭濤、陳聲。而負責分訂者，大多爲臺、諸、鳳三縣的本土文士：貢生張纘緒、郭必捷、陳文達、林中桂、生員李欽文、張雲抗、盧芳型、蔡夢弼、金繼美、劉榮袞、石鍾英、洪成度。其中，陳文達、洪成度、金繼美先前曾參與《高志》（1695）的分訂工作。陳文達後來又參與《臺灣縣志》（1719）、《鳳山縣志》（1719）的修志工作；林中桂後來也參與《諸羅縣志》（1717）的編次與《臺灣縣志》（1719）的編纂工作。從這次修志可以看出，康熙中晚期，臺灣社會精英在地方政府文化運作方面的參與度頗高。那麼，《周志》編修〈藝文志〉的原則如何？對照〈藝文志〉的卷頭，及其卷末的總論[10]

---

10 《高志》〈藝文志〉卷首：「文章經國之大業、不朽之盛事……文雖工，非品不傳，猶視其人何如耳!」（詳前兩頁正文所引）卷末則云：「閩之臺郡，無殊粵之瓊州；而水秀山明過之。曩雖聖教未孚，與中州迥別；數年來式以宸翰、董以文衡、鼓以科目，家絃戶誦，丘瓊山海忠介之烈，當不讓於將來也！名文佳章得之海外，坡公其明驗矣！」《周志》〈藝文志〉卷首和卷尾語則完全與高志相同。

可以發覺，該志的內容完全沿襲《高志》，並未做進一步的修改、調整。在選文方面又是如何呢？《周志》所收「宸翰」類與高志同；「奏議」類所收三篇也完全和《高志》所選的三篇相同；「公移」類有十一篇與高志所錄的十一篇完全相同，但是，又增補了和周元文〈申請嚴禁偷販米穀〉、〈申禁無照偷渡客〉等十一篇，幾乎都是實用取向爲主的文章。「序文」類所選有兩篇與《高志》同；「傳記」類所選四篇與《高志》同，另外又增補了〈陳縣令傳〉、〈孫郡司馬傳〉等七篇；「碑記」類有七篇與高志同，此外，又增補了康卓然的〈臺灣縣學文廟記〉、宋永清的〈火神廟記〉等二十一篇文章。《周志》〈藝文志〉所引錄的詩文佔全志頁數比例的 32.14%，數量之高，在清代臺灣方志中僅次於謝金鑾《續修臺灣縣志》的 37.96%[11]，似有選文太寬泛之嫌。對前志所收之文，可以說幾乎完全保留。主持修志的長官周元文之作，更是大量地收錄，這可以說是《周志》〈藝文志〉的缺失。但是，也就由於《周志》的寬泛，幾位參與分修府志的「本土文士」之散文，比如：陳文達的〈臺灣縣儒學廣文陸夫子去思碑〉、鄭鳳庭的〈諸羅文廟碑記〉、陳聖彪的〈臺灣府學田記〉、李欽文的〈鳳山義學田記〉才得以因之而留存。就臺灣「在地性」的突顯，就文獻史料的保存而言，還是具有相當重要的意義和價值。

3. 劉志

劉良璧於乾隆五年至六年（1741～1742）纂修的《重修福

11 參考陳捷先：《清代臺灣方志研究》，頁 197～198。

建臺灣府志》（以下簡稱「劉志」），乃臺灣本土文人主動倡議請修的方志。在書前的〈重修福建臺灣府志詳批〉中，錄有臺灣舉人陳邦傑、石國球、陳輝等十三位本土文人的呈文，從中可以了解該志編修之故[12]，乃由於清政權逐漸穩固後，中國內地移民大量地湧入，使臺灣社會越加富庶繁榮，原先的建制設施、風俗文化大異往昔，加上本土人士在科舉制度的教育養成下，逐漸產生整理文獻以「存治績於日新，攬遺文於未補」的自覺，因而提出願意倡捐經費，重修方志之要求：

> 臺灣居荒服之外，勝國始見傳聞……數十年學校詩書，文風丕振……故或增設廳縣，以壯金湯；或加添汛防，用資保障；或官秩科目之殊軌；或山川風物之異觀；或文治武功，堪銘彝鼎；或含貞履素，應列青編。軼事既已日多，郡志於焉久闕。蓋自康熙丙子之歲，迄乾隆庚申之年，梨棗湮沉，簡編殊失，已四十餘年矣！此日不為重修，將來奚由考據……邦傑等被澤聞風，食和飲德。愧乏柱史，發著述於名山；願採方言，收傳聞於故老……披遺編於劫灰焚後，備采風於蠹粉消餘。則文物不至無徵，聲教尤昭有象矣。所有校讎工費，邦傑等共為樂輸。

在此之前二十多年雖有《周志》（1712）之纂修，但是，

12 高志彬於「地方文獻學研討會」結束後，曾對這問題提出補充意見，認為劉志重修的背景除了筆者所分析的因素外，還必須考量當時的時代背景：雍正時期曾嚴令各省通志重修，以應一統志纂修之需；乾隆初期重修福建通志已完成，臺灣府志不得不重修。

臺灣文人卻在乾隆五年（1740）提出「梨棗湮沉，簡編殊失，已四十餘年」的擔憂。可見，陳邦傑等人應該未曾看到二十多年前編修的《周志》，其故何在？高志彬認為：「《周志》雖有刊本傳世，然乾隆以後流通甚尠，後志序跋皆未提及《周志》……或因康熙六十一年（1722）朱一貴亂時，刻版與印本毀於兵火，致官署無藏，民間未得見及也。」[13]換言之，在清政權已逐漸穩固，臺灣士子已逐漸被納入清廷的文化統治模式之際，本土文人開始為自己所處的生活圈缺乏歷史記憶而發出重修郡志的呼籲。這應是蔣志以來，第一部由於臺灣內部自覺性的需求而發出的聲音。這個訴求，很快地為臺灣知府錢洙、福建分巡臺灣道按察副使劉良璧所接受。巡視福建臺灣等處地方兼提督學政楊二酉有序文概述其纂修過程：

> 時緣郡乘多闕，文獻僅存，郡守丞將願從紳士之請，議捐膏火以修。觀察衡陽劉公遂慨然為己任，集鄉儒中有齒德而能文者館於郡齋，區類編輯。（劉）公手自甲乙，凡八閱月而落成。

在鄉人呼籲下，劉良璧與錢洙皆捐俸為倡，並由本土文人分別進行蒐集、撰寫，最後由劉良璧親自纂輯始完成。這裡所謂的「鄉儒中有齒德而能文者」，當指重修姓氏中負責「分輯」的舉人陳邦傑、陳輝，恩貢生張從政，拔貢生黃佺，歲貢生范學洙等五人。其中，陳輝與黃佺都為本土文人中的新

13 參考高志彬：《臺灣文獻書目解題》第一種方志類，頁219。

秀[14]，於當時的科舉社群中逐漸嶄露頭角，故成爲纂修方志的成員。那麼，《劉志》的纂修特色如何？方豪認爲《劉志》完全仿照通志，最受人指責。[15]但是，如果從文學的角度來看，《劉志》〈藝文志〉其實是諸志中選文頗精審者。高志彬認爲該志：「既刪舊志無關史事之冗文，且不濫收修志者之詩文，更未爲生人立傳，一洗官修志書徒貪虛名之弊。」[16]這確是《劉志》值得肯定的特色之一。此外《劉志》將《高志》、《周志》在〈藝文志〉所列的「宸翰」類抽離出來，另外收錄在全書卷首，名爲「聖謨」。這樣的編法雖未盡理想[17]，但是，就〈藝文志〉選文的標準而言，實漸趨於純粹，政治色彩較高、周二志爲淡薄。至於〈藝文志〉在整部《劉志》中佔了 15.39%，

---

14 陳輝字旭初，號明之，臺灣縣人。乾隆三年（1738）戊午舉人。工詩文，多閒居記遊之作，具清新婉約情致。其詩散見於府縣志書，日治時期連雅堂主編《臺灣詩薈》時，曾多方蒐集，為存三十七首，稱《陳旭初先生詩集》。陳輝除了擔任《劉志》的「分輯」；又於乾隆十七年（1752），擔任魯鼎梅重修《臺灣縣志》的「分輯」。黃佺，字半偓，雍正十二年（1734）臺灣縣拔貢生。乾隆元年（1736）揀選引見養心殿，奉旨以州判用。乾隆五年（1740）分修《臺灣府志》。素好詩，著有《草廬草》二卷、《東寧遊草》一卷，已佚。

15 參考《方豪教授臺灣史論文選集》（臺北：捷幼出版社，1999 年 12 月），頁 508。

16 參考高志彬：《臺灣文獻書目解題》第一種方志類，頁 235。

17 《范志》〈凡例〉云：「劉志大半摭拾舊志，如通志首列典謨，蓋以全省所奉諭旨，高文典冊，自且弁冕簡端，若郡志自不必復載。舊志將御製至聖贊及表章朱子上諭、周易折衷等序，並行纂述，此豈專為臺地而設耶？」

僅高於陳夢林的《諸羅縣志》(7.66%)、陳文達的《鳳山縣志》(12.04%)、沈茂蔭的《苗栗縣志》(13.67%)。卻要比比例最高的謝金鑾《續修臺灣縣志》(37.96%)、周元文《重修臺灣府志》(32.14%)低了許多。[18]

最明顯的差異是「公移」類作品的大量刪減，《高志》此類文章共收了十一篇，其中有八篇是高拱乾自己的作品；《周志》的「公移」除照單全收地呈現高拱乾的八篇文章外，又收錄了總纂者周元文自己的文章多達十一篇，地方官意欲藉著修方志的機會，爲自己留名後世的企圖相當明顯。而，劉志則將高、周兩位地方官本身的「公移」著作完全刪除，只和前二志一樣，錄了一篇首任臺灣道周昌的〈請詳開科考試文〉，對臺灣地區的開科取士，投注了相當程度的關切。由此可見，《劉志》纂修〈藝文志〉主要是基於文學的考量，因此篩除了部分以實用性爲主，且與文學較不直接相關的作品。

在「序」類的作品中，《劉志》始增夏之芳《海天玉尺》(初集、二集)的序文、張湄《珊枝集》的序文。《海天玉尺》初集、二集是夏之芳在巡臺御史任內(1728～1730)，先後選取歲科試牘中之佳作編纂而成，目的在提供臺地士子參加科舉考試之用。厥後，張湄編的《珊枝集》(1742)也是同樣性質的作品集。因此，《劉志》收錄了這三部作品集的序文，實與臺灣士子的科舉制藝關係相當密切，這三篇選文後來皆收錄在《范志》(1746)、《余志》(1764)，以及王必昌修的《重修臺灣縣志》(1752)、謝金鑾修的《續修臺灣縣志》(1807)〈藝文

18 以上統計數字據陳捷先：《清代臺灣方志研究》，頁197～198。

志〉中，可謂已然躋身清初臺灣散文的經典作品之列。

《劉志》〈藝文志〉中數量最多者，要屬「記」類的文章，共有十八篇之多。其中，與儒學教育有關的作品就佔了十篇，而康熙年間曾經三度來臺，推展本地儒學教育有功的陳璸[19]之作尤多。在此，可以看出在《劉志》〈藝文志〉編修者的心目中，「學藝」的要求可能要超過「政治」層面的要求。在臺灣逐漸納入清帝國文化的機制中時，藉由府縣學的教育來掌握、影響本土儒生，乃當時重要的課題；而本土文士所關切的與儒學教化相關的制度和設施，也都成了《劉志》碑記類選文之重要題材。

4. 范志

范咸與六十七於乾隆九年至十一年（1744～1746）合編的《重修臺灣府志》（以下簡稱《范志》），在《劉志》甫刊刻之後的第三年即著手編修，原因何在？福建布政司高山在〈范志序〉中指出《劉志》「未盡其要」，無法呈現當時臺灣之整體面貌：

---

19 陳璸，廣東海康人。康熙四十一年（1702）任臺灣知縣，次年離臺。康熙四十九年（1710）因福建巡撫張伯行之推薦，調任分巡臺灣道兼理學政，康熙五十三年（1714）離臺。康熙五十六年（1717）復奉命巡海至臺，次年因病乞休，旋而病卒。三次來臺期間，陳璸以興教化、易風俗為務，努力提攜本土文士，修明倫堂、朱子祠，使規制宏敞，人才蔚起。連橫《臺灣詩乘》謂其「造士愛民，吏治為海疆第一」。參考筆者：《清代臺灣詩所反映的漢人社會》（臺北：臺灣師範大學國研所博士論文，1991 年 5 月），頁 143～144。

庚戌歲，予奉命巡察。重洋遠渡，入其境，人民濟濟，無雕題卉服之狀，蓋浸潤於教化，涵養乎養育者，深且至也……退而準之舊有誌乘，則掛漏殊多……甲子春，旬宣閩地；見從前舊乘已為劉副使補葺，人有同心，猗歟！休哉！……劉君所葺志乘，又覺未盡其要；曾語巡使給諫六公，而六公亦有雅意增損之說。迨侍御范公赴臺，與六公參酌考訂、諮討釐正，逾一年誌成。

而《范志》則在「凡例」中，具體指出《劉志》在分卷上的安排不甚理想；[20]編輯方式大多摭拾《福建通志》之體，失之繁瑣；對臺灣山川的介紹過於簡略……等等缺點。在修志有其急迫性，而，甫纂修之方志又不符理想的情況下，重修府志似有其必要性。誠如臺灣道莊年在〈范志序〉中所說的：

巡方六、范二公，廑念海邦文獻，網羅薈萃，遐搜舊典，周訪新知，因而按部就班，釐為綱十二、目九十有二，繁者汰之、缺者補之，祛其泛，遴其要。而又不徑從簡略，使後人失所依考；而又不流附會，使旁觀循其模稜。意匠心裁，洋洋乎蔚為瀛島巨觀矣！

這部出於「意匠心裁」的府志是由哪些人編纂而成的呢？據該志的「重修臺灣府志姓氏」名單來看，異於前述三志的

---

20 《范志》凡例：「『星野』、『建置』、『山川』之外，更有『疆域』；而『物產』，即附『風俗』下，似為不倫。」

是，纂修者全部皆爲內地來臺的遊宦人士：

纂輯：巡視臺灣戶科給事中六十七（滿洲鑲紅旗人）、巡視臺灣兼提督學政監察御史范咸（浙江仁和人）

協輯：分巡臺灣道按察使司副使莊年（江南長洲人）、臺灣府知府褚祿（江南婁縣人）

參閱：諸羅學訓導陳繩（福建閩縣人）

校輯：臺灣府淡水同知曾曰瑛（江西南昌人）、澎湖通判汪天來（江南徐州人）、臺灣縣知縣李閶權（山西安邑人）、鳳山縣知縣呂鍾琇（廣東饒平人）、署鳳山縣知縣縣丞趙軾臨（浙江蕭山人）、諸羅縣知縣周緝敬（廣東新會人）、彰化縣知縣陸廣霖（江南武進人）

監刻：原任臺灣府海防同知方邦基（浙江仁和人）、臺灣府海防同知梁須梗（正白旗漢軍）、署臺灣府海防同知漳州府同知張若霳（江南桐城人）

校對：臺灣府學教授吳應造（福建閩縣人）、臺灣縣學訓導伍兆崧（福建寧化人）

方豪在〈清初臺灣士人與地方志〉一文曾說到：「我發覺在臺灣早期的幾部方志中擔任實際工作的人，幾乎全部是本地人，並且是當時本地最優秀的人士。」[21]可惜，方豪該文的討論範圍只到《劉志》爲止[22]，因此，未能進一步探討，本土人

21 參考方豪〈清初臺灣士人與地方志〉，收在《方豪教授臺灣史論文選集》，頁 84。

22 方豪在〈清初臺灣士人與地方志〉一文中解釋所以探討到劉志為止之故有三：一、臺灣最早的幾部方志都輯刊於清初，保存的史料最

士之所以在《劉志》刊刻二、三年後纂修的《范志》中，全部從修志者名單消失的原因。如果從「修志」這個文化事業來看，極可能是因為參與《劉志》的五位本土人士在當時都是修志「新手」，在體例的設計安排上，有許多不妥適之處，致使後人對之有了許多批評，也促使內地人士積極地要來主導這次的修志活動。然而，如果嘗試將之放在整個時代背景來看，乾隆初期清廷統治政策乃由康熙皇帝寬厚的施政原則，逐漸趨向嚴厲的思想禁制。據研究者統計，順、康、雍、乾四朝的一百三十九起「文字獄」中，順治朝六起、康熙朝九起、雍正朝十二起、乾隆朝則有一百一十二起。[23]可見到了乾隆朝，尤其是乾隆三十八年（1773）纂修《四庫全書》之後，文網更趨嚴密，思想的管束在此時可謂達到極限。《范志》的纂修雖在乾隆初期，但是，那種「萬馬齊瘖」所帶來的怖慄不安已隱然可見。而，如何藉由文字來影響或干預庶士文人的思想，當在此時已然成為朝廷重要的施政課題。這或許是《范志》之所以會在乾隆初期快速地整編內地文人重修府志，以取代本土文人所倡議編修的《劉志》之故。

多、最名貴；二、後出的方志往往因襲早期的方志，所以貢獻較少；三、因清初士人稀少，除修志外沒有其他表現的機會，他們（本土人士）之沒有完全被埋沒，還靠著他們的功名和修志活動。參考《方豪教授臺灣史論文選集》，頁 84。方氏所說誠然合理，但是，卻未能說明，一般評價甚高，且《劉志》刊印後不過兩年即開始纂修的《范志》，何以未被列入討論?

23 參考葉高樹：《清朝前期的文化政策》（臺北：稻鄉出版社，2002 年 7 月），頁 254～268。

《范志》〈藝文志〉選文的取向，可以從「凡例」中看出來：

> 「藝文」內舊志將鄭氏〈歸降表〉採入，尤為不倫；若前明寧靖王術桂係監國魯王所封，傳中屢以「王」稱之，亦非體矣！又「奏疏」首尾體例全載，此為冊檔之式，非是紀乘之文；況題目已經列明，更為屋上架屋。凡以上，概為刪改。至蕩平鄭氏，施靖海之功為烈；其後辛丑恢復，則藍總戎之功不讓於施。今二家紀載之書，一則有《靖海紀》、一則有《東征記》，雖不必皆成於己手，然其功足傳，則其文亦多可錄。志中祇遴其半，已各得一卷。他如沈文開不忘羈旅之思、孫湘南獨擅《叢笑》之什，是以採擇尤多；蓋是志於「藝文」之去取尤嚴也。餘若詠物、詠景之作，則彙錄入本條下，以見寫生屬情之妙。其不關此者，則統載「藝文」詩中云。

除了對舊志收錄鄭氏〈歸降表〉、稱朱術桂爲「王」，以及「奏疏」類體例呈現方式不當等的批評外，《范志》〈藝文志〉最具特色者爲大量收錄了在臺有戰功的施琅和藍鼎元的作品；同時也大量地補充了沈光文、孫元衡等具藝術價值的文人作品。雖在「凡例」中自云，對於藝文作品的甄選頗爲嚴格，但是據陳捷先的統計，《范志》〈藝文志〉所佔的比例還是偏高，佔了全書的 27.16%，比《劉志》的 15.39%要高出許多。[24]當

24 陳捷先：《清代臺灣方志研究》，頁 197～198。

然，數字的統計不足以完全作爲根據，以下試著看該志的選文特色：

「奏議」類散文共九篇，比《高志》的三篇、《周志》的三篇、《劉志》的五篇要增加許多。值得注意的是：其中有八篇爲施琅的奏疏，除〈陳臺灣棄留疏〉與《高志》、《周志》、《劉志》相同外，其他七篇皆爲新選錄的作品。從強調「鄭成功倡亂二十餘年，恃海島爲險，蔓延鴟張，荼毒生靈……」(〈陳海上情形疏〉)，應予以討平；到「臣荷皇上特恩起用，專畀進勦海逆之責……古者行兵多用奇計，聲東擊西，兵不厭詐……」(〈密陳航海進勦機宜疏〉)的積極勸諫清廷進勦，乃至「逆賊盤踞海島四十餘載，荼毒生靈，蹂躪版圖，致廑皇上宵旰之憂。臣體聖衷，誓必滅此盡淨，故雖帶傷負創，賈勇撲勦……今日克取澎湖之大捷，皆督臣賞賚鼓舞之功，乃有此成效也」(〈飛報澎湖大捷疏〉)，力克明鄭軍隊於澎湖之後的「其喜洋洋」，都可看到征臺有功將領施琅的戰功，以及其作品背後龐大的清帝國陰影。平臺之後，施琅又相繼進〈請蠲減租賦疏〉、〈論開海禁疏〉、〈請收拾遺棄人才疏〉對清初臺灣的諸種決策，影響極大。《范志》於「凡例」中謂施琅蕩平鄭氏，「其功足傳」，故收錄其文。這話固然有道理，但是，按理說這種宣揚「攻臺有功」人士的做法，應是開臺之初始然，等到統治漸上軌道之後，就不需選錄太多征臺武將之作了。何以自認甄選原則甚嚴的《范志》會做這樣的處理？此當與乾隆時期厲行思想禁制的緊縮政策有關。此外，參與討平朱一貴事件有功的藍鼎元，其作更是大量地被收錄在〈藝文志〉中。在「露布」類新收了三篇藍氏之作；「文移」類收了九篇；「書」類收了五篇；「記」類收了一篇。內容多與當時征討朱一貴的事件有關，比如〈攻克鹿耳門收復安平露布〉、〈擒賊首朱一貴等遂平南北二路露布〉、〈檄諸將弁大搜羅和門諸山〉、〈檄查大湖崇爻山後餘孽〉……等。朱一貴事件發生於康熙晚年，事件後所修的方志，在《范志》前還有《劉志》，但是，《劉志》並未選錄藍氏之作，而，《范志》則大量收錄藍鼎元作品，其後的《續修臺灣府志》、《重修臺灣縣志》、《重修鳳山縣志》、《彰化縣志》、《淡水廳志》、《澎湖廳志》，《新竹縣志》等志書，皆或多或少收錄了藍鼎元的作品，《范志》編選散文對後世方志藝文志的編纂實有典範性的指導作用。

從凡例可知《范志》的纂修，創始於滿御使六十七；而凡例之訂定亦出於六氏之手。從這裡或許可以看出滿人參與程度相當高的《范志》和以臺灣本土文人為基礎的《劉志》，在相近的年代，重疊度極高的時間點裡選編作品的差異。施琅的征臺，象徵了明朝抗清最後勢力的崩潰瓦解；從討平朱一貴事件，則可以看出滿清王朝在康熙晚年仍必須動員大量的兵力，才得以撫平臺灣社會反動勢力的事實。而，藍鼎元為清廷的治臺政策所提出的種種建議，更使得他獲得頗高的評價，甚至在道光年間與明末遺老並祀於鹿港的文開書院中。[25]

---

25 鄧傳安〈文開書院從祀議〉:「當日隨鄭氏渡臺與太僕（案：即沈光文）並設教而人爭從遊者，則有名重幾社之華亭徐都御史孚遠；其忠孝同於太僕，甘心窮餓，百折不回者，則有同安盧尚書若騰、惠安王侍郎忠孝、南安沈都御史佺期、揭陽辜都御史朝薦、同安郭都御史貞一；其文章上追太僕，兼著功績於臺灣者，則有漳浦藍知府鼎元。」收在《彰化縣志》，卷 12，〈藝文志〉。

至於，「《沈文開集》向時寓臺諸公所豔稱而未得見者，亦輾轉覓諸其後人。凡得詩文雜作鈔本九卷，半皆蠹爛；但，字跡猶可辨識，既不忍沒前人之苦心，故所徵引較前志尤多……」（《范志・凡例》），該志所增補的沈光文作品多爲詩歌，若單就散文而言，則只有〈東吟社序〉一文。這篇文章後來成爲了解臺灣最早的文人團體活動狀況相當重要的文獻。此外，《范志》還增錄了三篇福建文人蔡世遠的〈安海詩序〉、〈陳少林遊臺詩序〉、〈送黃侍御巡按臺灣序〉，以及該志主編者六十七的〈臺海采風圖序〉、范咸的〈番社采風圖序〉、〈海東選蒐圖序〉等文，皆可見編者對采風資治的看重。

5. 余志

余文儀的《續修臺灣府志》（以下簡稱《余志》）主要是乾隆二十五年至二十七年（1760～1762）余文儀任職臺灣知府時所纂修。[26]參與的人物爲：分巡臺灣道覺羅四明（總裁）、臺灣知府余文儀（主修）、淡水同知干從廉、夏瑚（協輯）、掌教於海東書院的福建舉人黃佾（參輯）、臺灣縣生員張源義（校

---

26 《余志》的纂修始於何時?一般的說法是在他任職臺灣知府之時（乾隆二十五年）起始，高志彬認為正式纂輯應是乾隆二十七年黃佾正式參輯之後，而成書亦在當年。至於，《余志》的刊刻時間，高志彬和李秉乾根據該志有乾隆三十九年鐘音的序文，分別推斷當在乾隆三十九年或四十年。參考高志彬：《臺灣文獻書目解題》第一種方志類，頁263。李秉乾〈清代臺灣纂修方志概況〉，福建省炎黃文化研究會編：《閩臺文化研究》（福州：福建人民出版社，1997年8月），頁204。

對），臺灣當地人士參與度同樣不高。至於該志纂修的目的何在？據余文儀〈自序〉云：

> 予以乾隆庚辰來守茲郡，詢省舊聞，得康熙間觀察高公所為志及其後副使劉君補葺之書，而患其未備；乃參覈新舊諸志，於簿書餘晷，撏撦群籍，博訪故老暨身所經履山川夷隘之處，傳聞同異之由，心維手識，薈萃成編。始封域、訖藝文，為類十二，為卷二十有六……以備蘭臺之儲、輶軒之採，且使守茲土者有所奉以諮覽，庶幾周悉其地域廣輪、人民畜產，以修其教而齊其政，不亦為厚幸乎！

有感於前志不夠完備，而地方官員有整理地方文獻以供執政者采風問俗之用的責任，因此有《余志》之纂修。不過，令人不解的是：在余文儀纂修方志的前十三年，已有《范志》之刊印，而且，從《余志》絕大部分內容和《范志》完全相同來看，余氏必然看過《范志》。但是，他卻不曾在序文裡提及，陳捷先因此嚴厲批評余文儀「埋沒事實」，而且有「掠人之美」的嫌疑。[27]余氏在沿襲《范志》之時，未能考察編纂的時間與范咸纂修時已有一定的差距，故有敘述上的錯誤。最嚴重的是十四條「凡例」完全照抄《范志》的版本，因此產生了若干時間上的誤差[28]，陳捷先認爲這是「剽竊上的鐵證」，並指

27 陳捷先：《清代臺灣方志研究》，頁 110。

28 凡例謂：「臺灣入版圖後，生聚教訓雖歷六十餘年……」，余氏來臺

出余文儀修志「動機有問題」。[29]不過，高志彬似乎比較寬容地看待《余志》的編修，認爲早期在臺灣地區不易見到《范志》，由於《余志》的纂修，保存了《范志》的體例與義法，遂使臺灣這部模範志書之典型得以留存，而爲嘉慶以後臺灣廳縣志書纂修者所師法。因此，就志書的纂修源流來說，《余志》實具有承先啓後的地位。尤其《余志》之後，到光緒十八年（1892）議修《臺灣通志》止，其間近一百三十年，府志未有重修者，益突顯出《余志》在臺灣方志纂修史上，實有著無可取代的地位。[30]

據統計，《余志》〈藝文志〉佔全書篇幅的 30.10%，在本文所討論的五部府志裡僅次於周志的 32.14%，佔的比例頗高。[31]選文方面，《余志》保留了《范志》所有選文，而又有增添。在「奏疏」類增加了乾隆初巡臺御使張湄、書山合撰的〈請採買米穀按豐歉酌價疏〉和乾隆二十三年任福建巡撫的吳士功的〈題准臺民搬眷過臺疏〉。這兩篇奏疏均能針對當時的社會實況，站在臺灣庶民百姓的立場發言，相當難得。〈請採買米穀按豐歉酌價疏〉一文謂：過去臺灣素稱產米之區，可以接織內地所需。但是，隨著臺灣流民漸多，土地卻未能增廣，若是遭逢水旱等天災，又無法和其他區域一樣獲得鄰省通融接

當是清朝領臺後的第七十八年（1683～1760），六十餘年是依范咸來臺的時間計算而得。又謂：「逮乙丑冬，巡歷至其地」，乙丑為乾隆十年（1745），當時余文儀尚未來臺，此實為范咸來臺時間。

29 陳捷先：《清代臺灣方志研究》，頁 108。

30 高志彬：《臺灣文獻書目解題》第一種方志類，頁 262。

31 陳捷先：《清代臺灣方志研究》，頁 198。

濟，則臺民處境之艱難可知。因此，不宜「以從前之臺灣，視今日之臺灣」，否則將使得「小民終歲勤勤，至秋成而賤賣之，既失皇上愛民重農之意；若使有司賠墊，勢必挪移虧空，亦非皇上體恤臣下之心」，故建議朝廷應「隨時斟酌變通，使中外有無相濟」方為上策。吳士功的〈題准臺民搬眷過臺疏〉以乾隆二十三年十二月至二十四年十月的統計數字為例，說明禁海令對閩粵沿海居民所造成的傷害：偷渡民人二十五案、老幼男婦九百九十九名口，其中溺斃者男婦三十四名口，其餘均經訊明，分別遞回原籍。「其已發覺者如此，其私自過臺在海洋被害者，恐不知凡幾」。何以偷渡的現象如此普遍？吳士功認為「以內地民人或聞臺地親年衰老，欲來侍奉；或因內地孤獨無依，欲來就養。原圖天倫聚順，永遠相親；無如格於成例，甘蹈偷渡之愆……」而朝廷基於「為防臺而治臺」的消極心理，禁止內地居民搬眷來臺，「以故內地老幼男婦煢獨無依之人，迫欲就養，竟至鋌而走險，畢命波濤。非所以仰體我皇上如天之覆、一視之仁也！」因此建議朝廷在臺的「有業良民」應允准其搬眷來臺，使其在臺得以常居久安。《余志》將這兩篇體恤臺民的奏疏接續在施琅八篇及覺羅滿保一篇選文之後，一方面呈顯其時代意義及區域特色；一方面可以呈顯出當時執政者「恩」（後兩文）、「威」（施琅文）並行的政治取向。

另一類大量增補的是「記」類文章。《余志》完全接受《范志》的二十篇選文，而後又再增補十九篇乾隆年間來臺任職者的作品。使得該志既有歷史記憶（收錄了沈光文、施琅、高拱乾、陳夢林、陳璸、夏之芳等人的文章），又有現實的關懷（覺羅四明、蔣允焄、衛克堉等皆在乾隆年間來臺任職）。

陳捷先認爲《余志》〈藝文志〉部分「表面看起來比范志增多了，但是，實有濫收的缺失」[32]，這樣的說法其實有待斟酌。在余氏承繼《范志》之後，新增的十九篇文章中，收錄作品最多的是當時擔任臺灣道兼提督學政，並在《余志》掛名「總裁」的覺羅四明。其中共收了他〈新建朝天臺暨文昌閣記〉、〈重修城隍廟記〉、〈新建崇文書院記〉、〈改建海東書院記〉、〈重修道署記〉等作，這五篇皆呈顯了覺羅四明在臺灣府的種種宦績。類似的情況，也發生在收錄了〈重建火神廟碑記〉、〈重建武廟官廳碑記〉、〈增建天后宮官廳碑記〉、〈新建萬壽宮碑記〉等四篇作品的蔣允焄身上。[33]這裡雖不無宣揚政績之嫌，但是，假如比對評價極高的《范志》來看的話，該志〈藝文志〉裡收錄了十篇施琅、十七篇藍鼎元以及五篇陳璸之作，其考量點絕對不只是在藝文美學的考量上。如其「凡例」所云，所以大量選取施琅及藍鼎元之作的緣故在於「其功足傳，則其文亦多可錄」，對臺灣有功（尤其是戰功）爲其最重要的考量，至於「文藝」之美，則似乎成了次要的條件了。如果對《范志》的選文標準可以接受，卻又指責《余志》是「濫收」藝文作品的話，是持著不同的尺度看待兩部府志，其實並不公平。是以，筆者比較同意高志彬的觀點，持著比較肯定的態度來看《余志》的纂修。

32 陳捷先：《清代臺灣方志研究》，頁 1。

33 蔣允焄於乾隆二十八年八月繼余文儀之後，任臺灣知府。乾隆二十九年十二月，任分巡臺灣道，乾隆三十六年改海防汀漳道離臺。參考《臺灣歷史人物小傳》（臺北：國家圖書館，2001 年 6 月），頁 304。

三、方志藝文志的選編與散文正典的生成

進行了清初臺灣五部方志藝文志的纂修目的、參與成員、選編原則以及選文特色的概略分析之後，接著要探討的是各階段方志藝文志的選編，在當時的臺灣社會形成什麼樣的文學正典？它究竟具有什麼樣的意義和功用？

㈠正典的生成

1. 所謂「正典」

正典（Canon）一詞本意爲「測量桿」或「直尺」，原本就可用來指「標準書單或目錄」，早期被教父用來指稱教會所接納，且內容包含有「基督教信仰準則」的作品。後來它被比較寬泛的使用，指一種普遍性的規則，可供後人作爲行爲、道德、信仰、主體建立之準則。[34]

本論文在此採取比較寬鬆的定義，將「正典」一詞運用到文學範圍來討論[35]，意指：一種眾人普遍可以接受，具有一定

34 參考蔡振興〈典律／權力／知識〉，收在《典律與文學教學》（臺北：書林出版公司，1995 年 4 月），頁 55。

35 人文社會科學研究者幾乎都此態度。如劉述先即認為：人人都好像對於「正典」有所理解，但要作進一步的追索，就不免處處都是問題，莫衷一是。因此，他只把「正典」當作一個啟發式的（heuristic）觀念而已。參考劉述先〈從正典轉移的角度看當代中

程度的權威性與公信力的閱讀標準。在此，我們要問的是：某些「文學正典」是在什麼樣的時代、由誰，基於什麼樣的目的，藉由什麼樣的方式來建立選文的標準？假如將之具體地落實到清初康雍乾時代（時間）的臺灣（空間），這些問題如何解答？

2. 官方觀點篩選下的臺灣散文正典

作爲一個統治龐大異民族（漢族）的王朝，滿清政權在諸多政策的設計上都煞費心思。尤其如何制定「文化政策」，透過政治的力量主導漢人思惟模式、塑造集體的價値觀，使被統治者不自覺地受到控制引領，逐漸向執政者所主導的意識型態傾斜，更是當務之急。緣此，科舉制度的施行、「博學鴻詞」特科的舉辦、程朱理學正統地位的確立、圖書的訪求與編輯、禁書及文字獄的屢興、黜邪崇正的宗教管束、具有教化功能的史書之纂修……等，都是清政府努力的方向。[36]那麼，在清朝統治下的臺灣情況又是如何？

康熙二十二年（1683）取代鄭氏勢力之後，清廷原本無意經營臺灣，後經施琅力陳臺灣不可棄之後，始勉強接受其建議。但是，在心態上仍將之視爲「海外異域」，與中國內地存在相當程度的差異。尤其是「爲防臺而治臺」的政策，對臺灣社會的發展產生相當程度的影響。[37]若就管束思想文化方面而

國哲學思想之變局〉，《哲思雜誌》第 1 卷第 1 期（1998 年 3 月）。

36 參考葉高樹：《清朝前期的文化政策》，頁 3～4。

37 其治臺政策，約有三方面：一、任期短、限制多的人事調派；二、以防範心態為主的律令規章；三、以箝制思想為主的文教措施，參

言，清領之初，作爲移墾社會的臺灣，在文教的推展上成效並不盡理想。一般人多視讀書、科考爲無用之途，家中子弟在五、六歲時，仍未曾令其就學。[38]後來經過幾位有心的官吏努力地興建文廟、書院、義學以振興文教；加上，閩粵地區「不得意於有司」的文士，紛紛東渡「冒籍」應考，地方官吏也以「寄籍不必杜，藉其博雅宏通，爲土著之切磋可也！」給予相當寬鬆的管制和相當大的發展空間，才使得臺灣科舉社群的數量逐漸增加。[39]乾隆二十年（1755）諸羅縣士紳共立「嚴禁冒籍應考條例碑」，此事頗具象徵性的指標意義。代表了臺灣本土文士在官方大力鼓倡之下，已累積了足夠數量的科舉士子人口，因此開始抵制先前自閩粵冒籍來臺的內地人士，以保障本地之學額；這同時也代表了臺灣的「本土意識」已逐漸抬頭，慢慢地與內地文士產生區隔。如何爲本地人士爭取應有的權益？如何讓自己或子弟躋身仕宦之路，使臺灣本土人不再只是邊陲一隅的靜默者？這都是當時臺灣豪族士紳相當關切的議題。

如果放在清王朝的施政原則和統治策略的脈絡下來觀察的話，清政府透過科舉考試的舉辦，積極引導臺灣從移民社會轉型成文治社會，鼓勵移墾大戶的優秀子弟走向科舉考試之路，其實都是希望藉此捏塑、摶造臺灣的菁英分子趨向符合朝廷意識型態的價值觀。透過科舉制義之文的薰陶，文人士子不自覺

考筆者博士論文：《清代臺灣詩所反映的漢人社會》，頁 18～26。

38 參考《諸羅縣志》，卷 5，〈學校志〉。

39 參考尹章義：《臺灣開發史》（臺北：聯經出版公司，1989 年 12 月），頁 545～548。

地受到這些符合國家政策的讀本或文學標準所影響，久而久之，思想觀念受其引導，自然成爲朝廷的傳聲筒，在自己所處的環境裡，複製統治者的聲音。當然，清朝試圖影響庶民百姓的管道絕對不只一端，除了透過科舉制度、透過制義之文的書寫及鼓勵外，在府縣學宣講聖諭、並講授朝廷認可下的讀本，或是透過方志藝文志的編纂，篩選出官方所認可的，具代表性的藝文作品，使之成爲文人士子閱讀與統治者參考的對象[40]，都是地方吏員所要擔負的責任。

在這樣的文化氛圍下，清初在臺灣纂修方志的實況如何？它的編輯取向是否如前所云，銜負著政治上的使命，藉此向臺灣士子傳達某些施政的理念和訊息？而，藉由〈藝文志〉選文，是否可以看出五部臺灣府志編纂的特色與彼此間的異同？

從府志〈凡例〉涉及「藝文」的部份來考察，可以看出這些官修方志皆具有強烈的政治目的：

《高志》:「志載藝文，必關治理；苟有裨於斯郡，宜無美而不收。」

---

40 筆者在〈世代變遷與典律更迭〉（中臺灣古典文學研討會，臺中縣文化局主辦，2001 年 12 月）一文中，曾分別從「政治」與「文學」兩個角度來進行分析典律生成的原因。認為「政治權力運作的影響」可以分別從：(1)執政者國家政策的主導、(2)方志藝文志的選編、(3)科舉考試範本的編纂、(4)書房教師的刪修指引等方向來進行觀察。至於，「文人群體運作機制的影響」則可從：(1)詩人作品集的編輯、(2)文人團體的活動兩個角度來加以說明。雖然了解文學典律產生的複雜性，但是，為使論題獲得充分的討論，本論文主要鎖定「方志藝文志的選編」這個角度，來做細部的分析和詮釋清初散文正典產生的背景和原因。

《周志》凡例完全與《高志》同。

《劉志》：「舊志『藝文』頗繁，今稍釐訂，擇其愷切詳明有關政教、風土者錄之，以資考鏡，亦佐志乘所不載焉。」

《范志》：「蕩平鄭氏，施靖海之功為烈；其後辛丑恢復，則藍總戎之功不讓於施……其功足傳，其文亦多可錄，是以採擇尤多；蓋是志於『藝文』之去取尤嚴也。」

《余志》凡例完全與《范志》同。

由上述資料可知，從《高志》的纂修到《余志》的完成（1696～1764）這一段期間裡，不管是誰，不管在那個時間編修，不管選文的原則寬鬆或嚴格，〈藝文志〉所收的作品與政治關係密不可分的大原則，基本上都不變。這應與《方志》本身作為「地方史」的角色有關。它畢竟不是文學選集，訴求的重點不在文學藝術之美的呈現。中國方志自南宋以後，「輔治」的作用已然確定[41]，我們很難期待在這類的文本中看到嚴格標準篩選下的「美文」。唯一的例外，大概只有陳夢林編纂的《諸羅縣志》，其凡例云：

41 陳捷先引許汝霖對志書的主張，認為志書要有：「垂則後世、啟覽者之心，使知古今得失之歸」的教育功能。引張鉉語，認為志書必須記「歷代因革古今大要」，「以綜言行得失之微」，記人物必須「善惡畢著」。更引清代章學誠語，認為方志是「天地間大節大義，綱常賴以扶持，世教賴以撐柱者也」。參考陳著：《清代臺灣方志研究》，頁9～11。

藝文之選，所重在文。古人一語不合，棄不入選，蓋其慎也。若功德碑記、上下文移，敗炙殘羹，一概濫竽充俎，觀者氣塞矣！

在確定以「文」爲本的選擇原則下，《諸羅縣志》〈藝文志〉所選之作「篇佚無多，各體未備，故不復分類，將以俟諸來者」，表現了陳夢林「寧缺勿濫」的選擇標準。

至於以「輔治」爲目的的清初五部臺灣府志，雖然在選擇標準差異不大的情況下編選作品，其實還是表現了寬嚴不一的選編尺度。一般多謂《周志》、《余志》收錄作品過於寬泛，有「濫收」之嫌；而《劉志》則「擇錄過精，明鄭遺文未予採錄，不免有淘沙棄金之感」。[42]其中似乎以《范志》受到的批評較少，是比較理想的志書。但是，因爲早期《范志》在臺灣極不易得見，其後的《余志》則是乾隆二十九年之後唯一比較容易見到的府志，而且《余志》之後一百三十年間都沒有府志再進行編修。因此，我們可以說經過五度篩選，府志選文所建立的散文正典，在《余志》纂修時代已然形成。那麼，從《高志》到《余志》，一路篩選的散文作品，究竟有哪些是選文者心目中的佳作？或者說是當時具有文學發言權的人士心目中的「正典」？茲先以表格方式呈現五部府志中，曾被三部以上志書選編的作品：

42 高志彬：《臺灣文獻書目解題》第一種方志類，頁235。

表一

作 者	篇 名	選 者	備 註[43]
奏議			劉、范、余稱「奏疏」
施琅	〈報入臺灣疏〉	高、周、劉	
施琅	※〈請留臺灣疏〉	高、周、劉、范、余	陳臺志、王重修臺志、謝續修臺志
覺羅滿保	〈題報生番歸化疏〉	劉、范、余	諸志、王重修鳳志
公移			余志稱「文移」
周昌	〈詳請開科考試文〉	高、周、劉	
高拱乾	〈月課試〉	高、周、劉	
序			
高拱乾	〈捐修諸羅縣學宮序〉	高、周、劉	諸志
夏之芳	〈海天玉尺編初集序〉	劉、范、余	王重修臺志、謝續修臺志
夏之芳	〈海天玉尺編二集序〉	劉、范、余	王重修臺志、謝續修臺志
張湄	〈珊枝集〉	劉、范、余	王重修臺志、謝續修臺志
傳			
陳元圖	〈總督姚公平臺傳〉	高、周、劉	劉志「傳」只選此一文

43 陳夢林《諸羅縣志》簡稱「諸志」、陳文達《臺灣縣志》簡稱「陳臺志」、王必昌《重修臺灣縣志》簡稱「王重修臺志」、謝金鑾《續修臺灣縣志》簡稱「謝續修臺志」、陳文達《鳳山縣志》簡稱「陳鳳志」、王瑛曾《重修鳳山縣志》簡稱「王重修鳳志」。在此，所標示的縣志因地方性較強，非以全臺為考量，故只列入備註參考，不納入計數之範圍。

記			
施琅	〈平臺紀略碑記〉	高、周、劉	
施琅	〈靖海將軍侯施公功德碑記〉	高、周、劉	
	〈靖海將軍靖海侯施公記〉	高、周、劉	
施琅	〈師泉井記〉	劉、范、余	
楊文魁	〈臺灣紀略碑文〉	高、周、劉	
高拱乾	※〈澄臺記〉	高、周、劉、范、余	謝續修臺志
王之麟	〈重修府學文廟新建明倫堂記〉	周、劉、范、余	陳臺志、謝續修臺志
陳璸	〈臺邑明倫堂碑記〉	劉、范、余	陳臺志、謝續修臺志
陳璸	〈新建朱文公祠碑記〉	劉、范、余	陳臺志、王重修臺志、謝續修臺志
陳璸	〈新建文昌閣碑記〉	劉、范、余	陳臺志、王重修臺志、謝續修臺志
陳璸	〈重修臺灣縣學文廟碑記〉	劉、范、余	陳臺志、謝續修臺志
蔡世遠	〈諸羅縣學記〉	劉、范、余	諸志
黃叔璥	〈重修臺灣縣學碑記〉	劉、范、余	謝續修臺志
楊二酉	〈海東書院記〉	劉、范、余	謝續修臺志
楊二酉	〈秀峰塔記〉	劉、范、余	謝續修臺志
文			
施琅	〈祭鹿耳門文〉	劉、范、余	范作〈祭鹿耳門水神文〉

（※若爲乾隆年間所修的《劉志》、《范志》、《余志》所選，則加灰框以示區別）

諸多選文中，有兩篇是五部府志均選錄的作品，其一為施琅的〈請留臺灣疏〉，另一篇為高拱乾的〈澄臺記〉。這兩篇都寫於康熙年間，施琅對臺灣最大的貢獻在討平鄭氏勢力，並對清廷提出種種治臺的建議。〈請留臺灣疏〉層次分明地向朝廷分析臺灣地理位置的重要，物產的豐饒，交通的便利，「此誠天以未闢之方輿，資皇上東南之保障，永絕邊海之禍患」，棄之實在可惜！因此，若將臺灣棄為荒陬，原本在臺各遂其生的農工商賈將失業流離；而且以有限之船渡無限之民，需耗費數年時間方得以完成。不願被遣回者，可能藏匿在深山窮谷，和同土番嘯聚；或糾結同黨，剽掠濱海。更令人憂心的是，如果棄守臺灣，此地將再度為荷蘭所據，對清廷再度造成威脅。「是守臺灣，所以固澎湖」，欲使東南濱海一帶安寧無事，非守臺灣不可。施琅接著具體建議如何調派有限的人力前來：「且海氛既靖，內地溢設之官兵，盡可陸續汰減，以之分防臺灣、澎湖兩處……通計一萬名，足以固守，又無添兵增餉之費。」並建議「其防守總兵、副、參、遊等官，皆定以三年或二年轉陞內地，無致久任，永為成例」，這些意見相當具體可行，後來多為清廷所採用，對於臺灣未來的發展有著關鍵性的影響。此文觀察深刻，立論堅實，語調鏗鏘，不管從文學上來考量，從統治者征臺意義上來考量，從「發現臺灣的重要」……各個角度來看，都極為可取。歷來方志選編者未嘗捨棄之，當與其同時具有「文學性」與「實用性」有關。

至於高拱乾的〈澄臺記〉則表現了宦臺文人藉由亭臺樓閣，觀賞山光水色的幽雅情懷，是府志〈藝文志〉中比較罕見的題材。之所以罕見，乃因方志以采風資治為主，大凡戰功的建立，書院縣學的興修，人才的培育都是選文重點所在。至於，文人雅士間的暢敘幽懷，賞心樂事，雖不是〈藝文志〉選文所著重者，卻是重視文藝活動的地方官員之生活實況，這或許是何以五部府志都將該文收入〈藝文志〉的原因吧！尤其清領初期，來到臺灣這個「厥土斥鹵，草昧初闢」的陌生環境任職，遊宦人士輒感「耳目常慮壅蔽，心志每多鬱陶」，遂有臺廈道高拱乾「斐亭」之建造與「澄臺」之興築。藉此作爲應接賓客之所與觀賞佳景之處，登臺之際得以「散懷澄慮，盡釋其絕域棲遲之歎，而思出塵氛浩淼之外」，實足以與昔時的「淩虛」、「超然」兩亭臺相比。高志之後，雖然還有其他仕宦人士有類似的作品，但是，如果以開創性與延續性而言，高拱乾的斐亭、澄臺開啓了臺灣亭臺建築之始，其中「澄臺觀海」、「斐亭聽濤」更被標舉爲最早的「臺灣八景」中的兩景，高拱乾之後陸續有人以這兩個地標性的景點作爲歌詠的對象，臺灣八景之作甚至延續到日治時期。因此，如果從作品的代表性與對後來的影響而言，高氏〈澄臺記〉確實具有成爲清代散文正典的充分條件。

除了上述兩篇外，上列表格所呈現的大多爲曾被府志選錄三次的作品。就其內容而論，略可分爲「武功」與「文治」兩大類：

施琅的〈報入臺灣疏〉、〈平臺紀略碑記〉、〈師泉井記〉、〈祭鹿耳門文〉、合郡士民公立的〈靖海將軍侯施公功德碑記〉、〈靖海將軍靖海侯施公記〉、陳元圖的〈總督姚公平臺傳〉、覺羅滿保的〈題報生番歸化疏〉等八篇都是清廷統治臺灣之初，爲打擊明鄭勢力，安定臺灣漢番社會所做的昭告和宣示，這類文章一直到《范志》、《余志》纂修的乾隆前期，依然是府志相當重視的作品。若翻察方志史料，並對照當時的政治社會相來看，可見從統治臺灣起始一直到乾隆前期《余志》纂修完成止（1683～1764），臺灣漢番發生的「動亂」數量多達二十九件。[44]其中，有鄭氏餘黨，密謀抗清者；有聚眾起事，自立爲王者；有原住民不服管束，起而反抗者……在在造成統治者的惶惴不安。因此，藉由方志的纂修，藉由文人士子閱讀方志的機會，在〈藝文志〉的選文中，大力宣揚執政者仁風廣被，威聲遠播，在「海氛既定，餘孽已除」之後，舉國歡欣，願附編氓，順從馴服於王朝的觀念。這類文章不僅有歷史記憶的功能，同時也嘗試努力地在臺灣士人中建構一種安於被統治的邊緣位置，以及努力效忠清王朝的集體意識。

至於，「文教」方面，數量更多達十五篇。幾乎都是當時最高階層的行政長官對臺灣文教發展的指導或建議：首任臺廈道周昌的〈詳請開科考試文〉，指出「臺灣既入版圖，若不講詩書、明禮義，何以正人心而善風俗也？」因此，必須建學校、行考校，藉此「海天第一要務」，來「化頑梗之風，而成雍熙之治」。其後，臺廈道高拱乾的〈月課示〉、〈捐修諸羅縣學宮序〉、臺廈道王之麟的〈重修府學文廟新建明倫碑〉、臺廈道陳璸的〈臺邑明倫堂碑記〉、〈重修府學碑記〉、巡臺御史黃叔璥的〈重修臺灣縣學碑記〉……都是透過教育機構的新建或重修，將中國內地的學校制度、考課模式援引到臺灣，逐漸促

44 參考許雪姬：《清代臺灣的綠營》（臺北：中研院近史所，1997 年 5 月），頁 100～102。

成科舉社群的產生。雍正六年（1728）擔任巡臺御史的夏之芳，爲了呼應朝廷「作養邊陲之至意」，努力鼓勵臺灣士子「讀書積學，修身立品，使文章積爲有用；而又以其詩書絃誦馴其子弟、化導鄉人。俾淳龐和氣，遍於蠻天菁嶺間」。故先後有蒐集歲試與科試作品的《海天玉尺編初集》及《海天玉尺編二集》刊印，這兩部書的序文，乃至其後巡臺御使張湄仿其作意而編輯的〈珊枝集序〉，並皆出現在《劉志》、《范志》、《余志》中。由於修志爲一文化事業，修志者有意藉著這個園地，將清領初期在臺灣的教育設施、選士途徑、拔才原則，做鮮明的凸顯。一方面可藉此拉攏有意攀登青雲的文人士子，使之成爲朝廷統治臺灣的重要資源；一方面可藉此觀察清初臺灣社會儒漢化及學校教育實施的情形，以檢覈在臺灣推展文教的成果。

再回到上列的表格來看，作品曾被選入三部府志者，幾乎都必然有《劉志》。我們可以在資料的排比下看出，不是「高、周、劉」一組，就是「劉、范、余」一組，卻看不到「高、周、范」或「周、范、余」等的配合。換言之，〈藝文志〉中選文最精、數量最少的《劉志》，在五部府志藝文志中，反而是重疊度（或者說「準確度」）最高的一部，它扮演著中間勾聯的角色。從這裡，可以看出時代背景對選文的影響。雖然，《劉志》的纂修時間是乾隆七年（1742），但是，與其後纂修的《范志》和《余志》比起來，它還是和前面兩部修於康熙年間的方志在時間上比較接近。因此，他們有時會有共同關懷的議題，承上面的「文教」之例來說：周昌的〈詳請開科考試文〉和高拱乾的〈月課示〉這兩篇文章，被選入《高志》、《周志》、《劉志》前三志中；而夏之芳的〈海天玉尺編初集序〉、〈海天玉尺編二集序〉則見於《劉志》、《范志》、《余志》後三志。這一方面和所選人物來臺時間有先後相關，夏之芳雍正年間才來臺，其作不可能收在先前編的《高志》、《周志》中。另一方面，則因康熙年間和乾隆年間「文教方面」所關心的議題各具階段性特色，康熙年間臺灣地方官仍努力地在建構中原文化模式的雛型，推動移民社會使邁向文治社會；而乾隆年間的臺灣社會則科舉社群逐漸增加，所關心的是如何使科舉考試之路更平順，如何在試藝之文中挑選典範作爲科舉士子的參考。至於介於兩者間的《劉志》，所代表的是中間過渡期，因此，兩階段的作品皆有選入的可能。

㈡方志藝文志作為一個爭奪發言權的場域

連橫《臺灣詩乘》云：「余閱邑志所載臺人著作……大多有目無書，唯府志有陳斗南之詩數首，餘皆不見。蓋以臺灣奇劂尚少，印書頗難，而前人著作又未敢輕易付梓，藏之家中，以俟後人。」[45]可見早期臺灣地區的文人，如果希望透過詩文作品的書寫，向其他作者群表達自己的思想和情感，甚至希望傳之久遠，實有著一定程度的困難。在那刻版印刷不發達的年代和環境裡，臺灣在地的文人要如何發出自己的聲音呢？藉著詩社結盟，透過文友的互動，彼此應和酬答，是一個可行的方式；但是，它傳佈的空間不遠，時間也極其有限，因此影響不

45 連橫：《臺灣詩乘》（臺中：臺灣省文獻會，1975 年 6 月），頁 142～143。

大。另一個可能採取的管道就是有幸參與方志的編修，在修志的同時，某些思惟模式及價值觀，或許可以藉此隱微地透顯出來；此外，自己的詩文作品或許可以因爲這個機緣留存下來。[46]在刻書印刷不普遍的清代臺灣，我們可以說方志的編修讓某些秀異的文人士子取得發聲的管道；當然，我們也可以說，方志的編纂呈現了文學發言權的掌握或爭奪。以乾隆年間纂修的方志來看，陳捷先認爲按一般情理，方志須要隔二、三十年才有必要重修或續修，《余志》的纂修在《范志》問世後十三年，其間臺地並未發生重大事件，續修似無必要，其動機可能有問題。[47]究竟余文儀在什麼樣的動機、什麼樣的情境下，可以完全不提及先前的《范志》，而有大量抄襲的行爲？陳捷先並未做進一步的討論，這個問題亦非本文所能處理。[48]筆者更感興趣的，其實是《范志》纂修的問題。六十七與范咸在《劉志》纂修之後五、六年即進行另一部方志的重修，間隔的時間比《余志》的纂修更短，所耗費的人力、時間、財力相當龐大。大部份的方志研究者對這一點似乎並未做負面的批評，隱然肯定這樣做是對的。府志一定要重修的理由何在？在後人的評述裡，認爲《劉志》仿雍正《福建通志》編纂而成，門類極爲繁

46 雖然纂修者將自己的作品選入志書，往往被詬病，但是，這卻是當時修志者大多數存在的現象。

47 陳捷先：《清代臺灣方志研究》，頁 108。

48 據高志彬於「地方文獻學術研討會」會議後來信指教，認為《余志》根據《范志》續修，不提《范志》應可理解。其修志動機實與通志、一統志定期重修、續修有關。姑且將高先生的說法備註於此，作為參考。

瑣，後續修志無有依其體例者；其次，分卷的不當，加上摭拾舊志而未加汰除……等，都是《劉志》的缺失。但，這並不表示《劉志》完全不可取。高志彬曾分析該志的三優點與四缺點[49]，可見《劉志》的編纂，問題並不是真的那麼大。對於這部由臺灣本土文人主動發起編纂的方志，隨後來臺的六十七與范咸似乎都感到極大的不滿，因此，必欲快速地取而代之。從〈藝文志〉選編的角度來看，《范志》大量地選錄施琅和藍鼎元之作，恐怕政治的因素和現實的考量要超過文學的因素。若將方志的選編視爲一種文化權力的掌控，筆者認這裡其實透顯了本土文人勢力逐漸抬頭後，清朝當局對臺灣士子某種程度打壓的訊息。換言之，《范志》的重修其實涉及政治力量的掌握與發言權的爭奪，藉由方志編纂作爲理念傳達與發言管道之時，《范志》的纂修具有覆蓋／取代前志的作用，尤其是印刷業不甚普遍的臺灣，加上頻率頗高的民變，以及不可預知的天災，先前的志書很可能因故湮埋不復得見。弔詭的是，意欲快速取代《劉志》，以取得發言權的《范志》，在二十年不到的時間內，又爲後來的《余志》所覆蓋，以致長年不爲人所知，歷史發展的詭譎、不可預期，竟至於此！

還有一點值得注意的是，臺灣府志的編輯群隨著清廷統治時間越晚，本土籍的文人參與度越低（參考表二），這與科舉人材培養的實況恰恰相反。按理說，隨著開發的腳步，臺灣已逐漸由移墾社會轉變爲文治社會。不管是陳其南說的「土著化」也好；或是李國祁說的「內地化」也好，總之，臺灣社會

---

49 高志彬：《臺灣文獻書目解題》第一種方志類，頁 234～235。

不斷地在變化中，而且科舉人才也不斷地在增生中。由於清政府在以武力平定漢人反抗勢力的階段性工作初步完成後[50]，第二個階段「思想禁制與轉化」的策略才要開始澈底地施行。因此，清代文字獄發生最多的年代，不在康雍之際，而是在乾隆年間。[51]可能因爲這樣，在思想、言論尺度逐漸緊縮之際，臺灣文人逐漸被迫淡出《方志》這個難得有的發言場域。而，《海天玉尺》、《珊枝集》等科考制義之文的相繼編纂，更將臺灣士子推入一個以統治者的價值觀爲主的僵固的思維模式中。一直要到道光咸豐年間，整個政治局勢、社會背景產生大的變動之後，才逐漸有一些本土人士的異質性聲音出現。至於在「選文」方面，五府志中，所收錄的本土文人「散文」遠不如「韻文」（詩）數量多，屈指可數的有臺灣縣歲貢生陳文達的〈臺灣縣儒學廣文陸夫子去思碑〉、臺灣府歲貢生李欽文的〈鳳山義學田記〉、鳳山縣恩貢生鄭應球的〈重濬蓮池潭碑記〉……等，而且這些作品大多收在被評爲「有濫收之嫌」的《周志》〈藝文志〉中。由此可見，在「散文」這種以長篇論述方式表現的文學作品中，本土人士躋身其中的困難度要超過「詩」類的作品。

---

50 雖然其後還是不斷有民變發生，但是，整體上說來，大局應已趨於穩定，開始進入另一個「思想戰」的階段。

51 參考葉高樹：《清朝前期的文化政策》，頁254～268。

表二

	高志	周志	劉志	范志	余志
遊宦人士	纂輯：1 人 校訂：9 人	纂輯：2 人 校訂：7 人	總裁：7 人 協裁：3 人 纂輯：3 人 協輯：7 人 同輯：5 人 校對：2 人	纂輯：1 人 協輯：2 人 參閱：1 人 校輯：6 人 監刻：3 人 校對：2 人	總裁：1 人 主修：1 人 協輯：2 人 參輯：1 人
本土人士	分訂：15 人	分訂：12 人	分輯：5 人 監刻：2 人		校對：1 人

四、結　語

方志的纂修，原本即是緣於統治者的需要而進行編修，並非基於地方人士自覺性的要求而來，因此，不免帶著「統治者之眼」來看臺灣的種種。就〈藝文志〉而言，透過清初散文正典的生成，我們看到了清帝國要求下，宦臺人士或臺灣在地文人所發出的，符合朝廷思想、言論尺度的聲音。在這樣有色的、偏倚的取鏡下，臺灣如何由蠻荒而文明，如何從豪強士紳逐漸躋身文人仕宦之途，如何從移墾社會逐漸「內地化」、「儒漢化」……似乎可以透過〈藝文志〉裡的文字書寫，一定程度地再現了歷史的面貌。我們要問：這果真符合當時臺灣現實的狀況嗎？這些散文所描繪的人物，所勾勒的事件，所讚揚的天朝與循吏，等同於歷史事實嗎？恐怕其中不無依循執政者價值所需而建構出來的「想像中的臺灣」，或「理想中的封疆大吏」之書寫。

若然，我們閱讀文學作品，甚至探討方志藝文志裡的「散文正典」，還有其價值否？筆者認爲，這樣的討論至少做了幾點提醒：

一、任何文學作品的篩選都不能擺脫編修者價值取向的引導，它可能是某個時代某種文學思潮下形成的審美角度，有其時代性，也必然有其侷限性。由於方志以采風觀俗的目的爲主，「權威人士」纂修方志藝文志篩選出所謂「正典」時，所具有的主觀色彩要比其他的文學選集來得濃厚；它很難純粹是文學面向的考量（雖然它必然有其基本的審美標準），其背後所透顯的意識型態和價值判斷，頗值得深究。

二、方志藝文志雖不脫濃厚的政治色彩，但是，因著時代環境、文化政策的不同，還是可以看出清初臺灣五部方志的「同中之異」：

就編輯群而言，康熙年間編纂的《高志》、《周志》與乾隆初期的《劉志》由爲數不少的本土文人參與，可見執政當局拉攏臺灣文士共同參與地方歷史書寫的企圖。雖然，最後的決定權操縱在高層的行政長官的手中，而且，選文的標準必然與官方政策不相牴觸。但是，較之《范志》的完全摒除本地文人參與纂修，與《余志》的只有一位本土文人負責校對工作而言，前三部府志意欲揉合官／民、中央／地方力量的用心，還是值得肯定。

就選文的特色來看，從康熙年間〈藝文志〉的選文，可以看到清初執政者所致力加強的主要是：宣告臺灣納屬清國版圖，以及透過地方吏員努力推動科舉模式的訴求。到了乾隆年間，〈藝文志〉所選的散文內容則偏向「文治」與「武功」兩方面。尤其是征臺有功人士的文章，更是修志者矚目的對象。這應該和當時思想禁制益趨嚴厲，有著密切的關係。

三、臺灣在十七世紀晚期納屬清帝國的版圖，到了十八世紀在滿清官員的領導、形塑下，逐漸納入漢人文化圈，甚至逐步趨向「儒漢社會」。本土文人雖然也有個人詩文集的著作，但是，或未能付梓，或毀於天災人禍，後世頗不易得見。因此，對作品已然散佚的文人來說，透過方志藝文志收存的作品，掌握其創作面貌，是可以採取的方式。因此，儘管吾人深知方志藝文志的限制，卻又不能不藉此來了解早期臺灣文人的創作風貌。藝文志的存在，自有其不容忽視的價值。

四、藝文志的選編可以視爲文學發言權的競逐。遊宦人士在這場域取得絕對的優勢，而本土文人則在此時，嚴重的缺席了。因此，從創作群體來看，本土文人作品被納編到藝文志的比例比宦遊人士少得太多；若就文類來講，「散文類」的作品獲選的比例又比「詩歌類」來得低。這裡涉及權力的爭奪與文類功用及其表現方式的問題，本文只能指出這個現象的存在，至於進一步細膩的分析，則有待後續的研究再行探索。

地理想像與臺灣認同

清代三篇〈臺灣賦〉的考察

❖游適宏

國立政治大學中國文學系學士、碩士、博士，現任國立臺灣科技大學人文學科助理教授。碩士論文《祝堯〈古賦辯體〉研究》，博士論文《由拒唐到學唐：元明清賦論趨向之考察》；討論臺灣賦的文章另有〈十八世紀的臺灣風土百科：王必昌的〈臺灣賦〉〉、〈以賦佐志：王必昌〈臺灣賦〉的地理書寫〉。

一、緒說

一九九六年十月二十八日，杜正勝先生在《自由時報》發表了一篇短論，標題是：〈臺灣觀點的文選〉，大意是說目前中學「國文課本」的「大中國」選文取向，將「難以借文學形式培養臺灣觀點、傳承臺灣文化的人格，也無法借文學形式孕育熱愛鄉土的情懷」。因此，杜先生建議「國文課本」應該要有「臺灣優先」的格局，才能真正推動「本土化」，建立「臺灣主體意識」。[1]

杜先生的看法，不僅印證了文學「正典」(canon) 通常與學校教材密切相關[2]，也透露出文學正典往往是不同政治主張

---

1 杜正勝先生部分原文如下：「近年因應本土化的要求，國民中學課程將增加一門『認識臺灣』，分社會篇、歷史篇和地理篇，期使青少年對生長的土地有系統而全面的認識，這是正規教育的一大進步，然而缺乏文學篇，未免有美中不足之憾。我們長期的『國文』教育多採文選形式，文化的意義多於文學的意義。在過去的教育格局和教材內容中，我們之了解中國人的喜怒哀樂、進退出處、人生觀和價值觀，得自於『國文』課本者恐怕遠比歷史課本為多。所以，如果這種教育形式未變，今天要建立臺灣主體意識，要講本土化，應該重視『國文』課本的選文。」該文已收入杜先生近著《臺灣心・臺灣魂》（臺北：河畔出版社，1998 年）內。

2 許經田〈典律、共同論述與多元社會〉即指出：「在今天，文學典律最直接的界說，乃是指學校用的文學教材，它包括被研讀的文學作品以及文學史或文學概論等所提到並推薦的作品、作家。……它規範著，何者為有教養的語文，何者為嚴肅文學，從研讀文學中應發展出何種品味。」見陳東榮、陳長房主編：《典律與文學教學》

或意識型態角力的場域。[3]近十餘年來，「過去環繞著大中國中心史觀的『中國認同』逐漸受到懷疑，而出現了以臺灣為中心的『臺灣認同』」[4]，「臺灣文學」因此也從邊陲邁向核心，蔚

（臺北：書林出版公司，1995 年），頁 23～24。又 Jeremy Hawthorn, *A Concise Glossary of Contemporary Literary Theory* (New York: Edward Arnold, 1992) 於"canon"詞條下亦云：「正典的建立與修改，總是和語文教學密切聯結。那些正典化的作品所以會被選出，是因為它們在各個不同的教育標準和各個不同的歷史時期中，多少都合乎可將人們世故化、社會化的需求。」(p.16)

3 今年三月文建會主辦「臺灣文學經典研討會」，遭「臺灣筆會」等文學社團指為「沒有臺灣文學史意識」，就是最明顯的例證。正典（或譯為「典律」），就是經權威認可的書寫文件 (a body of writings recognized by authority)。它原本是指《舊約》與《新約》中被教會承認為「聖經」的經文。後來用在文學上，最初是指經專家鑑定，證實並非偽托的作品；近來則是指被學者、批評家普遍推尊為「巨擘」、「經典」的作家與作品。「正典」的意義雖然一直在變，但唯一不變的是它所蘊含的權威性與規範性。因此，「正典」的背後就是「獲選／落選」、「重要／次要」、「核心／邊陲」的二元對立結構，它意味著某些文類或作品，比另外一些文類或作品更值得被重視，且應保存為歷史文化的一部分，故其取捨也必含有價值取向，包含著特定的國家觀、社會觀、種族觀、文學觀等。請參閱陳東榮、陳長房主編：《典律與文學教學》各篇論文、Juhn Guillory, "Canon", in Frank Lentricchia and Thomas Mclaughlin ed., *Critical Terms for Literary Study* (The University of Chicago Press,1990), pp.233～249.（本書中譯本《文學批評術語》，1994 年由香港牛津大學出版社出版）、M. H. Abrams, A Glossary of Literary Terms,six edition (Orlando: Harcourt Brace Jovanovich College Publisher,1993), "canon of literature", pp.19～22。

4 黃克武：〈「文化想像與族國建構」專號序〉，《思與言》34 卷 3 期（1996 年 9 月），頁 2。

爲「顯學」，循此趨勢，主張「臺灣文學」應走進「國文課本」，自然也不會是令人意外的提議。不過這篇短論最有意思之處，乃在基於「從傳統汲取養分，充實本土化內涵」的特識，認爲可將臺灣文學中向來不太受重視的「臺灣古典文學」納入課本，而且推薦的竟是古典文學中的冷門文類：王必昌的〈臺灣賦〉。[5]這個別出心裁的構想，一時間還真教人有些詫異——臺灣，有「賦」嗎？

其實，現存的清代臺灣賦篇雖然爲數不多[6]，但在臺灣古典文學中仍算得上是極具代表性的文類。[7]因此，臺灣光復以

5 杜文原作「王克捷〈臺灣賦〉」，但在收入其專著《臺灣心・臺灣魂》（臺北：河畔出版社，1998 年）時已做更正（見頁 259）。按此賦首見於《重修臺灣縣志》，作者署名為「王必昌」，係該志的總纂者，據志前的纂修者名錄所載，王氏乃福建省德化縣人，乾隆乙丑科（10 年）進士。而「王克捷」則另有其人，據薛紹元於光緒年間所修的《臺灣通志稿・選舉志》，王氏祖籍福建晉江，隨父卜居諸羅縣，係乾隆癸酉科（18 年）舉人、乾隆丁丑科（22 年）進士。但現今《臺灣省通志》、《重修臺灣省通志》皆謂「王克捷，字必昌」，並以為是〈臺灣賦〉的作者。然早年《臺南縣志》就已質疑：「鼎梅由德化調任臺灣縣令，乃乾隆十四年八月，至十六年議修邑志，克捷猶未舉鄉薦，而此處所指『德化進士王必昌』是否有其人，實屬匪解。」（冊五，頁 1823）高志彬〈清修臺灣方志藝文篇述評〉（收於東海大學中國文學系編：《臺灣古典文學與文獻》，臺北：文津出版社，1999 年）則明確指出〈臺灣賦〉的作者絕對是「王必昌」而非「王克捷」，將兩人誤為一人的始作俑者為連橫《臺灣通史》（頁 81）。

6 目前所見的清代臺灣賦篇約有七十餘篇，但實際上可能不止這個數目。目前蒐集到的臺灣賦篇篇目，請參閱本文「附錄二」。

7 清代官修臺灣方志「藝文志」甄採作品，通常必專設「賦」一類。

後所修的《臺灣省通志》及《重修臺灣省通志》，縱使以各種理由刪減清代臺灣方志中經常收錄的文移、稟札、奏疏、序記等文類，但於「賦」則未嘗缺收[8]，並指出賦對認識臺灣地理的效用：[9]

> 本省之賦，多作於清初，……然其歌詠本省山川景象者，亦頗多可取者。茲擇其尤者錄之於次。

杜先生推薦的王必昌〈臺灣賦〉，便是以這「歌詠本省山川景象之尤者」的身分，始終穩居於省府兩度纂修的《臺灣省通志》之內。不過，在清代以來的臺灣方志中，同樣以「臺

毛一波〈臺灣文學的發展〉亦謂：「臺灣入清版圖後，宦游寓公乃至臺人，均喜作記作賦。沈光文即有〈臺灣賦〉。此外，高拱乾、王克捷、林謙光、周澎、范咸、莊年、張湄、六居魯、劉良璧、褚祿、陳濱、陳夢林、李欽文、張從政、陳輝、施瓊芳等，無不有作。蓋詩限律絕，而賦則比諸古風更可以長言之也。」見毛氏所著《古今臺灣文獻考》（臺北：臺灣風物雜誌社，1977 年），頁 176。

8 據廖漢臣所纂：《臺灣省通志・學藝志・文徵篇》（南投：臺灣省文獻委員會，1971 年）第一章，即以文移、稟札、奏疏、序志等既為廣義文學，且數量眾多，錄不勝錄，故「僅錄賦、詞、詩三類，其餘均不之采」（頁 1）。另戴書訓等所纂：《重修臺灣省通志・藝文志・文學篇》（南投：臺灣省文獻委員會，1998 年）第一章，亦云除另「采錄與本省風土民情有關之散文、新詩若干」外，其餘仍「援照往例」（第 1 冊，頁 1）。

9 《臺灣省通志・學藝志・文徵篇》及《重修臺灣省通志・藝文志・文學篇》，在第二章「賦」中都有這段引言。

灣」爲名的賦篇，其實尚有林謙光和高拱乾的〈臺灣賦〉。[10] 這兩篇〈臺灣賦〉都比王必昌的〈臺灣賦〉早了半個世紀問世，而且在最早的一部《臺灣府志》中即號爲名篇。這三個人的〈臺灣賦〉既然都以「臺灣」爲書寫題材，則他們究竟透過什麼角度、鋪陳那些景物來呈現臺灣？而表面上看似客觀描繪山水風土的作品，是否也包含了作者的主觀想像與認同意識？

本文並不是要對杜先生的卓見提出評論，也不是要加以補充或闡述，只是因爲這篇短論的觸發，遂以目前可見的三篇清代〈臺灣賦〉爲樣本，就其中與政治意識相關的問題進行探討。至於它們在文學方面的成就，則暫時略去不談。

二、官修方志與賦的正典化

由文獻檢索可知，臺灣在清代並未刊行賦的「諸家選集」[11]，因此，臺灣賦的正典化（canonization），可說完全是在官修方志中進行。也就是說，林謙光、高拱乾與王必昌的

---

10 歷來臺灣方志選錄賦篇的情況，請參閱本文「附錄一」。

11 此據王國璠：《臺灣先賢著作提要》（新竹：省立新竹社會教育館，1974 年）、吳福助：《臺灣漢語傳統文學書目》（臺北：文津出版社，1999 年）。不過，這並不表示臺灣在清代沒有「賦選」流通，據林文龍〈考季閒話科舉時代的參考書〉：「賦選，與試帖詩選略同，流傳較少。臺灣最常見的是《少嵒集》，為道光間夏某的個人選集。……《竹笑軒賦鈔二集》，道光二十四年春鐫，百忍堂藏版，丹陽孫清達編，不分卷，一冊。各篇均著明題目的出處，並有圈點、眉批、評語三項。」（見林氏《臺灣史蹟叢編》，臺中：國彰出版社，1987 年，下冊，頁 228）

〈臺灣賦〉所以成爲名篇佳作，並不是因爲那一部「賦選」選了它們，而是因爲方志的「藝文志」。

方志，清代章學誠認爲是「一方全史也」；[12]依照現代學者的研究，則多認爲是「亦地亦史的地方性綜合著作」，是「地方歷史與人文地理、地文地理的綜合體」，堪稱「區域之內的百科全書」。[13]而方志中採錄藝文作品，大約始於北宋太宗時的《太平寰宇記》，此後逐漸相沿成習[14]，章學誠建立方志理論，亦將「文徵」列爲「三書」之一。[15]儘管「方志藝文

12 章學誠：《章氏遺書》（臺北：漢聲出版社，1973 年），卷 28，〈丁巳募書懷投贈賓谷轉運因以致別〉，冊中，頁 710。

13 分見倉修良：《方志學通論》（濟南：齊魯書社，1990 年），頁 3、林天蔚：《方志學與地方史研究》（臺北：南天書局，1995 年），頁 3、毛一波：《方志新編》（臺北：正爭書局，1974 年），頁 75。此外如傅振倫《中國方志學通論》：「方志為記述一域地理及史書之書」、黎錦熙《方志今議》：「方志為物，史地兩性，兼而有之」、來新夏《中國地方志》：「地方志是以一定體例反映一定地區的政治、經濟、文化、軍事、自然現象和自然資源與歷史現狀的綜合性與資料性著述。」也都有類似的見解。

14 或謂東晉常璩《華陽國志》即蒐有不少民間詩歌，此處採《四庫全書總目提要》之說。北宋樂史（930～1007）著《太平寰宇記》二百卷，《四庫全書總目提要》：「其書采摭繁富，惟取賅博，於列朝人物，一一併登，至於題詠古跡，若張祜〈金山詩〉之類，亦皆併錄。後來方志必列人物、藝文者，其體皆始於（樂）史。」至南宋時，方志收藝文者漸多，如羅願《新安志》有「詩話」、范成大《吳郡志》有「雜詠」、楊潛《雲間志》有「賦、詩、墓誌、記、序、說、銘、箴、祭文」等。

15 「三書」是指方志的三大組成部分，《章氏遺書》卷 14，「方志略例一」〈方志立三書議〉：「凡欲經紀一方之文獻，必立三家之學，而

志」與「詩文選集」的功能並不一致，但相同的是均經過汰選，茲略舉幾種方志對甄採藝文作品的態度[16]：

> 舊志雜載詩文，今惟擇名人題詠，或有關於興廢、有切於景物者錄之。

> 乃采名賢之所為敘、記、書、疏、箴、銘、詩、賦切於郡中故實者，錄之以為志，亦存什一於千百爾。

> 藝文取其關係郡邑、故實有裨于風教者，錄之以垂後，餘不濫入。

可見要製作一份「具地方代表性」的「文學作品輯要」，牽涉的因素實在頗為複雜，除了要展現當地風土民情（景物、故實）之外，作家的知名度（名人、名賢）、甚至作品的政治功能（關於興廢、裨于風教）等，都必須一併斟酌。

清領臺灣期間（1684～1895；康熙 23～光緒 21）[17]，所

始可以通古人之遺意也。仿紀傳體正史之體而作『志』，仿律令典例之體而作『掌故』，仿《文選》、《文苑》之體而作『文徵』。三書相輔而行，缺一不可；合而為一，尤不可也。」（頁 274）其中「文徵」，「大首在於證史」，亦即主要挑選足以反映當地生活、民情，「合於證史」的詩文，或即便「不合於證史」，而實屬「名筆佳章」、「人所同好」的詩文匯編成書。

16 見明《(成化）新昌縣志》「凡例」第五條、明《(萬曆）金華府志》〈藝文志〉序及同書《金華府續志》「例義」。

17 明鄭雖於康熙二十二年（1683）閏六月遣使至澎湖向清廷投降，但

修的府、縣、廳志多達四十餘種[18]，其中設立「藝文志」的也相當多，雖然各方志甄錄作品的標準寬嚴不一[19]，但還是經過某種程度的篩選，以下略舉數家之說：

> 志載藝文，務關治理，苟有裨於斯郡，宜無美而不收。（高拱乾《（康熙）臺灣府志》「凡例」）

> 雜文、詩賦，必於風土有關涉、文足傳世者，始為採入；非是，雖有鴻儒著述，不登焉。（王禮、陳文達《（康熙）臺灣縣志》「凡例」）

> 舊志藝文頗繁，今稍為釐訂，擇其愷切詳明，有關政教風土者錄之，亦佐志乘所不逮焉。（劉良璧《（乾隆）重修臺灣府志》「凡例」）

> 前書藝文志所錄詩文甚夥，就中率爾之作，略汰一二。至新增雜整，必事因文見，始敢錄入，其古今體詩，則增入甚少者，非有他見也，志以記事，非為選詩而作。（林豪

朝廷卻在「臺灣或棄或留」的問題上意見紛歧，所以直到康熙二十三年（1684）四月，才劃臺灣為一府三縣，屬福建省，正式納入中國版圖。

18 有關臺灣早期的方志，可參閱高志彬等輯：《臺灣文獻書目解題・方志類》（臺北：國立中央圖書館臺灣分館，1987 年）。

19 參閱高志彬：〈清修臺灣方志藝文篇述評〉，收於東海大學中國文學系編：《臺灣古典文學與文獻》（臺北：文津出版社，1999 年），頁 54～82。

《(光緒)澎湖廳志稿》「凡例」)

據此可知，方志纂修者欲採錄臺灣詩賦，考量的條件儘管可能包括作品的文學價值(文足傳世)，但其中所蘊含的鄉土意識及政治意識(關涉風土、務關治理、有關政教)，往往更加重要。

「詞華富麗，為臺灣風物佳什，足為史乘取資」，是《嘉義縣志》給予王必昌〈臺灣賦〉的讚譽。[20]從古人早已體認賦與方志具有類似的功能來看[21]，臺灣方志將〈臺灣賦〉之類的作品選入藝文志，對臺灣風物的呈現，絕對是萬分恰當、相得益彰。然而就算方志纂修者在選賦時會考慮文學價值，但林謙光、高拱乾、王必昌三人的〈臺灣賦〉最初所以獲選於方志，卻未必緣於「詞華富麗」。這是因為林謙光與高拱乾都是臺灣

---

20 賴子清等：《嘉義縣志》(臺北：成文出版社)，卷 7，「人物志・學藝」，第 5 冊，頁 1794。

21 袁枚：「古無類書、無志書、又無字彙。故〈三都〉、〈兩京〉賦，言木則若干，言鳥則若干，必待搜輯群書，廣採風土，然後成文。果能才藻富豔，便傾動一時，洛陽所以紙貴者，直是家置一本，當類書、郡志讀爾。」(《足本隨園詩話及補遺》卷一，臺北：長安出版社，1978 年，頁 5)以「賦」的形式敘寫地方風物，宋代王十朋的〈會稽風俗賦〉即是一例，其賦歷述會稽山川、人物、古蹟等，《四庫全書》將之歸入「史部地理類」。又如清代褚邦慶的〈常州賦〉，分為「總述」、「武陽」、「錫金」、「江陰」、「宜荊」、「清江」、「名宦」、「人物」、「流寓」、「方外」、「列女」、「物產」、「總結」十三部分，幾乎完全仿照方志的規模。此外，像清代徐松的〈新疆賦〉、和凝的〈西藏賦〉，皆為兩萬多字的長篇鉅製，根本就是把賦當做地理志來寫了。

設府初期的要員：林謙光爲首任「臺灣府儒學教授」，係全臺最高等的學官[22]；高拱乾則於康熙三十一年（1692）任職「福建分巡臺廈道兼理學政」，即臺灣最高行政長官。兩人身分特殊，官修方志焉有不錄其作品的道理？此外，還有一項更關鍵的因素，則是高拱乾與王必昌原本就是方志的纂修者：高拱乾於康熙三十三年（1694）開始編修《臺灣府志》；王必昌則於乾隆十六年（1751）應臺灣知縣魯鼎梅之邀，自福建省德化縣赴臺總輯《重修臺灣縣志》。[23]也就是說，高拱乾與王必昌根本就擁有「遴選臺灣賦篇代表作」的最高裁決權，王必昌的〈臺灣賦〉甚至還是特別爲《重修臺灣縣志》所寫的，這點我們可以從其〈臺灣賦〉的末尾清楚看出：

謹就見聞，按圖記，輯俚詞，資多識。愧研練之無才，兼

---

22 林謙光，字芝嵋，號道收，福建長樂人，康熙十一年（1672）副貢生，康熙二十六年（1687）移臺灣府儒學教授，康熙三十年（1691）擢知浙江桐鄉縣事，著有《臺灣紀略》，收入《四庫全書》。參閱黃典權等：《重修臺灣省通志・人物志・人物傳篇》（南投：臺灣省文獻委員會，1998 年），頁 108。又當時臺灣地區的學官，臺灣府置儒學教授一名，臺灣縣、鳳山線、諸羅縣各置儒學教諭一名，主管歲考及童試。

23 參閱陳捷先：《清代臺灣方志研究》（臺北：臺灣學生書局，1996年）。高拱乾及王必昌在抵臺以前其實都有修志的經驗，高拱乾在修《臺灣府志》前九年曾主修《安徽廣德州志》，王必昌在修《臺灣縣志》前六年也曾參與《福建德化縣志》的纂修工作。見方豪〈修志專家與臺灣方志的纂修〉（收於《方豪六十自定稿》）及尹章義〈清修臺灣方志與近三十年所修臺灣方志之比較研究〉（收於《臺灣開發史研究》，臺北：聯經出版公司，1989 年）。

採摭之未備，聊敷陳夫風土，用附登於邑志。

再由高拱乾《臺灣府志》收有頗多高氏個人詩文的情形來看，高拱乾〈臺灣賦〉也不排除是特地為《臺灣府志》而作的可能。因此，我們固然不必小覷這三篇〈臺灣賦〉在文學方面的特色，但卻不能不注意這三篇賦所以能夠「登於邑志」，背後實有著高度的「人為因素」。

當然，我們若進一步深究，也許會發現這類方志纂修者逕將個人詩文納入方志的現象，係肇因於清代臺灣刻書不易，故纂修者往往公器私用，趁機大量收錄自己的作品。[24]但是，高拱乾與王必昌為了官修方志「藝文志」而特作〈臺灣賦〉，則不能排除是基於「潤色鴻業」、「發揮皇猷」[25]的需要。這點可以從兩篇賦中對明鄭的譴責及對大清的頌揚清楚看見：

---

24 《續修臺灣縣志》總纂謝金鑾對此風頗有異議，謝氏重訂《續修臺灣縣志》稿時，曾致書鄭兼才謂：「名志、佳志，必不收現在詩，況吾兩人詩收入志書，只得醜名。」鄭兼才遂於道光元年（1821）補刻時，將謝金鑾、鄭兼才、潘振甲等志局中人詩作悉行刪去。請參閱林文龍〈臺灣早期詩文作品編印述略（1684～1945）〉，收於東海大學中國文學系編：《臺灣古典文學與文獻》（臺北：文津出版社，1999 年），頁 86～117。陳捷先《清代臺灣方志研究》也指出：「清代臺灣地區的方志中，詩文的含量是偏高的」（頁 199），並比較十五種臺灣方志「藝文志」佔全書的比率及「詩賦」佔「藝文志」的比率。其中「詩賦」佔「藝文志」的比率幾乎都在 30%以上，而王必昌《重修臺灣縣志》更高達 76%（頁 197～198）。

25 白居易〈賦賦〉：「況賦者，雅之列、頌之儔，可以潤色鴻業，可以發揮皇猷。」

寇我疆埸，焚我保聚；時乘無備而肆其鴟張，或因不虞而資其竊取。收亡命於淮南兮，聚無良於水滸。民不聊生，王赫斯怒；咨左右之夔龍，率東南之熊虎。定百計以安瀾兮，果一戰而納土。於焉擴四千載之鴻濛，建億萬年之都邑。（高拱乾〈臺灣賦〉）

洎乎鄭氏，乃凌險而負嵎，建僞官、開方鎮，萃濱海之逃逋。因利乘便，順風長驅，陷七都、破潮粵、犯溫臺、掠東吳，毒燄所觸，沿海焦枯；熊蹲四世，虎視方隅。維我仁廟，皇靈震疊；命將專征，克壞讋慴。遂按圖而設版，復定賦而計甲；闢四千載之方輿，安億萬姓於畚鍤。（王必昌〈臺灣賦〉）

「宣上德而盡忠孝」[26]原是賦篇寫作的一項重要傳統，高拱乾與王必昌編修方志，既是爲了「誇耀盛世之規模」，「彰聖天子一德同風之盛，廣久道化成之治」[27]，因此他們便巧妙地將「賦」與「官修方志」所共有的功能緊密結合，貫徹相同的政治意識，一方面藉地理賦增美方志，以「知今皇帝之輿圖，

26 班固〈兩都賦〉序：「昔成康沒而頌聲寢，王澤竭而詩不作。大漢初定，日不暇給；至於武、宣之世，乃崇禮官，考文章，內設金馬、石渠之署，外興樂府協律之事，以興廢繼絕，潤色鴻業。……故言語侍從之臣，……朝夕論思，日月獻納；而公卿大臣，……時時間作。或以抒下情而通諷諭，或以宣上德而盡忠孝，雍容揄揚，著於後嗣，抑亦雅頌之亞也。」

27 分見王必昌：《重修臺灣縣志》（臺北：國防研究院，1968 年），頁 19；高拱乾：《臺灣府志》（臺北：國防研究院，1968 年），頁 3。

未易以蠡測也」[28]；一方面也透過方志的典章性格，維持其〈臺灣賦〉的「正典」地位。

正因爲臺灣賦「正典」的形成涉及複雜的政治因素，所以我們有理由推測，流寓臺灣三十餘年的明末遺老沈光文（1612～1688），其〈臺灣賦〉（也是最早的一篇〈臺灣賦〉）極可能遭到高拱乾《臺灣府志》的「刻意遺忘」。沈光文著有〈臺灣賦〉，在周鍾瑄、陳夢林《（康熙）諸羅縣志》、劉良璧《（乾隆）重修臺灣府志》、范咸、六十七《（乾隆）重修臺灣府志》等府、縣志中均有記載，但在高拱乾《臺灣府志》「藝文志」中，卻只收林謙光〈臺灣賦〉及高拱乾自已的〈臺灣賦〉，以高拱乾《臺灣府志》自云「惟集所見」[29]的寬鬆甄採原則，加上高拱乾編修《臺灣府志》的時代距沈光文極近，怎麼可能無緣親睹、恰巧缺錄？況且高拱乾非但排拒沈光文〈臺灣賦〉，《臺灣府志》也不收沈光文的詩作，更不爲沈光文立傳，其動機豈不可疑？陳捷先先生即分析道：

> 高志……缺漏沈光文尤為不該。因為沈光文來臺最早，對學術思想上的影響也最大，獨獨不為他立傳，不知事出何因？又卷十「藝文志」中，刊載明代遺老的詩，僅有王忠孝的一首，沈光文的詩作最多，且有不少佳作，而高志竟不一見！是不是因為高志的首席分訂人王璋是王忠孝的侄孫，因而才記錄了王忠孝的詩？還是<u>怕沈氏詩文內含民族</u>

28 見林謙光〈臺灣賦〉。

29 高拱乾：《臺灣府志》，「凡例」，頁18。

思想，過分強調其人其詩會影響作官的政治前途呢？後者可能是真正的原因。[30]

沈光文的〈臺灣賦〉今已亡佚，其內容是否含有清室或高拱乾不能接受的政治意識，不得而知。然而或許是這篇賦實在寫得不錯，所以後來竟被移花接木、改頭換面，變成頌揚大清「聖天子在上，海不揚波，德其溥矣」的〈平臺灣序〉，出現於范咸《(乾隆）重修臺灣府志》「藝文志」。其實，以沈光文於明鄭亡後便拒回中土的生平，如何會寫這類抨擊明鄭的文句：

苟革面於天朝，傾心於王化，豈非蠻荒膏壤！詎禍心不悛，戾氣嘗橫，天理昧而不知，人事違而強作，恃此彈丸黑子之區，浪作窺天測海之想！屢侵潮惠，頻犯漳泉，螳臂擋車，良足嘆也！乳犬搏虎，實可悲耳！壬寅年，成功物故，鄭錦僭王，附會者言多諂媚，逢迎者事盡更張。般樂之事日萌，奢侈之情無饜。橫征浪費，割肉醫瘡；峻法嚴刑，壅川弭謗。

因此，盛成先生力辯〈平臺灣序〉必屬僞作；而造僞的素材，有一半即爲沈光文原來的〈臺灣賦〉。[31]沈光文〈臺灣

30 陳捷先：《清代臺灣方志研究》（臺北：臺灣學生書局，1996 年），頁 52。

31 盛成認為〈平臺灣序〉是范咸根據沈光文〈臺灣賦〉和〈臺灣輿圖考〉改寫而成，詳參盛成〈沈光文研究〉，《臺灣文獻》12 卷 2 期（1961 年 2 月）。盛成也因此嘗試將〈平臺灣序〉中的部分內容，

賦〉最初因政治因素而使高拱乾不敢列入「正典」，但日後卻又以政治立場的粉飾喬裝而重回「正典」，看來「正典」與意識型態之間，果然有著糾纏難解的關係。

三、〈臺灣賦〉裡的「臺灣」

談到「地理」與「文學」的關係，最常見的看法是：一地的文學總是染有一地的特殊色彩。所以劉勰曾說：「屈平所以能洞監風騷之情者，抑亦江山之助乎？」[32]連橫《臺灣通史・藝文志》也說：「夫以臺灣山川之奇秀，波濤之壯麗，飛潛動植之變化，可以拓眼界、擴襟懷、寫遊蹤、供探討，固天然之詩境也。」[33]然而此處我們將暫不追究臺灣這片「山林臯壤」，是否確為林謙光、高拱乾、王必昌三人「文思之奧府」；本文想了解的是：他們眼中的「臺灣」，會不會有什麼不同？

朱光潛曾指出：賦通常以「時間上綿延的語言表現在空間

還原為「沈光文〈臺灣賦〉」。不過，這篇〈臺灣賦〉畢竟只是模擬還原，並非真品，所以劉登翰等人編撰的《臺灣文學史》（福州：海峽文藝出版社，1991 年）上卷第一編第二章第二節稱沈氏「唯存〈臺灣賦〉一篇，尤為珍貴」（頁 110）；龔顯宗〈臺灣文化的播種者沈光文〉（原收於成功大學中國文學系主編：《第一屆臺灣儒學研究國際學術研討會論文集》，1997 年；復收於龔氏所著《臺灣文學研究》，五南圖書出版公司，1998 年，頁 69～84）亦謂沈氏「現僅存〈臺灣賦〉，但影響臺灣賦學很大」，恐怕都易使讀者產生誤會。

32 劉勰：《文心雕龍・物色》。

33 連橫：《臺灣通史》（臺北：文海出版社，1980 年），冊 2，頁 616。

上並存的物態」，是「近於圖畫」的「空間藝術」。[34]然而儘管賦家都有「寫物圖貌，蔚似雕畫」[35]的本領，相同的山水由不同的人圖寫，還是會有不同的風貌。林謙光、高拱乾及王必昌，正是各自以〈臺灣賦〉佈置了三個不一樣的「空間」——「臺灣」[36]，賦裡的「臺灣」並不是固定的區宇，而是建構出來的場域，因此也就不等於矗立在臺灣海峽、巴士海峽及太平洋間、面積三萬六千平方公里的「臺灣島」，而是經過「想像」、並被賦予「意義」的「臺灣」。[37]

在林謙光與高拱乾的筆下，臺灣總是離不開「海上荒島」的形象。例如高拱乾〈臺灣賦〉的第一段，臺灣即是以「被遺忘的化外之地」出場：

---

34 朱光潛：〈中國詩何以走上「律」的道路（上）〉，《詩論》（臺北：正中書局，1985年），頁188。

35 劉勰：《文心雕龍‧詮賦》。

36 兩篇〈臺灣賦〉中當然也涉及「時間」，例如兩篇賦均談到荷蘭人、鄭成功及清室先後領有臺灣，但綜觀全篇，主要仍在描寫「空間」，僅一小部分追溯了臺灣這個空間的歷史。

37 此處強調「想像」，是因為在林謙光、高拱乾和王必昌的〈臺灣賦〉中，雖然會提到南、北不少地名，但這些地方卻絕不可能是他們親身遊歷、親眼所見。清領臺灣初期，實際統治的地方極小，北不逾朴子溪，南止於下淡水溪，所謂「鳳山」、「諸羅」二縣僅有其名，知縣均僑居府城，郁永河在康熙三十六年所見到仍是：「臺灣縣即府治，……鎮、道、府、廳暨諸、鳳兩縣衙署、學宮、市廛及內地寄籍居民多隸焉。」（《裨海紀遊》）直到康熙六十年朱一貴之亂平定後，才因管理上的需要親臨任所。因此，林謙光與高拱乾在其任內，勢必不曾遠離臺灣府；而王必昌係專程為協助臺灣知縣修纂方志來臺，也不可能離開臺灣縣長途旅行。

> 緊洪荒之未闢兮，含混沌而茫茫。迨河山之既奠兮，爰畫野而分疆。裂九州而成天下兮，誰不知乎海之為百谷王。維禹功之所不及兮，遂棄之於莽莽而蒼蒼。

林謙光「升高而眺」，所見到的也是「厥地惟鹵，厥土惟墳；厥田惟土，厥種惟穈；厥草惟茂，厥木惟囷；厥珍惟錯，厥布惟芬；厥鳥惟毬，厥獸惟群」，宛如原始世界。而由於島上的住民幾乎都是「蛇目蜂腰，雀行鳥語」的「文身番族，黑齒裔蠻」，因此在他們心目中，臺灣當然是瞻仰聖德、孺慕天恩的邊隅：

> 蕉子剝來，幾等木桃之贈；王梨摘落，用將葵藿之歡。翹首瞻依，幸彼俗之未陋；跂足蠕動，知大化之可頒。又有蓬跣方除，膠庠初隸；載酒問奇，負經請諦。吟誦半雜於博勞，衣冠尚存其椎髻。拱手於都講之庭，側身於敷教之地。（林謙光〈臺灣賦〉）

於是，「暢餘威於殊俗，沛異澤於遐區」乃成爲順天應人之舉。林謙光自居「名邦上客」，以「暫停輪軒」的過客心態「廣布文德，弘宣湛恩」，「示傲慢以秋肅，導頑梗以春溫」。高拱乾則宣稱「惟聖世而能破天荒兮」，自比「張騫出使匈奴」，來臺灣執行「巡海邦」、「宣帝澤」、「控百蠻」的任務。[38]儘管

---

38 《（康熙）臺灣府志》序：「康熙三十一年秋，歲在壬申，我上郡憲副高公，以閥閱名家、詞壇鼓吹，特膺簡命，來巡海邦。」又高拱乾〈東寧十詠〉之一：「天險悠悠海上山，東南半壁倚臺灣。敬宣

他們到臺灣並沒有「流離大海之南，寄命瘴癘之地」[39]的感受，但卻始終保持「上國貴卿」的身段，臺灣在其高姿態的俯臨之下，自然也顯得地微人輕。

然而在王必昌的〈臺灣賦〉裡，我們卻可以看到迥異於林謙光及高拱乾〈臺灣賦〉的「臺灣」：

> 緬瀛海於鴻濛，環九州而莫窮。覽形勝於臺郡，乃屹立乎海中。叢岡鎖翠，巨浸浮空。南抵馬磯，北發雞籠。綿亙二千餘里，誠泱泱兮大風。

王必昌〈臺灣賦〉的開篇，就是以這段文字展現他心目中「臺灣」的恢弘氣勢。他並不迴避臺灣「作南服之藩籬」、在地理上偏處中國大陸「邊緣」的事實，但一方面，他強調臺灣「兼四省而延袤」，實爲屏障東南的重要據點，另一方面則指出島上豐饒的物產，也具有長足的經濟價值：

> 若夫市肆填咽，阡陌縱橫。漳泉數郡，資粟粒之運濟；錦蓋諸州，分蔗漿之餘贏。蜃蛤魚鹽，在在殷裕；瓜茄薑芥，種種早生。實海邦之膏壤，宜財賦之豐盈。

帝澤安群島，愧乏邊才控百蠻。瘴霧掃開新氣宇，風沙吹改舊容顏。敢辭遠跡煙波外，博望曾經萬里還。」末句「博望」即指張騫。陳昭瑛注此詩曾說：「由此詩可看出清初宦居臺灣之詩人，多站在滿清或中原立場看待明鄭與臺灣，對臺灣居民多有歧視。」見《臺灣詩選注》（臺北：正中書局，1996年），頁50。

39 借《南史・任昉傳》之語。

上文提及臺灣生產的稻米，隔海由福建轉運到內地；而蔗糖的行銷通路，甚至還延伸到東北的遼寧。如此富庶的「海邦膏壤」，似乎很難想像半個世紀前此處仍是「混沌洪荒」。然按諸史實，清廷在乾隆二十五年以前一直沒有完全解除移民禁令[40]，賦中「市肆填咽」、「舸艦帆聯」、「人民踵接」的盛況容或有些浮誇，卻是王必昌對臺灣的正面想像。除此之外，中國傳統上是以禮樂教化的有無來區別華夷，王必昌在〈臺灣賦〉裡，相當強調臺灣是個傳承先賢遺風的文明之地，值得推崇的事蹟甚多，「寧止五妃之墓宜表，五忠之祠足欽？」[41]居民既非如林謙光所說的「幸鄙俗之未陋」，也非如高拱乾所說的「敦厚亦漸而成俗」，而是「忠孝節義已大著於人心」。

當然，在王必昌的〈臺灣賦〉中，我們仍然可以找到類似林謙光與高拱乾的政治言論，如「方今風會宏啓，聖治廣被；久道化成，百昌咸遂。海不揚波，地奠其位。馬圖器車，物華呈瑞，人傑應運而齊出矣。」但對於臺灣「挺一方之奇秀」的獨特性，王必昌則確有超出林謙光與高拱乾的認識。我們不妨先看高拱乾〈臺灣賦〉中的一段：

---

40 清廷初期的治臺政策是限制內地人民渡臺，不僅不得在臺落戶，也不得攜帶家眷。其後雍正年間曾開放攜眷，乾隆五年又禁止；至乾隆十年又開放，乾隆十二年又禁止；直到乾隆二十五年才解除攜眷禁令。乾隆五十四年清廷復公佈官渡章程，始不再干預移民渡臺。

41 「五妃」是明鄭降清時，從寧靖王而死的五位姬妾。五人名分不一，袁氏、蔡氏為寧靖王妾，荷姑、秀姑及梅姐為侍女，後人敬其忠義，遂合稱「五妃」。臺灣歷來歌頌「五妃」的詩作極多，王必昌在此也將之視為臺灣「忠孝節義」精神的代表。

> 乃至蝦鬚百丈，鯀骨千尋；貝文似鳳，魚首如人；大黿之壽三萬歲，蝴蝶之重八十斤；非此邦之物產，蓋在乎南海之濱。又如蜃樓縹緲，海市高低；碧雲擁日，滄海為梯；光從定後，圓始天躋；非此邦之風景，又在乎東海之青齊。更或橋邊鮫泣，別淚如珠；山頭劍舉，雪城為墟；飛女仙之一石，起剡史於沾濡；扶紅裳之魚女，使之返於沮洳；而茲邦又無此怪異，事或見之於洞庭湖。

這段文字中出現不少新奇的物產和景象，但高拱乾之意，卻是以它們來凸顯臺灣的乏善可陳，不足爲「中土」道，其另一段復云：

> 若欲盡寫夫杳渺之離奇兮，恐或見嗤夫齊莊而端肅。即飲食亦平易而無奇兮，原未足以窮夫人間之水陸。[42]

在高拱乾的心裡，臺灣根本找不出什麼可與中土媲美。相對於中國大陸，臺灣只是粗俗卑微、自抑矮化的南陲遐裔。反觀王必昌的〈臺灣賦〉，便很注意臺灣特有的農作水產：

> 乃其海物惟錯，獨為充斥，難悉厥名，略辨其色：則鯔烏

42 據六十七：《使署閒情》（南投：臺灣省文獻委員會，1994 年），另作「若欲盡寫夫硃瞞之弇陋兮，恐或見嗤於莊士之端肅。即飲食意飳飣而無奇兮，原未窮夫人間之水陸。」（頁 7）若以現今各種臺灣方志中的高氏〈臺灣賦〉與《使署閒情》所錄的高氏〈臺灣賦〉相互參校，其異文竟多達四十餘處，不知原因為何，待考。

鯉紅，鰭紫鯧白。赤海金精，烏頰黃翼。青鯇投火，烏賊噴墨。錦魴花令，金梭如織。又有香螺花蛤，鬼蟹虎鯊。白蟶塗魠，麻虱龍蝦。臺澎所產，厥味多嘉。

番樣熟於盛夏，西瓜獻於元日。牙蕉子結數層，鳳梨香聞滿室。若菩提果、波羅蜜、釋迦果、金鈴橘，尤中土所罕見而莫悉。厥有檳榔，生此遐方。雜椰子而間栽，夾扶留以代糧。饑餐飽嚼，分咀共嚐。婚姻飾之以成禮，詬誶得之而輒忘。為領略其滋味，殆恍惚夫醉鄉。

四面環海，故蘊藏豐富的漁業資源；而地處亞熱帶，更盛產多種中土既未見過也未嚐過的水果；此外，「荷開獻歲，菊吐迎年」、「蟬未夏而先鳴，燕經秋而不去」的自然生態，大概也會令中土欣羨萬分。這就是物產豐隆、四季如春的寶島臺灣！王必昌〈臺灣賦〉裡的「臺灣」，非但不是蕞爾小島，面對中土時也不再瑟縮退卻，反而能以「海邦膏壤」自居，展現「泱泱大風」。

依據傅柯 (Michel Foucault) 的看法，空間與權力之間其實具有密不可分的關聯。空間的安排，往往是權力運作的表徵，是權力關係的投影；於是劃分領域就等於劃分勢力，帶有定名分、示尊卑、別強弱的意義。[43]

---

43 傅柯認為，「空間」這個課題向為哲學家、歷史學家及社會學家所忽略，但事實上，歷史政治的問題也是空間面向的問題。例如王權時代，建築藝術是為了彰顯神權與帝王權力，宏偉的神殿、王宮，就是神權和王權的展現。因此，我們可以藉由空間意象來分析權

透過這樣的角度，或許有助於我們了解王必昌在寫〈臺灣賦〉時可能隱含的爭勝心理。就「篇幅」而言，林謙光和高拱乾的〈臺灣賦〉都在一千零九十字左右，而王必昌〈臺灣賦〉則多達兩千一百八十餘字，近乎雙倍。由於三篇〈臺灣賦〉都在鋪寫「臺灣」這個「空間」，因此從字數的多寡，便幾可判定其展現空間的大小。王必昌寫〈臺灣賦〉，不僅在賦的開頭即劃出「南抵馬磯，北發雞籠，綿亙兩千餘里」的範圍，賦中的山名（如大武山、玉山、火山）、水名（如大安溪、大甲溪、大肚溪）、地名（如笨港、蛤仔難、八里坌）、動物名（如翟雉、塗魠、麻虱）、植物名（如番檨、牙蕉、鳳梨）等，更是琳琅滿目，凡此無不意圖呈現一個宏闊富裕、包羅萬象的空間。反觀林謙光的〈臺灣賦〉，雖曰「計自南而訖自北，繞以二十二重之溪；由此界而溯彼疆，隔以六千餘里之谷」，但賦中的物產名勝卻是寥寥可數，形同點綴。至於高拱乾的〈臺灣賦〉，則既不見空間範圍的標記，更缺乏地名物產的堆砌，所謂「賦須當有者盡有，更須難有者能有」[44]，但高拱乾筆下的

力，而權力的擴散過程也可以借用空間意象來表達。有關傅柯的相關論述，可以參閱夏鑄九及王志弘編譯：《空間的文化形式與社會理論讀本》（臺北：明文書局，1993 年）第三單元「權力與空間」中的幾篇論文。此外如楊麗中：〈傅柯與後殖民論述：現代情境的問題〉（《中外文學》22 卷 3 期）、梁一萍：〈在西與南之間：美國西南部的地理論述與族群認同〉（《中外文學》25 卷 6 期），亦在文中予以簡明的介紹。

44 劉熙載《藝概・賦概》：「張融作〈海賦〉不道鹽，因顧凱之之言乃益之。姚鉉令夏竦為〈水賦〉，限以萬字。竦作三千字，鉉怒，不視，曰：『汝何不於水之前後左右廣言之？』竦益得六千字。可知

臺灣，卻幾乎是什麼都沒有。再者，正如前文所云，林謙光與高拱乾只當臺灣是中國大陸的邊陲附庸，王必昌卻凸顯了臺灣在東南沿海的獨特性及對中國大陸的重要性。因此無論從那方面觀察，王必昌所建構的臺灣空間，都要比林謙光和高拱乾寬敞許多。

這正是王必昌的策略。賦的寫作，誠如揚雄所言，「必推類而言，極麗靡之辭，閎侈巨衍，競於使人不能加也」[45]，王必昌在寫〈臺灣賦〉之前，林謙光與高拱乾的〈臺灣賦〉早已在方志中佔有一席之地，但王必昌偏使用加倍的字數、彙聚豐富的名物，藉此營造出超越林謙光、高拱乾二人的廣大空間，不正是想克服「影響的焦慮」[46]，顯示他的〈臺灣賦〉能凌駕前輩的〈臺灣賦〉嗎？過去高拱乾曾以政治立場相左，將沈光

賦須當有者盡有，更須難有者能有也。」

45 班固：《漢書》（臺北：宏業書局，1984 年），卷八十七下〈揚雄傳下〉，頁 901。

46 「影響的焦慮」，這個術語來自當代美國文學批評家 Harold Bloom 在 1973 年所出版的同名著作《影響的焦慮》(*The Anxiety of Influence: A Throry of Poetry*)。過去我們所謂的「影響」，概指後輩對前輩的模倣學習，但 Bloom 則認為：「一位抱負不凡的作家，必定會以某種方式摧毀先驅作家的勢力——通常是一位如日中天、備受尊崇的偉大先進，並扭曲他的權威，接收他的勢力。……Bloom 強調，這種因為『影響』而產生的『焦慮』，其實與弗洛依德（Freud）所定義的『伊底帕斯情結』（Oedipus complex）具有相同的特徵，每位作家對於先驅前輩的態度，都混雜著既崇拜又想與之競爭的焦慮與不安。」以上參閱並譯自 Jeremy Hawthorn, *A Concise Glossary of Contemporary Literary Theory*（New York: Edward Arnold, 1992）, "Revisionism", p.153。

文〈臺灣賦〉逐出方志之外，但王必昌沒有理由摒除林謙光和高拱乾的〈臺灣賦〉，於是便以他打造出來的「大臺灣」，向林謙光與高拱乾的「小臺灣」爭奪地盤，企圖讓自己的新〈臺灣賦〉取代兩人的舊〈臺灣賦〉，成爲足以代表「臺灣」的賦作。而日後的事實也證明，王必昌成功了，雖然他曾經一度失去這篇賦的著作權，但遭到誤會的王克捷，可正是因這篇〈臺灣賦〉而享譽文壇，名留青史。[47]

四、結語

記載「方域、山川、風俗、物產」，是方志的基本功能。[48]具有類似作用的地理賦，便因方志設有「藝文志」而易

---

47 連横《臺灣通史》將「王必昌」與「王克捷」誤為一人，並把王必昌〈臺灣賦〉當成是王克捷的作品。列傳六「文苑」:「王克捷，字必昌，諸羅人。乾隆十八年舉於鄉，二十二年成進士，為臺人士登禮闈之始。好詞翰，通群籍，著〈臺灣賦〉一篇。」至《臺灣省通志》及《重修臺灣省通志》書「王克捷」傳，更稱「著〈臺灣賦〉，長數千言，以此知名。」雖然王克捷為臺灣少數的幾位進士之一，但光復後所修的方志凡述王克捷者，無一不將〈臺灣賦〉視為其足以傳世的鉅作。

48 《欽定四庫全書總目》:「古之方志，載方域、山川、風俗、物產而已，其書今不可見。然《禹貢》、《周禮・職方氏》其大較矣。《元和郡縣志》頗涉古蹟，蓋用《山海經》例。《太平寰宇記》增以人物，又偶及藝文，於是為州縣志書之濫觴。元明以後，體例相沿，列傳侔乎家牒，藝文溢於總集，末大於本，而輿圖反若附錄。」（臺北：臺灣商務印書館影印《四庫全書》本，卷 68，史部地理類序，冊 2，頁 450）

於入選，成爲足以反映地方特色的文學作品。不過，本文從臺灣方志中找到的三篇清代〈臺灣賦〉，發現其所以能進入方志，卻不單純是「關涉風土景物」而已。原來林謙光和高拱乾都曾先後任職於臺灣府衙，而高拱乾與王必昌更分別爲《臺灣府志》及《臺灣縣志》的纂修者，他們都利用修志的機會，毫無忌諱地將自己寫的賦收進「藝文志」內，並在賦中適度加入符合官修方志的政治意識，以穩固其「正典」的地位。正因爲這層特殊的政治性，明末遺老沈光文所作的〈臺灣賦〉，顯然應是遭高拱乾暗地排除於方志之外；而日後王必昌新作〈臺灣賦〉，則以擴張「臺灣」的「空間」，並凸顯臺灣擁有不同於中土的特質，來與矮化臺灣爲蕞爾小島的林謙光和高拱乾〈臺灣賦〉一較高低。果然，它贏得了「臺灣風物佳什，足爲史乘取資」的好評；而在臺灣主張「本土化」、強調「主體意識」的今天，更有人推崇它是「臺灣觀點的典範」，適合選入國文課本，以培養熱愛鄉土的情懷。

雖然三篇〈臺灣賦〉都有「既歸版圖，遂號名都」[49]的論述，但這原是基於政治事實與賦「潤色鴻業」傳統所做的宣示，並不宜就此認定他們對臺灣的觀感。以今日的眼光來看，林謙光與高拱乾的〈臺灣賦〉容或沒有「臺灣意識」，但如果我們願意考慮其所處的時代背景，體諒他們是在清廷仍對臺灣的經營與否尚存疑慮的情況下抵臺，則似乎不必苛求他們非得對臺灣具有高度的認同感。而王必昌雖然不是來臺定居的移民，卻對臺灣在地理及物產方面的獨特性深入觀察、高度肯

---

49 見王必昌〈臺灣賦〉。

定，的確是相當難得。像這樣的〈臺灣賦〉如果也要因特別的標準而不被視爲臺灣文學，未免是項缺憾；[50]至於如果因爲頌揚清廷或述及稻米、蔗糖出口至大陸就被貼上「殖民觀點」的標籤，恐怕也未盡適宜。[51]

本文所設定的目標，僅是對林謙光、高拱乾及王必昌的〈臺灣賦〉進行初步分析。而誠如杜正勝先生所說：「〈臺灣賦〉融合地理、物產、民風和歷史於一篇，值得題解之處尚多」，例如「僧衣作賦，沈文開萍蹤坎坷」，即寫沈光文因鄭經施政不當而作賦諷諭，幾罹不測，乃變服爲僧，隱居於羅漢門

---

50 此處的特殊標準是指「排除中國性」而言，這是今日講「臺灣意識」時很常見的看法。不過陳昭瑛在〈論臺灣的本土化運動〉一文中指出，早期的「臺灣意識」並未與「中國意識」衝突，甚至是重疊在一起，有著相互定義的關係。「由於臺灣人是以中國為父母之國，臺灣意識自然也是以中國意識為起源，中國文化、漢民族的特有生活方式在臺灣的樣貌，是形成『中國式臺灣意識』的文化基礎。」因此，如果以「反中國的臺灣意識」做為「三百年來自荷、鄭以降的所有臺灣文學作品」的「檢視網」，則「不僅明、清臺灣無文學，割臺時無數可歌可泣的古詩，新文學中賴和、楊逵、吳新榮、吳濁流等無數作家的作品，都將因為包含中國意識，而不屬於臺灣文學，遑論其餘」。詳參《臺灣文學與本土化運動》（臺北：正中書局，1998年），頁101～181。

51 史明《臺灣人四百年史》認為，四百年來的臺灣史就是臺灣人受荷蘭、西班牙、明鄭、清廷、日本及國民黨等外來政權的殖民與反殖民史。其中曾認定臺灣的大米、砂糖輸往中國大陸，是清廷將臺灣視為殖民地的特殊剝削政策。但對這樣的說法，唐曙〈鄭、清時期臺灣是「殖民地」嗎？〉、陳肇基〈清朝對臺施行「重賦苛斂的殖民地剝削」論之批判〉都提出強烈質疑。二文均收於許南村編：《史明臺灣史論的虛構》（臺北：人間出版社，1994年）。

山的故事；[52]又如「贅婿爲嗣，隨婦行止，凡樵汲與薪穫，屬女流之所理」，也記載了臺灣原住民部分族群屬於「從母居婚姻型態」的實況；[53]又如「番樣熟於盛夏，西瓜獻於元日」，句中的「番樣」便是臺灣特產的水果（即芒果）[54]，「正月貢西瓜」則是乾隆年間一項特別的進貢制度；[55]再如「蛤仔難之

---

52 全祖望〈沈太僕傳〉：「已而成功卒，子經嗣，頗改父之臣與父之政，軍亦日削。公作賦有所諷，乃為愛憎所白，幾至不測。公變服為浮屠，逃入臺之北鄙，結茅於羅漢門山中以居。或以好言解之於經得免。山旁有目加溜灣者，番社也。公於其間，教授生徒，不足則濟以醫。」（《鮚埼亭集》卷 27）

53 「贅婿」是漢族父系觀點的說法，應該說是「從母居婚姻型態」（matrilocal marriage），請參閱林美容：《人類學與臺灣》（臺北：稻香出版社，1992 年），〈母系社會的婚姻型態〉，頁 259～264。王必昌在《重修臺灣縣志・風土》所述：「大抵以女承家，凡家務悉女主之，番男終身依婦而處」，乃當時平埔族的情形，請參閱潘英：《臺灣平埔族史》（臺北：南天出版社，1998 年），第五章第四節〈平埔族的宗教與禮俗〉中「婚姻」部分，或蕭瓊瑞：《島民・風俗・畫──十八世紀臺灣原住民生活圖像》（臺北：東大圖書公司，1999 年），第五章第三節〈生命禮儀〉「結婚」部分。

54 王必昌《重修臺灣縣志・風土》：「樣，有三種：香樣、木樣、肉樣。香樣差大味香，不可多得，所食者木樣。肉樣種自荷蘭，或云自佛國傳來，或云紅毛人自日本移栽者。……其樹高大凌雲，葉尖長，濃陰可蔭。新抽杪紅若丹楓，老則變綠。花淡黃色，結實累累，大如豬腰子。入春吐花，盛夏大熟。肉與核黏，切片以啗，甘如蔗漿。臺人或切片曬乾，用糖拌蒸，名『樣仔乾』；或用鮮樣細切，用糖熬煮，名『樣仔膏』；或用鹽漬醃久代蔬，名『蓬菜醬』。」許多文人吟詠也以「樣」為題材，如沈光文即作有〈樣賦〉（已佚），現在可讀到的也有陳夢林〈樣圃〉等詩。

55 貢西瓜的時間，康熙年間以三月半萬壽節（康熙生日）為期，至乾

產金，寒潭難入；毛少翁之產磺，沸土重煎」，更指出了臺灣在砂金及硫磺的開採均有悠久的歷史。[56]這些典故，都富有臺灣傳統文化的深刻意義。而除了王必昌〈臺灣賦〉以外，其他如卓肇昌〈龍目井泉賦〉、〈莿桐花賦〉、陳洪圭〈秀峰塔賦〉、吳德功〈蜜柑賦〉、洪棄生〈九十九峰賦〉及卓肇昌、林夢麟、章甫等人的〈臺灣形勝賦〉，這些臺灣賦篇所鋪寫的特產名勝，也都可以和相關的臺灣漢語古典詩並讀，增進對臺灣風土的認識。過去元好問曾說：「詩家總愛西崑好，獨恨無人作鄭箋」，雖然臺灣賦篇不見得有多出色，更談不上爲眾人所喜愛，但這批一直未受到關注的臺灣文學遺產，卻還需要時間蒐

隆二年，改為每年正月進瓜。但最遲至嘉慶十一年時此制即廢。貢瓜栽種的時間、園區都與一般西瓜有別，任務由閩浙總督、福建巡府負責，各進十顆，數量極少。詳參林文龍：〈清代臺灣貢瓜小考〉，收於《臺灣史蹟叢編》（臺中：國彰出版社，1987 年），下冊（風土篇），頁 191～198。

56 早在元代汪大淵所著《島夷誌略》中，即記載臺灣富產砂金及硫磺。「蛤仔難」為宜蘭舊名，源自原住民語，嘉慶十五年籌設廳時，乃改譯為「噶瑪蘭」。據周鍾瑄《諸羅縣志》卷十二：「蛤仔難內山溪港產金，港水千尋，冷於冰雪。生蕃沉水，信手撈之亟起，起則僵口噤不能語，爇火以待，傅火良久乃定。金如碎米粒，雜沙泥中，淘之而出。」有關臺灣採金的歷史，可參閱唐羽：《臺灣採金七百年》（臺北：臺北市錦綿助學基金會，1985 年）。「毛少翁」又稱「麻少翁」，據郁永河《裨海紀遊》，為淡水二十四番社之一，在今臺北市士林社子一帶，屬凱達格蘭族。周鍾瑄《諸羅縣志》亦載：「麻少翁、內北投，在磺山之左右，毒氣蒸鬱，觸鼻昏悶，金銀藏身者不數日皆黑，諸番常以糖水洗眼。入山掘磺，必以半夜，日初即歸，以地熱而人不可耐也。」

羅整理，其中蘊含的古代臺灣風土資料及可以探討的問題，也絕非簡短如本文所能盡述。所以，有關臺灣賦篇的研究，其實才剛要開始！

(附錄一)臺灣方志選錄賦篇一覽表:(31篇)

			康熙臺灣府志	康熙增修府志	乾隆劉修府志	乾隆范修府志	乾隆續修府志	康熙臺灣縣志	乾隆重臺縣志	嘉慶續臺縣志	康熙鳳山縣志	乾隆重鳳縣志	道光噶瑪蘭志	乾隆澎湖志略	乾隆澎湖紀略	光緒澎湖廳志	光緒恆春縣志	民國宜蘭縣志	民國南投志稿	民國嘉義縣志	民國臺南志稿	民國高縣志稿	民國澎湖縣志	民國省通志稿	民國臺省通志	民國重省通志
01	林謙光	臺灣賦	●	●	●	●	●		●	●					●			●								
02	高拱乾	臺灣賦	●	●	●		●	●	●	●	●													●	●	●
03	周　澎	平南賦			●		●		●	●																
04	張從政	臺山賦					●		●	●															●	●
05	陳　輝	臺海賦					●		●	●														●	●	●
06	張　湄	海吼賦					●		●	●														●	●	●
07	王必昌	臺灣賦					●		●	●										●	●			●	●	●
08	王必昌	澎湖賦							●	●															●	●
09	李欽文	赤崁城賦(紅毛城賦)							●	●	●														●	●
10	朱仕玠	夾竹桃賦										●										●				
11	林萃岡	秋牡丹賦										●										●				
12	卓肇昌	臺灣形勝賦										●										●				
13	卓肇昌	鼓山賦										●										●				
14	卓肇昌	鳳山賦										●										●				
15	卓肇昌	三山賦										●										●				
16	卓肇昌	龍目井泉賦										●										●				

17	卓肇昌	蒴桐花賦										●										●				
18	林夢麟	臺灣形勝賦										●										●				
19	陳洪圭	秀峰塔賦										●										●				
20	黃學海	龜山賦											●					●								
21	李祺生	龜山賦											●					●								
22	周于仁	觀海賦												●	●	●							●			
23	周于仁	文石賦												●	●	●							●			
24	屠繼善	遊瑯嶠賦															●									
25	鍾天佑	庚寅恆春考義塾賦															●									
26	康作銘	瑯嶠民番風俗賦															●									
27	洪棄生	九十九峰賦																	●							
28	章　甫	臺陽形勝賦																						●		
29	陳維英	賣花聲賦																						●		
30	丘逢甲	澎湖賦																						●		
31	施瓊芳	蔗車賦																							●	●

(1)本表僅依據《中華民國臺灣地區公藏方志目錄》（臺北：漢學研究及資料服務中心，1985年）「臺灣省」部分所載方志進行檢索；只列出收錄賦篇的方志。

(2)本表方志簡稱索引：

康熙臺灣府志：高拱乾《臺灣府志》	康熙增修府志：周元文《增修臺灣府志》
乾隆劉修府志：劉良璧《重修臺灣府志》	乾隆范修府志：范咸《重修臺灣府志》
乾隆續修府志：余文儀《續修臺灣府志》	康熙臺灣縣志：王禮、陳文達《臺灣縣志》
乾隆重臺縣志：王必昌《重修臺灣縣志》	嘉慶續臺縣志：謝金鑾《續修臺灣縣志》
康熙鳳山縣志：陳文達《鳳山縣志》	乾隆重鳳縣志：王瑛曾《重修鳳山縣志》
道光噶瑪蘭志：陳淑均《噶瑪蘭廳志》	乾隆澎湖志略：周于仁《澎湖志略》
乾隆澎湖紀略：胡建偉《澎湖紀略》	光緒澎湖廳志：林豪《澎湖廳志》
光緒恆春縣志：屠繼善《恆春縣志》	民國宜蘭縣志：盧世標《宜蘭縣志》
民國南投志稿：劉萬枝《南投縣志稿》	民國嘉義縣志：賴子清《嘉義縣志》
民國臺南志稿：吳新榮《臺南縣志稿》	民國高縣志稿：陳子波《高雄縣志稿》
民國澎湖縣志：李紹章《澎湖縣志》	民國省通志稿：林熊祥《臺灣省通志稿》
民國臺省通志：省文獻會《臺灣省通志》	民國重省通志：省文獻會《重修臺灣省通志》

（附錄二）目前所知臺灣賦篇簡目：（76 篇）

甲、康雍乾	
林謙光	1.臺灣賦
高拱乾	1.臺灣賦
周澎	1.平南賦
李欽文	1.赤崁城賦（紅毛城賦）
林萃岡	1.秋牡丹賦
周于仁	1.觀海賦 2.文石賦
張湄	1.海吼賦
張從政	1.臺山賦
陳輝	1.臺海賦
王必昌	1.臺灣賦 2.澎湖賦（律賦）
朱仕玠	1.夾竹桃賦

卓肇昌	1.臺灣形勝賦（律賦）2.鼓山賦 3.鳳山賦（律賦）4.三山賦（律賦）5.龍目井泉賦 6.莿桐花賦
林夢麟	1.臺灣形勝賦
陳洪圭	1.秀峰塔賦（律賦）
乙、嘉道咸	
章甫	1.臺陽形勝賦
鄭用錫	1.謙受益賦（律賦）
黃學海	1.龜山賦
李祺生	1.龜山賦
施瓊芳	1.蔗車賦 2.海旁蜃氣象樓臺賦（律賦）3.燕窩賦 4.香珠賦 5.山澤通氣賦 6.華蟲賦 7.廣學開書院賦 8.餞春賦
陳維英	1.賣花聲賦（律賦）
吳德功	1.澎湖賦 2.蜜柑賦
李逢時	1.銅貢賦（律賦）
丙、同光宣	
丘逢甲	1.澎湖賦（律賦）
屠繼善	1.遊瑯嶠賦
康作銘	1.瑯嶠民番風俗賦（律賦）
鍾天佑	1.庚寅恆春考義塾賦（律賦）
洪棄生	1.楮先生轢蹉金王孫賦 2.項王垓下聞楚歌賦 3.班固燕然山刻石賦（律賦）4.庾亮登南樓賦（律賦）5.虞允文勝金人於采石磯賦（律賦）6.鯤化鵬賦（律賦）7.鯤化鵬賦（律賦）8.桃花源賦（律賦）9.劉阮同入天台山神女賦（律賦）10.唐明皇宣李白賦清平調賦（律賦）11.澎湖賦（律賦）12.寄鶴齋賦 13.寒梅著花未賦（律

	賦）14.寒梅著花未賦（律賦）15.春城無處不飛花賦 16.春陰賦 17.春思賦 18.惜花賦 19.春園賦 20.春日望遠賦 21.春日對花賦 22.遊子賦 23.西螺柑賦（律賦）24.西螺柑賦（律賦）25.小樓賦 26.春江賦 27.李白春宴桃花園賦（律賦）28.李白春宴桃花園賦（律賦）29.九十九峰賦（律賦）30.采香徑賦（律賦）31.春柳賦 32.春柳賦 33.春柳賦 34.春柳賦
⑴本表依時期略做區分，僅爲眉目清楚，便於檢索，並無其他意義。 ⑵賦篇來源：除方志外，略記如下： ①鄭用錫：《北郭園全集》（臺北：龍文出版社） ②施瓊芳：《石蘭山館遺稿》（臺北：龍文出版社） ③吳德功：《瑞桃齋文稿》（南投：臺灣省文獻委員會） ④李逢時：《宜蘭文獻》2 卷 2 期（1966 年 8 月） ⑤洪棄生：《寄鶴齋駢文集》（南投：臺灣省文獻委員會）	

殖民地時期日人眼中的清代臺灣文學

❖黃美娥

臺灣新竹人，現任政治大學中文系副教授，擔任臺灣文學、臺灣民俗課程講授。撰有〈清代臺灣竹塹地區傳統文學研究〉、〈鐵血與鐵血之外：閱讀「詩人吳濁流」〉、〈對立與協力：日治時期臺灣新舊文學論戰中傳統文人的典律反省與文化思維〉、〈臺灣古典文學史概說〉（1651－1945）、〈中國、日本、臺灣——櫟社詩傑林仲衡詩歌的空間閱讀〉、〈文學現代性的移植與傳播：日治時代臺灣傳統文人對世界文學的接受、翻譯與摹寫〉……等臺灣文學相關論文三十餘篇。編有《張純甫全集》、《日治時期臺北地區文學作品目錄》，另與詹雅能合編林鍾英《梅鶴齋吟草》、《聽見樹林頭的詩歌聲》（謝景雲・王秋蟾合集、謝森鴻・謝麟麒合集）……等書。

一、前言

1895 年，日本取得臺灣這個殖民地，面對新鮮而陌生的「異地」，日人有其特殊的「看待」方式，也衍生了各式的殖民論述。以文學為例，在帝國之眼的凝視下，歷來最為人熟悉的便是 1941 年 5 月，時任臺北高等學校教授的島田謹二發表於《文藝臺灣》2 卷 2 號上的〈臺灣の文學的過現未〉一文，此文旨於建構內地文人在殖民地臺灣的文學表現梗概，而鮮少論述臺灣本島人的創作成果，文中並沿用法國以「外地文學」指涉殖民地統治者文學的稱謂與作法。此舉，日後激化了 1942 年至 1943 年間黃得時有意建構臺灣文學主體性格所進行的文學史書寫，即一連串刊登於《臺灣文學》上的〈輓近の臺灣文學運動史〉、〈臺灣文學史序說〉、〈臺灣文學史㈡〉……等文。[1]

---

* 本文初稿曾於 2003.4.25～4.26 政治大學文學院舉辦之「第五屆中國近代文化的解構與重建學術研討會」發表，該文當時已收入會議論文集中，並發行出版（國立政治大學文學院編，2003 年 4 月），頁 1～26，今據初稿再加修改完成。而會中擔任評論人的臺灣師範大學國文系許俊雅教授曾提出寶貴意見，會後本系陳芳明教授慨借橋本恭子碩士論文，俾利筆者掌握島田謹二的最新研究情形，是皆有利於本文之修改，謹致謝忱。也因如此，本文與先前發表之初稿，內容稍有更易，特此說明。

1 臺灣學界歷來對於島田謹二之文多所撻伐，且普遍認為黃得時有關建構臺灣文學主體性的多篇論述，是有意針砭島田以內地人為中心而忽視本島人文學的「外地文學論」而發，不過日人橋本恭子〈島田謹二《華麗島文學志》研究──以「外地文學論」為中心〉（新不過，有關日人對臺灣文學的論述評價，或類似島田謹二輕忽本島人文學的表現，難道遲至 1940 年代才浮現檯面嗎？目前，雖有論者注意到 1935 年以後的臺灣文壇，日人曾經出現若干帶有整理與書寫文學史意味的評論[2]，但實際上，筆者

竹：清華大學中研所碩士論文，2003 年 1 月）的最新研究，卻持相異的看法。她一方面重新檢視島田謹二「外地文學論」觀點的形塑及真正指涉意涵，且指出：「黃得時並不是針對島田書寫以內地人為中心的『臺灣文學史』，而是針對島田認為『根本沒有單獨思考【臺灣文學史】的必要』，也就是說他不想寫『臺灣文學史』提出批判。」（頁 175）橋本恭子的碩士論文蒐集諸多文獻，對於島田謹二「外地文學論」的闡釋，的確廓清若干過去學界的誤解，貢獻頗大，不過筆者以為有關島田謹二「外地文學論」觀點，因其源之於法國殖民地文學的論點，實際依然不脫帝國主義本質；何況，法國殖民地文學曾經留心於被殖民者的文學，但島田卻有所脫漏，縱然其人本就無意建構臺灣本島人的文學，但其「特意」不加理會本島人文學的視角，難逃高姿態殖民者位階之嫌。另外，依橋本恭子前述黃得時有關島田的評論，乍看，似是不同層次的問題，但仔細深究卻也有著因果關係，若不是因為島田忽略了臺灣本島人的文學，書寫臺灣文學史又何以成其必要？再者，橋本恭子又在文中（頁 174）暗示黃得時之所以針對臺灣本島人文學加以探討，實有與島田以內地人為中心的論述相互分工進行的意味，但若黃得時有意與島田採分工研究方式，何以黃氏論文較為晚出，而未與島田同時發表？且如橋本恭子所言，黃氏既為島田之學生，理應尊師重道，但何以黃氏文中未說明二人有分工研究的默契呢？橋本恭子的觀點有其細膩處，唯相關問題，仍有待考辯，以此之故，筆者在本文中所作島田文章的論述時，仍偏從後殖民理論的視角進行反思。

2 參見柳書琴〈誰的文學？誰的歷史？──論日治末期文壇主體與歷史詮釋之爭〉，臺灣文學史書寫國際研討會會議論文，2002.11.22～11.24，頁 8。

發現早在明治時期，就有日人倡言「文壇的地方分權」論，呼籲將臺灣文學納入日本文學的一環[3]；又有參考德國所謂「殖民地文學」者，直接稱呼臺灣的文學為「殖民地文學」。[4]且此時期出現的言論，與後來島田氏一般，對於臺灣文學的焦點，主要集中於在臺內地人的文學上。由此看來，要通盤掌握日人看待、定位臺灣文學的論述歷程，乃至從明治到昭和時期的變化情形，都有從頭追溯之必要。

另外，在探索殖民地時期日人對於臺灣文學的評價與定位時，一般的研究視角，在時間上多侷限於「戰爭期」；在對象上，則以「新文學」為主，未見針對日人所論明鄭到清代臺灣古典文學的看法進行探究，有鑑於此，本文擬以日人眼中的「清代臺灣文學」為觀察範圍，就此議題加以說明。再者，清國原是臺灣的宗主國，今既已成為日本的戰敗國，則整理、評論清代的臺灣文學成果，對於日人而言，更隱藏著種族競爭與文化較勁的張力關係，愈加耐人玩味，這也是本文於此著眼的原因之一。

基於此，本文將採歷時性考察的方式，以明治至昭和時期日人的清代臺灣文學論述為探究對象，透過後殖民理論視角的反思與釐析，進以勾勒日人的殖民統治視野。而要達成此一目的，在研究方法上，本當多方掌握日人有關臺灣文學（包括民

3　此意見為後藤外氏所提，相關介紹參見蘇來〈應該如此才對〉，文載《臺灣慣習記事》（臺中：臺灣省文獻委員會，1984 年）中譯本（5：9），頁 134。

4　參見小松吉久〈殖民地文學・臺灣風趣的發揮〉，文載《臺灣慣習記事》中譯本（5：10），頁 153。

間文學、古典文學、新文學）的各式論述，然後在此基礎上針對其中清代臺灣文學的部分加以闡述，如此較能客觀了解日人對於臺灣文學的總體評價及分項評價，例如東方孝義，雖然以為清代臺灣古典及民間文學無足觀者，但對日治時期臺灣本島人的新文學則較有好感。唯如此一來，所需爬梳的相關資料更顯龐雜，限於篇幅及個人精力，目前暫時無法由此著手；何況，本文目前所欲一探究竟的是，殖民地時期日人對於清代臺灣文學的歷時性綜論，故在此問題面向的考究下，偏於一隅的評述或許觀照不夠周全，但仍有其一定的意義與價值。

二、民俗／文化／文學場域下「清代臺灣文學」知識系譜的建構

㈠

領臺初期，日本來臺官員不乏漢學素養，若干幕僚也喜漢詩創作，透過漢詩作為媒介，水野遵、土居通豫、加藤重任、黑江蛟、岡本韋庵……等，或與臺人進行官紳雅集，彼此唱酬；或徵詩交流，扢雅揚風，遂使清朝以來臺灣漢文學創作傳統不致中輟，得以延續。而這些來臺日人，面對臺灣景物，充滿異國情趣的好奇與新鮮，下筆之際，詠景、記遊頗多，如來臺擔任過陸軍郵便局長及民政部郵便局長的土居通豫，在 1896 年七月底到八月初，陸續發表歌頌臺北八勝的詩作，其後又有遊北投之作；又如擔任芝山岩第一附屬學校教諭的小田深藏，1896 年來臺之初，也有遊芝山岩、劍潭作品多首。不

過，臺灣島嶼的山光水色，雖然不難獲見於日治初期日人的漢詩中，但對於臺灣的文化歷史、人文風俗的掌握，日人猶感陌生，也因此，有關日人評價清代臺灣文學的論述資料尚屬罕見。

㈡

依筆者目前所知，日人中較早蒐集清代臺灣文獻而進行相關介紹，或留意到文學發展概況而予以評述者，當以成立於明治三十三年（1900）的「臺灣慣習研究會」最具代表性。此一組織是由臺灣總督府暨法院官員所組成，發起委員共有後藤新平、石塚英藏、村上義雄、木下周一……等三十三人，最後推舉兒玉總督為會長，後藤新平民政長官為副會長，高等法院院長鈴木宗言為總幹事，伊能嘉矩、小松吉久等七人為幹事；[5]並刊行《臺灣慣習記事》雜誌，自明治三十四年（1901）一月至明治四十年（1907）八月，共發行七卷。此會的設立，是有感於民俗習慣的認知是施政的重要參考，日本在領臺之後，雖然銳意從事調查，可是尚未調查者仍多，其以為習俗調查之事，未必須通盤委任政府，因此上述有志之士，就另闢研究管道，以業餘從事調查。[6]該會的辦事處雖然設於臺北，但卻有駐在各地方的委員，可以從事該地方的舊慣調查工作[7]，因此

5 參見《臺灣慣習記事》〈會報〉、〈臺灣慣習研究會會則〉中譯本（1：1），頁27、頁30。
6 參見《臺灣慣習記事》〈發刊辭〉，同上註，頁1。
7 參見〈臺灣慣習研究會會則〉第一章「總則」及第三章「職員及其任務」，同註3，頁27、頁28。

能夠較為全面地蒐羅到臺灣全島的慣習民俗資料，而作出概況的說明。例如 1901 年會員關口隆正，由於擔任臺中辨務署長之便，曾就臺中地方移民的狀況進行調查，發表有〈臺中地方移住民史〉，文中提及當地移住民的職業、生活及教育變遷狀況，而在回顧清代臺中教育考課的情形時，對於該地富家子弟花錢倩人代作文章的惡風加以批判，且進一步對清代臺灣文人的學問與文章表現，作了如下的評語：

> ……臺灣的學問，文章更為淺薄無比，勿論舉人亦好，秀才亦好，徒有其美名，而無其實，殊不足怪矣。[8]

這種依附於舊慣習俗調查所產生的清代臺灣文化／文學知識，是否深入而客觀，值得商榷，但關口隆正此段概括式的敘述文字，強烈貶抑了清代的臺灣「文人」及「文學」的措辭語氣，卻令人印象深刻。

在多年的舊慣調查中，擔任幹事的伊能嘉矩，可說是當時對於清代臺灣文獻／文學接觸最多的人。自 1895 年 11 月來臺，1906 年返日止，伊能嘉矩在臺約十年[9]，起先從事以原住

---

8 參見關口正隆〈臺中地方移住民史〉，文載《臺灣慣習記事》中譯本（1：6），頁 183。

9 伊能嘉矩，1867 年生於日本遠野南部藩城下町遠野町横田村新屋敷(今岩手縣遠野市東館町)，1925 年因瘧疾復發而亡。關於其在臺時間，說法有二，吳密察〈從人類學者到歷史學者〉，頁 45，言其於 1906 年 1 月離臺返鄉，結束在臺十年歲月；荻野馨〈在日本內地的伊能嘉矩〉，頁 23、頁 24，言其於 1895 年 11 月來臺，至 1908 年 2

民為主的人類學研究，而後逐漸轉向漢人及其相關歷史的研究，1901 年前後，開始頻繁地於《臺灣日日新報》、《臺灣慣習記事》發表短文[10]，絕大多數的主題攸關漢人民俗或歷史，已大幅度淡出原住民的研究[11]，而其對於清代臺灣文學／文獻的若干看法，也開始出現於此時的文字中。

以《臺灣慣習記事》上所載諸文為例，伊能嘉矩使用「梅陰生」為筆名發表〈我的書架（第一架）《東征集》六卷〉（2：2)、〈我的書架（第二架）《海天玉尺編初集二集》二卷《珊枝集》一卷〉（2：3)、〈我的書架（第三架）《稗海紀遊》六卷〉（2：6)、〈我的書架（第四架）《治臺必告錄》八卷〉（2：9)、〈我的書架（第五架）《海國聞見錄》二卷〉（3：6)、〈我的書架（第六架）《聖武紀》十四卷《鹿洲初集》二十卷〉（5：7）等文，這些都是針對清代臺灣文獻而寫的介紹文字，

月回鄉，其間 1898 年 12 月至 1899 年 12 月待在日本內地，故總計在臺前後約十二年，二文見夏麗月主編：《伊能嘉矩與臺灣研究特展專刊》（臺北：臺灣大學圖書館印行，1998 年）。另，板澤武雄〈伊能先生小傳〉也載為十年，文見《臺灣文化志》中譯本上卷，頁 18。

10 除《臺灣日日新報》、《臺灣慣習記事》外，伊能嘉矩在其他報刊所發表的論述亦甚眾多，日人江田明彥著錄極詳，文見夏麗月前揭書，頁 120～183。

11 關於伊能嘉矩從人類學者到歷史學者的轉變與相關成就，以及從原住民研究轉向漢人研究的相關過程，可參吳密察〈從人類學者到歷史學者〉，同註 9，頁 35～45。另，有關伊能嘉矩在臺灣原住民研究的貢獻與侷限，陳偉智〈殖民主義「蕃情」知識與人類學——日治初期臺灣原住民研究的展開（1895～1900）〉（臺北：臺灣大學歷史所碩士論文，1998 年）已有清楚的分析。

依其自況：

> 破窗敝几之假寓，素來非有汗牛充棟之書，惟隨見而收集，隨聽聞而寫，供坐右餘師者若干冊，就中，摭拾其與臺灣有關係者，作解題。[12]

由於隨見隨收、隨聽隨寫的好習慣，因此伊能氏對於臺灣文獻頗有收藏與瞭解[13]，為提供讀者參考，乃試作解題。那麼，伊能嘉矩的「解題」文字，究竟涵蓋了何等內容？以《東征集》的相關說明看來，伊能氏首先介紹作者及撰著動機與背景；其次提及本書所見版本；而後言及該書內容、價值，乃在於「有關朱亂靖平，作戰之計畫，戰後之謀略，其中不啻有益於資補歷史，並可窺知當時之民情，地形之變遷，有所謂稽古以繩風猷於既頹，照今以補典教於欲絕之實，而其論策百篇中，如覆制軍臺疆經理書（卷三）、覆制軍遷民劃界書（卷三）、論臺鎮不可移澎書（卷四）、……，於今仍有取則價值者……」（2：2，頁 80）。接著亦論及書中間有杜撰之弊，讀

---

12 語見伊能嘉矩〈我的書架（第一架）〉，《臺灣慣習記事》中譯本（2：2），頁 79。

13 伊能嘉矩收藏的清代臺灣文獻，並不只《東征集》、《稗海紀遊》數種而已，在臺大伊能文庫中所存尚有刊本及抄本數十種，包括地方志、公文、契約等史料；以及吳子光《一肚皮集》、《小草拾遺》、鄭用錫《北郭園全集》、江日昇《臺灣外記》、黃叔璥《臺海使槎錄》、楊希閔編《臺灣雜詠詩》……等較具文學性的著作。參見吳密察〈臺大藏「伊能文庫」及其內容〉，文見夏麗月前揭書，頁 52～56。

者需加留心考究；末了則觸及《東征集》的文章藝術表現，嘉許部分文字高潔，出以春秋筆法，更有可視為經世文字之處。由此可見伊能氏對於此類文獻的高度掌握與認知。

除上述介紹專著的文章外，伊能在《臺灣慣習記事》雜誌上，還曾針對藍鼎元、鄭用錫、陳璸、沈葆楨、劉銘傳……等人，撰寫專文予以介紹，尤其是藍鼎元、鄭用錫、劉銘傳更是給予高度評價，這些評論意見多少涉及了清代的臺灣文學。不過，上述這些或屬解題，或屬介紹評論的文章，多數意見已被收入其日後完成出版的《臺灣文化志》中，因此，考究本書的內容，就成了掌握伊能嘉矩清代臺灣文學相關意見的最佳捷徑了。

有關《臺灣文化志》這本書，大致完稿於 1916 年，初名《清朝統治下臺灣文治武備機關之變遷》，原本是伊能向文部大臣提出東京帝國大學文學博士學位的申請書草稿。[14]1925 年，伊能因瘧疾復發死亡，1928 年在友人門生相助下本書得以出版，並因柳田國男、福田德三、板澤武雄的商議，定名為《臺灣文化志》。[15]書中第五篇〈教學之設施〉，所論議題與本文較有關連，其內容依序包括「學校之教育」、「教學之鼓勵與藝文之振興」、「右文間接之影響」、「圖書蒐集」、「考試」、「教化之實行」、「人文之特殊發展」等七章。其中，第二章、第三章、第七章所論頗多涉及清代臺灣文學，其他章節的記載則多少或

14 參見楊南郡〈伊能嘉矩與臺灣平埔族〉，文載夏麗月主編：《伊能嘉矩與臺灣研究特展專刊》，頁 88。不過，荻野馨〈在日本內地的伊能嘉矩〉，以為原稿本無題，頁 29。

15 參見荻野馨前揭文，頁 29。

與清代臺灣文學間接相關，亦可視為輔助理解清代文學興起的相關背景說明。

以第二章〈教學之鼓勵與藝文之振興〉來看，該章言及清代來臺官員及本地儒士，啟迪文風、作育菁莪的經過，藉由蔣毓英、季麒光、林謙光、陳璸、夏之芳、朱景英、鄭兼才、謝金鑾、鄭崇和、郭成金、蔡廷蘭、周凱、姚瑩、蔡國琳……等事例的介紹，伊能肯定清朝政府治臺的教化貢獻，尤其首段即開門見山指出：

> 臺灣在清代二百年間，不問其在官抑在野，均致力於教學之鼓勵，並努力於藝文之振興，其為一代之師表，而興起後賢著有功績之士，不乏其人。（中卷，頁37）

顯見在伊能眼中，清代臺灣的教育及藝文風氣頗盛，導因於在官在野賢士推贊有功。

而第三章，除部分提及文人的書畫藝術外，其餘大半篇幅所論正是攸關清代臺灣文學的發展梗概。文中，伊能首先稱許臺灣古有海東鄒魯之稱，因此認定此地寓賢隱逸，文風不弱。接著依照時間先後介紹，包括郁永河、陳璸、季麒光、孫元衡、阮蔡文、卓夢采、黃叔璥、黃清泰、黃驤雲、郭菁英、林樹梅、陳維英、鄭用錫、林占梅、查元鼎、黃敬、曹敬、陳肇興、楊克彰、劉銘傳、唐景崧、施士洁、丘逢甲、林啟東、陳朝龍……等清代文人。就其所介紹的文人看來，雖然能夠兼顧流寓及本土文人，唯所列本土文人多偏於北部，中南部則較少。

從引據的文獻資料看來，可知上述兩章內容的撰寫，伊能嘉矩至少參考了地方志、作家詩文集、連橫《臺灣通史》、王松《臺陽詩話》、臺灣總督府編《臺灣列紳傳》、《臺灣時報》、《臺灣日日新報》等報刊書籍，不僅採擇了臺人既有的相關成果，也涵蓋了現時性的報導資訊。細繹上述兩章的內容及評述視角，可以發現伊能氏在論述清代臺灣文學時有二個特點，其一，特別重視作家的品德操守，且強調身教的教化作用與影響，所論普遍偏於作者節行的陳述，其文藝表現反成文章末節而非主幹，甚至有時忽略了文藝表現的介紹，如康熙年間澎湖人許福基（頁 50）、雍正年間諸羅黃孟深（頁 51）……等，其行誼與文學藝術皆無涉。其二，伊能在介紹明鄭到清代臺灣古典文人及作品的同時，也記載了漢人時興的民間文學，於此可知伊能嘉矩不只注意到菁英分子的古典文學創作，也能留心庶民階層的民間文學，雅俗兼顧，此種文學觀點的形成，與其投身民俗研究不無關聯。

另外，在第七章〈人文之特殊發展〉，伊能從民俗文化的角度出發，注意到臺灣人文的特殊發展，其實已與中國有所不同而有其自我特色。文中，他先從風土、族群、語言差異等因素一一考察，闡釋臺灣人文形成特殊發展樣貌的關鍵原因，繼而在文學表現上，他藉由幾則攝取自中國稗史但卻能涵融臺灣風物的臺灣文學作品為例，清楚鉤抉出臺灣文學取諸中國文學，卻又能脫胎換骨的面目。例如，《彰化縣志》中有關「繡孤鸞」山（或書「秀孤鸞」）的「叢談」介紹：

> 繡孤鸞山麓皆菊花，有能結實者。老番不知幾百歲，相傳

海中有一浮嶼，上皆仙人所居，奇花異草珍禽馴獸，每歲初冬，則遣一童子，獨駕木小舟，到繡孤鸞，遍採菊實。番有從童子至其處者，歸則壽數百歲，猶依稀能憶其概。或童子不來，欲自駕舟往尋，終迷失水路，未知其處。唯隨童子往返者，登舟瞬間即到。山無城市，只有人家，至今相傳以為仙山云。（《臺灣文化志》中譯本中卷，頁118）

方志中所描述的對象是臺灣東部的繡孤鸞山，但卻援引了《史記》中渤海三神山仙人與不死藥、《荊州記》裡居民飲南陽菊水皆長壽等傳說，進以形塑出屬於本島繡孤鸞山麓特有的仙跡色彩。另，乾隆時期卓肇昌〈古橘謠〉、范咸〈臺江雜詠〉「洞中橘樹爛樵薪」句，在記載鳳山縣岡山的奇聞時，則是移植了陶潛〈桃花源記〉「再訪迷失其址」的構想，以及《幽怪錄》「橘中有叟」的仙、橘故事，薈萃而成岡山奇談。這些都是在中國原生故事的骨幹披上一層具有臺灣色彩的外衣，轉身一變而為具有本地風土精神的文學作品。 以上伊能的觀察，凸顯了臺灣地理空間的涵攝與轉化功能，遂使本地的文學表現有了在地色彩的特殊性。

㈢

在伊能嘉矩之後，曾任《臺灣日日新報》漢文部記者及臺灣總督府囑託、臺灣總督府史料編纂員的尾崎秀真，也發表了數篇與清代臺灣文學有關的論述，如〈清朝治下に於ける臺灣の文化〉、〈臺灣の詩人と詩社〉、〈清朝治下に於ける臺灣の文

藝〉……等文，由於其在臺灣文壇極為活躍，故所論堪稱三〇年代日人評價清代臺灣文學的代表性論述。

尾崎秀真，明治七年（1874）生於日本崎阜縣加茂郡西白川村，在日本曾經擔任報社記者[16]，於 1907 年左右來臺，頗擅漢學，尤精書畫，珍藏逸品甚多，與臺籍文人時相往返，備受推重。在臺既久，對於臺灣事物自是熟稔，1927 年，撰寫〈傳說の臺灣〉，探討歷來臺灣的相關傳說，文中特以蓬萊山及仙人故事為例，說明臺灣歷史早與日本一脈相連，有其不可分割的密切關係。[17]1929 年元月，新竹文人倡設書畫益精會，並主開全島書畫賽會，尾崎秀真被推舉為審查員之一，後來入選之書畫於同年付梓流傳，名為《現代臺灣書畫大觀》，編者黃瀛豹又敦請尾崎秀真撰寫書序，地位崇高，可見一斑。序中，尾崎連帶提及清代新竹地區的文學表現，以為：

> 新竹由來為全臺文化淵藪，道光之際，鄭用錫、林占梅諸先哲提唱文學，誘掖後進，其流風遺澤，至今不衰。改隸以還，文運日進，學術之興隆，駸駸乎燦然可觀。然新竹莘莘學子不自滿足，更慨然以振興東華藝術為己任，率先倡設書畫益精會，……。

---

16 參見《臺灣人士鑑》（臺北：臺灣新民報社，1937 年），頁 28。又，尾崎秀真有子三人尾崎秀波、尾崎秀實、尾崎秀樹，其中次子因捲入俄國間諜左爾格事件，遭絞刑處死；三子所撰〈決戰下の臺灣文學〉、《近代文學の傷痕──舊殖民地文學論》，則是有關日治時代戰爭期臺灣文學的重要論著。

17 文見《臺灣時報》1927 年 7 月號，頁 104、頁 106。

在此可知其人對於新竹地區的文學發展歷程似不陌生，除了肯定臺灣先賢鄭、林二人鼓吹文藝的貢獻外，同時也指出改隸之後，臺地文運駸駸日上的事實。

進入三〇年代，1930 年 10 月，尾崎以臺灣總督府史料編纂員的官方身份，在《臺灣時報》發表〈臺灣に於ける地下の文化〉一文，這是繼對臺灣傳說的調查研究後，又將視野聚焦於臺灣遠古的地下文化，文中肯定領臺三十餘年來日人對於臺灣考古成果的卓越表現。11 月，又於《臺灣時報》刊載〈清朝治下に於ける臺灣の文化〉[18]一文，顯然尾崎已轉而留心清領時期臺灣文化的相關情況。

此文原為臺南開催臺灣文化三百年紀念會所寫，文中回溯檢討荷蘭、明鄭時期以來臺灣文化發展的梗概；而在評論清代的臺灣文化時，除了依照區域分別介紹其工藝、書畫美術的成果外，同時也涉及部分文學創作的表現。在中部地區，他較肯定彰化詩人陳肇興《陶村詩稿》的成就，以為是臺灣三百年間較具代表性的作品；另外對於從中國移民來臺的吳子光也有較好的評價，認為《一肚皮集》對於臺灣文化有所影響，不過他卻認為吳氏不能算是由臺灣文化孕育而出的本地文人。至於丘逢甲，雖也提及，但尾崎認為其人逃往中國，且遺稿未留臺灣，加上已經去世二十年，言下之意，似不覺有肯定其人詩藝的必要。在北臺灣方面，尾崎指出新竹北郭園主人鄭用錫、潛園主人林占梅是道光時期崛起的重要文化領導者，而咸豐時期

---

18 文載《臺灣時報》1930 年 11 月號，頁 20～27。

較具影響力的則是板橋林本源家族，因邀請謝琯樵、呂世宜來臺而大放異彩，又同時期艋舺吳希舟、大龍峒陳維英的表現也不應忽略。此外，從支那大陸渡臺而來的人，尾崎指出藍鼎元、朱景英、謝曦、曹謹、沈葆楨、周芸皋、王霖等，是臺灣文化史上值得一提的人物，但特別強調這些人並非臺灣文化的「產物」。大抵，在尾崎眼中，臺灣天然資源雖稱豐富，有若蓬萊仙境，然而從歷史的發展看來，匪亂不斷，社會未靖，因此文化的培植缺乏成熟時機，這也就是清代臺灣文化／文學乏善可陳的主因。在剖析清代臺灣文化的貧瘠情形與關鍵所在後，文章結尾處，尾崎強調日本領臺距今不過三十六年，這期間臺灣文化卻已能高度發展，尤其新時代教育的普及，已使臺人中雕刻家、畫家、音樂家輩出，這無疑暗示日本與清朝治臺表現的差異，且清楚標榜了日人的卓越治績。[19]

有了以上從文化角度所進行的清代臺灣文學觀察後，1932年尾崎又發表了〈臺灣の詩人と詩社〉[20]一文，藉此提出他對清代以來臺灣詩社與詩人創作表現的看法。在這篇純然以文學研究為題的文章中，尾崎的要點大致有二：其一，仍由文化、藝術的角度著眼，指出過去臺灣三百年來的文化孕育，並未產生出色的藝術成就，甚至可謂毫無文藝可言，根本是「一個文學家也沒有，一個美術家也沒有」；不過，領臺以來，漢詩的興盛達到前所未有的榮景，作品內容已臻進步充實，詩人、詩

19 以上略譯尾崎秀真〈清朝治下に於ける臺灣の文化〉的內容概要。又，有關本文所引各篇日人文章，在資料蒐集及文字意譯上，感謝政治大學中研所呂淳鈺、中文系山中美榮同學的協助，特此致謝。

20 文載《臺灣時報》1932年9月號，頁144～154。

社的數目，與以漢詩為科舉工具的清代相較，呈現出未減反增的現象。其二，簡述清代臺灣詩壇概況，他認為當時臺灣詩人極少，若有亦屬於中國內渡來臺者，要從臺灣本土找尋可稱為「詩人」者甚難，即使出現如道光時期的鄭用錫、林占梅，無論做為學者或詩人，皆無法與清代王船山、曾國藩相比，而陳肇興與陳維英也不脫臺灣習氣。文末，他則再次提及上述情況已於日本領臺之後顯著進步。

透過前述，吾人可見〈清朝治下に於ける臺灣の文化〉與〈臺灣の詩人と詩社〉二文，其實觀點頗為一致，均不脫抑清揚日及鄙夷臺灣本島的書寫意涵，只是後者對於清代臺灣文學的輕蔑態度較前更烈。

到了 1938 年，尾崎秀真再度於《愛書》發表其對清代臺灣文藝狀態的看法，此文名為〈清朝治下に於ける臺灣の文藝〉，雖然題目是以廣義的「文藝」作為檢討範疇，但內容篇幅其實多集中於「文學」面向。本中首先說明在進入戰爭期的今天，卻重新回顧清代臺灣文藝，其實旨於警惕大眾，蓋文藝表現與國家的國力密切相關，此由「日支事變」後，瀕臨亡國的中國，其文藝更趨急速衰亡可知，是以此刻回溯清代臺灣文藝梗概，也不乏「時代教訓」的意義。其次，一如往昔所論，尾崎粗暴地指出，日本治臺之前，臺灣曾是中國的領土，他以為會有相當多的文藝人士存在，未料在四百萬民眾中，卻是「一個書法家也沒有，一個畫家也沒有」，詩人中雖有二、三個具有水準的，但都逃回中國本土去了。另外，尾崎又依據昔年曾經刊行，當時仍存的詩文集，進以檢討清代臺灣文學創作表現，他重申地方志中〈藝文志〉的作品相當貧弱，而臺灣存在的文藝多數是中國來臺官吏或學者所撰著，至於臺灣出生的文人學者幾乎沒有成果；接著又舉出吳子光《一肚皮集》、鄭用錫《北郭園記》、李靜齋《西遊吟草》、陳肇興《陶村詩稿》、鄭用鑑《靜遠堂文鈔》、林占梅《琴餘草》、陳維英《太古巢詩集》、楊雪滄《冠悔堂文集》、吳玉麟《素村小草》、周凱《內自訟齋文集》、劉家謀《海音詩》……等作，略加簡介，並稍言及明鄭時期的臺灣文學作家。

文中尾崎對於清代臺灣文學／文藝依然看輕，但其所簡介之作家詩文集則較前列諸文為多，可能是因本文乃發表在以「書誌學」研究為中心的《愛書》刊物上[21]，又或者因為連橫著述中有關清代臺灣文藝的介紹已廣為周知，尾崎無法再漠視這些詩文著作存在的事實。不過，此文之書寫，論者最欲突出的重點，卻是從戰爭與國力來評斷文學藝術的優劣，一改過去文學與文化傳統相依的思維模式，如此一來，歷史、文化的長期積澱，便失去存在的意義與價值，唯有現在國力的富強，才能驗證文藝發達進步的事實，顯見尾崎的言論已然洋溢著軍國主義色彩，而其戰勝者的高傲姿態與語言暴力，彷彿透露出政治干預文學的時刻即將到來。

以上由尾崎秀真的多篇文章中，可以發現共同的論述基調，都是極盡貶抑清代臺灣文學，不僅強調當時屈指可數的文人係來自中國大陸而非臺灣文化的「產物」，且以為清治二百

---

21 《愛書》是成立於 1933 年的「臺灣愛書會」的組織刊物名稱，關於此會成立經過參見〈「臺灣愛書會」成立小誌〉，刊於《愛書》第 1 輯（1933 年 6 月 16 日），「彙報編輯後記」，頁 206。

五十年間，臺灣文藝／文學實不足觀；而臺灣現況之得以改善，乃在日治之後。如斯話語，對於具有日本官派人員色彩的尾崎而言，不只在臺人面前，表露、建構其人的清代臺灣文學「知識」；他所使用的一種獨特的眼光去衡量清代臺灣文學，也在隻字片語間，展示出優越感和權威意味，並輕鬆解構掉清朝帝國在臺灣二百餘年的文化耕耘貢獻，也抑制了臺灣自我人文發展的無限生機與可能。如此現象，相較前期伊能嘉矩在《臺灣文化志》中對於清朝政府治臺的文化紮根與教育養成工作的讚許，以及肯定臺灣本土文人的文藝表現，無論在論述內容或書寫態度上，其實都大異其趣。

㈣

三〇年代，在尾崎秀真之外，另一位在臺擔任高等法院檢查局通譯的日人東方孝義[22]也對臺灣文學的發展諸多關心，1935 年，他以〈臺灣習俗──臺灣人の文學〉為題，在《臺灣時報》連載多篇文章，依照作品體類簡介臺灣文學梗概，後來相關成果都收錄於 1942 年出刊的《臺灣習俗》一書中。從該書序言看來，可知東方孝義論著本書的目的是為記載臺俗變遷，以供移風易俗的參考，進而促使內臺融合，相互理解，文學探索只是其中的一環。書中內容涵蓋層面甚廣，包括臺人之服裝、食物、住居、社交、文學、演劇、音樂、運動、趣味

---

22 東方孝義，日本石川縣人，於 1913 年渡臺，以通譯的身份在臺南地方法院嘉義支部檢查局服務，後調任為高等法院檢查局通譯。由於職業需要，他多方收集臺灣民俗資料，並學習臺灣話，1931 年編纂《臺日新辭典》，1942 年出版《臺灣習俗》一書。

等。

透過該書所載，在文學的認知上，東方孝義有著清楚的民間文學視野；至於與清代臺灣文學相關的言論，則主要集中在〈臺灣文學の種類狀態〉、〈過去的教育機關と現在〉二文。他在文中肯定臺灣自然環境動人，物產豐饒富庶，且百姓思想溫和，能夠表達四時情感，本有利於孕育出美好的文學作品，可惜臺人歷史不長，眼光短淺，難以發揮臺灣的特色；再加上移民社會中的移民、農夫們忙於生活，而島內又五年大亂、三年小亂，百姓也就沒有能力去進行創作，至於在明清官府或縣學中的學者，其實皆從中國而來，並無臺灣出生者。

大抵，東方孝義之文雖然修辭平和，但其對清代臺灣文學的評價，實與尾崎秀真相近；所不同的是，東方孝義認為日本治臺之後，漢文學保持著沿襲過往的型態而無成長[23]，此與尾崎秀真再三強調日人領臺後文運大振的說法迥異。

(五)

在前述諸人之外，另一個不容忽視的重要評論者是任職臺北帝國大學的島田謹二。他在三〇年代後期到四〇年代初期，曾在《臺灣時報》、《愛書》、《文藝臺灣》……等刊物，發表多篇有關臺灣文學的論述。

依據目前的研究成果，發現島田的「在臺內地人文學研

---

23 以上東方孝義所論與清代臺灣文學有關之論述，參見其人〈臺灣習俗──臺灣人の文學〉，文刊《臺灣時報》1935 年 2 月號，頁 44～46。

究」始於 1934～35 年[24]，1937 年發表〈明治文學に現はれたる臺灣〉時，已在整理探索明治時期內地人有關臺灣的文藝著述，並且明白指出這是一個「外地文學史」的課題。[25]爾後，對臺灣其他時期文學表現有更為完整的觀察論述，是在 1941 年所書寫的〈臺灣の文學的過現未〉及其與臺北帝大文政部教授神田喜一郎合撰的〈臺灣に於ける文學について〉[26]……等文。其中，〈臺灣に於ける文學について〉的前半[27]論及了清代臺灣文學的發展概況，正與本文之研究有關。

這篇文章，雖然作者署名有二位，且據橋本恭子之研究可知，神田喜一郎[28]漢學造詣極深，恐怕才是本文的促成者。[29]但由於島田謹二是當時臺灣文學論述的主要建構者，而本文又是島田謹二有關臺灣的文學論述的一環，因此以下所論遂以島田謹二為代表。

一如島田在各文中所持的外地文學史觀，在這篇文章中，他分由荷蘭、鄭成功時期、清朝中國統治時期、日本統治時期，歷述各階段統治族群所創作的與臺灣有關的文學作品，並提出可從「比較文學史」的角度加以探討。至於清代臺灣的文

24 參見橋本恭子前揭文，頁 57，同註 1。

25 參見〈明治文學に現はれたる臺灣〉(上)，文載《臺灣時報》1937 年 5 月號。

26 文載《愛書》第 14 輯（1941 年 9 月 1 日），頁 3～24。

27 主要集中在該文頁 7～11。

28 神田喜一郎，1897 年生於京都，1929 年與島田謹二同時前往臺北帝國大學任教，因喜愛法國文學而與島田交善。有關神田喜一郎之生平，可參見橋本恭子前揭文，頁 50。

29 同上註。

學，島田是從「中國文學」的角度來加以定位，他將渡海來臺以及在本島出生者一律視為中國人，因此一切的文學創作自然被歸屬於中國的地方文學之內。文中，他雖肯定清朝政府相當著力於吏政，渡海來臺的中國人生活尚稱安定，但又指出這些移民多為福建、廣東的莊稼人，其實無法具有文學品味或高度創作精神；且島內三年一小亂，五年一大亂，也乏文人墨客的聚集雅會，所以沒有出現優秀的文豪。不過，臺灣並非完全沒有文學存在，仍有若干著述傳存至今，島田列出了別集、總集、試帖、詩鐘、詩話、隨筆及稗官小說七類，又舉出較具代表性的作家。

其中有關代表作家的介紹，他以為在臺灣島出生的「中國人」，開始嘗試文學活動，大約是在清朝道光時期，其中鄭用錫、林占梅、陳肇興、陳維英等是以作為地方詩人而多少有些名氣，但島田強調這些作家們並沒有追求成為「中原作家」的力量。至於從中國來臺宦遊的作家，稍具名氣的是孫元衡，雖載錄於《清詩別裁集》中，但實際還不能稱為一流作家，也很難列入第二流作家；另，尚有因朱一貴事件而來臺的藍鼎元，其《平臺記略》、《東征集》雖難視為是純文學作品，但寫來遒勁有力，在與臺灣有關的散文中可算是上乘之作之一；其三，於道光年間來臺著有《東溟文集》的姚瑩，是以桐城派的健將而聞名的古文家，留有不少值得傳誦的作品。

此外，在清代臺灣文學作品方面，以上的文人各有別集；而在總集部分，島田特別舉出《臺灣雜詠合刻》，以為具有鄉土色彩，值得注意。試帖方面，主要有夏之芳《海天玉尺編》、張湄《珊枝集》、楊開鼎《梯瀛集》等等，但已無傳本，只留序文於臺灣縣志及其他文獻中。隨筆方面，以朱景英的《海東札記》、徐懷祖的《臺灣隨筆》最佳，但大半是風俗史料，在文藝上只被當作素材史料來加以利用而已。

大抵說來，島田認為改隸以前的清代臺灣文藝大概「一無可觀之處」（頁 9），不過他繼續說明後來文壇的概況：光緒二十年（明治二十七年）唐景崧擔任臺灣巡撫時，一時詩文榮盛，丘逢甲、施士洁、許南英、蔡國琳輩出；唐氏更編有《詩畸》一書，別名為詩鐘，是詩歌遊戲的一種。洎自改隸以後，島田又注意到很多作家回到中國去，留下者僅有彰化吳德功、新竹王松、宜蘭李望洋等，其中王松是《臺陽詩話》的編著者，後與籾山衣洲結交；而回去中國的作家中，島田特別拈出丘逢甲一人，稱他為「改隸時的匪徒」，所著《嶺雲海日樓詩鈔》，則是「激越語」之作（頁 10）。

而在小說方面，島田提及當時有將改隸事跡小說化的《臺戰實記》，可助一窺當時的局勢，另又有以服務目不識丁的民間大眾為對象，從中國系統引進的神仙故事或傳奇故事。後者，在他看來，這些作品是從中國《玉嬌梨》、《荔子傳》、《平山冷燕》乃至《演義三國志》、《西遊記》等而來，是從中國本土延伸出來的庸俗混濁支流，立足於「平俗幼稚的趣味」（頁 10）之上的。上述看法，島田自言是參考大正六年（1917）平澤丁東所著的《臺灣の歌謠と名著物語》而得。

在概述了清代臺灣的文學之後，島田承認臺灣也有像文學一樣的遺產出現，然而當時的作品，即使是再怎樣好的佳作，由受過精緻、深刻、雄大、複雜的近代文學趣味薰染之下的人們看來，「並沒有令人十分滿意的作品，文學價值也大部分都

不高」。(頁10)

從島田此篇具有歷史鳥瞰意味的文章中，可以發現，在文學史觀上，如同他著眼於日本內地文人在臺創作的文學一般，他將清代臺灣的文學視為中國文學的一部分，完全以中國文學的立場與位階來觀察品評臺灣的文學狀況，自然無法如前述伊能嘉矩一般，可以發現兩者存有差異與轉化之處。而在評價清代臺灣文學的藝術表現，他分由古典詩文及民間文學兩面著眼，以為在古典文學方面，似乎「一無可觀之處」，大致與尾崎秀真、東方孝義看法近似；而即使是整體評論詩文及民間說話、俗謠，也認為「沒有令人十分滿意的作品，文學價值大部分都不高」。

㈥

以上筆者嘗試爬梳、歸納日本領臺以來，日人有關清代臺灣文學的重要論述，雖然已舉出伊能嘉矩、尾崎秀真、東方孝義、島田謹二等人之作，但在諸人之外其實尚有多位撰寫過相關文字。

如古槐書院主人諸田維光[30]，在明治四十一年（1908）至四十二年（1909）間發行《南瀛遺珠》叢書，輯中選出若干清

---

30 諸田維光，字明卿，一字公熙，號竹崖居士，又號古華山人。姓源諸田氏，東海道武藏人，嘉永癸丑（1853）九月生於江戶櫻田，明治三十三年（1900）應總督府民政局之邀來臺，於明治四十年（1907）退職。在臺時，寓居艋津一代，設有古槐書院，收藏新故圖籍及手錄譯纂諸稿本；又於大正六年（1917）籌倡「麗澤會」，鼓吹日臺文人以文會友。

代臺灣文獻進行譯註，如第一輯選有《續修臺灣府志》、《淡水廳誌》、《淡水廳誌訂謬》、《噶瑪蘭廳誌》、《平臺記略》、《鹿洲初集》等作，第四輯則專就《裨海紀遊》標記說明。依諸田維光所言，《南瀛遺珠》選擇這些與臺灣史地密切關係的地方志或文集刊行，是為了「以供於官府治臺，與野人遊臺之參考耳」。[31]

再如，山中樵、前島南央、市村榮分別於《愛書》上發表〈六十七と兩采風圖〉、〈赤崁採訪冊〉、〈臺灣關係誌料小解〉諸篇，這些是屬於書誌學式的研究成果，對於若干清代臺灣古籍的版本、內容亦有簡要的說明。

另外，1940 年，西川滿在〈赤崁記〉中對陳維英詩作加以品評月旦，1942 年改寫郁永河《裨海紀遊》為小說〈採硫記〉，也隱含了其對《裨海紀遊》的實踐批評與審美判斷。而 1941 年，《愛書》第十四輯所刊池田敏雄與黃得時合編的〈臺灣に於ける文學書目〉，則是對於領臺之前的臺灣文藝書目進行概略介紹，所附作者小傳及版本說明，可視為文獻之導讀。

綜觀上列各文，郁永河《裨海紀遊》與臺北詩人陳維英及其作，似乎是殖民地日人頗感興趣的作家、作品，相關現象可再進一步觀察探討。而諸文與前述伊能嘉矩、尾崎秀真、東方孝義、島田謹二等人之論述相較，或屬單論，而非系統性的思考論述；或僅側重介紹單一作家及其作品內容，並無歷史沿革背景的說明；或屬書誌學式的探討，只強調版本與館藏情形，

---

31 語見陸鐵叟〈續續鳩居歌自序〉，文載《臺灣日日新報》，大正 3 年 6 月 28 日，第 5043 號。

但因大多缺乏明確史觀，故與伊能嘉矩等人之論述性質有異，唯仍有助掌握日人對於清代臺灣文學的熟悉情況、閱讀能力與興趣趨向。

以上透過日治時期報章雜誌、書籍的爬梳，筆者初步勾勒出日人對於清代臺灣文學觀察論述的系譜建構，從中可以發現日人對於清代臺灣文學進行評述，開始時多是附儷於民俗或文化研究的考察之上的，到了後期，較能轉從文學研究的角度出發，去品評當時的文藝表現，不過評價卻是普遍甚低。

三、帝國主義與知識生產

㈠

對於日人而言，臺灣曾是陌生的異域，如何接手此地、掌控此地，一系列「臺灣知識」的建構，無疑具有推介與引導的功能。而在文學表現上，臺灣究竟有過何種發展概況？日人應當如何看待這片新收復的殖民地的文學？臺灣文學與日本文學間將會產生何種互動關係？由於前述伊能嘉矩、尾崎秀真、島田謹二等人多半具有官派人員的身份，因此其人有關「清代臺灣文學論述」，也極容易形成具有權威性的論述話語。那麼這些染有官方色彩的清代臺灣文學知識的建構，背後蘊藏何種義涵？對於日人統治臺灣又有何影響？

其實早在 1916 年伊能嘉矩《臺灣文化志》完成初稿、1928 年出版以前，日人已經思考過臺灣的文學定位問題。1905 年 9 月，臺灣慣習研究會的會員蘇來，撰文介紹內地文人後藤外氏的「文壇地方分權」意見，並強烈肯定此議「旨趣合乎時宜，是近來少見的高論」。依蘇來所述，後藤氏的想法如下：

> 談到我們希望如何實現文壇的地方分權，而畫出理想的文學勢力分佈圖一看，就會成立以東京為中心的關東文學圈；以京阪為中心的關西文學圈；以岡山為中心的中國文學圈；以熊本為中心的九州文學圈；以新瀉為中心的北越文學圈；以仙臺為中心的東北文學圈；以全澤為中心的北陸文學圈；以出雲為中心的山陰文學圈；以高知或松山為中心的四國文學圈；以札幌為中心的北海文學圈；以臺北為中心的臺灣文學圈這種自然的區劃，各自發揮特長，相攻相磋，造出大日本式的大文學，以貢獻世界的文運。[32]

上述文字，清楚顯示在後藤外氏的規劃中，臺灣的文學已被定位為日本文學的一翼，而這個新收復的殖民地文學，也將是創造大日本文學、貢獻世界文運的一份寶貴力量。

對於後藤外氏的見解，蘇來頗為推崇，且又進一步加以闡釋，他以為：

> 臺灣文學的特點，在於它使南清文學的趣味純粹地發達到某一程度的傾向，以及在原始文學的研究上，目前能抓住

---

32 後藤外氏有關臺灣文學定位的意見，參見蘇來〈應該如此才對〉，文見《臺灣慣習記事》中譯本（5：9），頁134。

> 馬來人種的趣味這兩大要諦，有充分能夠在日本文學上增添一種勢力。其一大圈設立在天南一方稱霸，想必有十分的價值才對。[33]

臺灣文學之與日本各地文學互有特長，而此一特點，正在於蘊涵南清文學及馬來人種文學的「趣味性」，而他更看好臺灣文學的這種特點，得在日本南方文學圈稱霸，為日本文學增添一種勢力。此種詮釋，不僅凸顯了臺灣文學在日本文學內的角色定位問題，也暗示了未來在臺日人應該努力創作或挖掘具有「臺灣趣味」的作品。

那麼，所謂「臺灣趣味」究竟何所指呢？在蘇來之後，臺灣慣習研究會幹事小松吉久隨即撰文予以說明，文中並逕以「殖民地文學」指稱臺灣文學，其內容如下：

> 近年有所謂殖民地文學者，聽說在德國逐漸受到歡迎。原無藉此殖民地文學而予以揚名的想法，但在將來總會在文學上看到有關殖民地的詩或散文的刊載。因此，自認原在殖民地的地方色彩、氣候、人情、風俗習慣以及其他很多地方，總與本國有其不同的風趣，隨而足以發揮其在文學上特殊的興趣與光彩。……位於我日本帝國南方殖民地之臺灣與日本本土，在自然與人事上有其各種不同的地方，……在文學上亦將順著自然趨勢可帶來特別的風趣與光彩。換句話說，舉凡詩、散文也好，均因有其不同的自

33 語見蘇來〈應該如此才對〉，同上註。

然及人事的之描繪景色、敘述事物與感情為主，自然而然會發揮出所謂臺灣興趣的一種特殊風趣。……而所謂風趣者，僅靠書籍文物或人際關係，還是不能徹底瞭解，無論如何，非到殖民地去體會，則實難以得到其真象。因此要發揮臺灣風趣，就非由現居臺灣或至少到過臺灣而已了解實地情形者，則實無法做到。是故，所指臺灣的殖民地文學，就自然成為這些人的任務。……如要反問，對於殖民地文學已否達到充分發揮時，自覺慚愧，而不得已回答「否」字。……就「詩」方面而言，有漢詩、日本歌謠、長歌、俳句（日本的七、五、七短詩等），近來似覺大有振興之狀，可惜，對臺灣風趣方面，猶未充分發揮。……日本本土的人，因尚有不知如何區別土匪與生番者居多，所以在文學上希望其發揮臺灣風趣之要求，可以說難上加難，故予擱置不談。那麼就臺灣現況說，應傳知殖民地的臺灣之真相，使其引起大家感到興趣，藉以加強日本本土與殖民地間的緊密關係而言，本人常以為是乎覺得正是一大缺陷。……凡會執筆從事寫作者，雖非專業，也切望其在此時，更加努力發揮臺灣風趣，以資顯示殖民地文學的效果。[34]

由此看來，臺灣風趣或臺灣趣味的創作應該是植基於臺灣風土而成的。而小松吉久的文章，除了解釋臺灣風趣或臺灣趣

---

34 參見小松吉久〈殖民地文學・臺灣風趣的發揮〉，文見《臺灣慣習記事》中譯本（5：10），頁153～155。

味的指涉意義外，他更強調來到臺灣實地考察的重要性，且有感於日本內地之人多半不知臺灣狀況，因此呼籲加強日本內地與殖民地間的聯繫，以為應當多多傳知臺灣的真相，而在臺內地文人有關臺灣文學的寫作也要加強改善。

透過上列後藤外氏、蘇來、小松吉久的相關敘述，吾人可以初步掌握領臺初期日人看待臺灣文學的立場與角度，其一，清楚指出臺灣文學是日本文學的殖民地文學，屬於本國文學的一支；其二，肯定臺灣文學有其獨特處，其間存有臺灣趣味，並且強調此特點可為日本文學增添勢力，不過從文章看來，所論焦點是指日本在臺內地人的文學，而未將本島人的文學納入其中。在如此的思維模式下，所謂臺灣趣味的追求，在本質上，日人不僅得以透過殖民地文學進以灌注日本文學一新鮮力量；另外，也能藉著異國情調的敘事方式，去逢迎自己的好奇心，而此種染有風土趣味創作的美學特質，更在有意無意間模糊掉統治者的帝國權力展現，甚而驅散或掩飾其征服的暴力，隱然具有一種政治修辭的美化作用。

㈡

從以上的說明可知，日人在統治臺灣十年後，已經清楚意識到將臺灣文學收編入日本文學的必要，那麼身為臺灣慣習研究會幹事的伊能嘉矩，對於前述會員所發表的臺灣文學言論，自然十分熟悉。在這樣的情形下，伊能嘉矩的清代臺灣文學知識的建構，究竟呈顯出何種意義？他如何將臺灣文學與日本內地文學作一連結？又如何掌握臺灣文學的趣味性？

誠如小松吉久的焦慮一般，在 1905 年時，日本內地對於臺灣事物仍然諸多不解，那麼想要把新收編的殖民地臺灣，完全轉變成日人的「家園」，顯然困難重重。而長期以來，伊能嘉矩就以其探險家、人類學家的角色，透過旅行、調查、發現、書寫的步驟，逐漸建構出他對此一陌生疆域的一系列啟蒙論述，《臺灣文化志》就是最重要的累積成果。

從伊能在《臺灣文化志》中有關清代臺灣文學的書寫來看，他大量透過清朝遺留下來的文獻材料以及時人著作、報刊資訊，並在文化研究的視野之下，展開其人的清代臺灣文學論述。這種因著重文化而涉及文學的研究視角，能夠「再現」清代臺灣文學的真相嗎？眾所周知，「文化」常與近代的帝國主義經驗並論，伊能在探索清代臺灣的文化梗概時，是否能夠避免投射其人的帝國主義色彩？筆者曾經提及，在其有關清代臺灣文學的論述中，伊能客觀承認清朝政府領臺、治臺的事實，而如同其從事臺灣原住民研究時，對原住民教育的強調與重視一般，他在勾勒清代臺灣文學時，也是循著清代臺灣教育此一焦點而開展的；特別是在敘述清代臺灣文人及其文藝／文學表現時，更加側重文人可貴德行的歌頌，以及肯定清代在臺官員的教育政績與功效。這種強化教化功能重要性的書寫模式有何特殊意義？其對人品薰陶、教化啟迪的重視，與文學／文化研究又有何關連呢？

對於日人而言，倘若如小松吉久所言，在 1905 年時內地人士仍對臺灣事物感到陌生，則形塑出一個能令日人了解的臺灣形象自是重要。因此，藉由伊能的論述所生產、傳播的臺灣印象，對於在臺日人或內地人士，都將是一種知識的獲得與建構。現在，讓我們再次回顧伊能以教化為重的敘述模式，如其

《臺灣文化志》第二章〈教學之鼓勵與藝文之振興〉起首有言：

> 臺灣在清代二百年間，不問其在官抑在野，均致力於教學之鼓勵，並努力於藝文之振興，其為一代之師表，而興起後賢著有功績之士，不乏其人。（中卷，頁37）

以及第三章〈右文間接之影響〉：

> 臺地古來稱為海東之鄒魯，因此其所在非無寓賢隱逸之士，匿采韜光之痕。或為席豐好禮，或為安貧樂道，為此「副國家養士之隆，右文之化」之間接影響者所及者匪鮮。（中卷，頁49）

如斯的介紹，其實形構了一個頗具教化傳統與涵養，以及可被教化的臺灣意象，不過這樣的論述，也暗示了臺灣具有從「可被教化」到「被馴化」的可能空間。此種有助達成殖民目的的「臺灣知識」，對於一個正在摸索認知殖民地的日本帝國而言，無疑創造出一種安全的幻想，和可被期待的想像視野。透過這樣的觀察，我們可以了解，在伊能看似客觀而合乎學術的論述中，仍然潛藏著帝國主義的思維結構。

至於其在「臺灣趣味」一事的掌握上，伊能嘉矩在《臺灣文化志》的第七章〈人文之特殊發展〉中，曾深入剖析臺灣與中國間既同又異的文化／文學現象，顯見他能清楚掌握到臺灣地理空間所孕育的本地風土精神。不過，由於日人對「臺灣趣味」的重視，是在殖民者的心態與本位立場下建構出來的，因此他在《臺灣文化志》中所強調或分析的清代臺灣文獻，往往也偏重於記錄臺灣史地資料而有益統治需要的《裨海紀遊》、《東征集》、《臺海使槎錄》及各地方志……等書；特意推崇的清代臺灣文人，也是藍鼎元、劉銘傳、沈葆楨等具有治臺經驗的人士，則其「臺灣趣味」的看重，也與殖民目的相連結。因此，當他看到王松《臺陽詩話》作品時，與鄭如蘭序中對王氏持恭處世節操的稱頌，或林輅存跋語「有是哉，臺猶未亡」的滄桑感慨不同，伊能側重的是：

> 受贈新竹文人王友竹兩冊「臺陽詩話」，該書行文雅潔，詩趣豐富，不只為詩話佳作，更可喜者則在文學上臺灣詩文趣味在漢學界闢拓嶄新風貌。[35]

他更為推許詩話中所隱含的「臺灣趣味」。值得加以說明的是，筆者在此雖然指出了伊能嘉矩的帝國主義位階式的思考，不過他在看待具有臺灣趣味的創作時，並未抹煞臺灣本島人的創作能力，從王松的事例可知，伊能氏相信臺人也可在文學上發揮臺灣趣味，此與之前小松吉久側重於在臺內地文人的漢詩、短歌、俳句等文學作品中尋找臺灣趣味，或其後島田謹二未加措意臺灣本島人文學的態度，有所不同。

35 參見梅陰生明治 39 年 1 月 23 日的「慣習日記」，文刊《臺灣慣習記事》中譯本（6：1），頁 51。

㈢

不過，並不是所有的日人都認同、接受伊能嘉矩的清代臺灣文學知識，隨著日人統治時日愈久，日人對於清朝在臺的治績與耕耘，就愈趨否定態度。

從三〇年代尾崎秀真數篇論及清代臺灣文學的文章看來，他是最懂得「訴諸過去是詮釋現在的最佳策略」的人。不管是從文化或文學的角度著眼，尾崎認為清代的臺灣是一個沒有文藝／文學表現的地方，即使有，也是中國的「產物」。換言之，尾崎不同於伊能嘉矩對清朝政府治臺政績的承認，以及對臺灣歷史、空間培育人才的能力的肯定，他在多篇文章中屢屢以為清代臺灣的文化／文藝表現貧瘠，不值得一提，且措辭語氣充滿鄙夷。相較伊能嘉矩憑藉豐富清代臺灣文獻資料而得的論述結果，尾崎的文中，常以粗糙而極少的材料，去重構清代臺灣文學的情況；而更令人側目的是，其人極力凸顯清代臺灣的乏善可陳，卻又時時強調日本治臺不久後臺灣就有突飛猛進的改革論調。這種化約的敘述話語，並非出自縝密的分析，而僅是憑藉帝國權力的優勢，所作的衍申與推論，就如其在戰爭期發表於 1938 年的〈清朝治下に於ける臺灣の文藝〉一般，他以戰敗的支那的國力，斷言中國文藝的急速衰亡，並藉此回溯清領時期臺灣的文藝也當然同樣不堪。總括而言，尾崎秀真有關清代臺灣文學的言論，彷彿存有一套固定的修辭模式，他慣從日人本位出發，並採用文明／啟蒙的論述口吻看待臺灣，在每一個論調中，解構清朝中國政府的力量，進而模塑出日本官方的威望，成功界定了日本統治者的高姿態和影響優勢。相較伊能嘉矩而言，尾崎秀真的想法，無寧存在著以「日本對臺灣的影響力」來取代「中國對臺灣的影響力」的論述思維，這樣的修辭，政治色彩昭然若揭。

不過，尾崎秀真的觀點，似乎更是三〇年代及四〇年代間日人的主流論述基調，東方孝義與島田謹二對於清代臺灣文學的看法，也與尾崎秀真所論大同小異。特別是島田謹二之文，不僅直言清代臺灣文學一無可觀，他在比較文學的觀點下，將清代臺灣本島人的文學，視為中國文學之部分，且稱鄭用錫、林占梅等人為「中國」的作家，這對於當時三〇年代以來為抗拒日本文化收編，而逐漸興起的臺灣文學主體論述的建構與認知，其戕害程度比起尾崎秀真的言論更顯激烈。

原本，島田謹二在〈臺灣に於ける文學について〉中探究清代臺灣文學時，他比起尾崎較能肯定清朝政府致力民治的成績，也能列出若干作家、作品加以說明，但由於其人出於統治者立場的史觀所致，使得通篇論述轉為激進，他清楚地以「殖民地」來標誌定位臺灣，將臺灣「虛位」化，認為清代臺灣文學是中國人在臺的文學，而日治時期自然也是以渡臺日人的文學成就為主。在他的思考下，臺灣文學成為歷來各國統治者的文學，完全失去主體性，任人宰制，遑論未來；而臺灣島上出生的作家，彷彿成了沒有靈魂、沒有聲音的人，徒然生息於這個地理空間罷了，既難躍登於中央文壇之上，也乏參與改造文學／文化的可能，一切的文學書寫都掌握在統治者手中。於是，在島田謹二的論述中，他雖師法 1920 年代興盛起來的法國所謂「外地文學」的殖民地文學說法，但卻未如法國也曾正視被殖民者本身文學存在的事實[36]，僅就統治者子民在殖民地的文學創作予以觀察，此等看法縱然有其個人緣由[37]，但就被殖民者而言，島田的言論，在其官方身份之下愈獲重視與推

36 橋本恭子前揭文對於 1920、1930 年代法國「外地文學」及島田謹二所受影響有頗為清楚的介紹，參見頁 106～111。她言及法國外地文學論者雖有加入原住民作家者（頁 110），但因為島田謹二所參考的法國外地文學論者的主要研究幾乎沒有討論被統治者的文學，因此島田所建構的臺灣的文學，也就缺乏臺灣本島人此一部分了（頁 111）。如此說來，島田謹二的研究是對法國外地文學研究的亦步亦趨，因此疏忽了臺灣本島人的文學，但這又與以下註 37 所言，其刻意以在臺內地人文學為研究主軸的用心不同；何況實際上，島田謹二業已留意到臺灣原住民文學的問題，在其與神田喜一郎所撰〈臺灣に於ける文學について〉（頁 3），也注意到高砂族有富有獨特意義的神話、傳說、歌謠等，只是島田以為這些仍非具有藝術性質的文學樣式，視之為土俗學、考古學、民俗學所注意的產物。那麼，既然島田謹二已能思考到臺灣高砂族的文學位置，對於其他已能使用日文創作的當代臺灣漢族作家，何以視若無睹呢？

37 關於此點，橋本恭子前揭文頁 95～96，曾就大環境及個人考量因素分述島田謹二單論內地日人在臺文學梗概的原因，她認為在 1930 年代時，本島人與內地人分別展開文學活動，因此以分工方式，分開討論各自文學，是一普遍現象，而這正是島田僅就在臺日人文學予以討論的背景因素；其次，在 1937 年蘆溝橋事件後，內地人在臺文學表現轉為優勢，島田藉此欲建立獨立於中央文壇、作為南方文化的「日本文學在臺灣」，因此而有此「外地文學」的概念與作法，足證他的用心不在臺灣文學。以上橋本恭子的說法，就前者言，筆者以為當時如尾崎秀真曾經撰文評述臺灣清代及日治時代的古典文學、東方孝義曾就臺灣民間文學有所討論，因此所謂分工進行，在當時的情形並非絕對；至於後者的看法，無寧更加強化島田謹二存有配合殖民者統治支配機制的用心。

揚，更顯發揮統治者的言說權力，間接削弱了臺灣本島人作家的地位及影響力，成為統治者至上的論述。

再者，前曾提起的，明治時期頗為看重的「臺灣趣味」問題，在島田〈臺灣の文學的過現未〉中，又繼續加以闡述說明，除了肯定以「臺灣趣味」出發所書寫的文學作品可作為日本南方外地文學前進的重要動力外，也觸及了創作方法的問題，提到寫實主義文學的書寫，由於所述已涉入日治時期，超過本文研究範疇，在此不予深論。[38]

至此，我們重新省思明治時期到昭和時期，伊能嘉矩、尾崎秀真、東方孝義、島田謹二等人較具歷史視野的清代臺灣文學觀，倘若從帝國主義與知識生產的互動關係加以考察，將會發現從伊能嘉矩因強調教化目的而忽略文學的論述，到尾崎秀真抹煞清人努力、鄙夷臺人、膨脹日人表現的意見，乃至東方孝義認為清代臺灣並無本島出生的文人的化約批評，以及島田謹二以殖民地虛位化臺灣，遂使臺人失去文學舞臺的作法，這種對清代臺灣文學歷史的「改寫」過程，在在顯示，其間存有帝國運作的鑿痕。而諸人更挾著官方人員的身份，以優勢的帝國主義敘述觀點去經營臺灣的文化／文學想像，進而再將這些生產的知識與日本帝國知識網絡連結，納異地異民於內地之中，遂使臺灣島民從原本屬於他們的歷史位置遷移出來，並承認日本意識型態下所重構的清代臺灣文學評價系統，卒至淡忘

38 橋本恭子前揭文頁 132～135，已針對島田「寫實主義」的主張詳加說明，可供參考。唯從明治時期日人追求之「臺灣趣味」，到昭和時期「異國情調」、「寫實主義」之關連性，仍待爬梳釐析。

我族的真正歷史，失去透過主體性的建構而能獲致的解殖能力。

另外，藉由以上諸人的清代臺灣文學論述，我們不僅可以得見官方介入的權威性的建構，而從歷時性的考究中，我們還可發現，其人的詮釋位置更與統治時機、目的相繫。在統治前期，為使更多日人投入經營臺灣的工作，伊能嘉矩暗示此地是一可被馴化的空間，以及臺灣島人的可被教化性，對於內地人士而言，自有勸說鼓勵的意義。而一旦統治勢力確定，為求長治久安，鞏固治權於不變，三〇年代的尾崎秀真，已然將其言說的對象轉向臺灣島人，先是著力於去中國化及宣示展現日本威權，更在 1937 年後的戰爭期，從國力的盛衰來論文藝的優劣，頗有警示臺人的教訓作用。而同時期，東方孝義的研究也以內臺融和為務。到了進入戰爭後期，島田謹二致力建構日本在臺人士的「外地文學」，以作為南方文化的重要基礎，相較明治時期後藤外氏所主張的「文壇地方分權」，或時人所稱「將臺灣獨別成立為一文學性地方分權中心」[39]的作法，島田採用「外地文學」一語，不無強烈宣示臺灣為日本殖民地的意味，缺乏日治前期日人嘗試將臺灣與日本其他地區如東京、京都……等地平等看待的態度了。

---

39 語見月旦子〈臺灣學術界之三十九年史觀〉，文載《臺灣慣習記事》中譯本（7：1），頁30。

四、文學視角下日人論述的意義

綜觀前列日人有關清代臺灣文學的系統論述，倘若不從帝國主義運作機制去考量其中書寫的意涵，而純從文學角度去解讀，則日人對於清代臺灣文學的相關批評以及觀察視角的開拓，仍有值得留心之處。

例如總評清代臺灣文學的藝術表現，尾崎秀真、東方孝義、島田謹二等人都持負面評價，雖然持語不免有過於粗率之嫌，但觀察各人所持理由，略有三點：一是臺灣天然環境雖佳，唯清領時期匪亂不斷，社會難安，缺乏創作環境；二則由於臺人歷史不長，眼光短淺，難以彰顯臺灣特色；三從社會本質看來，移墾社會之下百姓忙於生活，自然也會影響文學創作。以上三點，不妨視為日人對於清代臺灣文學環境的認知論述。

其次，有關清代臺灣作家的評價問題，普遍而言，早期清代臺灣本土文人較受重視的是竹塹鄭用錫、林占梅，以及彰化陳肇興、臺北陳維英等，後期則有施士洁、丘逢甲等。至於中國渡臺文人，則有藍鼎元、陳夢林、吳子光、劉家謀、姚瑩、唐景崧等較受矚目。究中，受制於論述者的個人偏好，或審美感受的差異，在作家／作品評價上，自然也會有所不同，譬若伊能嘉矩，他平生最為看重的本土文人是竹塹鄭用錫，伊能在《臺灣慣習記事》第三、四卷中（3：12、4：1、4：2、4：5、4：6），連續發表五篇文章大力讚揚其人其事其作，並稱之為「淡北之偉人」，而如此推許的主因是感佩其人片刻不離經世濟民的胸襟。不過，相較於伊能對鄭氏詩歌的高度評價，連橫則以為「平淡」[40]，顯然看法有異。

再者，日人在研究清代臺灣文學時，不只留意了古典文學的創作表現，也能兼及民間文學的範疇，此等研究視野甚是難得，比諸王松《臺陽詩話》、連橫《臺灣通史・藝文志》、《臺灣詩乘》或黃得時〈臺灣文學史序說〉之偏重於臺灣古典詩歌之作，更能雅俗並蓄。又，島田謹二在概述清代臺灣文學時，特別拈出七類作品，並就代表作家加以介紹，顯見其人對於作品體類的重視，此在向來以作家為中心的書寫模式中，倍顯新意。

另外，筆者最感興趣的是，伊能嘉矩從民俗文化的角度出發，藉由多個古典文學及民間文學文本的比對，發現臺灣地理風土具有涵攝中國文學使之轉化為臺灣文學的現象，進而證成臺灣人文有其自我特色。伊能此等觀察視角，以及剖析研究的取徑，不僅出現有跨文類研究的現象，尤其開啟了清代臺灣文學在中國文學影響下猶能建構主體性的可能，最是耐人玩味。

整體而言，若從文學視角審視殖民地時期日人有關清代臺灣文學的論述，相關成果較為詳實可觀者，仍然以伊能嘉矩《臺灣文化志》為最。不過，在臺人眼中，不免有所侷限，楊雲萍在 1941 年稱許伊能嘉矩為「臺灣研究的碩學」同時，就針對此書指出：

---

40 參見連橫：《臺灣通史・鄉賢列傳》（臺北：眾文圖書公司，1979 年），頁 968。

> 直接記述臺灣文學者只有第三章，而且視之為「間接右文之影響」。此為今日吾人最不滿意者，亦為《臺灣文化志》中最考究不足的部門，但應對所有的方面都求全責備，此勿寧是後人所應開拓者。[41]

以為伊能對於文學著力不足。那麼，遑論其他了！

五、結語

數年來，當吾人言及日治時代日人有關臺灣文學的論述時，常會聚焦於島田謹二的「外地文學」論，實際上在其之前，早有多人發表過相關文字。本文嘗試以「殖民地時期日人眼中的清代臺灣文學」進行考察後，初步發現島田之外，伊能嘉矩、尾崎秀真、東方孝義……等人也曾有過重要言論，值得深究。此外，在建構日人有關清代臺灣文學論述的系譜時，筆者更留意到日人對臺灣的文學的收編早在明治時期便已進行，即後藤外氏所謂的「地方分權論」或小松吉久倡議的「殖民地文學論」，皆將臺灣文學視為日本文學的一翼，而二人主張均獲得熱烈迴響與實踐。[42]

---

41 語見楊雲萍〈臺灣研究の碩學伊能嘉矩〉，文載《臺灣時報》253 期（1941 年），頁 73～77。而此處所引中文譯稿，見吳密察〈從人類學者到歷史學者〉，收入夏麗月主編：《伊能嘉矩與臺灣研究特展專刊》，頁 31。

42 此看法參見月旦子〈臺灣學術界之三十九年史概觀〉，文載《臺灣慣習記事》中譯本（7：1），頁 31。

不過，不只在本質上，明治時期的日人已將臺灣的文學明確定位為日本文學的一環；甚者，在其後統治時期的各階段，日人進行重構、整理臺灣早期的文學歷史記憶時，更可發現其間存有帝國主義與文學研究間的錯綜複雜關係，尤其若干具有官方色彩的發聲，其實隱藏著某種詮釋目的與書寫策略。而日人的這些論述，透過其所掌控的大眾媒體刊出後，往往容易成為「專業知識」，對於臺人而言，如此的優勢，自是輕易佔據了文化生產的敘述結構，進而形成文化霸權。所以日後當島田謹二的外地文學論提出後，黃得時才會想要重新審視帝國強權下的異己論述，並對此做出抵抗。

當然，臺人對於日本文化霸權的抗爭，也絕非從黃得時與島田謹二的臺灣文學主體性的詮釋爭奪戰才開始，王松《臺陽詩話》、連横《臺灣通史・藝文志》、《臺灣詩乘》，以及後來一連串以「臺灣」命名的刊物《臺灣文藝叢誌》、《臺灣詩報》、《臺灣詩薈》……的創辦，在日人治臺初期鼓吹的「臺灣趣味」的風潮下，也巧妙地利用殖民情境下原本對立文化的重疊之處，作為一種共存且互相抗爭的場所，而漸漸開展出屬於臺人的一席生存之地。

但，值得再予注意的是，當時的臺人不只對於日人的臺灣文學論述感到不滿，在歷經長期的嘗試與努力後，他們也會坦誠檢討臺人自我的論述，如 1943 年，楊雲萍曾撰文猛烈砲轟黃得時的〈臺灣文學史序說〉[43]，對於這篇在今日被視為最能

43 筆者在撰寫本文時，雖然注意到黃得時與楊雲萍有關臺灣文學論述角力的情形，不過由於此一議題並非本文的重要焦點，因此此處僅

建構臺灣文學主體性的文章，在楊氏心中卻不過是出自剪刀漿糊的作品，其中頗多資料採自他人成果，包括臺灣愛書會刊行的〈臺灣文獻圖書目錄〉、市村榮〈臺灣關係誌料小解〉、連橫《臺灣詩薈》第三號的〈遺書附刊豫告〉的廣告……等；此外，楊氏更發現其中存有不少誤讀資料的現象，或沿用前人錯誤卻習而不察之處。[44]從楊氏如此的批判，以及細繹其人先前在《愛書》、《文藝臺灣》、《臺灣藝術》等刊物上，所發表的多篇有關臺灣文學作家、作品（所論如劉家謀、陳維英、楊浚……等）的評述文字看來，楊氏對於臺灣文學的研究或撰述方式，在其心中自有其理想範式。

以上種種有關臺人與日人間文化霸權的抗爭歷程，或是臺人間在建構臺灣文學論述時的角力情形，多少亦與本研究主題有所關連，但限於篇幅與精力，將俟來文再探究竟。

予提及而已，其後發現橋本恭子論文亦加論及，且作深入闡述，較筆者所述周詳，箇中情形可參見頁 187～190。

44 詳見楊雲萍〈糊と鋏と面の皮——黃得時氏「臺灣文學史序說」を讀む〉，文載《文藝臺灣》第 6 卷第 5 號（1943 年 9 月 1 日）。

尋找歷史的軌跡

臺灣新、舊文學的承接與過渡（1895～1924）

❖黃美娥

臺灣新竹人，現任政治大學中文系副教授，擔任臺灣文學、臺灣民俗課程講授。撰有〈清代臺灣竹塹地區傳統文學研究〉、〈鐵血與鐵血之外：閱讀「詩人吳濁流」〉、〈對立與協力：日治時期臺灣新舊文學論戰中傳統文人的典律反省與文化思維〉、〈臺灣古典文學史概說〉（1651－1945）、〈中國、日本、臺灣——櫟社詩傑林仲衡詩歌的空間閱讀〉、〈文學現代性的移植與傳播：日治時代臺灣傳統文人對世界文學的接受、翻譯與摹寫〉……等臺灣文學相關論文三十餘篇。編有《張純甫全集》、《日治時期臺北地區文學作品目錄》，另與詹雅能合編林鍾英《梅鶴齋吟草》、《聽見樹林頭的詩歌聲》（謝景雲・王秋蟾合集、謝森鴻・謝麟麒合集）……等書。

一、前言

在目前兩岸可見的臺灣文學史著述中，有關新文學的發展，大抵是從二〇年代初期陳炘、陳端明、黃朝琴……等人鼓吹白話文的奠基之功談起，並以 1924 年後所爆發的新舊文學論戰為主要敘述焦點，如此的書寫，暗示了研究者將臺灣新文學的興起視為與傳統文學的決裂與對立，但此等「斷裂關係」的呈現，是否就是考察臺灣文學由「舊」到「新」發展進程的唯一視角？倘若從文體來看，臺灣舊文學到新文學的出現，究竟是二種文體間的瞬間決裂新變，抑或其間實際也存有銜承過渡的轉化痕跡？另外，若就文體／文學思想與時代性的關係來看，新文學向來被視為是新時代的產物，最能呈顯新思維，但是歐風東漸，現代文明進入臺灣後，當時位居文壇主流的舊文人，對於新知新學的熱烈渴求也不乏多見，殷切期盼維新的時代話語，更多所表露於其言行與創作中；因此從追求「現代性」的角度而言，若干舊文人發諸於外的新思考、新觀念或著述創作中的新題目、新內容，對於日後新文學的誕生，是否也有著推波助瀾的孕育動力？如此一來，對於「新文學」之所以形成與誕生，聚焦於文學史上一連串觀念與想法的光譜上，可能更是獲得較為客觀答案的方向所在。那麼，重新審視 1924

---

* 本文初稿曾於成功大學舉辦之「臺灣文學史書寫國際學術研討會」會中宣讀（2002.11.22～24），感謝評論人翁聖峰教授提供寶貴意見與建議，謹此致謝。

年前臺灣舊文人向新思潮靠攏的文學思維與創作表現，將有其一定的意義；而過去將傳統與現代間的不相容性、新與舊的緊張對立關係，當成是一種研究前提的說法，也就有了重新省思的空間。

而除了上列情形外，吾人尚且注意到，相關研究者在書寫臺灣白話文學的萌生時，雖然曾經留心臺灣島內企圖與外在新世界相連接的革新呼聲，但更多篇幅則著墨於張我軍的貢獻，遂也形塑了臺灣新文學是在受到中國五四白話文運動刺激影響後才真正產生的主要解釋框架。如此的言說雖有其真實性，卻也彷彿將舊文學到新文學的變化階段，凝滯固著在某一靜止的時間點上，以致忽略了在此之前臺灣文壇早已存有的諸多變化歷程。尤其，乙未割臺後的臺灣，在 1895 年至 1924 年間，其所能接觸的「新體」文學，隨著當時教育管道、報章雜誌或相關書籍的出刊與傳播，刺激來源應當至少有三：一是 1868 年日本明治維新後逐漸產生的「近代文學」，在 1880 年至 1890 年代所謂「言文一致」運動及文學改良運動已經產生[1]；二是十九世紀末、二十世紀初中國晚清時期曾經出現的白話文運動與文學改良風潮；其三才是 1917 年的中國白話文運動。那麼，臺灣在面對來自日本近代與晚清、新中國時期的新文體改革運動時，舊文人／舊文學呈顯了何種肆應態度呢？又，何以臺灣要到 1924 年新舊文學論戰後，新文學的「典律」（canon）才普遍獲得較大的認同與實踐呢？仔細深究這段歷來

1 參見葉渭渠、唐月梅：《日本文學史—近代卷》（北京：經濟日報出版社，2000 年），第一章「近代文學的啟蒙」。

未獲探討與勾勒的新、舊文學「過渡時代」，將是澄清迷津的關鍵所在。

二、追求「文明」：新時代下臺灣傳統文人[2]的思維結構

1895 年，對於臺灣文壇而言，是一新變的關鍵時刻，因爲「本島自改隸而後，凡欲攻漢學者，於文不受制藝所拘，於詩不爲試帖所厄，上下千古，縱意所如，誠文運丕振之秋，詩界革新之會也」。[3]相較清代，乙未割臺雖然導致臺人無法再登青雲之路，但卻意外開啓文學新機，促使文人勇於擺脫科舉束縛，得以暢所欲言，隨心吟詠。而同時期，也因日本帝國殖民進步主義，臺灣漸漸步入文明之域，加上歐風東漸，社會丕變，不管在物質或精神文明上，都有了與前大不相同的面目。

---

2 傳統文人，或稱舊文人，在本文中筆者用以指稱其畢生文學創作主要表現在傳統文學（文言文、漢詩、文言小說……）寫作上的文人而言。這些人的文學成績，儘管可能不乏維新思想的言論或創作，如連橫、魏清德、張純甫、謝雪漁、鄭坤五、黃臥松……等，但後人仍以其舊文學的成果作為一生評斷所繫，此即筆者所謂的傳統文人群。另外，某些文人雖然一生中曾經寫過傳統文學作品，如張我軍、賴和、林荊南……等，但是由於其人對於新文學（白話文、新詩、白話小說）的強力支持與創作實踐，尤其在新、舊文學論戰中站在支持新文學的一方，對於傳統文學多所批判，那麼筆者在本文中便將之視為新文學家一方。

3 參見陳基六等〈臺灣文社設立之旨趣〉，文載《臺灣文藝叢誌》第 1 號（臺中：臺灣文社，1919 年 1 月 1 日）首頁。

對於這個嶄新時代的來臨，臺灣傳統文人是如何面對與看待呢？又，日治時期臺灣新文學運動的發生，歷來被視爲新文化運動的一環，新文學典律／新文人成爲啓發文明思想，百般革新先導的角色，那麼，新時代下的舊文人／舊文學又有何種表現呢？是否誠如 1924 年新舊文學論戰發生後，張我軍等人所砲轟的「守舊」與「落伍」呢？

㈠維新話語——「文明」與「新頭腦」

時代的變動，其實大多數的傳統文人多能感受這股新舊衝撞、交迭的風潮，在時人的言論中，「追求文明」的維新話語幾乎成爲時代主調。

黃植亭〈喜晤謝介石詞客即次其見寄韻〉一詩，以「文明」一詞譽讚謝介石卓越的表現，其云：

> 踏遍都門風月地，歸來貯滿錦囊詩。而今換得文明腦，氣象翩翩異舊時。[4]

他肯定謝介石由京歸來，必定獲益滿囊，特別是能夠換來「文明」頭腦，氣象一新，大異舊時，更爲眾人所嘆服。再如，洪以南〈無題四首〉之四，也是感於時代「新」局而發：

> 兵操聲高振國魂宅近兵營每晨操練之聲徹耳，小園樹鳥促朝

---

4 詩載《臺灣日日新報》，明治 38 年 12 月 15 日，第 2287 號。

> 暾。悟機換得新頭腦，實學文明望後昆。[5]

詩歌末尾二句強調「悟機」換得「新頭腦」之必要，也寄語後輩能習得實學文明，趕上潮流；而當謝雪漁獲見此詩，還特別指出：「實學文明望後昆一語，先得我心，君與余同庚，而家嗣長庚年已十七，卓犖英偉，現肄業於京都府立中學校，實學文明，誠有然也，豚兒輩正未知能實學文明否也？」[6]以自己兒輩表現不知能否達到實學文明而憂慮。

此外，「文明」一詞也是時代中人評鑑事物的標準，顏笏山〈敬賀雲年宗兄新築落成即次瑤韻〉可以爲證：

> 欲後光前計已周，更觀輪奐善綢繆。充閭無限新空氣，陋巷豈真老我羞。檻外雞江堆錦繡，窗前獅嶺綴花毬。文明此地先輸入，卜築初心為是謀。[7]

在這首賀詩中，顏笏山極力稱頌顏雲年新築外觀的美輪美奐，以及住宅環境的幽美，尤其「新空氣」、「文明」二詞之稱揚，更顯現出新宅的變革與進步。

透過上述諸例，可見「新頭腦」、「文明頭腦」，不只是眾人所汲汲營營追求的目標，也是人物品評月旦的標準所在，更是對後輩子孫的殷切期望；而「文明」一詞，頓時成爲時代中

---

5 詩載《臺灣日日新報》，明治 41 年 8 月 23 日，第 3095 號。

6 以上謝雪漁之漫評，附載於洪以南〈無題四首〉之後，出處同上註。

7 詩載《臺灣日日新報》，大正元年 11 月 6 日，第 4465 號。

人的維新話語，一切事物率以此爲進步與否的衡量標準。正因如此，尤養齋〈文人模範論〉在陳述文人有何可爲後世取法之處時，更將「鼓吹文明」列爲五大端中之第二項目，足見時人視此爲要務。[8]此外，尚有若干傳統文人感於時代風氣，而有集體推動新學之舉，明治三十九年（1906），羅秀惠、王慶忠、黃茂清、謝汝銓、李漢如……等人，便糾集在臺北創立一「新學研究會」，準備推行運動，以提倡新學，一時入會之人，竟高達一千五百餘人；其後，因事務主任李漢如赴閩創設《全閩報》而暫停會務，迄四十三年（1910）歸來，才重起爐灶，並於是年出刊《新學叢誌》第一號。後人回憶此刊物之內容，計有法律、政治、經濟、歷史、地理、衛生、哲學、文學各種講義，並附有詩海、小說，雖然今日吾人已不復見此刊，但從上述內容看來，亦不難想像昔年傳統文人追求新式文明之跡。[9]

㈡新式科學文明的魅惑

對於這些傳統文人而言，現代文明何以頓時成爲眾人追求與努力的目標？「文明」爲何深深激盪著這群來自傳統封建社會菁英分子的心靈？吾人從彰化舉人吳德功的親身經歷，或能略窺一、二。

明治三十三年（1900）三月十五日，臺灣第四任總督兒玉

---

8 參見尤養齋〈文人模範論〉，文見《崇文社文集》（嘉義：蘭記圖書部，1927 年），卷 3，頁 2。

9 以上關於「新學研究會」及《新學叢誌》之介紹，參見文瀾〈從「揚文會」談到「新學研究會」〉，文載《臺北文物》8 卷 4 期（1960 年 2 月 15 日）。

源太郎在臺北舉辦「揚文會」，吳德功於數日前乘坐火車北上與會，並撰就了〈觀光日記〉一文[10]，除記載沿途旅程外，文章焦點大抵在於會議內容的描寫及會後參觀心得的陳述，尤其是所見所聞的若干西洋事物，更是大大震懾了其人心靈。此次行旅，明顯可見日人的機心設計，包括住宿飲食的安排、餘興節目的準備、會場景物的布置，都洋溢日人色彩與西洋精神，而各種新式器物與制度的展現，更是凸顯日本有別過去統治臺灣母國「中國」的「現代化」本質。在旅遊中，吳德功獲見備有鋼線砲、魚雷的戰艦，以及警察獄官學習所、練習武藝所、獄吏生練習所、警察生練習所，親身體會了象徵國家威權體制的軍力與警備的強大；而參觀製藥所、製洋煙所、電火所、樟栳製造所，則是目睹科技文明的新異；自來水的製造、衛生課內藥水實驗，促使先生大開眼界，後者更讓其感嘆化學之理的奧妙；病院、配藥室、死屍陳列室、時疫病室，見識了西方醫學的進步；商品陳列所、郵便局、電信局，俱是現代化設施；而總督府國語學校、度量衡調查所、覆審法院（當時正審查抗日分子簡大獅），乃至銀行條規的說明，皆是體現現代國家教育、經濟、法律精神的代表產物。顯然地，日人透過「揚文會」的召開，邀請這些臺灣過去擁有科舉功名的秀異士子薈萃一堂的動機，豈僅是「敦世風，勵績學」，或「會設揚文，搜羅臺疆俊傑之才，聿贊國家文明之化」（《吳德功全集》，頁167）而已，其真正用意除了是在安撫籠絡臺灣菁英分子之

---

10 文章收入《吳德功全集》（南投：臺灣省文獻委員會，1992 年），頁167～188。

外，更爲了展示日本的國家集權威勢與現代文明的進步面目，這才是統治策略的運用。

此趟北上之旅結束後，返鄉途中吳德功與會友暢談「揚文會之盛」，且頌讚日人「禮意甚厚」（《吳德功全集》，頁188）；不過，藉由吳德功的書寫，我們深刻感受到臺人既「驚懼」又「欣喜」的心情，特別是現代化事物、制度的文明召喚，正魅惑著從舊社會過渡而來的知識分子，吳德功一面嘆服會場內外所參觀各類現代化事物的靈巧與便捷，一面則推許這些文明變化將會造福臺灣百姓，於是寫下如斯的語句：「甚爲靈巧」、「不亦簡而該哉」、「本島開風氣之先」、「欲開本島人之智慧」、「引會員展玩以廣眼界」、「製造之敏捷，於此可見」、「功省利溥，真令人不可思議哉！」、「俾全島除積弊，式煥新猷云」……。透過以上吳德功碰觸現代化事物經驗的驚奇欣喜寫照，充分流露了舊時代傳統知識分子，對於新時代文明的高度興趣與期待。

當追求文明成了當時文人的急迫要務時，對於若干有幸前往日本觀光或留學的人，能夠就近接觸更多文明事物的經歷，自然更加成爲旁人豔羨的對象。明治三十六年（1903），王石鵬作〈送蔡君汝修赴大阪序〉一文，對於蔡汝修往赴大阪參觀博覽會之行，給予高度評價：

> 今大阪之開博覽會也，實足為本島大放光線。吾聞此會場之陳列也，分為十部，自農業、園藝、林業、水產、採礦、冶金、化學、染織、製造等工藝，以至機器、教育、學術、衛生、理財、美術等諸品及古代遺物，蒐羅甚

富。……蔡君年少氣英，經濟之學，素蓄於胸中，客歲讀予所譯農學一書，謂其可以助島民殖產之進步，殷殷致意，其志可知。頃大甲織席會社，及中部臺灣日報之設，君亦與有力焉，人多以事業家目之矣！且其口才便捷，能操國語，其與國人往來酬答，既無扞格之虞，目之所觸，心能會之，入此大智囊中，當必有所取擇。此一行也，學問智識，所益良多，異日載筆旋歸，必為本島振興實業，造四百萬同胞無疆之福，豈徒誇遊歷名區，飽嘗風月而已哉？予因有事入閩，恨不得與子同舟。……[11]

王氏在文中想像著大阪博覽會的各種實業文明設施，並欽羨蔡汝修能有實地考察的機會，他不將蔡氏此行視為觀光旅遊的純粹娛樂，而以為「博覽會」與「現代文明」及「全島實業」、「同胞幸福」諸事關係密切，因此對於「赴日觀光」也就寄予厚望，甚至強調若非自己有事纏身，否則「恨不得」也能前往，期盼之情溢於言表。

從上可見，傳統文人對於現代文明的期待，尤其是科技產物的實業文明，多數充滿高度嚮往與推崇。[12]

㈢西洋文明 VS 東洋文明

在臺人眼中，誠如上述，物質文明的現代化，令人吃驚與

11 參見王石鵬〈送蔡君汝修赴大阪序〉，文載《臺灣日日新報》，明治36年4月21日，第1489號。

12 在推崇與嚮往之外，當然也有若干文人對此存有選擇性接受或抗拒的思考模式，如洪棄生、林鍾英……等。

迷惑，更使臺人對於西洋國家刮目相看，形塑了科學文明的先進國家形象。爲了避免臺人忽略東方國家，尤其是中國科學發明的歷史意義與價值，連橫在參加 1924 年 7 月 27 日夜臺灣文化協會臺北支部第四十四回通俗學術土曜講座時，發表了「東西科學之比較的演講」（後改題「東西科學考證」，文章收入《雅堂文集》卷一）[13]，特加說明：

> 夫世界有兩大文明：一曰東洋文明，一曰西洋文明。近時人士，或以東洋文明為精神的，西洋文明為物質的，鄙意不然，精神之外亦有物質，物質之外亦有精神。不過東洋較重精神而輕物質，西洋則較重物質而輕精神。……東洋學說以孔子為宗，……不言物質。老子之無為，莊子之自然，墨子之節儉，對於物質且排斥之。而西洋為個人主義，是以羅梭之自由，邊沁之功利，康德之幸福，斯賓塞之優勝劣敗，多趨重物質。此其所以異也。……夫東洋非無科學。吾以中國舊籍所載者摘其一二以供研究，亦可為今日之考證歟。……唯我臺灣當此新舊遞嬗之時，東西文明匯合若一，我臺人當大其眼孔，……採彼之長，補我之短，以發皇固有之科學，或且凌過西人，……至於精神、物質兩方面，如車兩輪，不可偏廢……。[14]

---

13 參見鄭喜夫編撰：《連雅堂先生年譜》（南投：臺灣省文獻委員會，1992 年），頁 118～119。

14 參見連橫〈東西科學考證〉，文見氏著《連雅堂先生全集・雅堂文集》（南投：臺灣省文獻委員會，1992 年），頁 17、頁 23。

顯然地，連橫意欲消弭東洋與西洋文明間有關「物質文明」差距的刻板印象，進以鼓舞臺人從事科學文明的探究動力，同時更勉勵臺人在新舊遞嬗時代，須求東西文明的匯合，取長補短，兼重精神與物質，通篇可見作者之用心。但若從另一角度言，則恰恰可證當時臺人對於東洋文明與西洋文明的確有著逐漸二分的區別性評價與看法。事實上，這種西洋文明與東洋文明二分對立的情形，早已有之，且在精神文明方面更爲顯著。

日治時期的臺灣，透過日本與歐美見識了新式科學文明，但在物質文明之外，精神文化也相繼進入臺灣，對此，傳統文人頗多出現了抗拒與排斥的情況，與面對西方科技文明時通盤接受的態度大相逕庭，甚而強調西洋精神文明與東洋精神文明的差異對立。

林維朝在回顧大正七年（1918）彰化文人創立「崇文社」的動機與背景時，說明了該社的成立與西洋精神文明強勢挑戰的危機有關，他說到當時臺灣社會的情景：

> 世之變也！異端邪說隨歐風美雨以俱來，西人唾餘之糟粕，奉為金科；東方固有之文明，棄同敝屣。狂妄者倡之於前，喜新者和之於後，炫異矜奇，毀禮蔑義，世道日見其淩夷，人心日流於險惡，有志憂時之士，莫不怒焉傷之。……[15]

---

15 參見林維朝〈崇文社文集序〉，文見黃茂盛編：《崇文社百期文集・序》（嘉義：蘭記圖書部，1927 年），頁 11。案，「崇文社」是日治時期臺灣第一個成立的「文社」，取「崇文重道」之意，由彰化文人黃臥松於 1917 年發起創設，1918 年起加入仕紳吳德功、楊

在這段文字中，林氏憂心臺灣社會本質丕變，人心世道衰夷，以爲根本原因就是「異端邪說」的西洋精神文明所致，促使臺人忘卻東方固有文明。而同時期，黃茂盛〈崇文社百期文集序〉一文，也有相近的思維：

> 自歐風東漸，莘莘學子群尚時趨，講倫理則視為具文，談經學則斥為腐論。漫唱自由平等，非孝非慈，怪象紛呈，風潮迭起，幾乎非盡廢先王之禮法，抉名教之藩籬不已。……（《崇文社文集・序》，頁 1）

黃氏留意西方精神文明浸染臺灣的問題，特別指出所謂自由平等、非孝非慈的學說，對臺灣禮法名教的破壞。

再者，東洋文明與西洋文明的較勁，也連帶激化了新學、舊學間的競爭，林湘沅寫於大正八年（1919）的〈祝臺灣文社發刊第一號文藝叢誌〉一文，對此表示憂慮，其言：

> 本島沐文明之化，垂二十有三年，居民競尚維新，文人學士，殆如晨星寥落。新學日興，舊學於焉否塞，大勢所趨，固亦無可如何也。但新學為文明之利器，舊學乃人道之大原，如日月經天，豈容偏廢？是則居今之世，得新未可忘舊，固不待辯而自明矣。然而舊學之衰，於今為烈，

吉臣……等，並於本年開始課題徵文。另，本處引文，原無句讀，新式標點為筆者所加；又，若干原有舊式句讀之文字，為求便利閱讀，筆者亦改為新式標點，以下皆同。

早為有識者之同慨。……[16]

在林氏的觀察中，日本據臺以來，居民由於文明之沐化，因此競尚維新，在大正初期，臺灣社會中已呈現新學日興、舊學漸衰的趨勢，令舊學之擁護者頗感憂心。而舊學爲何？其實就是「漢學」，莊子淵發表於大正九年（1920）九月的〈維持漢學策〉一文有言：

……今中國積弱已甚，外患頻仍，敗於東，喪於西，失其地，棄其民，幾不成其國，故文學因之而微，遂使孔孟之道，等於弁髦；天人之學，輕如敝屣。彼新學者流，竟藐之為舊學，視之為畏途，聲類相應，公然附和。今日議廢之，明日議滅之。噫！漢學也，而可廢乎哉？……（《崇文社文集》卷一，頁39）

「舊學」即「漢學」，其內容包涵中國傳統文學、孔孟之道、天人之學……等。那麼「新學」的內容如何呢？許子文〈維持漢學策〉曾加言及：

……群思趨向新學，遂相率輸入西洋之化，凡自由、平等、戀愛、共和、利己、樂天諸種學說，盛行於世。……改隸以來，學校如林，有大裨於人生，……教育學與政治學……，……哲學，……法律學、行政學，……倫理

16 文見《臺灣文藝叢誌》第1號，同註3，頁4。

> 學，……社會學及自然科學，……交涉學，……氣象學，……種植學，……化電光汽，……新學之地球幾何……。(《崇文社文集》卷一，頁 32、頁 33)

相較莊子淵之文，此處所論新學內涵，即西洋文化各類學說與學術，而新式學校之授課，大抵以此爲宗。

在新時代下，舊學／漢學因爲新學的日盛而受挫，導致出現反抗排拒西洋文明的聲音，但在面對時代變遷時，文人實際也能注意到新、舊學間相容並蓄的重要性，是以黃爾璇在鼓吹漢學之際，誠懇呼籲：「萬里歐風捲地來，自由聲裡轟如雷。……取長補短仗賢能，新學舊學兩無間。……」[17]希望兼顧新學與舊學，而二者則能相互涵容無間；而新竹富豪黃戒三兄弟，更是鑑於時勢，早在明治三、四十年間，就延聘新學有得、舊學不背的教諭訓導如黃世元、魏清德等人來教授子弟，成效卓著，一時傳爲美談。[18]又如羅秀惠〈漢學保存會小集敘書後〉一文，雖爲保存漢學而作，但作者也承認：

> ……孔子所言溫故而知新一語，實為千古教育學之準繩。所謂故者，非陳腐頑固之謂也，蓋西學之才智技能，日新不已，而漢學之文字經史，萬古不磨，新故相資，方為萬全無弊。……[19]

---

17 參見黃爾璇〈祝臺灣文社成立〉，詩歌見於《臺灣文藝叢誌》第 1 號，同註 3，頁 5。

18 參見《臺灣日日新報》，大正 9 年 5 月 7 日，第 7150 號。

19 文載《臺灣日日新報》，明治 38 年 7 月 4 日，第 2150 號。

在現代社會下，「新故相資」，才是當前教育的最高準繩。

以上透過時代背景的勾勒，吾人可以發現在 1895 年至 1924 年間新文學典律問題被熱烈提出討論之前，臺灣社會逐漸步入一嶄新的時代。相應於時代的變化，臺灣傳統文人已然浮現維新的思考，追求文明、新頭腦與新氣象，成為普遍共同肯定且接受的事實，如此以「文明是尚」的社會氛圍，對於日後臺人面對以迎合世界新潮流為務的新文學的興起，無疑在心態上是較易理解與接受的，對於新文學的醞釀成形，具有推波助瀾的作用。只是在目睹精神文明的新變時，若干傳統文人為求鞏固倫理道德的地位，而提出摒棄西洋文化的呼籲，或者斥為異端，甚而在面對新學教育的來勢洶洶，舊學／漢學地位備受挑戰與威脅時，也出現急迫維護之聲，力謀振作之舉，多少有礙新文學之發展；不過，新、舊學的緊張對峙，雖然遏阻了新學快速壯大的聲威，但隨著新學教育的愈見普及，以及高倡新、舊學兼容並包論調的出現，都將為未來新文學的誕生鋪路與奠基。

三、革新與啟蒙：舊文學界的改良之路

1920 年，陳炘的〈文學與職務〉一文，言及「今日之形勢，當使文學自覺，勵行其職務，以打破陋習，擊醒惰眠，而就今日之文明思想，以為百般革新之先導為急務也。嘗聞我臺有文社（筆者案：即臺灣文社）之設，已經年餘有光彩之歷史

矣，想對此方面，必大有貢獻，固毋庸贅也」。[20]在這段簡短的文字中，吾人可以發現，作爲臺灣新文學運動前驅之一的陳炘，並未全盤否定舊文學的存在，甚至肯定設置年餘的傳統文學團體「臺灣文社」，早已扮演引進文明思想的先導角色，有利於新文學興起的貢獻[21]，顯見陳氏已經密切注意到舊文學界在「過渡時代」裡所發揮的作用。

那麼，「臺灣文社」究竟有過何種自覺的言論呢？又除此之外，其他舊文人是否也曾思索過舊文學在文明時代中要如何進行改良或革新呢？以下透過當時具有一定影響性之報章雜誌、出版品所載的相關言論，加以說明。

㈠詩歌內容的改革

1.

1907 年，連雅堂曾在《臺南新報》上倡議「臺灣詩界革新論」[22]，強力表達其對「擊缽吟」的不滿，他認爲「擊缽吟者，一種之遊戲也，可偶爲之而不可數，數則詩格自卑，雖工

---

20 文載《臺灣青年》1 卷 1 號（1920 年 7 月 12 日）。

21 類似的評價，日後也見諸於楊雲萍，參見氏著：《南明研究與臺灣文化》（臺北：臺灣風物，1993 年），頁 579～601。

22 參見連橫，《臺灣詩薈》第 19 號「餘墨」，文載《連雅堂先生全集・附錄三》（南投：臺灣省文獻委員會，1992 年），頁 460。依照連橫該文所述，其人提出「臺灣詩界革新論」的時間，至遲不晚於 1914 年，而施懿琳〈日治時期新舊文學論戰的再觀察──兼論其對臺灣古典詩壇的影響〉則明確指出係在 1907 年，文見氏著《從沈光文到賴和──臺灣古典文學的發展與特色》（高雄：春暉出版社，2000 年），頁 256。

藻績，僅成土苴，故余謂作詩當於大處著筆而後可歌可誦」。[23] 關於此舉，由於缺乏更清楚之記載，因此無法得知連氏是否受到晚清詩界革命風潮之影響，或實際有感於時代變革所需而發？但或可視之爲臺灣詩界革新的先聲。

2.

1915 年 4 月 5 日，魏清德曾經發表一場題爲「詩及國民性」的演講，而後又將演講內容摘要刊登於《臺灣日日新報》上以廣爲周知：

> 國民性之消長，詩亦與之消長。治世之音安以樂，其政和；亂世之音怨以怒，其政乖；亡國之音哀以思，其民困。……（敷島の大和心を人間はば朝日に匂ふ山櫻花）此詩具有日本國民性之表現，漢詩數千年作者不少，可惜無國民性表現之詩，此後所宜改良者。為排去陳腐，應時勢之要求，詩之本領，不獨為精神界之慰安，將以高尚國民之品性，改造國民之精神，不然則作詩不如耕田，內地人之格言，余亦深贊成其說……。[24]

魏氏認爲應現代時勢需要，詩歌的內容與精神必須排去陳腐，

23 文見連橫《臺灣詩薈》第19號「餘墨」。

24 文載《臺灣日日新報》，大正 4 年 7 月 8 日，第 5405 號。只是魏清德偏向於日本國民性論述的思維模式，不免陷入政治化現代性，拙文〈傳統與維新：《臺灣日日新報》記者魏清德的文明啟蒙論述〉有進一步的闡述，文學傳媒與文化視界國際學術研討會論文，中正大學人文研究中心暨中文系，2003 年 11 月 8～9 日。

作一改良，要以能在詩中呈現國民性爲要務，進而高尚國民性，改造國民精神。如此看來，此等深深期盼舊詩能夠成爲改造「國民性」利器的情形，與後來新文學家要以白話文的新文學典律來啓蒙大眾，提升百姓素質以迎合現代化社會，用心並無二致。

3.

除了上述舊文人本身面對新局的個別想法外，在新舊文學論戰發生前夕，臺灣恰有兩份詩刊發行，其一是連橫的《臺灣詩薈》，另一則係臺北星社同仁黃春潮、張純甫等人所編的《臺灣詩報》，後者較前者早些時日出版。令人玩味的是，這兩份詩刊創刊號上之序文，均不約而同地對臺灣詩壇提出建言。

連橫〈臺灣詩薈發刊序〉云；

> 今日之臺灣，非復舊時景象也。……夫以新舊遞變之世，群策群力，猶虞未迨，莘莘學子而僅以詩人自命，歌舞湖山，潤色昇平，此復不佞之所為戚也。……小之為扢雅揚風之篇，大之為道德經綸之具，內之為正心修身之學，外之為齊家治國平天下之道，我詩人之本領，固足以卓立天地也。不佞騷壇之一卒也，……手此一編，互相勉勵，臺灣文運之衰頹，藉是而起，此則不佞之幟也。[25]

連橫有鑑於西力東漸，漢學衰微，因此勸諫詩人不能以潤色昇

---

25 參見連橫〈臺灣詩薈發刊序〉，文載《連雅堂全集‧臺灣詩薈》（南投：臺灣省文獻委員會，1992 年），頁 1～2。

平的詩人自命，更要撰寫化育風雅、翼贊道德，又能寄寓齊家治國平天下之道的作品，如此才能發揚臺灣詩界的天聲。

另一份詩刊《臺灣詩報》，也出現了反省的聲音，林石崖〈臺灣詩報序〉云：

> 古詩三百篇，……義旨奧妙，以十五國風言之，……於政治經濟，人才風俗，沿革得失，指陳詳審，後人讀之，勃然感奮，故詩之所以可貴也。是後王風委頓，大雅不作……此雖或運會使然，要非詩人所見不大之故歟？近世歐美詩人則反是，其文藝之醇者，一本於哲學，凡所賦詩，不寫國家之政象，則描民族之心理，如俄之託爾斯泰、印之泰古俞者，使人誦其詩，讀其說，可以察其社會千變萬幻之情狀矣，蓋其學不離乎社會，而措辭命意，又務以指導人心，改造時勢，此詩人之偉大，所以能後杜少陵，而為師聖也。嗚呼！詩人所學如是，抱負如是，相勗如是，縱偶飲醇近美，試為綺語豔詞，又何損其大節乎？若夫萬卷不讀，見解不宏，日唯浸淫於章句之間，沾沾然搜奇抉怪，以與鄉閭憔悴專一之士，較其分寸毫厘，爭一時之長短，抑卑卑不足道矣。……諸君子誠權其輕重，別其小大，以通聲息，以刊詩文，則《臺灣詩報》之有補於學界，有造於社會者，又豈淺少也哉？[26]

---

26 參見林石崖〈臺灣詩報序〉，文載《臺灣詩報》創刊號（大正 13 年 2 月 6 日）。

文中，林氏以中國《詩經》與俄國託爾斯泰、印度泰戈爾的作品為例，說明可貴的創作必然與社會相連結，且以指導人心、改造時勢為務，而非徒於章句上爭一時的長短。從林氏的意見及其對《臺灣詩報》的期許，可以發現林氏對於國外的文藝也有所接觸，甚至認為其中大有可以借鏡之處，並謂臺灣的創作，應該致力於「社會性」的彰顯。

綜觀前述，可以發現，臺灣的舊文人，在面對新時代、新的社會文化變遷與挑戰時，曾經嘗試進行詩歌改革，先是魏清德演講宣傳提升改造「國民性」之必要，而後又有連橫要求當發揮齊家治國平天下的作用，林石崖則是強調詩歌的社會性意義與價值，其共同點，就是他們不以章句之美為務，而更要在內容上作一革新，以迎合時代文明。

㈡散文書寫的求變

由於漸臻文明之故，日治時期的臺灣文人清楚瞭解在漢文之外，尚有他國文字／文學的存在，而世界正處於各國文字互相溝通交流的時候，於是洞達時勢的有智之士以為：

> 第思學不拘乎今古，地無限乎東西，不觀夫生長亞洲之人，萬里裹糧以學歐語歐文者乎？又不觀夫生長歐洲之人，萬里擔簦以學漢語漢文者乎？地球之上，無論遐邇，舟車可至，必有交通，因乎彼此之交通而知彼此之語言文字不同，遂互生不便之感；且因乎彼此之交通，而知彼之語言文字有優於此者，此之語言文字有優於彼者，而知彼之語言文字有優於此者，遂互生其向學之心，此勢之所以

必至而不足怪也。由是觀之，為此國之人只求此國之學，而不更求他國之學者，其亦拘泥之甚矣！夫以歐洲之語言文字，因時制宜，且不可不學，而況於漢文乎？漢文者，數千年來……極高尚之文章，最優美之文學也。……(〈臺灣文社設立之旨趣〉，《臺灣文藝叢誌》第 1 號)

此文雖然旨於鼓吹重振臺灣之漢文學，但尤耐人尋味的是，撰述者是從世界的位置來說明臺灣漢文的重要性，並且暗示臺灣之漢文學已難自阻於他國之外，將與他國關係密切。

那麼，他國語言文字及文學作品，可以為漢文寫作帶來何種影響或啓發呢？1919 年，魏清德在〈祝臺灣文社發刊之詞〉中，提出了具體想法：

世界之文運大開，……漢文猶有遺憾，方諸歐文似稍欠明晰，難於闡明一切，若能參加外國科學上術語譯之成詞，藉以介紹今世文化，使毫髮畢呈，則庶幾哉！其用統分為二，一為實用之文，二為美文。實用之文，即日常所用及介紹科學，貴淺易明晰，遇有複雜細微之處，不妨迂迴剖出，夫煩碎勝於囫圇，囫圇則不能闡明一切，使文化滯而不行。美文即歌詩詞賦，導人於靈性之域，其措辭可歌可喜，可興可泣，欲勒石不厭古奧，欲形容不厭誇大，欲頌揚不厭莊重，欲鞭韃不厭激昂，欲哀訴不厭沈痛，……凡此數者，皆與日用之文有別，專門家之職也。……(《臺灣文藝叢誌》第 1 號，頁 3)

相較歐文作品之後，魏氏發覺漢文寫作「稍欠明晰」的缺點，因此建議在創作語詞上，可以採用新詞彙，參考外國科學上的術語來介紹新文化。另外，鑑於時代文明之所需，更提出將漢文分爲二類的作法，一類爲日常所用及介紹科學的「實用之文」，二爲導人靈性的歌詩詞賦的「美文」，透過現在所謂「散文」與「韻文」體類之別，來達成不同的文學訴求，發揮各自的特色。此處魏氏的想法，呈顯了他已思考到文字與文學形式、文學內容間的關係。

㈢小說與戲劇的改良

1918 年，許子文〈維持漢學策〉言及：「文明有三利器，曰演劇，曰小說，曰新聞……。」（《崇文社文集》卷一，頁 35）可見小說與演劇的社會功用頗受當時臺人的看重。而 1920 年，楊肇嘉參與崇文社徵文之作品〈戲劇改良論〉亦持相同看法，且更針對戲劇的重要性加以闡述：

> 文明之利器有三，演戲亦居其一，蓋開化之道，與新聞同功也。聞知歐西各國，多有利用演戲，喚醒愚人之迷夢，以作社會之木鐸。故國家之舉動，官僚之行為，萬眾之作事，苟有一二劣跡，今日事未行，明日戲已演，不惜談言微中，出隱語以寓勸規，冀挽回當世之醜劣，……我臺而欲改良戲劇，舍此奚法？……（《崇文社文集》卷三，頁 53）

文中以歐西各國爲例，高度肯定戲劇具有開化社會、喚醒民愚的妙效。

但，「小說」與「戲劇」如何才能真正落實爲啓蒙民智、沃灌文明的利器？於是，檢討過去舊有文藝表現的缺失，遂成首要任務。在傳統文人眼中，斯時小說與戲劇均已出現弊病，較大的弊端有二，其一是迷信，其二則是流於淫穢，彰化崇文社在大正七年（1918）所舉辦的多次徵文中，批判反省之聲遍存於〈破除迷信議〉、〈淫戲淫書禁革議〉、〈風紀維持策〉等，可見時論深刻體認了小說、戲劇的良窳實與社會文明密切攸關；大正九年（1920）五月，崇文社甚至直接以〈戲劇改良論〉，對外展開徵文活動，其欲改革戲劇之心，清晰可見。

但，革新之路當如何開始呢？許子文嘗有「禁小說，定演劇」之議，其以爲：

> 小說之書，所述迷信者甚多。然既能識字，則文理粗通，必不為其所迷，獨有目不識丁者，閒暇之時，偏好聽小說，且好聽小說之最大迷信者，如封神、西遊……，有志者宜出一提倡，……而以我國古今事實之史蹟，編而為書，刊行於世，……普及地理歷史之觀念。……今之演劇，即古樂之遺也；今之詞曲，即古詩之意也，然古之詩樂，粹然一出於正，而今之劇場詞曲，皆不可為訓，……如遊地府、鬧天宮、鬼門關尋母、牛魔王招親，奚足以供人之迷信。吾人而欲追求古樂之聲，以成國民之性，何如仿我國古詩樂之遺意，聚名儒於一堂，取今之所謂劇場詞曲者，較而訂之，凡為迷信之害概為禁絕，而其所編撰成曲，施行全島者，必皆古今忠臣義士孝子節婦，可歌可泣

> 可傳之事。……（1918.6，〈破除迷信議〉，《崇文社文集》卷一，頁16）

許氏之文，本專爲破除迷信而作，不過在其觀察中，小說與演劇常是迷信孕育傳播的淵藪，因此倡議改革小說與戲劇，究其革新方向，誠如上述，係建言採用具有真實性基礎的「我國古今」事實的史蹟，或編書出版，或演講傳播，藉以替代往日的說書、聽書中虛妄迷信的成分，並進一步普及百姓地理及歷史觀念，提升民族精神，達到教化作用；另一方面，在戲劇改良上，則是主張回復「古詩樂之遺意」，透過召喚「古樂」「粹然純正」的靈魂，淨化人心。

不同於許子文以復興「古樂」精神來改革戲劇現況，同是臺南人士的許氏美玉獨標新旨，則是從戲劇的表演本質與美感呈現著眼；並引入現代文明，企圖轉化原先不良的劇情精神，其言：

> 天地有春夏秋冬，人生有喜怒悲慘，戲劇乃觸人生之喜怒悲慘，而改良宜法天地之春夏秋冬。春，喜劇也，……夏，怒劇也……，秋，悲劇也……，冬，慘劇也，……。演戲者，喜劇而以春為象，怒劇而以夏為象，悲劇而以秋為象，慘劇而以冬為象，……。今我臺之戲劇何如耶？……如長生樂、百歲坊，戲劇之喜也，而觀者不能博采；打嚴嵩、斬延壽，戲劇之怒也，而演者不能傳神；丞相拜斗、夫人祭江，戲劇之悲也，而舞臺不盡景；先王託孤、建文棄位，戲劇之慘也，而音樂不拍合，是皆未改良

> 也。……文明之器，非不利也，而孰謂戲為小道？言改良者，慎勿以戲劇置之度外也。今宜度其緩急，先其不良者而更張之，……若長生樂，不以仙丹為寶，而盡力於衛生；若百歲坊，不以顯者為貴，而成功於勞動；若買胭脂、賣火炭，猥褻之處，削而除之，戀愛之精神而化之；若誅仙陣，易以當代理化之實驗；若打擂臺，改以我邦角力之實習，……若託孤位，極言愛國忘家之氣慨。……（1920.5，〈戲劇改良論〉，《崇文社文集》卷三，頁 54～55）

以上許氏之文，內容可分爲二，前半旨於敘述當今戲劇之「不良」現象，從戲劇風格的營造，到演員表演能力、舞臺背景、音樂曲拍的缺失，一一陳述；後半則提供具體「改良」之道，針對不合現代精神的劇情，轉以符合現代文明的方式表達，以新御舊，達成改革目的。通篇思慮縝密，在在可見論者之新思維。

另外，關於小說方面，「改良說部」亦是時人的共同體認，但當如何進行？1921 年，《臺灣文藝叢誌》曾經刊載中州逸民〈論小說家宜注重遊歷〉一文，頗有度人金針之意，文章大要如下：

> ……他人而不能盡知天下事，猶可無妨，若小說家則斷乎不可不知，益既已稱為小說家，不可不深悉社會情狀，而吾國之社會情狀，則各地不同，不深歷其境，則烏從而深知乎？小說為通俗教育之一端，人所共知也。既言通俗教

育，當然有移風易俗之責，而移風易俗之最有功效者，莫社會小說若。社會小說在小說界中，實占第一重要位置，試問不知社會情狀者，能撰社會小說乎？……其次，小說之作法，求文勝不如求意勝，文勝猶易，意勝則難乎其難。……就意勝論，唯社會小說獨易，蓋社會之情狀，高高下下，奇形異態，……他種小說之造意，或有時而窮，唯社會小說，則雖萬卷千帙，亦可紀述不盡。……再次，小說家之心胸，宜開拓而不宜鬱結；小說家之頭腦，宜清新而不宜陳舊，……不可不藉遊歷之力，以開拓其心胸，清新其頭腦也。復次，遊歷之益，不獨有助於社會小說之資料，無論何種小說，必有敘地點寫風景之處，著作既多，需材愈廣，……更次，如吾遊蹤所至，見聞最奇者，莫如汴之涉縣、魯之德縣，所見之人，幾無一不從十八世紀中來。試撰一言情小說，而謂涉縣地方，而有才子佳人，合於理乎？試撰一偵探小說，而謂德縣地方，出一科學奇案，又合於理乎？是非深入其境，目睹其狀，又烏知其不合於情？……（《臺灣文藝叢誌》第參年第七號，「雜說」，頁2～4）

本篇出自中國文人之手，撰者旨於論述作家行旅經歷與創作的關係，他主張小說不是杜門著書的結果，作家必得有一定的見聞經驗，才能寫物寫景得宜，內容入情入裡；文中又肯定小說具有移風易俗的作用，並特別標舉社會小說的重要地位。此文藉由論者的經歷談起，探討作家、作品與社會、環境間的可能辯證關係，析論明確，是以《臺灣文藝叢誌》刊登此文，當是期望藉此有助於革新臺灣之小說界；而其中極力推崇「社會小說」的撰寫，更隱然遙應了數年後臺灣小說創作以此爲主流的事實。

㈣引介島外思潮

文學創作既要順應世界潮流以提升國民精神，則創作時應當怎樣進行？又要如何汲取新的世界文明呢？目前的研究者，在肯定新文學家推廣新文學運動時，常會稱讚其人引介西方文明思潮及文藝理論的努力，但實際上，在新舊論戰發生前，甚至在 1920 年具有啓蒙奠基作用的刊物《臺灣青年》之前，舊文人早有翻譯島外作品之舉，茲以「臺灣文社」之關係刊物《臺灣文藝叢誌》爲例，加以說明。

1918 年 10 月，由櫟社同仁林幼春、蔡惠如、陳滄玉、林獻堂、林子瑾……等十二人所倡立的「臺灣文社」，在其設立旨趣中，便強調世界各地距離雖遠，但彼此漸能交通往來，世界已成開放之勢，所以處於當下之人，在學習時要不拘古今、不限東西。[27]因此，隔年元月在其社內刊物《臺灣文藝叢誌》[28]（其間曾改版爲《臺灣文藝旬報》，後又改爲《臺灣文藝叢誌》月刊）出版之後，就常介紹許多外國局勢、西方新文明以及國外文人著作的概況，如第一年第一號有林少英翻譯英國

27 參見〈臺灣文社設立之旨趣〉，同註 3，頁首。

28 關於臺灣文社及《臺灣文藝叢誌》成立、發刊的大致情形，可參見施懿琳，〈臺灣文社初探——以 1919～1923 的《臺灣文藝叢誌》為對象〉，櫟社成立一百週年學術研討會會議論文，2001 年 12 月 8 日。

JOHN・FINNEMORE 的〈德國史略〉、則以譯〈夏目漱石傳〉；第一年第四號林少英譯英人 LUCY・CAZALET 之〈俄國史略〉；第二年第四號有許三郎翻譯德富蘇峰的〈生活之意義〉……等；《臺灣文藝旬報》第十四號載有世英〈太歌爾氏之人生觀與世界觀〉，第十八號河上肇著、楊山木譯〈現代經濟組織之缺陷〉……。

大抵，從《臺灣文藝叢誌》上引介島外思潮看來，內容形形色色，範疇廣泛，是皆有利開拓臺人知識視野，掌握世界脈動，快速吸收西方文明；所以面對其所扮演的啓蒙大眾的「先鋒」角色，陳炘與楊雲萍都給予了正面而肯定之評價。

以上，筆者透過相關史料，勾勒出日治時期臺灣傳統文人在 1895 年至 1924 年新舊文學論戰發生之前，由於西學東漸，現代事物紛起，在新時代的刺激下，傳統文人其實已經對於舊有的文學典律產生一定的反省，他們期許文學內容可以與時俱遷，符合需求，相關改革言論，大致涵蓋詩歌、散文、小說、戲劇等方面，另外也曾借鏡中國文學創作經驗及西洋文學思潮。細繹此一文學歷史軌跡，說明了現代文明引發臺灣傳統知識分子的變革意識，不只是物質文化與精神文化的感受正在改變，臺人生活與思想的變革也影響了文字的表達，而爲求更適切詮釋與時俱變的思想感情與社會生活，文學也必須進行改良；於是，舊文學界所曾出現的各式改革言論，雖然不是一連串集結性、有計畫的鼓吹行動或集體風潮，但隨著相關言論在報章雜誌上的傳播，促使變革意識的擴散與積澱，加上若干文學改良思維，實在具有向「新文學典律」的精神內涵靠攏的傾向，因此即使缺乏「趨新」的口號，卻已然爲未來新文學的興起發展提供了一定程度的現實基礎。

更何況，尚有舊文人公開鼓吹支持新文學運動，如櫟社詩人林子瑾在 1922 年在《臺灣文化叢書》第一號上所發表的〈文化之意義〉一文，以同屬海洋文化的希臘文學作爲臺灣文學的借鏡，呼籲「鄙見於臺灣文藝界，當有一番革新，以改從來古文體爲白話文體，或用羅馬白話字代之，使一般之人容易讀之，又對詩之一藝大爲推進，則臺灣文化受此之助，其向上之勢，當一瀉千里也。……」[29]在新舊文學交替階段，林氏此文頗具意義，代表了舊文人中已經出現有贊成新文學的聲音，林瑞明教授甚至以爲賴和、陳虛谷等第一代臺灣新文學作家，可能曾經受此啓發與影響。[30]因此，倘若用新、舊對立的關係化約看待當時傳統文人面對新文學時的態度，將會疏漏了其間存有的不同聲音與表現。

四、在新與舊之間——過渡時代下的文學創作

誠如上述，面臨時代新局，傳統文人思索著文學的改良之路，陸續提出諸多改革意見；另一方面，在實際創作上，若干作家也自覺地將新知識、新思想融貫於作品中，努力描寫新事物，遂使作品的題材觸及前所未見的面向，書寫範圍也擴大

---

29 文字轉引自林瑞明：《臺灣文學的歷史考察・臺灣新文學運動理論時期之檢討（1920～1923）》（臺北：允晨文化公司，1996 年），頁 11。

30 同上註，頁 12。

了。首先，在語言及文學形式方面，爲了表現新事物與新學理，作品中使用不少新名詞，文學語言更顯通俗易懂；此外也引進、模仿西方文學創作技巧及文類，對舊文學的樣式有所突破，更加豐富文學的表現力。

㈠

例如詩歌方面，李碩卿發表於大正元年（1912）的〈七夕書感〉四首之三：

> 欲將消息問天孫，津漢茫茫了不聞。怪底神仙多束縛，人間尚有自由婚。[31]

詩中描寫牛郎織女礙於銀河，消息兩隔，雖是神仙，束縛反多，倒不如凡人的「自由婚」來得快樂許多；此處，李氏援引新詞彙入詩，意旨清楚明確，人人皆曉。再者，其同期另一首〈七夕戲作〉，也有類似的表達，其云：「世人多羨神仙樂，不識神仙苦更多。……作到神仙不自由，休問姻緣月下老。何如化作並蒂蓮，生生世世藕牽絲。自開自合無拘束，修到蓮花無羨仙。」[32]同樣使用「自由」一語。而更有趣地是，此詩當時獲刊於《臺灣日日新報》，詩後附有小評：「西人云戀愛者，神聖，不羨神仙宜也。然又須關睢樂而不淫，斯無失風人旨趣，不然並蒂蓮即楊白花矣。」品評者在賞鑑該詩時，竟然宕開原

31 詩載《臺灣日日新報》，大正元年 8 月 28 日，第 4399 號。
32 同上註。

先詩中李碩卿透過自由婚而認可凡人較牛郎織女幸福的論點，天外飛來一筆地藉由西洋所謂「戀愛者，神聖」此一新思想，去強化證成凡人不必羨慕神仙的必然性，可見時人已經深受新文明觀念之濡染。

新名詞之外，新事物也成為文人筆下書寫的對象，如明治三十五年（1902），林幼春作〈聽留聲機器歌即贈沈生〉，詩云：

> 山堂夜悄燈光沈，萬籟閉寂秋天陰。忽驚雷雨破空至，哀絃急管喧繁音。……乃知奇器奪造化，可以悅耳開吾心。吾聞泰西良匠鬼工似，火車電線窮討探。傳神之具亦無匹，此器並駕誠何慚。機關轉動百巧集，能使我輩聲情酣。嗟嗟沈生汝勿耽，區區細物何足談。……[33]

詩中描寫座中賓客乍聽留聲機器歌時的吃驚與震撼，貼切傳達奇器巧聲惑人之深，可惜末尾期勉勸誡沈生不可耽溺其中，仍是舊有格調。又如明治三十九年（1906），日本在臺發行彩票，詩人旋即以此為題，黃砥臣〈彩票〉便云：「多多厚福逼人來，彩票籤筒及第魁。我輩應知為善寶，命須常養得天財。」[34]詩意依然不脫積德者自然有財的傳統思維，但詩題卻富饒新色彩。再如，大正二年（1913），瀛社秋季吟會的擊缽詩題〈無線電〉，與會者顏雲年有云：「無聲無影勢奔雷，消息

33 詩見林幼春：《南強詩集》（臺北：龍文出版社，1992 年），頁 11。
34 詩載《臺灣日日新報》，明治 39 年 9 月 19 日，第 2518 號。

萬端去又回。萬里好音何處認，天機奪得此中來。」[35]詩中刻劃無線電傳播之快速，表現時人對於此一新事物的驚異；而相較瀛社，臺中櫟社的詩會活動有著更多此種「新題詩」[36]的寫作，從傅錫祺編撰之《櫟社沿革志略》看來，自大正二年（1913）至大正十三年（1924），至少出現過〈眼鏡〉、〈噴水池〉、〈汽車〉、〈電燈〉、〈空氣枕〉、〈華盛頓〉、〈演說〉……等爲櫟社詩人創作發揮的新題材。他如徵詩之作也有新題，大正七年（1918）周維金便以〈國民性〉爲題，展開全臺詩鐘徵詩活動，張息六以：「當時漢族稱仁義，此日歐風講富強。」[37]符合時代義涵的佳作，獲得入選。

那麼，詩界何以會出現這些新題詩或富新思維的作品，西學東漸的刺激固然是主要動力，但晚清新題詩的影響，也不容小覷，前述《臺灣文藝叢誌》在刊載中國文學作品上，便特別分期登出晚清詩界革命的大將黃遵憲《人境廬詩草》、丘逢甲《嶺雲海日樓詩鈔》的詩稿，不無特加措意於此之故。

再者，隨著時代變化，詩歌的文字也愈顯通俗，究其原因，除了新名詞的引用外，爲求作品能爲更多群眾所認知，也是促使創作文字日益淺近的關鍵。大正十年（1921），《臺灣日日新報》刊登黃錫祉〈訓蒙集格言〉，作品前面附有報社編者的相關文字說明，他提到：「近來思想界之民眾化，漸影響於

---

35 詩載《臺灣日日新報》，大正 2 年 10 月 14 日，第 4797 號。

36 「新題詩」的說法源自日本，指的是以來自西方的新事物為歌詠對象的詩作，晚清中國也有為數不少的此類作品，參見夏曉虹：《晚清社會與文化》（武漢：湖北教育出版社，2001 年），頁 151。

37 參見《臺灣日日新報》，大正 7 年 11 月 30 日，第 6626 號。

文學界一般，其體制務取通俗淺近而易曉者，如支那之白話文，是其一例。是篇來自新竹，中有可採者，茲爲介紹如左。」透過此段文字，吾人可以得知當時思想界的革新，促使創作者明白致力文學大眾化的重要性，爲求啓蒙百姓，文字開始趨於平易；同時期，中國「白話文」的成果也爲臺人所獲悉，並成爲可以提供取徑效法的對象。但，如何使傳統文學承擔啓蒙大眾的任務？又如何能吸納參酌中國「白話文」的書寫方式呢？黃錫祉〈訓蒙集格言〉或許正是此一構想的實驗品，其作如下：

> 訓蒙集格言，先勸及童子。始基雖至微，成器常在此。勸告大方家，莫鄙無文字。移淺漸入深，勿譏為俗語。……幼兒初學食，最宜學好欵。飯粒勿亂丟，食完勿鎮碗。食飯食無完，常常留碗底。作客別人家，此欵真羞恥。……見人食物時，走開急急避。目若金金相，將成流涎意。此款野形容，真真不成器。……食物宜細哺，方能知味素。……欲食細細吞，咽喉免燒著。為人父與母，幼兒教好樣。……幼叫父母名，父母失教示。……稱呼有大小，自幼教呼慣。開口罵人母，口頭語真輸。對口罵恁娘，一句還一句。出言罵人母，嘴斗真無取。……粗嘴野斗人，此事惡鄉例。凡下大小便，說放尿放屎。教示語言粗，此話真不美。……兒童當初學，最重是認字。……毛髮宜常梳，身體宜常浴。臨床勿當風，感冒病不著。坐椅宜端正，亂搖禮不該。……戲耍惡作劇，出手便有損。變面打與爭，性命真不穩。……雜事既然多，如何可辦理。……

事欲至周詳，設立日記簿。巨細往與來，日記自不誤。……勤可以補拙，儉可以養廉。能勤當能儉，成家此兩兼。人間有萬事，任集難完處。善惡認分明，善行惡當除。訓蒙集近百，格言當心得。幸勿鄙無文，讀解誠有益。成書計百章，出臺灣新竹。作者是何人，黃錫祉編錄。[38]

這篇五言的長篇詩作，專為啓蒙兒童而寫，由少而長，生活諸事，大小一一敘及，文從字順，老嫗能解，內容具有強烈教化作用，尤其大量引用臺灣話文入詩，如「鎮碗」、「金金相」、「味素」、「燒著」、「教呼慣」……等，甚能顯見臺灣傳統詩人在順應新時代潮流中進行文學改造的用心。

㈡

詩歌之外，散文的創作，也出現了新樣貌，新題目與新思維，甚至白話的文字，時或可見於散文作品中。

如新竹文人陳福全發表於大正五年（1916）十二月的〈改用陽曆論〉，其文論及：

世界各國年曆，大概分為兩種，一以月繞地球十二周圍一年，是以太陰為方針者，號曰陰曆；一以地球繞太陽一週

38 作品載於《臺灣日日新報》，大正 10 年 11 月 16 日，第 7708 號；大正 10 年 11 月 25 日，第 7717 號；大正 10 年 11 月 28 日，第 7720 號。

> 者為一年，是以太陽為定準，稱為陽曆。就此陰陽二例而論，大有奇妙之狀態，特別之理想。查考月亮繞地球，地球繞太陽，雖為兩種之日期，仍有畸零不盡之時刻。月亮繞地球，約得二十九日十二點鐘四十四分二秒零百分之八十也，若定每月之日數，不得不先置零用整。……所以陰曆三年加閏一個月，還有不完之時刻，五年在閏。……據此而論，陰曆閏月，陽曆閏日，而陰曆被月纏所拘，難與太陽相吻合，……各種不便，均由此間而生也。但陽曆所關於全年二十四節氣，正合周天三百六十五度也，……就此而論，陽曆亦利便於耕種、商業編制預算、政治上教育上，更有密切之關係，並得官民之融通，切盼臺灣紳商，各界人士，極力棄絕陰曆，一律改用陽曆，以沐文明之餘澤，而作維新之先達。[39]

文章從陰曆與陽曆兩面析論，分別說明兩種曆法之所由來及其時間計算方式，最後歸結出陽曆較便利於現代社會。通篇作品不同於舊時的論說體文字，不僅題目具有時代意義，內容也展現出作者的天文知識，甚至行文間多所使用白話，遠較 1920 年代才興起的白話文運動更是早了數年。而值得再予強調的是，陳福全此等具有新樣貌的文章，非僅止於此，在 1924 年以前至少還有〈晝夜里差正日論〉、〈陽曆四季之區分法與溫度關係錄〉、〈原時〉等篇。

39 參見陳福全〈改用陽曆論〉，文載《臺灣日日新報》，大正 5 年 12 月 2 日，第 5898 號。

其次，與陳福全有同鄉之誼的周維金，也有近似的作品，如其於大正四年（1915）所刊載的〈精神修養論〉一文云：

> 且夫吾人生斯世，乃表現其超絕心靈，其間有思想構成力及機關編成力二款之大作用。夫思想構成之結果，謂之精神；至於機關編成之結果，即謂之身體。其身體及精神，全然不離，其結果之關係，自然之理也。然其精神狀態快闊之時，身體自然健康，故吾人之身心，乃是一體之結合，設其分界畫線，然不可使其區別，凡吾人或笑或泣之狀態，實乃身心相關，有不可思議之巧妙。就此關係而論之，雖與動物一般，然相關的生活之發揮，是人道也，故其身心，可以自覺而謀其健全也。……[40]

本文原文甚長，《臺灣日日新報》曾經分爲多次刊載，大抵周氏主張身體涵蓋身心兩大部分，而屬於心理層面的精神修養尤其重要，不僅關係到個人身體健康，也攸關國民性之養成，所以進一步呼籲眾人努力提升精神修養。而在論及國民性的養成時，1918 年周維金更撰有〈涵養國民性之論說〉揭於報端，文中特別言及：

> ……學成然後國民有獨具之特質，自能立於世界，上自道德法律，下至風俗習慣，文學美術，皆有一種獨立之精神。祖父傳之，子孫繼之，成為一團體，於是國家藉人民

---

40 本文載於《臺灣日日新報》，大正 4 年 2 月 7 日，第 5258 號。

> 以成體，而成強國也。人無團體，其國必亡，故欲以國家為強者，必須有自尊之精神，然後可以並立於世界。不然，方他世界，乃是競爭之世界，弱肉強食，則將有他團焉自外而侵之，壓之奪之，則失個人之自由也，終為人之奴隸。甚矣！人性之弱也。故國家欲自強，必須養成一般之人物，可以成其一國民之資格也。[41]

文中剖析學習與否影響人之性格甚巨，所以人人均需向學，而一旦學成，便有獨立精神特質，成其爲國民性格，此爲國家強盛之根本。

藉由上述兩篇文字，不難發現周維金意欲透過其作，傳播文明知識於大眾的用心；而其他寫於 1916 年至 1918 年間的〈經濟論〉、〈宗教略談〉、〈常識論〉諸文，意義亦不外乎此。可見此一時期的漢文創作，已隱然承擔起新、舊過渡時代中啓蒙大眾的重任。

事實上，不只是上列散文創作具有新精神，陳福全在新舊文學論戰中面對張我軍大力提倡白話文時，更以「……我臺人，宜用言文一致體，如各報紙之記事，簡而單淺而明，豈不勝於白話文之魯魯蘇蘇煩人尋味也」[42]，加以反駁；透過其人言論，可知在時人眼中，當時的報紙記事，也早已採用言文一致、簡單淺明的文字，迥異明鄭以來傳統文言文的書寫表達形

---

41 本文載於《臺灣日日新報》，大正 7 年 9 月 28 日，第 6563 號。

42 參見陳福全〈白話文適用於臺灣否〉，文載《臺灣日日新報》，大正 14 年 7 月 17 日，第 9047 號。

構了。而陳氏於此，更強調此種文字的書寫，較之中國白話文尤其簡潔扼要，不難想見傳統文章界革新有成。

㈢

日治時期，臺人創作小說的風氣蔚然興起，「臺灣文社」附屬機關刊物《臺灣文藝叢誌》便設有小說一欄，署名拋磚、陶仙、梅癡……等，曾先後撰稿發表。如雜誌第一號（1919）上，「拋磚」撰有節烈小說〈筑前正孃〉，作品描寫日本筑前博多赤間村之女子正孃堅守節烈不事二夫之故事，內容與一般舊式小說陳述傳統烈女事蹟情節相近，文字亦採文言爲之，倘乏新意，但通篇出現日本地名及人名，並以此爲創作背景，可見創作視野的力圖突破；又如雜誌第三年第七號，載君珊所撰小說〈破鏡重圓〉，以西人來弗魁馬汀夫婦爲故事主角，描寫其婦與前夫破鏡重圓的故事，小說出現紐芳德蘭、非洲……等外國地名，西人日常食用麵包、果汁及在咖啡肆小飲的飲食習慣，並凸顯牧師在西人社會的重要地位，如此頗具西化色彩的書寫，在全篇傳統文言文語調的敘述模式中，更加顯露新舊雜陳過渡時代作品的特徵。

除了日本、西方的地理景物、人情故事，逐漸爲臺人所注意而轉化爲小說材料外，晚清與中國的種種事蹟，也是作者筆下發揮的題材，例如發行於大正十年（1921）八月的《臺灣文藝叢誌》第三年第八號，有「民哀」者採擇晚清軼聞而撰寫成〈虎賁中郎〉小說，內容敘述江南女子陸碧紅嫁給新科狀元曾源的傳奇故事；而第五年第三號上，署名「明道」者，則是參考當時中國軍閥粵軍、桂軍爭鋒於惠州的軼情，撰寫〈情彈〉

一文，刻劃孝女許懿姑不幸喪命桂軍敵匪之手，文中藉由此一明慧女子的香消玉殞，強烈諷刺批判桂軍之不仁，書寫技巧雖然仍顯拙澀，但不乏藉小說以批判時局之意。

從以上《臺灣文藝叢誌》中經常出現小說創作欄看來，小說的寫作在當時應是日益獲得世人的重視，所以在日漸增多的小說創作中，也有以此而名家者，「臺灣日日新報社」的記者李逸濤便是佼佼者之一，作品極受讀者歡迎，可惜遺稿在生前就有散軼情形。[43]此外，同屬《臺灣日日新報》記者之魏清德，向來雖以詩名，但其實也有多篇小說作品刊登於該報上，目前可見自大正五年（1916）至大正十一年（1922）間，至少發表了〈是誰之過歟〉、〈金龍祠〉、〈飛加當〉、〈傾國恨〉、〈還珠記〉、〈吾過矣〉、〈人面瘡〉、〈天一和尚〉、〈鏡中人影〉……等篇。值得一提的是，這些小說作品，若干頗具新意，已有新式小說的味道，且作品篇幅甚長，如〈是誰之過歟〉共計連載四十九回，時間自大正五年（1916）九月四日至大正五年（1916）十一月十五日止；〈金龍祠〉一文，則自大正六年（1917）五月五日開始連載，刊至大正六年（1917）七月二十九日，共有五十四回；〈傾國恨〉更自大正六年（1917）九月十九日載至大正七年（1918）三月十五日止，長達八十八回。

觀察魏氏在報上所發表[44]的小說作品，率皆取材於日本或西方國家故事，如〈吾過矣〉記一巴黎百貨店女子愛雲艱辛尋

---

43 參見「廣徵李氏遺稿」訊息，文載《臺灣日日新報》，大正 13 年 1 月 23 日，第 8506 號。雖然如此，其實《臺灣日日新報》上仍然可以看到李氏頗多的小說作品，有待蒐羅爬梳。

44 從目前各篇小說內容看來，究係翻譯或創作而得，筆者尚難斷定。

父的驚險歷程，並且機靈用計卒使其父幡然改過的故事；〈飛加當〉則描寫一善於忍術的伊賀國人加藤段藏，以奇術投靠上杉謙信公及武田信玄公，卻因爲人凶殘冷酷，終被擊殺身亡的故事，內容刻劃日本忍術之奧妙，令人炫目，不過作品末尾，魏氏自道：「是事頗與唐書所載之崑崙奴，同一離奇詭異，崑崙奴以椎椎殺孟海之犬，飛加當以藥藥殺村雨之犬，更相彷彿，然崑崙奴俠也，飛加當詐也。觀其逞一時之小忿，幻殺八助，是其爲人忍心殘刻，不待有狼眼狐顧之相，而始能誅殺其身云。」[45]頗有藉此寄託教化人心的社會作用。

而在作品類型上，除了〈還珠記〉直接標示爲偵探小說，〈傾國恨〉亦涉及偵探辦案之情節，作品的娛樂性極爲突出，流露作品商品化、通俗化的色彩；〈金龍祠〉則以日本女子秀雲的一生爲故事骨幹，敘述維新時代下人心機僞巧詐的面向，描寫世情之餘，也夾敘政治議題，展現新時代小說的興味；〈是誰之過歟〉係以探究罪犯涉案之動機、心理爲主旨，且大量描摹偵探辦案之經過，亦可歸諸於偵探小說，而小說內多次介紹毛須藤因辦案所需而研發的新式科學儀器，頗有反映新學的作用。

此時期的小說，究竟展現出何種新樣貌呢？茲以魏氏發表於 1916 年的〈是誰之過歟〉爲例，加以說明。首先，從〈是誰之過歟〉前所附緒言，可以得知本篇小說的創作殆受法治風潮影響而發，魏氏觀察到當今十九世紀之半，歐洲已進化爲法

---

45 參見魏潤菴〈飛加當〉，文載《臺灣日日新報》，大正 6 年 9 月 14 日，第 6184 號。

治國家，治理社會的原則講究公正不阿，勿枉勿縱，因此連帶對於嫌疑罪犯的調查，也力避嚴重拷問的弊風，以求符合憲政自由，且進一步以探索犯罪者的動機、心理爲務；但同時，犯罪者的手法也日新月異，辦案者必須各方考究鑽研，才能瞭解犯罪者的種種行徑，就在這樣的背景下，此篇小說的設計，魏氏以爲：

> 是篇者說，變幻離奇，一犯罪之檢舉，絞盡學小腦漿；一囚徒之搜捕，窮極老吏手腕，而其結果，恆常出人意外。嗟夫！使無學之徒粗心而忍性者，擔當其事，夫何有於水落石出之一日哉？是作即名以「黑箱記」亦可。然名之以「是誰之過歟」者，正所以昭犯罪動機不同。作者之微意，在乎其間者也。[46]

通篇正從兩面著墨，既寫辦案者抽絲剝繭，鬥智鬥力；復寫犯罪者機心巧詐，犯案手法多變，兩相較勁，情節起伏，波瀾萬重。而小說內容也朝此二方向發展，故事從英人蘆部公爵之女「遂願」頸飾失竊及因之喪命寫起，專攻犯罪學的學者毛須藤應邀前來調查，在運用催眠方法後，查得嫌疑犯葛爾八，但葛爾八在押解途中潛逃，後又牽連多樁命案，逼使警方陸續動用各式科學儀器協助偵測，最後發現一連串命案的幕後操縱者乃公爵之弟蘆部博士，在真相大白後，「蘆部博士以萬年筆之筆尖，刺破其胸，鮮血迸出，比與青色之洋墨接觸混合，變紅色

46 文載《臺灣日日新報》，大正 5 年 9 月 4 日，第 5813 號。

而爲紫色。博士曰是即蠻爾頓船中所置之毒也。……」。自殺身亡，奇案終告偵破。但，蘆部博士的犯罪動機爲何？小說以如下文字作結：

> 當今歐洲學說，盛倡半獸主義，曰精神文明，肉體野獸。論今茲歐戰，殺人如麻，精神上亦野獸也。蘆部博士，係理學界泰斗，一旦為類人猿所齧，不免變成類人猿野性，於可類推。昔達爾文論猿為人類進化之祖，方今開化諸國，口文明而心時時發現類人猿之本性者，見於時事，見於侵略……，豈獨一蘆部博士乎？謂上帝仁乎？何故使善者易趨而為惡，惡者難改而為善。世界開明，戰爭之禍愈烈，若蘆部氏，本博士學識，而遂行類人猿手段，人將無可如之何也？嗚呼！是誰之過歟？

蘆部博士因爲被具有野性的類人猿所咬，所以出現野獸般的行爲，因此犯案累累。從上看來，本篇小說本在思考人性的根本，但也藉之譴責歐戰的暴力本質，更以半獸之人蘆部博士影射歐洲開化國家，在東洋與西洋較勁的年代，這篇小說作品顯然具有強烈諷刺意涵。

另外，值得再予說明的是，這篇小說，根據前引魏清德緒言末尾所述「作者之微意，在乎其間者」來看，原作者似非魏清德本人，殆一翻譯作品，但以上作品，不論就其思想主旨，內容架構，或情節安排，人物心理，表現方式，皆具新意，對於當時的讀者或創作者而言，應有開智啓慧的作用，得使臺人視野更形開闊。

以上，有關過渡時代的臺灣小說，至少有如下特點：其一，從《臺灣文藝叢誌》及《臺灣日日新報》上的若干作品看來，可以發現〈筑前正孃〉、〈破鏡重圓〉、〈虎賁中郎〉、〈情彈〉、〈金龍祠〉、〈傾國恨〉、〈吾過矣〉……等多以女性爲主要人物，內容藉由婦女不同際遇的書寫，探討各類社會問題，或陳女性貞節之可貴，或述維新社會中婦女貪慕虛榮而肇禍，或論女性婚姻之自主權，或述家庭中女性處境問題，足見作家對於婦女地位的重視。其次，在《臺灣日日新報》上刊載的作品，大抵屬於連載型的小說，且其中頗多可歸類於偵探小說，顯然承擔著娛樂大眾的功能，但在這些受到時人極大注意與興趣的通俗性作品，卻也同時具有啓蒙大眾的精神因素，確立了教育讀者的任務，而有著其不容忽視的進步觀點。

五、遲到的臺灣新文學

1895 年後，若干臺灣傳統文人爲求肆應新局，誠如前述，在思想與文學上，曾經出現革新的想法與改良活動，也因此在傳統文學的河流中，其實醞釀著一道向「新」邁進的伏流，但何以臺灣新文學典律的萌芽要待 1920 年後，而其得以確立地位進與舊文學相頡頏，更要至 1924 年新舊文學論戰爆發以後呢？且日治時期的臺灣，由於與日本、中國的特殊關係，因此中、日兩國文學改良運動在傳播媒體或其他交流管道中，都極可能影響臺灣，但臺灣新文學爲何姍姍來遲？難道臺灣人不知道中、日兩國歷年來文學界的改變嗎？1924 年 11 月，張我軍在〈糟糕的臺灣文學界〉中言及：

> 像臺灣那般小小的島，而且幼稚的文學界，不知自行革新也罷了。但這幾十年來，日本文學界猛戰的炮聲，和這七、八年來，中國文學界的呼吼，都不能打動這挾在其間的小島，欲說其是已麻木也太可憐了！……[47]

在張氏的想法，其個人也以爲臺灣夾於中、日兩國之間，理當受到兩國文學的刺激影響，進而改變臺灣文學的創作模式。而事實呢？

從日本與臺灣的關係看來，殖民教育體制中的若干教學活動或教科書的教材，或市上販售相關日本讀物，不乏提供臺人接觸帝國近代文學作品或新文學觀念的機會，而如此的背景其實有利營造新文學的生存空間。且在學校之外，報刊傳媒也曾登載當時日人的「言文一致」體作品，如明治三十二年（1899），「西南生」（安參永）於《臺灣日日新報》上發表在臺從事地理勘查的心得；明治三十三年（1900）則連續數月刊載館森鴻前往中國大陸旅遊的遊記作品〈模山範水〉；佐倉達山在明治四十三年（1910）發表的〈十五年前の夢〉亦採相近文體創作；《臺灣文藝叢誌》更在創刊首號就出現「則以氏」所譯述的〈夏目漱石傳〉，專文介紹日本近代文學這位重要大家，如此可知臺人多少已經知悉日本明治維新以後的近代文學階段。當然，由於語文轉換的關係，臺人要在日治之後，迅速學習日文並借鏡取效日本近代文學，從事文學創作，洵非易

---

47 參見張我軍〈糟糕的臺灣文學界〉，文見張光正編：《張我軍全集》（北京：臺海出版社，2000年），頁6。

事，但至遲在 1920 年代，臺灣已被統治三十餘年，何以日文新文學的作品仍寥寥無幾呢？

另外，在中國方面，晚清文學改良思潮，臺人當也不致陌生，尤其 1911 年，文學改革運動中最具影響力的活動家梁啓超來臺，自然更加利於傳播其人推動各種文學革命的事蹟。又，若干具有中國遊歷經驗者，也能掌握大陸文壇訊息，如 1915 年 9 月，時任《臺灣日日新報》記者，也是臺北瀛社重要社員的魏清德，轉往福建《閩報》任職，次年發表〈旅閩雜感〉以誌所得，其中言及當時閩省文學的情形：

> 閩省文學分新舊兩派，……大抵年少人士攻新學者，類多於固有國粹，文義鮮通，而罷官去職一班不得志之徒黨，顧影自穢，甚至以作詩為莫大之恥辱者，同一新聞紙上論據，與其尊堯而述舜，不如談美而稱歐，號稱進步優為讀者所稱誦焉。……厠聞國家民族之隆替，關於文運之盛衰。……支那交通不便，其語言未能統一，例如榕垣省會之用語，與閩省地方用語不同，文字雖不普及，舉國通用，文字者有形無聲之語言也，文字為世界的應時勢之要求，則國民思想亦世界的應時勢之要求，文字卑鄙頭巾則國民思想亦卑鄙頭巾，龍門百斛鼎，筆力可獨扛，惟大文豪為能積健為雄，與文字革命之師，作輿論之指歸者，又其誰乎？蓋改良支那目下之急務也。[48]

48 參見潤庵生〈旅閩雜感〉十三，文載《臺灣日日新報》，大正 5 年 2 月 16 日，第 5617 號。

此篇文章發表在 1917 年中國白話文運動爆發之前，故魏氏所謂新、舊二派之分，其實應指晚清以來至民初的文壇狀況；如此，透過本文所述，顯然臺人對於胡適推動的白話文運動興起以前的中國文壇脈動，亦甚知曉。至於新中國白話文運動的梗概，從 1920 年 7 月起陳炘、黃朝琴、陳端明、黃呈聰……等人陸續發表鼓吹白話文的言論，臺人業已有所掌握；而在此之前，報端亦間有介紹文字，如「守舊」在大正九年（1920）四月四日所撰〈詞章界之惡化〉，便對當時中國文壇表現有所說明：

> 支那詞章界之論法，其妙處至不能增減一字。嗚乎！諒矣！輓近士趨末學汲汲功利，於詞章一途，少有用心之者，故日流於卑鄙。近觀支那文化，其運動之新潮，厥有種種：一有以西國之文字直譯者，……。二有主張雜用羅馬字者，……。三有主張製造新字者，……。四主張用白話字者，……。[49]

文中對於中國詞章界的新潮流十分熟悉，且清楚指出文字改革的四種方式。

因此，綜上所言，1895 至 1924 年的臺灣，其實已曾聽聞或接觸日本、中國文學改良運動及付諸實踐創作的相關概況，然而何以臺灣新文學的起步會如此之晚呢？又，在本文前述舊

49 參見「守舊」所撰〈詞章界之惡化〉，文載《臺灣日日新報》，大正9年4月4日，第7117號。

文學界的一番文學改良活動後，何以不能迅速承接日本或中國的新文學觀念及創作成果而使新文學蔚然成風呢？

1923 年，署名「超今」在〈田總督訪問記〉，曾經以辦理白話漢文報一事訪問田健治郎總督，結果獲得的答案如下：

> 若要普及民智啟發文化，實在很好，我現時也買上海廈門各地中國的新聞，看他們近來的論說都用白話，算是較前大大進步了。……要啟發民智，用這種方法很不錯。從前我曾對臺灣的漢學者說，你們何故不用像中國現在流行的白話呢？他們答說中國因為土地太大，各有各的鄉音，所以他們寫的我們也看不清楚，我們寫的他們也難懂。這話都也有理，我平時最喜看水滸傳，像這樣的白話我都可以明白，但是若加土音我就沒法子了！……[50]

由此段訪問稿，可見日本官方並未阻擋臺灣使用中國白話文，阻力來源反倒出自臺灣傳統文人，而反對理由則是因爲白話文係以中國鄉音爲語言基礎，臺人聽不懂，既成書寫文字後也無法看懂。原來，臺灣新文學之所以遲到的因素，問題關鍵仍在傳統文人身上。

然而，回溯本文前述重點，傳統文人既能迎接時代新局進行文學改良活動及新題目、新思想的創作，爲何這股追求新變的動力，仍然不足以鼓動舊文人勇於早早迎接新文學的到來或

---

50 參見超今〈田總督訪問記〉，文載《臺灣民報》，大正 12 年 4 月 15 日，第壹號，頁 12。

接納新的文學典律呢？除了白話文語言基礎的問題難獲普遍認同外，是否尚有其他緣故呢？

從日治初期的臺灣文壇看來，雖然當時日本早已步入近代文學的軌道，但來臺治理殖民事務的日官，反倒是頗多具有漢學背景，善寫漢詩者，在治理政策的考量下，日本並未貿然強勢引介帝國的近代文學來臺，而是刻意沿用漢文、漢詩以與臺人交流，如此倒使臺灣傳統漢文學的發展不致中輟，也間接排除了日文書寫系統早日形成的可能，連帶影響 1924 年爆發的臺灣新舊文學論戰將只是漢文新、舊文學間的抗衡對立，日文新文學則未捲入。而在臺人心中，漢詩不廢，則文化傳統得以延續，且又能與日本大和文化／文學產生區隔不被同化，對於臺人而言自是最爲期待的美事。

1896 年後，日本官員便時常藉著漢詩此一文學媒介，進行官紳薈萃、雅集交際，或徵詩交流、彼此唱酬，水野遵、土居香國、加藤重任、黑江蛟曾在龍山寺舉行的「觀月雅會」；1899 年，第四任總督兒玉源太郎在「南菜園」邀宴詩人；1905 年，民政長官後藤新平官邸「蔦松閣」落成，對外徵詩，與臺人吟和；1921 年時，田健治郎總督則與臺灣詩人茶敘賦詩，並結集出版……等。是以日人的種種表現，不僅化解割臺之際，傳統文人對於漢文學存滅處境的憂慮，其後，也因日人舉措而愈加肯定漢詩不敗的地位，鞏固舊文人在社會所享有的殊榮身份及舊文學在臺灣文壇的地位，這樣一來，無疑提供了舊文學一個持續穩定成長的空間結構。[51]於是，在日人統

51 以上所述，有關日人與臺人以漢詩溝通交流的情形及其背後的文化

治下的社會，設法維持舊文學的地位於不墜，也就可能隱含了文學傳統的擁護、文化命脈的延續、國族認同的堅持、社會地位的確立等多重意義了。

如此一來，由於日本來臺官員或文人的選擇漢詩/漢文爲文壇交流之主要媒介，臺灣在日治初期就已經再度確立了過往以傳統舊文學爲主的文學社會型態，因此 1895 年至 1924 年間臺人曾經提議或實施的文學改良活動，其改革的主體仍然不脫離以舊文學爲思考中心，亦即所有的改革雖然有爲新文學暖身的催化作用，但當時改革者的一切思維大多是因舊文學而發生、發聲的。所以，臺灣在此過渡時代的文學改良運動，其在本質上，既是植根於舊文學之上，則其開花結果，也必然是從屬於舊文學本身，任何「形變」或「質變」也以不脫離舊文學的典律爲依歸，是以儘管此期有關文學觀念或創作的改革變化，已漸漸趨向新文學，有利新文學的到來，但在現實世界中，諸多舊文人之視新文學典律仍是「異質」（一種接近西洋文學而非孕育自臺灣原生文學傳統的產物），甚至格格不入。因而，1895 至 1924 年間，舊文學嘗試改革這股新變的力量，雖使傳統文學釋放出一種向新文學過渡轉化的可能元素，但其內在本身也同時存有日後抗拒排斥新文學的必然因子，而一旦新文學出現，兩造之間引發對立自是無可避免。

除了上述舊文人／舊文學本身內部潛藏著既「迎新」卻又「抗新」的矛盾性文學結構外，當時外在環境的社會氛圍，也

／文學意義，參見拙文〈日治時代臺灣詩社林立的社會考察〉，文載《臺灣風物》47 卷 3 期（1992 年 9 月 30 日）。

使舊文人／舊文學倍感威脅。因爲新時代下，新學興盛，導致以傳承漢文化爲主的漢學不振；西風東漸，西洋文化駸駸日上，影響固有人倫道德，動搖傳統文化的根本所繫，諸多傳統文人對漢學前途憂心忡忡；但新興的「新文學」卻與新學、西洋文化有著密切相依的關係，致使舊文人在看待新文學時不免有所疑慮，直至引發衝突。關於此點，筆者已於本文第二節第三項「西洋文明 VS 東洋文明」中提及，茲不贅述。[52]

於是，觀察 1895 年至 1924 年間的舊文學界，將會發現，在前述多重複雜的文化、社會背景因素下，臺灣傳統文人在過渡時代所進行的文學改良與革新活動，既有其承接轉化新文學的可能軌跡，但卻也同時存在著不得不捍衛舊文學本位的必然機制，在「迎新」與「守舊」兩股力量的拉扯、衝撞下，這種緊張關係，影響了臺灣新文學萌生、茁壯的時機，因此勢必要到 1924 年張我軍點燃新舊文學論戰，全力向舊文學展開砲轟與攻擊後，才能再度召喚或凝聚舊文學界中向新文學靠攏的潛在力量，以及獲致更多認同新文學的新生代聲音，進而匯集創造出「新文學」的生命洪流，奮力向前奔瀉而去，汩汩不絕，至此才宣告臺灣漢文新文學時代的真正來臨。而一旦新文學創作環境被形塑成功，繼漢文新文學之後，日治初期以來一直未獲熱烈耕耘的日文新文學，也將在 1930 年代後受到更多矚目而逐漸大放異彩。

---

52 此外，對此議題，筆者也曾有專文加以討論，詳參拙文〈對立與協力：日治時期臺灣新舊文學論戰中傳統文人的典律反省與文化思維〉，文載《臺灣文學學報》第 4 期（臺北：政治大學中文系，2003 年 8 月）。

六、結語

本文的撰寫，旨於省思當前臺灣文學史中「新舊文學對立」的史觀，並在此一問題意識的基礎上，進一步探究臺灣舊文學與新文學間的辯證關係。究竟文學的發展，其間有無傳統的生機滋養？還是必須通過與傳統的斷裂，才能獲致實現的可能呢？而倘若傳統文學可爲新文學的養分，又何以會爆發新舊文學間的對立衝突，而非包容與交融呢？

在探索過程中，筆者首先挖掘歷來論及臺灣新文學的興起時，鮮少留心過的舊文人／舊文學在新時代來臨時嘗試改變的革新進程，並注意到在此進程裡，傳統文人不管是對小說、戲劇教化功能的重視，或是進行詩界改革，或提議散文文字通俗化，實際都指涉出舊文人對於傳統文學已然誕生一種「新眼光」，此刻的舊文人在看待傳統文學時，著實有了不同以往的新情感意向與新自覺姿態；這樣的表現內化在創作過程中，必然有利文學新樣貌的形構，則臺灣舊文學到新文學間，無寧有著銜承轉化的可能。然而，在現實環境中，由於社會、政治、文化等因素的宰制，傳統文學又有其鞏固中心主流地位的必要，因此一旦面對新文學的出現，文學生態環境丕變的憂慮，也使兩造間產生對峙的緊張關係，使得原本可能存有的「連續」發展關係，也爲之「中斷」，而看似「維新」的文學進程卒至蒙上一層「守舊」的外衣。於是，這段過渡時代的文學歷史，顯得波瀾起伏，充滿對話張力，其所具有的文學義涵，更加耐人尋思。

再者，本文探討過渡時代中舊文學的改革進程時，曾經指出其關鍵動力乃源於時代新變，故此革新進程亦可視之爲臺灣傳統文人追求「現代性」的圖像縮影。而從文中所述，我們嘗試勾勒臺灣舊文人與世界接觸時的心境與處境，發現多數舊文人對於西方物質文明充滿魅惑，且在西風東漸中，逐漸體會到新學／西學與舊學／漢學不容偏廢，但洎自感受到西洋精神文明滲透傳統文化核心，導致臺灣社會倫理關係崩壞、固有道德淪喪，以及文化價值取向出現危機時，若干舊文人選擇「重構傳統」，以批判西洋文化或賦予傳統新義的方式，爲捍衛東洋文化而發聲，呈顯出傳統文人在迎接現代化社會時多變的思想內容。至於，在美學與文學領域中的「現代性」，將會給臺灣過渡時代中的文學創作或翻譯作品留下何等烙印，臺灣作品如何書寫「現代性」，對「現代性」的指涉概念如何呈顯？這一切是本文力有未逮處，而將於未來再作探析。

臺灣漢人民俗風情畫

賴惠川《悶紅墨屑》「竹枝詞」選析

❖吳福助

臺灣南投竹山鎮人。東海大學中文系學士，中國文化大學中文所碩士。曾任東海大學中文系講師、副教授、教授，兼系主任。現專任東海中文系教授。曾主持策劃該系「臺灣文學中的歷史經驗」、「臺灣古典文學與文獻」、「明清時期的臺灣傳統文學」、「日治時期臺灣傳統文學」、「臺灣自然生態文學」學術研討會。著有《史漢關係》(文史哲)、《史記解題》(國家)、《漢書採錄西漢文章探討》(文津)、《秦始皇刻石考》(文史哲)、《睡虎地秦簡論考》(文津)、《臺灣漢語傳統文學書目》(文津)等書，論文數十篇。目前參與《全臺詩》編校計畫，主持《臺灣「割讓」、「光復」文學文獻資料匯編與比較研究》計畫。

賴惠川（1887～1920），本名尙義，以字行，別署「悶紅老人」，臺灣嘉義人，是日治至戰後嘉義地區頗負盛名的漢語傳統文學詩人。著有《悶紅館全集》，包括下列八部集子：

⑴《悶紅小草》，1950 年出版，收錄 965 首詩。

⑵《悶紅詞草》，1950 年出版，收錄 174 首詞。

⑶《悶紅墨屑》，1957 年出版，收錄 842 首竹枝詞。

⑷《悶紅墨瀋》，1958 年出版，收錄 100 首曲。

⑸《悶紅墨餘》，1959 年出版，收錄 743 首詩。

⑹《悶紅墨滴》，1959 年出版，收錄 190 首七絕。

⑺《增註悶紅詠物詩》，1960 年出版，收錄 640 首詠物詩。

⑻《續悶紅墨屑》，1961 年出版，收錄 852 首竹枝詞。

以上總計凡詩 4253 首，詞 174 首，曲 100 首，作品數量相當可觀，其中竹枝詞的創作數量、同題詩的寫作篇幅，都是中國大陸及臺灣文學史上最多的，同時也是第一位出版個人詠物詩集的文人。

《悶紅館全集》中，以《悶紅墨屑》一書最爲膾炙人口。《悶紅墨屑》竹枝詞大抵在「紀方土、懷史蹟、陳習俗、談歲序」。[1]《悶紅墨屑》廣泛而精確地從臺灣社會各個時期、地域、族群、文化層面取材創作，並且充分掌握閩南語書寫的語言特色，大量運用臺灣本土的俗諺歌謠、鄉土詞彙，高度展現出臺灣竹枝詞的本土性與地方性，不管在文學、文獻，或是歷史、社會等方面，《悶紅墨屑》皆有十足可觀的成就，以致於

1　《悶紅墨屑》，頁 52 上，王甘棠評語。

評價頗高，被譽稱爲「寓惻隱之心於嬉笑怒罵」[2]，「歷敘世態人情，無微不到，幾如水銀瀉地，無孔不入」[3]，「是真天籟也，足繼三百篇」[4]，「是一部臺灣風物誌，又可作爲臺灣歲時記」[5]，「一部臺灣民俗大文獻」，「一部臺灣三代人文變遷史」。[6]堪爲目前國內政府及民間正在大力提倡的「鄉土史教育」的最佳教材。

賴惠川《悶紅墨屑》的學術研究，筆者已悉心指導國立中興大學中文系碩士生王惠鈴小姐，完成學位論文《賴惠川《悶紅墨屑》竹枝詞所反映的臺灣漢人民俗》。該論文已於 2001 年 4 月由臺北文津出版社出版，易名《臺灣詩人賴惠川及其《悶紅墨屑》》。《悶紅墨屑》由於涉及臺灣清領、日治、戰後三時期的風土民俗，範圍廣闊，研究不易。王殿沅曾說：「余讀過此編，其中事蹟、方言、慣習，自首自尾都能了解者，因與作者年紀相當，久年親炙故也。若問兒輩，則所知不過約近半數，問諸孫輩，則所知不過十之一二。」[7]時代的隔閡，是研究上最大的困難。這就需要作大量的田野調查，並廣徵各類文獻反覆參驗，才能作出全面而詳贍的詮釋。本文限於篇幅，僅就筆者童年農村生活經驗相關的部分，選出較爲親切熟悉的十二首，就其中所反映的風土民俗，援引相關文獻試加論證。同

2 同上，頁 52 下，陳謳南評語。
3 同上，頁 54 下，賴巽章評語。
4 同上，頁 51 下，莊啟坤評語。
5 同上，頁 53 上，朱芾亭評語。
6 同上，頁 50 下，黃文陶評語。
7 同上，頁 50 上。

時為便於吟誦教學，每首詩均逐字加標讀音。凡舊詩均須以讀書音讀、吟，竹枝詞守七絕之格律（除少數，可能不到十分之一，可稍不拘），故不能例外。唯部分專有名詞在不礙聲韻（非韻腳處）的情況下，可讀鄉音，其他應一律以讀書音讀、吟之。凡可通融讀鄉音處，均用（）號另加標明。

一、自古臺灣境是仙，海濱鄒魯不虛傳。
一年收穫三年食，斗米區區八十錢。

註曰：「余兒時事也。」

【讀音】

cu7 koo2 tai5 uan1 king2 si7 sian1

hai2 pin1 coo1 loo2 put4 hi1 ian5

it4 (cit8) lian5 (ni5) siu1 hok8 sam1 (sann1) lian5 (ni5) sit8 (ciah8)

too2 (tau2) bi2 khu1 khu1 pat4 sip8 cian5

臺灣為海上孤島，山嶽高聳，遠隔重溟，南國長春，四時若夏，因此自古即被指為人間仙境。連橫《臺灣通史・開闢記》：「按史，秦始皇命徐福求海上三神山，去而不返。又曰，自齊威、宣、燕昭使人入海，求蓬萊、方丈、瀛洲，此三神山者，其傳在渤海中，去人不遠，患且至，則船風引而去。蓋嘗有至者，諸仙人及不

昭和十六年（1941）羅東姑娘手捧稻穗的豐收笑靨。

死之藥皆在焉。……或曰：蓬萊、方丈爲日本、琉球，而臺灣則瀛洲也。臺灣與日本、琉球，鼎立東海，地理氣候大略相同，山川秀美，長春之花，不黃之草，非方士所謂仙境也歟？」[8]十六世紀當葡萄牙人航經臺灣時，望見島上草木蓊鬱，綠意盎然，遂稱臺灣爲 Ilha Formosa。葡萄牙語的 Ilha 是「島」，Formosa 意爲「美麗的」。Ilha Formosa 即「美麗之島」。這是臺灣被歐洲人稱爲 Formosa 的來源。Formosa（福爾摩沙）的稱呼，不也和上面的「瀛洲」仙境相類似嗎？清代仕宦來臺的詩人，多有贊美臺灣爲仙境的，例如黃逢昶〈臺灣竹枝詞〉:「鼇頭砥柱梗中流，千里臺疆水上浮。滄海雲濤環四面，我來疑即是瀛洲。」[9]又如馬清樞〈臺陽雜興〉也稱臺灣爲「蓬萊福地」。[10]即使當代文獻學家黎澤霖也有《蓬壺擷勝錄》之作，仍將臺灣指喻爲蓬萊仙境。以上這些都可以爲賴惠川此詩首句「自古臺灣境是仙」作佐證。

在歐洲人發現臺灣之前，臺灣是南島民族的臺灣。他們族群之間不論有無接觸，基本上是活在各自的時間之流裡，過著無曆日文字的日子。賴惠川此詩次句把臺灣比喻爲「海濱鄒魯」，是指晚明鄭成功來臺以後的情況。所謂「鄒魯」是比喻禮教文風興盛的地區，漢韋孟〈在鄒詩〉云:「濟濟鄒魯，禮義惟恭。」《南史・羊侃傳》:「鄒魯遺風，英賢不絕。」這是

---

8 《臺灣通史》，上冊，頁 1～2。收入《連雅堂先生全集》（南投：臺灣省文獻委員會，1992 年 3 月）。

9 陳漢光編：《臺灣詩錄》，（臺北：臺灣省文獻委員會，1971 年 6 月），頁 955。

10 同上，頁 935。

因爲孔子爲魯人，孟子爲鄒人的緣故。連橫《臺灣通史》盛贊明鄭禮教的成功云：「臺灣爲海上荒服，我延平郡王闢而治之，文德武功，震鑠區宇，其禮皆先王之禮也。至今二百數十年，而秉彝之性，歷劫不沒，此者禮意之存也。」[11]又：「臺灣當鄭氏之時，彈丸孤島，拮抗中原，玉帛周旋，尉爲上國。東通日本，西懾荷蘭，北結三藩，南徠呂宋，蕩蕩乎！泱泱乎！直軼春秋之鄭矣！」[12]清高拱乾論述明末清初臺灣文教的發展云：「臺以海外地，明季通商，始有漢人。迨鄭氏遁踞，舊家世族，或從而東，生眾有年，絃誦猶未廣也。越至於今，輸誠納土，島民得睹天日，分設郡縣，招徠愈眾，十餘年間，聲教大通，人文駸駸蔚起，即深山邃谷文身黑齒之番，皆知向風慕學，有識之士咸謂：治以道隆，道隨治廣，從此海不揚波，內外如鄒魯矣。」[13]臺灣經過鄭成功的開闢，陳永華的慘淡經營後，不但建立了臺灣第一個獨立的漢人政權，同時也成爲禮教文風興盛的地區。這樣一個充滿「鄒魯遺風」的地方，同時也是「海外遺民」的聖地。[14]臺灣「惟仁惟孝，義勇奉

---

11 同註 8，卷 6，〈職官志〉，頁 156。

12 同註 8，卷 10，〈典禮志〉，頁 279。

13 清高拱乾〈初議捐修諸羅縣學宮序〉，見徐坤泉：《臺灣省通志稿・學藝志文學篇》（臺北：臺灣省文獻委員會，1958 年 6 月），第 1 冊，頁 58。

14 羅秀惠《黎華報・創刊詞》：「東瀛海外別一小天地也。有四時不謝花之特色也。環瀛弱水，即是蓬萊；櫻野桃源，本來淨土。先民鋤闢荊榛，植我黎庶。特沐天惠，長獻菁華。洪荒留此乾坤，作遺民世界，由來舊矣。」（臺北，1925 年 1 月 7 日）

公」的遺民精神[15]，就是「海濱鄒魯」的最佳明證。賴惠川此詩把臺灣比喻爲「海濱鄒魯」，並且說其盛名「不虛傳」，不但於史有據，也確是十分精當的說法。

臺灣氣候溫溼，適宜農作，農作物以稻米、甘蔗爲大宗，其他雜穀及蔬果之屬次之。臺灣的原住民很早已經種稻，他們以稻米供食用，且用以釀酒。臺灣的大規模種稻，始於十七世紀閩粵沿海人民移民，當時稻米早已專向中國輸出。自康熙中葉以後，移民漸多，埤圳開闢日廣，稻米生產乃更逐年增加，雍正末年且開辦有所謂「臺運」的運糧政策，至此臺灣乃被稱爲中國內地的一大倉儲。[16]連橫《臺灣通史・農業志》云：「臺灣之地，以田育稻，以園植蔗。植蔗之後，可收兩年，改種雜穀，以休地力。而稻田則以水利之富，壅肥之厚，可歲歲耕也。上田一甲收穀百石，中七十石，下四十石，唯視其力之勤惰爾。」[17]又連橫《臺灣漫錄》「雙冬」條云：「臺灣氣候溫和，土沃宜稻，一年兩熟，謂之雙冬，猶麥之言秋也。收稻之時，多在六月、十月。六月曰『小冬』，十月曰『大冬』。而臺南地氣較熱，播種隨時，別有四月、八月之穀。

日治時期臺灣農民使用「龍骨車」灌溉農田。

15 連橫：《臺灣通史》，〈自序〉，同註 8。

16 以上參考伊能嘉矩《臺灣文化志》中譯本（臺中：臺灣省文獻委員會，1991 年 6 月），中卷，頁 329～331。

17 同註 8，下冊，頁 728。

是以一年之耕，足供三歲，餘糧棲畝，戶多蓋藏。」[18]連橫《臺灣通史・農業志》著錄臺灣生產稻米的品種，食米用的「粳稻」，有種出占城蒸飯最佳的「早占」，種出福建煮粥極佳的「唐山」，種出潤州粒長皮薄色白味香的「潤種」，種出呂宋不耐久藏的「呂宋早」；早春宜種的「銀魚草」，可種瘠土的「齊仔」、「鳥踏赤」，可種海濱粟尾有紅鬚的「棉仔」，種於旱田的陸稻「園早」，種於窪田水不能浸的「大伯姆」；粒長而大蒸飯最香的「白殼」，粒大倍於諸米的「香稻」，皮薄粒大可以久藏的「三杯」，皮微黑的「烏殼」，殼微斑的「花螺」，粒短而肥的「圓粒」，粒圓味香的「大頭婆」，外紅心白的「銀硃紅」，米肚甚白的「白肚草」，米色略赤的「埔占」……等，共計二十七種。釀酒及製糕餅用的「糯稻」，有形如鵝卵色白性軟的「鵝卵」，性黏的「鴨母潮」，米微赤田園俱可種的「紅殼」，皮赤有紋粒的「虎皮」，皮微黑大暑後種的「芒花」，皮微褐的「火燒」，粒長皮薄色白的「豬油」，米微綠的「竹絲狀」，粒肥皮薄味香色白蒸糕最美的「圓粒」，粒大土番種以釀酒的「番朮」，色紅味香的「紅米」，色黑味香的「烏米」……等，共計十五種。[19]上述這些只是臺灣稻米最常見的品種。依據戰後的資料，臺灣稻米土品種總數有 390 種，日本引進的蓬萊種有 156 種[20]，種類之多是其他農作物所遠不及的。由此可

---

18 連橫：《雅堂文集》，《連雅堂先生全集》，（南投：臺灣省文獻委員會，1992 年 3 月），頁 172。

19 同註 8，頁 737～740。唐贊袞《臺陽見聞錄》「穀米」條所記又多不同，見臺灣省文獻委員會《臺灣文獻叢刊》本，頁 153～154。

20 詳見于景讓〈臺灣之米〉，收入《臺灣農特產叢刊》（臺北：臺灣銀

以想見臺灣過去數百年來對於稻米園藝栽培技術的講究，確已達到令人歎爲觀止的地步。

賴惠川此詩所謂臺灣土地膏腴，稻米「一年收穫三年食」的盛況，清代文獻頗多記述，甚至也有稱「一年收穫，足供四、五年之用」的。[21]由於產量豐盛，臺灣稻米價格的低平，「斗米區區八十錢」，自是正常現象了。[22]

二、今年晚稻十分豐，答謝田頭土地公。盡道傍神來作福，通村飲得面紅紅。

【讀音】

kim[1]（kin[1]）lian[5]（ni[5]）buan[2] to[7] sip[8] hun[1] hong[1]

tap[4] sia[7] tian[5]（chan[5]）thoo[5]（thau[5]）thoo[2]（tho[2]）te[7]（ti[7]）kong[1]

cin[7] to[7] pong[7]（phng[7]）sin[5] lai[5] cok[4] hok[4]

thong[1] chun[1] im[2] tik[4] bian[7] hong[5] hong[5]

土地公又稱「福德正神」，是專司土地之神，也是神格最低的神祇之一。土地公管轄的區域僅是一村、一里、鄰之境，

行經濟研究室，1965年4月)。

21 清雍正四年（1726）閩浙總督高其倬〈請撤臺米出口禁制〉，引見伊能嘉矩《臺灣文化志》，下卷，頁9。

22 賴惠川出生於光緒十三年（1887），自註謂「斗米區區八十錢」為兒時事，係指光緒年間的情況。有關清代臺灣米價的升降與外銷政策的關係，詳見伊能嘉矩《臺灣文化志》下卷第12篇第2章。

清代鹿港地區沿用的「觀音媽聯」版畫局部（紀雅博藏版），刻劃出手端財寶、員外造形的福德正神。

其職位相當於人間的村、里、鄰長。土地公雖然官小位卑，卻是業務最繁忙的基層神明，舉凡守護鄉里安全，庇祐鄉民福祉，照顧田園、牲畜，守護山林、橋樑、道路、堤坊、水閘門，連看守墳墓都是祂的職司。

先民移居臺灣，開拓蠻荒，胼手胝足，辛勤墾耕，爲了祈求土地之神能護佑五穀豐收，家畜興旺，合境平安，因而足蹟所到之處，陌路阡頭，隨處建立土地神祠，俗諺遂有「田頭田尾土地公」、「莊頭莊尾土地公」之說。最初的土地神祠爲樹社或叢社，以後再築土或壘石爲祭壇，又立石以爲神主。民族學者宋龍飛曾深入調查臺灣的社祭文化，他認爲：「封土爲社是有虞氏的習慣，立石爲社是殷商時代的文化，這些文化特質，淵源流長，至今仍存在於臺灣。」[23]臺灣鄉野至今還保存不少用巨石搭成棚狀的祭壇，或立石爲社的石神主，稱作「石棚文化」（dolmen culture），這是一種十分可貴的活文化。

臺灣早期植樹或立石建立的土地公祠，由於莊社穩固，民生獲得改善，逐漸醵資改建小祠。後來聚落日形擴張，工商益

23 見宋龍飛〈社祭之源、里社之神——從「福德正神」土地公談起〉，收入《民俗藝術探源》（臺北：藝術家出版社，1982年12月）。

加發達，則擴建小祠為廟宇。並且由於時代的變遷，後來礦業、漁業、商業以及金融界也都祭祀土地公。土地公由掌管土地之神，而兼管財運，成為臺灣社會各階層最普遍崇拜的神明。

賴惠川此詩記述臺灣農村的社祭文化，不但寫出農民與土地公之間誠摯深厚的情感關係，末句「通村飲得面紅紅」，尤其形象地反映農民歡慶豐收的愉悅，予人鮮明的印象、溫馨的感受。

三、五穀收成豐又豐，醇醪滿甕浸蔘茸。
囑郎今夜歸須早，燉有豚蹄共補冬。

【讀音】

ngoo^{2} kok^{4} siu^{1} sing^{5} hong^{1} iu^{7} hong^{1}

sun^{5} lo^{5} buan^{2}（buann^{2}） ong^{3}（ang^{3}） cim^{3} sam1 jiong^{5}

ciok^{4} long^{5} kim^{1} ia^{7} kui^{1} su^{1} co^{2}

tun^{5} iu^{2} tun^{5} te^{5} kiong^{7} poo^{2} tong^{1}

「醇醪滿甕浸蔘茸」，指的是用醇酒浸泡人參、鹿茸的藥酒。臺灣民俗療法中有所謂「進補」，包括「藥養」、「食療」兩類。這種補法是根據中國傳統醫學的理論，《黃帝內經・素問・至真要大論》:「虛者補之」、「損者益之」。又:《素問・陰陽應象大論》:「形不足者，溫之以氣；精不足者，補之以味。」主要是透過藥物或食物，補養人體氣、血、陰、陽的不足，增強免疫能力，改善虛弱症候。

藥養服補之品，最多用而較爲貴重的是人參。人參爲五加科植物人參的根，是補氣藥，其功效爲：（1）重病、久病或大出血後虛脫，及津傷口渴、多汗。（2）治肺氣虛，氣短喘促，脾虛食少，倦怠，久瀉，尿頻。（3）治心悸怔忡，失眠。至於鹿茸則是鹿科動物梅花鹿、馬鹿等雄鹿尙未骨化而帶茸毛的幼角，是補陽藥，補腎陽，養精血。用人參、鹿茸等藥材浸泡的藥酒，經過一定時間後，濾去藥渣，所得澄明浸出液可供內服之用。因酒性溫通，可助藥力暢通全身，有祛風活血之效，常作風溼痺痛、跌打損傷及體虛補養之用。[24]

食療，是把食品作爲養生與療病。古來藥食同源，神農氏已肇其端。依據《周禮》，周朝時已設有食療醫官，負責指導朝野食療方法。孫思邈《千金要方・食治》是現存最早、最完整的食療專篇著作。唐孟詵《食療本草》是現存最早的專著。元忽思慧《飲膳正要》是食療學巔峰之作。[25]今人香港名醫陳存仁《津津有味譚》是流傳甚廣的名著，其第六冊即論述豬肉及內臟的食療法甚爲詳悉。賴惠川此詩所云「燉豬蹄」，指的就是臺灣民間常見的食療方式之一。

至於「補冬」，指的是冬令進補，這是源自中醫氣象病理學的觀念。中醫認爲「人與天地相應」，春生、夏長、秋收、冬藏的自然規律，是生物對四季變化的反應，人的生長發育也應是如此。《黃帝內經・素問・四時調神大論》：「冬三月，此

24 以上參考孟景春、周仲瑛主編：《中醫學概論》（臺北：知音出版社，1999 年 7 月）。

25 以上參考馬伯英：《中國醫學文化史》（上海：上海人民出版社，1994 年 5 月），第 19 章。

謂閉藏。水冰地坼，勿擾乎陽。……去寒就溫，無泄皮膚，使氣亟奪，此冬氣之應，養藏之道也。」意思是說，冬天是萬物閉寒潛藏的季節。此時草木枯萎，昆蟲入蟄，陰氣盛而陽氣衰，天寒地凍，萬物靜息。這就應該避寒就溫，保護陽氣內藏不受干擾，同時避免陽氣過於外泄。這就是所謂「養藏之道」。[26]因此中醫認為冬季是進補強身的大好季節。三九嚴冬進補，能使營養物質轉化的能量最大限度地貯存於體內。「冬至一陽生」，冬至起九，正是一年中陰氣極盛而陽氣始生的轉折點，所以此時進補，萌育元氣，養精蓄銳，有助於體內陽氣的生發，為下一年開春直至全年的健康打下基礎。冬季氣溫很低，人體為了保持正常的體溫恆定，就需要消耗體內較多能量。同時，據研究，冬天時，血清總蛋白、血蛋白、血色素、二氧化碳結合力和胃酸分泌總較其他季節為高。由於胃酸分泌增加，人體對營養的消化吸收能力就相應提高。這些都是冬令進補的根據。[27]

此詩不但反映臺灣民間藥養、食療的醫療習慣，也描寫了農村豐衣足食的盛況，以及傳統婚姻夫婦彼此關愛扶持的美德，可謂具有多重社會意義。

---

26 以上參考匡調元：《中醫病理研究》（臺北：文光圖書公司，1997 年 4 月），第 2 章第 2 節。

27 以上參考許誌泉、宋為民：《生物鐘養生》（北京：中國醫藥科技出版社，1994 年 6 月），頁 93～94。

四、最難遠戚遇田頭，話短話長話不休。
恰好明朝冬尾戲，親家親姆請來遊。

【讀音】

ce3 lan5 uan2 chik4 gu7 tian5 thiu5

ua7（ue7）tuan2（te2）ua7（ue7）tiong5（tng5）ua7（ue7）put4 hiu1

khap4 honn2 bing5 tiau1 tong1（tang1）bi2（bue2）hi3

chin3 ka1（ke1）chin3 m2 ching2（chiann2）lai5 iu5

連橫《雅言》:「好客之風，臺灣爲盛。……鄉村之間，待客尤殷，建醮迎神，每多盛設，遠地之來者，無論知與不知，咸喜款待，以多爲榮，此美俗也。從前交通未便，行旅之過其地者，日暮途遠可以借宿，待之如家人，番社亦然。」上述臺灣早期鄉村好客之風，可謂完全屬實。筆者個人童年（五十年前）農村生活裏，就有好多相關的鮮活記憶。

俗諺：「二月二，殺豬公謝土地」臺灣民間在日治時期為祀神所畜養的大豬公。

陶淵明在〈歸去來兮辭〉中，說明他辭官歸隱鄉里後的生活情境是：「悅親戚之情話，樂琴書以銷憂。」「悅親戚之情話」這句，最能說明古代農村人際關係的特色。臺灣農村在還沒受到現代文明精神污染以前，人口不多，生活單純，全村住民幾乎都是世代相傳彼此認識，並且上下往往有著重重疊疊的親戚關係，形成一個攸戚相關的親情網絡，彼此見面自然就情話綿綿關愛有加了。這樣充滿人情味的淳樸的農村社會，隨著人類文明的畸型發展，是再也不可能復現了。賴惠川此詩很形象地描寫臺灣早期農村親情濃厚的畫面，肯定會讓後人欣慕懷思不已。

昭和十七年（1942）臺灣農家一隅，觸目可遇悠游放牧的豬仔群。

五、三姐梳頭鬢鬢光，勤家早早出廳堂。豬無飼料雞無卵，小姑要嫁無嫁粧。

【讀音】

sam[1] ci[2] soo[1] thoo[5] pin[3] pin[3] kong[1]

（sann[1] ce[2] se[1] thau[5] pin[3] pin[3] kng[1]）

khin[5] ka[1] co[2] co[2] chut[4] thing[1] tong[5]

（khinn[5] ke[1] ca[2] ca[2] chut[4] thiann[1] tng[5]）

ti[1] bu[5] su[7] liau[7] ke[1] bu[5] luan[2]

（ti[1] bo[5] chi[7] liau[7] ke[1] bo[5] lng[7]）

siau[2] koo[1] iau[3] ka[3] bu[5] ka[3] cong[1]

（sio[2] koo[1] beh[3] ke[3] bo[5] ke[3] cng[1]）

媳婦在中國古代家庭中，一直是備受矚目的角色。古人認爲婚姻是家庭以至宗族的大事。娶來的媳婦要主蘋蘩，司中饋，誕子孫，以承百世宗祧，因而在家法族規中有不少相關的規約，例如元劉欒〈家勸錄〉云：「婦道乃家之所由盛衰，須詳訪擇。娶婦入門，必教以婦儀。蓋『教婦初來』，俗語可為格言。倘事姑孝，事夫順，妯娌謙和，宗黨雍睦，待下慈惠，行止端莊，勿多言，勿懶惰，賢婦也。保我宗嗣，成我家業，咸托於婦，可不慎歟！」[28]此外，清陸圻〈新婦譜〉、查琪〈新婦譜補〉、陳確〈新婦譜補〉、徐士俊〈婦德四箴〉[29]，對於媳婦的種種要求，尤其規定得相當詳備。

臺灣民間歌謠中，有關媳婦難為的作品相當豐富，例如連橫《雅言》引兒歌〈閹雞啼〉云：「閹雞雊雊啼，新婦早早起。上大廳，拭棹椅；落灶下，洗碗箸；入繡房，作針黹。大家大官攏歡喜，阿諛兄，阿諛弟，阿諛恁父母爻教示。」[30]又如民間頗為流行的取材自傳統唸謠的創作歌謠〈做人的新婦〉云：「做人的新婦著知道理，晚晚去睏著早早起。又擱煩惱天未光，又擱煩惱鴨無蛋，煩惱小姑要嫁無嫁妝，煩惱小叔要娶無眠床。做人的新婦著知道理，晚晚去睏著早早起，起來梳頭抹粉點胭脂。入大廳拭桌椅，踏入灶腳洗碗箸，踏入繡房繡針黹。做人的新婦擱也艱苦，五更早起人嫌晚，燒水洗面人嫌燒，白米煮飯人嫌烏，氣著剃頭做尼姑。……。」[31] 這首創

---

28 《毗陵新安劉氏宗譜》（1948 年本），卷 1，〈樂隱公家勸錄〉。

29 以上並見《香豔叢書》，又收入《叢書集成續編》（臺北：新文豐出版公司），第 62 冊。

30 《雅言》，頁 20，收入《連雅堂先生全集》。阿諛，贊美。大家、大官，公公、婆婆。爻，賢能。

31 游國謙編詞、劉福助採譜。見莊永明、孫德治合編：《臺灣歌謠鄉

作歌謠是襲用上引〈閹雞啼〉以及民間流傳的〈一隻雞公喔喔啼〉、〈打鐵哥〉、〈竹仔枝〉、〈打手刀〉、〈拍手歌〉、〈雞啼，天要光〉等作品的成句。[32]此外，清代彰化詩人吳德功〈村婦嘆〉記述農村媳婦的辛勤勞也說：「度阡越陌勤經營，種瓜殺草弗停止。天際夕陽墜西嶺，沿途采薪歸鄉里。入門洗手作羹湯，老姑一聲喚喂豕。」[33]此詩記述媳婦既要到田裏從事農作，耕田割稻，種瓜除草，黃昏收工，沿途不能空手，還要採薪擔回，到家後馬上要燒晚飯煮菜，接著婆婆還督促要餵豬，寫活了媳婦忙煞的情況。上引這些都反映了早期臺灣農村社會媳婦難爲的一般狀況。賴惠川此詩顯然是取材自上引的童謠及唸謠，句式稍加整飭變化，就成爲簡鍊而又雅緻的佳作，這是文人改寫民間文學作品，「點鐵成金」的範例。

六、百年偕老好夫妻，甘蔗雙莖頭尾齊。圓滿家庭天爵貴，有頭有尾永雙棲。

【讀音】

pik^{4} lian^{5} kai^{1} lo^{2} honn^{2} hu^{1} che^{1}

kam^{1} cia^{3} song^{1} king^{1} thoo^{5}（thau^{5}）bi^{2}（bue^{2}）ce^{5}

uan^{5} buan^{2} ka^{1} ting^{5} thian^{1} ciok^{4} kui^{3}

土情》，題為〈祖母的話〉。新婦，即媳婦。著，得，應該。

32 以上作品並見吳瀛濤：《臺灣諺語》（臺北：臺灣英文出版社，1975年2月初版，1996年5月12版）。

33 見吳德功《瑞桃齋詩稿》，上卷，頁 56，收入《吳德功先生全集》（南投：臺灣省文獻委員會，1992年）。

iu^{2}（u^{7}）thoo^{5}（thau^{5}）iu^{2}（u^{7}）bi^{2}（bue^{2}）ing^{2} song^{1} che^{1}

臺灣婚俗在完婚後，新娘第一次回娘家作客稱「頭轉客」（thau5 tng2 kheh4），因爲是新郎新娘一起回娘家，又稱「雙人轉」（siang1 lang5 tng2）。過去通常選在婚後第三、四天或更晚，現在多改在第二天。

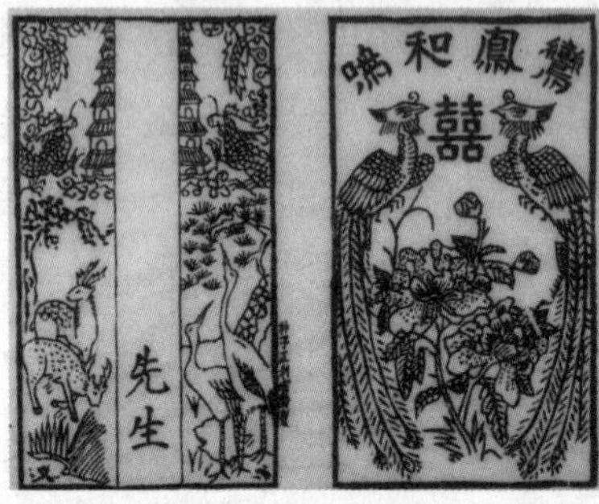

日治時期嘉義朴子街上「正利成」金紙店特製的喜帖封面，鐫入鸞鳳和鳴、花（牡丹）開富貴、雙龍拜塔、六合（鹿、鶴諧音）同春的吉祥寓意。

新娘回家作客，須由新娘弟妹前往接歸，新娘並隨帶桃（麵粉製）、餅、米糕（插上蓮招花）等作爲「伴手」禮品。女家設宴款待，並請親友作陪。由於習俗相信「暗暗摸，生查埔（生男）」，因此新郎新娘往往到日暮時刻才動身回家。

新郎新娘回家時，女方會贈送一對「悉路雞」（chua^{7} loo^{7} ke^{1}），「雞」與「家」同音，意謂希望新人以後常常回外家作客。「悉路雞」必須是一公一母的小雛雞，到婆家後要好好飼養長大，生蛋以後要繼續用來孵化繁殖。另外還要贈送兩株連根葉的甘蔗欉，稱「掛尾甘蔗」（kua^{3} bue^{2} kam^{1} tsia^{3}），用紅紙箍上一圈，這是因爲俗諺說：「甘蔗雙頭甜」，祝福新人透頭透尾，永浴愛河之意。贈送的甘蔗固然可以吃，但是必須留下一部分栽種，以便繼續繁殖，象徵後嗣昌盛。另外還有象徵「糖甘蜜甘」的柑，祝福早生貴子的「米糕」（糯米飯，上插蓮招花），希望新人常常相攜回家的香蕉（蕉與招同音）、桃（桃形紅糯米粿，桃與迌迌的迌同音）等禮物。[34]

臺灣的婚俗保存很多淵源流長的古禮，儀式十分繁縟。基於「竹枝詞」詩歌語言高度凝鍊的需要，賴惠川從眾多素材中，選擇最具代表意義的甘蔗爲題材，把握甘蔗成雙、連頭帶尾的鮮明形象性，從而發揮有頭有尾、百年偕老的象徵意涵。賴惠川創造的甘蔗意象，具有高度的具體性、生動性和豐富性，是婚俗中十分典型的藝術形象，再加上此詩詞采富贍、音韻和諧、寓意深厚，充分表達了傳統社會天長地久、歷萬難而不變的婚姻觀念，可謂深具文化意義。

七、近來天氣熱騰騰，路上行人苦不勝。聞道前村愛玉凍，清涼解渴勝調冰。

註曰：「愛玉。父某，嘉義三角窗人。偶過一溪，見溪邊水結成凍，掬食之，甚佳。仰見樹上有藤下垂，結實纍纍，或浸溪邊，因採其實，懷歸，以苧布包好，搦於水中，久之成凍。令其女愛玉加以角冰，賣於門前。人不知其名，因愛玉所賣之凍，遂名『愛玉凍』。」

---

34 以上參考：（1）片岡巖著、陳金田譯：《臺灣風俗誌》（臺北：眾文圖書公司，1994 年 5 月第 2 版），頁 22。（2）鈴木清一郎著、馮作民譯：《臺灣舊慣習俗信仰》（臺北：眾文圖書公司，1989 年 11 月），頁 218。（3）吳瀛濤：《臺灣民俗》（臺北：眾文圖書公司，1980 年 4 月再版），頁 139～140。（4）盧嘉興〈臺灣的婚禮〉，《臺灣文獻》第 15 卷第 3 期（1964 年 9 月）。（5）洪維仁：《臺灣禮俗語典》（臺北：自立晚報社，1986 年 9 月），頁 163～165。

【讀音】

kin7 lai5 thian1 khi3 jiat8 thing5 thing5

loo7 siong7 hing5 jin5 khoo2 put4 sing1

bun5 to7 cian5 chun1 ai3 giok8 tong3

ching1 liong5 kai2 khat4 sing3 tiau5 ping1

這首詩記述嘉義名產「愛玉凍」發現的經過、命名的由來。案連橫《臺灣贅譚》云：「愛玉凍爲嘉義名產，舊志未載其名。雅棠少時，聞諸先君子，謂此物所出僅五十年，以今計之未八十載。道光初，有同安某甲者，居於郡治之媽祖樓街，素爲賈，嘗往來嘉義山中，採辦土宜。一日過後大埔，天熱渴甚，赴溪飲，見水面成凍，掬而飲之，涼沁心脾。懸崖古樹，藤蔓罨絡，蔭密幾不度日光；自念此間暑，何得有冰？細視水上，即樹子錯落，揉之有漿，大悟，以爲此物化之也。拾而歸家，以水洗之，頃刻成凍，和以糖，風味殊佳，固不遜於雪藕調冰也。自是每過其地，必取之，秘不告人。某甲有女曰愛玉，年十五，風鬖花貌，楚楚可人，夏日無事，出凍以賣，飲者甘之，前後而至，恍如藍橋之求玉漿；然不知其名，僅以女名名之。自是傳遍市上，日得千錢，而採者遂盛。按愛玉凍即薜荔，性清涼，子可解暑，而錫名殊豔。余擬以此題徵之歌詩，吾臺不乏風雅之士，必能爲增聲價也。」[35]這則筆記，複見於連橫《臺灣通史・農業志》「愛玉子」條下，文字稍加錘鍊，但多「合以兒茶少許，則色如瑪瑙」、「採者日多，配售閩

---

35 見《雅堂先生餘集》，頁 126，收入《連雅堂先生全集》。

粵」數句。又見於連橫《臺灣漫錄》，文字亦加以節要，而前云：「臺灣爲熱帶之地，三十年前無賣冰者，夏時僅啜仙草與愛玉凍。按《臺灣府誌》謂：仙草高五、六尺，曬乾可作茶，能解暑毒。煮爛絞汁去渣，和粉漿再煮成凍，和糖泡水，飲之甚涼。而愛玉凍則府縣各誌均未載。」[36]上引資料，正可與賴惠川詩相互印證。賴惠川謂愛玉凍發現者爲嘉義三角窗人[37]，連橫則說是居住臺南媽祖樓街的同安人某甲，連說依據的口傳材料大約較賴說的年代爲早，似較可信。

愛玉子別名草枳仔，是屬於桑科的一種常綠大藤本，年齡可達數十年之久，其藤藉以氣生根攀附大樹或岩壁上昇，長達數丈，多分歧，分佈於臺灣中央山脈海拔一千至一千八百公尺之森林中。位於玉山林區西邊的嘉義阿里山鄉，是目前臺灣最大的愛玉產區。愛玉子葉互生。隱頭花序橢圓形或長卵形，先端鈍或突尖，表面灰綠或暗綠色，密佈白色斑點。花數極多，密生內花托壁上。兩性花成熟之瘦果（種子）即愛玉子，黃褐色，具絲狀梗，種皮富含粘液質，乃洗愛玉冰之原料。花期四至六月。果期九至十一月。愛玉子的調理方法是，果實先切去兩端，削去外皮，曬至變軟時切開，反捲曝曬乾燥。剝下種子，用紗布包裹，置於六十倍冷開水中搓揉，約十分鐘使其溶出半透明膠質，靜置約三十分鐘即可凝固。加糖、檸檬汁等調

36 見《雅堂文集》，卷 3，頁 155，收入《連雅堂先生全集》。

37 三角窗，地名，位於今嘉義市崇文里光彩街與文昌街交叉點附近，清代時此地只有兩條路交會，形成「T」字型，交會處附近一般稱為三角窗（臺語），久而久之即成為地名。見《臺灣地名辭書》（嘉義：臺灣省文獻委員會，1996 年 9 月），卷 20，頁 121。

味，氣味清涼淡美，是可與仙草並稱的臺灣民間流傳最廣的消暑聖品。

愛玉凍是文學創作很好的素材，連橫主編《臺灣詩薈》時，曾以此爲題徵詩，一時作者甚多，以林幼春二作最工，第二首頗序始末，其詞爲：「驅車六月羅山曲，一飲瓊漿濯炎酷。食瓜徵事問當年，物以人傳名『愛玉』。愛玉盈盈信可人，終朝釆綠不嫌貧。事姑未試羹湯手，奉母依然菽水身。無端拾得仙方巧，擬煉金膏滌煩惱。辛勤玉杵搗玄霜，未免青裙踏芳草。青裙玉杵莫辭難，酒榭茶棚宛轉傳。先挹秀膚姑射雪，更分涼味月宮寒。月宮偶許游人至，皓腕親擎水晶器。初疑換得冰雪腸，不食人間煙火氣。寒暑新陳近百秋，冰旗滿目掛林楸。誰將天女清涼散，一化吳娘琥珀甌。」[38]林幼春此詩運用不少華麗的辭藻、艱深的典故，寫得非常典雅細緻，充分表現了文人的高雅情趣，其風格與賴惠川竹枝詞的俚俗迥然不同。又吳德功〈愛玉凍歌〉云：「惟臺嘉之炎烈兮，近熱帶之中央。恨無方以避暑兮，能銷夏而生涼。聊薄言以釆釆兮，恆滿貯夫筐筐。似罌粟之橢圓兮，子密綴而中藏。勞纖手以揉擦兮，流玉液與瓊漿。明亮恍惚水晶兮，寒冷不讓冰霜。色欲同忽夫琥碧兮，料須配以鵝黃。飲渴人於暑路兮，散無異夫清涼。藉愛女以命名兮，留齒頰而芬芳。洵瀛東之特產兮，爰作歌以播揚。」[39]吳德功此詩描述愛玉子的特質及作法，內容十

38 見連橫：《臺灣漫錄》，頁 156；又《雅言》，頁 263。均收入《連雅堂先生全集》。

39 見吳德功：《瑞桃齋詩稿》，下卷，頁 245～246，收入《吳德功先生全集》。

分平實完備，均可對照比較。

八、浣女朝朝洗濯時，雪文太貴不需伊。身邊帶有羊目子，剔子加鹽更適宜。

註曰：「羊目子，又名龍目子，形如龍眼粒，洗濯用，甚佳。剔去其子，加微鹽，陶器貯之，歷久不變質，不硬化，子經二、三年，猶能萌牙。」

【讀音】

uan^{2} li^{2} tiau^{1} tiau^{1} sian^{2} cok^{8} si^{5}

suat^{4} bun^{5} thai^{3} kui^{3} put^{4} su^{1} i^{1}

sin^{1} pian^{1} tai^{3} iu^{2} iong^{5} bok^{8} ci^{2}

（sin^{1} pinn^{1} tua^{3} u^{7} iunn^{5} bak^{8} ci^{2}）

thik4 ci2 ka1 iam5 king3 sik4 gi5

「雪文」是英文 soap 的譯音，指的是由西洋傳入的一般洗滌用肥皂。連橫《雅言》：「海通以來，外貨輸入，每冠以『番仔』二字，如『番仔衫』、『番仔餅』、『番仔火』之屬；所以別內外也。而臺中且呼肥皂爲『番仔茶』；唯臺南稱曰『雪文』，譯其音且譯其義。雪，洒也；《莊子》：『澡雪而精神』。文，文理也，又爲文彩。是一譯名，音義俱備，可謂達而雅矣。」[40]
又《臺灣語典》卷三：「雪文，爲肥皂；西洋語。按此語譯文甚雅。雪，洗也。《莊子》：『澡雪而精神』；則有去垢之意。

---

40 《雅言》，頁 89，收入《連雅堂先生全集》。

文，文理也。」[41]連橫認為「雪文」譯名音義具備，是屬於個人見解，創譯者當初或許沒有想到這麼多。

「羊目子」，即無患子，植物名，無患子科，落葉喬木，高二三丈，葉互生，偶數羽狀複葉，小葉長卵形，夏月開淡黃色小花，圓錐花序。雄花八雄蕊，雌花子房三室。花後結實，成熟的果實由綠色轉為半透明的綜色，形圓，果皮堅硬，內有種子一，色黑而堅。臺灣由於氣候與地形適宜，在全島低海拔闊葉林內皆能發現無患子的蹤跡，尤其是西南半部的淺山地帶，更是主要的分佈區。在清潔劑尚未普遍使用的年代，無患子無疑是最佳的替代品，它那厚肉質狀的果皮含有皂素，只要用水搓揉便會產生泡沫，因此大家便以無患子來洗滌器具或衣服。一般的用法是將無患子果實敲碎，剔去果核，揉成團狀，儲於罐中使用。團狀的無患子顏色烏黑，洗滌污垢效果良好，洗滌白色、黑色衣服均佳，洗久了白衣會因色素沉積而稍變黃色，黑衣則色澤反而能保持鮮豔。老一輩婦人還用來洗頭髮，有去頭皮的功效。賴惠川此詩自註記述臺灣早期民間的製作技術云：「剔去其子，加微鹽，陶器貯之，歷久不變質，不硬化。」這是目前已經不容易採訪到的珍貴文獻記錄。

無患子除了洗滌的功用外，鄉村孩童還拿來當玻璃珠玩耍，僧人則以其製成念珠。相傳以無患樹的木材製成的木棒可以驅除邪鬼，因此名為無患。[42]

---

41 《臺灣語典》，頁75，收入《連雅堂先生全集》。

42 參閱晉崔豹：《古今注》下〈問答釋義〉、唐段成式《酉陽雜俎》續集10〈支植〉下。

九、水缸無數積門樓，日日家僮照例投。
有勢有錢邱罔舍，出三入六擬王侯。

註曰：「邱罔舍，頑皮之紈褲子也。聞總督出門時，放炮三發，入門時，放炮六發。彼效之，多買水缸，出門時，令家僮從門樓上投下三個，令碎作響如炮聲，入門時，投下六個，謂之『出六入三』。其他怪事甚多。」

【讀音】

sui^{2}（cui^{2}）kong^{1}（kng^{1}）bu^{5} soo^{3} cik^{4} bun^{5} loo^{5}

jit^{8} jit^{8} ka^{1} tong^{5} ciau^{3} le^{7} too^{5}

iu^{2} se^{3} iu^{2} cian^{5} khiu^{1} bong^{2} sia^{3}

（u^{7} se^{3} u^{7} cinn^{5} khu^{1} bong^{3} sia^{3}）

chut^{4} sam^{1} jip^{8} liok^{8} gi^{2} ong^{5} hoo^{5}

邱罔舍故事，是清代福佬人從福建移民到臺灣時所帶來的，屬於機智人物故事類型的故事。它大抵是以福建漳洲的丘蒙舍故事爲基型，再加上泉州「蔡六舍」、「鱸鰻舍」，漳州「謝能舍」的故事發展而成。

昭和十九年（1908）臺南安平的古老巷弄裡，由唐山戎客船進口巨大的水缸安置於民家屋頂平臺上，作為醃製食品、貯存什物的萬用器皿。

福建丘蒙舍等人的故事移殖到臺灣成為「邱罔舍」之後，受到臺灣風土、民情的影響，在故事情節上進行簡化、擴展、強化、削弱等轉化，有了新的發展。同時還吸收大陸其他地區機智人物故事情節，有了新的創造。並且丘蒙舍等人原有的文人身分也逐漸消失。此外還與臺灣本土「周金隆」、「憨人仔舍」這種揮霍型敗家子故事產生複合現象，從而發展出揮霍型敗家子故事類型，塗上濃厚的臺灣本土色彩。[43]

賴惠川此詩所記述的邱罔舍故事，是屬於揮霍型敗家子故事類型。它是臺灣流行的眾多趣味十足的邱罔舍故事之一。有關臺灣各地流傳的邱罔舍這位「箭垛式」人物的故事，目前臺灣民間文學學者全島普遍調查採集的工作還未完成，賴惠川此詩提供了完整的文獻資料，可謂彌足珍貴。

雲林縣北港鎮香火鼎盛的朝天宮媽祖神禡拓本，歷經用印、過爐儀式，提供全省信徒返家供奉的憑藉。

十、三牲酒醴十分豐，大道公生拜祝同。記取明朝三月半，須防媽祖請狂風。

註曰：「俗以三月半為大道公生日，媽祖必請狂風吹落其紗帽。」

【讀音】

sam^{1} sing^{1} ciu^{2} le^{2} sip^{8} hun^{1}

43 以上參考林培雅：《臺灣地區邱罔舍故事研究》（新竹：國立清華大學中國文學研究所碩士論文，1995 年 7 月，胡萬川指導）。

hong^{1}

tai^{7} to^{7} kong^{1} sing^{1}（sinn^{1}/senn^{1}）pai^{3} ciok^{4} tong^{5}

ki^{3} chu^{2} bing^{5} tiau^{1} sam^{1}（sann^{1}）guat^{8}（gueh^{8}）puan^{3}（puann^{3}）

su^{1} hong^{5} ma^{2} coo^{2} ching^{2}（chiann^{2}）kong^{5} hong^{1}

臺南縣學甲鎮慈濟宮珍藏清代流傳的保生大帝神禡拓本，被善男信女視為庇佑平安的象徵。

十一、三月年年二十三，
淋漓大雨豈空談。
洗殘媽祖煙脂粉，
大道爺公願始甘。

註曰：「俗謂三月廿三爲媽祖生日，大道公必以大雨洗其脂粉，以報三月半之風。」

【讀音】

sam^{1} guat^{8} lian^{5} lian^{5} ji^{7} sip^{8} sam^{1}

lim^{5} li^{5} tai^{7} u^{2} khi^{2} khong^{1} tam^{5}

sian^{2} can^{5} ma^{2} coo^{2} ian^{1} ci^{1} hun^{2}

tai^{7} to^{7} ia^{5} kong^{1} guan^{7} si^{1} kam^{1}

大道公即保生大帝，是臺灣民眾普遍崇祀的醫藥之神。媽祖即天上聖母，是臺灣民眾香火最盛信仰最深的神。天上聖母媽祖和保生大帝吳真人都是宋朝時的福建人，在人間之時都沒有結婚。民間傳說他們時常駕雲在中國南海岸與臺灣上空巡視，如果遇到颱風翻船，或是瘟疫，便下來救人。因此，他們時常見面，久而久之，大道公對媽祖的美麗和仁慈甚爲讚賞，漸漸產生愛意。

有一天，大道公在途中和媽祖相遇，大道公就趁機會向比他多二十幾歲的媽祖求婚，但遭拒絕，並受斥責，所以大道公心裡非常生氣，可是唯恐媽祖上奏玉皇上帝，便不敢表露出來。雖然如此，事後大道公卻常尋機報復，以洩餘恨。

在大道公向媽祖求婚被拒的那年農曆三月廿三日，媽祖生日的時候，大道公在雲端看見媽祖被人們抬去遊街出巡，大道公認爲機會到了，就立刻施展法術，讓西北雨傾盆大下，把媽祖淋得活像一隻落湯雞，臉上花粉都被洗淨，狼狽不堪。當時媽祖屈指推算，才知道原來就是大道公在作祟，所以也想找機會來報復大道公。

次年三月十五日大道公生日的時候，媽祖在雲端看見大道公洋洋得意被人們抬出去巡視，那時媽祖便也施展法術，突然刮起一陣狂風，把坐在轎內的大道公的烏紗帽吹落溝底。從此大道公和媽祖之間形成了仇恨，每年彼此的誕生慶典都互相挑釁鬥法。因而每逢媽祖生日必定下雨，而大道公生日那天則刮大風，民間遂有「媽祖婆雨，大道公風」的俗諺。[44]

上述這個神明之間浪漫而逗趣的傳說，其故事內情民間還有更爲細膩動人的解說。赤崁樓客〈真人風・媽祖雨〉云：

44 參考：（1）臺灣基督長老教會總會：《臺灣慣俗與民間傳說》（臺南：臺灣教會公報社，1969 年 4 月第 2 版），頁 137～139。（2）阮昌銳〈保生大帝信仰與傳說〉，《海外學人》第 154 期（1985 年）。（3）陳慶浩、王秋桂主編：《中國民間故事全集・1・臺灣民間故事集》（臺北：遠流出版事業公司，1989 年 6 月），頁 171～172。

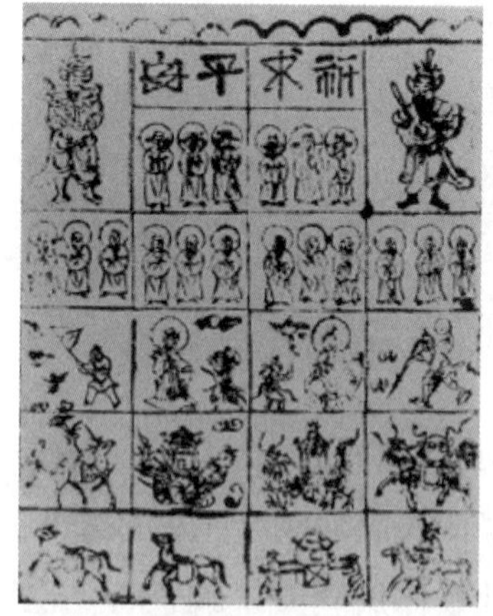

刷印眾仙、門神、輿馬造形於竹紙上，這是臺灣民眾在請神、送神祭拜儀式後燒化的神馬紙。

「真人的缺點是滿頭癩疤，藉以頭巾遮蔽，每當農曆三月十五日其神誕繞境遊行時，媽祖故意施行法術，召呼風神大事颳大風，藉以吹掉其冠巾，使他原形畢露；而媽祖亦有缺點，就是她滿面麻子，素以花粉塗面，藉以掩飾之，每當農曆三月廿三日在她神誕繞境遊行時，真人也神通宏大，召呼雨神大降滂沱大雨，藉以沖洗她面上花粉，使她暴露其真面目，予以報復。所以自古有『真人風・媽祖婆雨』流傳。」[45]

上述民間傳說故事的來源，曹甲乙〈三月十四無風也雨意〉解釋說：「『大道公要灑（音渥）媽祖婆的花粉，媽祖婆要颳大道公的龍袍』的俗諺，在農曆的三月十四及三月二十三之兩天，的確是風風雨雨爲多，來看賽會的中南部及近郊的鄉下人都有煩言，謂『大龍峒人及大稻埕人都是小氣，怕人來吃賽會』，故有人編出一段的神話，言：天的媒神本想替『大道公』與『媽祖婆』撮合，但媽祖婆早時偶然看到羊母生羊兒的苦楚，而發生了婚嫁的懨懼，就對媒神辭謝這段姻事。初媒神料想這段姻事一定能成功，因一未婚一未嫁，想不到功之爲虧，乃向大道公生一些是非，初大道公不信，久而疑，而後，大道公生怒，言於『媽祖婆誕辰日要下雨洗她的花粉』。不料

45 見《海外學人》第 154 期（1985 年）。

被站在媽祖婆旁邊的『順風耳』聽到，就報告媽祖婆，媽祖婆亦生氣地說：『要先發制人，在大道公的誕辰日，颳起風來吹開他的龍袍』云云。當然這是有人故意揑造的，因昔時大龍峒與大稻埕曾有械鬥，久不認輸，又因各祭典時，常常碰到風雨，想恐外來香客嘖有煩言，故揑造這一段的謠言來向外來的香客解嘲的吧。」[46]

綜合上述資料，可以證實賴惠川此兩詩所記述大道公與媽祖彼此戲謔的故事，確實是取材自臺灣民間傳說。這個故事似乎流傳很廣，筆者日前在家鄉竹山社寮作民間文學調查時，也採錄到。農曆三月進入梅雨季節，非風即雨，這個故事往往很靈驗，因此讓大家深信不疑。至於故事產生的原由，筆者認爲應與清代分類械鬥的恩怨有關，不同族群彼此取笑對方所崇拜的神明，是極有可能的。不然，在漢民族數千年前即已遠離「原始社會」的現代，人神相距十分遙遠，神早已是神聖不可褻瀆，有誰神智不清，膽敢去亂編故事加以散播，開神明的玩笑呢？

十二、鑪前薄餞密波羅，陣陣輕風送一遭。雲路鞭敲雲馬健，灶君雲路不勞勞。

註曰：「密波羅，鳳萊膏也。俗於十二月廿四日，買紙印黑馬一張，灶前焚之，名『送神』，是日有風，名『送神風』。」

46 見《臺灣風物》第26卷第4期（1976年）。

【讀音】

loo^{5} cian^{5} pok^{8} cian^{2} bit^{8} pho^{1} lo^{5}

tin^{7} tin^{7} khing^{1} hong^{1} song^{3} it^{4} co^{1}

un^{5} loo^{7} pian^{1} khau^{1} un^{5} ma^{8} kian^{7}

co^{3}（cau^{3}）kun^{1} un^{5} loo^{7} put^{4} lo^{5} lo^{5}

灶神崇拜，是漢民族自古以來即已流傳的民間信仰之一。俗稱灶神爲「司命灶君」，原因是「灶」乃是人生炊食所必備，家家戶戶一年之內無一日不蒙其庇恩，因而將灶本體神格化予以奉祀。又因爲灶所在的廚房位置，多在居家的後面，從而發展成灶神爲天上至高的神玉皇（俗稱上帝公）的督使，職司觀察一家大小所行的善惡，並上天向玉皇呈報。最後且與後世道教說法融合，認爲灶神有加以某種罰科的權威，從而產生很多灶神禁戒的條目。

灶神上天向玉皇大帝報告一家所行的善惡，古來有兩種信念，其一爲每月晦日報告之說，其二爲每年十二月二十四日報告之說。臺灣漢人所信屬於後者。清高拱乾《臺灣府志・歲時》:「十二月二十四日，各家拂塵。俗傳百神將以是夕上閶闔謁帝，凡神廟及人家各備儀供養，併印旛幢、輿馬、儀從於楮上[47]，焚而送之，謂之『送神』。至來歲孟陬四日[48]，具儀如故，謂之『迎神』。」所謂歲時行事的送神、迎神，在臺灣實際上是以灶神爲主的祭儀。明謝肇淛《五雜俎》:「俗以十二月

47 楮，連橫《臺灣通史・虞衡志》:「俗稱鹿好樹，以鹿好食之。皮以製紙。」此處為「紙」的代稱。

48 孟陬，農曆正月。

同治十年（1871）臺灣刊刷流布的《王府君敬章》卷首繡像，鐫鏤手持奏板的司命灶君寶像。

二十四日祀灶，謂灶神是夜上天，以一家所行善惡奏天，至是日，婦人女子多持齋。」臺灣送灶神的祭儀，是在十二月二十四日的早晨（或云日出卯時），家家戶戶供香燭，獻牲醴，焚「神馬紙」及「甲馬紙」，向上天擲之。「神馬紙」是在紙上印紅色的神像及神馬幡幢，供灶神駕乘。「甲馬紙」是在紙上印黑色的神馬及神馬幡幢，供屬神駕乘。或總稱二者為「紙輿馬」。士紳世家儀式特別隆重的，還奏讀祝文：「維年月日，弟子某某，敢昭告司灶之神，歲聿云暮，一家康吉，享茲火食，實賴神庥，若時昭報，罔敢不虔，菲禮將誠，惟神奠格。尚享！」由於灶神上天有所告白，第二天二十五日天神再下降查明事實，因而有必需再焚香齋戒的習俗，《彰化縣志・風俗志》：「二十五日家各齋戒焚香，謂天神下降，查察人間善惡，故致敬若此。」[49]至於迎灶神的祭儀則在正月四日。連橫《臺灣通史・風俗志》：「初四日，備牲設醴，燒紙馬，謂之『接神』。」賴惠川《悶紅墨

同治三年（1864）福建泉州同文堂出版的《定福神寶經靈籤》書中繡像，描繪民眾於灶前虔誠膜拜的畫面（郭雙富藏書）。

49 以上參考伊能嘉矩：《臺灣文化志》，中譯本，中卷，頁237～240。

屑》云：「霏霏細雨潤如酥，敬洗征塵酒一壺，統計人間來往帳，從頭曾奏玉皇無。」自註：「正月四日灶前禮拜，名『接神』，有雨，名『接神雨』。」[50]以上是臺灣漢人家庭祭祀灶神的一般習俗。

由於灶神在漢人民間信仰中，關係到一家大小的禍福吉凶，因此自古即有「媚灶」的說法。《論語・八佾篇》：「與其媚於奧，寧媚於灶。」意思是說與其巴結房屋裏西南角落的神，寧可巴結灶君司命。清唐贊袞《臺陽見聞錄》：「臘月二十四日爲小年夜，備幢、幡、輿、馬、儀從於楮，焚而送之，謂之『送神』。設肴果於灶前，合家男女拜祝曰：『甘辛臭辣，灶君莫言。』」[51]鄭大樞〈風物吟〉：「紙馬幢幡送灶神，山肴野蔬雜前陳。廚門長幼交羅拜，頻祝休言辣臭辛。」臺灣民間送灶神之日，「媚灶」的具體方式是供奉甜湯圓，希望利用又甜又黏的糯米湯圓去糊塗灶君的嘴唇，從而讓灶君上天向玉皇呈報的時候，儘量爲一家大小說些好話，也就是上文所說的「甘辛臭辣，灶君莫言」。上引這些文獻，都可與賴惠川此詩相互印證。

賴惠川此詩所說的「蜜波羅」，依據自註，指的是「鳳萊膏」。鳳萊，即鳳梨。膏，應作「糕」。鳳梨糕，是一種糯米加鳳梨及糖蒸熟的甜米糕。

（本文承蒙臺語文學家黃哲永先生協助標音，文物學家楊永智先生提供插圖，謹致謝忱。）

---

50 頁 5 上。

51 臺北：臺灣銀行經濟研究室，1958 年，頁 147。

【櫟社詩人林癡仙的詞作研探】

❖許俊雅

1960 年生於臺南縣，國立臺灣師範大學國文研究所博士，現任該校國文學系教授。曾任臺師大人文教育研究中心秘書兼推廣組組長、臺灣筆會理事、國立文化資產保存中心諮詢委員、國立編譯館國文教材編審委員、教育部課程綱要委員等。著有：《日據時期臺灣小說研究》、《臺灣文學散論》、《臺中縣文學發展史（日治篇）》、《讀你千遍也不厭倦——坐看臺灣小說》、《臺灣文學論——從現代到當代》、《島嶼容顏——臺灣文學評論集》、《有音符的樹——臺灣文學面面觀》等，編有《楊守愚詩集》、《翁鬧作品選集》、《楊守愚作品選集（補遺）》、《日治時期臺灣小說選讀》、《王昶雄全集》、《無語的春天——二二八小說選》等。

許俊雅女士（右）
2001 年與老作家劉捷合影▸▸

一、前言

詞在臺灣的發展，不及詩遠甚。臺灣詩人、詩社之多，實爲一大奇觀，以臺灣中部而言，詩社林立，詩人輩出，然而詞作則相對地少。謝道隆、林癡仙、林幼春、蔡振豐、林仲衡、莊龍、王學潛、王石鵬、張麗俊、林獻堂、蔡子昭等數十人，詩作質量俱佳，遠近皆知，然以詩相酬酢者多，以詞相唱和者少。其中能詩能詞者，只有林癡仙、傅錫祺、蔡惠如、林載釗、陳貫等十餘人。詞作在臺灣之所以未受青睞，殆有數因：

一者，如《四庫全書總目提要》所言，謂詞乃在文章技藝之間，作者弗貴，特才華之士，以綺語相高耳，故目之爲薄技，爲文苑之附庸。詞產生於沉醉浪漫的歌筵酒席之間，供南國嬋娟香豔美麗之歌詞，詞之爲物，一向爲大雅君子所鄙視，視之爲小道末技。南唐、兩宋爲宰相而作小詞的，頗有其人，但人們心中不免有惑。魏泰《東軒筆錄》載王安石爲相後，人問之：「爲宰相而作小詞，可乎？」南宋初年胡寅題向子諲《酒邊詞》說：「然文章豪放之士鮮不寄意於此，隨亦自掃其跡，曰謔浪遊戲而已。」以「謔浪遊戲」而「自掃其跡」，確是一般詞人否定詞之創作的自歉心理。直到南宋陸放翁自題〈長短句序〉，尚自我辯解：「少時汩於世俗，頗有所爲，晚而悔之。」然「念舊作終不可揜，因書其首，以識吾過。」（《渭南文集》十四）同時代人王灼《碧雞漫志》，序言亦說：「顧將老矣，方悔少年之非……成此亦無用。」「但一時醉墨，未忍焚棄耳。」可見塡詞一直予人究竟有何價值與意義的困惑。

二者，詞之格律甚嚴，一般士人，寧願作詩爲文，而不喜填詞；詞之句法語彙偏清靈曼妙，古樸典重字面多避而不用，表現方法華飾多於素描，幽微多於醒豁，隱約含蓄，託興深婉；詩偏重直接敘寫的感慨發揚之美，與詞頗有不同，其寫詩時之心理狀態與詞亦不同。臺灣爲一移墾社會，締造百業，尤需剽悍驍勇之性格，在荒地漸墾，經濟漸富的情況下，本地人士方有富而求貴之心態，遂多延聘博學碩儒以授子弟，欲透過科舉以求取功名。科舉取士以詩文爲主，詞固非敲門磚，研習此道者宜較少。

三者，臺灣經荷蘭、明鄭、滿清、日本此消彼長的統治，生於斯、長於斯的先民飽受憂患，承受各種殖民掠奪之苦痛，素具抗爭之民族性格，表現於詩文，自然孕育出反對壓迫、宰制之內容，此一抗爭精神，適合表現於詩作，施之於詞，則失其溫婉之風。鹿港詩人洪棄生之詞作，顯然充滿憤懣之氣，〈淒涼調〉、〈醜奴兒慢〉二首記日本之侵略，日本當局稅政之苛，人民苦痛之情，其口吻即頗不類詞，純是發揚蹈厲之詩風。[1]許地山〈窺園先生詩傳〉謂其父許南英《窺園詞》（一卷，五十九闋）：「詞道，先生自以爲非所長，所以存底少。」[2]事實上，臺籍詩人多，詞人絕少，詞不顯於世。有名詞客，如林癡仙、連雅堂等人，皆是附帶爲詞。

---

1 癡仙詞中黍離麥秀之悲，則往往以恬淡胸次唱嘆之，無劍拔弩張之氣。

2 許地山該文，見許南英：《窺園留草》（臺中：臺灣省文獻委員會，1993 年 9 月，《臺灣歷史文獻叢刊》），頁 247。

二、林癡仙生平及其詩詞

林癡仙（1875～1915），諱朝崧，字俊堂，號無悶道人。臺中霧峰（原屬阿罩霧）人。建威將軍林文明螟蛉子，福建水師提督林文察從子，排行第十，人稱「林十」。自幼聰慧絕倫，十七歲入泮爲諸生，早有聞名。乙未臺灣割日，身經國變，乃避亂內渡福建晉江，後又北去上海，遍遊中原名山大川，旅羈飄零之感，益長其雄渾澎湃之氣。數年後，以母老復返臺。當時內渡人士既不願身處異族統治，然家產又滯留臺灣，歸與不歸，實皆兩難。但復歸臺之人士，泰半歸臺非本願，因而抵家後，不是杜門謝客，便是寄託醇酒美人，抑鬱而終，癡仙又號「無悶」，亦正見其愁悶滿懷，故有無悶之冀望。光緒二十四年（1898）回臺之後，因見兵燹之後的故鄉，滿目瘡痍，內心感慨萬千，遂邀賴悔之等議創詩社。1902 年「櫟社」正式成立。詩社名「櫟」，櫟，不材之木。癡仙說：「吾學非世用，是爲棄材，心若死灰，是爲朽木。故吾獨以櫟名社，從吾游者，志吾幟焉。」其心境之無奈，從〈次韻答紹堯〉詩亦可見之：

> 無心用世惟耽酒，有口逢人便說詩。醉不願醒歌當哭，此生當賣幾多癡？悠悠身世且隨緣，飲酒看花自得仙，若向紅塵求解脫，幾身修到火坑蓮。

1898 年癡仙回臺小住期間，曾撰就了不少血淚交織之詩，令人一掬同情之淚。〈春日雜感次粵臺秋唱韻〉七律八首，第六、七首尤爲絕唱，茲錄第六首以見之：

西望神川一據鞍，奮飛無計逐風翰。生為穿鼻牛堪恥，死作留皮豹亦難。世事旁觀棋局亂，窮途吐氣醉鄉寬；誰能苦學鮮卑語？博笑人前戲潑寒。

〈出門即景〉一詩尤表現了臺灣淪日之後，文士淒寒孤獨之倦意：

出門多歧路，天荊連地棘。群山當眼前，俱含憔悴色。萬樹無鳥飛，深藏避彈弋。獸蹄交康衢，前去恐不測。

覆巢之痛，苦語聲酸。任公遊臺，與櫟社諸君子多所酬唱，癡仙有詩說：「花前說天寶，徒使青衫濕。」又有贈任公詩曰：「天地無情飄斷梗，江山有恨缺金甌。」對於臺灣割日，悲憤塡膺，欲哭無淚。後來與烈堂、獻堂、全臺士紳富豪發動「臺灣第一個請願運動」—設立「臺中中學」，對殖民政府教育政策的偏差，提出不平之鳴，親撰〈籌設中學啓〉、〈中學校募集序〉二文。

癡仙詩作時見沉痛，〈盆梅〉詩云：「不辭風雪老天涯，傲骨偏遭束縛加。打破金盆歸庾嶺，人間纔有自由花。」流露了對日本帝國主義者的仇鄙，和對現實不滿的抗訴。他的創作也呈現了由狂吟入於苦吟的過程，在臺灣割日之後，由於深具苞桑之痛，因此多寄情酒色，絕意人間。這種情形和景琛〈贈澐航宗年伯〉詩之哀情相同：「國事傷心知莫補，婦人醇酒學曹參。」連橫〈林癡仙傳〉：「嘗醉臥美人側，每當意，輒賦詩贈之。北地燕支中，無不知有林子者。」林獻堂說他：「幼即耽詩，爲諸生，不日課舉子業而課詩。滄桑之後，詩酒兩嗜，無日不飲，無飲不醉，而亦不醉無詩。」幼春爲其詩集作序，亦謂：「有能諒其抱不得已之苦衷，而又處於無可如何之境遇者，時取一卷置諸醇酒婦人之側，歌以銅琶鐵板之聲，則癡仙之爲人，固可旦夕遇之。」語意淒切。《無悶草堂詩存》，慨寄遙深，鄉關之感，家國之嘆，悉寓焉。〈歸里書懷〉即透顯他不與殖民當局合作心聲：「軒冕非吾願，世事誓不言。」詩存所收大多是癡仙乙未以後「苦吟」之作。既有潛歸山水田園之思，但又有不能忘情、不得盡歡之悲。這樣的悲情，幾乎日據前期遭青雲路斷，國土淪陷的文士都有之，坎凜抑鬱，但焉心痛，年僅四一，遽歸道山。其侄林幼春序其詩存說：

> 吾島自斯庵以來而有詩，吾邑詩人至邱丈仙根而大著。島系中絕，諸老播遷，當鶯喑燕啞之交，有作唳鶴哀猿之逸響者，則叔父癡仙先生是已。嘗試論之，先生之詩，當其轉徙桐城歇浦間，勝賞既多，時有小謝清新、太白俊發之語。及其歸隱故林，雖豪氣未除，而機心已茁，則頗雜以玉溪恢詭、昌谷詰曲之風。三十以外，憂患飽嘗，乃折而學陶、學杜、學白。

林幼春雖是癡仙侄兒，但僅少五歲，二人情同兄弟，時常唱和，對癡仙詩作亦知之甚深，因而有以上之評。其人其詩，見於《無悶草堂詩存》各家題詞[3]，然對於其詞之關注，則多所闕如，本文之作，冀能補其闕。

臺地作詩者多而詞作少，出色的似亦不多，然林癡仙卻是極有細緻精微詞人之心性的人，對詞的美感特質也有一己之體認。繆鉞在〈宋詞與理學家──兼論朱熹詩詞〉[4]一文中說：「宋代理學家中，作詩出色的尚有其人，作詞出色的幾乎無有。」癡仙流連花叢酒筵，固其詩詞兼擅。對詞眇幽微的特美，具有一種領悟與掌握的能力，也可以說他淒婉善感，善於表達心靈中一種柔軟精微的感受。尤其遭遇割臺的挫折和痛苦，悲哀挫辱種種變亂，使得詞更形微妙，寫得更有深度，充分發揮詞的低徊婉轉「弱德之美」。詞體原是更適合寫弱勢的、被損害的、被侮辱的感情，詞作也往往更能流露詞人真實的性情志意與深蘊的情懷。詞，在兩千年知識文明的層巒疊嶂下，向長天大地釋放自己的渴望，劃出了一片熱情洋溢的浪漫天空，透過詞的閱讀與欣賞，我們才真正貼近詞人的心境。

---

3 如張升三云：「隴西將種以文名，敵萬誰教學未成。思肖井中心史在，開函應為淚縱橫。」林耀亭云：「憂患難消黍禾感，牢騷都入芷蘭思。」張玉書云：「詩史情懷同子美，酒狂身世是青蓮。」吳子瑜云：「迴思抵掌談時局，不道驚才出將門。」具可見癡仙之為人、為詩。

4 此文原載《四川大學學報》1989 年 2 期。收入繆鉞、葉嘉瑩著：《詞學古今談》（臺北：萬卷樓圖書公司，1992 年 10 月），頁 44。

三、無悶草堂詩餘作品析探

林癡仙《無悶草堂詩存》書附《詩餘》一卷，收詞四十五首，遠少於詩作（詩存凡收 808 首），此中是否有所割愛不得知。然《詩餘》所錄流連妓筵、把酒聽歌之作，則多於《無悶草堂詩存》的收錄，傅錫祺於《詩存》序文中說：「然於適興之作或擊缽之吟，則亦有以毋錄爲議者，因以勉從割愛。」[5]根據廖振富的研究，詩存所刪者，其因之一爲「格調不高或縱情酒色的戲作。……癡仙頗以流連妓筵歡飲、即席提筆成詩爲人所熟知，其中固有纏綿流麗之佳作；但的確多半下筆太易，或純屬戲筆，或格調不高，這正是傅序中所說的『適興之作』。」[6]《詩餘》內容大抵爲弔古傷時、悼亡送別（贈別、贈行）、詠物抒懷、友朋唱和或江樓獨醉，排遣愁緒，自傷身世情懷之作，癡仙皆曲盡寫之。

至於《詩餘》寫作時間，由其排序首列〈南浦・贈別雲從〉，其後復有〈念奴嬌・科山生壙集編成戲題〉、〈憶舊遊・哭蔡啓翁〉、〈喜遷鶯・獻堂送其二子留學東京，填此闋送行〉、〈和任公留別韻〉、〈小重山・辛亥九日萊園登高〉、〈祝英臺近・壬子元宵，悔之、復澄、豁軒同過草堂，雨後對月作〉、〈湘春夜月・用黃雪舟韻，送獻堂西遊中國，時南北方唱

5 林朝崧：《無悶草堂詩存・傅序》（臺灣銀行經濟研究室編輯，臺灣銀行發行，1960 年 2 月，《臺灣文獻叢刊》第 72 種），頁 1。

6 見廖振富：《櫟社三家詩研究──林癡仙、林幼春、林獻堂》（臺北：國立臺灣師範大學國文研究所博士論文，1996 年 5 月），頁 118。

分立〉等，大抵寫作時間約從 1908 年至 1913 年。[7]

癡仙是多情之人，其用情不但在婦人女子生離死別之間，大而國家之淪胥，小而友朋之聚散或弔古而傷今，或憑高而遠眺，即一花一木之微，一遊一宴之細，莫不有一段深情纏繞心府間。以下略循此，分項敘述之。

㈠贈別之作

南浦（贈別雲從）

一卷錦囊詩，賭黃河，幾處旗亭曾畫。琴劍倦依人，虆𣯶鶴，箇是竹林流派。浩歌歸去，兩肩風月無牽挂。賣賦千金貧似舊，都付酒錢花債。　故鄉山水招人，羨青鞋布襪，者翻塵外。松菊徑猶存，園雖小，差勝洛陽佐廨。夢中綵筆，閒來聊寫漁樵話；時事從今須絕口，莫遣流俗驚怪。

詞牌本不具題意，此詞則具本意。江淹〈別賦〉：「春草碧色，春水綠波，送君南浦，傷如之何？」南浦即南面的水邊，爲送

7 〈念奴嬌・科山生壙集編成戲題〉寫作時間應是光緒戊申年（1908），謝頌臣科山生壙集編成時間即此年，見《科山生壙詩集》，丘逢甲有序，文末署名戊申四月南武山人丘逢甲序。書末即癡仙此闋詞。另詳見《小東山詩存・附唱和詩詞、科山生壙詩集》一書。獻堂遊中國時間為 1913 年，此詞後有〈瑣窗寒・和豁軒韻〉，宜為癡仙悼亡之作，癡仙內子謝氏端亦 1913 年卒。有關詩餘寫作時間依其詞題、內容，搭配詩存、櫟社沿革志略及相關材料，大抵可追索出確切時間，編輯次序應該已考慮時間先後的情況。

別之地。小序〈贈別雲從〉，指莊雲從（1884～1925）。名龍，號南村，臺中大甲南庄人。曾任公學校教師及臺中新聞記者。莊氏與櫟社結緣當是 1905 年主動贈詩林癡仙，兩人遂往來頻繁，次年，雲從入社，1919 年退社，因罹患狂疾。[8]詞一開頭頗有自負文才之意。錦囊一卷用李賀外出時，騎距驢，背一古破錦囊，得句即書投囊中之事。「旗亭曾晝」則用旗亭畫壁典故，唐代詩人王昌齡、高適、王之渙三人一日於旗亭飲酒，聽梨園伶人歌唱，私約以詩作被唱的多寡來定三人作品的高下，並各自在牆上作一記號。後因王之渙〈涼州詞〉爲最出色伶人

8 傅錫祺《櫟社沿革志略》:「雲從雖被認為退社，其原因在患精神病，大堪同情，且其詩頗多可取，故為錄入。」雲從詩學劍南，林幼春說他已入放翁之室，連雅堂則稱譽其詩「詩筆清新，眾所推許」。卒後，許天奎有〈哭莊雲從〉詩:「掬將哀淚慟鷗盟，卅載難忘舊雨情。枉費讀書過萬卷，一生所得是狂名。平生鐵硯共研磨，其奈沈痾不起何。一卷南村遺稿在，感人文字哭當歌。年來一掬多情淚，惆悵莊生化蝶回。絕憶秋高人影瘦，酒邊相對興全灰。氣類凋殘恨莫論，九幽何處為招魂。傷心大甲溪邊路，宿草斜陽獨閉門。窮愁鬱鬱十經年，騰踔無由欲問天。祇惜遺詩紛在篋，強收眼淚讀殘篇。赴召曾傳上玉樓，斯人斯疾究何由？文章畢竟能憎命，嘔盡心肝死倘休。」可見二人交情，及雲從才高學博卻得狂疾之恨事。據聞雲從致病之由乃緣感情因素，村人以「肖莊龍」呼之，天奎為之慨嘆「枉費讀日過萬卷，一生所得是狂名」。誠然令人心酸。他的境遇與臺南王芷香甚為相似，他於 1925 年卒，芷香則在這一年亦得狂疾，鎮日游走街市，口中喃喃不知所云。後來都遭被關屋內之命運，幽室不得自由，往往病情加劇。芷香詩文流亮清新，為南社社員，可說二人都是頗有才情之人，但文章憎命達，他們的一生境遇令人憐惜。莊龍死後，雅堂曾於《臺灣詩薈》徵其詩作，《櫟社第一集》中有〈雲從詩草〉廿六首。

所唱，而略勝一籌。[9]「琴劍倦依人」，「琴」象徵學術文化，「劍」代表建立勳業。他也曾滿懷抱負，但不得施展；一腔幽怨。在龔自珍詩作中，簫、劍時常並出，即以此說明自己的壯志豪情，如〈秋心〉詩：「氣寒西北何人劍，聲滿東南幾處簫」癡仙亦曾氣概凌霄，琴劍依人，意欲有所爲，但無力回天，用世無望，便萌生遁隱之意，一如竹林七賢，佯狂縱酒，似故作飄逸蕭散，此中實感慨憂憤。詞中「㲜㲝鶴」，用《世說新語・排調》：「羊叔子有鶴善舞，嘗向客稱之，客試使鶴來，㲜㲝而不肯舞。」可見其個性傲岸，不逢迎流俗，不隨意屈人抑己。用庾信〈小園賦〉借小園景物，抒寫一己眷念鄉關之情懷。「青鞋布襪」用杜甫〈奉先劉少府新畫山水障歌〉：「若耶溪，雲門寺，吾獨胡爲在泥滓，青鞋布襪從此始。」見竹樹花草，煙霧風雨，江南之美襯托自己陷溺在官場泥滓中，思託身世之外。「閒來聊寫漁樵話」則有《三國演義》（第一回）時代盛衰之意：「白髮漁翁江渚上，慣看秋月春風，一壺濁酒相逢，古今多少事，都付笑談中。」全詞寫出自己的心境，頗自悲身世，感慨淋漓。

癡仙詞不時有嚮往隱逸之趣，充滿思歸及醉中求樂之意緒。「判作隨波鷗鷺，身世托漁篷」、「箇是竹林流派，浩歌歸去，兩肩風月無牽挂」、「夢中綵筆，閒來聊寫漁樵話」之期待，「消耗雄心，只要一杯在手」的無奈，隱逸雲山，蕭散放閒的背後正是猿哀鶴唳的錐心。

9　見唐・薛用弱《集異記》，卷 2，王之渙條。

喜遷鶯（獻堂送其二子留學東京，填此闋贈行）

男兒努力，第一是須念寸陰尺璧！株守生涯，穴居天地，終古昂頭何日？世上伊涼換譜，萬事拘墟不得；最堪惜，惜磨牛步步，不離陳跡。　眉白，吾小陸濯足滄浪，明日蓬山客。老鳳將雛，小龍抱寶，萬里乘風快極。桃李移根上苑，容易成陰結實；目先拭，看雙珠還浦，光能照國。

此詞臨別贈言，讀萬卷書行萬里路，不株守天涯，不墨牛步步，揚帆待發，豪情滿懷，壯志風雲，有揚眉吐氣，激昂青雲之感，語多懇切。本詞使事用典亦復不少，如「老鳳將雛，小龍抱寶」、「看雙珠還浦，光能照國」，前句化用李義山詩句：「桐花萬里丹山路，雛鳳清於老鳳聲」，及曹植〈與楊德祖書〉：「人人自謂握靈蛇之珠，家家自謂抱荊山之玉」；後句用「雙珠」呼應詞題「二子」，極爲切當，且善化用《後漢書》孟嘗傳之事[10]，比喻兩子學成歸國。而將門父子，相得益彰。下首以「元龍未老」讚譽之。

湘春夜月（用黃雪舟韻，送獻堂西遊中國，時南北方倡分立）

望江南，憑闌飛去騷魂。苦恨蠻雨蠻煙，樓外晝常昏。逕

10 傳說漢合浦郡不產穀實，而海出珠寶，先時郡守並多貪穢，極力搜刮，而致使珍珠移往別處，後孟長為合浦太守，制止搜刮，革易前弊，珍珠復還。

買片帆西渡，任故園花柳，惜別殘春；羨結交四海，元龍未老，豪氣猶存。　前程細數，黃梅節近，人在吳門。伍相荒祠，聽不得玉簫嗚咽，吹起風雲。人情叵測，看荳萁煎到同根。池水皺，算干卿底事？傷時熱淚，空濕襟痕。

「元龍未老，豪氣猶存」二句，前句反用辛稼軒〈水龍吟・過南劍雙溪樓〉:「元龍老矣，不妨高臥。」稼軒以此自我反諷。癡仙則以元龍未老，稱美林獻堂，說其爲人有陳登之豪氣。二人均用三國陳登（號元龍）之典故[11]，這典故主要說明了陳元龍處亂世而不謀求自己安定的生活。後句亦從稼軒出，稼軒亟讚元龍之湖海豪氣，如〈念奴嬌〉:「更覺元龍百尺，湖海平生豪氣。」至於「黃梅節近」，點出獻堂西遊中國時間。南北分立猶如同根兄弟自相煎逼。「池水皺，算干卿底事」用南唐中主李璟與馮延巳故事，說明時局動盪，令人憂心不得平靜。此詞充滿關懷時事之情，其寫作時間應是 1913 年。《櫟社沿革志略》癸丑條:「灌園、旭東將遊大陸，同人以三月十九

11 《三國志・魏志》，卷 7，〈陳登傳〉:「後許汜與劉備並在荊州牧劉表坐，表與備共論天下人。汜曰:『陳元龍湖海之士，豪氣不除。』備謂表曰:『欲言非，此君為善士，不宜虛言；欲言是，元龍名重天下。』備問汜:『君言豪，寧有事耶？』汜曰:『昔遭亂，過下邳，見元龍。元龍無客主之意，久不相與語，自上大床臥，使客臥下床。』備曰:『君有國士之名，今天下大亂，帝王失所，望君憂國忘家，有救世之意；而君求田問舍，言無可采，是元龍所諱也，何緣當與君語！如小人，欲臥百尺樓上，臥君于地，何但上下床之間邪！』」

日（古曆二月二十二日），會於詹厝癡仙之無悶草堂爲祖餞之雅集。……有寫真以作紀念。」（頁 9）

臨江仙（贈別旭東）

一盞孤山新歲酒，多情來別梅花，恨無紅袖撥琵琶；願君題醉筆，粉壁待籠紗。　風雪此行須自重，五湖去未攜家，神州正是亂如麻；重飛遼海鶴，城郭總堪嗟。

雖是贈別，卻透露其對神州憂國之心志，與送獻堂西遊中國一闋之情懷相同，此行獻堂、旭東同遊。

1911 年梁啓超訪臺，癡仙、幼春叔侄與之唱和頗多。[12]梁氏臺灣之行，對林獻堂、林幼春叔侄日後之從事政治、文化運動，有其相當鼓舞作用，尤其對「無心用世惟耽酒，有口逢人便說詩」的林癡仙，更是因之振作精神，熱衷於「臺中中學」之設校等積極工作。

浣溪沙（次任公歸舟晚眺韻）[13]

落日蒼茫賦七哀，六鰲猶自駕崔嵬；流波到海幾時回？芳

12 癡仙與梁氏唱和之作，梁氏訪臺前有詩〈次韻寄贈梁任公先生啟超〉、〈次韻遙和任公歲暮感懷六首〉，梁氏來臺後與櫟社詩人聚會，癡仙有詩〈贈任公〉、〈追懷劉壯肅〉、〈陪任公先生夜坐，分得十、觴兩字〉二首等。

13 一般選本作〈臺灣歸舟晚望〉。梁氏 1911 年舊曆 3 月 13 日於臨去時，寫信給《國風報》編輯部同仁謂：「頃行矣！同舟所滿載者哀憤也。」於基隆填詞三闋，流露其依依情意。

草總成今日恨，錦帆空記昔人來；夢中影事重低徊。

次韻，即依原作之韻字。梁任公此作：「老地荒天閱古哀，海門落日浪崔嵬。憑舷切莫首重回。　費淚山河和夢遠，凋年風雨挾愁來，不成拋卻又徘徊。」梁作乃是從臺灣返回大陸，舟中觸景生情，面對山河破碎，不禁感慨萬千。癡仙之作，首句賦七哀，用王粲七哀詩，傾瀉自己心中之哀痛。二句寫眼前時事，烘托胸中的淒愴。下片思友，徘徊往事。任公說「費淚山河和夢遠」，耗費眼淚的山河和當年夢境都已遠去。癡仙對此則夢中影事低徊不去。「少年南陌遺香，舊歡如夢，歎和夢也無尋處」（同宋徽宗〈燕山亭詠杏花〉寫法），寫得何等的低迴無奈，何等的委曲纏綿。

念奴嬌（和任公留別韻）

孤帆去也，恨簫聲吹到滿江絲雨。春盡細腰宮畔路，憔悴露桃無語。燕燕飛來，巢痕已掃，何計銜泥補？回頭更望，別情應繞雲樹。　珍重錦瑟華年，幾番傷別，鏡裡顏非故。舊日才人廝養婦，失足已成千古。一曲青溪，小姑獨自，蘭佩還留取；佇聞好語，分香青瑣深處。

抒寫其依依不捨之心情及臨別珍重之祝願。「春盡細腰宮畔路，憔悴露桃無語」，用杜牧〈題桃花夫人廟〉：「細腰宮裡露桃新，脈脈無言幾度春。」「分香」用曹操「分香賣履」典故（漢・曹操・遺令），曹操臨終前，命人將餘香分給諸夫人，並吩咐眾妾學作組履去賣，而使眾妾有所寄託。比喻臨死時對妻妾的愛戀之情。

㈡詠花卉寄懷

癡仙詞凡詠花者，有梅花、水仙花、杏花，茲舉一二首以論。

疏影（梅花）

瑤臺曾遇，問春風，萼綠何處淪墜？倚竹無言，縞袂障羞，憔悴軟紅塵裡。多情我是孤山客，共索笑檐前休避；乍滯人，枝北枝南，疏影似迎還拒。 這是高標出眾，比夭桃豔杏，多少矜貴？放鶴亭邊，紙帳迎來，明月照人歡喜。林間翠羽驚殘夢，怕轉瞬綠陰容易；好殷勤檀板金樽，夜夜為花沉醉。

詞描繪了梅花的清高幽素與風神氣骨，同時彷彿看到一位清麗動人卻歷經人世滄桑，境遇清寒飄零的人物形象，可說梅品即人品，就中不無自我寫照之意。詞一開頭即用李白〈清平調詞〉:「會向瑤台月下逢」，既寫梅花只應天上有，也有佳人罕逢人間之味，起始即切題。這首寫梅詞善於化用林逋、姜夔之作。林逋生性淡泊，隱居西湖孤山，未娶妻，植梅養鶴，與梅、鶴作伴，人稱「梅妻鶴子」。林癡仙此詞化用其句，梅、鶴皆安插其中，點睛傳神之筆。「放鶴亭邊，紙帳迎來，明月照人歡喜」，放鶴亭邊，林逋隱居杭州孤山，蓄二鶴。逋出遊西湖，有客至，家人放鶴相招。其舊廬亦名放鶴亭（宋人張天驥飼二鶴，朝放暮歸，作亭名放鶴亭，蘇軾亦有放鶴亭記）。

紙帳迎來，紙帳或畫以梅花，或畫以蝴蝶，自是分外清致，此處用紙帳，則隱約可見梅花，故下曰：「明月照人歡喜」。姜夔疏影詠梅一詞：「舊時月色，算幾番照我」。索笑，詞人化用杜甫〈舍弟觀赴藍田取妻子到江陵喜寄〉詩：「巡檐索共梅花笑，冷蕊疏枝半不禁。」呼應詞題「梅花」。「林間翠羽驚殘夢，怕轉瞬綠陰容易」，寫梅樹上翠禽的鳥囀，使詞人從殘夢中醒來，惜花而常怕花凋零，轉瞬間一片綠陰，所以他要檀板擊節，不必金杯美酒，夜夜為梅花而沉醉。後二句林癡仙翻案其意，另出新裁，林逋〈山園小梅〉：「疏影橫斜水清淺，暗香浮動月黃昏。……幸有微吟可相狎，不須檀板共金樽。」林逋說賞梅不須檀板共金樽，癡仙因著惜花心情，反說要「好殷勤檀板金樽，夜夜為花沉醉」。至於「林間翠羽驚殘夢」一句，實亦暗用了姜夔賦梅之作〈疏影〉中的「苔枝綴玉，有翠禽小小」。而翠禽（翠羽）用隋趙師雄於天寒日暮中，與梅仙所化的美人邂逅典故。他們相偕前往酒店歡飲，翠鳥化作綠衣童子於一旁歌舞助興；趙酒醒以後，美人已不見，只有枝上梅花與翠鳥而已（見《龍城錄》）。癡仙此處著以「驚」、「怕」，正是怕一切煙消雲散的心情寫照。詩詞中春謝花消，轉而「綠陰」，此一語碼經常是時代衰微，改朝換代之意。要言之，癡仙這首詠梅的詠物詞，借用了許多和梅花相關的典故，從各個不同的側面來刻劃的風韻，若隱若現寫盡梅花之姿。詞中不但借典託出梅花高標出眾的氣質與絕世風華，還道盡江山易主下的心頭哀音。

瑤花慢（水仙花）

美人何處？洛浦湘江，悵碧雲千里。微波空託，誰信道一點靈犀潛許？緗裘縞袂，彷彿到曲屏近底。念環珮月夜飛來，水闊天寒辛苦。　重帷深下金堂，怕不慣冰霜，密與遮護。目成腸斷，應認得前度漢皋交甫。盈盈無語，步羅襪燈前起舞；願掌中留住仙裙，莫放乘風歸去。

山遮水隔，礬弟梅兄，正歲寒相憶。凌波仙子魂一縷，多謝春風招得。攜盤卻立，悄猶帶漢宮月色；料芳心情怨難勝，且莫與彈湘瑟。　護香簾幙重重，惱蝶使蜂媒，頻扣窗槅。天寒夜永，相對處，屏底銀燈閒剔。風鬟霧鬢，縱消瘦依然傾國；試尊前與賦驚鴻，借取陳王綵筆。

水仙花，著眼於水、仙，水仙一名，命名者實摹寫傳神。李漁〈水仙〉謂：「水仙一花，予之命也。予有四命，各司一時，春以水仙、蘭花爲命。」因熱愛水仙，移居南京，冒雪返鄉，窘困度歲，寧可質借、典當，亦不願無水仙相伴。癡仙熱愛之情亦復可見。詞一起始便出以擬人手法，花似美人，美人似花，饒有情致。曹植〈洛神賦〉：「凌波微步，羅襪生塵」以洛神宓妃之綽約風姿狀水仙，癡仙則以水仙花比擬美人。「美人何處？」「念環珮月夜飛來，水闊天寒辛苦」、「願掌中留住仙裙」此數句爲詞眼，暗示水仙花而情意宛轉。「念環珮月夜飛來，水闊天寒辛苦」化用姜夔〈疏影〉：「昭君不慣胡沙遠，但暗憶、江南江北。想珮環月夜歸來，化作此花幽獨。」「蝶使蜂媒」句則融用周邦彥〈六醜・薔薇謝後作〉：「但蜂媒蝶使，時扣窗櫺。」在況物比人上，以「蝶使蜂媒」的多情，人、物雙寫，寫水仙（美人）爲人所傾愛。

〈瑤花慢〉第二首暗用黃庭堅〈王充道送水仙花五十枝欣然會心爲之作詠〉:「凌波仙子生塵襪，水上輕盈步微月。是誰招此斷腸魂？種作寒花寄愁絕。含香體素欲傾城，山礬是弟梅是兄。坐對真成被花惱，出門一笑大江橫。」使事用典圓融入化。礬弟梅兄，山礬是弟梅是兄，引用黃詩貼切。[14]爲卉植敘彝倫，乃古修詞中一法。過去姜夔寫愛情大都以側筆爲之，往往託藉與其愛情本事有關之一二事物，如梅、柳等點染爲之，而不用直敘之筆，癡仙此詩寫水仙，如詠佳人，或亦是有所託之作。這兩首賦水仙花的詠物詞，詞人透過通首之用典，遺貌取神地寫出水仙花姿態精神。

至於〈春柳〉一闋，起始「風似剪，剪出萬千金線」，自賀知章〈詠柳〉出，賀詩:「不知細葉誰裁出，二月春風似剪刀。」讚美柳的體態標格。柳枝婀娜，別有一種風流，使人想起少女腰枝。杜甫〈絕句漫興〉早有「隔戶楊柳弱裊裊，恰如十五女兒腰」之句。痴仙亦以此特點，稱頌她獨特的資質風韻:「不種靈和前殿，舞斷柔腰誰見？」柳有情，「替訴長亭攀折怨」。作品本是陶寫吾心，是其心靈之寫照。詠物詞貴在空靈蘊藉，言近旨遠，予人無限深思餘地，而忌拘於形似，索寞乏神。意象與詠物技巧，將物的寓意和情的抒發熔爲一爐，既

14 山礬，山谷〈戲詠高節亭邊山礬花二首序〉:「江湖南野中有一種小白花，木高數尺，春開極香，野人號為鄭花。王荊公嘗欲求此花栽，欲作詩而陋其名，予請名曰山礬。」

朦朧雋永，又形象暗示，予人豐富的想像啓示。這幾首作品脈行肉裡，神寄影中，在詠物詞中可謂別具一格。

㈢唱和、悼亡之作

與豁軒（陳貫）唱和之作頗多，蓋二人性情有相似之處，因此詩酒唱酬，深於交契。賦悼亡，一字一淚，沉摯表達了伉儷間永訣的生死之情。追思往昔，徒增香魂縹緲，人天永隔之悲懷，皆從肺腑中傾出，句句透露刻骨之痛，一般裁紅刻翠之作，無語較短量長。夢回空對明月，尤爲悲痛。

瑣窗寒（和豁軒韻）

荏弱孱軀，溫柔細語，劫風吹遠。中宵酒渴，夢裡時時錯喚。算窮途相依半生，怕人剛叩情深淺；唱一篇哀些，人間天上，可能聽遍？　春短，知難戀；更苦是難逢，夜臺魚雁。百年有幾？我亦無多時返。問天天山蘖澗松，死生流轉何處見？最淒涼女哭兒啼，乍徹靈床飯。

前調（再和豁軒）

未慣生離，那堪死別？隔重泉遠。欲尋去處，妙子稠桑難喚。乍新巢雙栖未安，歎伊福薄儂緣淺；憶廿年流落，牛衣鴻案，苦俱嘗遍。　長短，前因戀；縱早替量珠，未成孤雁。知音會意，爭似倩魂難返。對燈前春風畫圖，綠窗髻影長夢見；懺情痴便欲灰心，去乞伊蒲飯。

前調（三疊豁軒韻）

夢醒春回，房櫳寂寂，彩雲飛遠。羅窗鎮掩，懊惱流鶯空喚。記三生釵鈿誓盟，此情海水量深淺；到如今贏得檀奴哀什，素屏題遍。　髮短，遺簪戀；況箏是驚絃，刼餘哀雁。塵緣撒手，憑便玉京先返。斷腸人春心漸灰，舊時月色應照見；縱桃花賺入天台，肯喫胡麻飯？

滿江紅（和豁軒「對月有懷」韻）

夢斷西樓，又還對舊時涼月。憑欄久，滿襟香露，木犀熏徹。曾笑蟾蜍偷藥誤，青天碧海無期別；甚而今，人也隔星河，愁難說。　香奩鏡，菱花缺；瑤琴匣，朱絃絕。剩秋風團扇，為誰重設？追悔芙蓉塘外路，歸來輕步凌波襪；向西窗剪燭寫難成，相思札。

夜游宮（中秋霧峰夜宴）

一笑秋香院宇，月正照綵棚簫鼓，不醉金杯病相誤；問今宵，這歌筵，恁分付？　玉露零紅樹，聽天外鶴聲清苦，怕憶霓裳舊時譜；廣寒宮，已難尋，夢中路。

此數首雖是和豁軒韻，但觀內容，應是悼亡之作。癡仙妻謝氏卒於 1913 年底，詩存有〈哭內子謝氏端〉五古十三首，這幾首詞殆亦作於是年。撫今思昔，睹物思人，歡情如昨；而別易會難，前塵如夢。鴛衾同臥，今日勞燕分飛，青鳥無憑，珠淚難寄。寫得典雅深婉，悱惻迴上，萬玉哀鳴，極其哀感動人，所以如此，自是其中有夫妻相濡以沫動人之處，貧病交迫，漂泊流離，同命相憐。非一般逢場作戲的豔詞之所能有，讀來悽惻感人。

憶舊游（哭蔡啟翁）

問春風蝶化，夜雨鵑啼，魂去何之？最薄才人命！甚吹花題葉，便送生涯。青衫我亦憔悴，汐社共栖遲；數往日歡場，琴歌酒賦，總惹相思。　相思了無益，料三生石上，再見難期。十載題襟句，擬西窗剪燭，親寫烏絲。空名料理身後，此計未為癡；但天上人間，雞林傳遍，君豈知？

《櫟社沿革志略》辛亥（1911）年條，云：「蔡君啓運，四月二十二日（古曆三月二十四日）病故。」哭蔡啓翁詞，情誼深厚，起筆即開門見山，以春風蝶化，夜雨鵑啼描寫蔡啓運魂去何之，以「三生石上，再見難期」[15]感慨天人永隔，永無再見之期。至於親寫烏絲一句，陳維崧詞集名《烏絲集》，殆指將整理十年來啓運與之相酬之詞作。「十載題襟句」，唐溫庭筠、段成式、余知古爲詩倡和，有《漢上題襟集》十卷。「雞林傳遍」即詩入雞林之意，白居易詩淺白易懂，流傳廣泛，雞林國（即新羅、高麗）宰相透過商人以高價收買。癡仙稱啓運

15 傳說唐代李源與僧圓觀友好，圓觀和李源約定待他死後十二年在杭州天竺寺相見。十二年後李源到寺前，有一牧童唱道：「三生石上舊精魂，賞月吟風不要論。慚愧情人遠相訪，此身雖異性長存。」牧童即圓觀托身。詩文中三生石遂多為姻緣前定的典故。癡仙此詞則直用本意。

之作將流傳廣遠，價值高昂。

念奴嬌（科山「生壙集」編成戲題）

一坏淨土，惹詞壇多少繡腸搜索？畫箇黃冠邱壑裡，頓使山靈生色。薤露歌翻，美人香草，楚些招魂魄；柴桑自祭，笑伊求死難得。　自古圓石書銘、王官置酒，題詠何寂寥？只有侯家西第頌，浪費才人筆墨。網盡珊瑚，士安作序，此集千金直；墓門展讀，壽星正耀南極。

起始「惹詞壇多少繡腸搜索」，寫得親切而戲謔，著一「惹」字，真有無事生事之意，當時也的確引得多少才士爲之題壙，如陳懷澄、黃旭東、鄭汝田、莊雲從有〈題謝頌臣先生生壙〉、莊太岳有〈題謝頌臣先生科山生壙〉等。墓主乃君子才士，詞人以美人香草目之，復以陶淵明自祭文呼應詞題「生壙」，因是戲題，故云：「笑伊求死難得」。自古君子多寂寞，眾人趨炎附勢，侯家宅第頌辭，徒然浪費才人墨筆。「生壙集」則不然，如皇甫士安爲左思三都賦寫序，洛陽紙貴，此集直千金。結尾說「墓門展讀，壽星正耀南極」，正見戲題之味，墓主壽疆無極，生命力正旺盛哩。

㈣看花把酒，沉緬聲色之作

臺灣淪日之初，共抒遺黎之痛，如同過江諸人，然而既無力回天，只好流連歌樓酒館、青樓瓦肆，過著酒色爭逐的生涯。在酒色生涯、伎筵唱和之餘，實充滿自棄悲涼的心情，癡仙詞在這方面的表現，並不下於詩作，蓋遊宴贈伎，寫閒適愛情，詞毋寧是更適合的。林幼春爲《無悶草堂詩存》寫序，提及：「吾輩常見先生於妓筵歡飲中，身不離席，口不絕談。」然癡仙此類詩作多半見於《詩鈔》，而爲《詩存》所捨[16]，然而於詩餘中，此類作品應未刪除，蓋亦是詩、詞之分際使然。癡仙似乎多次到淡江杯酒醉聽[17]，相關之作亦復不少。

浪淘沙（淡江留別）

門巷認枇杷，幾度停車？臨行重與按紅牙，杯酒醉聽金縷曲，明日天涯。　心事訴琵琶，似厭煙花，多情自古損容華；珍重莫愁年尚少，好嫁盧家。

此詞起始「門巷認枇杷」，用王建〈寄蜀中薛濤校書〉：「萬里橋邊女校書，琵琶花裡閉門居。」一詩，宋長白《柳亭詩話》：「駱谷中有琵琶花，與杜鵑相似，後人不知，改爲枇杷。」此後「門巷枇杷」代指爲妓女所居。此詞女主人公應是風塵中人而獨具慧眼者。一般贈伎之詞，多爲一般之歌伎，泰半無深遠之意韻可書，癡仙則寫得幽微豐美富於言外之意蘊。

16 如 1906 年有〈讀雲從歌筵急事之作追易昨遊亦成四絕〉，1907 年有〈贈葉篤軒〉三首、〈看妓別同伴〉二首、〈紀事〉二首，1908 年有〈題阿梅校書寫真〉、〈贈蘇吉治，次馥笙韻〉四首、〈戲呈亦癡〉、〈和亦癡韻〉，1909 年有〈和悔之贈繡春校書〉六首、〈戲贈詹阿甜〉三首、〈和啟翁贈雪蓮韻〉四首等等。見廖振富：《櫟社三家詩研究──林癡仙、林幼春、林獻堂》，頁 125。

17 詩存有〈贈林月香校書〉，林月香本來自淡水，為癡仙於上海相遇的舊識。

歌伎孤苦無依者多，對大多數歌伎而言，擇一情投意合，託以終身，仍是最理想的選擇與夢想。癡仙對此亦贈以美好祝願，潛祝「好嫁盧家」。盧家少婦一詞多指富貴人家，詩詞頗多，如沈佺期之詩。另錄〈渡江雲〉一詞，以見一斑。

渡江雲

墜鞭江上路，皐橋西弄，曾醉泰娘家。天教殘夢續，小市臨邛，吹到七香車。當筵一笑，重泥我顧曲紅牙；還記得題箋舊句，唱徹浪淘沙。　堪誇嬌腮桃暈，細步蓮生，壓教坊聲價。誰不妬茂陵詞客，獨占名花。無緣便築藏春塢，又分襟風雪天涯；腸已斷，更聽琵琶。

㈤家國感懷之作

此中佳作如〈望海潮（春潮）〉：

春去春來，潮生潮落，年年歲歲相同。鹿耳雨晴，鯤身月上，幾番變化魚龍。海國霸圖空，剩蘋洲鋪練，桃漲翻紅；吞吐江山，軍聲十萬勢猶雄。　群飛亂拍蒼穹，願楊枝入手，咒使朝東。弱水易沉，蓬山難近，騎鯨枉候天風。萬感倚樓中，恨浪淘不到，塊壘愁胸；判作隨波鷗鷺，身世托漁篷。

此詞殆於臺南鹿門觀春潮之作。鹿耳門爲當年鄭成功打敗荷蘭登陸處，詞人登臨此地，不免有詠懷之意。起始即有物是人非之嘆，「幾番變化魚龍」，魚龍，古代雜戲，表演魚化為龍的舞蹈，用以指人事變遷。慨嘆人事幾番變化，鄭成功海國霸業徒然已空，頗有「臺灣山川之奇」和「民族盛衰之起伏變化萬千」之意。「群飛亂拍蒼穹」，說海水群飛，天地動盪不安。「弱水易沉，蓬山難近」，以弱水蓬山說明不易達到的仙境、願望，所以「騎鯨枉候天風」，最後倚樓遠望以解憂仍不得化解，愁情盈胸，頓生江海寄餘生之意。癡仙另有詩〈觀潮〉：「百丈群飛白練寒，酒酣獨立海門看，有靈曾助騎鯨客，惆悵東寧霸業殘。夕陽西下海漫漫，雪滾雷轟勢未安，可惜我無犀弩射，空思赤手挽狂瀾。」（頁 126）對鄭成功有無限緬懷之意，惜其功業未成而身先士卒，子孫難以賡續其霸業。緬懷往昔，也就不免有藉古寓今，感嘆當時臺灣割日之嘆。結句更是感慨遙深，透露報國無門，雄心銳減之悲情。另篇詞作〈滿庭芳〉，情感亦近似：

> 如此乾坤，無情風雨，年年搖落江籬。鴻來燕去，楚客苦思歸。邂逅黎渦一笑，心頭鐵，消向蛾眉；風流夢，揚州荳蔻，十載憶依稀。　垂垂吾老矣，猶能劍舞，醉倒金卮。倩宛轉歌雲，留住斜曦。百尺危樓極目，正天際海水群飛；雄心減，陰符一卷，塵蠹忍重披。

「正天際海水群飛」，同前「群飛亂拍蒼穹」。用揚雄《太玄》：「四海不靖，海水群飛」之意，對國家危難而無從挽救的悲哀，十分感慨無奈。[18]其〈水調歌頭（青城哀）〉二首亦是對臺灣政局敵愾中有無限感傷，用李賀〈金銅仙人辭漢歌〉詩意，更是即爲沉痛地表現其憂慮。

擊劍飲君酒，聽我唱青城。戴樓門外東望，廢壘暮雲平。一片降旛相繼，慣送王孫去國，芳草太無情；千載銅仙淚，嗚咽汴河聲。　到今日，握金鏡，幾朝更？故都喬木空在，軹道老農耕。挾彈兒童亦杳，豈獨捕螳黃雀，無復樹間鳴；倚伏有天道，何事日爭兵？

花月大梁道，自古帝王都。青城當日初築，繡錯與茵鋪。豈料銅駝荊棘，兩作天家狴犴，新故鬼相呼；出爾反乎爾，報應理非誣。　千載後，歌麥秀，弔遺墟；不知銜璧何處？瓦礫滿平蕪。富貴總成春夢，一例天荒地變，仁暴感人殊；重讀靖康史，使我淚沾裾。

㈥香禪寄詩，乞為評點

1911 年王香禪（留仙女史）曾將詩詞寄與詩人林癡仙，乞爲評點。《臺灣日日新報》刊此消息：「留仙女史遇人不淑，斷髮修慎。近又以所作詩詞數十首，郵寄無悶道人，乞爲評點，并附一書，亦可以見女史之近況矣。書曰：『鄙人邇來閉門繡佛，默誦心經，以爲懺悔之法，而局外人猶有繁言，以爲

18 北周・庾信〈周使持節大將軍廣化郡開國公丘乃敦崇傳〉：自永安以來，魏室大亂，海水群飛，天星亂動，禮樂征伐，不出于人主。

將欲再嫁東風。噫誤矣。自中天節後，問字於趙一山長者，青燈黃卷，旦夕勤修，舊夢新愁，了無痕跡。而生來夙好，酷愛詩詞，近作數章，錄呈郢政。先生當不嫌其喃喃學語也。比聞劍花室主人欲為鄙人作傳，以香豔之筆，寫兒女之情，名流藻繪，定必可觀。但恐塵緣幻夢，貽人笑柄。寄語劍花，幸為鄙人藏拙，毋虛費楮墨也。若以文字已成，必不可廢，鄙人亦不敢饒舌。晤時希為道及。（下略）』烏乎以女史之才，而淪落不偶如此。『顧影自臨春水照，卿須憐我我憐卿。』千古傷心人，豈獨一小青也哉。」[19]王香禪，資性明慧，姿藝超倫。（為尼入道，杜門謝客，以焚誦為事，自金元以來極普遍，大抵反映歌伎之共同心態。）酷愛詩詞，曾郵寄其作予癡仙，乞為評點。林癡仙詩集中有〈和留仙女史集句〉二首：

> 亦應風月動關思，卻是同袍不得知。經卷藥爐新活計，晚來專赴白蓮期。
>
> 芙蓉巷裡木犀門，霞珮香風縞袂溫。何事欲攀塵外契，也容河鼓過天孫。[20]

《無悶草堂詩存》附「詩餘」一卷，有詞兩闋為留仙女史所作：

---

19 《漢文臺灣日日新報》第 4040 號，頁 3，1911 年 8 月 22 日，「大墩瑣聞」〈意簡〉。

20 《漢文臺灣日日新報》第 4040 號，頁 3，1911 年 8 月 22 日，「大墩瑣聞」〈意簡〉。

浪淘沙（次留仙女史「落花」韻）

崔護去年門，春去無痕，啼紅獨自度晨昏；誰念宮妝留半面，風韻猶存。　蜂蝶正繽紛，靜掩蘿軒，埋香何用啟新墳？但祝飄茵休墜溷，稽首慈雲。

可見王香禪有〈落花〉之詞作，是否為此次郵寄之作其一，不得而知，但時間應頗為接近。痴仙以「春去無痕」指其與羅秀惠的婚姻如過眼雲煙，以「風韻猶存」寫王香禪。痴仙另闋詞：

青玉案（贈留仙女史）

新詞解唱黃花瘦，奈團扇秋風後；萬里橋西重訪舊，容銷鸞鏡、恨攢蛾岫，憔悴章臺柳。　當時誤被琴心誘，淚濕向誰剖！但願多情天不負，藥爐經卷，筆床茶臼，早晚知音有。

林癡仙《無悶草堂詩話》:「日昨北遊，得再相見，喜慰之餘，覺芳顏如舊，而談吐風雅轉勝從前矣。羅氏辜負紅兒，誠為薄倖。然五年間絳帳傳詩，造就一不櫛進士，此功正可贖罪也。（此寄〈青玉案〉詞與留仙女史信節抄。詞見詩存）」[21]則此作為林癡仙北遊，再遇王香禪所作。以「新詞解唱黃花瘦」讚嘆

21 見《鯤南詩苑》第 1 卷第 5 期（1956 年 11 月），頁 21。另詳參吳品賢〈無端惹得多情淚，彼是瀟湘一後身——王香禪及其詩淺探〉，《臺北文獻》第 136 期（2001 年 6 月）。

其才華如詠「人比黃花瘦」的李清照。「奈團扇秋風後」指爲羅秀惠離棄之事。「容銷鸞鏡、恨攢蛾岫，憔悴章臺柳」寫其憔悴失意的容顏。「當時誤被琴心誘，淚濕向誰剖」設身處地想其悔恨痛苦之情，故以「早晚知音有」寬慰。「琴心誘」用《史記・司馬相如傳》:「是時卓王孫有女文君新寡，好音，故相如繆與令相重，而以琴心挑之。」「筆床茶臼」則用陸龜蒙《甫李先生傳》:「時乘小舟，設篷席，賫一束書、茶皂、筆床、釣具、櫂船郎而已。」

㈦有關用周草窗、吳夢窗詞韻

癡仙詩餘特別可見用周草窗、吳夢窗之調，據此或可推測癡仙平時喜讀之詞集，至於其作與草窗、夢窗之作，關係淵源如何，事涉諸多問題，本文尚無法進一步探究[22]，此處僅列三人之作，略加說明。周密，南宋人，字公瑾，號草窗。先世濟南人，寓居吳興，有《草窗詞》。癡仙詞中，步武草窗原韻之作，如〈探春慢・除夕用周草窗韻〉、〈探春慢・首春頌臣、啓運、錫祺、槐庭同過，約同赴霧峰吟宴，再用草窗韻〉，即用周草窗〈探春慢・修門度歲，和友人韻〉一闋，並用其原韻字。〈惜秋華・重九前一日，豁軒、補牢見過，用「夢窗飛翼樓」韻〉則用吳夢窗〈惜秋華・八日飛翼樓登高〉一闋，亦用其原韻。吳文英，號夢窗，南宋四明（今浙江鄞縣）人。吳詞

22 吳詞中許多詠花之作，如〈瑣窗寒〉之詠玉蘭之類，幾皆是對昔日所歡的懷念。因睹花樹之連理而觸起人間之感慨，此種觸發原極自然，但癡仙之作也顯然如此，又如喜用代字為吳詞之一大特色，癡仙詞亦復如此，欲論其影響、流衍變化，實有一定難度。

於晚清之世大行於時，吳梅《樂府指迷箋釋序》說：「近世學夢窗者，幾半天下。」可以想見吳詞當日之受重視。清人朱祖謀即對夢窗詞致力頗深，其所自作〈霜葉飛〉（亂雲愁緒孤帆外）一闋，全用夢窗此闋之詞韻，亦步亦趨。癡仙之用〈惜秋華〉，步其詞韻，亦復如此。癡仙之學夢窗，究是受時代風氣影響，或獨喜其幽邃密麗之深美，或二者皆有之，此固不論，但同爲遺民詞，所流露的「亡國之音哀以思」之沒落感傷，身世與時代的相似情懷，癡仙情感上的選擇應該有跡可尋，何況夢窗本質上亦是具有深情遠思的詞人。

探春慢（除夕用周草窗韻）

花炮驅儺，紙錢祭竈，又到圍爐時候。兒女筵前，鬚眉鏡裡，悵我朱顏非舊。看剪宜春帖，漸夜久燈昏紅豆；思量往事無眠，陡覺腰肢清瘦。　回首江山錦繡，記黃浦迎年，風流文酒。夢斷烏衣，人歸碧落，怕問當時舞袖。才盡江郎筆，漫題詠東風梅柳；銷耗雄心，只要一杯在手。

探春慢（首春頌臣、啟運、錫祺、槐庭同過，約同赴霧峰吟宴，再用草窗韻）

溪曲抱村，竹深藏徑，閑門誰肯臨候？人日梅開，新年鳥囀，迎到東林故舊。生計柴桑拙，歎仍是南山種豆；田家隔歲重來，應笑菜肥人瘦。　野外春光如繡，倩芳草鋪茵，晴嵐對酒。擊缶狂歌，插花起舞，此樂勝圍紅袖。無奈萊園月，又喚斑騅繫柳；願逐詩仙，春風一路攜手。

前二首爲癡仙之作，並非同一時間（一爲除夕，一爲人日），詞題小序謂用草窗韻，因附周密之作：

探春慢（修門度歲，和友人韻）

綵勝宜春，翠盤消夜，客裡暗驚時候。翦燕心情，呼盧笑語，景物總成懷舊。愁鬢妒垂楊，怪稚眼、漸濃如豆。儘教寬盡春衫，畢竟為誰消瘦。　梅浪半空如繡。便管領芳菲，忍孤詩酒。映燭占花，臨窗卜鏡，還念嫩寒宮袖。簫鼓動春城，競點綴、玉梅金柳。廝句元宵，燈前共誰攜手。

前首回憶當年於滬上過年情景，感時光荏苒，年華不再。第二首寫開春七日時赴霧峰吟宴。人日梅開，據《北史・魏收傳》:「晉議郎董勛答問禮俗云:「正月一日爲雞，二日爲狗，三日爲豬，四日爲羊，五日爲牛，六日爲馬，七日爲人。」癡仙喜於節日作詞，詩餘中有不少是在「除夕」、「中秋」、「九日」、「元旦」、「元宵」時所作。節日本最易撩人懷舊之情，因此其節日詞中自有不少自傷身世、感懷家國之佳作。此三首句法、字數、韻字相同，然詩餘第二首〈探春慢〉:「又喚斑騅繫柳」，僅六字，明顯有脫字，脫字應是「繫□柳」。

除用草窗之韻，亦用夢窗韻。〈惜秋華（重九前一日，豁軒、補牢見過，用「夢窗飛翼樓」韻）〉云：

飆館登高，算佳期又近，傳書無雁。亭樹漸疏，淒涼數蟬吟晚。西山翠瞰墻頭，奈畫閣重簾不捲；寒淺，入霜砧正催蘭閨針線。　搖落對秋苑，譜商絃一曲，暮愁難剪。歎吟情甚處墜，鬢凋心斷。先期暗約鸞儔，泛菊淺幽懷偷展；遙勸，有新蟾挂垂楊岸。

吳文英夢窗詞原作，如下：

惜秋華（八日飛翼樓登高）

思渺西風，悵行蹤、浪逐南飛高雁。怯上翠微，花樓更堪憑晚。蓬萊對起幽雲，澹野色山容愁捲。清淺。瞰滄波、靜銜秋痕一線。　十載寄吳苑，慣東籬深把，露黃偷翦。移暮影、照越鏡，意銷香斷。秋娥賦得閒情，倚翠尊、小眉初展。深勸。待明朝、醉巾重岸。

〈惜秋華・八日飛翼樓登高〉是作於重九前一日，癡仙此詞之詞牌、詞韻及時間，完全同於夢窗，正是有意仿作。夢窗詞開端喜由高遠之景物引發感興，此詞一起自述旅況，爲登字安根。九月九重陽有登高之俗，癡仙此詞寫於重九前一日，故一開端即說登高、算佳期又近。通首低徊感傷，此詞雖爲佳人之思，但詞中「淒涼數蟬吟晚」，透過傍晚淒清蟬聲的摹寫及隱有「準擬佳期又誤」（稼軒詞）的聯想，或寓有家國之思。

四、結語

林癡仙詞，寫作之對象，多爲朋友、歌妓，雖爲青樓之歌妓，並不視之爲玩笑取樂之對象，時可見癡仙悲憫憐惜之情。

其詞取法唐宋諸家，驅遣萬卷書中材料，將他的奇情奇才變化萬端表現出來巧妙的詞藻詩心，是了解他直接、親切的材料。由於癡仙熟悉中國傳統文化的語碼，在他所引用的諸多語詞，都自然產生潛存的意韻，引起聯想。癡仙之詞，就寫作手法而言，好用「詩人句法」(與一般用俚語俗諺異，如柳詞)，如：〈水調歌頭（青城哀）〉:「擊劍飲君酒，聽我唱青城」，以作詩方法寫詞，句法似古詩：「四坐且莫喧，願聽歌一言」；鮑照〈代東武吟〉:「主人且勿喧，賤子歌一言」；杜甫〈奉贈韋左丞丈〉:「丈人試靜聽，賤子請具陳」。至於使事用典，則融合無間，增加語詞的力量與色澤。如〈蝶戀花（學南唐馮延巳三首)〉中「怕聽秦淮，打槳迎桃葉」用晉王獻之事典，獻之有迎愛妾〈桃葉歌〉。辛棄疾〈祝英臺近〉:「寶釵分，桃葉渡，煙柳暗南浦。」獻之曾送愛妾桃葉至秦淮渡口，後因名其地為桃葉渡。〈琵琶仙（題半面美人圖)〉:「好把張郎筆畫，補一灣眉譜。」用張敞畫眉（見《漢書》卷七十六〈張敞傳〉)，漢人張敞為妻子畫眉，嫵媚而動人。癡仙使事雖多，但總能以古事表今情，或申難言之情或抒幽深之思，圓轉流麗不為事所使，故無掉書袋賣弄之病，可謂詞中妙手。

癡仙之詞，時有化用詩意處，但略無痕跡，於平易曉暢語句中，卻藏有深沉含意。善於融化前人詩句，是癡仙詞的一大特色。此種手法本是北宋舊格，賀鑄、周邦彥諸人都是此中高手，癡仙當是受到一定影響。在〈南浦〉詞中，體現得十分明顯。「錦囊」用李賀事，「旗亭曾畫」用王之渙、王昌齡事典，「氅氈鶴」用世說排調羊叔子事。青鞋步襪、松菊徑猶存、園雖小、夢中綵筆等，依次自杜甫、陶潛、庾信、郭璞來，都是從前人詩語綴合而成，卻能熨貼妥當，一如己出，顯示其高妙駕馭能力，允稱作手。又如〈踏莎美人（春草）〉，春草即芳草，王維詩中「春草明年綠，王孫歸不歸」，范仲淹〈蘇幕遮〉:「芳草無情，又在斜陽外」，春草在詩詞中大抵不離歸途之想望。癡仙以「天涯何處望王孫，最恨淒淒沒盡馬蹄痕」，直接抒發了思歸之情。

總的說，讀癡仙詞是識其人的門徑之一。陳師道說，陶淵明非作詩，而是「寫胸中之妙」，吾人亦可以說，癡仙非塡詞，是寫胸中之真情。他有不少作品，表現在世變中的生活與感情，舉重若輕，神完氣定。如〈滿庭芳〉、〈望海潮〉，都是反映時代變故之佳作，可說是種憂國詞，沒有衿氣作色，只用尋常謦頦的聲息，道出憂國心事。他一度生活於漂泊失志的悲慨中，無能爲挽救之計，心中自有一種難以抒發的深沉哀感，自然寫下一些關懷國事的寄慨之詞。不必號呼叫囂爲劍拔弩張之態，自然深至動人，自有其特色。纖柔善感的詞心，形成淒婉而深蘊的意境，詩酒風流，感傷頹靡，而其中又自有一份奮發忠義；在任縱耽溺中又別有一種理念與情致。讀其詞可窺其心中深蘊不少悲苦和矛盾，自號「無悶道人」實則是有悶欲遣，而故作反語；自號「癡仙」實則生命本質執著與逍遙的兩相糾葛。除了家國之變帶來的抑鬱頹放，做爲螟蛉子的他，身兼望族重振之責，而又不可得時，或許心中深處也自有一份沉隱難言的痛苦。寫完本文，耳畔似乎傳來他低聲吟唱著：「舊歡如夢，歎和夢也無尋處。……人生離合何常，明年今夜，更樽酒共論文否？」

王松《臺陽詩話》的文本特質與書寫意涵

❖林美秀

1956 年生，嘉義市人，國立高雄師範大學國文研究所博士，現任國立高雄應用科技大學教授、系主任。著有：《中國十大鬼怪傳奇——到鬼怪世界走一回》、《袁中郎的性命思想與文學論述》、《漢語文學的古典傳統論述》、《傳統詩文的殖民地變奏——王松詩話與詩的現代詮釋》及單篇論文若干。曾獲國科會及教育部等多次研究獎勵。

一、前言——尚待開發的臺灣傳統詩話研究

關於日治時期臺灣文學領域的研究，近年來已逆轉過去沉悶、孤寂的氣氛，呈現出蓬勃、熱烈的景象，從臺灣文學系所的設置、相關主題研究論著的寫作、學術座談活動的召開，乃至臺灣省文獻會及各縣市文化主管單位，對本土作家作品的整理出版，都顯示這股熱潮的方興未艾。不過受限於意識型態，解嚴之前，研究漢語文學常常是貴古賤今、捨近求遠，以傳統漢文學為主流；解嚴之初，則又逆向思維，以新為貴，只見輿薪而漠視其所自來，因此談臺灣文學的開展，往往著重在新文學——小說的領域，第一本臺灣文學史著——葉石濤《臺灣文學史綱》，雖然企圖論述「反映臺灣民眾心靈的文學，要有一部詳實的紀錄，以保存民族的歷史性內心活動的紀錄」(〈序〉，頁 2)，但全書八章中，除了第一章討論傳統舊文學之外，其餘七章論述的文類都局限在小說上；幸而後來也逐漸擴展至傳統舊文學，不過關於詩話研究，仍然乏人問津，只龔顯宗〈臺陽詩話初探〉乙篇（詳《臺灣文學研究》，頁 145～162），堪稱先驅。

依據吳福助《臺灣漢語傳統文學書目》所錄，戰前以詩話為名的著作，僅有吳德功《瑞桃齋詩話》、蔡德輝《龍江詩話》、王松《臺陽詩話》、洪棄生《寄鶴齋詩話》、許天奎《鐵峰山房詩話》等五種（詳頁 82，90，114，115，149），而蔡德輝《龍江詩話》已佚，其餘尚有未見著錄的，或未以詩話為

名的詩學論著，都未能進一步的採輯、論究。以見存的四種而論，寫作的動機爲何？體例如何？選錄的標準爲何？有何特質？以及隱藏在這些論述底層，究竟蘊涵何等的心靈與文化意識？倘若能一一釐清，相互對照鉤稽異同，非但有助於傳統詩話研究，塡補戰前臺灣文學領域研究的缺失，對於呈顯「民族的歷史性內心活動的紀錄」，也當更爲詳實。

四種見存詩話，有三本以書齋命名，唯王松《臺陽詩話》，明確以臺陽爲名，隱然透露出專爲臺灣而論的企圖，然而他的企圖果然實現了嗎？在這個理念下，他採取怎樣的態度篩選材料、發抒論見，他的結構觀念如何？是怎樣形成的？最後發展出何等面貌？何以《臺灣先賢文集》會將《臺陽詩話》與連雅堂《臺灣詩乘》視爲同性質的著作呢？論者願意透過原典，審慎觀察有關的諸多問題，並且以此作爲起點，漸次擴及其他著作，期能勾勒出臺灣文學批評史的風貌。

二、詩話的特質

「詩話」簡單的說是話詩，也就是討論有關詩歌創作、鑑賞的理論，從這個角度來看，廣義的詩話可以包含詩評、詩論、詩格、詩法、品藻、辨正、本事等的討論，因此部分不以詩話命名的著作，如馮班《鈍吟雜錄》、王士禎《律詩定體》、趙執信《聲調譜》、葉燮《原詩》之類，都是與詩話同一譜系的著作；就明確標示爲詩話的論著而言，相應於傳統詩歌的本質，此一文類的書寫，在漢語傳統文學批評史上，具有特殊的地位。

關於傳統詩歌的本質，總結先秦儒家詩論的《詩・大序》，已清楚的指出它與作者性情的密切關係：

> 詩者，志之所之也，在心為志，發言為詩。情動於中而形於言，言之不足故嗟嘆之，嗟嘆之不足故永歌之，永歌之不足，不知手之舞之，足之蹈之……變風發乎情，止乎禮義。發乎情，民之性也；止乎禮義，先王之澤也。(《中國歷代文論選・毛詩序》，頁 44）

「在心爲志，發言爲詩」，即「情動於中而形於言」之意，此處之志與情但泛指內在心靈直覺的感動，並未強加入儒家的價値意識，點發出詩歌以聲爲用的抒情特質；但將「發乎情」與「止乎禮義」相提並論，則已然滲入了儒家的價値意識，展現詩歌比興諷喻的敘事特質；而不論抒情或敘事，感動之發莫不源於性情在主客對立情境中特殊的體驗，再將此一特殊經驗，運用文學的表現方式傳達出來。因此，抒情與敘事是不容分割的觀念，摰虞《文章流別論》即說：「古詩之賦，以情義爲主，以事類爲佐」，詩歌屬於抒情或敘事，是質性成份偏向的判別，二者都是情與景、情與物、情與事融合作用，所形成的美感經驗，美感經驗特色不同，主客融合的表現原理則是不變的。

基於這種表現原理，詩歌的創作與解讀，想像是必備的基礎，宋嚴羽《滄浪詩話》以禪喻詩，說：「禪道在妙悟。詩道亦然。惟悟乃爲當行、乃爲本色。」（《百種詩話類編後編・詩論類》，頁 1374）妙悟是一種獨特的超越、跳動式的想像，它無古無今，也不受空間的限制，宋人范晞文《對床夜語》形容「一味妙悟，則徑超直造，四無窒礙，古人即我，我即古人」（同前揭文），就同此意，而詩歌創作不能發揮妙悟的作用，作品就無法符合文類標準，這也反映出傳統詩歌的思維，絕非知識性的邏輯推理，而是一種忽然而至的美感直覺，具有無理而妙的況味，所以嚴羽又說：「詩有別材，非關書也；詩有別趣，非關理也；然非多讀書、多窮理，則不能極其至，所謂不涉理路、不落言筌者，上也。」（同前揭書，頁1371）因此兼有讀者與評論者立場的詩論，就在這種文化意識中，發展出相應的詩論傳統，這個傳統的最大特色是謹守「不涉理路，不落言筌」的分際，留給讀者自悟的空間，詩話則是最足以實現此一特色的結構型態。

詩話體的創立，始於歐陽脩的《六一詩話》[1]，書前自題：「居士退居汝陰，而集以資閒談也」，因爲是專供閒談之助[2]，書寫策略就採取比較隨興的方式。所謂隨興的方式，可以從三處觀察，一爲以筆記型態寫就，二頗及記事閒談，三則先後次第無結構可言，雖然如此，細加抽繹，其中正自有其詩學觀念；此一書寫策略，可以在閒談之際，充實話題，提升休

---

1 歐陽脩的《六一詩話》，原自題為《詩話》，其後因稱詩話之著作漸多，為免混淆，後人才加上專名，稱為《六一詩話》或《六一居士詩話》、《歐公詩話》、《歐陽永叔詩話》、《歐陽文忠公詩話》，以資區別。

2 此應視作歐陽脩謙語，事實上《六一詩話》為其整理舊稿《雜書》而成，何況他學殖甚富，且為一代作手，發而論詩，多有精義，其中自有嚴謹之處。

閒品質，並且在愉悅的情境中，分享美感經驗，其次以閒談點發的方式寫作，避免邏輯分析、過度辨說，以致割裂整全的存在感受，而留待讀者自悟，以啓發作詩、賞詩的能力；由於沒有系統，更加使得讀者減除閱讀壓力，可說是寓教於樂。

毋怪乎此書既出，模仿這種體裁，並稱作詩話的詩學論著，相繼出現，依郭紹虞《宋詩話考》所錄，即有司馬光《溫公續詩話》等九十八種之多。晚出之作，雖然在取材、結構方面，視作者理念，有較爲嚴整的安排，整體型態上，仍是如此；如嚴羽《滄浪詩話》，結構上區分五門，依次爲詩辨、詩體、詩法、詩評、詩證，末附以〈與吳景仙論詩書〉，以識爲關鍵[3]，建構理論，頗有系統，較創體初期雜入記事閒談繁雜瑣碎的狀況，已有進一步的發展，但是寫作上仍取筆記型態隨興點發，展現傳統詩論「不涉理路、不落言筌」的美感意識。

三、《臺陽詩話》的文本書寫與思維

在交通不便、資訊不夠發達的年代，從事學術著作最好臨近都會文化勝地，以便於圖書撿索；而或參加文人集會，以廣見聞；讀書以博聞彊記爲勝，著述則以鎔鑄古今、獨抒己見見長。因爲博聞彊記的治學策略，致使鎔鑄古今與獨抒己見常常混而不分。因此，傳統著作中，往往出現觀點相同、遣詞用語

3 《滄浪詩話・詩辨一》即言：「學者須從最上乘，具正法眼，悟第一義」，「學詩者以識為主」，〈與吳景仙論詩書〉又有：「僕于作詩不敢自負，至識則自謂有一日之長」之言（《百種詩話類編後編・詩論類》，頁 1370、1373），可見其論詩之關鍵在於識。

極其近似的論述；論列古今作家，若非足以開風氣之先、引領風潮、獨樹異幟者，至少應是一代名家，所以在同一性質的撰著中，疑似「抄襲」的現象[4]，就顯得相當普遍。可見後出的撰著可以有許多方便，省卻許多資料收集的工夫，只要他人之先得我心者，就可「以述代作」了。

詩話譜系的撰著，這種現象尤其突出，大抵不出三百篇、古詩十九首、陶淵明、王維、李白、杜甫、蘇東坡、陸游等，文學史上具有重要代表性的作者與作品。可以視同漢語傳統文學史的一種表現方式，也可以代表一代人對整個漢語傳統文學的再詮釋，它背後隱涵的價值意識，是整個漢文化在歷史長河中積澱而來。《臺陽詩話》的撰著，是否一如漢語傳統文學，有其師承淵源，具備傳統詩話的書寫特色？本節先了解其文本書寫的大概，以作爲下文進一步觀察討論的基礎。

㈠文本分析

1.載錄人物

《臺陽詩話》中，以作者、事主或附記身分收錄的[5]，約計

---

4 此一著述型態既是因應當時特殊的文化生態發展出來的現象，自然不能率然視之以抄襲，稱作「疑似抄襲」，係以今日的標準而言，寓有表象浮泛而不切事實的意義。

5 本文所謂的「作者」是指其有吉光片羽被載錄者；「事主」被收錄的則是生平行誼；「附記」是行文中順便被提錄的，如：黃笏山司馬（玉柱），竹塹人，以名孝廉官江右所至有政聲……哲嗣月潋孝廉（宗鼎）、芸潋太史（彥鴻）昆季繼入仕途……。（頁 32）黃笏山

228 人，其中亦稍及傳統漢語文學史上的名家，如袁枚、俞樾等，不過二者都屬於有清一代。載入袁枚和王松個人好惡有關，他曾說：「余於國初諸家著述，最愛隨園。（自案：隨爲隋之誤）」（頁 28）書中五次言及（詳頁 12，21，28，60，81），自暴懷抱的意味很濃。載入俞樾的用意也頗堪玩味：有關三則前後相承，先讚揚俞樾〈齊物詩〉之曠達見道，進而載錄其與日人之師友唱和，亦隱約爲自己的行藏作註。（頁 74～75，另詳本文四之二）

此外 225 人則非爲傳統漢語文學史上的名家，茲據書中所

為「事主」，哲嗣月潋、芸潋則為「附記」。不過這種身分類別的區分，純為便於詮解，並且隨著載錄地方的不同，同一人物不同的身分類別可以重疊出現。其餘名家如杜甫、白居易、陸游、孟郊、蔣士銓、曾國藩、趙翼、王漁洋、嚴幾道等，亦曾言及，不過載入的次數很少，並且多在修辭方法的比喻格中，以「喻依」的型態出現，如評梁子嘉〈昔佃新開莊〉一律云：「何其逼真少陵？」（頁 48）評謝雪漁〈曉起散策〉：「清新雅致，步驟井然；如白香山所作，老嫗都解。」（頁 68）皆是此類。而或隨興帶過，例如載錄三聯未詳名氏的詩語後，云：「皆寄子句也；如出一手筆，誠情至之作，意所必同。復觀孟郊、袁凱〈游子吟〉，及陸次雲、蔣士銓出門諸什，倍覺『父母在，不遠遊，遊必有方』……。」（頁 64）孟郊諸人篇什，只被視作加深感慨的佐證；又言及嚴幾道：「自海禁開而譯事萌芽……侯官嚴幾道先生所譯之《天演論》、《原富》等書，亦足以喚起國民之思想。近十年間，士之負笈航海、遊學於東西洋者，日不乏人。譯書層出，競先遺響……其當轉輸之大任者，則宜首推橫濱新民報社。余見其論說所用新名詞……遂放出今日文學上之大光明，而成為廿世紀變遷之大勢……。」（頁 72～73）非為有意留傳或表彰，而是在行文脈絡中，作歷史源流的背景簡述，總之，皆居於附屬、陪襯性的敘述，故不視為載錄作者。

錄載記於下：

(1)明鄭時期 3 人

鄭成功、[6]朱術桂、李茂春

(2)清康熙、雍正、乾隆、嘉慶時期 2 人

張湄、陳尹

(3)道光時期 18 人

周彥、*曹謹、*郭襄錦、*徐宗幹、陳維英、*查小白、高鵬飛、王廷幹、林則徐、*劉星槎、張維垣、*黃驤雲、施鈺、*鄭用錫、翁林福、黃景寅、*姜鶚邦、*王小泉

(4)咸豐時期 16 人

*許超英、*曾藹雲、施瓊芳、*林占梅、*吳子光、*林薇臣、蘇虎七、*林汝梅、*吳士敬、*秋日覲、*黃玉柱、*陸翰芬、*葉春波、*彭培桂、*劉雪和、*鄭如蘭

(5)同治時期 15 人

沈葆楨、陳肇興、林文察、謝琯樵、梨召棠、許雪門、*何孺人、*嚴金清、*鄭維藩、*張謙六、陳沛

6 本資料登錄凡例如下：(1)全書所錄人事，若屬意在保存，而非僅順筆拈就如註 5 者，悉為載入。(2)名下劃線作記如鄭成功者，係為宦遊寄寓臺灣者。(3)姓氏前有* 註記，如 *劉星槎者，為竹塹地區人士。(4)有雙重註記如*曹謹者，示其人曾宦遊至竹塹地區。(5)姓名加粗處理如**小野湖山**者，為日人；名下劃線、兼有* 註記者比照(2)、(3)之例。(6)參考政治情勢分期，係取其便於觀察、論述；同一作者，其創作活動往往延續幾個時期尤其是光緒與日據初期，作者多有重疊，若至日據初期仍有創作者，則歸諸日據初期。

霖、*林豪、*彭延選、*吳太孺人、*劉明燈

(6)光緒時期 75 人

蔡德輝、方樾庭、*高漢墀、*方家澍、*陳子潛、*陳濬芝、*吳逢清、陳文騄、*黃如許、*鄭澄波、*鄭以典、*鄭錢、唐景崧、劉銘傳、*陳喜、李文泰、*楊俊臣、*葉意深、林京卿、林爾嘉、梁子嘉、黃鴻汀、蕭母陳太君、陳星郎、施士洁、*王國瑞、*黃宗鼎、*黃彥鴻、蔡仁壽、李鴻章、丘逢甲、林鶚雲、林駱存、劉永福、陳玉程、*劉梅溪、王詠裳、*徐錫祉、林允卿、李雅宣、李雅音、王君右、陳任之、沈國磐、吳倫明、林庚秋、陳錫奎、陳慶雲、蔡蓮舫、王學潛、蔡敏貞、*姜贊堂、衛華卿、*鄭以庠、張幼亦、陳季同、*李珍前、*陳錫茲、*王英奇、龍峒山人、洪瑞卿、王成三、陳沂震、僧顯萬、僧奉忠、*杜淑雅、*林達夫、*汪式金、蔡佩香、*蔡彥清、*彭種藍、楊吉臣、呂汝玉、呂汝修、呂錫圭

(7)日治初期 79 人

*王松、李石樵、陳淑臣、*王石鵬、*鄭鵬雲、*鄭家珍、許劍漁、施梅樵、陳槐庭、林朝棟、陳基六、*戴還浦、羅秀惠、蔡國琳、陳煥耀、謝頌臣、*楊希修、陳鎭坤、林資修、林資銓、黃茂清、*蔡啓運、陳滄玉、洪月樵、*郭鏡澄、*林次湘、*蔡汝修、蔡惠如、*郭鏡蓉、王慶忠、王慶超、*黃潛淵、*葉文游、*吳葆榮、*張采香、*波越、*鄭學瀛、*鄭樹南、*鄭燦南、吳子瑜、吳子衡、*林仁橋、兒玉、*籾山衣洲、

白井新太郎、*佐佐木忠藏、衛朝芳、*後藤新平、*永井完久、*波越重之、*葉際昌、*葉際禧、*李恢業、*李逸樵、*黃谷如、*陳叔寶、*曾吉甫、*辛柏亭、*周子佩、*謝介石、滄浪濯纓客、*今西上人、莊鶴如、謝汝銓、*查奉璋、*王瑤京、迷新子、*黃雲昭、*里見義正、*櫻井兒山、吳德功、*張麟書、橫堀鐵研、副島蒼海、水野大路、*樋村龜次郎、土香居國、鄭長庚、郭涵光

⑻日治時期海外人士 9 名

邱菽園、林畏廬、劉威、袁翔甫、王曉滄、潘蘭史、馬紹蘭、謝安臣、小野湖山

⑼活動時間不詳者 8 名

馬耿甫、*徐莘田、姜宸英、果杏岑、*童蒙吉、*鄭超英、李沂、*胡克昭

此一資料大致上參考臺灣政治情勢分期，⑴至⑺項所列皆爲落籍或宦遊臺灣人士；⑻項則皆未曾到過臺灣，而又居於事主、作者地位；⑼項活動時間不詳，無法歸類，是皆別爲一項。而政治分期止於日據初期，係就成書時間所作的觀察。

全書分爲上下二卷，就書前〈自序〉末題：「歲在乙巳秋月」語，當出版於 1905 年（頁 1），另有二序[7]，一爲北郭園主人鄭如蘭寫於「戊戌寒食節」（自案：1898），有言：「今春適登其樓，得其詩稿及所著詩話，讀而忘倦。」（頁 4）一爲

7 書前原有三篇題序，另一篇為洪月樵題詩，並未以「序」名，又不記年歲，故不作討論。

海澄邱菽園所撰，其中亦道：「光緒己亥（自案：1899），友竹則竟編其所著詩集、詩話四種將以行之。」（頁 6）可見初稿至晚當完成於 1898 年初，並作出版打算，是以同年即有鄭如蘭之〈序〉；邱〈序〉作於 1899 年以後，書末林駱存〈跋〉署孔子紀元「二千四百五十三年」（自案：1902；頁 92），從 1898 至 1905 前後八年，始得完成夙願，順利付梓，其中曲折不得而知，但據書中所載，尚有「吾臺改隸已經十載」、「庚子之秋（自案：1900），余病甚……迨乙巳春（自案：1905），余又病」等語（頁 61，81），是知等待出版之際，初稿亦續有增補[8]，絕非如鄭如蘭當年所見舊貌，而收錄的人事活動，亦當截止於 1905 年。當時距離 1895 年乙未割臺，計有十年，應屬日據初期。

全書就人物活動時間、區域觀察，亦自有其特色：

⑴人物活動時間

人物活動時間，始於明鄭下至日據初期，但多集中在光緒與日據初期，與傳統文學史縱貫百代的取材角度，差別很大。王松神交多年好友，臺灣鹿港地區詩人洪月樵，也作有《寄鶴齋詩話》，雖同屬臺籍人士，但洪月樵取材的角度，則近於傳統文學史的延續。[9]因此，有兩個值得思考之處：⑴何以始於

---

8 書中上下卷皆有 1898 年後之增補內容，此處所舉皆在下卷，上卷亦有「庚子春（自案：1900），擬往遊竹溪寺諸勝」、「癸卯秋（自案：1903），某進士郵寄詩集二卷」等事（頁 19，24），可見上下分卷不能率爾作為論斷編寫時間先後的依據。

9 《寄鶴齋詩話》計分七卷，一卷總論各代，二至六卷分論歷代作手、作品，發抒詩學見解；末卷則多言清末民初變革之際有關的詩

明鄭下至日據初期？⑵人物活動時間何以集中在光緒與日據初期？

或者可以作一種推測，將此一特殊的取材方式，歸因於臺灣當時的文化狀況。臺灣漢文化的正式開展，始於明鄭以來的移民墾殖，所以當時遺老沈光文，由於在臺教讀結社，被譽爲「臺灣文獻初祖」；但環繞沈光文而展開的文學活動，畢竟是以遊宦貴族的「東吟社」爲主[10]，早期移民或原住民，多辛勤於拓荒、墾殖，教讀是識字之類的啓蒙活動，距離文化的收成，尙待百年。所以連橫《臺灣通史・藝文志》才說：「我先民非不能以文鳴，且不忍以文鳴也。」（卷 24，頁 615）因此，臺灣漢文化的移植成功，要到清領道光時期以後，道光三年（1823）竹塹鄭用錫進士得第，可以當作文化發展的一個指標；此後文風益盛，到光緒、日據初期，百家爭鳴是可期的；

作，亦兼及臺籍或遊宦作者，如施梅樵、梁子嘉等。卷帙繁雜，大致而言，體例上仍沿襲傳統詩話的取材方式。

10 《臺灣通史・列傳一・諸老》：「清人得臺灣，諸遺臣皆物故，光文亦老矣……諸羅知縣季麒光，賢者也，為粟肉之繼，旬日一候門下。時寓公漸集，乃與宛陵韓又琦、關中趙行可、吳錫華袞、鄭廷桂、榕城林奕、丹霞吳蕖、輪山楊宗城、螺陽王際慧等結詩社，所稱福臺新詠者也。」（卷 29，頁 746）署名沈光文所作之〈東吟社序〉說：「……金陵趙昌直，乃欲地以人傳，名之曰：福臺閒詠，合省郡而為言也。初會，余以此間東山為首題……鴻溪季蓉洲任諸羅令，公餘亦取社題，相率唱和，扶掖後進，乃更名曰：東吟社。」（《沈光文全集及其研究資料彙編》，頁 138～139）是知沈光文於清初結社，原名福臺閒詠，後更名為東吟社；而社友則以流寓諸公為主。

而且文化草創之際，保存觀念不足，年代越是久遠，文獻的亡佚越是嚴重，以王松當時主客觀的條件考量，自然形成載錄人數前後期多寡懸殊的狀況。

這樣的推論，可以部分回應到第二個問題──人物活動時間何以集中在光緒與日據初期？但無法兼顧第一個問題──何以始於明鄭下至日據初期？如果再與書中提及兩位傳統文學史人物──袁枚、俞樾的用意，通盤考量，或者可以得到較為相應的答案。（詳本文四之二）

⑵活動區域

非傳統文學史人物載錄 225 人，其中道光時期的林則徐、同治時期許雪門、光緒時期黃鴻汀、李鴻章、日治時期海外人士 9 人、及活動時間不詳者中 4 人，共 17 人，未曾到過臺灣本島；其餘 208 人皆為臺籍或因仕宦、游幕、遊訪等因素，曾寄寓於此。觀諸本書之命名──《臺陽詩話》，隱然透露出專為臺灣而論的企圖，此一載錄狀況，正是作了積極的回應。

而臺灣本土或流寓人士 208 人中，本土人士 147 人，新竹地區占 75 人[11]，居半數以上；流寓人士 61 人，曾流寓至新竹

11 「新竹」地區範圍的界定，隨著行政區域的歸劃，範圍亦有調整。「新竹」舊稱「竹塹」，康熙二十四年（1684）臺灣歸入清廷版圖後，原隸屬於諸羅縣；雍正元年（1723）起，納入淡水廳（北起雞籠，南至大甲溪）；光緒五年（1879），獨立設縣後，改稱「新竹」（北起斗牛溝，南至苗栗）；光緒十三年（1887），又從新竹縣劃出中港溪以南之地為苗栗縣。（詳《臺灣通史・疆域志・新竹縣》，卷5，頁 116）因為行政區域的變更，新舊稱名混淆，與家族遷徙等因素，日據時期以前人士的里籍，很難明確的區別；本文因此採取約略的認定，以今之基隆、臺北、桃園等為北部地區；新竹獨立一

地區者居 30 人；也就是說，載錄人物中與新竹地區直接相關的有 105 人，約占五成以上；新竹地區以外本土人士 72 人中，可以辨認里籍的，北部地區約 9 人，中部地區約 39 人，臺南 6 人，東臺 2 人，以中部地區載錄人數最多。茲列表如下：

時期 類型	活動情況	明鄭	康雍乾嘉	道光	咸豐	同治	光緒	日治初	海外	時間不詳	合計
到過臺灣	流寓（曾至新竹）	3	2	8 （4）	8 （6）	6 （3）	17 （6）	16 （10）		1 （1）	61 （30）
	本土（新竹）			9 （北 3，中 1） （5）	8 （中 3）	8 （中 3） （5）	56 （北 3，中 19，南 3，東 1） （21）	63 （北 9，中 39，南 6，東 2） （33）		3 （3）	147 （75）
未曾到過臺灣				1		1	2		9	4	17
合計		3	2	18	16	15	75	79	9	17	225

可見本書的撰寫是以作者居住地爲核心，向外擴展，以當時的交通狀況，光緒十九年（1893）縱貫線從臺北至新竹一段

區，苗栗、臺中、彰化一帶為中部地區；嘉義、臺南、恆春等為南部地區；東海岸一帶為東臺；「新竹」地區範圍則界定為今之新竹市、縣。

已經通車，前往北部比中部更為方便[12]，何況他還有到臺北的記載[13]，卻無到中部地區的跡象，所以呈現出偏重中部的現象，應是與交游有關。他早期參加竹社，蔡啓運擔任社長，王石鵬為其族弟，鹿港陳槐庭是至交，曾與施梅樵、許劍漁等組織鹿苑吟社，後來蔡啓運參加櫟社[14]，王石鵬到臺中辦報紙，由這些脈絡發展下去，就引進了林幼春、林獻堂、林仲衡、洪月樵、陳基六、陳瑚、蔡惠如等櫟社社員、詩友，乃至於對報紙資訊的留意，都有一層間接性的關係網絡，流通的資訊多，書寫上相對的方便，呈現出偏重中部的現象，也是自然的情勢。

但若從這個角度來看，與專為臺灣而論的企圖，似乎又有

---

12 日據初期，民政長官後藤新平建立縱貫鐵道官設計畫，1899 年動工，北部路段僅就劉銘傳所築加以改良，至 1904 年初，新竹以南到三叉（三義）一段，以及高雄北上至斗南一段，才告完竣；至 1908 年 4 月，縱貫線正式通車前，中間部分則以臨時新線接駁。（詳《臺灣總督府》，頁 87～88）可見在 1905 年之前，由新竹北上比南下交通方便。

13 《臺陽詩話》有：「壬寅夏（自案：1902），余游圓山」、「稻江，於二十年前赴院試時小住……前度遊人重來，已不能認識」等語，（頁 29，30）可知寫作期間，曾北上收集資料。

14 櫟社成立於清光緒二十八年（1902），據《櫟社沿革志略》載：「霧峰林癡仙（俊堂）、林南強（幼春）、燕霧大莊賴悔之（紹堯）三子始結詩社，名之曰『櫟』。嗣而同聲相應者，有苑裡蔡啟運（振豐）、房裡陳滄玉（瑚）、三角仔呂厚庵（敦禮）、陳槐庭（懷澄）、牛罵頭陳基六（錫金）諸子。」至光緒三十二年（1906），林仲衡早已加盟，而苑裡鄭濟若、牛罵頭蔡惠如則分別於當年四月、十二月加入。（詳頁 1～3）

些出入了，反而比較近似「新竹詩話」，而不論以「臺陽」或「新竹」爲名，相對於詩話的書寫傳統，都展現了區域性格的偏向。

2. 書寫事類

傳統詩話的書寫策略，雖然採取比較隨興的方式，以筆記型態寫就，並且頗及記事閒談，但討論的主題仍是話詩，談論的人物都是一代作手。王松載錄的人物，九成以上是非傳統文學史人物，書寫的事類也不限於話詩，大致可以區分爲三方面：

⑴記事件——各則中仍會引用詩語，但詩語作爲佐證的成分大，多數不是論述的主題；故事敘述在書寫傳統中只作爲本事記載，以增進詩歌情境的感受，在此則往往提升爲論述主題，如：

◎延平王朱成功為開臺第一偉人，明祚賴以維持者三十餘年；其盛德大業，為中外所欽。世之文人學子，恆喜謳歌是事。余愛蔡醒甫（德輝）所著龍江詩話自載謁延平王廟七律四首云……。（頁 1）

◎桐城方樾庭太守（祖蔭）有吏才，來宰吾邑，百廢俱舉。去之日，紳民飲泣。有唱酬詩二卷，號東海鴻泥。其竹城感懷七絕云……高子丹上舍（漢墀）贈云：「春滿訟庭花有韻，琴横臥閣月無聲」。（頁 3）

◎吾竹素稱禮義之邦，不獨山水秀媚已也；廉讓之風，令人思慕，故來遊者往往愛家焉。

廣州徐莘田曾有和韻一絕云……著有擷紅吟館集行世。(頁6)

◎庚子之秋，余病甚，群醫袖手無術。有薦日本公醫樋村龜次郎，延而治之，旋起沉痾，鄉里驚傳其神效。余以詩贈之，有一聯云:「每苦世無醫國手，豈知君有活人方」;並作隸書用表微忱……。(頁81)

前二則以事主爲中心，則一蔡德輝〈謁延平王廟〉七律，只作爲「世之文人學子，恆喜謳歌是事」的證明之一，藉詩表彰事主鄭成功的盛德大業;則二論述的主題在於表揚事主新竹賢宦——方樾庭，方樾庭的〈竹城感懷〉，高子丹的贈詩，都是環繞此一主題的記錄;則三因景及人，意在表述新竹的鄉土之美，廣州徐莘田和韻一絕的登錄，旨趣在此;則四藉事言人，自抒感恩之情，目的在向日本公醫樋村龜次郎致謝;凡此，也附帶的保存了一些詩文作者，而諸如:表彰節義、賢宦，而或書寫景點、感念救命之德等，對於詩文鑑賞的啓發作用，極其有限，保存史料的意味取代傳統書寫中的論述意義。

⑵抒論見——所謂「抒論見」，泛指詩話中以直接表述見解爲主，大抵包括自抒懷抱、泛論詩文見解、品評詩語、勸誡、雜論等五類:

◎余自少頗富微名，長遭離亂，只可藏拙山中，不堪世用。年來無聊戲編詩話;遠近知者俱以詩稿囑選，未曾著筆，蜚語橫來，殊可畏也。但目擊時艱，胸中所欲言而不敢言、又不得不言者，悉於詩焉發之，亦古人「國

家不幸詩家幸，賦到滄桑句便工」之謂也。（頁 48）

◎癸卯秋，某進士郵寄詩集二卷，並函囑采入詩話。余不惜一日夜之工盡閱之，中多感事之作，指陳時事，污及宮闈，令人一讀聲淚俱下，余不禁為擊節歎賞，欲選入以光拙著；繼思時局至此，誠非臣子所忍言。自抒幽憤，猶宜寄託深婉，況可明載之簡篇乎？（頁 24）

◎吾鄉竹梅吟社之盛，於光緒初年為最，陳瑞陔貢士（濬芝）未第時，詠新筍云：「干霄自是他年事，出得頭來已幾分」。未幾，果舉於鄉，遂成甲午進士。陳子潛廣文亦詠趙師雄月下遇美人云：「千古因緣歸一夢，春風容易隔仙凡」。時廣文之尊闈尚無恙，忽於是年冬初溘逝，余因得句云：「怎奈眼前詩料好，每防成讖不多吟」。（頁 9）

◎「試問嫦娥清節否，廣寒宮裏有人來」；此吾鄉郭重芙茂才寄內句也。「博得開函眉一展，膝前兒女近能吟」；則吾鄉人林次湘女史寄外句也。同是離懷之作，其胸次悲歡迥不相同。次湘，為蔡啟運二尹之尊夫人，其子汝修亦能詩；一門風雅，有聲於時。（頁 32）

◎閩人林畏廬撰閩中新樂府，風行海內外，邱菽園觀察為刊行本竟，編入訓蒙叢書。吳人三昧子謂其書有益於國民甚大，不僅為閩一隅而發，改題曰「支那新樂府」，可謂卓識。因摘二首附此，以告我臺人者。檢曆日云……此傷鴉片之流毒也。著實說來，明白如話，足以喚醒世之夢夢者。其於人心世道，裨益不淺；甚勿僅以尋常歌詠目之矣。（頁 26）

> ◎今人之所重者，惟科名而已。世俗混稱科名曰「功名」，甚而捐納、保舉，凡有服官服者，皆以功名中人目之。功名功名最足以炫耀於庸耳俗目之場。吾臺改隸，已經十載，國籍雖異，而習氣猶存，寄金捐官者尚不乏其人。故每遇慶賀、祭禮，紅帽、黑靴，漢官之威儀依然如在也。嗚呼！實之不存，名將焉用？我能立功、立言，雖布衣下士，其聲名自可傳於後世，何用此泛泛功名為哉？武進趙味辛司馬云：「但有詩名俱千古，可知人不在官尊」。（頁61）

則一自道編寫詩話的緣由；則二、則三藉事言文，泛論詩文意見，或寫創作體要，或述詩讖故事；則四評論詩語，因及性情高下；則五錄詩破除迷信「以喚醒世之夢夢者」；則六純抒雜感，在文末附詩句佐證。其中除則三、則四是典型的詩話題材外，則一宜作爲序跋，則六爲純閒話，論述主題並不局限在詩文範圍。

(3)存作者——存作者是史傳文苑人物誌的重要功能，傳統詩話所錄既以文學史上知名人物爲主軸，存作者自然不是考量的重點，而從王松詩話的敘述模式觀察，此一企圖則甚爲殷切，如：

> ◎林仁橋布衣工時文，能詩，卒難博一矜，鬱鬱而歿，年已七十矣。其設教武廟，館規極嚴，以此從遊日眾。吟稿散失，無從選錄，僅得二句云：「掇草尋蟲穴，乘風聽鳥音」。時人愛其幽逸，多誦之。（頁42）

◎吾鄉彭雅夫拔元（延選），善書畫，工詩賦，受前學使彭蘊章相國之知，著有竹里館集，今僅有蘭盆會詩數首載東瀛試牘中云：「生前想是貪饕餮，還向人間乞食來」。其父遜蘭恩貢（培桂），亦有詩集，今俱散失，無從採入。（頁 45）

◎許志清（超英），吾邑咸豐間名孝廉也。有秋興七律云……其二云……其餘好句，如「百代光陰如過客，一年容易又秋風」；「　砧響徹三更月，微雨涼生百尺桐」。錄之以存其人。（頁 65）

三則敘述模式的基調是：簡介其人或著作，錄詩語；至於「時人愛其幽逸」之類簡單的詩評，則只是間或爲之，如第三則所言：「錄之以存其人」的用心，事實上亦貫通在其他各則中。詩話而不話詩，存作者的意圖甚於品鑑佳句，固然是臺灣在整個漢語文化系統居於邊陲地位，詩文水準得以躋身一代名家者少，但從選錄詩句的標準而言[15]，作者的書寫意圖才是更爲關鍵的因素。

㈡思維特色

綜合以上的討論可以看出：王松《臺陽詩話》的書寫型

---

15 作者選詩若非「指陳時事，污及宮闈」，違反「寄託深婉」之旨者外（詳頁 24），為求保存史料，通常載錄的標準頗為寬鬆，如臺南「羅蔚村孝廉（秀惠）、蔡玉屏孝廉（國琳）見寄二絕，故采登之以誌神交，竊恐非其得意之作；欲遲以待之，又恐人事靡常，後悔莫及，故暫錄之」（頁 19），可見一斑。

態，仍然沿用傳統詩話隨興而發的形式，以筆記小說的樣貌呈現，單則之間沒有嚴謹的結構關係；但是詩話中的「詩文」，扮演的角色地位，卻作了一番調整，不再局限於被討論鑑賞的焦點，別具有一種挽合媒介的作用。記錄事件時詩文以彰顯事的義蘊，抒發一般論見時詩文以為重言，保存作者時詩文則成為吉光片羽，而所謂的吉光片羽也不放在大傳統的敘述架構下詮解，只作為略窺作者的媒介。因此整部詩話的思維觀點，就展現出三個特色：

1. 臺灣本位的思考

書中載錄的人士，不論國籍隸屬、或者專業屬性如何，基本上若非落籍或曾宦遊臺灣，也會與臺灣的人事物，有某種關係的聯結；以林則徐為例，既非文士，也未到過臺灣，但書中載錄二次：

> ◎余記少時於潛園雲香館壁上見唐六如先生墨梅一幅，上有截詩一首，為林文忠公所題。後二句云：「我本孤山和靖後，愛梅耐向雪中寒」；氣概高渾，抱負宏深。生長海外，獲見才子名臣手筆，不勝欣幸。錄此以誌不忘。（頁10～11）
>
> ◎林文忠公深惡鴉片蠹國害民故出其全力以遏之。不幸天不如其願，轉以召邊釁、失要口，事之不成，論者至今悼之……。（頁26）

由此可見林則徐被載錄的原因有二個：其一、截詩一首見於潛園雲香館壁上畫作，其二、強力執行禁煙政策。潛園爲林占梅所建，與開臺進士鄭用錫所建北郭園，爲清領時期新竹兩大文化據點，林則徐詩見於潛園，正好襯托出名園的文化特質；而他禁煙的強硬作風，相對於臺灣當時鴉片盛行，行政當局無心制止的狀況，無疑是個慷慨英雄。因此，就與臺灣有所關聯，成爲載錄的人士。至於因涉及臺灣事件、景點等題材，而被載錄者，與臺灣的關聯性就更爲直接了。

2. 重視史料的保存

記載的三大事類中，事件的記載與作者的保存二項，都突出史料保存的意圖，透過事件的記載，可以勾勒出臺灣的歷史變革，例如上卷以鄭成功爲事主開端，以六則表彰他的盛德大業（詳頁 1～2），背後的意義在於確立臺灣開發的契機，樹立臺灣精神的典範。

書中另一重大的歷史事件是乙未割臺：

> ◎乙未之役慘不可言。偶讀李石寬孝廉（文泰）有感五律，實不啻當時詠也。詩云……。（頁 20）
>
> ◎乙未、丙申之亂，所賴督府書記白井新太郎歷游各處，據實上聞，全活甚多。著有南游詩草，間多可採……。（頁 47～48）

則一寫日軍進駐的慘狀，則二記土匪趁江山易主時局紛紜之際，肆虐良民，百姓不勝其擾的痛楚，皆以乙未割臺事件爲主題。除此之外，在保存作者一類的書寫中，乙未割臺也往往作爲當時士人的生命轉捩點：

> 乙未之亂，諸巨室去住維艱。不識時者咸隱匿不出，而各小夫欲乘隙為亂。鄭澄波明經（如藩）情篤桑梓，與其宗人簡齋廣文（以典）不顧身家，苦勸同人盡心籌畫，全活實多。及事平，閉戶讀書，不干世事。有送友回籍五律云……未幾，竟以憂憤終。（頁15）

這裡指出當時士人的三種反應模式：一、隱匿不出，二、協助維護治安，三、返回大陸原籍，鄭澄波先是協助維護治安，繼而隱匿讀書，未幾，竟以憂憤終，其友人則選擇返回大陸原籍；[16]諸如此類書寫，凡涉及相關人物，書中皆有記載，保存歷史史料的意圖極爲明顯。

史料的另一個性質，是文學史的意義，書中有吉光片羽被載錄的作者，約計有 146 人，如此大量載錄所能掌握到的作者，即使詩文作品平凡，也不輕易割捨，因此雖僅揭其端倪，但足以提供鉤稽的線索。據龔顯宗在〈《臺陽詩話》初探〉一

---

16 《臺陽詩話》所記乙未割臺當時，士人的反應模式，除此三種外，尚有起兵反抗者，如新竹北埔墾紳姜奠邦之孫姜贊堂，即自成義旅，戰死於東門外枕頭山（詳頁 50），丘逢甲、蔡啟運、謝頌臣等亦有此行逕：「……謝頌臣茂才（道隆），乙未之役，率其徒數十人統軍北上，舍於苑裡蔡啟運之家……茂才素諳兵略，與丘仙根工部（逢甲）為中表昆弟。當工部倡義時，茂才亦集其所與遊者來贊戎機。」（詳頁 36）此外亦有藉詩社保存文化以抗日者，從日據初期詩社數量不降反增的現象，可見一斑。

文所論：書中最值得注意的在於文獻保存，計錄有詩話類六種，詩詞文集類三十四種，其他十一種，對了解臺灣當時的文風、風土民情、政經文化，乃至於日本明治時代的臺灣漢學，皆相當重要。（詳氏著《臺灣文學研究》，頁 153～161）

3. 寓教化以益世道

《臺陽詩話》載錄的人物，純粹以事主型態呈現的有 11 人：鄭成功、朱術桂、李茂春、翁林福、林文察、何孺人、吳太孺人、蕭母陳太君、王國瑞、陳玉程、樋村龜次郎，他們共同的特色是節孝可風；其餘作者凡有佳德懿行值得表彰的，必然予以登錄，上述遭逢乙未變局如鄭澄波一類的作者，即是此例。如此類似史傳人物誌的書寫，重要功能不僅在於保存作者，更在於寄寓教化。選錄作品也有基於教化觀點，如選錄閩人林畏廬所撰〈檢曆日〉、〈生髑髏〉，〈檢曆日〉諷刺日家論斷地理風水、天象吉凶之無稽，〈生髑髏〉感嘆鴉片對國人身心的戕害（詳《閩中新樂府》，頁 24～26）；此二事亦盛行於臺灣社會，錄此正期能有益於世道人心。

四、《臺陽詩話》的書寫意圖與敘事策略

《臺陽詩話》散漫隨興的書寫形式底層，透過時間、地點、事類的觀察，可以發現其中自有特色。臺灣本位的思考，相對於傳統詩話，是開天闢地之舉，重視史料保存的意義，也顛覆了「詩話」的體例。因此，作者絕非渾噩不覺的書寫者，他清楚自己的動機與企圖，並且因此而有一相應的敘事策略。

㈠書寫意圖

王松在〈自序〉中說：

僕無名世之心，並少傳後之志；硯枯筆禿，猶復孜孜不已者，詎結習之難忘，實敦交之竊取……。（頁1）

好像編寫詩話純為愛好舞文弄墨、吟賞佳篇的習氣所致，順便作為詩友閒談之資，並無名世、傳後的企圖，大有歐陽修寫作《六一詩話》之趣。

類似的說辭也在文中出現，不過稍有不同：

詩話之作，古人評論已詳，吾儕小人，何敢妄生訾議。甲午以來，瘡痍滿目，塊壘填胸，無聊時學步邯鄲，以遣憂愁，庶免虛度光陰之誚，亦古人所謂「書有一卷傳，可抵公卿貴」之意。且抄錄友朋詩句，又為水繪同人、漁洋感舊所不廢也。（頁8）

這段文字詳細註解「詎結習之難忘，實敦交之竊取」的意思，但也暴露「僕無名世之心，並少傳後之志」，只是謙虛的應酬話，所謂「書有一卷傳，可抵公卿貴」之言，正透露名世傳後的企圖。再者，他曾被里人譏笑是好名之徒，非但不稍加收斂，還辯稱「古今來能建大事業者，未有一個不好名」（詳頁60），出版書籍也到處央人作序，如《臺陽詩話》即跨海請旅居新加坡的邱菽園作〈序〉、福建林駱存作〈跋〉，態度相當慎重[17]，這都呼應了「書有一卷傳，可抵公卿貴」的意圖。

由此進一步觀察，看似信手寫就的詩話，其實是匠心獨運，隱藏著作者的特殊用心，否則怎能期望名世傳後呢？所以他感慨葉春波身後遺稿散失之餘，不禁聯想到臺灣人士這種情況的普遍性，才會說：

> ……吾臺孤懸海外，雖有新詩佳句，湮沒居多，余所以有詩話之輯也；若云翕張風雅，軒輊人才，則吾未之有得。（頁 45）

「翕張風雅，軒輊人才」是傳統詩話的重要特質，但不是他的書寫重心；「新詩佳句，湮沒居多」，道出保存作者作品才是他關懷的重點。這個論述從文本內容三個特質的角度檢視，「保存臺灣文學史料」的說法，顯然只是其中的部分企圖，不是他終極關懷的重點。

那麼他真正書寫的旨趣爲何？從當時人士對文本的解讀，可以發現一些線索，邱菽園作〈序〉稱他「讀書即以經世爲務」，自甲申（1884）法艦犯臺後，即預言臺島安危，乙未割臺，返歸原籍後又復東渡，「抱道自重，吏民敬之」，所以認爲他的著作「其諸有所不安者歟？抑有甚不得已而出此者歟？」

17 邱菽園作〈序〉時客居新加坡，說是：「光緒已亥（1899），友竹則竟編其所著詩集、詩話四種，將以行之」，未詳述傳送的方式（詳頁 5）；林駱存作〈跋〉時人在福建，自述受託時寓居廈門：「去冬（1901），介弟壽竹過廈，賚所著臺陽詩話、四香樓餘力草等囑余為之序」（詳頁 91），出版態度之慎重不言可喻。

（詳頁 5～6）：已大略點出他著述必有不得不寫的苦衷，而這個苦衷又與他經世濟民的理想有關。

類似的說法也出現在著述中：

> 年來無聊戲編詩話；遠近知者俱以詩稿囑選，未曾著筆，蜚語橫來，殊可畏也。但目擊時艱，胸中所欲言而不敢言、又不得不言者，悉於詩焉發之，亦古人「國家不幸詩家幸，賦到滄桑句便工」之謂也。（頁 48）

「目擊時艱，胸中所欲言而不敢言、又不得不言者，悉於詩焉發之」，此種感時憂國的書寫動機，與「翕張風雅，軒輊人才」的文學批評立場不同，所開展的敘事策略自然有別。

而王松果然實踐了感時憂國的書寫意圖嗎？林駱存作〈跋〉說自己耿耿不忘的是：

> ……乙未之變作矣。匆匆內渡，行卷多未及攜帶。事後徵諸同人，亦多忘憶。意者其與臺島同淪滅矣！不圖今日復有吾子之作，得以一慰孤懷也……蓋集中序列姓氏，強半為余摯交；所載山川風物，亦強半為余親歷。嗚呼！地割矣，斯文墜矣。大陸已沉，群黎無告，而吾子更能出入槍林彈雨中自葆其道，又得以所葆之道而遺諸余，余何幸而與於此……吾子為兩間一大界線，文運所關，間不容髮，其珍重為之，二百六十一萬同胞，叨子之光，正無量也。噫！槃槃大才，豈特為詩界爭色已哉！（頁 91～92）

「豈特爲詩界爭色已哉」已然概括出此作貌似文學書寫，所成就的卻不局限在文學方面。就一位具有臺灣經驗的讀者而言[18]，最大的感動毋寧是「集中序列姓氏，強半爲余摯交；所載山川風物，亦強半爲余親歷」，這種解讀的方式，隱含著一種補償性的心理需求——對一段過往歷史的重構，所以說「不圖今日復有吾子之作，得以一慰孤懷也」。如此一來，作爲文學評論的文本，事實上已經偏離文類本身的敘事特質，乘載有史傳的價值判斷；也因爲具有史傳的意義，在異族的統治下從事書寫，才稱得上「出入槍林彈雨中自葆其道」，就林駱存的角度來看，王松的確實踐了感時憂國的書寫意圖，而所感所憂皆導因於乙未之變。姑且不論這樣的評價是否與「書跋」的特質有關，不免帶有幾分誇溢，但的確深中肯綮點出書寫者的終極關懷，書中即有類似的自道：

> 余之志在揚善隱惡；即闡揚或有失實之處，亦無太過之詞。蓋就余之所知者，文則敘其政績，武則表其戰功，但取其有徵，不必其能詩……余將欲善天下萬世以興之耳；且使他日作史者見之，亦足以資考證。（頁 21）

所謂「揚善隱惡」、「將欲善天下萬世以興之耳；且使他日作史者見之，亦足以資考證」，就是「目擊時艱，胸中所欲言而不

---

18 林駱存於〈跋〉中自述：「記壬辰歲（1892），余侍先大夫東渡……無何乙未（1895）之變作矣。匆匆內渡……。」（詳頁 91）知其曾有三年寓居臺灣。

敢言、又不得不言者，悉於詩焉發之」的終極關懷，所以邱逢甲〈題滄海遺民「臺陽詩話」〉也說他：「請將風雅傳忠義，班管重歸故國春。」(《滄海遺民賸稿・附錄》，頁 65）唯有掌握此一終極關懷，才能理解作爲文學書寫的《臺陽詩話》，書寫的體例、載錄的人物、事項，乃至思維特質，何以會逾越詩話本色。

㈡敘事策略

「出入槍林彈雨中自葆其道」，作者必然須有一番苦心孤詣，既能展現書寫旨趣，又能明哲保身免於縲絏之災，因應此一特殊的情勢，書寫的策略自然是迂迴曲折金針隱晦，而留待讀者自悟了。據本文三文本分析觀察，書中有幾個疑點需要進一步的釐清：㈠何以基於臺灣本位的思考，載錄人物以非傳統漢語文學史上的名家爲主，書中卻載入三位傳統文學史人物——袁枚、趙翼、俞樾？㈡載錄時間何以始於明鄭下至日治初期？㈢何以載錄人物多集中在中部，仍以「臺陽」爲名？

書中載及袁枚五次、趙翼二次，如：[19]

◎余於國初諸家著述，最愛隨園。每讀其詩文，輒以未得見其人、遊其地、友其子孫為憾……。(頁 28)

◎鹿港又有陳槐庭，亦鹿苑中之詩人也。與余為莫逆交，

---

19 書中另一則言及隨園，在「余在鄉里，里人皆笑余好名」條（詳頁 60)，與「趙甌北嘗譏隨園云」條類似（頁 28)，旨在藉由反駁隨園言行以明志，故不列舉。

有書懷句云：「古來名士惟耽酒，老去才人盡著書」；「酒入俠腸成熱血，詩經名手出新裁」；「絕口怕談天下事，平情曲諒古人心」；「不曾力學休傷遇，誰道能詩即是才」；俱登作者之堂，倘使隨園老人見之，亦當引為同調。（頁 12）

◎趙甌北嘗譏隨園云：「有百金以贈，則入詩話。揄揚武匠，亦稱詩伯」。此固作詩話者之通弊。而余之作，則其迹同而心異；知我罪我，在所不計。余之志在揚善隱惡；即闡揚或有失實之處，亦無太過之詞。蓋就余之所知者，文則敍其政績，武則表其戰功，但取其有徵，不必其能詩，亦不問其相識與否，又何計其贈之有無多少耶……若謂余欲藉此以迎合當道，則聾聵至此，亦不堪用矣。若謂營利，則三十餘年梅妻鶴子，所需無多，偃鼠飲河，不過滿腹；名利之心，早已淡然置之矣。而其不憚煩之意何居？則曰：余將欲善天下萬世以興之耳；且使他日作史者見之，亦足以資考證。而論詩則尺寸不能假借，可則可，否則否。若其不工詩者，而因欲敘其功業援以入詩，稱為詩伯，此則不能效隨園之故智也。（頁 21）

◎庚子之秋，余病甚，群醫袖手無術。有薦日本公醫樋村龜次郎，延而治之，旋起沉痾，鄰里驚傳其神效……憶前後兩次病皆殆，而獨能肉白骨，先生誠可為余之二天也。因寫隨園「活我自知緣有舊，離君轉恐病難消」之句為楹聯，以誌深恩。（頁 81）

◎偶讀趙雲崧題杜子美墓云：「生無一飯人誰恤，死有千秋鬼豈知！」因憶乙未唐薇卿總統募集廣勇數千來臺，辱及居民……廣永星散，多被殺，無有存者……事定後，居民知其冤，恆往祭之；至今結香火緣者殆無虛日。吁！何其前暴而後恭耶？於擬用雲崧先生一聯題贈之。（頁 38～39）

此一載錄的型態相當特別，二人在敘述中不似其餘名家如杜甫、白居易之類，偶被提及，並且多在修辭方法的比喻格中，以「喻依」的型態出現；（詳註 5）也未以事主身份出現，則一、二、三以附記呈現，則四以引文作者的類型呈現，趙翼載錄二次，在則三、五中，都以引文作者類型呈現，與載錄其他人物敘述模式的基調──簡介其人或著作，錄詩語或略作評論不同（詳本文三之一），基於臺灣本位思考的觀點而言，張湄乾隆六年巡視臺灣，袁枚曾作〈送張鷺洲御史巡臺〉詩，趙翼在林爽文事變時，閩督李侍堯駐廈門，曾邀他入幕（詳《臺灣詩乘》，頁 47～50；114），二人在現實上雖與臺灣有些關聯，但是他們被附記的原因純粹是基於書寫者個人的喜好，如說袁枚：余於國初諸家著述，最愛隨園，則二、四即以同調稱引，雖然王松對他的作爲不盡認同，是以則三有「此則不能效隨園之故智」的說法，但不論引爲同調或反駁言行，無非在自暴懷抱、表露行藏，對於趙翼的載錄也是如此，透過這些論述，讀者可以窺知書寫者的生平際遇：他染有惡疾，得日本公醫兩次相救；時人對他頗有微詞，有人指責他貪財，有人懷疑他媚日；而他則以陳懷庭爲同調，既然「絕口怕談天下事」，只好「古來名士惟耽酒，老去才人盡著書」道出自己的無奈；又可以窺知他文學意見的梗概。

載及俞樾的有三則：

◎德清俞蔭甫太史（樾），別號曲園。余十年讀其集，意為已作古人；不料其至今尚健存也。才人多壽，益屬難得。余記其齊物詩九絕，末聯具有曠達見道之語，非尋常詩家所能想到也；錄之以寄仰止云。「出門一步便為遠，作客十年未是長」；「萬蠟高燒終是夜，一燈孤對也能明」；「仙佛終須隨劫盡，蚊䖟也得逐年新」；「相守百年都是夢，偶同一飯莫非緣」；「周公也有流言日，盜蹠非無慕義時」；「戲場亦有真歌泣，骨肉非無假應酬」……。（頁 74）

◎曲園手著之書有三百餘卷，享盛名者約四十年，中外名人咸加敬禮；日本諸公尤重其集，踵門稱弟子者尚不乏人。吾邑里見廳長（義正）嘗語鄭毓臣曰：「敝友某氏，俞曲園先生之門人也」。味其言，似亦與有榮焉。先生曾以詩和兒山太守云：「高風陶靖節，雅韻陸天隨。不惜辭官早，惟愁得句遲。烹茶攜綠豎，侑酒倩紅兒。為戀花枝好，流傳五字詩（原注：君有句云『歸為戀花遲』余喜誦之）」。（同前揭頁）

◎櫻井兒山太守（勉），丁酉來治吾邑，公餘之暇，嘗開詩會於潛園……別後，竹人思之弗衰。昨讀東報，有見其〈春日到弘法寺〉五言律一則，蓋曲園所和之原韻也……。（頁 75）

則一記其齊物詩九絕，雖是「錄之以寄仰止」，徵諸他生平：乙未內渡復返臺，受日人禮遇，與日人酬唱，頗遭微言，晚年悟道參禪[20]，可以發現事實上也是藉抒懷抱，在他讀來「出門一步便爲遠，作客十年未是長」，「萬蠟高燒終是夜，一燈孤對也能明」，正是江山改隸「絕口怕談天下事」，只好「古來名士惟耽酒，老去才人盡著書」的心境。「仙佛終須隨劫盡，蚊虻也得逐年新」，「相守百年都是夢，偶同一飯莫非緣」，是否意味身爲「滄海遺民」，經一段時日調適後，對殖民者的新觀感，原來朝代興替如仙佛之自有劫數，那麼相守百年不過是夢想，不如與時推移，且珍惜偶而相聚的因緣；就一個受到日人禮遇、與日人酬唱結交文學同好的讀者而言，似乎透露出敵對、反抗態度已有所改變。「周公也有流言日，盜蹠非無慕義時」，「戲場亦有真歌泣，骨肉非無假應酬」，指出概括性評斷的不當，若將盜蹠暗喻爲日本，戲場暗喻爲與日本人的酬酢往來，則可以解讀爲日本雖是殖民者、侵略者，但未必是一無可取、毫無情義；這就是解讀者所謂的曠達見道。

則二、三，以詩歌酬唱爲主題，載及當時重量級名人——俞樾的中日情誼。則一、二以作者兼事主的型態載錄，與臺灣本位思考的特質不合，被載錄也是基於書寫者個人的選擇，主要原因是他的中日情誼——曾與新竹太守櫻井兒山和詩，但如此慎重其事的深層意涵，應該是在爲自己對待日人的態度，建

---

20 關於王松的佛道思想，龔顯宗〈百年天地此孤吟——論王松詩的狂狷意識與佛道思想〉已作討論，本文不再贅述。（載於氏著《臺灣文學研究》，頁 105～119）

立合理化的典範。何況櫻井兒山曾任新竹太守，輾轉連結俞樾也算與臺灣有所關聯了。

袁枚、趙翼與俞樾雖是傳統文學史上的名家，被載錄的理由卻與傳統論述不類，轉而成爲書寫者懷抱的註解，在書寫策略上是採取曲筆的方式，而將書寫者自己「我」隱身在所有的論述之後，從「我」的所見所聞所感，去建構一套足以「善天下萬世以興之」的詩話；也就是說王松《臺陽詩話》的敘事策略，殆如劉鶚之於《老殘遊記》，是以自己的行藏爲軸線，透過交游、旅遊、閱讀、資訊流通、媒體傳播等活動，收集撰寫。由這個角度觀察才可理解：何以載錄人物多集中在中部，仍以「臺陽」爲名？因爲思考是以臺灣爲本位，在敘事策略上，中部則是交游的核心地區，並且限於體力、交通、文獻等因素，其他地區資訊的掌握較爲不足，自然載錄人物多集中在中部了。（詳本文三之一）

至於載錄時間何以始於明鄭下至日治初期？臺灣漢文化的移植成功，要到清領道光時期以後，在「我」的價值意識中，臺灣文明的開展，則始於鄭成功，書中上卷開頭即以他爲事主，收錄有關謳歌盛德大業的詩句（詳頁 1、2、3），卷首一則道：

> 延平王朱成功為開臺第一偉人，明祚賴以維持者三十餘年……余愛蔡醒甫（德輝）所著龍江詩話自載謁延平王廟七律四首云：「沙汕紛紛列舳艫，當年海上拓雄圖。鯨魚入夢生何異？龍種偕來類不孤。人似武侯籌北伐，地同洛邑建東都。知他矢志延明祚，絕島偏安亦丈夫。」……。

（頁 1）

此則與沈葆楨署延平王廟楹聯：「開萬古得未曾有之奇，洪荒留此山川，作遺民世界；極一生無可如何之遇，缺憾還諸天地，是刱格完人」（同前揭頁）大致相同，肯定鄭成功的盛德大業是：一、開發臺灣，二、矢志延續明祚，作成遺民世界，三爲創格完人；也就是說從鄭成功身上，「我」看到的其實是臺灣先民的精神，所以說「龍種偕來類不孤」，而這種精神的特質其一是對抗──「人似武侯籌北伐」，以延續漢文化──「矢志延明祚」，其二是妥協──「地同洛邑建東都」，偏安以「作遺民世界」，如何既對抗又妥協以延續漢文化，就需要具有創格的智慧與氣魄了。

《臺陽詩話》原本具有強烈的史傳性格，載錄時間始於明鄭，上卷卷首以鄭成功爲事主，收錄詩句以謳歌盛德大業，真正的意涵仍在認祖歸宗，從臺灣本位尋求文化精神的典範，因此德人李庶著《臺灣島史》稱成功爲「貿易大王」，「我」要斥責他「識見可鄙」。（詳頁 2）類似的作法，也見於下卷，卷首首列開臺進士新竹鄭用錫（詳頁 43），書中卻未提及海東文獻初祖，寓居南臺灣的沈光文，如果僅就臺灣本位思考，而忽視王松以自己行藏爲線索的書寫策略，就無法看出他雙鄭相承，以示漢文化薪火相傳的用心了。

而書寫止於日治初期又與「我」有何關聯？據本文三之一討論，初稿約完成於 1898 年初，並作出版打算，此後至 1905 年得償夙願，前後八年亦續有增補。可見他原來的書寫，因感於 1895 年乙未變局，所以 1898 年初初稿完成，就打算出版，但何以又延宕了八年？明治三十八年（自案：1905）《臺灣日日新報》載錄他出版之事，可作爲解答的線索：

> ……友竹……家先富而後甚貧……春初以祖遺大租，得公債券百餘金，人曰：「癡得此可長作煙霞侶矣。」癡曰：「否否，余有未了事，藉此了之。」蓋癡著有《臺陽詩話》二卷，積數千萬言，志存傳後，使癡之名不泯，遂舉付臺灣新報社刊刻，計費刻資金百六十圓，大租債券為之罄盡……。(12 月 5 日第 2278 號）

初稿完成之際，「我」極爲貧窮，無力付梓，只好置之以待時機；不料一等就是八年，所以其間續有增補，後來分得祖上遺產——大租債券百餘金，才能藉以了卻心願。增補後正式出版的《臺陽詩話》，與初稿的原貌有何異同？已無法得知，但初稿的書寫應該隱含連雅堂《臺灣通史》止於割讓的用心，而正式出版的《臺陽詩話》，收錄的人事活動截止於 1905 年，關鍵在於「我」個人經濟狀況突獲改善。[21]

總之，他是藉一己之行藏發潛德之幽光，以實踐感時憂國

---

21 《臺陽詩話》載入的人物多集中在中部，那麼北部、南部、東部等地區相關的事類，可以假以時日，再作收集增補。王松何以不此之圖，而急於付印？除了意外得財外，可能因為染有梅毒身孱體弱，自覺命在旦夕，且限於體力，亦無力續作收集，若不及時出版，恐怕湮沒無聞。其後於大正十三年（1924），他曾將續篇之作，交由張純甫等人所編之《臺灣詩報》分期刊登（詳第 5～12 號），但多為陳編汰餘，並無補苴恢宏之效，可見是後繼乏力了。

的書寫意圖，下卷末則的安排，堪為佐證：

> 余不幸生處海外，長逢離亂，既不獲與賢士夫爭立事業，又不得遍歷名山川發為宏文，以免虛度之誚。惟性喜狂吟，積稿成卷……全稿已焚，而零星殘句，時常往來於胸中；偶有憶及，不忍終於割愛。姑援左氏斷章之例，存十一於千百。適編詩話時，遂附錄於末，聊以作吾家異日之記事珠。若比之唐賢摘句圖，此則吾所不敢也……。（頁86）

所謂「姑援左氏斷章之例，存十一於千百」「聊以作吾家異日之記事珠」雖是就自己的詩作而言，觀諸整部詩話何嘗不是如此呢？從吉光片羽中，可以鉤稽出載入人物的珠絲馬迹；而綜觀所有載入的事類，又得以窺知王松的懷抱與意圖，如此一來，豈但是他的詩作，整部詩話不就是他的記事之珠？此則文字殿末，頗有書跋指點之趣。

五、結語

《臺陽詩話》望文生義，容易被當作是傳統文學理論的論述，事實上王松只在文本書寫上，沿襲了傳統詩話筆記隨興的結構型態，與不涉理路、不落言詮的敘事原則，至於傳統詩話以漢語文學史名家詩語為論述主體的結構觀念，則作了一番調整。

調整結構思維的關鍵因素在於乙未變革，導致身份認同危機，而激發出與日本區別的臺灣意識，促使他跳脫中華大傳統的歷史思維，以臺灣地區作爲論述的場域。同時因爲認同危機，文本的論述主體也從名家詩語轉爲人文活動，詩話成了建構歷史文化記憶的文本，大有「詩亡而後春秋作」的意味。

而傳統詩話的書寫特質，所造成的閒談瑣碎的表象與寓教於樂的效果，遂使得筆記隨興的結構型態，與不涉理路、不落言詮的論詩原則，更進一步被轉化成寄託微言大義的書寫策略，以在日本治下明哲保身，並確保順利刊行；不過以「臺陽」爲名，要整全的觀照臺灣這個場域，在當時的時空背景下，究竟非身體羸弱的王松所能勝任，而他加上以個人活動爲線索的敘事策略，遂彌補了這種畸重畸輕的偏頗現象；如此一來，「我」的意涵就更加豐富了，我人是遺民，我土是棄地，我的憂患就是臺灣的憂患，我家的記事之珠通於臺灣的史傳文本。王松不但成功的實踐了感時憂國的書寫意圖，也開拓詩話文類書寫的新視域。

主要參考文獻

（以姓氏筆劃為序，不列姓氏者置前）

1. 原典

王松　滄海遺民賸稿・臺陽詩話，南投　臺灣省文獻委員會　1994.5

王松　友竹詩文集，臺北　龍文　1994

2. 文獻史著

東海大學中國文學系　臺灣古典文學與文獻，臺北　文津　1999.1

陳運棟等撰　新竹市志卷七人物志、卷八藝文志，新竹市政府　1994

臺灣省文獻委員會編　臺灣史，眾文　1996.10

王國璠　臺灣先賢著作提要，新竹社會教育館　1974.6

王國璠、邱勝安　三百年來臺灣作家與作品，臺灣時報　1977.8

江寶釵　嘉義地區古典文學發展史，嘉義市立文化中心　1998.6

吳福助　臺灣漢語傳統文學書目，臺北　文津　1999.1

吳德功　瑞桃齋詩話，南投　臺灣省文獻委員會　1992.5

洪繻（棄生）　寄鶴齋詩話，南投　臺灣省文獻委員會 1993.5

施懿琳　臺中縣文學發展史，臺中縣立文化中心　1995
施懿琳、楊翠　彰化縣文學發展史，彰化縣立文化中心　1997.5
郭紹虞　清詩話續編，木鐸　1983.12
莫渝、王幼華　苗栗縣文學發展史，苗栗縣立文化中心　2000.1
連雅堂　臺灣詩乘，南投　臺灣省文獻委員會　1992.3
連雅堂　臺灣通史，一版二刷，臺北　眾文　1994.5
陳明台　臺中市文學史初編，臺中市立文化中心　1999.6
黃旺成　編纂新竹縣志卷九人物志，成文　1983
葉石濤　臺灣文學史綱，高雄　文學界　1987.2
劉登翰等　臺灣文學史（上），福建　海峽文藝　1991.6
廖一瑾　臺灣詩史，臺北　文史哲　1999.3
蘇子建　塹城詩薈，新竹市立文化中心　1994.6
龔顯宗　臺灣文學家列傳，臺北　五南　2000

3. 其他論著

江自得編　殖民地經驗與臺灣文學，臺北　遠流　2000
許俊雅　臺灣寫實詩作之抗日精神研究，臺北　國立編譯館主編　1997
陳昭瑛　臺灣文學與本土化運動，臺北　正中　1998.4
陳昭瑛　臺灣與傳統文化，臺北　臺灣　1999.7
黃昭堂著、黃英哲譯　臺灣總督府，新修訂版四刷，臺北 前衛　1999.2
龔顯宗　臺灣文學研究，臺北　五南　1998

4. **期刊論文**

臺灣日日新報（漢文版），1898.5～1937.4

臺灣新報（漢文版），1896.1～1898.5

王一剛　先族叔友竹公事蹟及詩，《臺北文物》7 卷 2 期，頁 47～58，1958.7

黃美娥　北臺文學之冠──清代竹塹地區的文人及其文學活動，《臺灣史研究》5 卷 1 期，頁 91～139，1999.11

黃美玲　王松〈臺陽詩話初探〉，《臺南家專學報》第 16 期，頁 29～40，1992

日治時期臺灣秋懷組詩探析

❖余美玲

1961 年生，現任逢甲大學中文系副教授，

近年關注於臺灣古典文學的研究。

一、「秋懷」的抒情傳統

天人合一是中國文化的重要特徵之一。它是指自然與人之間因具內在同構關係，所引發的相通感應，自然景觀的變化與人心靈的波動至爲密切，所謂「春秋代序，陰陽慘舒，物色之動，心亦搖焉」(《文心雕龍・物色》)，自然四季間時序的更替，喚起人們對生死悲歡的情感。據日本學者松浦友久從《佩文齋詠物詩選》等詩集中統計發現[1]，中國詩歌中詠春秋之詩遠比詠冬夏之詩多，究其原因係來自於春秋二季，在時序的推移中，最易使人強烈感受到時間的流失。這種敏銳的時間意識，從有形的四季物色的變化、今昔對比、現實與理想的衝突中，層層展示詩人的心理感受，激起對人生深刻的思索。四季物色既對人的情感具有導引的作用，因此與秋有關聯的象徵意象，常構成一組意象群，引發人們強烈的感知與共鳴。秋天自然界呈現的意象：晚景蕭疏、煙水茫茫、草木搖落、露降夜長、梧桐蕭木、晚景流光，甚至是寒雀鳥驚、暮鴉凌亂、蟋蟀悲泣、群雁南翔，整個自然與人在相對應交融中，喚起了人生的悲情──星霜屢變、羈旅鄉愁、日暮途窮、壯志不遂、離懷別緒、落葉歸根……這些情感常成爲詩歌中最具支配性的基調，而這也是自古以來秋懷之類詩作的傳統，誠如《文心雕龍・物色》所云：「天高氣清，陰沉之志遠」，秋天高遠淒寒的

1 見松浦友久：《中國詩歌原理》(臺北：洪葉文化事業公司，1993年)，第一篇詩與時間。

世界，最易引發人們的懷遠意識，而所懷的對象可以是親人、邦國、故園、功業或是迷茫難曉的情緒。[2]這種秋懷的抒情傳統，從宋玉九辯以來便源遠流長，積澱著深厚的文化意涵。尤其杜甫的〈秋興〉八首七律連章之作，更爲秋懷抒情的傳統立下典型與範式。葉嘉瑩在〈論杜甫七律之演進及其承先啓後之成就〉[3]一文，提到杜甫的〈秋興〉八首之所以承先啓後的原因有二，其一在於既能保七律持形式之精美，又脫出它嚴格的束縛，其二則是以一些事物的意象表現一種情感的境界，極具開拓與革新。這種「典型」，有它既定的內容美與形式美，即在主題上以秋作興，情感的內容不出家國之痛、身世之悲、故園寥落，在形式上採七律八首連章的方式[4]，表達他紆徐曲折的情感。後代詩人在以秋懷爲題時，亦常遵守此一範式。尤其每逢動亂的時代，一群人都選擇以秋懷爲題次韻相和時，騷動不安的秋景，事實上已成爲時代共同的心聲。

---

2 龔鵬程〈四季、物色、情感〉，見《古詩今唱・季節篇：一春夢雨常飄瓦──春夏秋冬》（臺北：新自然主義出版社，2000 年 5 月）。

3 見葉嘉瑩：《杜甫秋興八首集說》（石家莊：河北教育出版社，1997 年），頁 1～60。

4 「今試一論其章法，所謂一本者，羈夔府值秋日而念長安，斯為八詩之骨幹，所謂一本者也。而八詩中或以夔府為主而遙念長安，或以長安爲主而映帶夔府，至於念長安之所感，則小至一身之今昔，大至國家之盛衰，誠所謂百感交集，所懷萬端者也。而復於此百感萬端之中，或明寫，或暗點，處處不忘對夔府秋日之呼應，此豈非萬殊一本，一本萬殊者乎？」見葉嘉瑩：《杜甫秋興八首集說》，頁 38。

二、丘逢甲的秋懷詩與唱和

今丘逢甲《嶺雲海日樓詩鈔》中，以「秋懷」爲題，形式上七律，且以組詩方式呈現，有多處。其書寫時間依次分別爲：光緒二十二年（1896）〈秋懷〉八首；光緒三十二年（1906）〈秋懷〉次覃孝方韻（八首），其後以此六疊韻。今案《丘逢甲文集》「丙午（1906）日記片斷」的記載[5]，從八月二十日起至十月初八止對此事有加以記錄：

八月二十日：「是日客來甚多，方作和孝方秋懷詩，至晚乃脫稿」

九月十三日：「是日疊秋懷韻詩，成四首」

九月十四日：「再疊秋懷韻詩，復成四首。午後立之來談，晚孝方來，作三疊秋懷韻詩」

九月二十日：「作四疊秋懷韻詩」

九月二十一日：「作五疊秋懷詩」

十月初八日：「作六疊秋懷韻詩」

日記說有六疊韻，但並沒有將原詩一一錄下，然而據《嶺雲海日樓詩鈔》所錄則只收錄了五疊韻，其後丘逢甲又將這些詩作梓爲「粵臺秋唱」單獨行世。另外，光緒三十四年（1908）尚有〈秋興〉次張六士韻（八首），宣統元年（1909）則有〈秋

5 丘晨波主編：《丘逢甲文集》（花城：花城出版社，1994 年）。

懷〉次覃孝方韻（八首），〈秋懷次前韻〉（八首）。總計十三年內，十組八十首秋懷詩。這些詩題相同，在同是秋懷的主題下，以七律連章的形式，抒發他內渡之後深沈跌宕的情感，充滿憂國憂民之思與浩茫的悲痛。

丘逢甲秋懷詩在當時引起回應者，目前筆者所蒐尋到者計有許南英、呂敦禮、林癡仙、林幼春、施梅樵等五人，其詩題與寫作時間分列如下：

許南英 〈秋懷八首和邱仙根工部原韻〉[6]	宣統元年（1909）
林癡仙 〈無題次邱仙根工部韻八首〉[7]	宣統元年（1909）
林幼春 〈秋感敬和邱丈仙根主政原韻〉（七律八首）[8]	宣統元年（1909）
呂敦禮 〈感懷次邱仙根粵臺秋唱原韻八首〉[9]	
施梅樵 〈秋懷八首次邱仙根韻〉[10]	

6 《窺園留草》（臺灣歷史文獻叢刊，省文獻會出版）。

7 《無悶草堂詩存》（臺北：龍文出版社，2001年），卷3。

8 《南強詩集》（臺北：龍文出版社，2001年），頁15。

9 《厚庵遺草》（臺北：龍文出版社，2001年），頁20。

10 《捲濤閣詩草》（臺北：龍文出版社，2001年），卷下，頁102。

今從寫作時間與所押韻字來看，許南英、林癡仙、林幼春是針對丘逢甲宣統元年的秋懷詩而寫，呂敦禮、施梅樵則未載明寫作的時間，然從詩題與韻腳看，呂、施二人則是針對丘逢甲光緒三十二年的「粵臺秋唱」而和，呂敦禮在光緒三十四年（1908）病故，寫作時間最晚當不下於此。施梅樵於次韻詩中云：「人海藏身四十秋」，且《捲濤閣詩草》前羅秀惠的序寫於辛亥年（宣統三年，1911），因而施梅樵寫作時間亦當在此之前。作爲秋懷抒情的傳統，在共同的時代背景下，這些知識分子，都是當時臺灣的社會菁英，改朝換代之際，藉著秋日抒懷，表達個人的心志。秋懷，以文字符號的形式儲存各種多樣審美信息的載體，向當時的讀者提供一個馳騁想像力的空間，讀者從多角度、層次盡情玩味，得到心靈的感應，找到精神的契合點。作爲抑鬱難伸渺小的個體，無強大的力量去和當局抗衡，這時透過詩歌的傳遞，藉激揚的文字表達他們的弭天之恨，可說是最適切不過。

秋懷唱和諸作者中，許南英（1855～1917）與丘逢甲二人可說是總角之交，既是聞樨學舍的詩友，又同在海東書院受業於施士洁門下，許南英爲光緒十六年會試恩科會元，許、丘二人皆曾爲唐景崧聘，協修臺灣通志，乙未之役，許南英曾率團練防匪，內渡後兩人各自在廣東發展，彼此仍持續有詩歌往來。呂敦禮（1871～1908）是神岡筱雲山莊呂賡虞（汝玉）之長子，與霧峰林家有姻誼，與林癡仙有同筆硯之親，光緒十九年臺灣縣生員，乙未時渡閩避亂，返臺後，與林癡仙、賴紹堯等結櫟社，分箋酬唱。[11]丘逢甲於同治十二年（1873）父親丘龍章移至三角莊魏家設教時，便隨父前往就讀，因而與呂家結下深厚友誼。丘逢甲與呂家三兄弟同受業於吳子光門下，情同手足，《柏莊詩草》中有多首詩歌記錄他們彼此間的往來，從輩分言，呂敦禮屬子姪輩，文獻上未見呂丘二人有直接往來的記錄，或許他是透過林癡仙、謝頌臣處得閱見丘逢甲的詩歌。林癡仙（1875～1915），名朝崧，字峻堂，號癡仙，光緒十六年（1891）生員。丘逢甲《柏莊詩草》中稱林癡仙爲內弟[12]，林癡仙在〈哭謝頌臣先生詩〉曾云：「嘗言平生文字交，後有林十前邱二」[13]，邱二是丘逢甲，林十則是林癡仙，藉由謝頌臣的關係，丘逢甲、謝頌臣、林癡仙三人時有詩歌往來。[14]林癡仙在臺灣割讓後避亂泉州，其間曾短暫回臺後再度赴泉州，直至 1899 年才正式返臺定居。[15]林幼春（1880～1939），本名資修，字幼春，號南強，林癡仙爲其親叔，乙未割臺，亦隨族人避難泉州，後迫於生計又回臺。今據現有資料尚不能確定，丘逢甲與林幼春之間是否有往來，或許也是藉由謝頌臣、林癡仙的關係輾轉得悉。[16]施梅樵（1870～1949），光緒十九年生

---

11 參考《厚庵遺草》前作者介紹。

12《柏莊詩草》有〈賀林峻堂內弟朝崧新昏〉（新人謝姓）。

13 見林癡仙〈哭謝頌臣先生〉詩，《無悶草堂詩存》卷 5。

14 今謝頌臣《小東山詩存》所收錄「唱和詩詞」即是包括丘逢甲、林癡仙二人的作品。

15 林癡仙、林幼春生平可參考廖振富：《櫟社三家詩研究──林癡仙、林幼春、林獻堂》（臺北：國立臺灣師範大學國文研究所博士論文，1996 年 5 月）。

16 丘逢甲除與謝頌臣有文往來外，相關資料尚有：丘逢甲自題三十登

員，原名鶴天，因赴試考官愛其才，而改爲天鶴，取「如天空之鶴，前途自無可限量也」。[17]壯歲自號雪哥，中年更號蛻奴，晚又改號可白，他一生三次更改其號和他的遭遇息息相關。自號「雪哥」，與施九緞事件其父施家珍被誣憂憤而死，梅樵矢志雪冤有關；更號「蛻奴」，則是臺灣割讓，身處日人統治，必欲掙脫奴隸之恥；晚號「可白」，以得親見臺灣重回祖國懷抱，無陸放翁家祭毋忘囑之憾，其心跡昭然可見。[18]乙未時梅樵內渡晉江避亂，後因祖母寄書促歸返臺。日人統治之下，梅樵一生以教學自給，以詩人終其身，詩集名爲《捲濤閣詩草》者，取名於「秋濤捲地，鹿耳雄潮，畫閣留煙，烏衣第舊」[19]，磊落豁達，具豪傑之氣，又不乏傳統知識分子狂狷性格在其中。施氏寫〈秋懷八首次邱仙根韻〉，約四十歲，因感於時事日非，不願辱身異族，教學之餘，倡設詩社，以詩酒自

壇照片〉詩，是 1911 年時所寫，他曾寄給謝頌臣。又張麗俊在 1911 年的《水竹居主人日記》中也提到林式新曾拿「邱仙根自題少照詩」給他看，辭意抱負沉雄。同年十月陳槐庭也曾將丘逢甲的寫真送給張麗俊。

17 林文龍〈鹿港詩人施梅樵資料雜錄〉，《臺灣風物》26 卷 4 期（1976 年 12 月）。

18 見施讓甫〈施公梅樵家傳〉。又其七十五歲（1944 年）「自題片影」亦可見其在日人統治下的心跡表白：「我生何不辰，弱冠遭喪亂。禍水降自天，骨肉驚離散。旋抱失怙悲，痛極奈何喚。未及伸父冤，忍辱事文戰。主司眼垂青，笑容舒滿面。竊疑步雲程，又值生外患。困頓五十年，論世宜駭汗。而今踰古稀，回首增浩嘆。自分是棄才，斧斤不用斷。」

19 見羅秀惠〈捲濤閣詩草序〉。

娛。施梅樵是否與丘逢甲相識，亦不可確知，不過施氏在寫下〈秋懷八首次邱仙根韻〉後，於 1942 年曾選丘逢甲《嶺雲海日樓詩鈔》及黃遵憲《人境廬詩草》，輯爲「丘黃二先生遺稿合刊」，其於編撰序云：

> 此二老平生著作宏富，雖已作古人，余讀其遺篇，心為之醉，朝夕不忍釋手。余每思有諸己者，不如公諸人，爰不辭數月之辛苦，親自抄謄，並妄為選擇，付之剞劂，斯集一出，俾島內之青年吟侶，熟讀詳味，便可日進無疆，則此集之益人，豈淺鮮哉![20]

從序中可知，不論是在詩歌創作或精神上，施氏對丘黃二人頗有嚮慕之意，尤其是對二人的詩歌十分推崇，因而有心編撰合輯之舉，意在立下一個學習的典範，讓臺灣島內的青年可以誦讀再三，切磋琢磨，以增進詩藝。同年十月二十六日施氏再度以「秋日書懷」爲題七律四首發表於《詩報》第 282 號，廣獲全臺詩人的回響。

整體而言，許南英、林癡仙、林幼春、呂厚庵、施梅樵五人於臺灣割讓後都曾內渡大陸，除許南英留在廣東最後病死於異鄉棉蘭外，其餘四人皆於內渡後返臺。四人身處異族統治，憂心時局，常有滄桑之感，重視民族氣節，具鮮明的抗日意識。他們四人倡設詩社，不僅彼此之間唱和作詩，與南北詩人互通聲氣，尤其癡仙、幼春、厚庵又是櫟社的創社九老之一，

20 轉引自林文龍〈鹿港詩人施梅樵資料雜錄〉。

厚庵為筱雲山莊呂家之後，在臺灣詩壇皆頗有威望令名；至於施梅樵除了參與櫟社，活躍於詩壇外，平日設帳授徒，桃李天下，亦具有登高一呼之勢。

三、一種秋心，六種情懷

前已提及丘逢甲從光緒二十二年到宣統元年，總計十三年內寫了十組八十首的秋懷組詩[21]。整體而言這些組詩都是在秋容黯然、因事感懷的基調下，展現他內渡後離家飄泊的身世之感、英雄失路之悲、與對國家內憂外患的心路歷程。從內容、風格觀之，這些組詩亦呈現前後階段性的不同。光緒二十二年內渡之初的秋懷，詩語感傷，充滿悵恨與追悔，主體視覺內向，關注角度指向個人的命運和滄桑。而光緒三十二年的秋懷特別值得注意，丘逢甲以相同主題連續疊韻，在限韻限字下，六組連章，作者在抒情言志的同時，似乎有意向世人展現他的才情與詩藝，因此如何在固定的詩律程式中尋求變化，也成了詩人對自我極限的挑戰。這六組連章之詩每一組都以第一首概括全詩並作為起興，爾後七首則據此抒懷，反覆呼應，情感的曲線抑揚頓挫，千迴百折。以第一組為例，第一首首聯「萬里風雲願竟酬，軍前歌舞作中秋」，表明男兒馳騁沙場、建功立業，功成身退歸隱江湖的志向，氣勢磅礡，但到末兩句「年來

21 關於丘逢甲秋懷諸作，可參閱拙著〈丘逢甲秋懷詩探析——兼論「重開詩史作雄談」的意義〉，丘逢甲、丘念臺父子及其時代學術研討會，1999年5月15、16日。

此意成蕭瑟，匹馬西風莽浪遊」，讓全詩的情感形成一大逆轉，壯志未酬，英雄落寞的心境與蕭瑟西風相映，爾後七首都是圍繞著此種情感爲中心加以發揮。第二組以「鳳舞鸞歌自酢酬，蟪蛄莫漫話春秋」起興，寫時光易逝，人事的無常。詩中的華嚴幻相、塵海虛舟、秋心影斜、梧桐心死、淒涼色、無限恨，都是寫詩人對世間冷眼情深的表白；第三組詩開首表明「碧海蘭苕偶唱酬，詩人從古例悲秋」，從「悲秋」著眼，涼雲、玄霜、疏柳、棲鴉，蕭蕭落葉，典型的秋景，「感華年」、「故國思」、「雲不起」、「戰雲寒」、「身將隱」，都是自身處境的描寫，呼應著秋景。再往下第四、五、六組則分別從不同的地理背景因秋發興，以典故人物鋪陳，如第四組的「忍把河山作報酬，五陵佳氣鬱清秋」，對整個中國的亂離，發出沉痛的呼聲；第五組以「眉史修成待酒酬，江南花草不曾秋」，將背景轉到江南，以吳越江南、六朝風物與典故表達憂國憂民之思；第六組以「客懷難借越裝酬，雁翅城荒海氣秋」，以嶺南風物爲背景，寫他的鄉心與國愁。同題五疊韻，極盡書寫之能事，且各有不同的姿態，不論是就丘逢甲個人或當時的詩壇而言，都是相當引人注目。光緒三十四年與宣統元年的秋懷其結構大致相似，或自傷、或思鄉，只是更加關注國家與時局的變化，不時借歷史來諷喻現實，具鮮明的時代意義，其中「冥冥龍去枉髯攀」、「滿目洪流治已遲」、「有例神州裔亂華」、「休訛舜死與堯囚」、「眼中雞鶩方爭食」、「鸞勝鞭笞鳳受囚」、「元黃殘血三靈哭」等，都與朝廷的混亂，光緒皇帝去逝，慈禧擅權有關。天時大亂，江河西流，高昂熱烈的詩語，與內心的失落絕望，呈現強烈的對比與落差。

許南英的〈秋懷八首和邱仙根工部原韻〉[22]，自傷的成分居多，這種自傷多出於他強烈的家國身世之感與變化無常命運撥弄的挫傷。歷經戰亂的恐懼與苦難，人生矛盾與衝突的掙扎，雖說人生不如意者十之八九，但他終生奔波勞碌，憂患勞苦如影隨形的追逐壓迫，讓他的詩歌充溢著沉重的滄桑與疲憊感。整體而言，第一首可說是個全詩的總括，從時光的流逝，引發他對歲月的蹉跎，進一步感嘆世局的變幻，國家人才的凋零，內心深藏的鄉愁，與對時局和平的渴望，這些圍繞著自己的遭際與不幸，構成了他秋懷的主要內容。二到六首則將視角集中凝視在自己不幸的命運上，從各個角度分別訴說著這大時代的悲劇——第二首寫他不歸與不得志的原因，他像行吟澤畔的屈原。第三首從追懷光緒帝的遺澤說起，先皇遠逝，時局惡劣，世亂身危，渴望以歸田生活了卻此生。第四首感傷自己年過半百尚無建樹，並以紅顏薄命暗示命運的摧折。第五首說他離臺內渡到廣東的生活，念念不忘仍是海東家鄉。第六首寫夕陽西下，日暮黃昏，年華老去，生活仍如轉蓬般勞苦。第七首則指向現實，對時局作一批判，諷刺當時新憲法的假相。最後種種憤怨與創痛化為萬壑秋聲，在狂風怒飆中詩人的心情久久不能平復。詩中「渡河宿將」、「一代文章」、「天涯孤鴻」、「美人遲暮」、「小草」、「名花」、「素心蘭」、「傲骨梅」，都是自我的形象與身世的表述；「咸同人物銷磨盡，歐亞風潮變幻多」、「宗祖江山鯤鹿走，奴隸性質馬牛肥」、「尚武精神不尚文，大官未必有殊勳」，則是他英雄失路、長才難展，塊壘難消的原

22 見《窺園留草》，頁86。

因所在。

林癡仙的〈無題次邱仙根工部韻八首〉，雖然在標題上並沒有直接註明是和秋懷之作，不過從詩作的時間及所次之韻上看，韻母韻字都相同，因此很明顯的所和都是指向秋懷詩。林癡仙的和詩係以一位兼具容貌與節操的女性爲媒介，在悠悠歲月裡，傾訴她的癡心等待，這位佳人雖然感到苦悶孤寂，但她心志堅定，然而最後還是無法擺脫命運與環境的束縛，幸福終究還是操在他人的手中。全詩以一卑弱女子的遭遇投射作者的自我意識，充滿思念、企盼、自哀、自憐的纏綿與感傷，此所以廖振富云「假豔情體一抒臺灣割讓之深衷者」。[23]

詩歌從第一首到第六首，都是以含蓄內斂的方式表達這位佳人天生麗質、風姿綽約的形象，卻懷著不見知於人的悲哀——錦瑟年華、小姑獨處、待字深閨、碧玉新粧的外貌下，內蘊溫柔纏綿的情致與哀婉的情思。她不僅具有才華，善於音律，且堅貞不移，「叢桂瘦」對「牡丹肥」，說明她不肯媚俗的性格，冰清玉潔，但琴聲清幽，情韻歸水流。她似乎有所等待，意有所屬，但所思的一方是如此遙遠、模糊，而她還是如此堅持，「蕊宮伴侶心長戀，蓮沼淤泥願有違」、「絃絕更誰知法曲，粧成空自賞丰姿」、「志節有人嗤固執，心清無夢到繁華」，以致於抑鬱寡歡。曾經滄海，春心迷惘，舊事傷懷，她不斷的企盼，卻因外界環境的禁錮與阻隔，讓她顯得意興闌珊、悶悶不樂。隨著年華老去，希望落空，她陷入萬般的憂急與無奈。前六首的描述中這位美人欲語還休，沒有道出她的傷

23 廖振富：《櫟社三家詩研究——林癡仙、林幼春、林獻堂》，頁 358。

心過往，直到第七首開端「一篇悲憤蔡姬文」，才明白透露出她的傷心事——原來同是天涯淪落人。蔡琰這位具有美好品德與才華的女子，動亂的時代背景下，作爲漢人，蔡琰成爲胡人的俘虜，身爲女人，又被迫嫁給胡人，身居胡地，卻西繫故土。身爲女人，被掠、受辱、思親、重嫁後的憂懷，飽受生活與精神上的巨大痛苦。而這剛好也可以呼應前詩她說自己是「孤鸞翅短難獨飛」、「籠鸚筎鳳苦幽囚」的困境。最後秋風搖起，落葉紛紛，隨著時序的流轉，未嫁美人的命運也將如落葉，趨向破敗衰颯的悲劇。「長年作伴身與影，往事煎心頻暈潮。空把他生緣分約，此生冤業已難銷」，今世無緣，只好等待來生相聚，哀豔纏綿。

林幼春〈秋感敬和邱仙根主政原韻〉七律八首，不同於林癡仙以「憂囚」、柔弱女性的遭遇作爲自我的表達，林幼春反而以一種強而有力的語言，創造一個慷慨激昂的詩風。廖振富在《櫟社三家詩研究——林癡仙、林幼春、林獻堂》的論文形容林幼春是「志士型詩人」[24]，即是針對他性格上豪宕慷慨的氣息立論，尤其是他中年以後全心投入抗日運動與文化啓蒙的工作，堅守氣節，終生不渝，這種精神也在他的詩歌中表露無遺。八首詩的內容包括自我心志的表達、對時局的關注、藉弔古以諷今，意義十分深遠。第一首自喻，有功業不建，壯志漸消，不能有所作爲之悲，但是仍難掩抑內心那股強毅之氣。第二、七首都是寫時局，哀鴻遍野，虎狼當道，痛心疾首；而日本曾是中國的藩國，但中國養虎爲患，導致今日的局勢。三、

---

24 見《櫟社三家詩研究——林癡仙、林幼春、林獻堂》，頁 56。

四、六首，幼春將他的情感引向弔古，詩末特別註明是──第三首「延平洞」、第四首「弔大甲溪吳驤死事諸君」、第六首「臺南寧南門外諸王妃嬪墳墓在焉」，一方面傳達詩人自身對歷史事件與人物的看法，同時也聯繫著詩人的志節與理想。第八首也是詩人個人志節的表述。這八首中尤其以第五首最值得玩味：

> 馬角烏頭結客遲，血光狼籍對於期。荊卿去後人皆哭，項籍歸來眾已離。年少欲關天下計，英雄何害婦人姿。君看博浪功成日，千古傷心破產時。

首二句以刺客列傳中燕太子丹報秦王之仇的典故作開端，樊於期為幫助燕丹，不惜獻上自己的頭；荆軻刺秦王，抱必死的決心，有去無回，全心只為報仇；「項籍歸來眾已離」，是反語，意思是說項羽當時帶領江東子弟出征失利，如果當時逕自渡江，部眾必定分崩離析，然而正因為史實上的項羽堅持與部眾同命，最後自刎烏江，天亡我也，非戰之罪，悲壯的英雄，反而博取後人無數的同情。五、六句寫張良破家為國，一心一意也只為報仇，他年少輕狂，於博浪沙孤注一擲，雖然最後仍沒有成功。整首詩一再強調的是這些古代刺客豪傑為求報仇，矢志不移的獻身精神。也因為這一點，不由得令人聯想到林幼春在寫古人之時，是否也在暗諷「今人」呢?尤其此詩是和丘逢甲的，因此可以抒懷，也可以寫對方，丘逢甲乙未抗日，身為義軍統領，跟隨他的有許多是丘逢甲的子弟兵，但他沒有堅持到底，最後臨陣脫逃，挾軍餉內渡的傳言甚囂塵上，「項籍歸來眾已離」，明說項羽，實則暗指丘氏內渡後，臺灣的抗日兵敗如山倒；與張良相較，張良爲報仇全心投入身家姓命，而身爲統帥的丘氏卻挾軍餉潛逃，所以「君看博浪功成日，千古傷心破產時」，正是古今鮮明的對比。如果將此詩再與其他三首弔古詩作聯繫，或許隱隱然中更有詩人苛責之意在其中：鄭延平固守臺灣，以反清復明爲職志，丘氏卻棄臺內渡；部將吳驤抗日犧牲性命，丘氏身爲統帥不戰而逃；明鄭滅亡，五妃以弱女子殉節，臺灣割讓，丘氏沒有與臺灣同命。如此再對照七、八首末兩句「試向扶餘尋古碣，張髯名字至今聞」、「丈夫未葬江魚腹，鐵石肝腸不易銷」，既是詩人自勉之語，也有期勉丘氏學習虯髯客的精神，抗日到底的意思在其中。其實對於丘逢甲的批評早見於幼春戊戌年之作〈諸將〉中：

> 文章任昉推名手，勸進齊台首上箋。鉛槧生涯邀異數，菰蒲人物此居先。一時噓氣能行雨，滿望隨風直上天。誰信抱琴滄海去，瘴雲長隔祖生鞭。[25]

詩中推許丘氏不僅在文壇上才氣縱橫，他在臺灣仕紳的地位亦十分崇高，身爲上層的知識分子，本有責任承擔社會大眾對他更多更高的期待，無奈事與願違，終究背離了臺灣，令人憾恨。

呂厚庵的秋懷和詩幾乎都是憂心忡忡的指向時局，尤其是清廷的腐敗無能，從甲午戰敗後，英、法、德、俄、日各國紛

25 《南強詩集》，頁 4。

紛在中國劃分勢力範圍，掀起瓜分狂潮，清廷兵敗如山倒，朝廷中盡是一些紙上談兵之將，不堪一擊，對外竟只能採妥協投降，無能爲力：「北伐單于失聞失道，南征荊楚報沉舟」、「籌邊枉費屯田策，棄地渾如大漠沙」、「復霸文公無雉得，要盟鄭伯有羊牽」、「只知紙上談兵易，那覺軍前卻敵難」，每一首一句不斷反覆傳達這種國家即將覆亡的危機感，尤其第四、七首更直指現實：

> 罷停科舉陋浮詞，海上琴音是我師。絕域張騫新鑿空，諸生何武謾稱詩。爭攻孔教戈操室，一染歐風氣壯蜺。學界盛衰關國運，中原北望寄幽思。
>
> 去歲瀋陽戰衅開，從軍萬卒入泉臺。江山暗墜他人手，烽火重燃未死灰。歷代寢門靈盡泣，旁觀壁上將誰才？遼河流水聲嗚咽，壯麗皇都沒草萊。

清廷從維新時期以來整個朝廷陷入變法守舊、新學舊學、西學中學、尊孔批孔、學校與科舉的紛爭中。庚子之後廢八股時文，停科舉，新法日增，風氣日開，人心各異，種種亂象讓人看不到希望，特別是第七首開首的「去歲瀋陽戰衅開」，應是指日俄戰爭時以遼東爲戰場，清廷不敢置一詞，惟謹守「局外中立」一事，而戰爭畢，更強劃東三省爲南北兩部，由日、俄兩國分區經營，清廷喪權辱國，莫此爲甚。時局如江海巨浪，詩人不僅看不到自己的未來，國家的前途。身處淪爲「異域」的臺灣，詩人仍堅持他的志節，「一身自笑如王猛，晉室傾心最有情」，他的心仍向著中國。

施梅樵的〈秋懷八首次邱仙根韻〉，所呈現的形象都在表明身處波濤洶湧的亂世，對於時局功名的意興闌珊與隱逸生活的渴望，然而也因自我得不到實現，從失意而悲憤，無奈中帶有沉重的精神負擔與幾分苦澀的心情，終究詩人將他的心志轉向詩歌的創作，詩歌世界爲他開闢一片自由的土地，使心靈暫時得到解放。今以第三首爲例：

> 倥傯戎馬出京華，烽火空林噪晚鴉。栗里猶存徵士宅，桃源難覓武陵槎。心期太岳高千仞，眼界恆河藐一沙。退隱虞卿多著作，草堂夜坐月斜西。

國事日非，滄海橫流，烏雲密佈的穹隆，飄蕩著不安的時代，詩人企圖尋找內心的桃花源，然而情感理智、願望責任相違，最後只能以著述終隱，歷史的使命感在現實世界中，被拋出來，至此詩人情感的曲線轉折騰挪，自成波瀾，久久不能自已。其他如以曹子建、劉伶自喻，才氣縱橫、清心高蹈；以「空中鶴」與「柳外蟬」相對比，說明理想與現實的衝突；「江山寄託詩情遠、豪傑窮愁酒量寬」、「談詩我敢為雞口，旗鼓騷壇最有情」[26]，更是一再指出他一生理想的寄寓之處。

大抵而言，憂國傷時的傷感情調，是這些秋懷和詩的基本的情感。此時秋景已不是他們抒寫的對象，而是以「秋懷」爲

---

26 施梅樵《鹿江集》一再表明：「一息尚存思著述，千秋自命奮精神」（〈七十述懷〉）、「斯文一線存風雅，吾道千秋任取求」（〈寫懷〉），對他而言詩歌的寫作寓含著深刻且沉重的文化使命在其中。

題，寫時局，寫中國，寫臺灣與自我形象的表露。破碎河山、龍蛇起陸、一軍猿鶴、魚龍百戲、歐亞風潮、烏號弓墮、掀天揭地、倥傯戎馬、世事風雲、烽火空林、沉沉雷鼓、漠漠鯤溟、英雄割據、板蕩乾坤、中華寥落、鯤島茫茫、戎馬雜遝、殺氣騰騰、水犀踏浪、鐵騎嘶風、哀音四野——秋不再是以自然景物作爲意象情感的表露與人相應，而是直逼現實，以這大時代的具體社會政治情境，喚起了人們強烈的體驗與共同的情緒。大體而言，它的情感是憤怨、失望，激昂和矛盾的交織，但是形式上則都是選擇七律連章的方式，開展這種複沓紛至的情感。從詩人的自我形象的表達來看，丘逢甲是流落的英雄，「弓衣繡坼秋魂冷」的大將軍，以如椽健筆寫下他身世家國的悲哀，悲愴沉鬱，弭天之憾恨，帶有悲劇英雄的特質；而同一主題大量創作，既是自我的超越，亦頗有與古人抗衡之意在其中。許南英是「渡河宿將」，空有一身傲骨，像是行吟澤畔的屈原，又像是天際孤鴻，飄泊異鄉無所歸止，許南英一生爲衣食奔走漂泊，他的「秋懷」始終圍繞著自我身世的感懷與悲傷，所謂「滯悶多於熱情，傷感多於奮發」[27]，是他一向的氣息。林癡仙以「憂囚」的女性自喻，「未嫁美人」、「孤鸞翅短」、「籠鸚竣鳳」，他是孤雁、怨女花，更像寫悲憤詩的蔡文姬，悲憤自憐、柔和沉重、頹廢而感傷。林幼春在文弱的外表下，隱藏著倔強的靈魂，企圖創造「有力」的詩歌，一則補償先天多病的體格，二則寄寓內心的悲憤，具深刻的批判與內

---

27 包恆新等合撰〈臺灣愛國詩人許南英及其創作〉，《福建論壇》（1982年），頁105。

省。他嚮往鐵石肝腸的男兒、偉丈夫的形象，以弔古懷人的方式歌頌抗日名將吳驤的壯烈犧牲、五妃的殉節與鄭延平的騎鯨東海之上，他寫英雄，既是自許也是暗諷。呂厚庵以樸實健筆，將著眼點指向現實政治，莽莽乾坤，他只能是「憔悴青衫」、「神駒侷促」，而現實世界中的他則以三十八歲壯年病卒，可說是英年早逝。至於施梅樵的秋懷，則是在沮喪憂鬱中糾結著沉著認真、嚴肅而高貴，他用詩對抗，作爲生命的安頓之所。一種秋心，六種情懷，文學是社會生活的反映，對於臺灣的割讓，中國的腐敗，身爲臺灣的知識分子都曾經有熾熱激越的情感，乃至付出實際的行動，在承受亂離卻又無可奈何之際，轉而以文字作爲慰藉，爲詩歌創作打下鮮明的時代印記。

四、「秋懷」的再度迴響

1942 年，施梅樵寫〈秋日書感〉七律四首，刊登在昭和十七年十月二十六日第 282 期的《詩報》上，刊出後，從 283 期到 304 期（昭和 17 年 11 月 10 日至昭和 18 年 10 月 11 日），總計有四十一人以「秋日書感」爲題同韻相和（見附表一），這次可說引起熱烈迴響與共鳴。憑藉著詩歌，透過報紙媒體的傳播，臺灣島內的讀者與作者互通聲氣，傳遞彼此的情感，相濡以沫，這在處於戰爭期的臺灣，實具特殊意涵。由於施梅樵本身爲《詩報》顧問，與好友洪月樵、許夢青倡設詩社，聯絡南北詩人聲氣，又曾擔任「大冶吟社」顧問，甚得時名。今從梅樵詩集《捲濤閣詩草》、《鹿江集》的作品統計，與梅樵往來唱酬的詩社從南到北近二十個：如屏東礪社、東港研社、尋鷗吟社、南陔吟社、南社、臺東寶桑吟社、北斗羅溪吟社、溪湖菱香吟社、敦風吟會、田中蘭社、綠社、大東吟社、迴瀾詩社、竹社、關西陶社、基隆大同吟社等。如果再參照《詩報》的記載[28]，其活動範圍更不止於此，舉凡全島聯吟、中州秋季聯吟、竹南南洲吟社、大甲蘅社、員林興賢吟社、鹿港臺西吟社、應社雅集、聚鷗吟社、淬礪吟社、心社、彰化聲社、和美道東書院、斗南吟社、嘉義麗澤吟社、汾津吟社、嘉福吟廬雅集、將軍吟社、東石吟社、林邊蕉香吟社、興亞吟社、屏東聯吟會、高雄市詩會等，施梅樵或擔任詞宗，或作詩社課題評選，或是以詩會友，他所參與的幾乎是全臺走透透，這或許與梅樵爲衣食而四處奔走，從南到北設帳授徒，因而相識滿天下有關。相唱和諸人，像施一鳴、陳子敏都是他的門生，施讓甫（廉）是梅樵的子姪輩，陳子敏還是大冶吟社社員。其他和詩作者從北到南，有許多是詩社的成員和詩友，如：北部地區的魏潤庵屬瀛社；中部地區王竹修屬東敦吟社，陳渭雄、楊雲鵬是彰化應社九子之一；高泰山是彰化聲社社長，吳士茂爲聲社社員；黃溥造曾任員林興賢吟社社長，而詹作舟、徐見賢都曾參與該社聯吟；周定山曾任《臺中新報》編輯、《東亞新報》漢文編輯。嘉南地區如陳文石是塾師，執漢文教鞭於當地仕紳；賴惠川屬羅山吟社、玉峰吟社；林玉書（臥雲）是茗香吟社、羅山吟社；黃拱五，臺南人，南社成員，王杏庵（開運）是他的外甥；王則修是臺南新報記者，爲南社、虎溪吟社成員；其他如謝尊五、陳寄生、朱芾亭等是梅

28 參閱《詩報》重刊，江寶釵整理編輯。

樵平日往來的詩友。從梅樵的交遊網絡及與詩社的往來互動看，梅樵在當時詩壇可謂舉足輕重。

再從施梅樵的詩作觀察，他常以秋懷爲題歌詠，如〈秋日遣懷次雲鵬韻〉、〈秋懷〉、〈秋思〉、〈秋日客中寄懷林笙齋〉、〈次林德卿初秋感懷原韻〉、〈秋日書感次漁山韻〉、〈秋興〉等寄寓自己的筆墨生涯與豪情傲骨。1942 年施梅樵的此處的〈秋日書感〉採取四首七律組詩的形式，可說是個「小秋懷」，雖然，其內在結構仍保持傳統連章八首的寫作模式。第一首寫秋景。全詩藉騷動不安的秋景，引發詩人的身世之感。詩中的「天高風急」、「斷雁饑鴻」、「血染」、「帶愁」、「驟雨」，由視覺、觸覺所帶來的強烈感受，將人引入心理的層次，書房作爲讀書人內心悠遊與思想的私密空間，如今也爲驟雨所侵，陰翳不見陽光，從室外蕭颯的景色延伸到殘破的書房，詩人似乎已無容身之處，而在時間的變化中，青春不再，但詩人志節不改。第二首則以雨簑煙笠的漁樵生活作爲自我情志的表達與嚮往，但是對世事從關注到淡漠的轉變，其實是深含著詩人內心複雜矛盾的交織，所以在第三首突出描寫，將人生的變幻無常、世俗紛擾，與自己性格的孤傲清高作一對比，呈現自己凜然不可侵犯的崇高精神。第四首又回到動盪不安的秋景上，「滿地塵沙」、「四山煙霧」的對偶形式，增加詩歌沉重感傷的密度，也達到對環境氛圍的渲染效果；「庭梧」、「野草」，「行僧瘦」、「牧馬肥」兩兩相對，爲生命的對立與衝突再作一註腳，最後再回到對動盪不安的時局寄予厚望。整體而言，四首詩之間亦相呼相應，如第二首末「西風催盡閒刀尺，只寄征衣莫寄書」，第三首「依附不如能獨立，侯門彈鋏總爲難」，第四首的「板蕩乾坤何日定，征夫念切凱旋歸」，從側面的描寫回應第一首的秋景，讓全詩的意蘊由景及人，由人及景，即景即人，視角從外到內，到自我的身世、家國不幸的感嘆！全詩的聲律也從紆緩而淒迫、艱澀終至抑鬱。

相和的四十一人中基本上遵循施梅樵的詩題與形式，從描寫秋景入手，於是鋪陳一連串的典型的秋景意象：商飆掠地、捲地涼飆、西風遍地、西風蕭瑟、灝氣蕭蕭、涼雨三秋、落木蕭疏、空山木落、材梧葉落、疎林夕照、丹楓夕暉、滿林紅葉、冷露濕階、新霜冷透，以及與秋相關聯的典故語境，如蟬聲、寒蛩、井梧、籬菊、元亮酒、紫蟹肥、憶鱸魚、暮年庾信、王粲登樓、日暮砧聲……，在詩歌中或具起興的作用或與全詩相互呼應。本來詩歌語言是一個自由開放的符號系統，對詩人來說不僅是一個隱藏他情感與理智活動的載體，同時它也向所有的人發聲，人人都可從中找到屬於自己的審美形式，尤其寫作時的用韻限制更可以讓詩人在有限的空間發揮他無限的創意，編織他的詩歌與言，異彩紛呈。但今從這四十一人相和詩歌的觀察中發現，由於同題同韻甚至同一韻字的嚴格限制，對於一般人而言，恐怕適足以成爲一種羈絆與阻礙。如以第二首爲例，首句用魚韻又限於魚字，第二句有以居字作韻，這讓諸多和詩的思考模式固著於某些特定典故的使用，而無法跳脫的結果便讓詩歌的內容顯得程式化。今從諸人詩作內容的統計上來看，魚韻魚字其典故的思考路徑往往限制在：馮諼彈鋏、莊子游魚之樂、張翰蓴羹鱸膾、或作書信往來等四種的比喻，據此，往下接續的詩思不外是：「慰索居」、「避門居」、「好隱居」等，變化就十分有限。例如引馮諼彈鋏的典故，喻自己懷才而受冷遇，心中憤憤不平者：

王竹修	不須彈鋏更歌魚，市隱何曾嘆索居
林灌園	任憑彈鋏總無魚，五柳蕭疎此寄居
雲　鵬	秋日盤飧已斷魚，非時祇合閉門居
魏潤庵	幾人停箸苦思魚，喜有詩來慰所居
薛玉田	莫歌彈鋏嘆無魚，地拓三弓尙可居
徐見賢	彈鋏誰云得食魚，非時每自戀村居
連德賢	敢因式飲嘆無魚，薄酌差堪慰索居
呂漢生	肯同馮子食求魚，地有三弓慰所居
郭越庵	不向權門彈鋏魚，真成司馬茂陵居

又引《莊子．秋水》的濠上觀魚典故，喻其縱情山水的逍遙之遊或託情於物的氣慨：

陳子敏	日扶籐杖看遊魚，夜把清樽慰索居
王則修	閒來濠上樂觀魚，不向君平問卜居
林臥雲	偶向虞溪學釣魚，逍遙老境慰閒居
謝尊五	清游古剎聽紅魚，欲避塵緣靜者居
廖柏峰	未敢忘筌喜得魚，閒來種菜避門居
黃溥造	常從清水數游魚，卜居來尋野叟居
高泰山	不爲臨淵更羨魚，啇聲動地避門居
陳寄生	莊生似蝶我猶魚，樂水江干好隱居
韻　秋	天機活潑悟游魚，著作名山異索居
林武烈	臨淵徒自愧遊魚，欲向深山覓僻居
楊士華	安閑終不及游魚，知否桃源許借居

引《晉書．張翰傳》「思吳中菰菜蓴羹鱸魚膾」的典故，喻思鄉之情或不慕名爵，但求自適的心志者，例如：

施讓甫	秋風空自憶鱸魚，何日東山侍起居。
朱芾亭	關山千里憶鱸魚，楓葉繽紛冷索居。
施學文	關山千里絕鱗魚，泛宅年年侷促居。

或以魚喻尺素家書者，例如：

黃拱五	吟情寄託遠來魚，寂寞感同慰索居。
鮑樑臣	親朋消息久沉魚，坐對西風感索居。

施梅樵只是單純的描寫「小立江干看打魚，漁人多半近江居」，將他眼前所見之物直覺的寫下來。但其他相和詩因爲要謹守以魚字爲韻腳，且下一句又必須限制於「居」字韻腳，其間的詩思所能發揮的空間實在有限。且典故的運用本在使詩歌內容更精緻、豐富，但是此處在不斷重覆使用下已趨程式化而顯得爛熟。在此典故只是一種借喻，成爲表達具體明確的意義的形式，原來的美感與哲理內涵反而呈現不出來。

此外對戰爭的關切也是諸多相和詩中的另一特點，這與時局的變化息息相關。從 1937 年中日戰爭爆發後，日本爲求臺灣人在戰爭期間對日本的忠誠，進行強迫性的皇民化運動，即皇民化、工業化、南進基地化的統治方針。隨著日本侵華的深化，總督府開始有系統的組織各種團體徵募臺灣人到海外作戰[29]，1941 年太平洋戰爭爆發，1942 年有志願兵制度的設立，1943 年實施徵兵制，根據媒體的報導，當時全臺籠罩在

29 如農業義勇團、農業指導挺身團、臺灣特設勞務奉公團、臺灣特設建社團等，參閱周婉窈：《海行兮的年代──日本殖民統治末期臺灣史論集》（臺北：允晨文化公司，2003 年），頁 133。

一片「徵兵」的氛圍中[30]，乃至有「血書志願」的熱潮。而臺灣人因應戰事需要徵調擔任通譯、軍伕、海軍工員、醫護人員、農業技術人員不可勝數，因而從諸和詩中亦可嗅到濃厚的戰雲密布的氣息，如：

魏潤庵	征戰而今爭舉國，光陰何暇計三餘。
王則修	何日摧平英米虜，凱歌齊奏向東歸。
黃拱五	最是可憐閨少婦，遠征夫婿未曾歸。
施讓甫	從無片語勸加餐，神仙原要經千劫。
陳渭雄	遙憐戰地風霜苦，慰問年來數寄書。
詹作舟	平日繫念諸親友，知否征人歸未歸。
徐見賢	無端遠憶征人事，關塞經年尚未歸。
施學文	決心報國應從眾，有志從戎莫笑余。
游見龍	砧杵數聲征婦淚，有書難促遠人歸。
高泰山	最是韝鷹懷一擊，但須遠志莫當歸。
黃溥造	荒鷲行空準擊看，壯圖我欲勸加餐。
吳士茂	最羨從軍諸志士，今秋衣錦盡榮歸。
張和鳴	剩欲抒愁翻自慰，團圓家室抵榮歸。
施一鳴	安得天心翻悔禍，昇平相與賦來歸。
津山榮一	男兒慷慨思投筆，豈怕崎嶇蜀道難。
韻秋	倥傯戎馬應投筆，叱吒煙雲事豈難。

由於詩歌寫作的時間是 1943～1944 年之間，正值戰爭時期，整個社會籠罩在濃厚的戰爭氣氛中，戰爭攸關生死，因此詩中所透露出來的訊息，除了表現對戰爭的憂心忡忡、戰事難料外，也有對親友分離兩地、生死未卜的牽掛，與對戰爭儘快

30 周婉窈：《海行兮的年代——日本殖民統治末期臺灣史論集》，〈日本在臺軍事動員與臺灣人的海外參戰經驗〉。

結束，全家早日團圓的企盼。今由施讓甫在 1957 年爲施梅樵所輯《鹿江集》中〈秋日書感〉後附施讓甫〈敬次原韻〉原詩云：「從無片語勸加餐（戰爭中限制食米），神仙原要經千劫」，施讓甫詩在《詩報》刊載時並無「戰爭中限制食米」的附註，據此當然更可以說明在戰爭期間，詩人只能以更委婉隱晦的方式表達他內心的想法與當時臺灣百姓生活困頓的情形。當然更值得注意的是也有詩歌在這緊要關頭，對戰爭展現建功立業的高度熱忱，及同仇敵愾慷慨赴難的決心。例如王則修、施學文、高泰山、黃溥造、吳士茂、津山榮一。施學文全詩云：

> 關山千里絕鱗魚，泛宅年年侷促居。兒女成群欣慰藉，椿萱暢茂樂盈餘。決心報國應從眾，有志從戎莫笑余。安得及秋參戰去，是春捷報寄封書。

詩中充滿了對從軍的渴望與迫不及待，似乎連周遭的親人都與有榮焉，大家以視死如歸的精神積極參與這場「聖戰」。而津山榮一則是麗澤吟社的施天福，麗澤吟社曾爲祝賀施天福改姓名，以「津山榮一」作爲詩題以示慶賀。[31]這種心理或許誠如周婉窈所說的，戰爭末期，臺灣人經歷物質的極端匱乏與盟軍的空襲，反而促成了臺灣內部的凝聚力，不論臺人或日人，對戰爭全力以赴，但在某種程度上或許也可以說明了它呼應時代

31 見《詩報》重刊，第 255 期（昭和 16 年，1941）。

的潮流與政策。[32]

五、結論

杜甫的〈秋興〉八首，爲秋懷的抒情傳統立下一個詩歌的「原型」──以秋懷爲主題，展開七律連章的詩歌形式，表達他的身世家國之痛。此處所謂的原型也意謂著往後「重覆」的出現。後代詩人在選擇此一範式寫作時，既能喚起他的亙古之情，而在重溫古人情性的當下，又能呈現他現實的生活經驗，此所以秋懷詩的抒情傳統在現實世界中不斷得到回響的原因。臺灣割讓的歷史悲劇，將臺灣詩人的命運緊緊結合在一起，具體言之，作爲表現個人身世或是時代的危機感，秋懷詩中的象徵與隱喻，正好迎合了詩人的意願；當然以秋懷的主題、形式作爲表現，除了暗示自己與杜甫相類似的國家亂離衰亡的深刻體驗外，更重要的是對於文學與現實社會的關係，詩人自覺的有沉痛的反省與批判，以詩歌來印證時代與心靈的軌跡。時隔三十年後，就在局勢緊張的戰爭末期，臺灣的詩人再度選擇以秋懷爲題相應和，其「餘波盪漾」更有甚於割讓之初。這次秋懷詩的相和與次韻，事實上更可以看成是一種特殊的讀者反應，這是在特殊的政治環境下，尤其是日本人的高壓政治統治下，詩人企圖以充滿意象的詩歌表達彼此心照不宣的情感的寫作和閱讀。它的對象不是一般大眾，而是具相同背景知識的讀

32 周婉窈：《海行兮的年代──日本殖民統治末期臺灣史論集》，〈日本在臺軍事動員與臺灣人的海外參戰經驗〉。

者，於是就在相和相次韻中，彼此同悲同喜，共歷患難，在詩歌的精神家園中讓人的靈魂有所排遣與慰藉。

其次，律詩是中國古典詩歌整體結構的最佳範式，它使語音與意義的節奏顯示錯綜對稱與和諧。因此蕭馳在論中國古典詩歌律化過程之觀念背景時提及，律詩的形式事實上也體現著中國文人一種對宇宙人生的至深的、潛意識中的信念，即「律詩以其特有的嚴整語義句法結構和聲律結構體認出此一精神（即微而婉，和而莊；和平淵雅的精神），體認出古代中國人心目中平衡、和諧、沉穩、回婉的世界秩序」[33]，當我們面對律詩所呈現的生活、風物時，應該要聯想到它所涵容的這種「宇宙圖式感」。因此，或許我們也可以作此聯想，在動盪不安的時代，詩人選擇以律詩的形式表達，不也正是他內心對和諧、回婉世界的嚮往？在這裡詩人可以忘記了現實的時間與空間，在超越的審美世界裡讓心靈得到自由。是以對身處異族統治下的臺灣人而言，秋懷的回響不僅可以看成是一種對過去漢文化的復歸，是一種文化抵抗，更是詩人內心對永恆秩序的嚮往。只是時代環境、文化環境、作者思維定向的不同，當作者用自己的經驗去融化語符，建構心目中的「秋懷」時，便呈現作品面貌的多樣性。對丘逢甲而言，大量創作秋懷之詩，除了表達內心深切的悲痛外，更重要的是他詩才洋溢的展現，他曾誇下豪語要「重開詩史作雄談」[34]，因此六組秋懷連章組詩之作是

33 見蕭馳：《中國抒情傳統》（臺北：允晨文化公司，1999 年），頁 33。

34 見《嶺雲海日樓詩鈔》，〈論詩次鐵廬韻〉；另參考拙著〈丘逢甲秋懷詩探析——兼論「重開詩史作雄談」的意義〉。

他對自己也是對杜甫的挑戰。而許南英、林癡仙、林幼春、呂厚庵、施梅樵諸人對丘逢甲秋懷詩的相和與次韻，在堅持相同的韻腳下，不僅切磋考驗著自己的詩藝技巧，其內容更圍繞著臺灣割讓的命運，詩人在他們各自的社會網絡中展現個人的詩心情懷。這種詩心情懷在時隔三十年後，仍持續在臺灣傳遞漫延，這是對一個文化傳統自覺的繼承，尤其對施梅樵而言，他在詩歌中常以「亂離杜甫」自喻，詩歌的寫作所代表的更是深具嚴肅的文化使命。只是從諸多唱和詩的觀察中，不免發現詩歌寫作程式化的現象，以致於在表現上減損了詩歌的藝術性。

附表一

作者	詩　題	詩報期數	日　期
施梅樵	秋日書感	282	昭和十七年十月廿六日
陳子敏	次梅翁秋日書感園運	283	
周定山	同上題	283	
王竹修	奉和梅樵詞長秋日書感瑤韻並以自遣	284	昭和十七年十一月廿五日
林灌園	次梅樵詞兄秋日書感元韻	284	昭和十七年十一月廿五日
雲鵬	客次謹次梅樵先生秋日書懷瑤韻	284	昭和十七年十一月廿五日
魏潤庵	謹次梅樵先生秋日書感原玉	284	昭和十七年十一月廿五日
王則修	敬次梅樵先生秋日書感瑤韻	285	昭和十七年十二月七日
黃拱五	同上題	285	昭和十七年十二月七日
王杏菴	奉和梅樵先生秋日書感瑤韻	285	昭和十七年十二月七日
嘯秋	秋日書感	285	昭和十七年十二月七日

陳家駒	梅樵詞長秋日書感次韻奉呈	286	昭和十七年十二月廿一日
陳文石	謹和施梅樵詞丈秋日書感瑤韻	287	昭和十八年一月一日
薛玉田	敬和施梅樵先生秋日書感瑤韻	287	昭和十八年一月一日
蔡葦航	同上題	284	昭和十八年一月一日
施讓甫	敬次叔父梅公秋日書懷原韻	288	昭和十八年一月十八日
朱芾亭	敬和施梅樵先生秋日書懷	289	昭和十八年二月一日
鮑樑臣	謹步梅樵詞長秋日書感瑤韻	290	昭和十八年二月廿一日
陳渭雄	次韻梅樵先生秋日書感	291	昭和十八年三月十日
林臥雲	敬和施梅樵先生秋日書感瑤韻	292	昭和十八年三月廿三日
賴惠川	敬和施梅樵先生秋日書感瑤韻	292	昭和十八年三月廿三日
謝尊五	次梅樵老詞兄秋日書感雅運	293	昭和十八年四月六日
珠園	敬次施梅樵先生秋日書感瑤韻	293	昭和十八年四月六日
詹作舟	和施梅樵先生秋日書感	294	昭和十八年四月廿三日
徐見賢	同上題	294	昭和十八年四月廿三日
王清實	同上題茶客	294	昭和十八年四月廿三日
連德賢	謹次梅樵先生秋日書感瑤韻	295	昭和十八年五月九日
呂漢生	謹和梅樵詞丈秋日書感	295	昭和十八年五月九日
廖柏峰	謹次梅翁秋日書感原玉	295	昭和十八年五月九日
施學文	次梅樵老兄秋日書感瑤韻	295	昭和十八年五月九日
黃溥造	和施梅樵先生秋日書感瑤韻	296	昭和十八年五月廿五日
游見龍	同上題	296	昭和十八年五月廿五日
高泰山	敬和施梅樵先生秋日書感原玉	297	昭和十八年六月七日
吳士茂	同上題	297	昭和十八年六月七日
張和鳴	依韻和梅樵先生秋日書感	298	昭和十八年六月廿五日
施一鳴	謹次族叔祖梅公秋日書感原玉	299	昭和十八年七月十二日
津山榮一	敬步梅樵先生秋日書感瑤韻	299	昭和十八年七月十二日
陳寄生	謹次梅樵先生秋日書感原玉	300	昭和十八年七月廿七日
韻秋	敬步梅樵先生秋日書感瑤韻	300	昭和十八年七月廿七日

郭越菴	奉和梅樵先生秋日書感瑤韻	301	昭和十八年八月十八日
林武烈	敬和梅樵先生秋日書感元韻	304	昭和十八年十月十一日
楊士華	同上題	304	昭和十八年十月十一日

（附錄）

許南英〈秋懷八首和邱仙根工部原韻〉

「轉瞬光陰五十過，差將白髮慰蹉跎。咸同人物銷磨盡，歐亞風潮變幻多。夢寐昨宵飛黑海，澄清何日問黃河。離憂萬緒無從說，拔劍橫天斫地歌。」

「豈獨他鄉我不歸，月明烏鵲亦南飛。渡河宿將成功少，鬥巷新粧夙願違。宗祖江山鯤鹿走，奴隸性質馬牛肥。行吟澤畔殊無奈，且著靈均敗色衣。」

「烏號弓墮在人間，飛去湖龍未許攀。一代文章凝碧血，六宮粉黛怨朱顏。千年冤鳥思填海，萬陣饑蚊強負山。盤馬秋郊殘照裏，羨他十畝自閒閒。」

「生無建樹死嫌遲，今古彭殤一了期。小草承恩稱獨活，名花解恨號將離。素心蘭是含香種，傲骨梅無媚俗姿。譜入群芳皆薄命，罡風摧折已多時。」

「不爲鄉國搢紳囚，風送輕帆入粵州。縹緲神山原北向，奔騰逝水忽東流。虞翻講學三年謫，潘岳栽花兩鬢秋。天際孤鴻相問訊，舊巢極目海東頭。」

「簾捲西風落日斜，美人遲暮隔天涯。如何飛舃勞勞轉，只爲收棋著著差。隨地可能安眷屬，問天未許乞年華。著書付與兒曹讀，當作秋蜂釀蜜花。」

「尙武精神不尙文，大官未必有殊勳。六師韜略鈔三島，九闕絲綸下五雲。黃種近編新憲法，青年待起自強軍。暮笳曉角何悲壯，愛國歌聲動地聞。」

「千山落木響蕭蕭，盡作秋聲起怒飆。服嶺十年邊地濕，長安萬里故人遙。書生立鶴名留洛，刺史驅魚政在潮。老去百無能一事，胸中塊壘未全消。」

林癡仙〈無題次邱仙根工部韻八首〉

「錦瑟華年瞥眼過，小姑獨處悔蹉跎。回思舊夢迷離甚，怕見生人掩斂多。雲雨無因來楚峽，風波終夕起銀河。玉琴奏罷西軒月，誰聽劉娘婉轉歌。」

「無數仙姬控鶴歸，孤鸞翅短難獨飛。蕊宮伴侶心長戀，蓮沼淤泥願有違。秋雨荒寒叢桂瘦，春風富貴牡丹肥。明知否泰皆由命，漫向窗前理嫁衣。」

「品在環肥燕瘦間，三千粉黛料難攀。夢中幾度經滄海，鏡裏何由保舜顏。烏鵲無依空繞樹，蘼蕪欲採懶登山。平生待字深閨日，肯信丹青爾許閒。」

「蕩蕩青天白日遲，鴛鴦待闕阻佳期。人生得意須年少，天下傷心是別離。絃絕更誰知法曲，粧成空自賞丰姿。若教倚市干輕薄，亦有千金卻扇時。」

「籠鸚笯鳳苦幽囚，何處離人唱石州。孤雁忽銜春色去，萬牛難挽逝波流。庭前老樹能禁雨，露下閒花易及秋。不信容華猶未減，蜻蜓來上玉搔頭。」

「碧玉新妝豔狹斜，舞衫歌板寄生涯。從來月旦誇聲價，那識風流是過差。志潔有人嗤固執，心清無夢到繁華。情知同病相憐者，只有秋階怨女花。」

「一篇悲憤蔡姬文，毳幕衿寒策酒勳。苦恨昆絃彈落月，久將翟茀視浮雲。風沙塞外愁行色，羅綺場中枉冠軍。惆悵人間憶天上，漢宮蕭管斷難聞。」

「關河落葉又蕭蕭，庭院蟲吟咽素飆。未嫁美人湘浦老，相思公子楚天遙。長年作伴身和影，往事煎心頰暈潮。空把他生緣分約，此生冤業已難消。」

林幼春〈秋感敬和邱仙根主政原韻〉

「百隊鈴聲突騎過，窮秋撫髀嘆蹉跎。栽桑海底成陰久，相馬人間買骨多。拔地三峰生華岳，落天九曲走黃河。男兒不逐風塵起，彈鋏燈前作短歌。」

「西風幾度燕辭歸，精爽年年趁汝飛。直北關山有人在，滿城風雨賞心違。哀音四野鴻求食，爪蹟平皐虎擇肥。哭向秋原嫌未痛，閉門枯作血沾衣。」

「潮頭萬弩轂黃間，颯爽英姿不可攀。天地有時開刼運，風雲從古鎖愁顏。孤魂化鶴猶吾土，一釣連鼇失舊山。欲問騎鯨東海客，少游下澤許投閒。」延平洞

「琅璫堦下赭衣囚，獨有臧洪報本州。峽外金牛通棧道，驛中白馬弔清流。廿年痛淚雙痕血，九日黃花兩鬢秋。大甲溪邊山月小，戰雲濃湧海西頭。」弔大甲溪吳驤死事諸君

「馬角烏頭結客遲，血光狼籍對於期。荊卿去後人皆哭，項籍歸來眾已離。年少欲關天下計，英雄何害婦人姿。君看博浪功成日，千古傷心破產時。」

「寧南門外玉鈎斜，白草煙蕪接海涯。蜀國兒童祠杜宇，吳宮麋鹿怨夫差。河山無恙神猶王，秋士多悲髮易華。彈指

興亡三百載，樵歌傳遍後庭花。」臺南寧南門外諸王妃嬪墳墓在焉

「求書禹域舊同文，授冊東藩未策勳。天道好生成養虎，虜情難測易翻雲。水犀踏浪三千甲，鐵騎嘶風十萬軍。試向扶餘尋古碣，張髯名字至今聞。」

「飛白山齋欲署蕭，鬢絲禪榻感商飄。沉沉雷鼓諸天暝，漠漠鯤溟大地遙。海日氣蒸三里霧，孤舟圍合萬重潮。丈夫未葬江魚腹，鐵石肝腸不易銷。」

呂厚庵〈感懷次邱仙根工部粵臺秋唱原韻八首〉

「竹帛書勳願莫酬，一衿蕭瑟冷經秋。英雄割據爭蝸角，世態炎涼幻蜃樓。北伐單于聞失道，南征荆楚報沉舟。中興家國多戎馬，垂死餘悲記陸游。」

「十年晦朔異中華，寥落荒城宿晚鴉。童丱已乘徐福舶，使星無復博望槎。籌邊枉費屯田策，棄地渾如大沙漠。遺老尚存思舊澤，崦嵫日暮奈西斜。」

「板蕩乾坤值播遷，燕都鼎沸熱紛紛。蕭條輦路鳴班馬，嗚咽宮梧泣暮蟬。復霸文公無雉得，要盟鄭伯有羊牽。關門柳色搖青處，小駐鑾輿感昔年。」

「罷停科舉陋浮詞，海上琴音是我師。絕域張騫新鑿空，諸生何武謾稱詩。爭攻孔教戈操室，一染歐風氣壯蜺。學界盛衰關國運，中原北望寄幽思。」

「高飛遠避北山羅，匿跡銷聲計轉多。文武衣冠非曩昔，鄉關歲月易蹉跎。叢殘黃卷閒披讀，憔悴青衫自放歌。數畝荒園棲遯久，神駒局促志難磨。」

「矍鑠何人老據鞍，摶風一擊落霜翰。只知紙上談兵易，那覺軍前卻敵難。恨海尾閭波未洩，窮邊甌脫地非寬。廉頗李牧何時出，朔漠秋高殺氣寒。」

「去歲瀋陽戰衅開，從軍萬卒入泉臺。江山暗墜他人手，烽火重燃未死灰。歷代寢門靈盡泣，旁觀壁上將誰才？遼河流水聲嗚咽，壯麗皇都沒草萊。」

「酷愛風流阮步兵，呼僮沽酒破愁城。鯨波歷歷平何日，鯤島茫茫寄此生。亂後家山淪異域，時艱朝野擁虛聲。一身自笑如王猛，晉室傾心最有情。」

施梅樵〈秋懷八首次邱仙根韻〉

「掀天揭地志難酬，人海藏身四十秋。落魄懶彈馮子鋏，遣懷思上庾公樓。舞歌台榭成春夢，煙雨湖山入釣舟。袖手枰棋看結局，蓬壺水淺約同遊。」

「倥傯戎馬出京華，烽火空林噪晚鴉。栗里猶存徵士宅，桃源難覓武陵槎。心期太岳高千仞，眼界恆河藐一沙。退隱虞卿多著作，草堂夜坐月斜西。」

「世事風雲幾變遷，死灰不信更重然。摩天願作空中鶴，咒月偏憐柳外蟬。舊恨到心雙淚落，新詩下筆萬情牽。駒光倏忽休虛擲，紫蟹黃花又一年。」

「憶舊休吟惆悵詞，當年文陣號雄師。襟懷曠達劉伶鍤，才氣縱橫子建詩。雷雨何時伸屈蠖，乾坤有地隱長蜺。茫茫此憤成千古，雲散風流更繫思。」

「灞橋風雪老吟鞍，雲路三千莫振翰。恩怨無心酬世易，文章有骨入時難。江山寄託詩情遠，豪傑窮愁酒量寬。人事年來都了了，許多車笠誓盟寒。」

「春秋意義最包羅，褒貶深心筆削多。壽世文章關治亂，閒居歲月忍蹉跎。彈琴莫譜龜山操，看劍空吟易水歌。漫說神駒終伏櫪，平生壯志未消磨。」

「昨夜登場按酒兵，破圍十萬出重城。未除豪氣琴樽在，不對名花鄙吝生。九月波濤驚客夢，滿天風雨寫秋聲。談詩我敢爲雞口，旗鼓騷壇最有情。」

「俯仰蒼茫一卷開，嘯歌曾築鳳凰台。窮途頓覺衣冠賤，劫火誰憐文字灰。列國富強誇霸術，聖朝俊彥屬仙才。江東王氣留今日，知有奇人起草萊。」

施梅樵〈秋日書感〉

「天高風急尚炎埃，斷雁饑鴻去復來。兩岸丹楓疑血染，半園紫菊帶愁開。忽驚驟雨侵書架，未見斜陽映嘯臺。歲序一年將告盡，依然故我肯心灰。」

「小立江干看打魚，漁人多半近江居。蘆花叢裏秋無限，竹葉杯中趣有餘。雨笠煙簑堪傲世，蓴羹鱸膾最愁余。西風催盡閒刀尺，只寄征衣莫寄書。」

「新添白髮鏡中看，未解勤勞只飽餐。人事盛衰供一笑，世情變換任千般。生無媚骨何妨傲，老負奇才豈久寒。依附不如能獨立，侯門彈鋏總爲難。」

「金風薄暮拂簾衣，靠定闌干送落暉。滿地塵沙蟲不語，四山煙霧爭鳥飛。庭梧老比行僧瘦，野草生供牧馬肥。板蕩乾坤何日定，征夫念切凱旋歸。」

從張麗俊日記看日治時期中部傳統文人的文學活動與角色扮演

❖施懿琳

〔現職〕

國立成功大學中文系教授

〔學歷〕

國立臺灣師範大學國研所博士

〔重要經歷〕

國立中正大學中文系副教授

〔主要著作〕

《日據時代鹿港民族正氣詩研究》

《清代臺灣詩所反映的漢人社會》

《臺中縣文學史》(合撰者許俊雅、楊翠)

《彰化縣文學史》(合撰者楊翠)

《跨語、漂泊、釘根——臺灣新文學研究論集》

《從沈光文到賴和——臺灣古典文學的發展與特色》

一、寫作緣起

筆者於一九九三年七月開始在臺中縣進行文學史的田野調查工作時，曾經幸運地影印取得櫟社社員張麗俊的局部日記。之所以是局部取得，主要因為筆者認為日記涉及個人隱私，雖然家屬張德懋先生[1]相當大方地提供工作人員做參考，但，吾等亦不便全部予以影印。當時同往的有逢甲大學的鍾美芳老師及幾位研究助理，本欲動員大量的人力當場選取文學相關部分來抄寫，但是，因為份量實在太多，遂當下決定，先選定內容，再分批送往附近的商店影印。同一份資料共印三份，各由家屬、鍾老師及筆者留存一份。從那時起，筆者即有心針對張麗俊這套保存相當完整、抄寫也頗為工整的日記進行比較深入的探討。可惜因為事務繁忙，數度耽擱。此次機緣巧合，臺中市立文化局希望幾位區域文學史的撰述者就文學史研究所得，做進一步的延伸探究，遂以張麗俊日記為對象，嘗試探索中部地區傳統文人在日治時期的文學活動狀況及其在文化層面的角色扮演。雖然，筆者所根據的並非完整的日記[2]，但是，藉由內容的解讀和探討，還是可能管窺日治時期臺灣文學史的局部

1 張德懋為張麗俊之孫，目前於豐原市街經營「升三五金行」，參考筆者與鍾美芳、楊翠合撰之《臺中縣文學發展史田野調查報告書》，頁 182。

2 據筆者所見張麗俊日記記錄的時間為明治三十九年至四十五年共七冊、大正二至十年共七冊（七至九年合寫一冊）、大正十二至十五年共四冊（缺大正十一年），昭和二年至十一年共十冊。

面貌。

二、張麗俊小傳

張麗俊字升三，號南村，豐原人，祖籍廣東省大埔縣大埔村。生於清同治七年（1866），卒於昭和十六年（1941），享年七十六歲。十歲時從長兄往石岡庄隨劉秀宗受學，新竹鄭究時批其命曰：「性剛志大，詩書易達」。十一、十二歲時，因母病債纏綿，休學事親，並採薪以供炊事。十三歲同長兄往上南坑從廖華浸受學，厥後，先後拜本庄張經賡、上南坑林江仕、鄭國琛、溝子漧魏文華茂才、下南坑李瀾章茂才爲師，二十三歲往田心子養賢軒拜謝道隆（頌臣）茂才爲師。曾數度參加童子試，多次名列前茅。後臺南府陳文騄自彰化至臺中，入考棚府考，臺南道台顧肇熙自南來中，入考棚道考，及揭榜，張麗俊竟名落孫山。一八九五年（光緒二十一年），割臺事起，謝頌臣加入丘逢甲招募的「誠信義軍」，負責帶領「誠」字正中營，張麗俊因而留在養賢軒料理謝氏之往來文書，並教其子姪。五月間日軍前來接收臺灣，唐景崧、丘逢甲、謝頌臣等人相繼西遁，是年十月臺灣民主國瓦解。日本領臺後，將上下南坑、烏牛欄、鎌子坑口合爲一區，由陳其敏任區長，張麗俊任當庄第一保正。其後，曾任保甲聯合會會長、土地及林野調查委員會、戶口臨時調查委員會、豐原興產信用組合理事、豐原慈濟宮修繕會總理等職。平日樂善好施，舉凡修廟、造橋、鋪路無不捐貲。一九〇七年七月八日入櫟社，參加活動頗爲積極。平生重視漢文學之承傳，往往於夜間爲人講授漢學。五十一歲（一九一七年　）夏，被誣曾於一九一一年受張春藩、張阿宏之託運動費消其金二千五百圓，遂致三次留置監中，張氏不服，上臺北覆審，至翌年始判無罪，此爲張麗俊一生極大之冤屈。生平著有《南村詩草》一帙（未梓），編撰《清河堂張氏族譜》，並有日記數冊。[3]封面或題「日誌簿」，署名「水竹居主人」置，或題曰「南村日誌」。以下即以張麗俊日記爲主，其他相關文獻史料爲輔，嘗試爲日治時期中臺灣一位舊文人的生活內容進行了解；希望見微知著，藉此掌握日治時期中臺灣傳統文人生活的概貌。

三、文學活動與文學團體

㈠詩與生活

「詩」在舊文人出身的張麗俊生命中，佔了非常重的分量，只要生活中有任何經驗或感觸，無不可入詩。晨起眺望山景，見煙霧瀰漫，心中無限舒適暢悅，便可以有詩：「霧鎖空山宿雨停，門前一派插苗青。田家樂事知多少，擬得劉公陋室銘。」（一九〇六年・三月三日）；閒暇巡視山中所植相思樹，陟上峰巔，見群山如畫，又有口占之作〈登山即景〉：「登臨絕頂白雲低，樹色山光入眼迷。萬籟齊鳴蟬報午，重巒踏遍又清溪」（一九〇七年・七月九日）。愉悅時有詩，痛苦時更不能沒

3　參考張麗俊編撰：《清河堂張氏族譜》，手抄本，張德懋留存；張勝彥總纂：《臺中縣志》（臺中縣：臺中縣政府，1989 年 9 月），卷 7，〈人物志〉，頁 194。

有詩，因此，張麗俊有〈眼疾〉四首（一九〇九年・五月廿五日）寫眼翳朦朧的痛苦「皇都儘日籠柳煙，悶殺東君意黯然」（之二）；「空有青燈黃卷願，無多眼福飽新奇」（之四）。個人的小病痛猶可忍受，最傷感的還是摯愛之人的死亡。一九二八年五月十九日，生平紅粉知交徐氏妹以五十四歲之年，無疾而亡，張麗俊在日記中詳載徐氏生前死後之心境，以及協助其料理喪事，爲寫輓聯、撰祭文之過程，六月一日又有〈悼徐氏妹亡詩〉十首，哀感楚愴，首首飽蘸血淚：

> 誰知露水結姻緣，誓海盟山廿八年。記得前言猶在耳，傷心轉瞬撒人天。（其一）
> 香花日摘與卿簪，垂老仍存愛惜心。繾綣情絲猶未斷，幽魂一縷已歸陰。（其六）
> 碑題妹字筆難支，道是芳顏半老時。花甲未周身遽死，是真是幻總心悲。（其七）

這種幽冥兩隔的傷痛，乃張麗俊詩裡極常見的主題。除了傷徐氏妹夭亡外，對張麗俊衝擊較大的，當推櫟社友人的凋零。1908 年社友呂厚庵病逝，張麗俊有〈祭厚庵墓〉七絕兩首（十一月十五日），甚爲憂悽悲愴：

> 秋風蕭瑟雁聲哀，白馬荒郊展墓來。太息鯉庭詩禮絕，知君含恨在泉臺。（其一）
> 海外看星暗少微，惜君頭黑玉樓歸。丹楓林畔停車弔，宿草萋萋淚滿衣。（其二）

不止此也，繼呂厚庵之後，鄭品三於同年（1908）過世；鄭濟若、袁炳修於一九一〇年病逝、蔡啓運於一九一一年去世、黃旭東於一九一三年客死東京、林癡仙於一九一五年病逝、賴悔之於一九一七年捐館[4]……在在令詩人感到哀傷，尤其交情甚深且有姻親關係的袁炳修之死，更令張麗俊「爽然若失，心膽俱裂」，除了寫情文並茂的忌文外，前往吊喪時又有詩云：「我獨三遇卜地來，送翁如聽杜鵑哀。親疏此日同垂淚，怕見纍纍占一掊。」

詩可用以抒懷傷逝，亦可用來聯繫與友人間的情誼，此實舊文人社交活動極重要的憑藉。一九〇八年鼠疫流行，原本出身於大甲郡梧棲街的名漢醫黃玉階[5]應葫蘆墩之邀，自北臺返回中部協助醫療。身爲當地保正的張麗俊不僅與之互動頗頻繁，在黃氏療疾結束臨去前，又有詩贈之：

> 師弟相隨到富春，勤施妙手活斯人。凱旋捷奏因知變，特出醫宗大本真。（四之二）
>
> 欲識韓荊願恨遲，三春聚首始相知。欣逢附驥瞻山斗，忍讀江淹賦別詩。（四之三）

一九二六年十月，名詩人鹿港施梅樵來遊豐原，王叔潛、蔡梓舟四十餘人在蓬萊閣旗亭開宴，入席陪賓有廖鏡堂、陳建置、陳蔡喜、周定山、張嶹五及張麗俊。施梅樵、王叔潛、蔡

4 詳見傅錫祺編：《櫟社沿革志略》（臺中：博文社印刷商會，昭和 6 年[1931]11 月）。

5 參考張勝彥總纂：《臺中縣志》，卷 7，〈人物志〉，頁 191～192。

梓舟等十一人爲首席，廖鏡堂起述詞，周定山亦起而演說，近八時席散。施梅樵臨別時有〈重陽後二日豐原諸友留飲〉，囑張麗俊步其韻和之，張氏遂作〈次梅樵先生重陽後二日留飲豐原諸友原韻〉（十月十八日）、〈次前韻呈席中諸友〉（十月十八日），又有〈題贈梅樵詩書帖〉詩（十月二十日），盛讚梅樵之詩書佳作：「鐵畫銀鉤誇晉字，珠咳玉唾說唐詩」；讚揚其人格特質則云：「襟懷瀟灑風生腕，品格清高雪沁脾」，對詩壇前輩可謂推崇備至。在其後的日記裡，吾人可以繼續看到，身爲三臺詩界導師的施梅樵，在豐原地區曾有過的活動痕跡。[6]

在自己熟悉的環境活動，往往詩思泉湧，當詩人有了生活空間的轉移，比如前往外地參觀旅行時，更是不能無詩。因此，我們在張麗俊的日記裡看到很多旅行的即事詩：一九一四年九月三十日有〈稻江即景〉、〈北投風景〉；十月一日有〈遊基隆途中漫興〉；一九三二年八月二十四日有〈北部視察途中即景〉、八月二十五日有〈臺北即景〉等均屬之。值得注意的是一九一六年五月張麗俊北上參觀總督府舉辦的「臺灣勸業共進會」展覽，當時有〈三遊稻江〉、〈總督府〉、〈觀共進會〉、〈登十層樓〉、〈澎湖列島模型〉、〈噴水池〉等作品。在日記中張氏自云：「我之主旨與他人不同也，他人只玩物件，信步而過；我則重在此會場係總督官衙，今日充作會場，故任人縱覽，不然何能到此也？而且羅列中外奇珍異品，貴賤精粗之物，無不備排列順序，不知費盡多少心神？」（四月十九日）。

6 梅樵在豐原逗留時間最久的應是在一九一六年，張麗俊有許多與其贈答之作。且常與梅樵談詩，從其日記亦可知梅樵曾在當地教授夜學，學生為：楊漢欽、黃茂盛、袁錦昌等人。

臺北是殖民者將臺灣推向近代化的典型代表，張麗俊以慣有的不溫不火筆調，寫出了他對執政者某種程度的仰望，試看他的〈總督府〉二首之一：「計畫維周結構精，巖疆首治樹先聲。登臨定爾觀民隱，豈獨咸熙庶績凝。」相對於臺北的進步，南臺灣則相反地烙印了往昔的記憶，一九二六年二月廿六至二月廿八日的臺南之遊，張麗俊沿途據所聞見，詠頌了許多寫景兼懷舊的詩：〈南遊途中即景〉、〈題開山神社〉、〈題乾隆聖主御製碑〉、〈赤嵌樓即景〉、〈題五妃廟〉、〈遊臺南公園〉、〈題考棚舊址〉、〈遊吳家花園〉、〈詠園遊會〉……其中尋索往昔童子試的考棚，格外令他有所感觸：「雲程發軔樹先聲，此日重遊倍愴情。三十年前觀榜地，宮牆變造陸軍營」，今非昔比的感慨充斥於字裡行間。

生命歷程中最令張麗俊刻骨銘心的，當是一九一七年至一九一八年的被誣入獄。張氏一九一七年十二月十一日的日記載云：

> 到法院候判官審問，清漣、世藩、世垣、錦昌、河南、啟章、相煌、徐氏妹等俱到旁聽。十一時判官姐齒松平氏、檢察官上內恆升氏問廷先、問阿宏並莊氏鳳，二人並言交我二千五百圓之金，我接交與林岱全作運動費用。判官問我及岱全，我二人答以實無此事。判官又喚彼二人對質，二人強誣。判官遂將我二人拘留，檢察官宣告送過預審，又再入監牢留置。

因飽受冤屈，感到萬分痛苦，因此，監中張麗俊有大量的詩作，以抒愁解恨。總計從一九一七年十二月至一九一八年四月，共有獄中詩九十二首，其中直抒憂憤，未及以含蓄婉轉筆調爲之者有〈自嘆〉十首、〈感懷〉七絕三十五首、〈感懷〉七律六首。詳述獄中生活者十二題，分別是：〈會面〉、〈進飯〉、〈送衣〉、〈浴身〉、〈夢魂〉、〈運動〉、〈養靜〉、〈脫化〉、〈無聊〉、〈晚風〉、〈夜雨〉、〈聽蛙〉、〈聞雁〉，厥後又有詠物詩六首、詠史詩十八首等等，皆爲託喻婉諷之作。茲選錄幾首較具代表性的作品如下：

出入頭顱戴草籠，居然無面見江東。賢愚到此知誰是？公冶當年縲絏中。(〈自嘆〉)

憔悴顏容血淚乾，心花肺葉盡凋殘。昂首欲向青天問，任是金剛鼻亦酸。(〈感懷〉之十七)

憤氣難消正氣歌，天祥底事入監牢。憐卿數實遘陽九，千古英賢受累多。(〈感懷〉之二十四)

風旋羊角起鯨氛，火燄崑崗育石焚。蚊聚蠅營聲莫辨，涇清渭濁色難分。

爐添獸炭人曾見，海濟漁舟世罕聞。心血滿腔何處灑，陳情書是斷腸文。(〈感懷〉七律，其四)

所謂「文章憎命達」，也許順遂的生活果真無法將文人內在的創作潛力與熱情激發出來吧？只有困頓窮愁，只有刺骨錐心的痛苦，才能使創作的靈感源源不絕；才能使人在絕境中尋得峰迴路轉的契機。張麗俊的獄中詩，如急風驟雨奔湧而至；更有如怒浪狂濤，擊碎了昔日的平和冷靜。字字看來皆是血，

「詩爲心聲」，誠然如是！

㈡詩社活動

既然「詩」在生活中佔有這麼重要的位置，張麗俊的生活重心之一，便是投入以吟詩酬唱爲主的詩社組織，尤其是日治時期三大詩社之一：臺中櫟社。

1. 櫟社

張麗俊是一位相當勤於參與詩會的社員，凡有例會，除非有特殊情況，絕少缺席。不僅參加，不僅寫了詩，他也在日記裡詳載了與會的情況，參與者的名字，甚至將自己的作品與他人的局部作品抄入日記中，有些記事甚至比傅錫祺《櫟社沿革志略》更詳盡，因此張麗俊日記乃了解櫟社活動狀況，相當重要的參考資料之一。

未入櫟社前，張麗俊實即與該社成員有了互動的關係。據其日記，一九○六年四月二十一日，張氏與袁炳修同往潭子會合林癡仙、傅錫祺、林聘三、林載釗等人，而後前往清濁水口，慶賀謝頌臣「小東山別墅」落成，張麗俊詳記了上述與會的櫟社社員，也記錄了非該社社員名單：瑜璧、林開秀、林阿甲，以及妓女阿嬌，「獻酬之間，主賓款洽，洵稱盛會也」，散席後，或奏管絃、或歌詩章，直至二時方歇。其後，又錄有林癡仙〈小東山草堂歌〉、張麗俊〈小東山別墅落成記〉（文）、〈又題小東山別墅〉（詩）以及袁炳修、林載釗、傅錫祺的同題之作，其日記殆可作爲一篇極佳的詩人活動圖。

一九○七年入社以後，有關櫟社活動概況與傅錫祺的《櫟社沿革志略》[7]詳略互見。以下只特別標舉出《沿革志略》所未能呈現之部分，加以補充說明。

⑴有關櫟社的課題及擊缽吟

傅錫祺《櫟社沿革志略》載一九〇九年夏，該社課題有：〈夏日田家雜興〉、〈端午〉、〈銷夏詞〉、〈青城哀〉、〈聽松〉、〈采蓮〉、〈老馬嘆〉、〈新月〉、〈殘雪〉、〈避債台歌〉、〈借酒〉、〈乞菊〉、〈棄婦詞〉、〈書癡〉、〈錢癖〉、〈水仙花〉、〈詩囊〉、〈酒旗〉等六期，每期各三題，共十八題，至是年冬殘乃止。

究竟社員寫作課題的方式如何？傅氏未作詳述。我們試著從張麗俊的日記來看：八月十七日，錄第二課詩題〈夏日田家雜興〉、〈端午〉、〈銷夏詞〉；八月廿二日持櫟社第三課詩〈青城哀〉、〈聽松〉交錫祺；十月三日推敲櫟社第三期（案：當爲第四期）詩課〈老馬嘆〉、〈新月〉、〈殘雪〉；十二月十六日詠櫟社第五期詩題〈棄婦詩〉、〈錢癖〉、〈書癡〉；一九一〇年（農曆十二月十四日）在家推敲櫟社第六回之擊缽吟題目（案：當爲課題非擊缽）乃是〈水仙花〉、〈詩囊〉、〈酒旂〉……，由此看來，櫟社早期的課題乃社員在家寫作，從夏至冬共有六期，各期可能皆訂有繳交時間。雖是限題、限韻之作，但又不似擊缽吟必須在固定時間完成，因此給予社員更多推敲斟酌的時間，可維持詩作一定的品質。但是，這種先作課題的現象後來似漸與擊缽吟並行。張麗俊曾對「擊缽吟」的特

7 傅錫祺編：《櫟社沿革志略》（臺中：博文社印刷商會出版，昭和 6 年 [1931] 11 月）。

色做了如下之說明：

何謂擊缽吟？出詩題或詠物或詠史事，限鐘點交卷。僉二人為左右宗師，謄錄者將各人詩抄集二本，付宗師選舉元眼花臚四名，次選翰六名，又次選錄十名，各有輕重賞品，餘則不取亦不賞也。

⑵櫟社金曜會

在傅錫祺的《櫟社沿革志略》及鍾美芳的《日據時代櫟社之研究》[8]並未特別提及「金曜會」。但是，在張麗俊的日記裡卻可看到相關的記載，且與櫟社關係密切。以下呈現張麗俊日記裡，一九一一年金曜會成立第一年時，新曆六月至九月的詩題及寫作時間：

六月七日	水曜日，在家推敲櫟社友金曜會〈詠范蠡〉咸韻七律
六月十四日	水曜日，在家詠金曜日會所出之詩題〈信陵君〉東韻七律
七月一日	水曜日，入夜吟中央金曜會詩〈李廣〉支韻七律
七月十三日	木曜日，是日並寄金曜會詩題〈陳遵〉魚韻七律

8　此原為鍾氏一九八六年東海史研所碩士論文，後分（上）、（下）分別刊載於《臺北文獻》第 78 期、79 期（1986 年 12 月 25 日、1987 年 3 月 25 日）。

七月廿二日　土曜日，午后在家閒詠金曜會課題〈東方朔〉虞韻七絕

八月三日　木曜日，錄詠中央金曜會所出之課題〈朱買臣〉齊韻七絕

八月十日　木曜日，詠中央金曜會課題〈曹大家〉佳韻七絕

八月十七日　木曜日，詠金曜會課題〈馬融〉灰韻七絕

九月十三日　水曜日，詠金曜會課題〈漢高祖〉尤韻七絕

九月廿七日　水曜日，詠金曜會課題〈漢武帝〉元韻七絕

由上列資料可知，金曜會約一週交一篇詩作，且以郵寄的方氏交附。是年十月十三日，張麗俊至臺中米穀公司赴金曜會祝一週年，可知該會當成立於一九一〇年十月（農曆八月）。但不知何故，未能見到張氏日記一九一一年六月之前的詩題記錄。後來翻閱傅錫祺的《鶴亭詩集》[9]始得知，櫟社於一九一〇年農曆八月十三日在中央醫院倡開「中央金曜會」，此後皆定期有課題。起先以詠物詩為主，從第三回宿題〈醋〉、〈茶〉、第四回課題〈斑竹〉、第五回〈重陽〉、第六回〈殘荷〉等命題可知。該會週年日，前來赴會的櫟社社友有十多人：林獻堂、林癡仙、林幼春、連雅堂、傅錫祺、王卿祺、丁式周、林波臣、林載釗、呂蘊白、莊伊若、蔡惠如、林子瑾，幾乎包括了當時櫟社重要的成員，是會並有來賓三人，藝妓二人燕飲。因出題

9　傅錫祺：《鶴亭詩集》，作者自印本，未註明出版時間及地點，書前有戊申年（1968 年）徐復觀之序文。

敲詩，首唱爲〈(農曆）八月十三夜望月〉，次唱〈秋柳〉、〈祝金曜會一周年〉、〈漢光武〉。從張氏自行抄錄的〈祝金曜會一周年〉詩，多少可看出該會的性質：

> 高樓尊酒再論詩，正近秋深月滿時。屈指星霜經一易，斯文端賴起中衰。
>
> 騷壇樹幟一年周，遠近同聲起唱酬。末路無聊憑冷笑，名山風雨自千秋。

傅錫祺詩集中有關金曜會的課題作品，只選錄至一九一二年；[10]而張麗俊日記則一直到一九一七年還有相關記錄[11]，只是當時該會的活動似已不似先前頻繁。

(3)有關林子瑾的退社

櫟社組織甚爲嚴密，對社員的要求也頗嚴格。除了入會須經社員推薦，然後經總會表決外，社員若死亡或有其它原因亦會遭致退會的命運。鍾美芳在〈日據時代櫟社之研究〉[12]一文中指出：莊雲從因精神狀況不佳而遭退社，林文華因不出基金而喪失會員資格，連雅堂因鴉片特許問題而遭櫟社除名，林子瑾則是受到池魚之殃。鍾美芳認爲：林氏爲櫟社理事，自一九二四年寓居北京，至一九三〇年之間未參與櫟社活動，因連雅

10 參考傅錫祺：《鶴亭詩集》，同前註，頁 59～60。

11 張麗俊日記一九一七年新曆二月廿七日：「是日將金曜會所出詩題交林子瑾收錄：〈趙飛燕〉，限微韻」。

12 參考鍾美芳〈日據時代櫟社之研究〉(上)，同註 8，頁 262～263。

堂被除名之故，遂遭到退社的命運。

不過從張麗俊日記看來，恐怕林氏遭退社，不單純地因爲長年未參與詩會的緣故。在林子瑾寓居北京的那一年（一九二四年）櫟社其實即有意開除之。一九二四年三月二十二日日記，記載櫟社春會曾討論有關林子瑾事宜。蔡惠如認爲林氏違犯，應命其退社；陳槐庭認爲林氏雖違反社規，但紀念碑既已刻其名，宜暫含容；林幼春則謂蔡惠如的主張過猛，而陳懷庭的建議過寬，宜先以檄文攻擊之，仍不改正，則令其退社，眾皆同意此。

由此來看，林子瑾恐怕早已被櫟社列爲觀察對象，在其尚未滯京不歸時，即已有某些行爲違反該社的規約，以致櫟社要以檄文撻伐之。林子瑾遭除名，恐非如鍾氏所云如此單純。

⑷治警案與櫟社

張麗俊一九二四年新曆一月九日的日記載云：「我櫟社友林幼春、蔡惠如及有志股紳合二十八名，爲臺灣議會事件另組織期成同盟會，聯名蓋印。前月被地方行政官嫌疑檢舉，以犯密會取締規則，受禁錮在臺中體仁醫院，囚後送上臺北，禁錮警察署，嗣又轉入監獄留置。今日檢察官開庭審問幼春等，出獄者二十餘名，並往基隆迎接玉井辨護士云云。蓋玉井在東京聞前記多人爲此莫須有事，故遠渡重洋，欲代多人申冤云。」一九二五年四月二十五日則記載：櫟社春小集，不用賞品亦不開宴，「因幼春惠如二人爲期成同盟會事件被禁監獄，我等應心爲傷之，不忍開懷暢飲也」，眾皆以爲然。但林獻堂爲全島三百七十餘萬人犧牲，前往東京請設臺灣議會歸，傅錫祺將前往中華大陸周遊，應受社員祖餞，雖二人謙辭，亦定於四月二十六日，辦理午宴二席爲其洗塵。

以上敘述大略與傅鶴亭《櫟社沿革志略》相似，但張麗俊日記復記一段會後之活動，頗爲感人：「會畢並到萊園櫟社題名碑前遊玩，獻堂君言，此碑再經三十年，我等尚有能到此者，不知有多少？感慨題名碑變作墮淚碑矣！合式我子孫應繼續此社云。遂遊到考槃軒前、夕佳亭畔、五桂樓邊、木棉橋上。回晚飯飯畢，錫祺云『今夜雖不作擊缽吟詩，而籠紗分詠何如？』」，針對此次政治事件，因將「詩人」對「獄」分詠，張麗俊所詠的二聯爲：「夢入池塘春草發，冤沉囹圄夏霜飛」。次日（四月二十六日），櫟社辦午宴爲獻堂、鶴亭洗塵。及午入席，雷雨並至，因就〈迅雷〉爲題，限文韻七絕。張氏之作爲：「青梅煮酒論英群，失箸緣何落使君。一震雄威驚百里，豈徒甲柝發氤氳？」「震撼乾樞霹靂殷，居然龍虎會風雲。天威咫尺須當敬，聖似尼宣亦怕聞。」雖是即景之作，實寓政治威權壓迫令人膽寒之意。是年新曆五月十日，林幼春與蔡惠如出獄，六月六日櫟社在林獻堂府第爲二人開「慰安會」，張麗俊日記對此事之記載較傅氏沿革志稍詳：「六時餘入席，社長傅錫祺氏離座到席前，陳述幼春惠如爲我臺人三百餘萬同胞，與十八人組織期成同盟會，致受當道檢舉下獄，故今晚爲開慰安會也。幼春、惠如亦起述答詞，談飲至九時散席。本擬出題詠詩，社長言今晚只談心可也。」

⑸吳子瑜與櫟社

一般咸認爲櫟社的領導核心乃以霧峰林家爲主，其實曾有一段時期冬瓜山的吳子瑜幾乎取而代之，參考張麗俊日記可概略知其狀況：

一九二六年十月十五日，張麗俊同臺中諸吟友往吳子瑜家享午，因吳氏邀中南北三部騷人墨客到他東山作登高會。飯後雇車至冬瓜山東山別墅，張氏日記載云：「營其父吳鸞旂之墓地也，其地約六七甲，造築池台樓閣花木果樹，全島未曾有之奇形。工事計算不下十年之九，費金預算二十萬員之多，可謂曠全島而首屈一指」。此次，與會的櫟社社友有十一人，來賓十九人，選左右詞宗四名，出二題：一、〈遊屐〉五律，二、〈送菊〉七絕。傍晚開盛宴，席散將詩稿交謄錄畢呈詞宗選取罷，唱名受賞，鬧至十二時方就寢。次日，早起入吳鸞旂翁墓門鐵籬內遊賞，並上墳踏青，其墳之形異體營造之高大壯麗殊難以言語形容者。是日又詠〈九日東山別墅即事〉七律，及午交謄錄呈詞宗，受賞品……又開午宴……四時餘登高會即事既畢，仍各束裝就道。

東山別墅之落成，乃吳子瑜一生的巔峰期。此後數年，不僅櫟社詩會常在其中舉行，吳氏本身又常召開「三三踏青會」、「重九登高會」。試看以下記錄，當可想像當年在吳子瑜怡園、東山別墅，乃至後來的天外天聚會之盛況：

A. 一九二六年十一月十四日，午時往臺中吳子瑜家開臨時擊缽吟會，因稻江來一詩妓名貞花，工吟詠，故子瑜邀櫟社諸友：獻堂、槐庭、玉書、箴盤、棟樑、子昭及麗俊七人，又社外吟友竹修、雪窗等，命題〈野僧〉七律真韻，及晚宴散，將詩稿呈詞宗評選，唱名受賞品，又詠〈詩友〉，夜歸。

B. 一九二七年七月十三日，午後與櫟社社友至吳子瑜家，吳氏邀集中部諸吟友開聯吟大會，赴會者約五十人，題〈納涼〉七絕先韻。

C. 一九二七年十月三日，吳子瑜在東山別墅開櫟社秋季詩會，並祝張麗俊六十壽椿，作〈菊酒〉七絕、〈秋熱〉七律。次日，繼續舉行登高會，詩題〈菊影〉七律 、〈按摩〉七絕。

D. 一九二七年十一月九日，東山別墅落成，祖父完墳。櫟社社友前往拈香列立墳前攝影，又在門口掛櫟社二十三人之木匾，作〈詠蔗〉七絕。次日詠〈東山別墅曉望〉五律，及午交卷，三時各束裝告別。

E. 一九二八年九月廿八日，午後櫟社社友陸續至吳子瑜怡園赴「觀月會」，參與者有林耀亭、傅錫祺、陳槐庭、陳聯玉、林仲衡、蔡子昭、王箴盤及張麗俊，來賓則有王竹修、蔡遜庭、林瑞騰、陳泰山、蔡梓舟等，詩題〈中秋怡園小集〉七律。

F. 一九二八年十月廿一日，吳子瑜招待重九高會，南北詩人近三十人，櫟社社友亦多人參加。午飯後詠七律〈陶淵明歸田〉、七絕〈潤筆錢〉。此次聚會有一意外事起，新竹詩人張純甫十月二十日來中，欲赴次日登高會。夜中忽然起症而逝，「可憐爲作詩來，致載屍歸」。

G. 一九二九年四月五日，吳子瑜邀櫟社友人及三位社外友至東山別墅踏青。詠〈細桃〉〈新火〉。四月六日張麗俊有日記云：

晴天在子瑜東山別墅早起到處遊玩春景，詠〈東山春望〉

詩，洵踏青吟會也。見子瑜費此三四十萬金，勞七八年心神[13]，昨年冬雖告竣工，於今依然整理若如此工事真無已時也。況邀諸吟友到此春踏青，秋登高，居然謝安攜妓，石崇金谷不過如此！箴盤云：「此是東山全盛時，再數十年登臨到此者，不知有文人來弔古否耶？王羲之蘭亭記所謂興盡悲來者此也！」

H. 一九二九年七月廿一日，鄭汝南借吳子瑜怡園開書道會。

I. 一九二九年七月廿二日，四十餘人赴怡園參加中部聯吟會，詩題〈古松〉七絕、〈颶風〉五律。

J. 一九二九年十月十日，櫟社於吳子瑜東山別墅開秋會，拈「重九」二字冠首；又作〈秋桃〉七絕。在這次聚會裡「議決後年櫟社創立三十週年欲創設紀念物品，何者當爲永久。前二十週年在萊園立題紀念名碑，有提議鑄銅鐘題姓名，春秋集會可敲爲擊缽吟會。倘社員代謝，後生無繼起，此物定移入博物館以爲後人觀賞，亦垂萬世不朽云」。[14]

K. 一九二九年十月十一日，在東山別墅開北中南聯吟，十二日續開。會後櫟社社員應林獻堂之邀，往霧峰續會。張麗俊詳述此中因由：

---

13 此說與一九二六年十月十五日張氏日記所載略有出入，參考本論文第 9 頁。

14 引號中的引文，出自張麗俊日記，乃傅錫祺《櫟社沿革志略》所未言及者。

夫櫟社友集會每年定春秋二回，初則開於臺中林季商瑞軒，繼亦曾開於故林癡仙詹園，亦曾開於鹿津陳懷澄十宜樓，亦曾開於臺中林少英瑾園。自癡仙死後，少英渡華，社友鮮能為東道者。適林灌園入社，春秋小集大會多開於霧峰之萊園。故前年立櫟社題名碑亦在彼也，至前數年吳小魯（子瑜）入社，又適獻堂仲子西遊歐洲，春秋例會俱於東山之別墅。又兼子瑜性豪爽、人慷慨、好吟詠、廣交遊，故春開三三踏青會，秋開九九登高會，故櫟社之春會秋會俱連之也。今獻堂念諸友多年不至萊園，又在家來參會，故特約諸友到其家再會也。率諸友入其家，社友林幼春亦來晤面，並出詩題曰〈行李〉，遂開晚宴，席散，各推敲十時交卷謄清，付左右評選，十二時夜點畢，各就寢。

由此可見二〇年代中晚期，在中臺灣詩壇居主導地位的霧峰林家，曾經差一點被冬瓜山的吳子瑜所取代。

L. 一九三一年四月二十六日，櫟社春會於東山別墅舉行。「是日社友合主人共十六人，春會可謂盛況矣！當年蘭亭修禊不過是也！」

M. 一九三一年十月二十日，東山登高會後，錫祺邀櫟社社友十人，協議三十週年欲開紀念會於霧峰，定來十月十二、十三兩日。社長認爲現年景氣不佳，又兼日華起滿州事件，不欲招待南北吟友，簡單從事則可。子瑜言：「我櫟社乃臺灣詩社之祖，風雅攸關，三十年紀念亦實是難得，須招待吟侶方可，但須擇人而案內耳。」因爲有龐大的資產作爲支柱，加上天生慷慨豪爽，使得吳子瑜比其他櫟社成員更具有承擔事務的魄力。

N. 一九三二年四月五日，吳子瑜私開踏青會。與會者十餘人，晚宴畢詠〈蘭亭修禊〉五律、〈抄詩〉七絕。

O. 一九三二年四月七日，至吳子瑜東山吟社赴櫟社春會，亦社友林竹山六十之壽椿會。詠〈蟻報〉、〈荔花〉兩絕，並〈贈林竹山六十〉。

P. 一九三三年三月五日，在吳子瑜怡園召開中部聯吟大會，作五律〈詩尼〉、七絕〈瓶花〉，出席者四十八人。

Q. 一九三三年十月二十七日，已略見東山聚會稍有中衰的現象，張氏日記云：

「往年重陽節都赴吳子瑜東山登高吟會招待，去年不受招待者，恐因其愛妾張蘭英自殺身亡，今年又作罷，豈因經濟而然也。」乃改往豐國樓開豐原吟社擊缽吟。

雖因心緒作惡而稍減興致，但是，吳子瑜並非從此一蹶不振。一九三五年二月十日全島聯吟大會於臺中公會堂舉行，與會者二百餘人「是日大會我臺中州管內諸吟友爲主人，其吟友自臺北、新竹、臺南、高雄四州來赴會者皆爲來賓，但臺中諸吟社爲主，又推我櫟社爲主中之主，我櫟社中又是吳子瑜一人爲設備。故將公會堂爲會場，其位置寬敞，設備周全，中掛諸名人書畫，欲寄附贈元眼爲賞品……午后，子昭述開會辭，子瑜爲議長，推薦詞宗左鄭養齋、右魏潤庵。首題五律〈人日雅集〉魚韻，七絕〈梅妝〉元韻」。[15]同年六月九日，吳子瑜復

15 參考張麗俊日記，一九三五年二月十日。

於怡園舉行中州聯吟會，施梅樵、王了庵、蔡子昭等四十多人參加，作〈水心亭觀釣〉七律，〈榴火〉七絕。一九三五年十二月三日張麗俊又記錄了前往吳子瑜新築天外天劇場所見之景況：「其肇基之鞏固，洵用鐵根以英灰凝就，其規模之宏壯華麗，與東京寶塚無二」。可見當時，吳子瑜之事業仍如日中天，一直到張麗俊過世，乃至日治晚期，櫟社的活動還是往往藉吳子瑜的處所來舉辦。由此看來，太平東瓜山的吳子瑜（小魯）確是在櫟社乃至中臺灣文壇扮演了一個不容忽視的角色。

2. 其他詩社

除了櫟社外，另有王叔潛所創的豐原吟社，亦是張麗俊曾參與的詩社團體。在張氏日記中曾錯落地做了記載：一九二三年七月十九日，張麗俊該吟社之邀，出赴擊缽吟，至則會員楊漢欽、張慶雲、王叔潛、蔡梓舟、吳水木等五人在坐。請張氏命題拈韻，出〈晚夏〉歌韻，得七絕十首，定元眼花臚翰。一九三三年十一月廿四日，張麗俊同王叔潛到存安西藥局，與慶雲相商豐原吟社諸友（農曆）初九日（即新曆廿六日）午後三時欲集會於上南坑水源地賦詩，張氏嫌時間太匆促，又議定延至夜深。同年十月廿六日，張麗俊與豐原吟社社友往上南坑水源地聚會，「屈指既三年於今矣！何也？ 蓋自昭和三年冬立紀念碑來至今也，回顧山景依然。奈天陰不見夕西照耳！惜乎！」延至五時，方拈題以〈早梅〉詠七絕，請張氏與王叔潛爲左右詞宗。一九三四年四月廿二日，張氏復同王叔潛、王翼豐父子並張顏辨、張慶雲、楊漢欽、吳水木、張水柳、陳三乾等往慈濟宮觀音殿開擊缽吟，由張氏應景出題〈雀聲〉，限文韻。一直到張麗俊日記的最後一年（一九三六年）仍可看到張氏與豐原吟社的互動：八月廿九日午後，張氏同王叔潛等十三人上豐國樓開豐原吟會，因命題做〈乞巧〉，又出〈海市〉作詩唱，傍晚選舉受賞品，並開晚宴，由雛妓寶桂侑酒。同年九月廿七日，又至慈濟宮赴豐原擊缽吟會，是日出席者除張氏外還有王叔潛、呂大椿、葉引昌、吳水木、張春榮、張瑞麟、王君碩、郭輕舟等共十三人。所詠詩爲〈半面美人圖〉、詩鐘則〈鏡窗〉二唱交卷，由張麗俊、葉引昌任七絕詞宗；王叔潛、吳水木任詩鐘詞宗，選罷唱名受賞。同年十二月二日張氏往呂大椿祇園開豐原擊缽吟會，與會者有張玉書、張水柳、何其福、郭輕舟、王君碩、呂大椿等，王叔潛因妻病不得與會，因此委託張麗俊一人兼任左右詞宗，由主人呂大椿出題〈居士林雅集〉，由此可見豐原吟社基本上多爲年輕一輩的創作者，而王叔潛與張麗俊則無異爲諸青年之詩學導師。[16]

此外，張麗俊還曾參與了當地一個極短命的詩會——沙鷗吟社。一九三二年六月廿六日記載云：「往豐原招廖鏡堂、王叔潛，又會合張疇五、張紹年、張金蓮同上豐國樓，因彬彬書局三角仔呂大椿將發起募集豐原郡下豐原、潭子、大雅、神岡、內埔五街庄之文學家來此，爲沙鷗聯吟會也。」該會成員多爲年輕一代：張邱玉章、張鎭平、林維章、林慶在、陳石鍊、陳三乾、張水柳、廖允寬、王翼鵬、林國棟等，一班耆老則多斂跡不至。此次詩會由呂大椿主持，請張麗俊與王叔潛爲

16 這次的聚會有名為張玉書者參與，筆者猜測恐此非同名的南投名詩人，否則，當請張玉書為詞宗，且據張麗俊日記，此次得賞者皆由郭輕舟所囊括，如果詩壇老輩在此，當不致如此。

左右詞宗，三人命題：張麗俊出〈打稻〉、王叔潛出〈蒲劍〉、廖鏡堂出〈黃梅〉……共得詩三十二首。有趣的是，張麗俊所詠的四首作品，被王叔潛選入元眼二首，而王叔潛所詠的二首，則被張麗俊選入元一首。這一方面可知二人確有慧眼，一方面也可看出，到了日治中晚期，臺灣傳統詩社已逐漸出現後繼乏人的窘境。因爲襄助者相當有限，所以這個詩會相當快速地便無疾而終了。

㈢文社

「臺灣文社」爲日治時期臺灣兩大文社之一，乃櫟社的同質組織。一九一八年九月廿日櫟社與鰲西吟社聯合詩會，席上蔡惠如深慨漢文將絕於本島，故應倡設維持，臺灣文社即胚胎於此會。[17]一九一九年元月發刊的臺灣文社雜誌《臺灣文藝叢誌》刊登〈臺灣文社設立之旨趣〉一文，指出該社成立之宗旨：

> 本島自改隸而後，凡欲攻漢學者，於文不受制藝所拘，於詩不為詩帖所厄，上下千古，恣意所如。此誠文運丕振之秋，詩界革新之會也。邇來二十又餘年，其間中南北部諸君子……結詩社以切磋風雅道義者，幾如雨後春筍，櫛比而出……然而猶有憾者，以未有文社之設也……我櫟社諸同仁不揣固陋，恐斯文之將喪，作中流之砥柱，僉謀設立臺灣文社以求四方同志，更擬刊行《文藝叢誌》以邀月旦公評……庶幾海隅文社之盛，與詩社並駕齊驅，是亦維持

17 參考傅錫祺：《櫟社沿革志略》，頁8。

漢學之一道也。

此會以陳基六、陳滄玉、林獻堂、林幼春、蔡惠如、陳槐庭、鄭汝南、陳聯玉、莊太岳、林子瑾、林載釗、傅錫祺等十二人為理事，並於一九一九年新曆六月十九日召開櫟社總會兼文社理事會。[18]

張麗俊雖不屬文社十二理事之一，但是在他的日記裡亦可略見文社的蛛絲螞跡。一九一九年十月十九日載云：「午后二時半，入臺中座赴臺灣文社成立總會，全島文人集會者百餘人。林子瑾報告文社主旨，並種種事件。其主旨係因漢學就衰，欲維持此文學云云，會畢俱到中蕙芳間晚宴。」如果張麗俊的資料無誤的話，那麼，文社雖早在一九一八年九月即已蘊釀形成，並於一九一九年元月藉由《臺灣文藝叢誌》向外揭示成立宗旨，又於六月召開內部的理事會議，但是，真正召開文社成立全島大會，卻一直要晚到一九一九年的十月。一九二〇年九月廿六日，張麗俊有一條有關文社的記事，頗值得注意：

坐十一時餘列車往臺中州林子瑾家赴臺灣文社集會，是午，會員出席者三十餘人。文社支部長林仲衡出告開會並演說社則：雜誌不得言及時事並政治。繼陳朔芳侃侃談實行研究會主旨，繼陳滄玉、陳聯玉、林幼春、林獻堂出辨剝（辯駁？）雜誌不得毀謗時事，政治非不得言及，方今漢學就衰，正要文人討論云云。

---

18 參考傅錫祺：《櫟社沿革志略》，頁9。

由此可見可能有兩股勢力在文社內部拉鋸，從文社出版的刊物內容來看，恐怕社內的保守派勢力要遠超過比較具批判精神者。因此，徵文、徵詩之作，不管從題目或內容上來看，都具保守性格。此後，櫟社與文社名稱常一併出現[19]，因其成員幾乎重疊之故。

四、角色扮演與身分認同

㈠角色扮演

在此所謂「角色扮演」乃專就作爲一舊文人的角度而言。至於，與文學關係較遠的「保正職務」、「信用組合理事」、「土地及林野調查委員」等工作內容，則不在討論範圍之內。

1. 教授漢學

作爲日治下傳統文人的張麗俊，對傳統漢文化有著難以割捨的深厚情感；對於保存漢文化，自是義不容辭。前面所云詩文社的參與，是維繫斯文的方式之一，此外，張麗俊還透過漢文的教學工作，同樣希望藉此達到傳遞漢文化的目的。試看張氏日記中，有關教授漢學的資料：

⑴一九一四年十月六日， 晚飯畢往授夜學，諸生徒言：今夜源水劉來梨園來開演欲往觀之，因停學同往觀。

19 參考張麗俊日記，一九二一年九月七日。

⑵一九一四年十月十一日，飯畢欲往授夜學，因生徒俱被潘日祥享晚未歸，乃停。

⑶一九一四年十月十三日，晚飯畢，授夜學。

⑷一九一四年十二月二日，往戊申醫院授夜學，九時歸。

⑸一九一四年十二月三日，晚飯後授夜學，說司馬遷〈報任少卿書〉。

⑹一九一四年十二月四日，晚飯後授夜學，說同上。

⑺一九一四年十二月五日，晚飯後授夜學，說〈李陵答蘇武書〉。

⑻一九一四年十二月六日、十二月七日，授夜學　。

⑼一九一四年十二月八日，是晚夜學休假（火曜日）。

⑽一九一四年十二月九日，講〈班昭爲兄超上書〉。

⑾一九一四年十二月十日，授夜學，因潘日祥六月孩兒死遂停學。

⑿一九二八年九月廿九日，「是晚本是教夜學之期，因中秋尙有餘興，來囑此次中止也」。

⒀一九二九年四月六日，晚飯畢，遂往革新社授夜學，說〈孟子與齊宣王問答〉。

⒁一九二九年四月二十日，晚飯畢，往革新社欲授夜學，因數日來東光石鹼會社廣告來豐原座演金玉緣活動寫真，人多往玩，故來聽講者只五七人，因言暫停。

⒂一九二九年八月三日，到房親家幫忙，歸途遇大雨淋漓，是晚不能授夜學。

⒃一九三〇年六月廿二日，晚飯畢，至革新社授店員夜學。

⒄一九三〇年十月十四日，晚飯畢，坐人力車往協榮樓上授夜學。

⒅一九三〇年十二月十一日，往保安授夜學，說《戰國策》〈范雎說秦王〉、莊辛〈幸臣論〉。

⒆一九三〇年十二月十六日往保安授夜學。

⒇一九三〇年十二月廿二日，午后大雨，遂不得往革新社授夜學。

㉑一九三〇年十二月廿三日，晚飯畢，因地泥濘，保安雇人力車來拖我往夜學，說〈魯仲連遺燕將書〉。

㉒一九三〇年十二月廿五日，晚至保安授夜學說〈燕王謝樂間書〉並〈酒味色由論〉。

㉓一九三一年元旦，往保安授《楚辭》〈卜居〉、〈漁父〉、〈對楚王問〉。

㉔一九三一年一月三日，往保安說寫信必讀。

㉕一九三一年一月四日，往革新社授店員夜學。

㉖一九三一年二月三日，往保安授夜學，說〈鄒陽獄中上梁王書〉。

㉗一九三一年二月五日，往保安授夜學，說〈枚乘上吳王書〉。

㉘一九三一年四月廿三日，往保安授司馬遷〈五帝〉以下列傳頌。

㉙一九三一年四月廿五日，往保安說寫信必讀。

㉚一九三一年六月廿七日，往保安授夜學，說韓愈〈獲麟解〉並〈代張籍與李浙東書〉。

㉛一九三一年七月三十日，往保安講柳宗元〈鈷鉧潭記〉

〈西小邱記〉。

(32)一九三一年八月四日，往保安講杜牧〈阿房宮賦〉。

(33)一九三二年七月一日，「添盛來邀我到其店，言黃猛之子欲募集數十人從我受夜學可乎？我曰：『少年果有實心，何嘗不可！若虎頭蛇尾者，我不欲也！』」

(34)一九三五年五月十六日，晚飯畢往男子公學校講堂，因商業夜學發會式故也。其生徒募集公學校卒業生，並商界中諸有志共六十餘人，先生亦五六人，各擔任一課，其費用多係組合負擔。

由於筆者影印資料並非張麗俊日記全貌，因此，在此所呈現者，恐非張氏教夜學之準確狀況。不過，從這些片斷看來，可知張麗俊前往教學的處所有戊申醫院、革新社、保安、協榮、男子公學校，對象可能以一般社會人士爲主。因爲並非讀書識字的唯一管道，因此，學生就讀的態度可能有些散漫。我們看前面援引的資料中，休課之故有戲班或電影前來開演、有中秋過後餘興未盡、有受邀晚宴……雖然，當時亦不乏具有自發性，主動請求張麗俊前往授學者，但是，從張氏要求不可虎頭蛇尾來看，可能這種現象在當時相當普遍。

2. 代撰詩文聯句，主持婚喪儀式

雖然由於日本殖民者的大力推進，臺灣逐漸進入近代化社會，民眾也有許多新的觀念和生活方式。但是，一旦涉及生死大事及形而上的宗教神明信仰問題時，卻往往要依附舊有漢文化的習俗。舊文人出身的張麗俊因此在當時的豐原地區，成爲

婚喪喜慶乃至酬神建廟時相當重要的諮詢顧問。在他日記裡最常見到的，除了參加詩會活動外，便是爲鄉人代撰聯語碑文、慶弔誄文，並擔任神明活動的主祭者、婚喪（尤其是喪事）諸事的導引者。試舉張麗俊一九三六年的日記（十月廿七日）爲例，來觀察一位舊文人在這些舊慣習俗的實踐中所扮演的角色：上午，結束昨晚的吳子瑜天外天詩會，離開吳家，返回豐原：「陳喜榮喜曰：『先生歸得赴時間，吾無憂矣！』遂率入聖王廟，早飯飯畢，廖鏡堂爲『通』，我爲『引』，王叔潛、葉引昌二人爲執事，行喪禮畢。係醉翁亭主人陳胚前日死亡，今朝出殯也。後陳福告別式辭，陳清泉代家說謝辭畢，已十時餘矣。靈車既駕，葬儀頗盛，會葬者數十人尾其後，至橫街尾，孝子謝歸，入聖王廟，同臨午宴。席散，我等四人仍往張慶雲臨時治療所，慰其祖母前日死亡，我等到其棺前行禮畢……有頃出到慈濟宮事務所息……近三時……四人又相隨到瑞穗女子公學校路東北，入何其福家，因其母黃氏祝週甲之壽。其福性癖頗好文學，是日內祝不邀外人，只邀豐原諸吟友。見我等至，喜出望外，遂邀諸青年共十餘人，要我等出一詩題以爲擊缽吟……計得詩四五十首，就晚宴，席散要我同叔潛作左右詞宗，定甲乙，選罷唱名受賞品，畢乃歸。」

以今日眼光來看，或許會覺得張麗俊的生活內容相當陳舊、僵枯，但是，在那個時代，某些漢文化的特質還是要靠此來承傳。代喪家作祭文或墓前聯語[20]，爲廟宇或爐主作祝

20 一九一一年六月二十六日，代作〈祭張越卿文〉；一九一三年七月六日代陳仁修作〈林良鳳誄文〉；一九一四年五月十一日，代陳再添之父作墓碑聯，並墓柱聯數對。一九二五年十月九日代葉秀廷撰

文[21]，替新建的寺廟撰寫柱聯[22]、碑記[23]，乃至替一般人作應酬文字[24]，無一不是漢學根基的展現，也無一不是藉此留存漢文化，而與日本的大和文化保持著某種程度的對立姿態。

㈡身分認同

作為一位從清代過渡到日治時期的舊文人，張麗俊的自我定位如何？他如何看待舊有的屬國？他如何對待新的政權？而，對於島上的抗日運動，他又是抱持著什麼樣的態度呢？以下試為說明之。

1. 對文化抗日者的態度

從性格特質來看，張麗俊不是一個激進主義者，因此，他不曾投身政治抗爭運動；但是，因為他是櫟社成員之一，有機會接觸具抗議精神的同仁如：林幼春、蔡惠如等。因此，在日記裡可以看出他對新文化運動有一定的關心，也抱著支持的態度。試看以下幾則張麗俊日記中，有關文化協會活動的記錄及

書張阿祿祖墳柱聯。

21 一九一一年十月六日，慈濟宮聖母回鑾開祭，由張麗俊代作祝文；一九二五年四月十四日代爐主撰〈祭聖母祝文〉，並任聖母壽誕主祭。

22 一九一一年十二月十四日，代翁仔社新建福德聖母廟撰柱聯三對；一九三二年九月廿六日往組合樓上書坑口福德祠對聯；一九三三年十二月十九日，撰新高郡聚集街廣盛宮聖母廟之柱聯。

23 一九三三年十月十二日，撰鐮子坑口福德祠重修落成碑記。

24 一九一三十一月廿七日代區長廖乾三作〈蒙內田民政長官駕臨臺中招待賦贈〉；一九一七年代袁錦昌詠〈奉祝高木恩師奉職十五週年〉詩。

相關訊息：

※一九二三年五月十日，往豐原，見林幼春出單宣傳文化協會。是夜，該會將舉行文化演講。

※一九二三年五月十一日，是晚在新盛樓開洗塵宴會。因蔡培火、蔣渭水、蔡惠如、陳逢源往東京第三回請臺灣議會歸，諸同人開宴大爲歡迎。席散多人又至公會堂演說。張麗俊寫道：「文化協會都率意直陳，不畏嫌疑。昨夜以國語演說，今夜以臺語演說，島人咸搏掌喝彩。不特島人喝彩，即日人亦稱善云。」可惜，是日張氏有事不能前往聽講。

※一九二四年一月九日，得知櫟社社友林幼春、蔡惠如及其他志士廿八人，爲請臺灣議會事，另組期成同盟會。去年十二月被檢舉，以犯密會取締規則受禁錮，囚後送上臺北禁錮警察署，嗣又轉入監獄留置。今日檢察官開庭審問幼春等，辨護士玉井氏在東京聞前記多人爲此莫須有事，故自渡重洋，欲代多人伸冤云。

※一九二五年五月十五日，晚宴席散，原擬到慈濟宮欲聽文化演講，滿宮無立足之地，遂未往聽。是日，文協豐原支部在大道公店開發會式，係故富家林萬選君之哲嗣林碧梧氏主推也。

※一九二五年六月六日，蔡惠如、林幼春出獄，社員十三人爲洗塵。

※一九二五年六月七日，林獻堂往新竹赴文化演講會。

※一九二五年九月二日，夜往慈濟宮聽文化演講。辨士連溫卿講〈教育界之形式〉、王敏川講〈時勢之潮流〉。

※一九二六年八月二日，往慈濟宮聽諸青年演講文化。

※一九二八年（昭和三年）日記載有當地參與臺灣文協活動致遭警方取締者之談話：

聞林讚元言他與聯桂亦被郡役所傳入警察課，質問進平所犯之宣傳單也。係宣傳「臺灣議會要求獨立，總督行政撤廢獨裁」此二句而已。有此宣傳單係自內地印刷宣傳過臺灣者，臺北無事，而中部當道竟大驚小怪，何心經之過敏也。臺灣青年有志社會運動者，豈以此檢束爲羞辱也？

張麗俊雖只如實記錄林氏之言，未加以自己的意見，但是，若非同意此說，恐不致如此翔實地予以記錄。由此，吾人可從報章雜誌之外，約略可見支持文抗日運動的臺民之心聲。

※一九三一年二月二十日，臺灣民眾黨首領前日被檢束八名，今日俱放歸。又在日本三無產黨共同決議，宣佈反對解散臺灣民眾黨。

※一九三一年八月五日，「是朝到革新社廖進平言接臺北電報，今日午前七時蔣渭水辭世……可惜此人乃臺灣社會運動家首腦者，初爲文化，後爲民眾黨首，今天正月初二被當局命令解散，志尚不餒云」。

※一九三一年八月二十日， 因六月廿二日臺北蔣渭水先生辭世，全島人士大爲痛惜，各處皆爲追悼。豐原廖進平發起，四時開追悼會，豈料赴者僅二十餘人。警部及公私服巡查來臨監者亦十餘人，眾人見當局如此壓迫再來赴會者定懷縮足，因草草開會，管富出開會辭，黃傳國述先生之履歷矣，吳泗滄對先生像伸知交之意，廖進平言今日追悼之因被中止，林東出告閉會。

由上列資料可知，張麗俊不僅對文化協會的活動甚表關心，也曾前往聆聽文化講演，對當局過度強橫的干預態度，含蓄地表達了他的不滿。對力倡政治運動者，則表達了欽崇之意。

2. 與執政當局的關係

雖然張麗俊與其他多位櫟社成員一樣，難以擺脫日本當局的公職分派[25]，於一八九九年開始擔任本庄第一保正，雖然有許多的無奈[26]，但是在必要的時候，還是必須與當局者維持表面的友好關係。

比如一九〇八年九月八日，民政長官南下欲派壯丁巡路，因此巡查本多氏前來造訪張麗俊，並作〈秋感〉詩贈之。張氏亦有詩相和：「英雄未遇事多非，漫把鳴高與世違。素抱無忘宗愨願，青年且學武安歸。」「掀天揭地差堪羨，問舍求田總貽譏。知否陶公羞五斗，鱸蓴正美蟹初肥」。同年十月廿四日，張麗俊與區長和保正及赤十二社社員俱到役場集合，列在鐵道旁，迎接閑院宮戴仁親王殿下並東京列位大臣及清國數名官員。因全臺鐵道開通，臺灣總督府佐久間左馬太邀請親王並大臣官員前來。臺中自數月前即大興土木，新建歡迎樓、歡迎橋、歡迎門、貴賓館修繕俱樂部，作爲親王宿舍。並大力整理市街池台園囿花木溝渠道路官衙民居等，使其煥然一新。又集

---

25 蔡啟運曾任苑裡區長，陳槐庭曾任鹿港街長、傅錫祺曾任潭子庄長、蔡惠如、林耀亭曾任臺中區長。

26 張麗俊一九〇六年二月十四日日記云：「因自明治三十二年（1899）任本庄第一保正之責以來，迄今歷七星霜。三年前雖有保正之名，尚少保正之事。三年後法網愈密，規約愈加，事無大小屬保正之責者難以枚舉，予也何能而堪當此？」

合廳內各學校生徒千餘名，在公園演提燈劇、唱大國民歌，可謂盛況空前。是日，張氏有〈歡迎宮殿下〉詩：「瞻仰高車出帝京，觀風問俗到東瀛。蒼生霖雨皇都澤，南國甘棠可再賡。驛路旌旂曉日紅，彼都人士仰高風。歡迎盛典官民樂，鴻爪應留大海東。」對執政者的恩德頗多讚頌。

再者，張麗俊又於一九一五年十二月撰有〈慶饗老典文〉及〈慶饗老典〉詩。所以有此作，乃因其母林氏曾列入當局者的名單中，而母親年邁無法前往受賞，張麗俊在〈慶饗老典〉文前有一段序文說得頗清楚：

> 大正四年十一月廿一日，安東督憲因天皇陛下即位御大典，開饗老典於中南北全島，男女老人八十以上者，計六千餘人，赴宴者諒亦有半。麗俊家慈林氏盡行年八十有一，姓氏榮書泥金帖，即蒙天皇恩賜木杯、銀鈹，又蒙督獻惠賞彩善珍糕，何等光榮！惜老年身體未甚健康，不能親臨式場觀光盛典，心殊抱歉。故只五內均銘，特此三呼萬歲耳！

在他的〈慶饗老典〉詩中亦對執政當局表達了萬分感謝之意：

> 皇恩優渥遍瀛東，齒德俱尊受賜同。祖父欣頒三品白，兒孫紀念一杯紅。盈階雪鬢來金母，滿座霜髯集木公。況值聖明登大寶，海邦翁媼共呼嵩。

這些看起來是向執政者示好的作品，吾人未必要視之爲「媚日者」的言行，因為，包括林獻堂、王敏川、蔣渭水、蔡惠如在內，都不能免於類似之作，這是作為被殖民者常常要採取的自我防衛手段。吾人必須將觀察的焦點放在：往後張氏的所作所為是否真的完全配合日人的措施？或者，他是否有其他更多的作品，反映了這樣的心聲？驗諸事實，其實張麗俊與執政者的關係並非一直如此密切而友好，往後即使與日吏往來，也不外是例行公務而已。比如一九三三年九月十七日參加舊郡守雄井才吉的歡送會，十月十一日則至男子公學校赴宗藤新郡守歡迎會。是會由岩下街長為主人，總代起述歡迎辭，新郡守亦致謝辭，各料理俱出，有雛妓與日妓前來侑酒。此大抵為應酬之舉，罕見張氏以詩以文頌揚之。

吾人反而在張麗俊日記中，看到他對日本當局的某些作為相當不滿：一九二六年四月十一日，張氏與陳清泉、陳振德等七人成立「兒童保護者會」，因是年豐原街管內公學校兒童三十七人往臺中試驗中學無一人及第，父兄甚感羞愧，而該校校長答辭背謬，故決定自組保護會，這可說是張麗俊等人對日本不平等教育政策的一個反思與抗議。此外，在他日記裡一再出現的是有關豐原市街改建之事。一九三五年十月十六日的日記，謂豐原市街改正，岩下街長故意欲折毀慈濟宮西廂稻香殿為道路。自五月末知此消息以來，張麗俊即竭力運動尋求保留之策。在其強烈要求下，九月十一日（農曆八月十四日）役場開慈濟宮信徒大會，並迫街長前來開會。張氏自云：「豐原自有開會以來，人氣如今日可謂盛矣！岩下街長亦可謂取怨於地方矣！」經過張麗俊的奔走，終於在一九三六年有了轉機，六月十二日張麗俊以欣喜之情寫道：「我又往尋廖西東肯出而周旋，幸其首肯；又幸謝連仁出而相幫，對彰銀本店直接交涉，買其餘地，百坪以內每一坪價金六十圓。又幸張炎坤、林慶通出爲買主，遷延既久，至今日被連仁數次追迫，始來測量定界矣！此事能成，亦我意想所不到矣！慈濟宮可以永久保留矣！」

從這兩則批判當局者的事件看來，作爲一位地方士紳，張麗俊並不曾像丘逢甲或吳德功般，進入清朝在臺的權力核心；因此，割臺之際，他沒有投入武裝抗爭；他所關心的，比較不是家國天下，那樣宏大的視野。在那無力回天的時代，張麗俊採取的是一種比較妥協的姿態，不僅承認新政府，也應允了保正之職。但是，這並不表示他恆是如此乖順馴服。當他所關心的子弟教育的傳承、神明聖地的維護受到干擾時，他便要起而攻詰之。沒有合理、正常的教育，將如何栽培優秀的下一代？沒有完整的神聖空間，民眾的心靈將依託於何處？

在張麗俊的價值判斷裡，爭取子弟平等受教育的機會，保存慈濟宮廟址的永久完整，是最爲切要之事。因此，他不惜要抗議、批判殖民體制的不合理措施，這可以不必涉及國家認同的問題，主要是張麗俊清楚自己在社會上的角色扮演，要儘力維護自己所能維護的。當與自己生命極度貼近的公、私領域受到侵擾時，作爲當地的士紳領袖，勢必要堅持保鄉愛民的理念，奮力一搏！

3. 對中國的觀察

雖然對殖民者無甚好感，但是，以張麗俊的務實性格，在政治認同上他還是將自己擺在日本國民的位置。他稱帝制時期的清朝爲「清國」，稱民國以後的政權爲「中華」。不像蔡惠如、林幼春等人有著不能割捨的「祖國情懷」，但是，在文化與民族認同上，他還是站在漢族的立場來發言。在他日記中記錄了許多有關中國政局的發展狀況：

※一九二四年九月廿三日，中國與日本簽訂二十一條約，張麗俊以為若真有此事，實乃國恥。因中國權利全無，實不足以成為中國矣！

※一九二七年三月廿九日，張氏閱報知蔣介石國民軍佔領南京，將上海日美英法四國租界領事館佔毀，各領事受傷，意欲收回租界地，但日美英三國俱出戰艦，欲與國民軍一番擊鬥云。對於此事，張氏只作記錄未予置評。

※一九二八年八月十五日，因北伐成功，張氏有〈中華民國南北統一詩〉：

萬里江山一統稱，三民主義眾歡迎。蒼生霖雨施南國，大陸風雲淨北京。政令鄰邦當認定，利權漢族自經營。封疆界據全球半，內外平和息戰爭。

此詩以相當平和理性的口吻訴說，似無特別興奮，亦未在日記中做任何發言。或許緣於身為日本治下的保正難以表答對中國的情感之故；只是基於漢族情懷，隱抑的感情下仍可略見歡欣之情。

※一九二八年十月十日：「中華今日雙十節，民國國慶日。宋番邀我代作一聯祝……『十節慶成雙日月重光推上國三民稱統一河山萬里屬中華』。」

※一九三二年二月廿五日，閱報得知日華滿蒙上海事件，今上海大起戰爭，滿蒙欲令造新國家，前清宣統帝出為大統領，國號大同，「但事能成與否？是虛是實？則未知之也」。

※一九三二年三月四日，《大阪每日報》載云：日華上海事件，日軍全戰線俱勝，吳淞砲台閘北要地亦被佔領。而華方第十九路軍蔡廷楷軍及八十八師殆全滅，孫科、陳友仁罵蔣介石賣國奴云云。

※一九三二年四月十日，日華上海事件，華方提出和議三條件：一、上海及滿蒙一起交還；二、日方即時退兵；三、尚有僑民退入租界內。在日方則以為，退兵限一年，吳湘及江灣透閘北一帶，須任其維持；滿蒙已獨立新國家，與日無干。張麗俊認為從雙方所提條件看來，恐和議不能成功也。

※一九三二年七月五日，十九國聯盟理事會為日華滿洲事件派立頓卿一行委員前往調查，自二月調查至今，詳細俱已明瞭。昨日到東京驛下車，日本政府出特別戒嚴令以保護之。又，滿洲國對於大連關稅接收問題拒絕日本之調停。

※一九三三年十二月廿八日，見新聞載福建人民政府被中央政府投爆炸，遂致福州市街破壞，火燄衝天，人民死傷。張氏並手鈔數則相關新聞於日記中。

※一九三六年八月卅一日（農曆七月十五日）是日中元，各處之人知普濟陰光事屬迷信，即拜神祀祖亦是陋習，所以盂蘭盆會各處將大變小。若新聞刊中華派警官往各處巡邏，遇有普施陰光者，將祭品一切沒收，將人罰金，欲打破迷信，解除數百年之陋習。若我臺灣政府雖未至如此，而物品一件一件欲歸專賣，迷信不打而自破，陋習不除而自解矣！

張氏資訊之來源多為報紙，其可信度不無可疑。值得注意的是，他看待中國與日本乃的態度。基本上，他相當冷靜，以近乎客觀的筆調寫兩國之間的爭鬥對抗。但是，如果細細揣摩，卻可發覺張氏對中華有著某種程度的支持，比如對二十一條和約的訂定，深以爲恥；爲北伐成功所作的賀詩，以及慶祝中華國慶日所作的題聯……都可以略窺他在遙遠彼端，對中國所表達的關注之情。然而，張氏對中國的蔣介石似無甚好感，或謂蔣率領國民軍「佔領」南京，毀壞日美英法領事館；或轉述孫科、陳友仁之語，就上海事件指責蔣爲賣國賊。在其日記中，似無正面贊揚蔣氏之文字。一九三六年論及中元普渡事，則頗能看出張氏的國家認同。論及處理普渡習俗的態度時，張氏用以對舉的是「中華」與「我臺灣政府」，由此明顯可見，張麗俊在政治上的自我定位。雖然，關心中國，批評日本，但是張氏還是有著相當清楚的政治認同。

五、結語

概括而言，張麗俊乃以豐原慈濟宮作爲生活的據點，舉凡島內消息的來源、地方事務的策劃、活動的舉辦、與地方人士的互動，往往以此作爲中心。在這空間裡，他是寺廟管理人之一，是處理民眾瑣事的保正，是爭取地方權益的領袖，是代理婚喪喜慶、神明活動的理事……當民眾有了困惑與需求時，張麗俊負責了相當重要的諮詢與協助的工作，與傳統舊文人在地方上的角色扮演極爲類似。而張麗俊另一個重要的據點，則是詩社團體——尤其是櫟社與後來的豐原吟社。從張麗俊日記中可以看出，「詩」已完全浸潤到他的生活中，觀花賞景可以寫詩；旅行郊遊可以寫詩；快樂時有詩，哀傷憤懣時更不可無詩……詩幾乎已成爲張麗俊另一種書寫日記的工具。透過抒情、詠物、寫景、詠史諸作，詩人的外向世界（交友、應酬、觀賞風物、旅遊活動）以及內心世界（喜、怒、哀、樂）都可以獲得一定程度的映現。

雖然，張麗俊在櫟社中並不能算是核心人物，不溫不火的性格也使他的詩文作品呈現了極度的理性和客觀。從他日記裡看不出強烈的好惡，也無濃郁的情感。因此，作爲保正，他不致過度媚日；作爲一個漢文化的傳遞者，他也不明顯地抗日。他的日記詳實地記錄了生活的種種內容，並抄錄了自己大部份的作品。除了天性使然，或許也和他有意將日記留存給後代子孫有關。[27]既已非個人私密的書寫，許多主觀的意見、偏倚的觀點、熾熱的情感、強烈的好惡……都要盡量消除，這或許是張麗俊日記之所以呈現如是平實冷靜風貌的原因之一吧？雖然在《櫟社詩集》第一集裡只選錄了張氏五首詩作，但是，透過日記我們卻更完整地得知他與其文友互動的情況，對文學現象細部的了解助益頗大。

由於當初抽選日記內容，乃針對文學部分影印；資料的不夠完整，加上背景知識的不足，使筆者無法對「保正」張麗俊的角色清楚地予以勾勒。本論文所呈現的，基本上還是偏向以「舊文人的文學活動及其作品」作爲主軸，嘗試還原日治時期張麗俊及其同時代文人的生活面相。至於，更細膩的探討，恐怕要等中央研究院將張麗俊日記印出之後，才可能在完備的資料底下進行進一步的研究。

---

27 據張德懋先生告知，張麗俊生前即有意將其日記流傳給後代，因此，書寫得相當工整。

日治時期臺灣「監獄文學」探析

以林幼春、蔡惠如、蔣渭水「治警事件」相關作品為例

❖廖振富

臺灣師大文學博士，1956 年 11 月出生於臺中霧峰之農村。曾任東海大學兼任副教授，現任臺中技術學院專任副教授，靜宜大學中文系、臺文系兼任副教授，開設碩士班「臺灣古典文學專題」、大學部「臺灣古典詩」、「臺灣古典散文」等課程。編有《中臺灣古典文學學術研討會論文集》（臺中縣文化局出版），著有《唐代詠史詩之發展與特質》（碩士論文）、《櫟社三家詩研究——林癡仙、林幼春、林獻堂》（博士論文）。近年學術著作擬結集為《遠遊與回歸——中國與臺灣古典文學論集》、《櫟社研究新探》出版。

廖振富先生（右二）與家人合影

一、前言

㈠寫作緣起

在人類歷史上，「監禁」與「流亡」是絕大多數政治異議分子必須經歷的身心錘鍊，愈是缺乏自由人權的國度，這種錘鍊就愈慘酷。單以近百年來的臺灣為例，從日治時期在殖民政權下奮鬥不懈的抗日精英，到戰後戒嚴時期數十年間屢仆屢起的自由鬥士，多少具備血性良知和過人勇氣的臺灣人，在不同時代以他們的青春歲月和血肉之軀，為這個「定律」作歷史見證。而我們當代臺灣人在盡情享受自由民主的甜美果實之餘，又豈能不對前人的無私奉獻心懷感激？為了彌補本土人文教育的空白，增加對先賢事蹟與作品的認識瞭解，正是一個必要的起步。

戰後臺灣戒嚴時期，政治異議分子被迫害的慘痛歷史，是一頁頁血淚交織的奮鬥史，從二二八事件到五〇年代白色恐怖時期的冤獄，乃至一九八〇年美麗島事件的軍事審判，應是多數人所熟知的。至於為期五十年的日治時期，先後也有不少臺灣精英因抗日運動而被捕入獄，其中尤以一九二三年十二月十六日爆發的「治警事件」最受矚目，在當時發生的影響作用也最大。尤其難得的是：「治警事件」的主要領導者中，包括蔣渭水、蔡惠如、林幼春、王敏川、陳逢源等人都有相關的文學作品傳世。這些作品不但是抗日運動史的一頁鮮明記錄，更深具文學價值，可說是臺灣文學史的寶貴資產。本文擬以林幼春、蔡惠如、蔣渭水的相關作品為例，探討日治時期「監獄文學」的作品內涵及創作特質，並給予適當的定位，希望有助於後人重新認識、欣賞先賢的事蹟及心血創作。

㈡本文「監獄文學」的界義及討論範圍之說明

所謂「監獄文學」，顧名思義，一般的含意應該是指寫作者因入獄服刑而產生的文學創作，而不論其身分與入獄原由。如當代作家歐銀釧等人，曾多次赴各地監獄指導一般受刑人寫作，後來並結集成書發表，一般即以「監獄文學」指稱之。

不過本文所指的「監獄文學」，則可說是屬於「政治文學」的一支，特指知識精英因政治案件而入獄服刑所寫的文學作品。如中國古代「監獄文學」最廣為人知的，可推文天祥的〈正氣歌〉為代表。當代世界文學名家，諸如索忍尼辛的《古拉格群島》，捷克總統哈維爾的《獄中書簡》等，都是膾炙人口的名著。至於臺灣當代政治、文化人物所創作的「監獄文學」，可歸類於「政治文學」支流的，更為數不少。[1]

依此定義，日治時期「監獄文學」的重要作家及作品，若以古典文學為限，至少還包括賴和、葉榮鐘等人。賴和一生曾兩度入獄，第一次即一九二三年十二月因「治警事件」而受羈押，第二次為晚年，一九四一年十二月八日起入獄五十餘日，第一次有相關詩作多首，第二次有〈獄中日記〉傳世，其中也

---

1 詳情可參陳萬益〈囚禁的歲月——論陳列的「無怨」與施明德的「囚室之春」〉，收入陳萬益：《于無聲處聽驚雷——臺灣文學論集》（臺南：臺南市立文化中心，1996 年 5 月）。

有十餘首古典詩。[2]至於葉榮鐘則於一九三一年八月廿三日，因在臺中參加蔣渭水追悼會而與日本警官衝突被短暫拘留，因而寫下〈監房中〉七絕三首。[3]

而筆者在蒐集論題之相關文本時，發現「治警事件」爆發後，自一九二四年三月起，至相關人物服刑出獄後的一九二五年六月～八月間，在《臺灣民報》和《臺灣詩薈》上，曾刊出不少並未牽連入罪的文化界友人、乃至一般讀者或唱和、或歌頌志士風範，以文學創作聲援的相關作品，也可併入「監獄文學」加以考察。

然而，限於撰寫時間及篇幅的考量，筆者暫時將討論範圍縮小，集中於林幼春、蔡惠如、蔣渭水三人的相關作品。理由如下：

就代表性而言，三人都是「治警事件」中的領導人物，而且當時在《臺灣民報》及《臺灣詩薈》持續發表相關作品最頻繁、數量也最多，其他如陳逢源、王敏川則為數較少。[4]就作

---

2 詳參林瑞明〈賴和「獄中日記」及其晚年情境〉，收入其專著《臺灣文學與時代精神——賴和研究論集》。賴和這些詩作，已收入《賴和漢詩初編》，頁233～235、237～242。

3 葉榮鐘〈監房中〉七絕三首，收入新版《少奇吟草》（臺北：晨星出版社出版，2000年12月），頁113。

4 王敏川目前只見〈獄中雜詠〉七絕十首，發表於《臺灣民報》2卷6號。陳逢源相關作品，發表於《臺灣民報》有〈寄內〉二首、〈舊恨（感焦吧年事件）〉、〈天生〉、〈寄南強〉、〈寄耕南〉、〈寄柳君〉（以上見3卷17號），〈寄諸吟友〉、〈寄西圃〉（以上見3卷18號）；發表於《臺灣詩薈》有〈獄中寄南社諸友〉、〈獄中寄劍峰〉、〈寄耕南〉、〈贈同獄林南強〉等。陳逢源諸作，經修訂後，已收入其《溪山煙雨樓詩存》（龍文出版社影印本），頁14～16。

品類型而言，林幼春詩名甚著，其相關作品全屬詩作，蔡惠如、蔣渭水本不以文學創作爲志業，但當時蔡惠如發表的古典詩、詞總數約有三十首，其中詞作尤其出色；至於蔣渭水則以仿古文諸作及白話散文爲主，三人擅長之文類各異，足以比較相關作品不同文體所顯示的特色。

二、三家生平、「治警事件」及其相關作品簡述

㈠三家生平簡述

1. 林幼春

林幼春（1880～1939），本名資修，字幼春，號南強，臺中霧峰人，出身臺灣豪族之一的霧峰林家。他舊學根柢深厚，早年曾跟隨廣東人梁子嘉學詩三年，接受紮實而嚴格的詩學訓練，一八九九年十九歲即以詠臺灣民主國相關人物的組詩〈諸將〉六首揚名詩壇。一九○二年與叔父林癡仙倡組「櫟社」，一九一一年梁啓超應櫟社之邀訪臺，對幼春之詩才大表激賞，譽之爲「海南才子」。其詩才之高，曾被認爲是「日治時期臺灣三大詩人」之一。

一九二一年起，幼春與堂叔獻堂併肩協力，因緣際會開始投入文化啓蒙運動的陣營。他先後擔任臺灣文化協會的協理、臺灣民報社社長，並積極參與臺灣議會設置請願運動，因而在「治警事件」中被捕入獄。這段經歷，使他的身分從一位頗富

盛名的傳統詩人，蛻變爲文化啓蒙運動的重要領導者。

由於參與文化啓蒙活動頗深，他對時代新思潮的吸納，遠比一般傳統文人激進。例如他曾贊成五四運動代表人之一吳虞的「非孝論」，而與漢學界的保守派打筆仗。另外，他曾爲《臺灣民報》撰寫兩篇社論：〈同床異夢的內臺人〉、〈這是誰的善變呢？〉。前者反映他受到近代民族自決潮流的影響，而大力鼓吹臺灣人應該向殖民政權爭取政治權利的平等。後者則以嬉笑怒罵之筆，對辜顯榮等人借組「有力者大會」以逢迎統治當局的行徑，大加嘲諷，筆調辛辣無比。

一九二七年臺灣文化協會分裂，幼春乃逐漸退出政治運動，晚年多蟄居家中養病。由於他的文學聲名及政治參與，使得新舊文學界人士慕名來訪者不少。尤其值得一提的是，他對新文學青年的熱切鼓勵、大力支持。包括《南音》的創刊，《臺灣文藝》、《臺灣新文學》的發行，都可以看到他的支持和影響。其中「南音」即由幼春所命名，暗指發揚臺灣文學以對抗日本同化的野心。

幼春雖是舊文學家，卻思想開通、胸襟寬宏。因而受到比他年輕一輩的楊逵、楊雲萍、巫永福、張深切、陳虛谷等臺灣新文學參與者的一致推崇。一九三九年十月，病逝於臺中霧峰家中。[5]

2. 蔡惠如

蔡惠如（1881～1929），名江柳，字鐵生，臺中清水人。

---

5 關於林幼春的生平，詳參廖振富〈林幼春研究〉，發表於《臺灣文學學報》創刊號（政大中文系出版，2000 年 6 月）。

蔡家爲清水望族，其父敏南曾任日治初期牛罵頭區區長，他本人則曾經營米穀、製糖、輕鐵會社等實業。日本當局有見於他實力雄厚，委派他擔任臺中區長。但他因不滿日本警察之蠻橫，而與官方時有衝突。一九一四年，「同化會」事件失敗後，他憤而結束在臺灣的事業，轉往中國發展。

惠如早在一九〇六年即加盟櫟社，後亦曾與家鄉詩友陳基六等人創辦「鰲西吟社」。由於他常往來於臺灣、日本、中國之間，參與詩會的次數並不多，詩作數量也極爲有限。換句話說，他的社會身分並未以「詩人」角色著稱。從他的性格與社會參與來看，毋寧說他是一位行動力極強的社會運動家，因爲葉榮鐘則以「臺灣民族運動的鋪路人」稱之。[6]

惠如性格浪漫豪爽、頗富俠義性格，他與臺灣民族運動的關聯，始自一九一九年在東京與臺灣留日學生林呈祿、蔡培火等人成立「聲應會」、「啓發會」。其後，因爲這兩個團體實際上並沒有嚴密的組織，惠如乃在次年召集數十名留日學生重組「新民會」。新民會根據立會宗旨，開始推展兩項活動。其一是臺灣議會設置請願運動，其二是「臺灣青年雜誌」的創刊。他最受人推崇而津津樂道的事例，是以一千五百金提供給林呈祿等人，作爲「臺灣青年」的創辦費用。因此才有《臺灣青年》、《臺灣》、《臺灣民報》、《臺灣新民報》一脈相承，在文化啓蒙陣營中發揮鉅大的影響作用。[7]

---

6 葉榮鐘撰有〈臺灣民族運動的鋪路人——蔡惠如〉一文，收入其專著《臺灣人物群像》（臺北：時報出版公司）。

7 據林呈祿對此事的回憶如下：「又在新民會創立總會的席上，由林仲澍（故人）、彭華英二君提議創刊雜誌，得多數贊成，但發刊費惠如在「治警事件」中，由於居於領導地位，最後也被判刑下獄。從一九二三年十二月十六日被羈押五十多天，到一九二五年二月入獄服刑期間，他曾有不少詩詞發表。一九二四年七月，他爲策劃文協在臺中所舉辦的「無力者大會」，赴林獻堂處共商大計，以對抗辜顯榮等媚日士紳的「有力者大會」，不慎自車上失足而跌斷大腿骨，臥病數月。而其事業經營狀況，本來就因爲他將大半心力投入民族運動而每況愈下，晚年財務甚爲窘困。一九二九年三、四月間他在福州因事業過勞發生腦溢血，治療不見起色，五月十二日轉回臺北中村醫院，五月二十日即不幸病逝，享年僅四十九歲。

3. 蔣渭水

蔣渭水（1891～1931），號雪谷，宜蘭市人。其父名鴻章，以相命爲業，在宜蘭一帶略有盛名。渭水九歲起，曾授業於當地宿儒張鏡光，奠定良好的漢文基礎。十六歲始入公學校就讀，三年後考進臺北醫學校，在學期間，他認識不少臺灣各地的優秀青年，成爲日後從事政治活動的同志。醫學校畢業，在宜蘭醫院任職十一個月後，即在臺北大稻埕開設大安醫院。

用頗難籌集。迨至三月六日他欲往北京，我們送他到東京車站的時間，他竟慨然取出千五百金交給我說：『你們可將此款充作創刊之費，雖是發刊一兩號亦定要實行云云。』這是表現他見義勇為的氣概，語云：『德不孤，必有鄰』，因受了他的感動，竟能使臺灣青年雜誌續刊三年而再生出臺灣民報。現在本報能得有今日，多是受他之賜的了。」發表於《臺灣民報》第262號（1929年5月26日），第3頁，蔡惠如逝世紀念專刊：「對蔡惠如氏平生的感言」。

他的本業雖是醫生，但他最熱衷的則是政治社會運動。一九二一年臺灣文化協會成立，雖然林獻堂被公推為總理，但實際上促成文協誕生最有力的推手則是蔣渭水。

文化協會的誕生，使林獻堂、林幼春等傳統士紳與蔣渭水所率領的知識青年，展開密切的合作結盟，並與日本留學生共同致力於臺灣議會設置請願運動。一九二三年十二月「治警事件」爆發，渭水亦在被捕之列，一九二五年二月二十日判刑確定後，他隨即於當天赴臺北監獄報到，於同年五月出獄。「治警事件」將當時政治文化運動，推向前所未有的高潮，也由於這次事件的歷練，使渭水更堅定鬥志，強化精神武裝，以及推展政治運動的決心，影響深遠。

一九二七年文化協會分裂後，新文協由左派掌握，渭水後來另創「臺灣民眾黨」，自一九二七～一九二九年間，民眾黨致力於宣傳、演講等活動。一九二八年日本官方頒布的「臺灣新鴉片令」，由總督特許本令施行前有鴉片癮者准予吸食，臺灣民眾黨憤而於一九三〇年元月直接致電日內瓦國際聯盟本部，控訴總督府「違背國際條約」，該聯盟於三月派員來臺調查。由林獻堂、蔣渭水等人會見聯盟代表，陳述臺灣吸食鴉片情況。一九三〇年八月，林獻堂、蔡培火、楊肇嘉等人，有見於蔣渭水領導的民眾黨，逐漸傾向於勞工農民為主的階級運動，乃另組「臺灣地方自治聯盟」。一九三一年一月，林獻堂、林幼春宣布辭去民眾黨顧問之職，蔣渭水領導的民眾黨與林獻堂等人終於分道揚鑣。一九三一年二月，日警利用民眾黨開會時加以取締，命令解散集會，並逮捕渭水等人，翌日才加以釋放。

一九三一年八月，渭水留下未竟之志，意外地以四十歲之壯年病逝臺北。他參與政治運動，雖只有短暫的十年，卻堪稱波瀾壯闊、風起雲湧，稱職地扮演著新時代啓蒙者的角色，留給後人無盡的追思。

㈡「治警事件」及三家相關作品簡述

1. 治警事件

所謂「治警事件」，是「治安警察法違反事件」的簡稱。事件之原委，則必須從「臺灣議會設置請願運動」談起。

一九二〇年一月十一日，林獻堂、蔡惠如與臺灣留日學生在東京成立「新民會」，可視爲一九二〇年代風起雲湧的政治運動之開端。新民會成立前後，留日學生原本致力於「六三法撤廢運動」[8]，而「同化主義」與「自治主義」是當時臺灣知識分子熱烈討論的兩種主張。一九二〇年年底，林獻堂赴東京，持兩派不同主張的新民會幹部集聚一堂，徹夜討論運動的路線問題。林呈祿力主自治路線，蔡培火則認爲臺灣完全自治不切實際，主張爭取設置民選議會，以監督制衡總督府的施政。經林獻堂審慎考慮，決定表面不提自治兩字，而以臺灣議

8 所謂「六三法」是日本政府於一八九六年六月三十日以法律第六三號公布所謂「關於施行臺灣之法律」，根據此項法律，臺灣總督府得以在其管轄範圍內制定具有法律效力的命令，等於擁有凌駕一切的立法權。因而使臺灣留日學生大感不滿，致力於廢除此一法律的活動即是「六三法撤廢運動」。詳參葉榮鐘：《臺灣民族運動史》（臺北：自立報系出版部，1987 年），第二章〈六三法撤廢運動〉。

會設置請願的方式進行運動。從此，「六三法撤廢運動」蛻變為「臺灣議會設置請願運動」。[9]

第一次請願運動，於一九二一年一月三十一日向日本貴族院、眾議院提出，隨即遭到兩院的否決。但相關消息傳回臺灣卻引起空前熱烈的反應。一九二一年四月二十日，林獻堂、蔡培火返台，受到各界盛大的歡迎。蔣渭水以歡迎請願人士為契機，認識了許多有志之士，乃促成同年十月十七日「臺灣文化協會」的誕生。一九二一年十二月底，第二次請願正式在臺灣首度展開，獲得三百五十人簽名支持。一九二二年二月，由林獻堂領銜赴日請願，雖然再度受挫，但臺灣的士氣卻依舊高漲，也因此使得總督府的猜忌加深。

為制止請願運動，一九二二年九月，臺灣總督田健治郎約見林獻堂等八人，向林施壓。消息傳出後輿論大嘩，獻堂頗受責難，東京留學生甚至有人寫成〈犬羊禍〉一文加以譏諷，此事被稱為「八駿事件」。獻堂經此打擊，第三次請願不再領銜簽署，而林幼春則在第三次請願活動起介入頗深。一九二三年元月卅日，臺灣島內同志向臺北警察署聲請成立「臺灣議會期成同盟會」，二月二日即被禁止結社，但請願運動依舊如火如荼進行。二月六日，由蔣渭水、蔡培火、陳逢源三人擔任請願代表，由基隆搭船赴日本。臨行前，各界在臺北江山樓設宴餞行，林幼春有詩〈送蔡培火、蔣渭水、陳逢源三君之京〉紀其事。

---

9 以上所述，主要參考周婉窈：《日據時代的臺灣議會設置請願運動》（臺北：自立晚報社文化出版部，1989 年），頁 29～35。

三名代表抵達日本後，與在東京的同志重新成立「台議會期成同盟會」，選出主幹林呈祿、專務理事蔡惠如、林呈祿、蔣渭水、林幼春、蔡培火等五人，另有理事十一人。此舉引起臺灣總督府的忌恨，乃於一九二三年十二月十六日清晨，在全臺各地同時針對參加請願運動成員全面加以檢肅，或搜查、或傳訊、或扣押，牽連者多達九十九人，此即「治警事件」。

治警事件被扣押者共四十一人，其中包括林幼春、蔡惠如、蔣渭水、賴和等廿九人於十二月廿二日都被移送臺北古亭村監獄羈押。一九二四年元月七日，日本官方將蔣渭水等十八人起訴，許嘉種等十人宣布不起訴。並於一～二月間將他們陸續釋放。其後，歷經三次開庭，雖初審於八月十八日將被告全部宣判無罪，但經檢察官上訴，二審於十月廿九日宣判，蔣渭水、蔡培火各判刑四個月，林幼春、蔡惠如、林呈祿、陳逢源、石煥長各判刑三個月，其他鄭松筠等六人各處罰金百元，韓石泉等五人各判無罪。一九二五年二月二十日，三審判決維持二審原判確定。蔣渭水於一九二五年二月二十日當天即赴臺北監獄報到，蔡惠如於二月二十一日由清水赴臺中監獄服刑，至於林幼春則因肺病在臺中醫院治療中，延至三月二日入臺中監獄。同年五月十日，日本官方以隱密的方式，提前將入獄的六人同時釋放（只有石煥長因他案仍在獄中）。

2. 三家相關作品簡述

林幼春、蔡惠如、蔣渭水三人於治警事件發生後，都曾寫下不少相關作品，分別列表並說明如下：

林幼春「治警事件」相關作品一覽表

編號	題目	原始出處	發表時間	備註
1	十二月十八夜（七律）	《臺灣詩薈》第3號	1924.4	又見於《南強詩集》頁41
2	監中口占（五絕二首）	獄中家書㈠1924.1.11	未發表	《南強詩集》未收，在押期間所寫
3	監中寄蔡伯毅（五古）	《臺灣詩薈》第3號	1924.4	又見於《南強詩集》頁43。（註1）
4	二月廿八夜病院漫題（七絕四首）	《南強詩集》頁41		1925.2.28寫於臺中醫院
5	吾將行（七古長篇）	《臺灣民報》第67號	1925.8.26	又見於《南強詩集》頁42
6	獄中聞畫眉聲（七律）	《臺灣民報》3卷17號	1925.6.11	又見於《南強詩集》頁42
7	再聞畫眉（七律）	《臺灣民報》3卷17號	1925.6.11	《南強詩集》頁42
8	獄中感春賦落花詩以自遣（七律）	《臺灣詩薈》第18號	1925.6.15	又見《臺灣民報》3卷18號（1925.6.21）
9	獄中寄內（七律）	《臺灣詩薈》第18號	1925.6.15	又見《臺灣民報》3卷18號（1925.6.21）
10	詠史（七絕）	《臺灣民報》3卷17號	1925.6.11	又見《南強詩集》頁43（註2）
11	四月十五夜鐵窗下作（五古）	《臺灣民報》3卷17號	1925.6.11	《南強詩集》頁43
12	獄中十律（五律十首）	《臺灣民報》第67號	1925.8.26	《南強詩集》頁44～45，文字有修訂。
13	題蔡鐵生蟄龍吟卷面（七絕二首）	《南強詩集》頁45		

註 1：本詩發表於 1924 年 4 月《臺灣詩薈》第 3 號時，題下註明：「一月廿四日」，《南強詩集》題作〈獄中寄蔡伯毅君〉，但誤以為 1925 年作品，應改正。

註 2：〈詠史〉、〈四月十五夜鐵窗下作〉兩首，《臺灣民報》原刊出時誤為蔡惠如作品，其後在第 60 號頁 8 刊出正誤啓事，可確定作者為幼春。郭嗣汾〈愛國詩人蔡惠如〉一文（收入省文獻會出版《臺灣先賢先烈專輯第三輯》）誤以為蔡惠如作品，應改正。

蔡惠如「治警事件」相關作品一覽表

㈠詩

編號	題目	出處	發表時間	備註
1	臺中監獄有感呈南強（五古）	臺灣民報 2 卷 24 號	1924.11.21	
2	贈清瀨先生用幼春韻（五絕）	臺灣民報 2 卷 24 號	1924.11.21	林幼春原作見臺灣民報 2 卷 23 號末頁
3	獄中感懷（七律四首）	臺灣民報 3 卷 14 號	1925.5.11	
4	獄中有感（七律八首）	臺灣民報第 61 號	1925.7.19	
5	獄中有感（七律十首）	臺灣詩薈第 20、21 號	1925.8.15 1925.9.15	本組 10 首，與 3、4 兩組有 5 首重複，但文字有異。

附註：據《臺灣詩薈》第 20 號，蔡惠如〈獄中有感〉題下

註：「原作三十六首，錄登十首。」目前此題可見即表列3、4、5三組，合計17首（扣除重複5首）。

㈡詞

編號	題目	出處	發表時間	備註
1	鵲踏枝（癸亥冬日入獄呈南強）二首	臺灣詩薈第2號	1924.3	又見《臺灣民報》2卷24號（1924.11.21）
2	滿庭芳（歲暮獄中寄妾）	臺灣詩薈第9號	1924.10	
3	蘇幕遮（獄中曉起）	臺灣詩薈第11號	1924.12	
4	東方齊著力（送獻堂總理東上）	臺灣民報3卷17號	1925.6.11	民報將作者誤作「南強」，後於59號訂正。
5	渡江雲（乙丑春日下獄，懷南北同志）	臺灣民報3卷17號	1925.6.11	民報將作者誤作「南強」，後於59號訂正。
6	春從天上來（聞鶯）	臺灣民報3卷17號	1925.6.11	題下註明「鐵生在獄作」
7	青玉案（輓澄若老伯）	臺灣民報3卷17號	1925.6.11	
8	瀟瀟雨（夜雨）	臺灣民報3卷17號	1925.6.11	
9	滿庭芳（花朝日獨坐獄中，意興蕭索，爲譜此詞寄內解悶）	臺灣民報3卷17號	1925.6.11	
10	祝伯端老弟四十壽（金縷曲）	臺灣民報3卷17號	1925.6.11	
11	意難忘（下獄之日，清水臺中人士見送，途將爲塞，賦此鳴謝）	臺灣民報3卷18號	1925.6.21	題下註明「鐵生獄中作」
12	金縷曲（幼春入院養病，故逢我十日下獄，	臺灣民報3卷18號	1925.6.21	題下註明「鐵生獄中作」

	聞被當道催促，不容寬緩，賦此解慰）			

蔣渭水「治警事件」相關作品一覽表（古典詩文部分）

編號	題目	出處	發表時間	撰寫時間	備註
1	快入來辭	臺灣民報 2 卷 3 號（頁 8）	1924.2.21	1924.1.11	仿陶潛〈歸去來辭〉
2	送王君入監獄序	臺灣民報 2 卷 5 號（頁 16）	1924.3.21	1924.1.31	仿韓愈〈送李愿歸盤谷序〉
3	獄歌行	臺灣民報 2 卷 10 號（頁 12）	1924.6.11	1924	仿曹操〈短歌行〉
4	入獄賦	臺灣民報 3 卷 4 號	1925.2.1	1924.1.26	仿蘇軾〈赤壁賦〉
5	春日集監獄序	臺灣民報 3 卷 4 號	1925.2.1	1924.1.29	仿李白〈春夜宴桃李園序〉
6	牢舍銘	臺灣民報 3 卷 4 號	1925.2.1	1924.1.30	仿劉禹錫〈陋室銘〉

蔣渭水「治警事件」相關作品一覽表（白話散文部分）

編號	題目	出處	發表時間	撰寫時間	備註
1	入獄日記	臺灣民報 2 卷 6 號～2 卷 13 號	1924.4.11 M 7.21	1923.12.18M 1924.2.18	共分七次刊出（2 卷 12 號未刊出） 在押期間寫於獄中
2	入獄感想	臺灣民報 2 卷 7 號～2 卷 8 號	1924.4.21 ～5.11		分兩次刊出 在押期間寫於獄中
3	獄中隨筆	臺灣民報第 59 號～62 號	1925.7.1 ～7.26	1925.5.10 以後	共分四次刊出 出獄後補寫

針對以上表格，說明如下：

林幼春共有相關詩作廿七首，包括五絕二首、五律十首、七絕七首、七律五首、五古二首、七古一首。其中絕大多數作品曾發表於《臺灣民報》與《臺灣詩薈》。另外，〈監中口占〉五絕二首，係筆者從林幼春嫡孫林中堅先生所提供的林幼春獄中家書抄錄而出，爲前所未見之珍貴文本。附帶一提：林幼春在治警事件入監時及出獄後的三封家書，承林中堅先生抬愛，提供筆者研究參考，筆者已於二〇〇一年十二月九日在「櫟社百年紀念學術研討會」中發表初步研究心得。[10]

蔡惠如的作品包括古典詩、詞兩大類：其中古典詩部分，筆者目前蒐集十七首，另據《臺灣詩薈》第 20 號所載，蔡惠如〈獄中有感〉共有三十六首，當時發表在《臺灣詩薈》有十首，發表在《臺灣民報》分別以〈獄中感懷〉、〈獄中有感〉爲題，共十二首（即詩表中編號 3～5），但有五首重複（文字略有不同），因此詩總數共十七首。編號 1～2 爲羈押時期所寫，編號 3～5 爲一九二五年二至五月服刑期間所寫。

詞的部分共有十二題十三首，其中編號 1～3 號共四首，爲一九二三年十二月至一九二四年二月羈押時期所寫。其他各首則是一九二五年二至五月在臺中監獄服刑所寫。

蔣渭水與「治警事件」有關的作品[11]，包括古典詩文及白

---

10 「櫟社百年紀念學術研討會」於 2001 年 12 月 8、9 日於臺中縣霧峰鄉臺灣省諮議會舉行。筆者在會中以〈新發現林幼春往來書札初探〉為題，發表論文大綱，日後將撰成完整論文發表。

11 關於蔣渭水相關作品的討論，可參考（1）黃煌雄：《蔣渭水傳——臺灣的先知先覺者》（臺北：前衛出版社，1992 年），頁 23～34。（2）張恒豪〈蔣渭水及其散文〉，《散文季刊》第 1 期（1984 年 1 月 20 日）。（3）林瑞明〈慷慨悲歌皆為鯤島——蔣渭水與臺灣文學〉，《民眾日報》副刊，1991 年 10 月 12 日。

話散文兩大類，說明如下：

古典詩文部分，如表列共有六篇，都是仿古人名作，寫作時間集中於一九二四年元月在押期間，發表於《臺灣民報》時間：前三篇是一九二四年，後三篇是一九二五年。其中〈獄歌行〉一篇，是附於一九二四年六月十一日刊出的〈獄中日記〉中，並未單獨發表。[12]

白話散文部分，〈入獄日記〉、〈入獄感想〉是在押期間寫於獄中，時間是一九二三年十二月至一九二四年二月。至於〈獄中隨筆〉則是一九二五年五月十日以後，服刑出獄後所補寫。原因是第二次入獄，獄吏將他的紙筆全部沒收，不准寫稿，渭水不得已才在出獄後根據獄中所感追記而成。[13]

三、三家相關作品內涵綜論

林幼春、蔡惠如、蔣渭水三人都是請願運動的主要領導人，「治警事件」發生後也都有兩次入獄經驗，並分別發表不少相關作品，這些作品普遍反映當時啓蒙運動成員入監服刑的共同心聲，本節擬分從五點針對其內涵加以綜合探討。這五點是：刻劃家國大愛與昂然不屈的的鬥志、描寫同志情誼與民心支持、批判日本強權與媚日者之醜態、記錄獄中生活、抒發小我親情。

在「治警事件」中被捕的成員，可說都是當時臺灣的知識

12 見《臺灣民報》2卷10號，頁12，〈入獄日記〉之1月19日欄。

13 見蔣渭水〈獄中隨筆（一）〉，《臺灣民報》第59號（1925年7月1日），頁10。

精英，他們在日本當局打壓之下仍堅定不渝地從事請願運動，共同的目標就是爲了爭取臺灣人應有的權利，不甘受殖民政權任意宰制。事件爆發之初，全臺彌漫一股風聲鶴唳的恐怖氣氛，相關人物紛紛被羈押，歷經近一年的三次審判後，共有七人被判刑。這次事件很顯然是政治事件，而不是一般法律案件。尤其經由公開的法庭辯論，以及《臺灣民報》將審判過程及內容全部披露，更發揮了鉅大的宣傳效果，達到喚醒民心、凝聚民氣的作用。從以下所論的前三點，即可看出這層意義。至於後兩點，則是具體細微地呈現他們在監期間的生活情形、心靈錘鍊與失去自由以及親情阻隔的代價。

㈠刻劃家國大愛與昂然不屈的鬥志

在強權下爲正義奔走，甚至以肉身衝撞不合理的體制，一定會遭到強權的反撲與壓制，這是從事政治反對運動者都有的認知與準備。因此，絕不向強權力低頭，雖身遭刑辱卻愈挫愈勇，也就更彰顯出爭取正義與公理而百折不回的可貴人性，其動力即源自對家國的大愛。以下即就三人作品加以舉例說明。

林幼春的〈吾將行〉七古長篇，是一九二五年二月底即將入獄前在臺中醫院所寫的作品，全詩充滿激昂慷慨的氣息：

> 灌夫獨死嬰獨生，此心豈免常怦怦。決然敝屣妻與子，便爾口角含雷霆。憶聞急電正月杪，百喙勸我鋒難攖。走投醫氏欲逃死，有類觳觫求庖丁。朝來南北又傳警，二臂已折誰能爭。鐵生訣我院門外，怒髮盡豎如荊卿。瀛洲雪飛大如掌，況我一老方東征。籐床白日擁爐火，顏胡厚矣吾

將行。吁嗟乎！顏胡厚矣吾將行。貪夫殉利士殉名。此時撫枕坐嘆息，死縱可緩愁翻增。起拔吾劍撞吾觥，搖搖欲墜東方星，臥聽四野荒雞聲。

「治警事件」三審確定，事在二月廿日，當時幼春正因肺病在臺中醫院住院治療，二月廿一日蔡惠如（鐵生）自清水搭火車來臺中，入獄前特別徒步到醫院探視幼春。「鐵生訣我院門外，怒髮盡豎如荊卿」即指此而言。另外「朝來南北又傳警，二臂已折誰能爭」當是指蔣渭水、蔡培火、陳逢源已分別入臺北監獄、臺南監獄報到。「況我一老方東征」則指林獻堂所率領的請願代表一行四人，仍依計畫赴日本進行第六次請願[14]，毫不退縮。由於幼春與林呈祿（時在日本）是同案被判刑志士中最後入獄者，他自認不能再以治病爲由延遲入獄，乃有「灌夫獨死嬰獨生，此心豈免常怦怦」、「顏胡厚矣吾將行」自表心跡之語。詩末「顏胡厚矣吾將行」以下各句，以密集的押韻形成急促的音節，充分傳達出悲壯激昂的情感。徐復觀先生爲《南強詩集》寫序時，特別推崇此詩：「深以苟全爲戒，以殉名自矢，發憤抉擇於生死存亡之際，卒抱孱軀就狴犴而不辭……而一人之性情即潛通於家國廢興之運會。」對其堅定的決心與家國大愛，深致敬意。

另外，他的「獄中十律」組詩，貫串其中的主要精神，也是這股源自家國大愛，勇於當爲、矢志不渝的決心。如〈入

14 關於第六次請願之經過，詳參葉榮鐘：《臺灣民族運動史》，頁 132～136，及周婉窈：《日據時代臺灣議會設置請願運動》，第三章第三節。

獄〉一首的：「丈夫腸以鐵，得死是求仁」，說明「求仁得仁又何怨」的志士情懷，〈強飯〉的：「丈夫輕小節，談笑對糠稃」，生動呈現：「吃苦如吃補」的能屈能伸昂然自若；〈面會〉一首結尾：「移山愚計在，傳語望兒孫」，更暗示「理想未實現，代代相傳，絕不中止」的堅定決心。

蔡惠如在押期間所寫的〈臺中監獄有感呈南強〉，起筆即開宗明義強調：「今朝計入獄，忽忽一星期。精神無所失，意志仍如斯。親友慰問信，多是興嘆咨，而我獨心得，心得有誰知？」充分展現堅定的意志與甘之如飴的情懷。其〈獄中有感〉系列詩作，更完整呈現昂然不悔的心聲，如「鐵窗修養男兒事，凜烈寒威不怨嗟」、「坦懷自是光明地，囚首猶吟錦繡章。身世浮沈都莫管，匹夫志可傲侯王」、「隨處風波心鎮靜，縱然虎口亦安居」、「明知困苦償吾願，欲試艱貞好自強。漫道英雄偏短氣，好將鐵石鑄心腸」，洋溢在字裡行間的是坦蕩磊落的神態與清晰的自覺意識。

蔡惠如相關詞作尤其出色，試引〈渡江雲〉一首：

> 日遲風料峭，重門曲院，深鎖醉中仙。蕭然人一箇，兩卷詞鈔，消遣有情天。春風淡蕩，鐵窗間是好因緣。長記得矮床短榻，靜坐學坐禪。　纏綿。回頭一望，北獄南牢，同志期無恙，憶前度聯床風雨，形影相憐。誰知今似分巢燕，耐苦寒，志一心專。應共料，歸時大唱民權。

本篇在詞牌下註明：「乙丑春日下獄，懷南北同志。」上半首描寫對獄中生活的怡然自處，並借詩詞遣懷，甚至認為「鐵窗間是好因緣」。下半首對同時入獄的南北同志，表達深摯的掛念與祝福。而在感歎「誰知今似分巢燕」之餘，他更殷切期勉大家：「耐苦寒，志一心專」要能撐得住坐牢的試鍊，堅定不渝。因爲美好的前景就在眼前：「應共料，歸時大唱民權。」出獄的時候，可以預期民意是站在我們這邊的，爭取民權不是不能實現的夢想。特別值得一提的是篇中：「憶前度聯床風雨，形影相憐」等句，不單是泛用「風雨聯床」的典故，以暗示同志的感情親密而已[15]，更是請願諸同志在艱困環境中「革命情誼」的真實寫照，蔣渭水在蔡惠如去世後的追憶專文中曾提及：

> 我又記得大正十二年同他（按：指惠如）上京請願臺灣議會的時，同宿在若松町臺灣民報社樓上，同培火、逢源兩同志，四人連枕而臥，更深夜闌的時候，互相談起臺灣的問題來。他就慷慨悲歌攻擊臺灣同志的做事不徹底，容易被人妥協，罵得極其痛快！至於至情則聲淚俱下，其形容至今猶存在我的腦底。[16]

蔣氏的追憶文字，與惠如詞作對照而讀，已完整呈現他們的革命情感正是建立在對臺灣前途的共同關懷，與堅定不悔尋求突破的努力。至於引文中述及蔡惠如攻擊臺灣同志做事不澈底，

15 聯床風雨，典故原本出自唐代詩人韋應物的詩：「寧知風雨夜，復此對床眠」，後來為蘇軾詩中所常用，描寫他與弟弟蘇轍的兄弟情深。

16 蔣渭水〈對蔡惠如氏平生的感言〉，出處同註 7。

容易妥協，對照時事：一九二二年九月發生的「八駿事件」，林獻堂在總督的壓迫下乃退出一九二三年二月的第三次請願運動。林獻堂爲此飽受攻擊，惠如所言或許亦對此而發。

蔣渭水的相關作品，在〈入獄日記〉、〈入獄感想〉、〈獄中隨筆〉等連載的散文中，全然流露出揚揚自若的志士風範，他認爲「監獄是修養機關」，入獄讓他體會到：「心安身自安，身安室自安」、「沒有入獄那會知道在家的樂趣呢？」、「出獄的樂也是更加倍樂」，結論是：「嘗大苦，然後享大樂」。[17]

而他的仿古諸作，更是完整呈現他以充沛的自信、全然的覺悟入監，如〈快入來辭〉的起筆云：

> 快入來兮，心園將蕪胡不入，己自以身為奴役，奚惆悵而獨悲。悟已往之不入，知來者猶如仙。實迷途其未遠，覺今是而昨非。（入即是，不入即非）

所謂「快入來」即指欣然入獄而不退怯。因爲他深刻體會到殖民政權下的臺灣人本是奴役之身（正如賴和詩作云：「我生不幸爲俘囚，豈關種族他人優」），因此，爲爭取人權而入獄，是必要的修鍊工夫，乃「今是而昨非」之壯舉，何必惆悵獨悲？套用賴和詩題，此可謂「覺悟下的犧牲」。[18]本文最末段，渭水以「急起乎！乾坤一擲復幾時，曷不決心大勇爲？直追乎遲

17 蔣渭水〈入獄感想（二）〉，《臺灣民報》2 卷 8 號，頁 10～11，引文出自其中「苦樂正比例本實相」一小節。

18 賴和〈覺悟下的犧牲——寄二林事件的戰友〉，收入《賴和先生全集》（臺北：明潭出版社，1979 年），頁 139。

遲欲何之？……策士同以歸正（世界大同，同歸正義），共扶人道復奚疑」收尾，完整呼應篇首所宣示的堅定意志與澈底覺悟，澎湃的熱情令人動容。

又如〈春日集監獄署序〉：

> 夫人類者，萬物之靈長，光陰者，白駒之過隙，而青春易老，作事幾何，古人擊棹中流，良有以也。況官府召我以拘留，獄吏假我以時間，會臺北之監獄，論臺灣之政事。感慨悲歌，皆為燕趙，吾人動作，獨慚印鮮，暢談未已，拘入囚房。展南華以誦讀，揮禿管而著述，不有佳作，何伸紀念，如文不成，罰依拘留日數。

文中首先強調「青春易老，作事幾何」點出將追求臺灣人權益的理想付諸實踐的急切需要，接著說「官府召我以拘留，獄吏假我以時間，會臺北之監獄，論臺灣之政事」，正如前引惠如詞作云：「鐵窗間是好因緣」，獄中正可修身養性，潛心閱讀思索，與同志討論臺灣的前途。不要讓印度、朝鮮爭取殖民地自治的努力專美於前，而倍感羞慚。（吾人動作，獨慚印鮮）文字背後充分展現出豪邁的氣魄與清晰的自覺意識。

㈡描寫同志情誼與民心支持

此類內涵，其實與前項意旨相通，只是將焦點轉移到同志之互勵與民心的支強，以見彼等帶領時代風潮之盛況，以及對喚醒民智的重大貢獻。

林幼春於一九二五年二月廿八日入獄前有一組〈二月廿八

夜病院漫題〉七絕四首：

> △一擊俄張鷙鳥威，鐵山蛇犬遽成圍。眼看六翮投羅盡，爭忍孤雲自在飛。
>
> △求醫偶作偷生計，入甕非無必死心。握手院門長訣語，幾回腸斷獨沉吟。
>
> △峨峨大舸發雞籠，夾岸歡呼氣吐虹。此別誰知隔生死，一聲珍重寄東風。
>
> △弔客紛紛日滿床，殘星猶自吐光芒。明知晁錯終難免，更向臨危發智囊。

第一首是說在同志分別入獄後，不忍自己還自在逍遙於監牢之外。第二首則專寫蔡惠如於二月廿一日入獄前來醫院探視幼春一事，並說明他已抱著必死的決心，準備昂然入獄。第三首回憶二月十一日請願代表由基隆（雞籠）搭船赴日請願，各界歡送的盛況，「夾岸歡呼氣吐虹」可見民心之熱烈支持。第四首從首句「弔客紛紛日滿床」，可看出幼春所受到的敬重，「殘星猶自吐光芒」以下三句，則是幼春入獄前仍在病榻上殷殷爲同志獻策。

另外，幼春「獄中十律」之七〈懷人〉一首，後四句說：「顧我中無主，諸君謬見知。思齊今日始，容有作賢時。」巧妙運用「見賢思齊」的典故，既表達出對同志的敬意和推崇，也謙虛地自居爲後學，將勉力向先進學習、共同致力於文化抗日運動。

幼春與惠如交情甚深，既是櫟社舊友，又是抗日運動的同志。惠如出獄後曾將獄中作品輯為「蟄龍吟」一卷，幼春並為他題詩兩首：

△愁雲漠漠雨沉沉，戰勝群魔賴此心。終挾風雷飛破壁，為君題作蟄龍吟。

△冰車鐵馬兩琮琤，中有蕭蕭易水聲。九死讀君金縷曲，破家終擬事荊卿。

此二首可謂筆挾風霜，有雷霆萬鈞之氣勢，第一首前兩句說明心志之堅定不屈，後兩句反映同志相知之深。第二首將惠如比喻為荆軻，稱許惠如相關詩詞之豪氣與悲壯，後兩句則指惠如贈幼春的〈金縷曲〉詞（見下文），對幼春精神所產生的巨大鼓舞力量，足以讓幼春欣然景從。

蔡惠如是一位熱情而充滿浪漫俠氣的領導人物，他對朋友同志的熱情，每令同志印象深刻，大受震動。[19]其「治警事件」相關詞作中，專為同志而寫的有〈東方齊著力：送獻堂總理東上〉、〈渡江雲：乙丑春日下獄懷南北同志〉、〈金縷曲：幼春入院養病，故遲我十日下獄，聞被當道催促，不容寬緩，賦

19 楊肇嘉回憶蔡惠如生平，有如下的描述：「回憶最近於今春三月初旬（按指一九二九年），君為事業的關係忽到東京，新民會諸同志即在東京薈芳樓以迎先輩之禮，為君開盛大的歡迎會。君雖在事業煩忙之中，尚很關心於臺灣的時局。逞其平生的長廣舌，對於殖民地的統治方針與臺灣的時局問題，與諸青年大起舌戰，獨占議論二三時間，至其興高采烈，雖到夜闌尚在滔滔不絕，使青年們盡感其熱誠。」出處同註 7。

此解慰〉等首。而〈意難忘〉一首，特別能反映當時民心對他們的支持：

> 芳草連空，又千絲萬縷。一路垂楊，牽愁離故里。壯氣入樊籠，清水驛，滿人叢，握別到臺中。老輩青年齊見送，感慰無窮。山高水遠情長，喜民心漸醒，痛苦何妨。松筠堅節操，鐵石鑄心腸。居虎口，自雍容，眠食亦如常，記得當年文信國，千古名揚。

這首作品描寫一九二五年二月廿一日惠如自清水火車站搭火車到臺中監獄報到的經過，惠如原作在詞牌下註明：「下獄之日，清水、臺中人士見送，途將爲塞，賦此鳴謝。」可見由於民眾對他們的強烈支持，使惠如深覺感動欣慰，才以激昂的語調寫下本篇作品。據《臺灣民報》的相關報導，有如下記載：

> 蔡惠如、林幼春二氏，應屬在臺中刑務所受監，然幼春氏因病得延期受刑，而蔡惠如氏獨挺然於廿一日下午搭列車至臺中驛，（在清水出發之際，沿途皆有佇立奉送，至驛送者約二百名，送至沙鹿者二十餘名，送至臺中者三十餘名）迨下車時臺中無數同志，迎住握手，各敘其別忱，復有盛鳴爆竹以迎其至。警官隨命其解散，然群眾不勝為之惜別，而不肯分散，亦不忍分離，堅隨其身邊，自停車場前，直透新盛街以至錦町，人眾絡繹於道，有連呼聲者，警部遂將魏朝昌氏檢束，其後放出。蔡氏先至臺中病院訪林幼春氏，乃向臺中地方法院檢察局。在法院前，民眾多

> 數似築人垣，遂見警官無數奔到，更由警部命解散，蔡氏即赴檢察局，其後方入刑務所。時見蔡氏絕無狼狽相，氣色十分沈著，對人云：「予自已覺悟，故無所恐怖。」[20]

從這段詳細的報導，不難想見：七十多年前治警事件諸志士所代表的追求臺灣人權益的行動，是受到當時民眾多麼熱烈的擁護。而惠如作品中的「清水驛，滿人叢，握別到臺中。老輩青年齊見送，感慰無窮」等句，也正如葉榮鐘所說的：「蓋寫實也」[21]，並無誇大成分。在《臺灣民報》所載的同一則報導中提及：蔣渭水是二十日下午即出門，北部各地民眾沒料到蔣氏如此快速入監，因而不及相送，只好臨時群集到刑務所附近等候，警官見狀，命群眾解散，等蔣氏坐車快速至刑務所，諸友已不及見他一面。可見蔣渭水所受到的民心支持並無二致，但由於入監過於倉促，使送行者緣慳一面。至於蔡惠如則因爲是次日從清水到臺中報到，民眾爭相走告，才有機會自發性地聚集送行，共同塑造了臺灣人權運動史上，戲劇張力十足、高潮迭起的這一幕「歷史場景」，而惠如的〈意難忘〉詞則以當事人身分，爲這幕歷史場景留下情韻深長的文學記錄，值得再三咀嚼。十天後，幼春入獄，惠如在獄中寫下〈金縷曲：幼春入院養病，故遲我十日下獄，聞被當道催促，不容寬緩，賦此解慰〉以贈：

---

20 見《臺灣民報》3 卷 8 號（1925 年 3 月 11 日），頁 5～6，〈諸氏之入監〉。

21 見葉榮鐘：《臺灣民族運動史》，頁 276。

> 聞道君來矣，甚東風，咆哮似虎，驟吹車至。為想文園多病容，怎耐嚴寒天氣，又要著，赭衣如紙。熱血滿腔堪抵抗，斷煙霞，振作精神起。同縲絏，可能記。雖云此是傷心地，看吾儕，臥薪嘗膽，嘯吟風雨。飽飯胡麻袪百病，勝飲清心蓮子。更細嚼菜根風味。比似餐芝能益壽，且安閒，料理千秋計。誰會得，英雄志。

本篇前數句從天氣猶寒、幼春病體虛弱、囚衣單薄寫起，反映惠如對幼春的關懷與不忍，接著語氣轉而激昂，勉勵幼春以堅強的意志，對抗這嚴酷的考驗，並希望幼春振作精神，戒除鴉片癮。後半部延續互勉之意，具體描述獄中生活雖苦，卻足以鍛鍊意志，以苦爲樂，從而思考臺灣前途的千秋大計，彼此惺惺相惜之情，溢於言表。

蔣渭水的相關作品，〈送王君入監獄序〉一文，將王敏川慨然入獄的決心，描寫得正氣凜然，而全文末段更以贊美口氣，歌頌其泰然自若、慷慨入獄的神貌：

> 獄之中，惟子之宮。獄之床，可坐禪。獄之窗，可讀可詠。獄之嚴，誰敢去攖。窈而深，門戶重疊。密而固，蟻亦難逃。嗟獄之樂兮，樂且無憂。同胞贈遺兮，親朋告慰。獄吏守護兮，監禁不鬆。飲且食，壽而康。無不足兮，奚所望。離吾妻兮別吾母，從子於獄兮，終吾生以學禪。

既摹寫其從容赴義之豪情，亦衷心表達志同道合、爲臺灣前途共同奮鬥的深刻情誼，與惠如贈幼春〈金縷曲〉之主旨頗有相通之處。

渭水〈獄中隨筆〉描寫一九二五年廿日當天入獄的情形，在提及北部各地同志及民眾倉促送行時，有一段十分溫馨的描述：

> 那時微雨霏霏，四五十名送我入獄的同志，都乘人力車排列徐行。途中三五名女青年，看我是要入獄去，便跟到車側，叫我要保重身體，並表示十分惜別的感情，遂和男同志送我到法院，我則下車脫帽與諸同志告別，入去會見上內檢察官。[22]

由此可知，當時也有政治思想先進的女青年，不畏懼強權，有志一同加入送行隊伍，並以言語和行動表達對蔣氏的衷心祝福與擁護，這是一段極具文學情韻的描述。同是〈獄中隨筆〉的另一則記事，提到坐囚車初到獄中的情形是：

> 下車的時候，因為我的書包太多，托同車的囚人們幫忙，內中一個囚人說：「蔣先生是替臺灣人做事的人，正正經經，我們該替他幫忙。」眾囚人便七腳八手，將我的行李，都替我搬得乾淨，這是這回入獄第一次的收穫了。南強和鐵生（按：即林幼春、蔡惠如），在臺中監獄裡，得

---

22 蔣渭水〈獄中隨筆（一）〉，《臺灣民報》第 59 號（1925 年 7 月 1 日），頁 11。

著「犯人大人」的稱號，峰山和芳園（蔡培火、陳逢源），在臺南監獄裡，受了囚人同胞的特別照顧，這些都可說是精神復興的現象啦。[23]

連一般囚犯都對他們這些「替臺灣人做事」的政治犯，由衷地表達敬意，其背後所顯示的意義，正是惠如〈意難忘〉詞中說的：「民心漸醒」，也就是渭水所稱的臺灣人「精神復興的現象」。

另外，渭水〈入獄日記〉也常描述獄中及獄外同志的彼此關懷，很能反映溫馨的同志情誼。如十二月二十七日一則，提及收到林獻堂的慰問品有衛生衣、塵紙、汗巾、襪子等，他的感想是：「見其物如見人，觸物的時生出一種懷慕的感想。」[24]十二月廿九日一則，詳細記錄在獄中所見的同志共廿七人之姓名。一月七日、一月九日描述同志多人被釋放出獄的情形。一月八日寫接到林呈祿從東京寄來的慰問品，上面寫「千祈保重」四字，蔣氏云：「看伊的字，像看伊的面一般的感想，又藉知東京的同志，沒有受災殃，又可知呈祿兄歸京活動的消息，可算是一報兩喜了。」[25]

林幼春在臺北監獄羈押時住二十四房，蔣渭水住二十六房，兩人僅相隔一房。由於幼春身體瘦弱，深受肺病所苦，渭水很替他擔心，在一月四日的〈獄中日記〉中說：「幼春兄食慾不振，多痰善嗽，所以時常拜聽他的謦咳，不是這樣，就沒

23 同前註，第五則「精神復興的現象」。

24 蔣氏〈入獄日記（二）〉，《臺灣民報》2卷7號，頁12。

25 同前註，2卷9號，頁11。

有聽到他的聲息了。他的嗽，是我的好伴侶。」一月九日又說：「我與幼春兄隔一房，伊是二十四房，我是二十六房。黑夜聽見伊的低吟詩賦的聲音，很是爽快。」[26]二月七日更寫道：

> 夜半風雨並至，其勢洶洶，很是猛烈……幼春兄我料想和伯廷兄同時放出，甚然歡喜。同志中，惟幼春兄身最弱，又食物不適，我第一憂慮，恐怕他得病，今已出去才放心，不期今早還聽見他的咳嗽聲，才知料錯了。晚飯後，幼春兄確實放出了，我實在大大的歡喜。他自己從容不迫，大有覺悟，傍觀的卻很掛念。其他同志年少體健，耐苦力大，卻沒有損害健康的事。[27]

林幼春不但體弱，而且是入獄志士中年紀最長的。這段描寫不但具體述及幼春獄中的生活情形，更生動呈現渭水對幼春的感佩和擔心，反映出患難相扶持的同志情誼，格外令人感動。

㈢批判日本強權及媚日者之醜態

幼春、惠如、渭水三人在「治警事件」法院開庭期間，都曾慷慨陳詞，批評日本殖民政府的統治。[28]而在三人的相關作

26 同註25，頁11～12。

27 《臺灣民報》2卷13號，頁12。

28 詳參《臺灣民報》2卷16號（1924年9月1日），及2卷23號（1924年11月11日），分別為「臺灣議會期成同盟會治安警察法違反嫌疑事件」第一審、第二審公判特別號。

品中，當以渭水仿古文的〈送王君入監獄序〉、〈入獄賦〉批判最爲強烈直接。至於幼春、惠如的詩詞，則僅有少數作品隱含批評，由於這些在入獄前或獄中所寫的作品，多半都曾刊登於《臺灣民報》，或許是爲了避免被日方干涉，未能暢所欲言使然。[29]

幼春獄中有〈詠史〉一首：

> 事至方知獄吏尊，眼中將相漫紛紛。亞夫倔強真堪殺，何待深求地下文。

以周亞夫之倔強，比喻自己堅持無罪是自討苦吃，而批評代表日本法律的檢察官、法官故意羅織入罪。所謂「事至方知獄吏尊」，當是指日本法官的假法律之名行使強權，將追求人權的志士拘囚入獄。幼春在開庭期間的陳述，曾強力反駁檢察官，而直言臺灣人的反抗「不可以證明民族性的反抗，反是證明政府的失政了」。而且檢察官的話和當局有矛盾，「一方面說憲

---

29 林幼春的獄中家書及出獄後家書，相互對照，最能看出其間的差別。1925 年 4 月 10 日從臺中監獄寄給人在福州的長子林培英的家書，為了受檢順利通過，特別述及:「今雖在囚，頗受優遇」、「今番的入獄，照本島過去的政情推測，也不能說全出意外，或者還算寬大呢！」而出獄兩天後，從霧峰家中寄到福州的家書，則對日方提早讓他們出獄，直言是：「在這猜疑嫉視的感情政治之下，總算還肯敷衍面子，顧慮感情罷了。」參見拙文〈新發現林幼春往來書札初探〉，發表於 2001 年 12 月 9 日「櫟社百年紀念學術研討會」。林幼春的獄中家書及出獄後家書之影印本可參《臺灣文學評論》2 卷 2 期（2002 年 4 月）之「文獻史料」專欄，頁 278～284。

法，一方面說同化而有差別，所說都是使內臺人隔離的口吻，在臺灣凡事都是差別」，[30]赤裸裸指斥殖民政府踐踏被殖民者的人權。詩中所謂「何待深求地下文」[31]，意思是：欲加之罪，何患無辭？何必煞有介事地開庭審理，依「法」判刑呢！

蔡惠如〈東方齊著力〉詞，曾批評日本治臺之專權是：「秕政尚囂張，渾不似文明憲法條章」，暗指追求臺灣自治的理想：「幾時改造，夙志總能償」，期待理想實現的一天到來。

蔣渭水〈送王君入監獄序〉、〈入獄賦〉二文，是相關作品中以譏刺、批判爲主的代表作。〈送王君入監獄序〉以痛快淋漓的筆墨，一針見血地刻劃出賣人格、逢迎日本當局以賺取榮華富貴者的醜態：

> 人稱凡俗夫者，我知之矣：利權求於官，名聲臭於時，走於衙門，諂媚百官，而佐桀為虐。其在外則樹狗黨，飼爪牙，使其亂吠，愚者盲從。傭用之人，各助其非，巴結而附和。喜有賞，怒有詈……塗粉點臙脂，列屋為藝妓，嫖來又嫖去，肉林而酒池，凡俗夫之得寵於官府，活動於當世者之所為也。吾非愛此而難求，是不義焉，不屑貪而致也。

雖然孔子早以「不義而富且貴，於我如浮雲」自陳心志並垂勉後代，但面對榮華富貴的誘惑，毫不遲疑地拋棄人格尊嚴與民

30 詳參《臺灣民報》2卷16號（1924年9月1日），頁13～14。

31 典故出自《漢書》卷40，漢景帝對周亞夫不滿，言其欲反於地下。

族立場的人，總在不同時空，見證了人性卑劣醜惡的一面。渭水此段描述，應是當時「臺奸」的最佳寫照。撫今追昔，令人思之憮然！

〈入獄賦〉則對當時前後兩任臺灣總督田健治郎、內田嘉吉[32]加以嘲諷。批評田健治郎：「西望內閣，東望大臣，相繼失敗，鬱乎惶惶，此非讓山（即田健治郎）之困於宦途者乎？方其任總督，渡臺灣，順風而南也，迎者千人，何等威風，以酒宴客，集雅賦詩，固一時之雄也，而今安在哉？」批評內田嘉吉：「藉一朝之權勢，舉暴威相戕，行惡虐於此地，負蒼生之希望……挾飛艇以相擊，執干戈而相攻，知不可乎以行得，託悲憤於悲風。」當時人在獄中的渭水，竟敢以如此強硬的語氣直斥現任總督，其氣魄之大，以現今標準觀之，猶令人驚詫佩服不已！

㈣描寫獄中生活：身心的錘鍊

獄中生活，失去自由的真實情境，意謂著必須面臨身體和心靈的雙重折磨考驗。終日獨居囚房，一天之中難得有在囚室外活動的時間，穿的是單薄的囚衣，吃的粗惡的糙米飯。判刑確定入獄後，每月只能對外通信一次[33]，且不許寫作。[34]對家

---

32 田健治郎為第八任臺灣總督，任期自 1919 年 10 月 29 日至 1923 年 9 月 6 日，內田嘉吉為第九任，任期自 1923 年 9 月 6 日至 1924 年 9 月 1 日。參黃昭堂：《臺灣總督府》（黃英哲中譯本，自由時代出版社），頁 114。本文寫於 1924 年 1 月 26 日，為內田嘉吉任內。

33 林幼春 1925 年 4 月 10 日於臺中監獄寫給長子林培英的家書中，在信末附抄他所作〈獄中寄內〉詩，題下註明：「此中每月只許通信

人、親友的思念，對外界自由空氣的渴望，只能默默收藏於心靈深處，獄中的落花、鳥鳴、陽光[35]，都能輕易觸動心弦，從淒冷孤寂，到瀟瀟夜雨，寒去暑來，一變爲酷熱難當。[36]吃與睡、閱讀、沈思與漫長的等待，成了生活的唯一內容。

在押期間，由於尚未起訴判決，他們在獄中似乎較受優遇，渭水形容囚房「五尺、長八尺，有窗子，空氣、日光都十分充足且很肅靜」[37]，衛生設備亦佳。[38]林幼春則述及三餐有麵包、肉汁[39]等。但有一極不人道的措施，即未判決的囚犯每

一次，幸存之。」出處同註 29。

34 蔣渭水〈獄中隨筆（一）〉第一則「這回出獄沒有手信了」，提及入獄時準備在獄中寫作，不料獄吏卻說：「這次不比未決時代（指未判決前的羈押期間）的自由，須要默默謹慎，不得寫稿作文。」隨即將紙筆都沒收了。見《臺灣民報》59 號（1925 年 7 月 1 日）。林幼春出獄後寫於霧峰的家書，也提到：「在獄中三月中所作（詩）特多，無紙筆可錄，比及出獄，強半遺忘矣。」查證三人判刑確定後發表於《臺灣民報》的作品，刊登時間都集中在一九二五年六月以後（5 月 10 日出獄），可見三人第二次入獄都不准寫作，應當是第一次在押期間三人都勤於寫稿，並發表於報上有利宣傳，引來日本人忌恨所致。

35 林幼春有〈獄中聞畫眉聲〉、〈再聞畫眉〉、〈獄中感春賦落花詩以自遣〉等詩，蔡惠如有〈春從天上來：聞鶯〉詞，蔣渭水〈獄中日記〉則常描寫陽光照射帶給他的喜悅。

36 林幼春「獄中十律」組詩，有〈忍寒〉、〈聽雨〉、〈苦熱〉等，蔡惠如詞有〈瀟瀟雨——夜雨〉一闋。

37 詳見〈獄中日記（一）〉，《臺灣民報》2 卷 6 號，頁 15。

38 詳見〈入獄感想〉，《臺灣民報》2 卷 7 號，頁 11，「監獄衛生的進步」。

39 林幼春獄中家書（一）：「我夜間約在八時睡眠，晝間約在六時起

天清晨都必須接受裸體檢查。蔣渭水批評此舉「在冬寒的時候，大有妨害衛生，又且是一種人權的蹂躪」。[40]蔡惠如於臺中監獄受押，尚未移送臺北監獄前，有詩〈臺中監獄有感呈南強〉，關於此事的描寫是：

> 朝朝一裸體，潔我白肌膚。任彼霜風烈，不見損毫厘。我心既安適，境遇何足悲。法理自公道，天理更難欺……。

以精神意志力輕易克服身心所遭受的屈辱，果然是豪傑氣象！詩中的「任彼霜風烈」一語雙關，既是冬日寒風的實寫，也是日本官方威逼的隱喻，手法高妙。

判決確定後的三餐，似乎比在押期間粗惡得多，林幼春〈強飯〉一詩起筆就說：「能食非人食，生機未盡無」，末句則是「談笑對糠稃」。以「非人食」形容牢飯，看似誇大，但如果對照蔡惠如、蔣渭水的描述，似乎又不然。惠如〈獄中有感〉有句云：「藜羹秕飯聊充腹，草笠紅衣不辱身」、「菜根長咬亦知香」，〈金縷曲〉詞則云：「飽飯胡麻袪百病，勝飲清心蓮子。更細嚼菜根風味，比似餐芝能益壽」，所謂「飽飯胡麻」，與幼春「談笑對糠稃」，指的應該是品質粗惡的糙米飯，其中常夾雜著小石頭，或是「枯腐變黑的飯粒」。蔣渭水〈獄中隨筆〉有兩則相關記載：

身，三餐麵包約一塊，肉汁各一瓶。」出處同註 29。

40 〈入獄感想〉，《臺灣民報》2 卷 7 號，頁 11，「未決囚處置的缺憾」。

△獄中的飯分六級……我是不做工的囚人，所以只配吃六等飯……雖是下等的糙米，總是若比南部農人同胞專喫蕃薯簽還是好些。老實說飯量是不足，所以我連秕粟都吞落去。又因為沒有肉類，石灰質一定是不足，故此連飯中的小石，也哺破吞下，到此時石頭也是營養品了。

△飯中多有枯腐變黑的飯粒，在平常時是捨棄不值得東西，在獄裡是比粟粒更好的食物。因此有時偶然一見是臭米飯粒，乃至嚙破的時，卻是鳥鼠屎，臭氣迫人，甚是厭惡。只因若要吐出，又恐連好的飯粒並去，所以不得不硬著喉強吞落去。[41]

生活在二十一世的臺灣人，食不厭精，飽餐美食之餘，常任意捨棄米飯菜餚。對照上一世紀前半葉的臺灣志士，爲了替臺灣人謀幸福，竟得在牢中吃下等糙米飯配小石頭，甚至誤食老鼠屎，豈不令習於錦衣玉食的我輩汗顏、省思？

政治犯有別於一般囚犯的特徵，通常是擁有較高的知識水平，深刻的思考能力，忠於自我理念的堅持，甚至常扮演時代先驅者的角色。因此，牢獄生涯除了物質性的飲食、活動、睡眠之外，最能彰顯存在的意義與價值的，往往取決於精神層次的知性生活。其中沈思、閱讀、寫作便是常見的內容。有了這些知性生活的支撐寄託，囚犯的心靈才不致於僵化、死寂，或陷入絕望。

---

41 以上兩則引文，同出自蔣氏〈獄中隨筆（二）〉，《臺灣民報》60 號（1925 年 7 月 12 日），頁 9。

獄中生活的孤絕狀態與漫長時光，最易使人進入沉思冥想的情境。正如蔣渭水〈入獄感想（二）〉所說：

> 監獄息交絕遊，與世相違，請問似仙，靜寂如佛，近在咫尺，遠似千里……內宮奧室，宛如幽谷深山，是修行冥想學禪的靈地……在這靜默默的床上端坐入禪，追思過去所體驗的事蹟，做實驗的材料，創造得來活動的新理想……。[42]

這種沉思冥想，正是鍛鍊心志的好機會，蔡惠如體會到的是：「天地看來俱逆旅，身心安處即吾廬」、「悲歡離合原無定，順逆窮通任自然」、「矮床短褐，靜坐學安禪」、「想浮生若夢，怎堪歲月空還」，歸結言之，能安然處於牢獄生涯，回歸內心世界，更肯定短暫人生為正義公理付出的存在價值。試看〈獄中有感〉組詩中的一首：

> 異卉奇花裊細絲，恍然縲絏亦如斯。閉門習靜跏趺坐，把卷潛心致密思。七子同盟先自覺，百年大計有誰知？苦中樂處光陰易，蕩蕩春風過一時。

人在獄中，竟然描述所看到的花草是「異卉奇花」，首聯二句反映「萬物靜觀皆自得」的怡然，頷聯接著寫靜坐安禪、潛心閱讀思考之樂，頸聯強調：被判服刑的七人是時代的先驅先覺

---

42 同註 17。

者，爲臺灣前途百年大計而入獄，是自覺的選擇，不必求爲人知。尾聯再以瀟灑的語氣，點出以苦爲樂的深衷，「蕩蕩春風」反映絕無抑鬱之色，不以一時困厄爲意之從容神態。

林幼春則秉其詩人的靈心善感，從鳥鳴、落花中，思考自身命運與家國之憂：「心馳刹末空增悵，身處籠中敢浪鳴」(〈閩中聞畫眉〉)、「歷劫尙當甘墜落，幾生修得到芳菲」(〈獄中感春賦落花詩以自遣〉)。而他在臺中監獄服刑期間，寄到福州給長子林培英的家書中，如此描述獄中生活：

> 此中囚服穴居，去鬚髮、食粗糲，這是應有而有，無可如何的。然我自五日移入病監，住一獨房，此房新築，清潔爽朗，有大玻璃窗二，可以讀書，房亦略寬，可以散步。凡諸賤役，均蒙寬免。長日高眠，埋頭習靜，這也算赭衣隊裡所僅見的啊！……我安心修煉，佩藥枕書，留眼相見，夏休不遠。二年的積悶，到那時一掃罷！[43]

當時從監獄寄出的信，必須通過獄方的檢查，始可寄出[44]，因此信中對獄方不得不稍作美言，但仍可讀出低沈無奈的語氣。幼春在獄中「可以讀書」、「可以散步」、「長日高眠，埋頭習

---

43 同註 29。

44 這封獄中家書，是以獄方給受刑人專用的信紙寫的，最右側上方印有「許可」、「不許可」兩欄空白選擇欄，幼春此信在「許可」欄，由獄方蓋上有「檢閱」字樣的戳記，證明獄中寄信必須檢查通過才准寄出。原信影印本已刊登於《臺灣文學評論》第 2 卷第 2 期（2002 年 4 月）。

靜」、「安心修煉，佩藥枕書」，由於他長期爲肺病所苦，身體虛弱，因此心情也特別低落，自然與惠如、渭水的豪邁瀟灑有所不同。就文字的藝術性而言，幼春家書在白話中，融入典雅精鍊的文言短句，極有情味。此信後附有〈獄中寄內〉詩原稿，詩後註明：「得詩不少，惜紙筆有限，不得錄出耳。」可見閱讀與寫作，正是獄中生活的主要寄託。

惠如詩詞中曾一再描述：「詩詞有味日相親」、「朝朝獨坐書爲友」、「遣悶細吟金縷曲，破愁低誦浪淘沙」、「明窗粉壁小方床，日日埋頭誦讀忙」、「鎮日孤吟三百篇」、「造句未工腸盡索」、「難得清閒消永月，鶯聲時和讀書聲」（以上均見〈獄中有感〉組詩）、「鐵窗讀史，蟄戶吟詩」（〈滿庭芳〉）、「兩卷詞鈔，消遣有情天」（〈渡江雲〉），一再描述閱讀與寫作是獄中生活的重心。事實上，惠如長年奔走於臺灣、日本、中國等地，獄中生涯正是他一生中創作詩詞最多的時期，這可說是其個人和臺灣文學史上的意外收穫。

同樣情形，也出現在蔣渭水身上，黃煌雄《蔣渭水傳》早已指出：治警事件發生時，蔣氏被拘留六十四天，判刑確定後，服刑八十天，兩次入獄除分別寫成〈入獄日記〉、〈入獄感想〉、〈獄中隨筆〉及仿古文諸作外，其餘時間，都用來讀書，由於發憤用功，使他「幾忘卻身在這跼天蹐地的獄裡，恍惚是居天下之廣居，行天下之大道的路上，作躍之進取的工夫裡」、「我這牢中是談笑有英雄，往來無白丁的家宅」，黃煌雄並統計蔣氏第一次入獄讀的書涵蓋社會科學、醫學、宗教、小說、體育等書籍共數十冊之多。因此，「這兩度入獄不僅使蔣氏的思想得到武裝，也成爲他一生中寫作最多的時期」。[45]蔣渭水不是文學家，但因爲有這些獄中作品，他也可以在臺灣文學史上佔一席之地。[46]試看他在〈快入來辭〉一文中，描寫獄中閱讀、寫作如何帶給他鉅大的精進力量：

> 乃整原稿，再閱再書……禪坐在室，有書盈房（房小書多）。開卷讀以自修，低吟詩以怡懷。……獄吏告余以春及，將有事於筆疇。或命購紙，或握管書（執筆寫字）。既冥思與默想，又奇智而天開。心欣欣以跳躍，文彬彬如水流。覺萬事須精進，感吾生之行休。（學問基礎薄弱，小器不成大事，而將老矣）

這段引文的前數句描述閱讀吟詩之樂，接著便述及心靈頓悟，以及文思泉湧的滿足，最後歸結到及早自我充實，力求精進的迫切感。我們從中看到的是一顆躍動的靈魂在向上提昇的路上，展現出奮鬥不懈的人性光輝！

㈤抒發小我親情：思念與慰藉

抗日志士爲家國大愛而身繫囹圄，最爲擔驚受怕的自然是摯愛的家人，而身在牢中，親情阻隔，也恆是入獄最大的牽掛。就性別論，由於時代限制，日治時期政治文化場域都是男

---

45 參黃煌雄：《蔣渭水傳》（臺北：前衛出版社，1992 年），頁 28～29、頁 33。

46 參林瑞明〈感慨悲歌皆為鯤島——蔣渭水與臺灣文學〉，《民眾日報》副刊，1991 年 10 月 12 日。

人的天下，他們入獄後思念的對象便是妻子兒女。

林幼春相關作品中專門描寫親情者有〈獄中寄內〉、〈面會〉、〈通信〉等，都十分深刻而動人。〈四月十五夜鐵窗下作〉五古長篇的前半部，則述及對妻子、兄弟的思念。而〈獄中聞畫眉聲〉有句云：「記得嬌兒歌俚曲，也如好鳥弄春晴」，從鳥鳴竟然也讓他想起家中愛子歌唱聲的悅耳動聽，思子情深，不言可喻。以下試引述部分作品，先看〈獄中寄內〉一首：

板床敗薦尚能詩，豈復牛衣對泣時。到底自稱強項漢，不妨斷送老頭皮。夢因眠少常嫌短，寒入春深卻易支。昨夜將身化明月，隔天分照玉梅枝。

首聯以漢代王章「牛衣對泣」的典故，暗示夫妻在困境中相互扶持，不向噩運低頭，也隱然對妻子的堅強表達敬意。頷聯用典出自宋人楊朴之妻送夫詩：「今日捉將官裡去，這回斷送老頭皮」[47]，在昂然不屈中表現自嘲的幽默感，用典十分貼切。頸聯言獄中因思家而難以入眠，春寒料峭，幸有思念情深足以對抗冷寂。尾聯以出奇的想像，寫將與妻子神魂相隨：我的愛將化做溫柔的月光，飛出高牆，飛回到妳身邊，溫柔地籠罩著妳。全詩在剛直健勁中見和煦柔婉之深情，藝術效果極佳。

〈四月十五夜鐵窗下作〉則以淺白流暢的語句，訴盡對家人的思念：

47 本詩所用的「牛衣對泣」、「斷送老頭皮」的典故出處及含義，詳參陳昭瑛：《臺灣詩選註》（臺北：正中書局），頁 207～208。

> 月夜不見月，萬念紛交縈。別來已七旬，孤負三回明。遙知閨中人，攜兒坐中庭。舉頭見月輪，涕下如雨零。又如桃李園，置酒張華燈。既聯群季歡，浩嘆皆同聲。嗟我獨何為，乃墜千丈坑。一孔井中天，兩點簷端星。終日無與語，長夜還獨醒……。

前四句因十五夜不見月起興，正面刻劃思家之苦，「遙知閨中人」以下八句則由反面烘托，想像家人對身處獄中的我的掛念。融合杜甫〈月夜〉詩：「今夜鄜州月，閨中只獨看。遙憐小兒女，未解憶長安……」，及李白〈春夜宴桃李園序〉的情境，而加以鋪寫，再對照「嗟我獨何爲，乃墜千丈坑」的不堪，讀之令人心惻。而〈面會〉前半首云：「此會非常會，端如隔鬼門。一絲難割愛，半面又銷魂」，寫面對家人探監的百感交集、難分難捨。〈通信〉詩云：「一紙經年得，知卿忍死看」，因通信不易，想像妻子讀信的傷感激動，親情描寫如此真切動人，無此類經驗者恐怕無以致之。

蔡惠如在押期間與判刑確定後的兩度入監，分別寫了兩首〈滿庭芳〉詞，給他的妻、妾，前一首詞牌下註：「歲暮獄中寄妾」，後一首則註：「花朝日獨坐獄中，意興蕭索，爲譜此詞寄內解悶」，兩首可以合看。

> △悄悄長廊，歲寒天氣，箇中滋味誰知。壯懷雄志，君莫替儂悲。十七年間親愛，到今朝，更覺情癡。蒼天祝，宵宵魂夢，左右不相離。　　年華，云暮矣，鐵窗讀史，蟄戶吟詩。正修身養性，莫恨歸遲。且待東風燕子，畫堂

前，好共遊嬉。光陰易，桃嬌柳媚，團聚合歡時。（寄妾）

△綠樹嬌鶯，紅墻乳燕，今朝競語春妍。嫩晴庭院，桃媚海棠鮮。偏是游絲有意，冷窗裡，恨惹愁牽。思量遍，晝長人寂，清簟枕書眠。　芳辰，空望過，花紅綽約，月麓團圓。奈隔江人遠，無處傳箋。待到黃梅熟後，出樊籠，共語燈邊。還重約，端午節近，攜手看龍船。（寄內）

兩首寫作手法，有近似之處，都是先從季節、景物寫起，再述獄中生活及思念情愫，歸結到期待出獄後團圓歡聚的美好時光。不過藝術手法及感情表現，似乎各有千秋。寄妾一首，用詞較淺白不事雕琢，反倍覺情深意濃：「壯懷雄志，君莫替儂悲」是殷殷叮嚀的心疼不捨，「十七年間親愛，到今朝，更覺情癡」可說是情至之語不嫌其直，而「蒼天祝，宵宵魂夢，左右不相離」則是艷情綺語，直入骨髓矣。寄妻一首，景物鋪寫較細膩詳盡，自起句「綠樹嬌鶯」至「游絲有意」，都在描摹春光爛漫之景，若非「冷窗」一語，幾乎看不出是在描寫獄中生活，而「恨惹愁牽」一語，才帶出思念之意，論感情濃度則似乎「妻不如妾」。不過，綜合兩首作品，可以看出深富浪漫豪俠氣質的蔡惠如，對家中的妻妾稱得上是情深義重的。

至於蔣渭水，與其妻陳甜（精文）感情甚篤，〈入獄日記〉、〈獄中隨筆〉的幾則相關描述，極具情味。試看：

12 月 21 日：接到愛妻的信，說伊日前送物到這裡……沒有看見我的面云云……。[48]

12 月 26 日：接到愛妻的信，錄下：「早起接到你的信一封，事事都知道了，你以外十三人的內外衣，已經寄入去了，請你免介意。我要與你面會，不知道警官怎樣呢？你在內的時，是靜養的好的機會，保守自己的身軀，以外的事請暫放心，這是我所希望的，你請。我親手寫的。阿甜。」算是愛情濃厚的寫法，我很歡喜，愛妻的面目躍躍可見，語言三復，我則不知連讀幾十遍了。[49]

渭水〈入獄日記〉中提到妻子陳甜時，多半以「愛妻」稱之，鶼鰈情深，溢於言表。十二月廿六日這則日記，將妻子來信全文抄錄，並加上一句「算是愛情濃厚的寫法」的按語，我們似乎也感受到渭水妻子樸質的語句背後，傳達了何等體貼細緻的愛情。無怪乎渭水讀信思人，覺得「愛妻的面目躍躍可見」，因而「不知連讀幾十遍了」。在 12 月 31 日的日記中，他又提及：因閱讀《西鄉南洲傳》卷中記載有「少婦男裝到兵營中尋情人作巫山之樂，和某志士在獄中密藏其妻的片影，終日看影自樂」，讓他觸動對妻子的思念，因而聯想：

我不曉得帶我的愛妻的寫真來這裡賞玩，很是可惜。幸得腦裡明明白白，還有印刻我妻影像，所以時時在腦裡，看得明白，聊可自慰的。[50]

48 見〈入獄日記（一）〉，《臺灣民報》2 卷 6 號，頁 15。

49 見〈入獄日記（二）〉，《臺灣民報》2 卷 7 號，頁 12。

50 見〈入獄日記〉，《臺灣民報》2 卷 8 號，頁 11。

一月廿三日的日記，又提到妻子曾寄一張幼稚園小孩子三十四名和女老師五人的合照給他，他的感想是：「有這個天真瀾漫的男女，少同胞和這五位像天使一樣的女性終日相對照，我的心上的快活，局外的人那能知道呢？」[51]

一九二五年二月廿日判刑確定，渭水隨即於當天傍晚入獄，在《獄中隨筆》中，他追憶臨出門前本不想穿外套，以為在獄中一定有制服可裝，但妻子堅持要他穿上：「一往一復，幾至用武力解決，結果剛不勝柔，不由我不穿去。」等到當天夜裡就寢，感受到這件外套給他的溫暖，他終於知道妻子的用意周到，真是無微不至！[52]更有意思的一則是〈入獄日記〉一九二四年二月八日載：當天出庭應訊，其妻子、弟弟與友人到場旁聽。退庭後：

> 獄吏問與我並坐的婦人是誰？我說是我的妻，他伸舌做驚訝稱美不已，我很爽快，對他說個多謝。[53]

好個「我很爽快，對他說個多謝」言外流露出得意滿足的神色，何等率真可愛！從目前可見照片，確實可印證陳甜非凡的美貌，而同時期的渭水則帥氣挺拔。[54]渭水夫婦稱得上是抗日

---

51 見〈入獄日記〉，《臺灣民報》2 卷 10 號，頁 12。

52 〈獄中隨筆（一）〉，《臺灣民報》59 號，頁 11。

53 〈入獄日記〉，《臺灣民報》2 卷 13 號，頁 12。

54 賴志彰所編：《臺灣霧峰林家留真集》，頁 154～159，收錄三張「治警事件」的團體照。第一張是 1924 年 2 月 18 日蔣渭水等四人出獄的紀念攝影，此照是林獻堂、林幼春與其他青年三十多人當天下午

運動史上伉儷情深，才子佳人完美組合的一對璧人。

四、三家相關作品寫作特色的比較

本文所論與治警事件相關的三家作品，由於作者年齡、出身、性格與教育背景的差異，表現在作品中也展現出不同的風貌。本節擬從「文體選擇」、「語言風格」、「寫作技巧」三方面，探討並比較三家相關作品的寫作特色。

㈠文體選擇

本文所論三家，林幼春、蔡惠如兩人年齡較長，係接受傳統漢學教育出身，他們自幼在古代漢語文化傳統中浸淫甚久，雖然兩人都曾參與《臺灣民報》之經營[55]，並且都曾嘗試以白

五點迎接蔣渭水、蔡培火等四人出獄所攝（詳參蔣渭水〈入獄日記〉2 月 18 日所載），照片最前排有女性二人坐於木箱上，其中一人即長相甜美的陳甜，渭水等四人脫帽站在照片正中央位置。（《留真集》說明文字，誤以當時渭水等十八人仍在臺北監獄等待公判，應改正）。第二、三張合照則分別是第一審、第二審的公判紀念攝影，渭水分別站在最後排左側與右側，當時年卅三的渭水，臉型方正俊秀，身材挺拔，神情從容，其中他在第一審的合照中甚至露齒而笑。（頁 156～157）陳甜的照片，另外也可以從《臺灣近代名人誌》第三冊介紹蔣渭水的專文中看到數張，分見該書頁 97、101、102、110、111。

55 蔡惠如捐一千五百圓資助《臺灣民報》之前身《臺灣青年》，使能順利創刊發行，已見前述。林幼春則在《臺灣民報》於 1923 年 6 月正式改組為「株式會社」時，擔任社長一職。

話散文體在《臺灣民報》發表文章[56]，但當他們選擇便於抒發情感的載體時，最擅長掌握且操作嫻熟的仍是傳統文學範疇中的詩、詞。幼春專精古典詩，在傳統詩壇早負才子之名，詩名甚著，以其詩才之高，介入政治運動甚深之後，描寫治警事件的相關作品，自是精采可期。而惠如雖不以文學名家，但其一生創作之顛峰，即治警事件發生後一、兩年間所寫的相關作品，文體則涵蓋詩、詞兩大類。至於蔣渭水，年少時雖也曾接受傳統漢學教育，但日後的新式教育背景、及政治啓蒙運動經驗，使他逐漸習慣採用白話散文體抒情表意，甚至以筆爲劍，大逞詞鋒。除了一九二四年元月在押期間，他密集寫了多篇仿古文作品之外，日後數次入獄所寫的作品，如〈獄中隨筆〉、〈北署遊記〉、〈再遊北署〉、〈三遊北署〉等，則全是白話散文體。這種轉變，可能與《臺灣民報》大力提倡白話文有關，也可能來自他個人書寫經驗的發現與選擇。以下即就三人相關作品的文體選擇與表現特色，具體舉證說明。

林幼春公開發表的相關作品全屬古典詩，而且體裁涵蓋五、七言古體及近體的律詩、絕句。整體而言，幼春古典詩的創作技巧十分精鍊，不論採用古體、近體，都有相當優秀的表現。七古〈吾將行〉一首（詩已見前節），氣勢澎湃浩蕩，讀

56 林幼春曾以「南強」署名，以白話文在 1924 年 7 月 1 日、8 月 11 日的《臺灣民報》上（2 卷 12 號、15 號）發表兩篇刊頭「社說」（即「社論」），題目分別是〈同床異夢之內臺人〉、〈這是誰的善變呢？〉。蔡惠如則曾在 1925 年 8 月 26 日的《臺灣民報》（第 67 號）頁 38，發表〈就臺灣雜誌社五週年紀念的感想〉白話散文一篇。

來令人熱血沸騰，完全將七古敘述靈動、「尙揮霍」、「煒煜而譎誑」[57]的特性展露無遺。五古如〈獄中寄蔡伯毅君〉，寫蔡伯毅雪中送炭，到獄中探視幼春，帶給他的感動和溫暖，前半部云：

> 畫地義不入，刻木辭不對。君抑何可人，辱訪乃無畏。殷勤詢疾苦，瑣細及眠睡。衣褲詎無缺，飲食倘不匱。終乃問讀書，云足破憂瘁。此誠知我心，濠梁契莊惠。恍如搔背癢，居然合脾胃。兼旬絕談笑，此樂足矜貴。識君二十年，交淺今滋愧。呴沫情已深，飲醇心益醉。……。

詩中一、二句用典，指雖入獄而不願受辱，典故出自司馬遷〈報任少卿書〉:「士有畫地爲牢，勢不可入；削木爲吏，議不可對，定計於鮮也。」三、四句對蔡氏毫無畏忌到獄中探視的勇氣，深表感激，五至十句，記蔡氏問候幼春在獄中的情形，對幼春的受苦及生活細節：包括睡眠、衣褲和飲食，表現出無微不至的關懷，並進而勸幼春借讀書以忘卻獄中之苦悶。「此誠」以下六句，是引蔡氏爲知音的快樂。「識君」以下四句，對蔡氏相濡以沫、患難見真情的友誼，感動之餘倍感慚愧：爲什麼我們相識二十年，以往卻未曾與你深交呢？全詩從敘事、到抒情，不論是用典或白描，都看得出文句馭遣圓熟，收放自

57 劉熙載《藝概》卷二〈詩概〉論及五七言詩之別時，有「五言尚安恬，七言尚揮霍」之說，又借陸機《文賦》之語，說五古「平徹而閒雅」、七古「煒煜而譎誑」，意指七古便於鋪展，風格偏向靈動流暢；五古風格較莊重肅穆。見華正書局出版《藝概》頁 70。

如的功力。

絕句一體，篇幅最短，重視「言已盡而意無窮」，較不適合鋪張揚厲，幼春〈二月廿八夜病院漫題〉屬七絕組詩，分別描寫住院期間即將入獄的片段事件與心境，雖與〈吾將行〉汪洋恣肆、雄闊壯烈的氣勢截然異趣，卻也饒富餘味，表現不俗。而只見於獄中家書，未公開發表的〈監中口占〉兩首五絕：

△終日此枯坐，恒情頗覺難。朅來矜躁釋，已作病床看。

△逆旅勞勞者，云休竟未能。此中禪味好，姑作打包僧。

屬信手拈來之作，未曾費心經營，用詞較顯枯淡，但兩首在前三句的直述句之後，結句「已作病床看」、「姑作打包僧」，都能將詩旨宕開一層，引人深思。分別意謂：入獄心境平和，牢中如病床，足以讓身心調護休息；又有如苦行僧背著包裹從事長途旅行，可以藉此以坐禪悟道，啓發智慧。

幼春相關作品中，五律、七律的表現尤其出色。五律如〈撲蚊〉：

心血今垂竭，何堪更飼蚊。不容雷落掌，寧欲露吾筋。事急情難緩，功微力已勤。夜闌聊息偃，嗟汝漫紛紜。

前四句看似實寫獄中蚊蚋肆虐，不堪其擾而加以反擊，其實另有寄託。關鍵在於五、六句「事急情難緩，功微力已勤」，從中不難體會：作者以蚊暗喻日本當局之爲害臺灣人，情勢緊迫，非急起反抗不可，而我等之努力雖收效甚微，但自認已盡全力（寧鳴而死，不默而生）。全詩從實寫到隱喻，不即不離，表現精到。而中間的兩聯對仗，頷聯屬反問句之流水對，頸聯則在一抑一揚之中散發強烈的骨鯁之氣，張力極強。幼春七律，不但屬對、用典都極爲精切，且擅長借物起興，體物入微，如〈獄中聞畫眉聲〉、〈再聞畫眉〉，及下面這首〈獄中感春賦落花詩以自遣〉皆是：

> 縶久懸知景物非，強揩病眼弔斜暉。九旬化碧將為厲，舉國招魂未忍飛。歷劫尚當甘墜落，幾生修得到芳菲。因風寄謝枝頭鳥，極口催歸何處歸。

本詩借詠落花以抒情言志，以細緻纏綿的筆法，寫對國族之大愛，讀來悽惻而壯美，藝術性極高。落花，在文學中常是青春凋謝的象徵，本詩幼春則以落花隱喻他瘦弱的病體陷身牢中的噩運。一、二句感慨入獄已久，景物全非，以斜暉隱喻時光的消逝，筆調淒迷。三、四句一聯甚佳，寫出至死猶烈、不甘屈服的壯志，以及魂魄與家國相依相隨、不忍捨去的惓惓赤忱。而落花飄零、飛飛欲墜，狀似不忍離去；碧血黃花，雖死猶生，又能以花喻人，兩相映照，手法絕妙。五、六句同樣扣緊「落花」以抒懷，前句是描述雖受苦卻堅定不悔的志向，後句則暗指節操之純潔不染雜塵，並宣誓終生努力修爲、不改夙志的決心。七、八句在連續高亢的情緒之後，爲之一挫，拉回眼前景，感慨有家歸不得，喪失自由的無奈。全詩揉和陽剛與陰柔之美爲一，表現非同凡品。

蔡惠如相關作品，目前可見者詩詞各有十餘首。其中詩作部分，表現不如詞作突出。詩作的共同特色是：直率明朗，不事雕琢，而充滿豪邁之氣，如以下各例：

1. 最厭胡笳悲薄暮，更憐杜宇泣殘春。
2. 鐵窗修養男兒事，凜冽寒威不怨嗟。
3. 天地看來俱逆旅，身心安處即吾廬。
4. 草履常穿翻覺軟，菜根長咬亦知香。
5. 但憑熱淚秦庭灑，何必憂心蜀道難？

例一，是指個性崇尚健朗，不喜悲春傷秋，墮入消沈低靡中。例二，自述入獄修養乃男子漢之當爲，不必嗟歎。例三，以超越之胸襟看待人生短暫之事實，從而安處牢中。例四，藉穿草鞋、咬菜根的具體事例，描述安於逆境，以苦爲樂之情狀。例五，用申包胥哭秦庭乞師、與李白詩之典故，強調爲國爲民之大業，只要精誠所至，不必擔心難以成功。從以上各例不難看出筆者對惠如詩：「直率明朗，不事雕琢，而充滿豪邁之氣」的論斷。

不過其缺點是：但詩句往往失之淺白，較乏蘊藉之致，結構每易失之鬆散平滑，鍊句欠嚴謹。如以下各例，都出自〈獄中有感〉組詩。

1. 逸興遙飛天以外，閒情聊寄獄之中。
2. 朝朝獨坐書為友，夜夜孤眠夢到家。
3. 來時恰好是春初，謝絕繁華意自舒。

4. 清水魚蝦多活潑，霧峰桃李盡穠華。

5. 飲水曲肱吾亦樂，臥薪嘗膽志無休。

例一，上句出自李白詩：「俱懷逸興壯思飛」，但「天以外」對「獄之中」，虛字相對，造句稍鬆散。例二，「朝朝」與「夜夜」疊字相對，都是時間用語，對仗太呆板，語意範圍也失之狹隘。例三「來時恰好是春初」、例四「清水魚蝦多活潑」都近似白話散文體。例五則直接套用成語陳詞對仗，創意不足。

至於惠如詞作，則表現傑出，佳製連連，令人激賞。論詞風，有的偏向陽剛，如〈東方齊著力：送獻堂總理東上〉、〈渡江雲：乙丑春日下獄，懷南北同志〉、〈意難忘〉、〈金縷曲〉等，有的偏向陰柔，如〈鵲踏枝〉兩首、〈蘇幕遮：獄中曉起〉、〈春從天上來：聞鶯〉等。但其中最值得稱道的特質是：惠如每擅長寓豪情壯志於綺麗纏綿之中，或以極細膩的筆觸，借生動的意象刻劃幽微的心境。先看〈鵲踏枝〉兩首中的第一首：

一角紅墻墻裡住，遮斷塵氛，不見鰲峰路。莫道英雄偏短氣，牽衣兒女縈心緒。　七尺昂藏男子，俯仰乾坤，那有愁如許。祇恨光陰容易過，桃符欲換年華暮。

起筆三句，寫身在牢中，高牆阻斷了回家之路的無奈（鰲峰是清水舊名，「鰲峰路」即回家之路）。「莫道」兩句，意謂入獄並不會使我有「英雄氣短」的喪志與屈辱感，只是入獄前兒女牽衣難捨的情景，依舊令我縈心掛懷。這兩句與魯迅詩：「橫眉冷對千夫指，俯首甘爲孺子牛」有類似的情懷。下半闋「七尺」以下三句，筆勢一振，氣象閎偉，借「七尺男子」與「乾坤」的大小對襯，表現「昂藏」、「俯仰」的壯志豪情，再以「那有愁如許」一筆掃盡抑鬱。終結兩句，點出年關已至，青春易老的喟歎，一放一收，筆勢跌宕，別有深情。

再看〈蘇幕遮：獄中曉起〉一首：

> 雨初殘，天乍曉。芳草垂楊，知有春多少。熱血一腔愁不了。誰分歸來，竟作籠中鳥。　樹迷濛，山縹緲。拭眼窺窗，黯淡乾坤小。寂寞庭前風料峭。綠意紅情，盡被濃煙擾。

有別於前首〈鵲踏枝〉的豪邁，這首作品散發淒迷低切的哀愁，借景抒情，刻劃入微。「雨初殘」至「知有春多少」四句，扣緊「曉起」，「知有春多少」意謂春光易逝，我卻困坐監中，喟歎之聲似迴盪於文字之外。「熱血」以下至「籠中鳥」，企圖以高亢的情緒對抗心頭的哀愁，但終究是感傷難掩。這不是示弱，而是真實心境的呈現，因爲再堅強的勇者，也有落寞的時刻。下半闋，前四句寫從狹隘的牢獄窗口向外眺望，只見遠山、近樹一片迷濛縹渺，與寥落的心境相呼應，而想到身體被囚籠於牢房中，舉翅難飛，頓覺「黯淡乾坤小」。結尾將視角移回近景，料峭的晨風倍增內心孤寂，「綠意紅情」一句，意指春光爛漫，而無緣遊目騁懷，只因濃煙作梗之故。其實「濃煙」不只是以景物暗示失去自由和牢中的阻隔，擴大來看，也暗指日本當局的打壓，使臺灣人無法自由自在地過著幸福的時光。全篇寫景生動，籠罩著蕭瑟的美感，而借景抒情又表現得極隱微細緻。含蓄中見深沉的無奈，藝術感染力極強。

以幼春、惠如相關作品兩人比較，幼春長於詩，惠如長於詞，主因可能是稟性氣質的差異所致，誠如許俊雅所言：「詞之句法語彙清靈曼妙，古樸典重字面多避而不用，表現方法華飾多於素描，幽微多於醒豁，隱約含蓄、託興深婉；詩偏重直接敘寫的感慨發揚之美，與詞頗有不同。」[58]幼春之個性較趨向內斂不多言[59]，與惠如之熱情奔放、慷慨豪爽，富浪漫氣息，適成強烈對比。在創作表現上，所謂「詩莊詞媚」，幼春之莊重嚴謹，自然適合以詩爲表現媒介，而惠如之豪爽浪漫，則更適合以清靈曼妙取勝的詞體爲抒情工具。

再論及蔣渭水之文體選擇，從〈入獄日記〉所載[60]，可知渭水對中國古典文學相當精熟，他自述能暗誦屈原的楚辭二篇，以及以下十篇古文（其中〈短歌行〉應爲古詩）：

1. 春夜宴桃李園序（李白） 2. 送李愿歸盤谷序（韓愈）
3. 嚴先生祠記（范仲淹） 4. 前赤壁賦（蘇軾）
5. 短歌行（曹操） 6. 陋室銘（劉禹錫）

---

58 見許俊雅〈櫟社詩人林癡仙的詞作研探〉，頁 1，收入《櫟社成立一百週年紀念學術研討會論文集》。

59 葉榮鐘〈臺灣民族詩人——林幼春〉一文，形容幼春的性格是「內向型」，極少作大言壯語；而他在〈臺灣民族運動的鋪路人——蔡惠如〉一文中，則形容惠如「講義氣，重然諾，富有熱情，自然也有『雖千萬人我往矣』的衝動性，頗具東方式豪傑的風格」。二文都收入其專著《臺灣人物群像》中。

60 見〈入獄日記〉2 月 1 日欄，《臺灣民報》2 卷 11 號，頁 13。

7. 愛蓮說（周敦頤）　　8. 蘭亭記（王羲之）
9. 送董邵南序（韓愈）　　10. 歸去來辭（陶潛）

以上十篇，編號 1、2、4、5、6、10 共六篇，渭水都有仿作。渭水不是詩人，也坦承不會作詩，並以無法酬答朋友之贈詩爲憾。[61]但他曾根據臺北文士張家坤一封慰問狀的內容，撰成一副對聯答贈，內容是：

在昔宋朝既有莫須有禍矣
於今大正豈無那能無殃哉[62]

此副對聯對仗工整，平仄協調，「宋朝」、「大正」是「昔」與「今」相對，「既有」對「豈無」亦自然穩當，更靈巧的是：以秦檜害死岳飛的「莫須有」對「那能無」，可稱妙絕。「那能無」意謂：在當今殖民政府統治下爭取臺灣人的權益，而遭致牢獄之災，是必然要有人願意主動承擔的犧牲。「那能無」一語，與出自鹿港人許梅舫：「此子我家不可有，我族不可無」的「不可無」[63]一語，字面與意旨都十分相近，不知是渭水當

61 見〈入獄日記〉一月廿四日欄，《臺灣民報》2 卷 10 號，頁 12，提及友人楊木（彰化應社成員，臺北醫學校畢業）來信慰問並贈詩二首說：「但我不會作詩，沒有詩可答他，很是可惜。」

62 見〈入獄日記〉一月九日欄，《臺灣民報》2 卷 9 號，頁 11。

63 據洪炎秋〈佐藤春夫筆下的鹿港〉一文，文末附註提及：其友鹿港人許文葵，曾跟隨炎秋之父洪棄生學詩，好跟日本人抬槓，為臺灣人吐氣。文葵之父梅舫常說文葵：「此子我家不可有，我族不可無」，見洪炎秋三人合著的《三友集》（臺中：中央書局，1979

時已有「我族不可無」一語之流傳，或是因「此心同」而「此語同」呢？待考。但此副對聯已足以展現渭水對漢語古典文學，具有相當的造詣。

渭水仿古文諸篇，思想內涵大有可觀，但整體而言：較缺少獨創性，藝術表現則得失互見（詳見下文討論寫作技巧部分）。至於〈入獄日記〉、〈入獄感想〉、〈獄中隨筆〉等白話散文體，則反映出他對白話文的掌握已十分純熟，不論敘事、說理、抒情、記感，都有不錯的表現。日治時期臺灣新文學的發展，通常以小說、新詩較受矚目，白話散文則較受忽視。而渭水〈入獄日記〉、〈入獄感想〉、〈獄中隨筆〉，純就文學角度來衡量，可說是臺灣新文學開創期中，白話散文創作的重要成果。

㈡語言風格

林幼春相關詩作的語言風格，或沈鬱蒼涼、或激昂慷慨、或傲骨嶙峋、或澄明平靜，或淒迷低切，呈顯多樣的風貌，充分展現一位優秀詩人的藝術成就。

沈鬱蒼涼的，如〈十二月十八夜〉：

> 不知今夕是何年，聽雨懷人倍黯然。駝坐倦禪腰漸曲，蟄居風漢鬢成氈。偶尋短夢成追憶，起視寒燈照獨眠。悵觸小園無限感，柳枝長恐不禁煙。

年），頁 301。而林莊生《懷樹又懷人》（臺北：自立報系出版部，1992 年）論及許文葵之專章中，曾詳細分析此語之來源及本意，可參見該書頁 167～169。

起筆以慨歎破題，用「黯然」二字為全詩奠定基調。頷聯「駝坐」、「蟄居」二句實際描寫人在獄中枯坐的孤寂冷清狀態。頸聯「短夢」暗示難以熟睡入眠，「起視」、「寒燈」、「獨眠」三組意象具體烘托無比「黯然」的心境。尾聯觸發思家之念，以「柳枝」喻病體不堪折磨。激昂慷慨的，如前引〈吾將行〉一首是代表作。傲骨嶙峋的，如「獄中十律」從「丈夫腸似鐵，得死是求仁」到「此心終未死，終報郅都知」，是貫串全組作品的主要風格。至於澄明平靜者，如前引〈獄中口占〉五絕兩首屬之。淒迷低切者，〈獄中感春賦落花詩以自遣〉一首，允推為壓卷之作。

蔡惠如相關作品之語言風格，有兩大明顯特徵值得一提。其一是：以豪邁奔放見長，較少見抑鬱傷感。其二是：用語展現時代新思潮，深具啓蒙意義。

豪邁奔放的語言風格，與惠如本人的個性特徵十分一致，貫串在他的詩、詞作品中。詩例如：「最厭胡笳悲薄暮，更憐杜宇泣殘春。人生歲月應知惜，莫負昂藏七尺身」、「九十春光景色新，我偏下獄養精神」、「但憑熱淚秦庭灑，何必憂心蜀道難」，以下再看完整的詩作一首：

> 十載飄零付等閒，只慚無計救時艱。松筠慣歷風霜苦，猿鶴能醫木石頑。滄海曾經知世變，虛名浪得滿人間。中原大地春如舊，綠水青山待我還。[64]

---

64 此首分別發表於《臺灣詩薈》與《臺灣民報》，但文字小異。筆者所引，據《詩薈》本。

起筆兩句強調「救時艱」乃無可旁貸之重任，慨歎既往歲月虛度，言外反映出：爲臺灣付出心力，才是將人生作有意義的運用。三、四句自述志節禁得起考驗，絕不輕易妥協。五、六句對在日本領臺的「世變」下，從事政治運動，贏得民心支持，自謙是浪得虛名。結尾兩句，似脫胎自王安石詩：「春風又綠江南岸，明月何時照我還」，但筆勢矯健，言春光爛漫，江山依舊嫵媚多姿，似正待我出牢籠後，一起迎接美好的未來。全詩洋溢著樂觀的期待，豪邁的語氣，完全看不出身在獄中的悲愁傷感。

惠如詞作中，雖有部分作品反映低沉的獄中心境，但奔放豪邁，仍是常見的主調。如：「可憶東林黨獄，千秋青史姓名香」（〈東方齊著力〉）、「及時行樂處，快活天然」（〈春從天上來〉）、「我是杜康狂醉客，愧說內家兄弟，祇憐取管鮑風義」（〈祝伯端老弟四十歲〉）、「居虎口，自雍容，眠食亦如常」（〈意難忘〉）、「聞道君來矣，甚東風，咆哮似虎……看吾儕，臥薪嘗膽，嘯風吟雨」（〈金縷曲〉）等語皆可爲證。

惠如詩詞的語言風格，另一特徵是常使用反映時代新思潮的用語，具有強烈的啓蒙意義。如以下各例：「七子同盟先自覺，百年大計有誰知？」「七子」即「治警事件」最後判刑的七位領導者，「同盟」是指「臺灣議會期成同盟會」。「幾年提倡新民會，今日翻爲國事囚」，「新民會」是於一九二〇年在東京成立，是抗日政治運動初期的重要團體，由惠如號召當時臺灣留日學生所組成。「成敗如今且休問，盧梭民約見全書」，盧梭（1712～1778）是法國自由思想家，其著作《民約論》，主張天賦人權，自由平等，對西方近代民主政治有鉅大的影響。一九二〇年代，「民族自決」的世界性思潮瀰漫全球，成爲被奴役、被殖民者共同追求的目標。惠如雖出身傳統士紳，但在政治思想上，透過政治啓蒙運動的參與，可說與時代潮流同步接軌，並未落伍，更非抱殘守缺之輩。

而他的詞作，如：「秕政尚囂張，渾不似文明憲法條章……看歐風亞雨，吹遍東方」（〈春從天上來〉）、「何必先明富貴，得自由身世，即是神仙」（〈春從天上來〉）、「應共料，歸時大唱民權」（〈渡江雲〉），所用的「文明憲法」、「歐風亞雨」、「自由身世」、「大唱民權」等詞語，不但多半是新時代的用語，更反映出深刻的啓蒙意識。這類的政治理念與習慣用語，也常見於賴和、葉榮鐘等第二代文人的古典詩作中。[65]

蔣渭水相關作品的語言風格，一言以蔽之，可說明朗駿快，個性鮮明。仿古文諸作，不論是言志或批判，都能鞭辟入裡，直指核心。言志者，如〈牢舍銘〉云：「談笑有嚴禁，往來多單行。可以學坐禪，閱書經。無親戚之會面，無朋友之交情。宋朝三字獄，周代公冶刑。多人云：何罪之有？」將獄中生活之妙處，及自安自樂的心境彰顯無遺。批判者，如〈入獄賦〉寫日本警吏之氣燄囂張，則云：「刑事急來，大叫不休……少焉，警吏登於樓上，徘徊於各房之間。白刃懸腰，劍光閃研，任一警之所牽，到監獄之門前……。」其蠻橫之嘴臉，如在眼前。而其〈入獄日記〉等白話散文作品，敘事則據

65 關於賴和漢詩的新思想，可參施懿琳〈賴和漢詩的新思想及其寫作特色〉（收入氏著《從沈光文到賴和——臺灣古典文學的發展與特色》），陳淑娟《賴和漢詩的主題思想研究》（靜宜中文所 89 年碩士論文），陳淑娟〈賴和漢詩中的人本思想〉，《國文天地》雜誌 202 期，2002 年 3 月號。

事直書，抒情則直言無隱，也是一派明朗駿快的風格。如〈獄中隨筆〉第三則「初嘗法索的滋味」，描述到拘留室報到時，警官以法索縛他的情形：

> 那警官引我到拘留室時……便將免法索縛我，前刻檢察官明明對他吩咐說：「免縛」怎樣他竟忘掉呢？未免太健忘了！我本要與他計較，後來想著萬事都儘可去經驗，這體驗法索的滋味，豈可白白放他過去？上內大人不縛我是他的好意，執行查公縛我，也是查公的好意，使我得這體驗，我應該著查公說個感謝才是呵。但是他的縛法太不合衛生——法索縛胸部，有礙呼吸，對犯人的體育上，大有害處——我本要教他衛生的縛法，後來看他牽出別的犯人，都是縛在腹部，我才放心作罷。

檢察官交待不必以法索綁他，警官卻仍這樣做，渭水不但不生氣，卻轉念一想：覺得「萬事都儘可去體驗」而欣然接受，其泰然自若的神情，躍然紙上。警官綁住他的胸部，他站在衛生觀點，認爲對犯人健康有害，本想「教他衛生的縛法」，後來發現別的囚犯都是綁在腹部，他便放心了，可見他在意的不是個人身心所遭受的迫害，而是從人權的立場，關心監獄對待犯人的方式。這段文字記事要言不煩，抒感則從容不迫，可說個性鮮明，有英姿颯爽之神韻。

㈢寫作技巧

論寫作技巧，可能與兩方面有關，一是作者先天的才情與創造力，二是後天的創作經驗與鍛鍊工夫。

論林幼春爲之寫作技巧，筆者擬從想像力的運用、對典故的掌握，以及修改詩作的錘練工夫，加以探討。其中想像力關乎先天才情與創意，典故與錘練則屬於後天學養與努力。

想像力的發揮，是文學的奧秘之一，它可使作品避免枯淡、平板，而能搖曳生姿，引人入勝，如其〈四月十五夜鐵窗下作〉五古長篇，在前半首描述對家人的思念與獄中的孤獨之後，竟然使「靈魂出竅」，神遊太虛，而有如下的描寫：

> ……有如月中人，探險來重冥。何當跨白虹，返我白玉京。璇室瑤之宮，桂樹長青青。左手握素娥，右顧招雙成。往來騎鶴人，半屬同袍生。抉雲使之開，驅月令之行。一物不蔽虧，萬象咸晶瑩。微照方寸衷，大燭山河形。爾時窗下人，誰敢懷不平。

由於失去自由，竟幻想奔月而去，與仙人同遊天際。「往來騎鶴人，半屬同袍生，抉雲使之開，驅月令之行」，獄中同志喪失自由，經幼春想像力的點化，都成了騎鶴的仙人，身體雖受限牢中，精神卻恣意遨遊於浩瀚的宇宙，無所掛礙。

典故的掌握，關乎學力與經驗，用典不但要貼切，且能使詩歌的含意更精鍊、豐富，不能留於堆砌或僵硬。幼春詩用典甚多，佳妙者不少。如〈獄中寄內〉起筆用「牛衣對泣」、「斷送老頭皮」兩個典故，不但切合「寄內」，且扣緊遭遇挫折的牢獄之災，十分貼切。又如〈再聞畫眉〉一詩，結尾兩句云：「何當更與師公冶，得共春禽愬積愁」，運用公冶長的典故，其實有兩個含意，一是因公冶長懂得鳥語，合乎本題聞畫眉聲的聯想。其二是公冶長曾入罪被囚，孔子卻認爲他：「雖在縲絏之中，非其罪也。」甚至將女兒嫁給他。因此用這個典故，便有：「我想跟公冶長一樣可和鳥談心，傾訴哀愁」，以及「我是無罪而入獄的」的雙重意涵。[66]如此幽微的深意，非技巧精鍊、熟於用典者，無法表現得如此成功。

而幼春作詩，極重視修改錘鍊，筆者在博士論文《櫟社三家詩研究》中，已論及幼春〈獄中十律〉原發表於《臺灣民報》者，與後來收入《南強詩集》之定本，改動甚大，甚至有整首重作者。[67]從這些更改的地方，最能看出作者的用心與推敲文字的技巧。以下，筆者擬以新發現寫於牢中的〈獄中寄內〉詩的初稿，與後來的定稿作比較，新發現之本詩原稿，見於「獄中家書」並未公開發表[68]，內容如下：

泥中薄怒尚吟詩，詎有牛衣對泣時。少日自稱強項漢，這回斷送老頭皮。夢因眠少常嫌短，病為愁侵僅得支。遙想歸來先一笑，孤山梅鶴重連枝。

---

66 《論語．公冶長》：「子謂公冶長：可妻也，雖在縲絏之中，非其罪也。以其子妻之。」陳昭瑛《臺灣詩選注》頁 205～206 解釋這個典故無誤，但未點出另有「我有如公冶長，本無罪」的深意。《臺灣民報》2 卷 5 號的社論：〈雖在縲絏之中非其罪也〉，便借此典故為題目，論治警事件諸志士之無罪。

67 見《櫟社三家詩研究──林癡仙、林幼春、林獻堂》（臺北：臺灣師範大學國文研究所博士論文，1996 年），頁 194、頁 358。

68 詳參筆者〈新發現林幼春往來書札初探〉，同註 29。

與本詩之定稿（已見前節之五：抒發小我親情）比較，可發現除第五句外，其他七句都有改字。以三、四句爲例，將原來的「少日」、「這回」，改成「到底」、「不妨」，更充滿桀驁不馴和瀟灑豁達的雙重意味。第六句原作「病爲愁侵僅得支」，語氣失之柔弱，改成「寒入春深卻易支」則神采奕奕，意志堅強，且暗示由於有對妻子的深情思念，故不畏春寒，含意較原句豐富許多。結尾兩句，原作屬直敘句，平平而已，改作則幻想化身爲明月，顯得輕靈曼妙，柔媚多姿，餘韻無窮。

蔡惠如相關作品，詞優於詩，已如前述，故以下擬以詞作爲例，以見惠如寫作技巧之特色。如同樣是寫獄中聽雨，幼春「獄中十律」組詩中有〈聽雨〉一首，但表現較不出色[69]，而惠如有〈瀟瀟雨：夜雨〉一闋，則可謂曲盡其妙：

> 短床人獨臥，聽簷前，點滴最分明。這薄寒天氣，瀟瀟斷續，魚躍三更。為問連宵不寐，別自有深情。欲解愁千斛，夢到榕城。　惆悵年來心事，怕梨花一樹，玉筋頻傾。奈連綿竟夕，漸濕損繁英。嘆銀河多時缺漏，使人間到處淒清。疏衾輾轉，又捱過報曉雞一聲。

從獨臥牢房聽雨聲淅瀝寫起，由景入情，分別借由聽覺、觸覺意象，刻劃雨夜輾轉難眠所感受的四周環境與孤寂心情。接著寫夢魂遙飛福州（榕城）故居的想像，並以梨花爲象徵，以

69 幼春〈聽雨〉一首如下：「此地初無日，瀟瀟最慣聽。愁城人悄悄，鬼國晝冥冥。久困憐飢雀，微風數語鈴。晚來聲倍急，歸夢又飄零。」見《南強詩集》，頁44。

「玉筋頻傾」、「漸濕損繁英」暗喻個人在牢中所受的苦難和考驗。最後歎夜雨綿綿，想像乃因銀河缺漏所致，「人間到處淒清」一語雙關，暗指臺灣之處境。最後以耳聞雞鳴聲報曉，刻劃竟夕不寐之淒涼。全篇寫景細緻入微，抒情承轉自然，空間由牢中而神遊天際，時間到夜半到天明，寫夜雨則由「點滴分明」、「瀟瀟斷續」的正面實寫，到「玉筋頻傾」、「漸濕損繁英」的側面烘托，乃至「銀河缺漏」、「人間淒清」的虛想。技巧繁複多變，情韻殊勝。

同樣是寫景，有別於夜雨的冷清，寫春天的明媚，或曰：「綺麗晴天，聽樹上流鶯，奏曲鳴絃。雙聲婉轉，泥語纏綿。滿庭春事芳妍。東風裡，飛舞蹁躚。」（〈春從天上來〉），或曰：「綠樹嬌鶯，紅牆乳燕，今朝競語春妍。嫩晴庭院，桃媚海棠鮮。」（〈滿庭芳〉）構思雖略覺雷同（都是就鳥語、花樹、陽光著筆），但聲情柔暢，用詞清麗，很能表現詞體本色。

論蔣渭水相關作品的創作技巧，應該將仿古文諸作及白話散文體分開討論。

仿古文諸作，屬「仿擬」一體，據黃慶萱《修辭學》之說，仿擬有廣狹二種意義。廣義者是指單純摹仿前人作品的「仿效」，狹義則指摹仿前人作品而意含諷刺的「仿諷」。[70]以渭水諸篇為例，〈獄歌行〉、〈快入來辭〉、〈春日集監獄署序〉、〈牢舍銘〉等四篇，重在直抒己志，屬於「仿效」；〈送王君入監獄序〉、〈入獄賦〉兩篇則重在諷刺，屬於「仿諷」。

論寫作技巧，渭水之表現，筆者認為得失互見，但可稱道

---

70 見黃慶萱：《修辭學》（臺北：三民書局，1978 年），第四章〈仿擬〉。

者不少。據黃慶萱之說，仿效的原則有二：其一，所仿擬之句調必須爲讀者所熟知。其二，儘可能推陳出新。仿諷的原則亦有二：一是「結構跟原作要維妙維肖，主旨跟原作要大異其趣」，二是「要儘量擴大題材與體裁間的不協調」。[71]依筆者鄙見，〈獄歌行〉、〈快入來辭〉、〈春日集監獄署序〉、〈牢舍銘〉四篇言志之作中，應以後兩篇表現較佳。〈春日集監獄署序〉，保有李白原作〈春夜宴桃李園序〉的爽朗與豁達，舒卷自如，短篇中有尺幅千里之勢。〈牢舍銘〉寫獄中以苦爲樂，頗有新意。雖未完全依〈陋室銘〉之用韻，但大致仍注意到音律之和諧暢順，頗便於誦讀。至於〈獄歌行〉仿曹操〈短歌行〉，但韻既不協，說理、抒情亦失之質直枯淡，缺乏詞采，可說是嘗試失敗的仿作[72]，可以證明渭水確實不適合作詩。〈快入來辭〉一篇，就內容來說，與陶潛〈歸去來辭〉相通的是：忠於自我，追求內心的任真自得，勇於捨去既有的利益。相異的是：原作是寫辭官歸家，獲得心靈的自由，仿作卻是寫欣然入獄，寧可放棄自由。可見內容頗能推陳出新，自抒機杼。主旨意謂：在不合理的政治體制下，放棄個人自由，正是追求國族自由的必要手段。在形式表現上，全篇並未保存原作之押韻，不過遣詞造句大抵仍十分流暢，與〈獄歌行〉之拗澀大異其趣。惟直接套用原句或是只改動原句一、兩字者不少，有模仿太過之生硬斧鑿痕，是小瑕疵。

至於重在譏刺的〈入獄賦〉、〈送王君入監獄序〉，兩篇的

71 參同前註所引書，頁 94～97。

72 〈獄歌行〉刊於〈入獄日記〉一月十九日欄內，但文句頗有錯漏誤植。筆者已作初步校勘及內容分析，但限於篇幅，在此省略。

寫作技巧則各有特色，表現靈活。〈入獄賦〉仿〈赤壁賦〉，但兩者主題完全不相關，且原作文體之莊嚴感，本文卻套用在譏刺日本總督的題材上，又產生滑稽突梯的荒謬不協調之感，可說是「昇格仿諷」[73]的佳作。尤其文中以蚊爲喻，假借人與蚊的對話以嘲諷田健治郎、內田嘉吉兩任總督，更堪稱神來之筆，創意十足。且全篇筆調辛辣，讀來酣暢淋漓，也與原作之飄逸空靈迥不相侔。〈送王君入監獄序〉仿〈送李愿歸盤谷序〉，不但結構、文句相似，連命意也十分近似：都是分別從反面描寫小人之種種醜陋情狀，再從正面刻劃高潔之人格典型，形成強烈對比。本篇仿作之傑出表現，在於貼近當時臺灣社會現狀，古爲今用，以舊瓶裝新酒，既強烈批判媚日者之無恥，又爲抗日志士塑造完美典型，足以垂範後昆。

渭水之白話散文雖以平鋪直敘爲主，不重詞采藻飾，實則運轉自如，意到筆隨，其中也不乏精采的篇章。除前文述及語言風格之特色：敘事則據事直書，抒情則直言無隱，以明朗駿快見長之外；渭水也能掌握各種技巧，作靈活變化。例如對話的運用，在〈獄中隨筆〉[74]中寫入獄時，有數十名同志、民眾送行，檢察官要求渭水勸群眾解散，兩人的對話是：

> 檢：今日刑已決定了要即時執行。
>
> 我：我已準備來了，儘管你執行就是了。
>
> 檢：聽說外面有多數的友人結隊要送你入獄，這事太不

73 「昇格仿諷」意指以崇高的文體，描寫瑣碎、渺小的題材。參同註68所引書，頁78。

74 〈獄中隨筆〉，《臺灣民報》59號，頁11。

合，請你勸他們解散回去好麼？

我：送去迎來，是表示人情之美點，是極應當之事。豈不是很好的行為嗎？怎樣要他們回去？何苦要干涉他們的行動呢？

透過對話的形式，渭水將他與檢察官處於不同立場的堅定個性生動展現出來，可謂義正辭嚴，不卑不亢，同時也反映當時民心擁護的真情可貴。

又如一月二日的〈入獄日記〉[75]曾寫到獄中對陽光的熱烈期盼，先以擬人法寫道：「他人約八時初到，十一時就由鐵窗上出去，有時朝浴後體溫充足，就脫下上衣，裸體取日光浴」接著強調：「在這獄裡，我終日戀戀不能捨離的、最愛的、就是太陽君」，然後敘及當天見到陽光的情形：

今天是數日來罕有的好天氣，太陽君也就歡喜來了，我就接吻他，抱擁他，連書都不要讀了，全盤的精神，都灌注太陽身裡去了，戀醉到極度，我的心融和在太陽光芒中，茫茫渺渺，迷迷沈沈，如醉如夢，宛如羽化登仙一般哩。忽而太陽抽身要去，我驚醒則追挽他，無奈他的時間，鐵板不易的嚴正，一刻都不肯做個人情，直追至鐵窗邊，伊竟拂袖跳出去了……。

將太陽描寫得有如熱戀中的情人，以細描的手法烘托氣氛更是

75 〈入獄日記〉，《臺灣民報》2卷8號，頁12。

出色，有動作刻劃（接吻他、抱擁他），有側面反襯（連書也不要讀了），加上柔美的抒情，運用三組複疊詞（茫茫渺渺、迷迷沈沈、如醉如夢），十足引人入勝。最後再沿用擬人法寫陽光決絕離去的錯愕無奈，可謂首尾完整，神韻具足。據林瑞明教授之高見，渭水「太陽君」其實另有象徵意涵，如此，則相關描寫已從景物實寫，進入象徵的層次了。[76]綜上所述，可見渭水白話散文的文學寫作技巧，確實頗有值得稱道之處。

五、結語

經由以上數節的分析，筆者試歸納研究結論如下：

一、「治警事件」是日治時期規模甚大、影響深遠的政治事件，對喚醒民心、強化民氣有重大作用。而林幼春、蔡惠如、蔣渭水三位主要領導者，在未判決前在押和判決確定後服刑的兩度入獄期間，曾分別創作質量都十分可觀的作品傳世。這些作品，可說是臺灣近代「監獄文學」的濫觴，也是日治時期監獄文學的代表作，已成爲臺灣文學史之重要資產，值得當代人研讀、欣賞。並可與戰後乃迄當代的監獄文學相互參照，比較研究。

二、林幼春、蔣渭水、蔡惠如等人相關作品的內涵，大致可從大我的社會層面和小我的個人層面來觀察。就大我的社會層面言之，他們的作品生動刻劃了沛然莫之能禦的家國大愛與昂然不屈的鬥志，描寫溫馨可貴的同志情誼和民心的支持，或

---

76 見註 11 所引林瑞明文。

者進而批判日本強權與媚日者之醜態。就小我的個人層面而言，他們深刻描寫在獄中的生活情形，包括身體和心靈所受到的錘鍊，並從閱讀、沉思、寫作中展現「心智鍛鍊」的成果。另外，在監獄的親情書寫中，他們更細膩地展現鐵漢的柔情，譜成更爲人性化的動人旋律，使這闋大時代的交響曲，避免流於一味高亢、激昂的單調曲風。

三、從寫作類型來觀察，三人創作的文體含蓋古典文學的詩、詞、文，及白話散文體。林幼春長於詩，蔡惠如長於詞，幼春、惠如的古典詩詞反映出日治時期臺灣古典文學仍有強韌的生機與鉅大影響力，不可小覷。而蔣渭水的仿古文諸作，在因襲舊體中見開創，亦大有可觀，〈入獄日記〉、〈入獄感想〉、〈獄中隨筆〉則展現他對白話散文的嫻熟掌握能力，並且深具文學情韻，價值頗高。

四、三人相關作品的語言風格，各具特色，面目鮮明，並未流於單一化。寫作技巧也各擄擅場，繁複多姿。可見這類作品除了對思想啓蒙、政治宣傳有重大貢獻之外，也經得起美學藝術層面的檢驗，不致流於政治宣傳的附庸，從而避免所謂「殖民地文學」的常見缺失。[77]

---

77 張恆豪〈蔣渭水及其散文〉提及「殖民地文學」的特質：「反帝反封建的強烈意圖、政治意識支配了一切創作動機，給予被支配者與被壓迫者聲援、對外在現實的關注更急切於內心世界的探求、意識形態的表露凌駕了藝術美感的營求……。」文見《散文季刊》第 1 期。

決戰時期臺灣漢詩壇的國策宣傳與異聲

以《南方》雜誌（1941~1944）為觀察對象

❖施懿琳

〔現職〕

國立成功大學中文系教授

〔學歷〕

國立臺灣師範大學國研所博士

〔重要經歷〕

國立中正大學中文系副教授

〔主要著作〕

《日據時代鹿港民族正氣詩研究》

《清代臺灣詩所反映的漢人社會》

《臺中縣文學史》（合撰者許俊雅、楊翠）

《彰化縣文學史》（合撰者楊翠）

《跨語、漂泊、釘根——臺灣新文學研究論集》

《從沈光文到賴和——臺灣古典文學的發展與特色》

一、前言

過去研究日治時期傳統漢詩，比較少將焦點集中在「戰爭期」漢詩人活動狀況以及作品特色的探索。對於這個區塊缺乏討論，極重要的原因是一般人很容易將日治時期漢詩人視爲封建、保守甚至具有濃厚機會主義色彩的文人群，消極的應世態度使得他們與執政者之間保持一種貌似親近的共生關係。在日治初期、中期尚且如此，遑論戰爭期的漢詩壇，向國家文藝政策傾斜的寫作取向，更是明顯。這樣的認知果真符合歷史的實況嗎？假如是，臺灣漢詩人究竟是在什麼樣的背景下選擇了這樣的創作取向？假如不完全是，那麼戰爭期的臺灣漢詩人還可能存在著什麼樣的寫作內容？爲回答這個問題，本論文首先探討決戰時期（1941~1945），日本統治當局如何建構其「大東亞共同體」的理論，試圖藉此串聯起東亞黃種人仇視歐美的集體心理；而後以《南方》雜誌爲例，說明在這樣的背景下，殖民地臺灣如何透過文學刊物宣揚執政者的理念？接著，進一步將焦點集中在《南方》雜誌的「南方詩壇」，探討戰爭期有哪些不同思想取向、不同應世態度的「漢詩人」投入創作的行列？在「八紘一宇」的國策主導之下，漢詩書寫是不是真的如表層所看到的，呈現了單一而且向執政者一面倒的現象？可不可能在看似馴服的背後，潛藏著某些臺灣漢詩人隱抑未發的聲音？假如這現象果真存在的話，究竟是由哪些人發出了什麼樣的聲音？這都是本論文嘗試討論的議題所在。

在進入正文之前，首先要對筆者之所以如此選材的原因做說明。1937 年 7 月日華戰爭爆發以後，爲了有效地控制殖民地人民的思想，日本在包括臺灣在內的各個殖民地，積極推行「皇民化運動」。不過，這個階段的初期，採取的是比較緩慢漸進的思想改造；一直要到進入決戰期（太平洋戰爭）前夕，爲了因應時局的需要，才藉由「皇民奉公會」的成立（1941.4.19）、「高砂義勇軍」的徵調（1941.12.7），試圖強力地將全島納入戰爭體系。因此，如果要了解臺灣漢詩人與執政者的協力關係，1941 年大東亞戰爭的發生，應該是一個「政治干預文學」最具代表性的觀察對象。這是本文所以將討論的時間鎖定在「決戰期」之故。至於，筆者選取原名《風月報》，在 1941 年 7 月改題爲《南方》的皇民思想宣傳刊物作爲觀察對象，而不選取其他同時代的雜誌[1]，主要的原因在於：假如這個站在國家檢查最前端的刊物，尚且可能在作品的縫隙，尋找到異於皇國政策的聲音；那麼，其他「御用色彩」不是那麼濃的文藝雜誌，或是未曾發表在報章雜誌的漢詩文作品，其逆

1 比如《詩報》、《崇聖道德報》、《臺灣藝術》、《民俗臺灣》，都是與《南方》同時代的文藝雜誌。《詩報》如其名稱，以「漢詩」為主題，比較看不出漢詩作品與其周邊文學的關係；也不像《南方》與執政者的關係那樣密切。因此，欲探討戰爭期的臺灣漢詩壇，可能選擇有對照文類及作家的《南方》為對象，更能夠看出其特殊性。至於《崇聖道德報》主要在闡揚孔教思想，僅刊載了少數的漢詩作品；《臺灣藝術》以日文居多，漢詩文所佔的頁數較少，加上筆者目前能掌握該刊的期數有限，不足以作為討論的文本，故亦捨去不論。《民俗臺灣》的發刊與《南方》改題時間相同，其角色扮演也類似，但該刊以臺灣民俗慣習為主，與漢詩文的關係較遠，故亦不納為討論對象。

反時局，或者說不與時局同調的可能性就更高了。

二、大東亞共同體的理論建構與《南方》雜誌

㈠從脫亞入歐到聯亞抗歐

十九世紀在西方勢力東來的衝擊下，日本的鎖國狀態遭西方列強擊破，並且被迫與美、英、荷、俄等國簽訂不平等的「親善條約」。面臨這樣的時代危機，遂有明治天皇的維新運動，並提出「脫亞入歐」的主張。維新運動確實將日本帶往近代文明之路，但是，在極度仰望西方之下，日本亦產生了「東方自我論述」的現象。它透過「西方之眼」，指出東方民族的落後、保守，因此亟需急起直追，向西方的進步思想，以及具啓導性的開化文明看齊。東方在此時，是日本急需要擺脫的沉重負累，是強力將日本往下拉的退墮力量。在許多日本人心裡，恐怕不是將自己也包括在「東方」之中，而是把自己拉抬到與西歐同等的位置來觀看世界。這從後來日本也依循著西歐資本主義國家的模式，擴張勢力，侵奪他國的經濟、物資，將東亞各國當作自己的殖民地可以看得出，日本的學習西方，是如此的徹底，不只學到他的近代化，連他的殖民掠奪也一併予以仿習。

1930 年代日本積極地進行國家勢力的擴張，因此開始與同樣在世界拓展版圖的西歐國家產生衝突。爲了合理化自己的作爲，爲了堅定與美英敵對的立場，日本學者在既有的「進步

西方」vs「落後東方」的思考模式之下，開始要扭轉原先仰望的西方國家形象，嘗試去建構另一套反制歐美霸權的合理論述。昭和年代，一群被動員去建構符合國家利益及施政方針的日本學者，採取了主動利用「西方」，以有效地反擊東方論述的策略。他們指出：西方雖具有進步文明的特色，但是，從另一個角度看，西方同時也是：個人主義的、自私和冷酷的。而與西方對顯的東方大和民族，因爲曾經藉由維新運動，迎頭趕上歐美的進步文明，因此不似其他東方民族一樣落後、保守；一方面它依然保有日本民族的優良特性：教忠、教孝，以國家利益爲前提，誓死效忠天皇。因此，日本是「落後東方」對抗「強橫西方」的最佳領導者。誠如延淵功一在〈共犯的異國情調——日本與它的他者〉一文中說的：「『西方』是日本『傳統的發明打造』所必需的，同時亦幫助鎮壓日本國內不同的聲音，和製造一個人民忠於『日本』的現代民族。自我論述是一種寓容納於排斥，及寓排斥於容納的策略，兩種策略都不能互相分離，只有混合在一起才能有效地運作。」[2]因此，1930 年代到 1940 年代之間，這群被日本當局動員的學者們，一方面嘗試建構「日本乃東亞盟主」的理論基礎；一方面透過不同的管道來強調西方白種人自私的個人主義、物質主義及其頹廢墮落、妄自尊大，因此必須藉由黃種人的團結，將英美野心國家強力驅離。由此，遂有「大東亞共同體」的主張。

---

2 參考延淵功一〈共犯的異國情調——日本與它的他者〉，香港嶺南學院翻譯系：《解殖與民族主義》（香港：牛津大學出版社，1998 年），頁 197。

㈡「大東亞共同體」的提出

「亞洲一體論」的概念，最早在1903年由日本文化史研究者岡倉天心提出，他在《東洋的理想》一書中確立了包括印度、中國文明在內的文明論的「東洋」概念。而這個提法，與後來日本在政治上的自我形塑，有著密切的關係。其間的差異只在於，原先的東亞是以「中華文明圈」爲主，擴散影響及周圍的日本、朝鮮。到了1930、1940年代，由於帝國勢力擴展的需要，「試圖找尋一個取代『中華文明』的代稱，是熱切地要『脫亞』的近代日本內部的東方主義者發展出來的概念，是因爲有心人要改變中華主義文明一元論的向量所以產生」；「然而，文化概念的『東亞』作爲一個帝國日本學術視點所製造的產物，很快地就不得不被帝國日本所構造的政治性『東亞』或『大東亞』徹底吞沒了」。[3]

從1937年侵華開始，日本若干對中國進行的軍事侵略都被合理地解釋成：爲了將中國社會從停滯性的束縛裡解放出來，使能共同參與亞洲的再生。1938年11月日本佔領武漢，近衛內閣曾經就「建設亞洲新秩序」做聲明：「帝國所冀求永遠確保東亞安定秩序的維持，此次征戰的最終目的即在此。」以建設新秩序取代歐美主導下的世界舊秩序爲理由，掩蓋了侵略他國的事實。這樣的行爲在當時的中國兩領導者有不同的反應：重慶的蔣政權明白地指出這是「吞併中國的別名」；但

3　參考子安宣邦：《東亞儒學：批判與方法》（臺北：喜瑪拉雅研究發展基金會，2003年7月），第十章〈昭和時期的日本與「東亞」概念〉，頁148。

是，自重慶出走，後來（1940 年）在南京成立「國民政府」的汪精衛則於 1938 年 12 月從香港致電重慶國民黨中央黨部，主張與日談和，此即史上有名的「豔電」。[4]1942 年 5 月，臺灣作家徐坤泉在〈滄海桑田〉一文[5]中，對汪氏的作為，予以高度的肯定：「同是國民黨出身的愛國志士，難道老蔣一派的人才可以愛國，汪精衛氏一派的人就不可以愛國嗎？……汪先生早覺得日華兩國的民族，是同文同種，無論如何爭戰，終要走上提攜親善的大道，認為同負有東亞興亡的責任，所以由重慶脫出，發出豔電，招集真實愛國的同志，作那『自助者人亦助之』的和平運動……。」從徐坤泉此文可以看出，某些殖民地的臺灣文化人與日本帝國主義的思維合拍同調的狀況。而當時為日本所操縱的中國「淪陷區」，其實也有不少人，與徐坤泉一樣，是站在支持日本，支持汪政權的立場，正面地肯定日華的合作關係。

1942 年 2 月，隨著戰爭越趨激烈，九州帝大教授藤澤親雄在官方的要求之下，撰寫了宣傳神道政治和「大東亞聖戰」的手冊。這本小冊拉展出一套空間上涵蓋全球，時間上穿越人類過去、現在、未來的大論述：此即「御神國的日本」之說——遠古之前日本是全世界各民族的父母國，是絕對的宇宙生活中心，後來因為災變，造成人類與日本的疏遠。為了使「日本神聖統治中包含的宇宙生命力，遍佈整個世界和地球」，日本必須改造目前無法律且弱肉強食的世界，「重建曾在遙遠的古

4 參考李盈慧：《附日與抗日——華僑、國民政府、汪政權》（臺北：水牛出版社，2003 年 3 月），頁 106。

5 此文刊在《南方》152 期（1942 年 5 月 15 日）。

代，在各民族中盛行過的基本的垂直統治秩序」。使所有民族「在和諧而合作的動態秩序中，佔有自己的地位」。由這套理論推衍而出的概念是：日本之所以要發動大東亞戰爭與英美對抗，和歐美帝國主義的野心擴張並不相同；他是以「神國」的角色，爲解救被貪饞的西方所侵略的東方民族，爲重建亞洲新秩序而戰。[6]1943 年津久井龍雄在〈思想界之英美擊滅〉一文中，更是大聲呼籲「亞洲一體」的觀念：「吾等一昨年之秋，呼應近衛公之新體制提唱，結成日本評論家協會，脫卻在來之思想界通弊之個人的分散主義，及無因之對外國思想之傾倒，以發揮真個日本之思想之面目爲宗旨。」「要之，我日本國民皆爲大御稜光遍地上之使徒尖兵而已……不久，日本之思想之大光浸透重慶之城壁中，印度獨立運動之中，皇風充滿大亞細亞之日不遠矣！其時即彼岡倉天心所喝破『亞細亞是一個』之真理的具體化顯明之也」。[7]

㈢《南方》作為帝國的宣傳刊物

1. 從《風月》到《南方》：1941 年的改題

《南方》雜誌最早題爲《風月》，創刊於 1935 年 5 月 9 日，由北部地區一群傳統舊文人所創辦，每月逢三、六、九日發行一次，與南部的《三六九小報》性質頗爲相似。[8]其宗旨

6 以上有關藤澤親雄對「大東亞聖戰」的種種說辭，參考施淑〈「大東亞文學」在「滿州國」〉，《文學、文化與世變》（第二屆國際漢學會議論文集文學組）（臺北：中研院文哲所，2002 年），頁 589～590。

7 此文刊在《南方》166 期（1943 年 1 月 1 日）。

8 《三六九小報》發刊於 1930 年 9 月 9 日。由臺南地區舊文人所組

在「維持風雅，鼓吹藝術」，以消閒娛樂爲主。《風月》共發行四十四期，其間曾因經費不足停刊兩次。1937 年 7 月「諸人因感本島文藝界之蕭條，全島詩人皆苦無種植之園地，是以不辭一切的艱難，組織風月俱樂部。繼續發行半月刊，爲諸文人墨客揚眉吐氣」[9]，復刊之後的《風月報》主要還是作爲舊文人發表消閒遊戲之作的園地。在日本開始禁制臺灣作家用漢文寫作新文學的階段，或許只有這種無關時局的軟性文學，才能夠勉強爲執政當局所接受。到了 1938 年 8 月，隨著日本在中國戰爭規模的擴大，執政當局警覺到一份聯結日、臺、滿、華，代表官方立場發出聲音的「漢文刊物」，有其現實上的必要性。因此，《風月報》在當局的要求與編輯內部的自覺下，於 69 期開始明確地提出編輯主旨，除了刊載小說、詩、雜文、漢詩等各種文類的漢文作品以「研究文藝」外，又有兩個重要目標：一、爲了配合臺灣許多不解國文（日文）的老輩，因此該刊維持漢文書寫的原有形態，以提倡國民精神，宣揚東洋固有道德，並改善臺灣本地的風俗習慣爲主。二、由於進出中國大陸，必須具備相關的常識，因此，研究北京語、白話文，並介紹對岸的社會實況，以了解中國風俗民情，是當前日

織的南社偕同鶯吟社社員所創，由趙雅福擔任發行人，爲期兩年之久。從〈發刊小言〉可知，此刊之創設乃成於談笑之間。所以用「三六九」命名，乃以三日爲期，每月逢三、六、九日出刊，一個月共出九次。之所以稱爲「小報」，因爲當時臺灣諸大報社林立，其內容莫不議論堂皇。此報則特以「小」標榜，致力託意於詼諧語中，寄諷刺於荒唐言外。

9　參考簡荷生〈第一百期發刊詞〉，《風月報》100 期（1940 年 1 月 1 日）。

本國民應該具備的條件。從該刊的封面與卷頭語、編後話來看，《風月報》似乎已逐漸由刊載漢文作品的消閒文藝雜誌，轉而成爲配合國家政策的文藝刊物。

1939 年 5 月臺灣總督小林躋造宣佈「皇民化、工業化、南進基地化」三大治臺原則；1940 年 10 月日、德、義建立「軸心國」合作關係，共同對抗以英、美爲主的「同盟國」陣營。1941 年 4 月 19 日，總督府成立「臺灣皇民奉公會」，在臺灣更強勢地推行皇民化運動，各地「奉公會」分會紛紛成立，向臺灣人進行精神改造與思想總體戰的態勢已然形成。緣於外在的要求與編輯部內在的自覺[10]，1941 年 5 月 15 日發刊的《風月報》(130 期)，開始向讀者宣告將於當年 7 月（133 期）起，改題爲《南方》，以配合日本當局南進政策，並宣揚東亞共榮共存的思想。我們從 133 期的發刊詞，可以看出改題後的編輯取向。擔任府評議員的陳啓貞在〈祝辭與感言〉一文中指出：《風月》改題爲《南方》半月刊，目的在以臺灣爲帝國南方之鎖鑰，在此非常時局，必以南方爲要津，將來島民有發展的機會，必然會以南方爲出發點。所以「島民之文學家，乃島民之先覺者。在必以先覺覺後覺之懷抱，而使名副其實。

10 林荊南在《南方》133 期發表〈經過與將來〉一文，說到改變編輯方向的自覺：「有一天，我向簡氏（案：即簡荷生）發表強硬的進言說，非把《風月》的內容刷新不可……照現在的時局著論，『風月』兩字的標題太不適合時代的要求……臺灣唯一的漢文文藝雜誌，也掛著類似女性穿絲絨的招牌，可不是給有心人起不好評的印象？所以要刷新，非要把《風月報》改題不可！」，1941 年 7 月 1 日，頁 11。

以文章報國之觀念，使本刊得以發展，並為南方進出之使命，是不可不與讀者共同期待也」。[11]擔任《風月報》經理顧問的府評議員許丙，也有祝辭指出，原本《風月報》是「茶餘酒後之唯一消遣文藝」，而今「更為將來計，欲使島民覺悟，並為帝國南方進出之一參考，不得不改變原來方針，使島民儘可雄飛海外，而本報得以名副其實，為島民前進導線者……為覺悟將來，共以文章報國，並使本報以改題而後，獻身社會國家」。[12]這是臺灣島內與日方維持良好關係的士紳，在改題為《南方》後，提出的呼籲。至於代表日本當局發聲的，則有皇民奉公會中央本部委員臺北州支部參與龜山炎亭：「我們要明白改題《南方》的意義。誰也知道現在是帝國『南方政策』實施的時代，我們要明白時代的轉移，應付時代的要求。我們是生長在帝國南方的孤島，在南方政策推進中，我們的使命是非常重大的……要順應國策，向南方開拓去，踏入東亞共榮圈建設的圈裡去工作。」[13]由此可見，與當局一直保持著良性互動的《南方》雜誌，在此時似乎已然成為建設南方文化，促進東亞共榮共存，溝通日滿華三國親善關係的重要管道。

2.《南方》配合國策的實際運作

⑴改題之初諸多配合政令之活動

改題為《南方》之後，我們看到臺灣文藝家致力於配合當

11 刊在《南方》133 期（1941 年 7 月 1 日），頁 4。
12 刊在《南方》133 期（1941 年 7 月 1 日），頁 4。
13 刊在《南方》133 期（1941 年 7 月 1 日），頁 5～6。

局政令所做的努力。133 期吳漫沙發表〈南方文化的新建設〉一文，引述了中國國民黨主席汪精衛的談話：「大亞洲主義，是國父孫先生所提倡的。我們同志根據這理想，對於建設東亞新秩序，斬其實現。最近更發展為東亞聯盟的運動，主張東亞各民族國家，在政治獨立、軍事同盟、經濟合作、文化溝通[14]，這四個原則之下，結成聯盟，以貢獻於東亞的永久和平，同時即以貢獻於世界的永久和平……。」[15]這樣的說詞，對於懷有漢民族及文化情感的臺灣舊世代，具有一定的說服力。處在日本帝國的南端，臺灣漢人和他們的原鄉──華南，只一衣帶水。因此，在文化溝通上，臺灣是提攜日華親善的第一線；尤其在日本當局的論述脈絡裡，日華兩國原為同文同種的兄弟之邦，當前又同樣是受到英美列強侵略的亞洲國家，在互助互惠的原則下，進行合作關係，乃勢所必然。134 期，哲也在〈本社改題披露會的概況〉[16]一文，記錄了 1941 年 7 月 2 日臺北市蓬萊閣召開「改題披露會」的情形。此次會議的參與者有：帝大教授神田喜一郎、帝大土俗研究室宮本延人、帝大東洋文學研究室稻田尹、臺灣皇民奉公會中央本部委員龜山炎亭、臺北憲兵隊福吉、入田兩先生、北警察署高等係渡邊、森川兩部長、興南新聞社文書課長呂靈石、通信部黃可軒、廣告部林佛樹、學藝部黃得時、臺灣日日新報林朝慶、臺灣藝術社黃宗葵、楊鏡秋、醫學博士李騰嶽、臺灣歌謠大家林怒濤、實業家劉金聲、南方雜誌社社長簡荷生、庶務簡伯卿、編輯部吳

14 文章中的底線為筆者所加，以下同。
15 刊在《南方》133 期（1941 年 7 月 1 日），頁 8。
16 刊在《南方》134 期（1941 年 7 月 15 日），頁 11。

漫沙、林荊南等。席中帝大教授神田喜一郎以指導者的角色做演講，最足以代表日本帝國主義的立場，他強勢地糾正了一般人的觀念：「……《風月報》改題作《南方》的意義，我雖然不甚知道，大概是臺灣位於帝國的南方，所以便取題作《南方》吧？不過，南方卻不是單純地指臺灣的，華南、南洋一帶都是屬在南方的圈裡。這麼說了，南方的意義就不可等閒而論了。而且現在高唱著『東亞共榮圈』、『東亞新秩序的建設』、『日華親善』、『日華提攜』，不但日華要提攜，日華滿及東亞諸民族都要親善才是！……從前有一方面說漢文沒有什麼必要，然而，現在的時勢不同了，於東亞新秩序建設之下，對於從前的觀念須要更新認識才好！」[17]在這裡清楚地看到日本所以在戰爭非常時期，容許若干漢文書刊發行，最重要的原因乃是基於政治上的考量。此時的「漢文」與日本治臺初期一樣，都被用來作爲日本殖民者推行統治策略的有力工具。統治初期，日本當局鼓勵小泉盜泉、館森鴻、中村櫻溪、水野遵等多位漢儒來臺，藉由漢詩的寫作，拉攏與臺灣傳統文人之間的關係，在當時達到一定的實效。到了日治晚期，漢文再度成爲日本拉攏中國、滿洲以及南洋地區華人的工具。因此，1937 年—尤其 1941 年以後，華文刊物反而成爲日本當局高度賴以拓展東亞勢力，進行思想戰的重要憑藉。然而，也就因爲它的重要性，使得官方對該刊的禁制與管束愈趨嚴格，從《南方》後續發展所面臨的種種干預，當可略知一二。

---

17 刊在《南方》134 期（1941 年 7 月 15 日），頁 11。

⑵出版法修正後的《南方》

1942 年 4 月 1 日「出版法」修正後，書籍刊物必須通過許可才能申請出版。這一年 4 月 2 日發行的 149 期《南方》雜誌，在內容上又有大幅的調整。編者在往後的數期裡，陸續加入了許多宣揚國策的文章，在該刊的封面也題上「大東亞戰爭就是解放東亞民族的聖戰。一意一心抱著必勝的信念向前奮鬥」、「強化鄰組親善就是國防的基礎。美英是侵略東亞的巨獸」等戰鬥意味濃厚的文句，呈現該刊鮮明的官方色彩。期刊末尾的「編輯室談話」，也一面倒地宣說呼應時局的言論：「大東亞戰爭向著完成的大路邁進的今日，本刊的使命尤覺重大了。我們不敢稱爲文化的鬥士，我們應該痛感責任的重大，推動時代的輪子，盡著後方國民的本分，發揮自己的本能，來爲國家、爲民眾盡點義務」（149 期）。150 期的編後語裡（1942 年 4 月 15 日），主編向讀者宣佈：「本期爲本刊蒙當局許可發行的特大號，內容也可說和過去大有差異了。今後我們就本著這主旨來貢獻給我們的社會」（頁 45）。作爲皇民思想宣傳品的角色，在此時似乎已然定調。往後，刊頭語基本上皆隨著當局政策亦步亦趨：「實行朝操鍛鍊我們的體魄，把英美侵佔東亞的寶庫奪回來」（150 期）、「簡素生活是國策協力的第一步，貯蓄報國是銃後奉公的最先驅」（151 期）、「我們要執起正義之劍擊退英美，我們要保護殉國烈士的遺族」（152 期）……。

150 期的《南方》還有一個值得注意的活動，便是該期發佈了「漢詩研究會成立啓事」。[18]將創設的詩社稱爲「南風吟社」，社址在南方雜誌社內，其實是《南方》的附屬詩社。創設的宗旨，主要在強調「振興詩教精神，發揚忠孝之美風」，希望臺灣青年詩人「以國語吟漢詩，養成古武士之精神」，除了要寫美麗島本身，帶有地方色彩之吟詠外，更要「體三百篇風人之本旨，寫社會真相，含有時代精神」。先後進行的課題及負責評選的詞宗爲：〈日本刀〉（詞宗：尾崎古村）、〈國姓花〉（詞宗：謝雪漁）、〈從戎〉（詞宗：國江南鳴）、〈日月潭杵音〉（詞宗：林獻堂）、〈南菜園〉（詞宗：小松天籟）、〈鄭成功〉（詞宗：魏潤庵）、〈木蘭花〉（詞宗：黃可軒）、〈攘夷〉（詞宗：神田朁庵）……，從詩題可以看出濃厚的時代性與政治色彩。有意思的是〈攘夷〉是指聯合亞洲對抗歐美蠻夷，借用了傳統中國的語詞，卻又做了內容的轉換。

151 期（1942 年 5 月 1 日）卷頭語〈南方文化建設與臺灣〉，編者向島民進一步地說明，日本之所以要建設東亞共榮圈，是爲了要解放受英美帝國壓搾的十億亞洲民族，讓南方共榮圈的民族：泰國、越南、緬甸、東印度、菲律賓、婆羅洲、西伯里等地，都飄蕩著日章旗，以重建亞洲的天地。因此，充滿歡欣鼓舞的心情宣告：「帝國的文化在數世紀就誇示於世界了！臺灣數十年來，文化的復興，和今日的繁榮明朗，又是一個實證……活用臺灣的統治經驗，來樹立百年大計的南方共榮圈文化建設，是本島文化戰士奮起之秋了。」該期也同時記錄了南方雜誌社在 3 月 18 日所召開以「南方文化建設」爲題的

---

18 1942 年 4 月 15 日，頁 44。

座談會之盛況（頁21）。

爲了使島民能堅定地接受當局的說辭，該刊更動員了臺灣士紳領袖林獻堂在159期《南方》的首篇，發表了〈大東亞戰爭之意義與島民之覺悟〉[19]，作爲日本國策的傳聲者。這篇文章可能是《南方》雜誌所有文章裡，談大東亞戰爭以及臺灣島民應如何具體配合聖戰，最詳細清晰的作品。完全從體念天皇陛下仁厚的感激之心出發，貼近日本爲解救十億萬被英美無饜搾取的受難東亞民族的苦心而發言。文中對日本所以進兵中國，也有合理性的解釋：「……英米嗾使張作霖、蔣介石，以爲對日戰爭之先鋒之情勢，極爲明瞭。是故對英米戰爭勢必至於對支那戰爭者，是亦是明瞭之事實也。故日本欲遂行東亞之國策，須決意與英米戰爭；既決意對英米戰爭，則不可不覺悟與支那一戰。」[20]作爲臺灣反殖民運動的政治領袖，在決戰時期，卻被要求做這樣的發言，林獻堂內心的感受究竟如何？後面將會做進一步的分析，在此暫且不論。

同樣刊載在159期的，還有兩個訊息值得注意：第一是該刊記者前往拜訪各界人士，詢問近況，並請教他們對時局的看法，而後將之整理成〈名士感談集〉。受訪對象中，值得矚目的是「文學家・皇民奉公會文化部委員」張文環，針對記者的提問，他如是回應：「只會看小說，只會做些文藝作品，雖然他的文章作得很好，亦不能夠配稱得文學家。因爲文學是以政治經濟爲根底的，我們臺灣文學家之中，很多只會舞文弄墨，

19 1942年9月1日，頁1～4。

20 《南方》159期（1942年9月1日），頁2。

迎合時局，作品的內容空空洞洞，並沒有思想，哪裡配得稱文學家哩？」[21]相對於張氏的含糊其詞（「以政治經濟爲根底」的是什麼樣的文學？「迎合時局」、「內容空洞」的是哪一類作品？），第二個訊息則相當明確地呈顯出臺灣作家的另一種態度：在〈各界對本刊的希望〉一文中，北臺士紳黃純青清楚地強調：「本刊當須嚴守著純粹文化機關的立場，依照新的編輯方針，漸進地改革，充實本刊的內容，順應國策來遂行文化的任務。務要使這唯一漢文版的《南方》成爲臺灣雜誌界最有品格，最有價值的文化機關。尤須再努力，使他發達到早一天能夠成爲南方共榮圈的文化建設的指導機關。」[22]同樣是臺灣菁英階級，同樣在皇民刊物上發言，張文環與黃純青對日本當局的表態或者說交心，卻有不同的表現方式。[23]在日本強勢監控之下，被動員的臺灣人在「同一」的表相下，事實上存在著不同程度的「差異」。

⑶ 162 期的遭禁及《南方》後續的發展

《南方》161 期（1942 年 10 月 1 日），編者公開宣佈將停止從 131 期開始，長達一年半（1941.6~1942.12）的漢詩人七大毛病論戰。[24]162 期則因內容關係，遭當局命令禁刊。167

21 《南方》159 期（1942 年 9 月 1 日），頁 10。
22 《南方》159 期（1942 年 9 月 1 日），頁 12。
23 有關張文環如何在複製官方言論之時，潛藏另一種非官方的意識形態？請參考游勝冠〈論戰爭期張文環國策言論中的「政治無意識」〉，刊在《中外文學》第 31 卷 6 期（2002 年 11 月）。
24 《南方》161 期（1942 年 1 月 1 日），頁 14。

期（1943 年 1 月 15 日）開始在該刊，報導戰爭的新聞性消息：「地方新聞第一號」，報導了全島各地（臺北、高雄、花蓮、蘭陽、龍潭、臺中、彰化）熱烈參加第二次陸軍志願兵的情形。[25]169 期（1943 年 2 月 15 日）則報導本島第二回志願兵募集總數高達六十餘萬人，其中臺北州十三萬四千名，成果異常驚人，顯示著本島青年熱血澎湃的愛國情懷。[26]此後，報告戰況的通訊越來越多，到了後期甚至在刊物的封面刊登了「長谷川總督蓖麻栽培」的寫真（182 期）、「應徵職場投入決戰」（185 期）、「大東亞戰爭第三年決心必勝」的海報（187 期），戰爭的煙硝已然瀰漫在文藝刊物中。

1943 年 1 月 1 日，166 期卷頭語，對該刊的內容做了這樣的批評：「在皇軍的庇蔭，和戰時體制之下，本刊跟著皇軍的擴大戰果，不斷發展，當今年已第七年了……本刊這六年的存續，全係各地讀者熱心擁護之功，但總沒有充實的內陣，給予諸君滿意，這一點是本刊同人引以爲憾的。但是，南方共榮圈確立的今日，本刊的使命，是更加重大了……。」169 期（1943 年 2 月 15 日）卷頭語，林恒夫撰〈恭迎二千六百三年的紀元佳節〉，強調必將配合日本的大東亞戰爭，實踐解放東亞的使命。170 期（1943 年 3 月 15 日）該社刊登啓事：「大東亞戰爭節節勝利之今日，本社同人在感激皇軍之忠勇與慶賀東亞之黎明，愈感責任之重大。故集合同人討論，強化內部組織，注重地方通訊，並力求其敏捷與充實，以盡文化報國之責

---

25 《南方》167 期（1943 年 1 月 15 日），頁 17。

26 《南方》169 期（1943 年 2 月 15 日），頁 23。

務。是以決定設置各地方支局及通訊員，編輯營業緊密連絡印刷，以應讀者要求……。」[27]究竟是因應哪些讀者的需求呢？我們追溯 163 期（1942 年 11 月），廖毓文〈島內文人應負的任務〉一文，或許可以獲得一定的訊息：「這一二年來，島內的文藝雜誌，或單行本如雨後春筍，接踵而出……以前的雜誌，出版不出一千多部，竭力推銷還是售不過半！現在據說發行部數，多則五六千部，少則二三千部，推銷尚不費力。推銷的範圍又擴大至內地、朝鮮、滿洲、中國各地，可說臺灣的文學已漸漸脫卻地方性了，這點於臺灣的文學運動，確是一種巨大的飛躍……。」[28]不只是供應島內讀者所需，《南方》雜誌最大的責任是透過漢文書寫的網絡，將皇國訊息散佈到東亞各地，使日本帝國的國策與戰爭訊息，能為廣大的漢文閱讀人口所接收。

3.多次重整與呼籲所透顯的訊息

日本當局容許《南方》雜誌存在，有其現實上的迫切性與必要性；臺灣文人作家配合國策，也有其現實上的不得不然。但是，觀察 1941~1944 年《南方》雜誌的刊行，卻可發覺臺灣作家群在柔和順從的表層之下，似乎存在著某種頑強的性格。

《南方》發刊四年間，我們可以看到該刊編輯曾經多次改組，在卷頭語和編後語甚至封面的提辭，不斷呼籲必須積極配合國策，以達到文學報國的目的。雜誌內容也隨著戰況的緊張，而逐漸增加了皇國文章。從這個角度來看，《南方》徹頭

---

27 《南方》170 期（1943 年 3 月 15 日），頁 26。

28 《南方》163 期（1942 年 11 月 1 日），頁 6～7。

徹尾是御用的、傾斜的，作爲大東亞戰爭的宣傳物。不過，值得注意的是，似乎幾次變革，都強調對過去的不滿，並強調充實內容的重要。假如，真的是妥貼地順服當局的指令，爲何還要一而再，再而三地對該刊的內容發出不滿意的批評？究竟是什麼原因，使得編者無法達到他的理想？我們可以嘗試選取一個實例來觀察，對《南方》進行批評反省之前，該刊所選編的作品，與之後所選編的作品，究竟有什麼樣的差異，或許可以看出一些端倪。

1942 年 4 月 1 日「出版法」修正後，《南方》雜誌編者自認在內容上已有大幅的調整。茲羅列調整後的 150 期，及其前後期（149 期、151 期）的目錄如下，嘗試加以比較：

第 149 期（1942 年 3 月 15 日）[29]

丁寅生〈孔子演義〉頁 1/林灌園〈環球遊記〉頁 3/新光山人〈美術家逸話〉頁 5/雞籠生〈大上海〉頁 7/國亮〈衝突〉頁 9/臥霞山人〈友愛〉頁 10/楊鏡秋〈文小三過年〉頁 11/天棲〈漂流的紅葉〉頁 13/慧劍〈秦淮河的側面描寫〉頁 16/蔡崇山〈尸人〉頁 17/竹堂哲夫〈大詔降下〉頁 18/程萬里〈寒萱〉頁 20/吳漫沙〈黎明了東亞〉頁 22/流石編〈南方詩壇〉頁 28/編者〈編輯室談話〉頁 36

第 150 期（1942 年 4 月 15 日）

汪精衛〈發揚東方道義精神〉頁 1/中島道明〈九軍神〉頁 2/曉風〈東亞共榮圈的資源〉頁 7/明達〈新嘉坡陷落以後〉

---

29 該期發刊時出版法剛剛制定，內容雖來不及調整，卻即時在封面加上配合國策的標題。

頁 8/天驥〈印度反英運動的趨勢〉頁 10/伯孚〈水深火熱中的南洋土人〉頁 14/黃石輝〈爲臺灣詩毛病翻舊案〉頁 21/雞籠生〈大上海〉頁 25/韓子明〈對於時局認識善於指導民眾論〉頁 26/丁寅生〈孔子演義〉頁 27/林灌園〈環球遊記〉頁 29/描文〈我的散文〉頁 31/山客〈晚秋〉頁 32/吳漫沙〈黎明了東亞〉頁 35/流石編〈南方詩壇〉頁 39/編者〈編輯室談話〉頁 45

第 151 期（1942 年 5 月 1 日）

中島道明〈九軍神〉頁 1/曉風〈強化我們的防空戰線〉頁 4/洪潮〈烽火中的荷屬東印度〉頁 5/〈南方衛生對策確立之必要〉頁 6/山岡莊八〈無敵潛水鑑同乘記〉頁 7/新人〈緬甸經濟綜觀〉頁 9/丁寅生〈孔子演義〉頁 12/林灌園〈環球遊記〉頁 14/漫沙〈春夜歡宴〉頁 16/耐紅〈詩妓賦〉頁 16/雞籠生〈大上海〉頁 17/描〈我的散文〉頁 18/新光山人〈美術家逸話〉頁 19/本社招待座談會盛況頁 21/程萬里〈寒萱〉頁 22/吳漫沙〈黎明了東亞〉頁 24/流石選〈南方詩壇〉頁 30/編者〈編輯室談話〉頁 37

筆者加上灰框者，表示乃配合國策而添加的言論或作品。149 期直接與日本大東亞戰爭有關者，只有勝田穗策作，竹堂哲夫譯；以及香月原作，蕉翁譯爲「臺灣歌體」，兩篇歡頌日本天皇於 1941 年 12 月 8 日發佈對美宣戰的〈大詔降下〉。到了 150 期，爲宣揚「聖戰」，當局允許發行特大號，「內容也可說和過去大有差異了，今後我們就本著照主旨來貢獻給我們的社會」。[30]這期頁數明顯地增多，而且轉介中國或轉譯日本的戰爭文章佔了極大的篇幅。以 150 期為例，共有七篇十八頁屬於這種類型的作品，佔了整本雜誌的 40%。

值得注意的是到了 151 期，宣傳性的篇數雖然相差不多，但是只有十二頁，佔了該雜誌的 35% 弱。假如繼續統計的話，作為戰爭宣傳的文章，153 期約佔 31%、154 期約佔 29%、155 期約佔 23%……似乎又逐漸地減弱了它作為宣傳物的功能。極有可能是日方對編輯者的不滿，156 期吳漫沙忽然有一篇〈我之聲明〉公佈於該刊：「鄙人自辦理南方雜誌之編輯事務以來，倏忽已屆五載。此五年之歲月無不戰戰兢兢，恐有疏忽。幸荷各界人士諄諄指導，故無大過，深引自慰。今因商業上關係，未能再理本刊，故提出辭職……今後本刊編輯諸事，概與鄙人無干……。」[31]吳瑩真《吳漫沙生平及其日治時期大眾小說研究》謂吳漫沙在這一年年初曾受到日本當局打壓：「1942 年 2 月被日本等刑警丸山作次叫去臺北州廳警察課，因不諳日語，有簡荷生陪同。以吳漫沙的華僑身份，編派以『中國特務』之名，遭受拷打。後得力於堂妹之女同學，透過關係始被釋放。」[32]據吳漫沙的說法，為了避嫌，好友規勸他放棄《南方》主編的職務。檢視吳漫沙在《風月報》乃至

---

30 「編輯室談話」，《南方》150 期（1942 年 4 月 15 日），頁 45。

31 刊在《南方》156 期（1942 年 7 月 15 日），頁 27。

32 吳瑩真據吳漫沙戰後所寫的〈追昔集── 欲擒故縱〉（《臺灣時報》，1958 年 10 月 6 日），而有這樣的敘述。參考氏著《吳漫沙生平及其日治時期大眾小說研究》（南華大學文學所，2002 年 1 月），年表頁 20～21。

《南方》時期的文藝表現，其實他有多篇卷頭語與小說，都亦步亦趨地跟隨者執政者的要求。甚至在這時候，他有還有〈黎明了東亞〉這篇配合時政的小說正連載中。不過，整個《南方》的編輯取向不合人意是事實，因此，會有吳氏的離開編務。這極可能是日本當局另一波的思想整頓。我們在 156 期同樣也看到一個不尋常的現象：林獻堂亦於此期宣佈停止刊載《環球遊記》:「《環球遊記》係十年前舊稿，思想固陋，而刊載於今日，殊不合時宜。無異夏裘冬葛，不但無益於讀者，常恐招誤解之虞。故就此號中止，願讀者諸君諒之！」[33]《環球遊記》究竟出了什麼問題？翻查前一期（155 期）有兩處原稿缺，一處是頁 13 至 14，從目錄來看，應爲林獻堂的〈環球遊記〉；另一處則是頁 21 至 22，應爲雞籠生的〈大上海〉與老徐的〈滄海桑田〉。我們看更早一期（154 期），林氏在文中用辭極爲小心謹慎，應該是當局對其舊作重刊已頗有意見，在〈法國見聞錄〉的篇首，林氏嘗試添加一段文字做澄清：「〈環球遊記〉自昭和二年起經續登載於《臺灣民報》，去年受簡君之美意，復刊載於《南方》。〈英國見聞錄〉一篇已終，就中不免有過譽之言，蓋當時之觀察如是。茲錄此篇，聊以表今昔感想之不同，願讀者諸君以指正焉。」[34]儘管做了澄清，結果155 期還是遭到禁刊的命運。主要的原因應該在於日本此時正積極地對美英進行宣戰，155 期的卷頭語便是以「頑美幾乎心膽俱碎」爲題，強調大東亞戰爭爆發後，美國已喪失對日本之

---

33 刊在《南方》156 期（1942 年 7 月 15 日），頁 28。

34 刊在《南方》154 期（1942 年 6 月 15 日），頁 14。

南方進行攻略；日本的強大軍事力量已使英美爲之喪膽了。在這樣的時局下，實在不容許任何讚揚歐美國家的文章，這應是林獻堂作品遭禁之故。[35]

158 期《南方》雜誌宣傳文章的數量一度下降到只佔全書的 20%，遂又有另一波要求改革的聲音。1942 年 9 月 1 日，159 期宣佈：「本刊目下正初試新編輯方針，極力網羅有益於國家社會之文學作品，自 10 月 1 日起（161 期）決定再一番的革新篇幅，充實內容給她的質提高，尤其更著眼於後方文學量的增加。所以，自 10 月 1 日號起，關於討論詩人毛病的稿件，一律割愛。關於該類的稿源，亦自 10 月 1 日號截收……。」[36]但是，這一次的調整，似乎還是不符當局的要求。162 期整本刊物被禁，163 期該刊有緊急啓事解釋：「因內容關係，納本不通過，未能如願發行。」165 期（1942 年 12 月 1 日），《南方》發出社告通知：「茲聘林恆夫氏爲經理顧問，同時聘楊海如先生爲編輯部長。今後本刊編輯之權，全屬楊氏，凡各地投稿，均由楊氏取捨。」林恆夫與楊海如背景有待進一步的了解，不過我們從這兩人刊載在《南方》的作品來

---

35 後來讀到許雪姬〈林獻堂日記的史料價值〉一文，適足以作為筆者推斷之佐證。許氏據林獻堂 1942 年 6 月 9 日、10 日、16 日、18 日、23 日、25 日的日記談到，1942 年因《南方雜誌》重刊其赴歐美之遊記《環球遊記》中的〈滯英雜感〉所描寫的英國有過譽英國之嫌，被檢舉。經不斷解釋，再寫一篇〈大東亞戰〔爭〕吾人之覺悟〉一文方才勉強過關。參考《林獻堂日記㈠》（臺北：中央研究院臺灣史研究所籌備處，2000 年 12 月），頁 4。

36 《南方》159 期（1942 年 9 月 1 日），頁 26。

看[37]，可以知道他們是完全符合官方標準的皇民作家。經過這次的整頓後，《南方》似乎才慢慢地步上比較符合日本當局要求的皇民刊物之軌道。至於真正整本刊物完全符合國家政策這個「理想」，一直到最末的 189、190 合刊期，還是未能徹底的實踐。

因此，我們可以說儘管日本當局不斷地監控管束，但是《南方》雜誌還是存在著「官方意識形態」與「非官方意識形態」的角力。所謂「非官方意識形態」，乃是一種民間的、日常生活的意識形態，與官方意識形態相互對立，又相互滲透、制衡、補充。相對於官方意識形態保守、穩定和僵化的趨向，非官方意識形態具有離心與分化的趨向。[38]在大東亞戰爭草木皆兵的時期，即使在早期是反殖民立場的人，此時也都被迫要潛沉內斂，不可能有激烈的反對聲音。所以，表現在文學寫作，可能是「時局不在」或者說「歷史不在」的書寫。他們寫古事、寫風月、寫愛情、寫旅行、寫民間傳說、寫衛生常識、寫俠義世界……，就現實處境而言，他們是封閉的；就戰爭的積極性而言，他們是充滿「惰性」的。但是，就想像世界而言，他們卻可以是天馬行空，活潑自得的；相對於官方的單音論述而言，他們呈現了眾聲喧嘩的活力。為了集中討論焦點，

---

37 165 期林恆夫有〈大東亞戰爭一周年紀念〉（頁 1）、楊海如有〈大東亞文化精神在那兒？就是這共榮圈創造的表現〉（頁 2～3）；166 期林恆夫有〈必勝在最後精神昂揚〉（頁 1）、楊海如有〈謹祝戰勝第二年的新春〉（頁 2～3）。

38 參考劉康：《對話的喧聲——巴赫汀文化理論述評》（臺北：麥田出版公司，1995 年 5 月），頁 27。

以下筆者只就《南方》雜誌裡最自成天地的「南方詩壇」來觀察，在強力的國策宣傳之下，臺灣漢詩人究竟發出了什麼樣的聲音？

三、決戰時期的臺灣漢詩壇

㈠「南方詩壇」所見重要詩社及其詩作取向

從《南方》雜誌「南方詩壇」所刊載的詩社成員作品來看，決戰期比較活躍的詩社，分別有北臺灣的「仰山吟社」、「鷺洲吟社」、「瀛社」、「高山文社」、「龍文吟會」、「桃社」；中臺灣的「櫟社」、「聲社」、「應社」、「興賢吟社」、「菱香吟社」、「螺溪土曜吟會」；南臺灣的「集芸吟會」、「在山吟社」、「興亞吟社」，以及東臺灣的「寶桑吟社」等。

日治初期臺灣三大詩社裡，創立於 1902 年的霧峰「櫟社」到這階段仍持續運作，雖然創社諸老已先後逝世[39]，但是，由於該社社長傅錫祺的努力撐持，以及同爲社員的臺灣政治運動家林獻堂的積極重組，1941 年再度吸收莊幼岳、莊遂性、林陳琅、林春懷等新血加入[40]，使得一度趨於沉寂的櫟社

39 林癡仙逝於 1915 年、賴悔之逝於 1917 年、蔡惠如逝於 1929 年、林耀亭逝於 1936 年、莊太岳逝於 1938 年、林幼春逝於 1939 年、陳懷澄、林仲衡逝於 1940 年。參考鍾美芳〈日據時代櫟社之研究〉（下），《臺北文獻》第 79 期（1987 年 3 月），頁 117～120。

40 葉榮鐘則稍後在 1942 年 3 月 1 日加入櫟社，參考鍾美芳〈日據時代櫟社之研究〉（下），頁 122。

有了再度出發的機會。在思想禁制的決戰時期，依然得以遊走在日本思想監控的縫隙間，發出異於國策文藝的聲音。創立於 1939 年的彰化「應社」，可以視爲「櫟社」的附屬詩社，在「南方詩壇」裡可以看到賴和、陳虛谷、楊守愚等自新文學轉入古典詩的創作者之詩作。何以這些可能持有「異見」的漢詩人願意將作品發表在具有濃厚官方色彩的《南方》雜誌中？他們究竟寫了什麼樣的作品？發出什麼樣的聲音？後文將會做進一步的說明。

創於 1909 年的臺北「瀛社」，在此時依然維持穩定的發展。除了部分擊缽課題，明顯地傾向執政者的國策主張，如祝戰捷的〈肉彈〉、〈祝新嘉坡陷落〉（149 期）之外，它基本上是以一種不溫不火的方式，持續著社務的運作。〈壽花神〉（150 期）是慶祝花朝之作，〈岳小保〉（153 期）是詠史之作，〈泛牛江渚〉（165 期）、〈劍潭望月〉（169 期）是寫景之作；〈老松〉（169 期）則爲詠物之作。由於社員數量多，成分較爲複雜，不容易爲瀛社做「定性」描述，吾人或許可以這樣說：它與時代保持一定的疏離，卻又與執政者存在著某種程度的親近關係。在瀛社長老級社員謝雪漁指導下，桃園的「桃社」於 1912 年創立，這個規模不算大的詩社，在四〇年代「南方詩壇」園地裡，相當努力地宣揚皇國思想，實無異於官方政策的傳聲筒。與之同樣以「文章報國」自我期許的詩社，還有「鷺州吟社」（臺北）、「菱香吟社」（溪湖）、「興亞吟社」（林邊）、「寶桑吟社」（臺東），當然還有附屬於《南方雜誌》的「南風吟社」。這些詩人團體所創作的作品，最足以作爲官方意識形態的典型代表（詳後）。

創立於 1906 年的臺南「南社」，在 1937 年中日戰爭後，由於老成凋零[41]，加上社員星散[42]，到了四〇年代已然停滯不前。從「南方詩壇」來看，當時臺南地區持續進行漢詩吟詠的有「集芸詩學研究會」、「臺南市詩會」，其中韓子明、林海樓、吳子宏、楊乃胡屬於南社舊成員，其他大部分成員多為初學漢詩的臺南青年，如：白劍瀾、吳士林、陳敬如等。總體而言，臺南地區的漢詩活動在 1941 年以後，已然逐漸轉弱，反倒是高雄的「高雄州下聯吟會」、「在山吟社」、「瀨南吟社」，乃至於林邊的「興亞吟社」顯得朝氣蓬勃。這階段漢詩的寫作，除了因應時局要求宣揚戰爭理念鼓舞士氣的作品；以及若干在殖民者監控下尋求邊緣發聲外，大部分的詩作似乎以一種遲滯的速度，不疾不徐地鋪寫出庶民生活的面相，以及日常生活的切片。

㈡與大東亞共榮思想合節的漢詩人

作為官方宣傳刊物《南方》雜誌裡的「南方詩壇」，必然有若干完全配合時局發言的漢詩作品。值得注意的是，它經常集中表現在某些詩社或某些詩人筆下。比如：《南方》甫改題

---

41 創社的蔡國琳早已於 1909 年過世，此外，第二任社長趙鍾麒逝於 1936 年、重要成員林湘元逝於 1923 年、胡南溟逝於 1933 年、楊宜綠與林秋梧皆逝於 1934 年、連橫與林珠浦皆逝於 1936 年、謝星樓逝於 1938 年。參考吳毓琪〈南社社員表〉，《南社研究》（臺南：臺南市立文化中心，1999 年 6 月），頁 379～414。

42 比如謝雪漁、陳逢源皆已離開臺南往北部發展。而，吳萱草也極少參加該社的活動，主要活躍於佳里、將軍一帶。

之初，桃園的「桃社」社長黃全發便與全體社員共同刊登「祝南方文章報國」的廣告詞，率先向當局表態。148 期刊出該社第五期徵詩題目〈大東亞共榮圈建設〉、160 期徵詩題目〈總力戰〉，都與時局完全合轍。甚至某些看起來應該是屬於尋常生活的題目，社員們還是忍不住要大作「皇國文章」。比如 1943 年元旦，《南方》166 期，在「帝國發動大東亞戰爭，獲得大戰果，戰勝的第二年，同時也是聖戰的第七年」（陳啓貞〈新春感言〉）的背景下，桃社刊登〈農村新年〉的課題之作，社員許兩全詩云：「……黍稷稻粱歌大有，羊豚雞鶩慶蕃滋。東方遙向皇城拜，草野歡騰戰勝時」；陳瑞安云：「鴻鈞一轉鳳來儀，綠滿東郊景象宜。祈穀人參鄉社讌，迎年民拜日章旗……」；游景明云：「鴻恩浩蕩感無私，茅舍齊翻旭日旗。松竹有情同結束，桑麻何意竟離披……」，幾乎都忍不住要在題外作文章，心心念念要與時局走向相扣合。

這樣的情況，同樣表現在《南方》134 期鷺州吟社的〈祝志願兵制度施行〉、143 期菱香吟社的〈國民精神總動員〉、147 期潮聲吟社的〈旭日東昇〉、149 期瀛社的〈祝戰捷吟會——肉彈〉、〈祝新嘉坡陷落〉、163 期龍文吟會的〈慰問信〉、167 期以文吟社的〈祝新嘉坡占領〉、172 期仰山吟社的〈大和魂〉、〈增產〉、螺溪吟社的〈祝豐年〉、173 期龍文吟會的〈祝義務教育施行〉……。日本當局於 1941 年 6 月 20 日決定自次年起施行「志願徵兵制」，這年的 7 月 15 日，鷺州吟社即以〈祝志願兵制度施行〉爲題，集體向執政者表達呼應國策的至誠，遂有像詩瓢（李學樵）所寫的這類詩作：「久欲從軍願，今朝制度行。獻身期報國，努力奮前程。同化原同種，共存本共榮。皇恩三島遍，感激祝徵兵。」對日本願意將臺人視同「自己人」，而在臺灣施行徵兵制，表現了無限歡喜。1942 年 2 月 15 日，日軍攻陷新加坡，瀛社在這年 4 月 1 日，《南方》149 期的「南方詩壇」立即刊登該社〈祝新嘉坡陷落〉的課題之作。1943 年 4 月 1 日，日本在臺施行義務教育，1943 年 4 月 15 日，《南方》173 期馬上就有龍文吟會的〈祝義務教育實施〉擊缽之作，讚頌天皇的一視同仁，使臺灣所有文盲都有接受教育的機會，感激之情溢於字裡行間。

通常我們不輕易地評斷一個詩社是否爲御用文學團體；不輕易地判斷一位詩人是否爲親日文人。但是，假如有些詩社活動其實可以不必如此命題（比如前面筆者所舉具有濃厚時局色彩的詩社作品）；有些詩作的內容可以不必如此書寫（比如題爲〈早稻〉，有人純粹就農作的角度發言；有人卻一定要藉此歌頌日本軍），同時代的人「不必然」，而某些人卻爲了向當局示好，頻頻殷勤地表現立場，而「不能不然」，或許我們可以說他（或他們）都是屬於向日本殖民政權傾斜的人物。

在「南方詩壇」我們看到向當局表態之作出現頻率極高的，有謝尊五、謝雪漁、莊玉坡、李學樵、李逸鶴等。茲以謝尊五爲例，觀察他的詩作與官方意識形態緊密配合之狀況：136 期《南方》刊有謝尊五的〈祝改題〉詩，讚揚由《風月》改題爲《南方》是東亞共榮之始，也是向南發展的好時機。138 期謝雪漁前往南京前夕，謝尊五有〈次雪漁兄之金陵原韻〉贈之：「……領取南朝好風景，聯盟東亞巧機緣。煙波萬頃心仍壯，老眼遐舒更豁然」，強調謝雪漁此行的責任以及與東亞國家聯盟的必要性。145 期〈新春述懷〉，謝尊五不忘藉此歌頌日本統治者的仁政，並重申東亞共榮，團結抵抗西歐的必要：「從戎投筆答涓塵，馬到功成大地春。浩蕩仁風噓草木，晴光旭日樹松筠。西歐制敵誇全宇，東亞榮圈洽四鄰。願祝馨香隆郅治，早登衽席濟斯民。」面對新的一年，其他詩人可能傾向於反身自省，惕勵將來，謝尊五卻將自我消隱在巨大的日本軍國主義陰影下，高舉著旭日旗，一心一意感謝皇恩。161 期，「南方詩壇」刊登他的〈次許寶亭君箕園自詠雅韻〉，明明是訪友閒詠之作，謝尊五還是不忘將戰場的騰騰殺氣，以及與美英爲仇敵的思想引到詩中：「米英擊滅亞東天，我武維揚戰捷連。榨取多年除弊政，膏肥曠土闢新田……。」1943 年元旦，爲慶祝新春，謝尊五在《南方》166 期有〈農村新年〉云：「……江山新氣象，草木被仁風。樞軸聯盟固，盤石國基洪。維揚武運久，赫赫貫始終。米英除掃滅，聖戰精陸空。從茲禮義化，洗甲息兵戎。東亞榮圈內，庶政治隆隆……。」其後，168 期〈次贊鈞社兄七十書懷原韻〉在祝壽的詩作中，依然不忘要痛擊米英……，凡此種種都可以看到與日本國策亦步亦趨的漢詩人之面貌。

㈢「南方詩壇」的異聲

1. 非官方意識形態的詩人群

在「南方詩壇」我們確實可以看到前面所提到的幾位詩人、幾個詩社，不管在課題徵詩的命題或在寫作的內容上，都等同於官方思維方式與價值判斷的翻版。然而，假如將之放置在整個「南方詩壇」來觀察，將會發覺：這類作品除了 189、

190 最後兩期，完全在執政者主控下，佔了漢詩欄極大的比例外，其他各期所佔的比例並不高。換句話說，儘管《南方》曾經多次呼籲必須在內容上進行改革，但是，在《南方》漢詩壇裡，我們卻看到漢詩人對執政者大力傾銷的官方觀點，有著某種程度的疏離和斥拒。「南方詩壇」有少數是呼應時局之作，有更少數是暗諷時政之作。至於最大多數詩作的內容則是：詠物、寫景、詠史、遣懷，尤其是與現實生活貼近的祝壽、祭弔、賀新婚、弄璋、升遷，乃至修業完成、店鋪開張……等等，都可以納入漢詩寫作的範圍。我們可以說這是漢詩的庸俗化，卻也可以說它已然庶民化、大眾化[43]，它的創作者不只限於上階層的知識分子；即使是販夫走卒，市井小民，只要曾經入私塾，習得寫詩的基本方法，都有機會參加詩社活動。我們在「南方詩壇」看到這些善於將日常生活寫入詩中的漢詩書寫者，似乎以某種反作用力進行離心的運作；以嘈雜多元的聲音，對抗官方的單一論述。當皇民化運動與大東亞共榮共存的理念在島內極力宣揚時，卻有一群人兀自發出屬於自己的聲音——這些聲音未必鏗鏘，也不必然悅耳；它甚至可能是僵化的傳統詩之複製，已經失去了自然原始的渾厚音聲。或許從美學的角度來看，某些作品是缺乏想像力的；從「詩爲心聲」的角度來看，某些作品是假嗓發音。但是，我們卻可以在「向心」（官方／殖民）與「離心」（抵官方／抵殖民）兩種力量拉扯下，讀到了官方與非官方意識形態的分裂；也讀到了以「文學

43 黃美娥稱這種現象為文學的「社會化」，參考氏著〈日治時期臺灣詩社林立現象之社會考察〉，《臺灣風物》47 卷 3 期（1997 年 9 月），頁 83～85。

報國」自許的《南方》雜誌裡，一些與「報國」無涉的作品之刊載。這樣對國策的保持緘默，或者說視而不見，雖不能立即判斷是因爲抵官方/抵殖民之故，但是，起碼它不隨執政者起舞，不依循殖民者所安排的路向而行，卻是可以肯定的。

我們可以試著以改題《南方》後的「南方詩壇」爲例，觀察 133 期《南方》雜誌開始大力宣揚「建設南方文化」之際，漢詩人們究竟寫些什麼？該期漢詩欄詩作共百餘首，其中真正呼應時局的只有：林清墩、賴阿田、謝源榮的〈祝改題南方〉、古莊勳〈祝南方雜誌發展呈簡荷生君〉、藍漏秀〈祝臺灣志願兵制度實施並我長男有望試驗陸軍士官學校感作〉、陳振嘉〈敬和藍逸園先生瑤韻〉四題八首，可見改題之初，只有少數漢詩人表現了呼應時局的熱情。其他作品依筆者分類[44]，數量最多的是「詠物類」共三十二首，次爲「寫景類」二十八首，再其次爲「酬答類」二十八六首，「祝賀喜慶類」十四首，「感懷類」五首。從內容看，與時局無涉的寫景、詠物作品偏多；至於，爲數不少的「酬答詩」，則能看出「漢詩」在那個時代的功能，是文友之間互相應答，聯結人際網絡一個相當重要的憑藉。酬答的對象以文友爲主，比如陳鐘琦〈山居自適〉、劉添福〈和鐘琦詞兄山居自適原韻〉；李詩瓢〈贈家駒詞長〉、陳家駒〈和韻〉。此外，酒樓女子也是與文人互動較頻繁的對象，比如潘清潤〈贈花月校書〉、〈贈敏枝校書〉；黃韜〈贈桂寶女史〉、〈贈花月痕女史〉皆屬之。133 期以後，隨著

44 依作品題材分類，不免帶有筆者主觀的意見在，這裡的分類只作為一個初步的觀察而已。

執政者壓力的逐漸加大，呼應時局的作品數量似乎有著微幅的調增，但是，基本上主要的發言權還是操縱在臺灣漢詩人的手中。友人喬遷之喜，以詩賀之；同鄉返家之時，以詩贈之。到廟裡拜拜有詩，遊覽風景名勝有詩，農倉落成有詩，藥局開張有詩，裁縫學校畢業有詩，職務升遷有詩；放生有詩，垂釣有詩，賞花有詩，欠酒錢有詩……，漢詩在此時幾乎要成了「識（漢）字階層」的「全民書寫」，生活中的各種瑣碎事務，無一不可成爲漢詩的寫作素材。在日本官方強力要求實踐「文章報國」、「前進南方」、「親善日、滿、華」等國策的原則下，寄身／寄生於《南方》雜誌的漢詩作品，猶然刻意或不刻意地以薄弱的「國家意識」，「荒腔走板」地兀自唱著自己的歌。

2. 官方論述縫隙中的異聲

雖然，臺灣漢詩人群可能潛存著「抵官方」的力量，但是，在此還是要強調，當時在日本殖民者所鋪設的天羅地網中，任何人都不可能逃離殖民地的社會結構。不管願不願意，所有生活在臺灣島上的人民都被迫鑲嵌在社會結構中的某個位置，也都必然與殖民者維持一定的共生關係。在這樣的困局下，所有被官方容許的言說，都必須在體制內運作，除非封筆不再書寫、封口不再發聲。在戰爭時期，如果要寫作的話，呼應國策、複製統治者言論似乎無法避免。[45]這可用來理解，何以作爲政治抗日的精神領袖林獻堂會在《南方》發表呼應日本

45 參考游勝冠〈論戰爭期張文環國策言論中的「政治無意識」〉，《中外文學》31卷6期（2002年11月），頁69。

「聯亞抗歐」思想的作品[46]，五個月後又發表了〈大東亞戰爭之意義與島民之覺悟〉[47]這篇完全站在官方立場的宣傳言論。也可以了解何以一向具有批判精神的霧峰「櫟社」、彰化「應社」願意將作品刊載在御用色彩濃厚的《南方》雜誌之故。值得注意的是，在大東亞戰爭時期，「呼應政策是知識分子繼續發聲的前提，那麼，釐定知識份子發言的主體位置時，就不能不以此爲前提……認爲只要發表過呼應國策言論的臺灣作家都是同質的，並不能成立」；「我們更應該關注的是，複製官方言說這個共性之外，知識份子究竟發出什麼不同的聲音？」[48]

如前所云，「非官方意識形態」的書寫取向，有著「離心」的特色，我們或許可以說它在基本態度上是以一種保持「我族固有書寫傳統」的堅定姿態來進行書寫。在推行漢文刊物，以便向大東亞地區的華人宣揚日本國策的要求之下，日本當局必須監控、拉攏臺灣的漢文寫作者，可是，我們從該刊多次要求改革的呼聲中了解到，官方對這刊物並不滿意。要求改革與其說是主編的自我省思，倒不如說是編輯群在官方的強勢壓迫下，不得不做的表態。在官方眼中，這群看似頑強又具惰性的寫作群中，其實有一部分作者是潛藏著抵抗或者說反對統治者施政理念的思想成分的。在這階段當然不可能明顯地表現出來，只能透過部分充滿隱喻性與曖昧性的漢詩，使用迂迴、

46 《南方》149 期（1942 年 4 月 1 日）刊有林獻堂的〈搏虎行〉。同時發表同題之作者還有傅錫祺、莊幼岳、楊雲鵬。

47 此文刊在《南方》159 期（1942 年 9 月 1 日）。

48 參考游勝冠〈論戰爭期張文環國策言論中的「政治無意識」〉，《中外文學》31 卷 6 期，頁 69～70。

間接的手法，從官方意識形態的縫隙中，突顯出作爲「差異」存在的臺灣人的立場與其在困局中的感受，以達到對抗、控訴殖民者的目的。

⑴漢詩作為非官方論述的有利工具

漢詩對臺灣舊式文人，如：傅錫祺、楊笑儂、施梅樵等人而言，是不可或缺的表情達意工具；對二○、三○年代，以漢文書寫新文學者如：賴和、陳虛谷、楊守愚等人而言，又是1937 年禁漢文之後，唯一「能夠」或者說「願意」用來自我表述的書寫方式。因此，漢詩對臺灣某些與漢文化關係緊密結合者的意義，絕對不只是一種日本殖民者宣揚大東亞共榮圈理念的工具，不只是用來串聯日本勢力所及的「華人文化共同體」的憑藉，對他們來說，在不願意與日本政權結盟共謀，也不可能積極有效的革命或抵抗殖民者時，他們可能選擇的第三條路，便是在看似與官方不相衝突的語境下，暗中偷渡漢文化所深層累積，而且不易爲異文化脈絡下的統治者所解知的漢民族集體默契— 這可以透過神話、故事，或者是詩歌中曖昧難明的「象徵」、層層壓縮人物經驗、歷史記憶的「典故」串聯起來。我們可以嘗試撥開文字的迷障，探索決戰時期某些漢詩人所欲傳達的，潛藏在字裡行間的訊息；甚至嘗試讓這些漢詩人所可能具有的抵抗姿態更清楚地顯影。

133 期改題爲《南方》之後不久，彰化應社即有社員詩作〈應社小集呈席上諸公〉刊登於該雜誌。值得注意的是二、三○年代積極投入新文學運動的賴和，此時又回到漢詩創作的老路，成爲應社的重要成員，我們看他在這次聚會所寫的詩作：

炎日燒天地亦焦，世人孱弱骨應銷。始憐望雨將苗槁，忽報涼風動柳條。

病熱枕冰神志爽，綠陰品茗渴塵消。夜來燈燭渾無用，正有文星聚碧霄。

在炎熱的太陽曝曬下，大地已然如同焦炭般，生氣皆無。人們不堪其苦，以致身體孱弱；田裡的稻禾也因天旱而荒渴欲死。第一句寫炎日的威炙，二三句寫炎陽荼毒下，大地生機將絕，第四句是一大轉折：忽有涼風拂面而來，令人心曠神怡，所有的不快、苦鬱，皆將隨之消解，於是有後半段的「神志爽」、「渴塵消」的清涼感受。詩中的「涼風」指的是文人相聚（應社小集）所帶來的心靈撫慰，藉此消除詩人的煩躁不安，進而感受到無盡的清爽。賴和在此詩裡，將筆鋒藏得極為隱斂，從表面來看，此詩寫的是：寂寞文人荒蕪的心靈，有若大旱望雲霓般，渴望文友的慰藉。因此，1939 年當彰化文人再度相聚，結為「應社」時，詩人的歡欣實難言喻。賴和這首詩不只強調文友互動的歡欣之情以及漢詩在當時所扮演的角色之重要，其中還含藏著對日本當局的不滿。試看賴和著名的〈夕陽〉詩：「日漸西沉色漸昏，炎威赫赫竟何存？人間苦熱無多久，回首東山月一痕。」「日」的書寫，放在具有反抗意識的臺灣人思想脈絡裡，往往隱喻著殖民帝國──日本。太陽的炎熾，指的是日本的強橫殘暴；太陽即將西下，暗示了臺灣人期待日本崩潰瓦解的心情。這樣的意念，豈容臺人在戰爭期提出？因此，詩人一方面藉由含蓄隱微的漢詩來表達，同時又將之「夾帶」在願意與執政者建立良好關係的《南方》雜誌中。

在「使用漢詩」與「發表在《南方》」這雙層安全膜保護下，賴和這位具有反抗意識的臺灣知識分子，還是有機會在體制規範內，發出當局所不可能接受的「異聲」。而這異聲也因著這樣的機會，得以與同社友人串連起來。早年亦從事新文學創作的應社成員楊石華，在這次小集裡如是寫道：

> 炎威赫赫苦相侵，涼味才欣逗素襟。曲水觴能忘落日，浣花詩足慰孤心。追懷韻事歡如昨，聚首良朋盛至今。身世共憐同幕燕，長年噤得不高吟。

開頭兩句呼應了賴和的作意，同樣以「炎日」暗指日本帝國的苛暴。這個在漢人書寫傳統下所建立的默契，使得詩人在共同吟哦之際，產生了心靈的共鳴。而詩末兩句，更運用典故，呈顯臺灣文人所面對的現實困局。「幕燕」，指的是在帳幕上築巢的燕子，通常用來指亡國者處境之艱難危險。「噤」，寒顫而口閉不敢言之意，通常用來指涉苛暴政治下瘖啞禁聲的人民。楊石華說，長年以來我們同樣都因政治的壓迫，膽怯害怕而噤若寒蟬；被殖民者的處境又像即將面臨危亡的「幕燕」，隨時都有失去生命的危險。這種彼此取暖、相濡以沫的情誼，不只在社友間激蕩，它同時也和參與詩社活動的賓客當下相互聯結起來。試看當時參與應社活動的霧峰林獻堂有〈次懶雲原韻〉云：

> 爨下梧桐已半焦，何年重見甲兵銷？蝶棲叢桂空尋夢，蠶食柔桑欲盡條。事到豈容三徑隱？憂來願借一丸消。人生

歡會常難繼，把酒高樓望九霄。

戰火什麼時候才能終止呢？美好的梧桐已被殃及，焚燒了半截。此詩一開頭，即已表現對戰爭所造成傷害的無奈。「梧桐」可以視為整個臺灣社會，乃至於臺灣文化，而今已因戰爭而傷殘了。「蠶食柔桑欲盡條」，臺灣社會又如同一株桑樹，正一步步地受到蠶食，不只是桑葉被吃盡，連枝條也不放過。殘破的家園，美夢難尋。在這非常時期，豈能容許你做個像陶淵明那樣的隱士？面對這樣的痛苦無奈，何以解憂？只能仰望星空，把酒吟詩，藉由文友的聚會，暫消愁懷。[49]其中，「事到豈容三徑隱」頗值得玩味。這話可以有兩種解釋：一、時局如此，作為臺灣知識分子，豈能自私地退回自屬的天地，以出世之心面對時代的困厄？這話有正面的意涵在，認為自己應該主動地投入現實的關懷，不應有避世之想。假如是這個意思的話，按理說林獻堂是不應該有太多鬱結的。但是，從詩作脈絡來看，恐怕不是說的這個意思。「豈容」兩字讀來有深深的無奈。因此，比較可能的應該是第二種解釋：面對這樣的環境，臺灣人有許多處境上的尷尬—被迫動員去投入許多配合官方的言論與活動，你能夠拒絕嗎？像陶淵明那樣地歸回田園，恐

49 同樣的心情，也表現在其他社友如石錫勳（逸南）、楊守愚的詩作中。石錫勳〈應社小集呈座上諸公〉：「……人到窮時詩易得，世方多難酒難斟。早知無地抒孤憤，權把斯遊續竹林」；楊守愚同題詩則云：「一見傾心似故知，識荊此日未嫌遲。經年渴望徒穿眼，竟夕清談快展眉。莫遣春歸鶯便老，應憐花謝蝶猶癡。要知雅會年年少，珍重千金是此時。」

怕是不被容許的！尤其是林獻堂這樣的人物，更是日方亟需要動員的對象，完全不容許你以「歸隱」作為託辭，完全無所逃於天地之間。我們看林獻堂在 1941 年之後，被日方指定為皇民奉公運動委員會參與，又被指定擔任總督府評議員，1945 年被敕封為貴族院議員。看似無限榮耀，然而，日本果真尊敬他嗎？從 1946 年發生的「祖國事件」[50]，1942 年的被迫撰寫〈大東亞戰爭吾人之覺悟〉都可以看到林獻堂受到日本人的嚴厲操控，難能有迴旋的餘地。而這樣一位地主出身的右翼保守派政治人物，由於現實利益的諸多考量，只好採取表面妥協的方式，與執政當局做高度的配合。他心中的痛苦、無奈是很難以言語向人訴說的，《南方》152 期，林獻堂有〈和盧谷寄懷之作〉云：「此時得讀寄懷詩，年來樂事無逾此……只緣俗累未能免，鳥入樊籠空自悲」，將自己的現實處境，比擬為籠中鳥，欲飛不能，徒悲無益；同題詩又云：「……莫嘆波瀾重疊起，風恬始覺是多情。與君苦吟常不斷，未敢人前談治亂……。」這情形不只林氏獨有，其他文人也同樣面對語言遭到禁制的痛苦。《南方》160 期，草屯政治運動洪元煌有〈次鶴亭先生見贈瑤韻〉即云：「避紛萬事唯緘口，除卻農桑莫與論」(1942 年 9 月 15 日)；第 164 期有嘯雲的〈次元煌先生原

---

50 1936 年 3 月林獻堂隨臺灣新民報考察團遊歷華南各地，在上海受華僑團體歡迎時，席上致辭有「林某歸還祖國」之語。5 月《臺灣日日新報》揭發其事，對林獻堂大加撻伐，臺灣軍部荻洲立兵參謀長嗾使日本流氓賣間善兵衛於 6 月 17 日在臺中公園始政紀念日慶祝會上毆辱林氏，是謂「祖國事件」。參考葉榮鐘：《日據下臺灣大事年表》(臺中：晨星出版公司，2000 年 8 月)，頁 336。

韻〉：「頭白身康眼未昏，知時緘口多不論」、「任憑咳吐盡珠璣，時勢流轉日已非」（1942 年 11 月 15 日）；172 期蔡說劍〈次雪滄春日遊澹廬呈鶴亭先生〉：「……山水迴環名士宅，衣冠淳樸古人風。尊前未敢談時事，猶喜交如水乳融」（1943 年 4 月 1 日）。時勢已非昔日可比，不再容許人縱談國家大事，批評殖民政權了。唯有三緘其口，或閒談些生活雜事，才可能免於災厄。在語意近似的詩句一再重複下，詩人譜出了共同的心聲。

在那個動輒得咎的年代，除了寫日本當局讀來有隔的漢詩之外，臺灣舊文人似乎不容易找到其他自我安頓之道。傅錫祺在〈次笑儂詞友韻〉故云：「……鳥忘憂慮翔空際，魚自逍遙樂水潯。笑殺不歡徒討苦，何如恣意日狂吟」；鹿港老秀才施梅樵也在〈應社雅集賦質在座諸君子〉寫道：「……談風說月成新詠，分韻拈題續古歡。自有名山真事業，漫因濁世太悲酸……」，藉由漢詩文的寫作吟哦，詩人確實能夠在彼此慰藉中，點燃起幽暗時代裡的微光。雖然可借詩消愁，但這群抱持者「異見」的詩人群還是會對現實感到失望，對未來感到徬徨。林獻堂〈壬午元旦夜對月有感〉：「朔望同看月色佳，陰陽曆數巧推排。勞勞一歲又空過，馬齒徒增願未諧。」（148 期，1942 年 3 月 1 日）；楊守愚在〈萊園雅集〉則詠道：「……詩非得意吟何必，醒既無聊醉亦同。酒盡燈殘轉惆悵，一番聚散太匆匆。」（168 期，1943 年 2 月 1 日）表現了現實環境的極度無奈。楊守愚在〈應社三週年紀念吟會〉又云：「……籬菊了無爭豔意，澗松空有後凋心。自憐對壘衰難耐，好句歸從夢裡尋。」（169 期，1943 年 2 月 15 日）似乎一切的努力總面臨困厄，所有的堅持都是徒然。但是，我們還是可以看到詩人在失望與希望的擺蕩中，不斷地追求自我慰藉的力量。試看櫟社新世代詩人群，如何透過漢詩表達他們對自身處境的思考：莊幼岳〈次景南龍峒秋夜見寄元調〉云：「……人生貴達觀，何用長憂悴。末俗正紛紛，誰醒復誰醉。養氣儒所需，古來已匪易。況遭文字厄，撐持吾徒事……。」（165期，1942 年 12 月 1 日）慨然以肩負漢文化的延續自許；莊垂勝（負人）和葉榮鐘（少奇）則因著慶賀傅錫祺病癒所寫的〈秋蘭〉詩，藉幽蘭寫出他們對於品格節操的堅持：「秀質孤高瘦亦宜，一時風雨漫相欺。任他楓菊爭顏色，獨向林皋逞逸姿」（負人）；「幽谷孤高九畹姿，出塵心事鷺鷗知。秋來根葉翻清健，一任西風次第吹」（少奇）。詩裡的風雨，隱喻著現實的困境，不管外在的打擊摧折如何酷烈，具有反殖民意識的文化人還是不會妥協，願意與時代逆向前進，絕不趨附時流。這種精神同樣表現在櫟社老社員的詩作中，比如林獻堂的〈次落伍生原韻〉：「自愛唱酬忘世事，管他風雨與陰晴」（161 期，1942 年 10 月 1 日），及其〈次守愚原韻〉「……才多又喜年華少，老至還慚骨相癡。請向斯文同努力，先行人事待天時。」（173 期，1943 年 4 月 15 日）同樣表現了不肯輕易妥協的性格。

3. 非官方意識形態的漢詩書寫策略

雖然日本當局對漢詩的解讀有一定的局限，詩人寫作時還是必須以隱微含蓄的方式傳達意念，避免太過切直以致觸犯統治者的禁忌。尤其在大東亞戰爭爆發之後，殖民者對臺島民進行嚴厲的思想控制，報章雜誌上若有不利於當局的言論，或遭禁刊、開天窗，或直接被日本當局約談、管束（比如前述的林獻堂、吳漫沙）。和日治初期、中期相較起來，決戰時期臺灣漢詩人「遊刃」的空間更狹窄了，如何在有限的縫隙裡發聲，而不碰觸到執政者的禁區？便成爲當時漢詩創作者亟須關切的重點所在。以下筆者擬從三個方面來談「非官方意識形態」的漢詩書寫策略：

⑴話中有話

這是漢詩裡最常見的表現方式，所謂的「言在耳目之內，情寄八荒之表」，詩作的表達往往不是表層所見的單一意涵，詩人經常透過隱喻或象徵手法，曲折宛轉地表現其內在幽微的情思。尤其在龐大的政治陰影籠罩下，詩人一方面有憂時激憤之感；一方面又有著明哲保身的顧忌，因此採取了「話中有話」的書寫策略，將內在的情思隱藏在字裡行間，以達到抵殖民的功能。比如 156 期刊有櫟社社長傅錫祺的〈白蟻〉詩：「……白蟻么麼[51]耳，敢爲人家賊。良材輒腐朽，大廈有傾側。人以庇形骸，彼以資食息。跂扈更飛揚，時來且搏翼……爲害烈於今，幕天事恐或。造物何生此，我心以滋惑。」此詩刊於 1943 年 7 月的「南方詩壇」，作爲一向具有抵抗意識的櫟社社員，從決戰期以來似乎一直都是處在噤聲不語的困境中。這首詩可以視爲傅錫祺的借題發揮，可以視爲傅氏對白蟻的貪饞表現了極端的不滿，但是，放在漢人的書寫傳統，尤其是當

51 「么麼」即「妖魔」。

時的社會處境與詩人過去的思維傾向來看，此作中極有可能隱含著對日本殖民者貪求無饜，不斷對外侵略領土，使得被殖民地已瀕於困窘的險境之不滿。即將傾頹的大廈，不就表徵著物資、人力被剝削殆盡的臺灣嗎？當時，櫟社的林獻堂與應社的楊雲鵬分別有詩與之唱和。林氏云：「……誘彼出窗戶，搏火自焚身。死者已無數，此僅了一時。何以護堂宇？思維計萬全。搏滅方爲愈，幸有治蟻藥……」；楊氏云：「……危人以自肥，禍福未可卜……殲滅豈匪仁，去害安棲宿」，同樣表達了對吾廬造成致命傷的「妖魔」之痛惡，並興起必欲去之而後快的心情。

《南方》161 期（1942 年 10 月 1 日），櫟社「漢詩習作會」以〈刺竹〉爲課題，由社員們隨意發揮。其中，傅錫祺的詩，似以「刺竹」影射了日本殖民者，盤佔土地，挾刺傷人，囂張跋扈，不懂得收斂光芒，終究要自取滅亡：

> 搖曳青蒼竹，參差遠近鄰。盤根贏得地，挾刺動傷人。頗有干霄勢，常為取怨因。要知防瘧至，斧下亦成薪。

至於，林獻堂與楊雲鵬則依循傳統「詠竹」的思維脈絡，以之作爲君子人的象徵。不同於傳統之處在於，這種竹子是帶刺的，何以如此？時局殊異，故也。不管是林獻堂的「自衛因生刺，心虛恐易焚」，或楊雲鵬的「藏刺因防敵，虛心不爲名」，都可以感受到周遭偵刺的眼光，以及四伏的危機。雖然，林獻堂最後以「晚節能相守，何愁遇斧斤」來勸慰彼此，只要能夠堅守晚節，就不必擔心遭到外力的摧折。果真如此嗎？這些具有貞亮節操者，果真能躲過斧斤的劈砍嗎？誰也沒有把握。讀完櫟社成員的詩作，似乎可以感覺到怖慄不安的時代氛圍，浮蕩在字裡行間。

1943 年 9 月《南方》刊載了櫟社社員的課題之作—〈除草〉。在十多位社員的作品中，以林獻堂的詩尤有深意，試看他三首中的兩首：

> 連旬細雨抽新葉，佔遍山坳與水澤。闢出三弓清淨土，欲栽花果莫相侵。
>
> 根該除盡土盡黔，為護黃花力獨任。明滅殘陽天欲暮，自攜鴉嘴立岩陰。

林獻堂在詩中發出了如是的呼求：我渴望有清淨的土地，我期待在其上栽種美麗的花朵，請求你們這些「佔遍山坳與水澤」的雜草們，不要再來侵犯我的「領土」了。這個貪得無饜的入侵者、據地爲王者，不就是前面〈白蟻〉詩裡，詩人所唾棄的，即將使良材腐朽，使大廈傾側的「蟻患」嗎？不就是盤根得地，挾刺傷人的「刺竹」嗎？而林獻堂第二首〈除草〉詩尤其值得玩味！ 將雜草完全除盡，只剩下純粹的黑色土壤，爲了要護衛我所珍愛的黃花，因此必須奮力而爲。末二句，形象非常鮮明：我獨自拿著鴉嘴鋤立在岩邊，夕陽緩緩落下，天慢慢、慢慢地暗了……。如前所云，「日」字在臺灣漢詩人的心中，已然編織出厚密的意象網絡。詩人寫「日落」，往往負載了被殖民以來，臺灣人所暗暗期待的日本帝國崩潰瓦解的心願。這位被日本視爲重量級人物，以至於百般受到刁難的臺灣鬥士林獻堂，可不可能懷抱這樣的心情呢？答案不言可喻。

⑵各說各話

1943 年 10 月 8 日已編印完成的《櫟社第二集》，遭警方全數沒收，禁止刊行的理由為「該集內容多與現下非常時局不合」。[52]由此可見，當具有反抗意識的櫟社社員集體行動時，很容易受到執政者的特別關照。因此，除了在官方刊物發表詩作，以隱微曲折的手法含蓄地表達對時局的批判外，詩人還可能採取的方式是：與不同立場的詩人在同一情境下，同一題目下「各說各話」，在一定程度上還是可以表現出書寫者所欲傳達的隱微思想。比如《南方》165 期（1942 年 12 月 1 日）臺北的楊嘯霞招集諸友人前往其府邸觀菊，並以詩唱和之。當時林獻堂與黃純青均在觀菊的行列，也都有詩作，但其關注的焦點卻天南地北，差異極大，茲摘錄局部如下：

> ……祇緣俗累煩，有懷久未遂。雖名曰灌園，是亦無深意。欲將開桃李，門牆盡羅賓。又如閉門居，種菜溉同類。寸心實在斯，想應無異議。何敢妄誇大……世人事競爭，老朽淡名利。晚來研空理，時宿靈山寺。是處山水佳，幽僻少塵事。擬乞黃花種，來種清淨地。灌花與作詩，永保此交誼。（林獻堂〈嘯霞詞兄招觀菊賦此和之〉）

52 參考鍾美芳〈日據時代櫟社之研究（上）〉，《臺北文獻》第 78 期（1986 年 12 月），頁 279。

……有約重陽期，年年會秋圃。寒砧落葉催，軍樂新聲譜。興亞歌大東，八紘為一宇。體制日翻新，老朽笑儒腐。時勢不相容，爾我皆落伍。養生樂餘生，雨露沾恩普。春來梅花開，秋來菊花吐。春秋任去來，永作護花主。（黃純青〈和韻酬楊嘯霞同年〉）

這首詩的寫作背景，不似先前所提到，是林獻堂與櫟社成員內部互動之下的產物。因此，林氏此詩寫得相當含蓄內斂。不過，我們還是可以隱約地看到詩作背後所透露的：對時局的不滿，以及有志未伸的遺憾。詩末，林獻堂將希望放在無有染著的清淨地，期待在那個理想的國度裡，秋菊得以盡情地綻放；而詩篇也得以自由創作，不復受到時局的局限。相對比較黃純青的詩作，可以明顯地看出配合時政者，幾乎無時無刻不藉機表態，宣揚自己對帝國的耿耿忠心。從賞秋菊，想到寒砧聲催，想到縫製征衣，想到促進大東亞共榮的主張，想到日本帝國「八紘一宇」理念的提倡……，而這樣的論調與主張，正是日本當局大力鼓倡者。從民族意識的角度看，黃純青的大幅向官方傾斜，誠有可議之處。但是，從它作爲一種保護色彩而言，由於這類親日詩的存在，使得林獻堂的作品得以與之參差並現於「南方詩壇」中。相反立場的黃純青之詩作，此時竟奇異地成爲林獻堂作品的保護膜，的確是一件耐人尋味的事情。

又比如《南方》170、171 期合刊本（1943 年 3 月 15 日），刊登有黃景南〈龍峒閒居〉詩：

功名不羨畫麒麟，大好龍峒寄此身。庭角池塘看畫鴨，門前道路任飛塵。且欣一室圖書古，來對群峰面目真。粗礪能安妻子樂，清貧寧悔作詩人。

此詩原只是純粹的日常生活書寫，未涉及對時代環境的意見。黃氏爲北臺灣活動力頗強的詩人，與之互動往來的文友相當多，其中包括了不同立場的詩人，因此，在彼此唱和的作品中，可以看到不同意見者參差雜列於其中。比如與櫟社成員互動較密切的鹿港詩人蔡說劍，在〈景南君以閒居佳作見寄次韻〉詩裡，便認爲這是一個骯髒、污濁的時代，因此急欲尋求乾淨的樂土，從此過著閒適恬淡的生活：「誰教嘆鳳與嗟麟，落拓仍留骯髒身……是處重尋乾淨土，約君避地做閒人。」與之同調的還有林獻堂，其詩云：「……澆愁每借三杯酒，滌垢難消萬斛塵。養性最宜唯寡慾，機心盡泯始全真。智愚可及終當學，豈要浮名永累人。」充分表現出對現實環境的不滿，對滔滔濁世的痛惡，以及追求浮名的可憎可厭。但是，同時有與日本當局關係甚爲友好的瀛社詩人謝雪漁，在同題詩如是寫道：「……休將筆硯謀生計，好執干戈淨劫塵……閒居此日時非可，去做中流擊楫人。」認爲在當代應該積極興起，投入大東亞戰爭的行列，勿以文人終其生。詩中用了劉琨「渡江擊楫」的典故，大聲呼籲要如東晉的祖逖、劉琨一樣，努力「掃蕩胡人」。此時，「胡人」的意義並不等同於「漢人之外的異族」，而是指「大東亞共榮圈」或「亞洲黃種人」之外的民族，尤其是「頑美暴英」，在此強烈地呼應了日本殖政者的國策宣傳。而漢詩傳統的用語及典故，此時遂在日本強勢文化的引導下，扭曲變形了。

⑶矛盾的組詩與文本的分裂

就如同五〇年代紀弦在「現代派宣言」的最末一條提出：「愛國、反共」一樣。與之前其他幾條信念對照起來，是如此地突兀，充滿矛盾；但是，也就緣於這樣的思維符合國策，而使得其他看起來「不反共」的宣言，得以安全地留存下來。筆者認爲《南方》雜誌裡有許多讀起來扞格不入的組詩作品，亦可作如是觀。亦即，詩人在組詩裡，刻意讓「官方意識形態」與「非官方意識形態」的詩作並存，呈現出一種不合理的割裂。按理說「組詩」雖分爲數首，事實上整組作品可以看成一個創作單位，應該是要自成邏輯的。但是，我們卻在「南方詩壇」裡看到許多以「組詩」形式出現的文本，本身卻呈現自我的矛盾與分裂。

《南方》171 期（1943 年 3 月 15 日），蔡漢英在〈奉和梅樵先生秋日書感瑤韻〉組詩裡即呈現這樣的狀況：第一首詩，一開頭可以看成是對歐風美雨強勢侵襲而來的描述：「寰球無處不氛埃，肅殺西風拂面來」，在這裡「西風」意指西洋歐美橫暴勢力所吹來的風，這風充滿肅殺之氣，使得大地蒙塵。這是符合時局言論尺度的述說，但是往下的句子，卻開始批評自身所處的環境相當惡劣：「事到艱難心逾壯，人多勢利眼慵開。英雄自負空生世，豎子誰知亦上台。太息儒冠今日賤，詩書一炬付秦灰。」到了末二句，說到儒冠賤，說到詩書付秦灰，讓人不禁質疑：誰是暴秦？誰是輕賤儒冠者？在這裡其實已將刀鋒暗暗地指向日本殖民者。尤其到了第三首作品：

鬼蜮人情久厭看，自家緘口與加餐。生當濁世思無限，士到窮途悔萬般。際會風雲偏氣壯，非時車笠總盟寒。年來不盡興亡感，蕭瑟江關忍淚難。

整個心情是晦暗、沉鬱的，必須緘口不語的原因何在？放眼四顧，周圍幾乎都是群魔亂舞，鬼影幢幢，生當濁世的無奈，江關蕭瑟的悲涼，充斥於字裡行間。作者之所以會對當世如此失望，人情的澆薄是原因之一；另一個原因則是由於更大的、造成整個黑暗時代的黑手──日本殖民者。但是這種話豈能明說？因此，我們看到最後一首詩與前面詩作情調迥異，顯得相當突兀：「偷閒檢點舊征衣，底事腥紅映夕暉？北伐身同戎馬健，南圖志逐海雲飛……恰好天高秋氣爽，頻聞聖戰捷音歸。」突然又轉筆寫呼應時局之作，不僅強調日本南進的必要性，更是馨香禱告日軍能戰勝歸來。整組詩顯得荒腔走板，除前後以「國策」作爲保護層之外，詩人真正想要說的東西其實是夾峙在其中的。

類似的情況頗多，比如《南方》176 期（1943 年 6 月 1 日）傅錫祺〈壬午中秋前五日十六絕句〉第一首「……光陰回首成虛擲，萬事終多與願違」開始即墜入愁鬱無奈的深淵中，讓人感覺──這是一個絕望的、黑暗的時代。中間十首細數陳年舊事，寫自己擔任五年潭子庄長，有若傀儡，任人操弄；寫自己平生少喜多愁，年紀越大，愁懷越深；寫故友凋零的憂傷，兒孫遠去的孤寂……，整組詩可以說是在沉悶灰鬱的色調中緩緩傾吐長年累積的深愁。但是最後三首詩，卻突然轉爲亢奮昂揚，高聲讚頌：「陸車空鶩海樓船，此局真開萬古先。彈雨砲煙寰宇及，獨無風鶴擾安眠」；「妖彗光芒天一角，腥風吹滿海東頭。眼看無敵奇男子，掃盡濃氛淨亞洲」；「東亞頻年唱共和，厥功次第告完成。三餐有節猶能飽，勉保餘年看太平」與前面十三首的情緒思惟迥然相異。這並非詩人顛三倒四，思慮不清，而應視爲詩人的刻意而爲，在無可奈何的時代尋求縫隙發聲，不得不採取這樣的方式。假如要進一步探尋傅錫祺的心事，還可以嘗試從與他兩相唱和的王則修〈次鶴公十六絕句瑤韻〉中加以揣摹。他感同身受地說「滄桑誤盡讀書人，黃卷青燈付劫塵」，他安慰傅錫祺「江山易主不須悲，鄉井曾無嘆黍離」；對於傅氏擔任庄長，自以爲不合時宜之感慨，王則修勸說道：「關心庄政勉登場，撫字宜勞重一鄉。續任五年頻告退，管他世態有炎涼。」在整組詩的最後，王則修亦與傅錫祺同步調，轉爲歌頌日本軍人的英武勇健：「未許白人重露角，鏖兵近在海西頭。皇軍精銳誇無敵，建樹堂堂大亞洲」、「凱歌疊奏倍光榮，卅載運籌一旦成。倘挽天河洗兵甲，東洋從此慶昇平」。同樣是荒腔走調，同樣是前後扞格不入，筆者認爲這裡有多層假面，許多煙幕彈，更有許多未落實到文字中的「言外之意」，吾人在閱讀這類「心事萬端」的詩人作品時，如果未能剝除矛盾的表層，直探其內心的話，恐怕將迷惑於他們顛倒糾結的文字相，以致錯失了作者所欲傳達的真正意念與情感。

四、結語

藉由上面的分析，我們可以約略得知，決戰期日本在臺灣逐步施行思想的禁錮，已然將知識分子逼到絕境。漢文寫作者雖然比日文寫作者多著上保護色彩；寄生在官方宣傳物《南方》雜誌，更讓漢文作家有了比較安全的發言園地。但是，從多次呼籲改革的聲音來看，日本當局對這個刊物還是懷有戒心。在這個自由度有限的空間裡發言，某些詩人選擇了寬敞平直的大路，依附在官方的價值觀裡，成爲日本殖民者向大東亞地區華人宣傳「共榮共存」、「聯亞抗歐」理念的傳聲筒。

至於更大多數不願意與官方合拍同調的詩人，他們可能選擇了遲滯的節奏，緩緩地走筆在傳統漢詩人舊式的言說方式中。儘管殖民者現代化的訴求喊得震天價響，他們還是活在過去漢人編織的日常生活網絡裡，以漢詩來表情達意，記錄瑣事，交際應酬。他們的封閉、遲緩，可以視爲「非官方意識形態」的表徵之一，漢人舊慣習俗的自成天地，適足以反襯出新時代的不合時宜，而這種抗議（或者說對抗）是極其隱微的，也是相當柔弱無力的。至於，像林獻堂、傅錫祺、楊雲鵬等櫟社、應社的社員，則嘗試在殖民地的牢籠中，嘗試以各種方式，鋪設自己的發言路徑。在本文提出「話中有話」、「各說各話」、「矛盾組詩的分裂」等觀察角度，或許有助於吾人更深一層地去解讀這類創作者作品中的深意。

最後要強調的是，進入戰爭體制之後，殖民者鋪下的網羅，使得任何人都無所逃於天地之間。因此，不管是誰，除非噤口不語，否則要在決戰期發聲，就無法躲開配合國策發言的災厄。因此，要判斷某位漢詩人是否具有皇民思想，或是，他究竟是不是採取筆者本文所談到的抵殖民的言說策略，恐怕必須以這個人過去的行爲表現（比如林獻堂過去是一位積極爲臺民爭取權益的政治運動者）、他所參與的文學團體（某些團體確實具有嚴格的篩選社員的標準，比如一向具有抗議色彩的櫟社、應社）、以及這位詩人在決戰期的大多數作品……作爲考量判斷的憑藉，不宜根據部分作品即遽下判斷。

經由本文的舉證分析可知，在戰爭的非常時期，不容否認確實存在著與執政者關係相當密切的漢詩人；但是，仍有部分詩人並未完全向日本執政者妥協傾斜。他們以漢詩曖昧模糊的隱喻手法、積累豐富歷史記憶的典故，串聯起同時代，或者不同時代卻有相同心境者的共鳴。他們利用詩歌美學理論的錯置，造成突兀的效果，目的在荒謬不合理的表現手法中，呈顯出潛藏在詩歌底層的幽微情思。閱讀此時的作品，可能要特別細心的剝除文字所造成的重層煙幕，才可能真正貼近地傾聽那個時代具有「抵殖民」姿態的詩人群，在官方論述縫隙裡所發出的異聲。

九〇年代臺灣古典文學研究現況評介與反思

❖許俊雅

1960 年生於臺南縣，國立臺灣師範大學國文研究所博士，現任該校國文學系教授。曾任臺師大人文教育研究中心秘書兼推廣組組長、臺灣筆會理事、國立文化資產保存中心諮詢委員、國立編譯館國文教材編審委員、教育部課程綱要委員等。著有：《日據時期臺灣小說研究》、《臺灣文學散論》、《臺中縣文學發展史（日治篇）》、《讀你千遍也不厭倦——坐看臺灣小說》、《臺灣文學論——從現代到當代》、《島嶼容顏——臺灣文學評論集》、《有音符的樹——臺灣文學面面觀》等，編有《楊守愚詩集》、《翁鬧作品選集》、《楊守愚作品選集（補遺）》、《日治時期臺灣小說選讀》、《王昶雄全集》、《無語的春天——二二八小說選》等。

許俊雅女士（右）
2001 年與老作家劉捷合影

一、撥雲見日的到來

隨著八〇年代臺灣社會追求本土化的思潮，及解嚴後的脫離戒嚴體制，臺灣文學漸確立其主體立場，長期寄人籬下的臺灣文學研究，也在一九九〇年代終於衝破重重陰霾，迎向陽光，在公共辯論及學術論述中獲得正當性，臺灣學術版圖重新洗牌，重新對臺灣文學研究領域付諸深刻的思考。可以說，戰後半世紀以來，從來沒有一個時期像最近十年那樣（也就是九〇年代），急速地投入相當多的人力與資源，對於臺灣文學的探索如此熱衷而密集，中、外文學系所以及人類、社會、建築、歷史、新聞、藝術研究所等等，都或重或輕，不約而同的把焦點轉移到臺灣文學上。[1]

但是，值得注意的是，雖然阻礙臺灣文學研究的濃霧已漸漸散去，但溫煦的陽光其實尚未普及於大地。對此一學術領域，有人謂之爲「顯學」，乃至於有學術新寵之稱，但平心而

---

1 原來不受人重視的臺灣文學，逐漸被文史、社會學等各學科重視，紛紛加入研究陣容，吾人從各系所的學位論文即可窺得。如臺大社會所翁慧雯碩論《文學與政治——七〇年代臺灣的「鄉土文學論戰」》、師大歷史所王若萍《一個反支配論述的形成：七〇年代臺灣鄉土文學論述與形成》、輔大德語所卓惠美《臺灣鄉土文學作家——黃春明》、東吳中文所游勝冠《臺灣文學本土論的興起與發展》、東海建築所林以青《文學經驗中的都會情境轉化之探討——以五〇至七〇年代的臺北市為例》、文化新聞所林淇瀁《文學傳播與社會變遷之關聯性研究——以七〇年代臺灣報紙副刊的媒介運作為例》等等。

論，就研究整個比例來看，仍是相當不足。學術界有限的資源仍大多投注於傳統中國文學的研究（本來臺灣各大學系所名稱就是中文系、所，固不足爲奇），較少分配於臺灣文學的研究，就政局情勢而言，「中國化」是戰後以來，國民政府既定的政策，所以各大學中文系所所開課程多以中國古典文學爲主，同時因貴古賤今、文人相輕等因素，並不重視現代文學。至於臺灣古典文學研究雖然也是處於邊陲的地位，附屬於中國古典文學等課題而存在，但其政治爭議性較新文學小，遂得以默默進行著，其研究較臺灣新文學起步早。但晚近這十年臺灣古典文學的研究反成較弱的一環，新文學的研究已遠遠凌駕其上。此種現象主要是今人國學研讀日少，創作又以易懂又生活化的白話文爲主。明乎此，其實也不必憂傷，眼前呈現的正是嶄新而亟待開發的研究領域。

文學遺產的重現與歷史記憶的重建，是近十年臺灣古典文學研究者留意到的主要課題，值得專門總結。盱衡未來，爲使臺灣古典文學日趨茁壯、興盛，必須重新檢視過去在各種禁忌因素下所完成的相關論著，也許可爲日後研究提供若干值得借鑑的學術規範和一些行之有效的治學方法，從更寬廣的視野來考察臺灣文學的整體性發展，建構自主時代的新臺灣古典文學史。

在進入主題之前，需特別說明的是，本文所謂的臺灣古典文學研究，基本上是指研究者以臺灣古典文學爲探討對象而撰述的篇章專著而言，就文學創生時空來說，指臺灣自明清迄日據、戰後國民政府時代以來的流寓、遊宦文士、本土文士之作品。在這篇文章中，筆者將先考察九〇年代以前臺灣古典文學研究狀況，了解所採取的觀點，進而對九〇年代的臺灣古典文學研究現況加以評介，並對現有的研究觀點、方法進行反思，提出初步看法，嘗試作爲日後研究架構可行性的參考。

二、九〇年代以前臺灣古典文學研究狀況

了解臺灣過去古典文學研究的成果，對文學解釋的理論架構會更完整與充實，因此本節先就此陳述之。從文學史的角度，對於臺灣早期的文學記載可以溯至年沈斯庵（沈光文，1612～1688）來臺，將漢文化種子播種到臺灣，季麒光曾說：「從來臺灣無人也，斯庵來而始有人也，臺灣無文也，斯庵來而始有文也。」其後，歷經明鄭、滿清、日本統治、國府來臺，雖有文運之不同，但不容否認的，古典文學一直或顯或隱延續著其命脈。雖然在清代臺灣累積了一些可觀的官方（志書方面的藝文志）及民間文人詩文集的資料，但臺灣古典文學系統性學術研究從來不曾展開。日治時期連雅堂（1878～1936）《臺灣通史・藝文志》、《臺灣詩乘》或王友竹（1866～1929）《臺陽詩話》、洪棄生（1867～1929）《寄鶴齋詩話》多少提到臺灣的文運。黃得時（1909～1999）在日據時所寫的〈臺灣文學史序說〉算是當時頗難能可貴的一篇論文。葉石濤（1925～）稱此文爲「闡明了滿清統治下臺灣舊詩人的活動和作品，是日據時代唯一的有關此領域的重要論文」。[2]

---

2 見葉石濤：《臺灣文學史綱》（高雄：文學界，1987 年 2 月），頁 49。臺灣文學史綱一書對舊文學的敘述，大抵取材於黃得時之

此後，要到戰後方才在中國研究的名義下展開，五〇年代時，《臺灣文獻》、《南瀛文獻》、《臺南文化》等刊載了不少作者、作品的研究，研究之對象有丘逢甲（1864～1912）、吳湯興（？～1895）、黃純青（1875～1956）、盧若騰（1598～1664）、胡南溟（1869～1933）、連雅堂、林幼春（1880～1939）、林鶴年（1847～1901）及沈光文、劉銘傳（1838～1896）等人。《臺北文物》對臺灣詩社、詩人的介紹、論述之文章在一九五三年至一九五九年間更是爲數可觀。其所論及之對象有張純甫（1888～1941）、黃春潮（1884～1959）、梁任公（曾遊臺，1873～1929）、洪棄生、黃贊鈞（1874～1952）、王友竹、王采甫（1866～1918）等日據時期的漢詩人，至於詩社之紹介，則特別策製專輯，邀請當事人現身說法，回憶其時情況，資料彌足珍貴，所有會談記錄刊於第四卷第四期。至於其他縣市文獻委員會刊行之刊物，亦多類此，資料俱在，茲不贅述。

六〇年代延續了對臺灣古今詩文社的介紹，研究的對象有沈光文、盧若騰、林小眉（1893～1940）、許南英（1855～1917）、張純甫、林鶱雲、林幼春、莊太岳（1880～1938）、鄭鵬雲（1861～1914）等。七〇年代對臺灣古典文學的研究研

作，黃文處理了明鄭及清康熙、雍正年間的文學。黃氏之創見在於勇於建構「臺灣文學」，並依時代分成一、鄭氏時代；二、康熙、雍正時代；三、乾隆、嘉慶時代；四、道光、咸豐時代；五、同治、光緒時代；六、改隸以後。在分期裡頭，對每一時代中主要的作家及整體風格加以描述，對進入臺灣文學本論有提綱挈領的作用。

究，如《臺灣文獻》刊載了趙雲石（1863～1936）、連橫、季麒光、丘逢甲、林豪、張景祁等人的研究，還有毛一波〈臺灣的文學簡介〉（兼及新文學）、王建竹〈臺灣中部詩人及其作品〉等。此外各縣市文獻亦偶爾論及臺灣詩人及作品，其蓬勃之勢遠不及五〇年代，六、七〇年代的研究稍呈沒落，如據《臺灣漢語傳統文學書目・研究文獻》所登錄，五〇年代單篇論有 253 篇，六〇、七〇年代分別為 111、112 篇，篇數相對減半。但七〇年代新文學研究，卻漸成風氣，尤其到七〇年代末期，資料的發掘和研究更是急速地進展。新舊文學研究的熱潮正呈現著興衰更迭、此消彼長的有趣現象。

進入八〇年代，有關古典文學之論述稍回升到 132 篇，但從研究環境漸開放，受教育人數日多及刊物日增的現象來看，其實古典文學在八〇年代未必勝於前期。各縣市文獻委員會所出版之刊物偏向民俗、古蹟、當代詩作、藝文、該年度記事等。臺北文獻委員會刊行的《臺北文獻》曾刊載一些單篇論文，如：劉遠智〈臺灣詩社的淵源與流衍〉、賴子清（1894－1988）〈古今臺北詩社〉、鍾美芳〈日據時代櫟社之研究〉（為其碩士論文）、邱奕松〈北臺詩苑〉，《嘉義文獻》有賴子清〈嘉義縣史蹟及詠史詩〉及〈古今嘉義詩文社〉、黃水文〈竹枝詞〉，《臺南文化》有葉英〈鹿耳門詩文集輯〉、賴子清〈南臺灣古今詩文社〉、〈古都聞人風物勝蹟雅詠〉，《南瀛文獻》有石萬壽〈趙雲石喬梓詩文初輯一詩〉、《高雄文獻》有沈宗憲〈日據時期臺灣文風的研究〉等文。但較特殊的現象是國內各大學文史研究所漸有人以之為博、碩士論文題目而取得學位，確立了臺灣文學研究足以成爲一門學術領域。[3]

就研究現象來看，臺灣古典文學的研究並不先從學院出發，而是民間人士累積一定成果，帶動了學院的重視。也因此紮實精緻的文獻考訂與田野調查工夫，並未建立起來，在方法論及知識論等深層學術挑戰也來不及面對。如成文出版社曾刊印（以原刊本影印）省、市、縣各文獻會的刊物十七種，總結了臺灣官方各省、市、縣文獻會二、三十年研究的成果。這些刊物上的文章，或爲當事人親身經驗，或據二手資料輾轉抄襲，文章極少說明資料之來源，也沒有一份刊物要求投稿者於文章中附上注釋，這些難免影響研究的成績。又如黃得時之作，已甚難得，也不免遭到楊雲萍（1906～）質疑：「既然堂堂題爲〈臺灣文學史序說〉就應該有『學術』寫作的水準。對於一般的歷史文獻史料應該正確的使用。」楊氏進而指摘黃氏一文多處沿襲自市村榮及連雅堂的錯誤，且加以考據更定。[4]

以學術嚴格的檢證和批判，不容諱言的，早期臺灣古典文學的研究成果，顯得有些粗糙，不夠精緻。甚至因抗日經驗、民族氣節的強調，爲政府所樂見，造成當時論述題材、選定的詩人，較偏重於民族氣節的作家作品，遂顯得不夠客觀。論文水平也良莠不齊，整個臺灣古典文學的研究，雖然持續三、四十年，但一直缺乏體系性，很多該觸及的議題迄今仍處零碎而

---

3 八〇年代，臺灣古典文學因老成凋謝，提倡無人。青年學子則又大多嚮往新文學，因此戰前臺灣古典文學的研究一直到八〇年代各大學研究所中少數研究生以此為論文題目，方見較有系統之整理與論述。

4 見楊雲萍〈見學の方法〉，《朝日新聞》，1943年9月1日。

模糊的狀態，在大多數人的文學史想像裡仍然是缺少表情與聲音的。此種現象，其實是有歷史的、政治的限制，雖然有不足，但前輩們在政治禁忌與研究邊陲長期奮鬥的艱辛、所結的果實，仍然讓後續研究者感到甜美而受用。

三、九○年代臺灣古典文學研究現況評介

相較於以往的研究，興起於九○年代的臺灣古典文學研究，不僅田野調查及個案研究上有顯著成果，在概念及方法學上開始提出具有理論意義的反省建議。

這其中最大的不同，在於臺灣古典文學的研究不侷限於「中國化論述」的觀點，而是將臺灣文學視爲敘述的主體，將眼光回溯到「本土」的敘事觀點。

以下個人擬將從古典文學選集的編纂、區域文學史的建構、學位論文的撰述、個人論文集的出版及其他（單篇論文、學術研討的召開、文獻工具書的編纂等）五方面來檢視九○年代臺灣古典文學研究概況。

㈠古典文學選集的編纂

文學選集的編纂，是對文學的研究與解釋，必要的工作，兩者也互相影響、滲透。戰後五十多年來，對於臺灣文史資料之蒐集與出版，其貢獻最大者，首推「臺灣銀行經濟研究室」，顧名思義，這是以研究臺灣經濟現象爲主要任務的機構。主持人周憲文先生獨具隻眼，認爲要瞭解臺灣經濟現況，必須瞭解其歷史背景，於是有「臺灣文獻叢刊」的問世。1957

年 8 月至 1972 年 11 月，該室集合了各界研究臺灣文史的精英，從臺灣公私藏書機構以及世界各地蒐集了六百多種手稿、古本等已刊、未刊的史料，加以整理、選擇、斷句、重排，出版了 309 種，595 冊的鉅製，對臺灣史料之保存，厥功甚偉（雖然重排不免有疏誤，但在當時其魄力驚人）。如果檢視其中的詩文集、筆記，可以發現大多數出於來臺仕宦或遊幕者之手，或觀風問俗之作，或遠戍邊地興發之吟哦，或治民理番之記載，從其詩文集、筆記之題名：《裨海紀遊》、《海東札記》、《臺陽見聞錄》、《臺陽筆記》、《使署閒情》、《巡臺退思錄》、《臺灣雜詠》等，可知其性質，這也是研究臺灣古典文學很有價值的資料。

至七〇年代臺灣省文獻會出版之詩集，有《臺灣詩錄》、《臺灣詩乘》、《臺灣詩錄拾遺》等，臺中市政府編印《臺中詩乘》、臺灣銀行經濟研究室刊行《臺灣詩鈔》、臺灣史蹟研究中心印行《鯤海粹編》、正中書局出版《臺灣正氣詩選》、臺北市文獻會刊行《臺灣詩薈》、臺灣商務印書館印行《臺灣詩選》、《臺灣十二家詩鈔》等，彙合上述諸編，加上民國五、六〇年代所刊行之詩文集，則臺灣古典文學資料之編選日為完整。

不過，民間尚有未被發掘之資料仍待吾人努力蒐羅。此一工作直至九〇年代有更大突破，雖不至百花齊放，卻也一時繽紛琳瑯。1992 年龍文出版社重印了《臺灣先賢詩文彙刊》第一、二輯，凡二十本；1994 年新竹市立文化中心有《林占梅資料彙編》（徐慧鈺編）、彰化縣立文化中心有林瑞明（1950～）編《賴和漢詩初編》；1996 年師大書苑有《楊守愚詩集》（許俊雅編）、《楊守愚作品選集——詩歌之部》、施懿琳（1959

～）編《周定山作品選集》；1997 年彰化縣立文化中心有陳逸雄編《陳虛谷作品集》；1998 年彰化縣立文化中心復有施懿琳編纂的《林荊南作品集》（卷二爲雜文、詩歌之部）、許俊雅編的《楊守愚作品選集（補遺）》及新竹市立文化中心出版的黃美娥（1963～）所編《張純甫全集》與詹雅能、黃美娥合編的《梅鶴齋吟草》，2000 年文學臺灣基金會策劃出版《許成章作品集》，有《正名室詩存》、《詩論》、《評論》等，收錄許氏的漢詩詞及論詩的文章。這些由文化中心（已改文化局）出版的古典文學作品集，大多由編者經過覓尋，得與作者後代取得聯繫，獲致進一步共識，促成這些詩文集的出版，其間並無商業利益或政治權力的角逐，或意識型態的侷限。這些新挖掘的文學史料，提供了對有心研治臺灣古典文學的人相當大的幫助，也爲臺灣古典文學的研究奠下更穩固的基礎。

㈡區域文學史的建構

有關臺灣古典詩史的建構，最早見於廖雪蘭《臺灣詩史》，此書全面整理了臺灣詩歌的發展歷史，原爲廖氏的博士論文，後由武陵、文史哲出版社出版。此後偏重於臺灣區域文學的論述。1995 年臺灣區域文學史萌興，先由臺中縣立文化中心出版了《臺中縣文學發展史》（施懿琳、許俊雅、楊翠合撰）；其後彰化縣立文化中心在 1997 年出版《彰化縣文學發展史》（施懿琳、楊翠合撰）；1998 年嘉義市立文化中心出版江寶釵《嘉義地區古典文學發展史》；1998 年臺南市安平區委託龔顯宗（1943～）撰寫《安平文學史》，（收入龔氏所著的《臺灣文學研究》一書，由臺北五南出版社出版）；1999 年有輔大黃美娥博士論文《清代臺灣竹塹地區傳統文學研究》、臺中市立文化中心委由陳明台（1948～）撰寫的《臺中市文學史初編》；2000 年苗栗縣文化中心出版莫渝（1948～）、王幼華（1956～）合撰的《苗栗縣文學史》。古典文學或為全書中探討的一部分，或全以古典文學的探討為主，不論比重或多或少，可見到的現象是北中南陸續有了區域文學史。

《臺中縣文學發展史》撰寫前之工作乃進行一系列的田野調查，全面清查全縣十九鄉鎮的寺廟、古蹟、文物，訪問耆老、作家、家屬，展開作家作品的整理工作，許多作家手稿、照片、日記、書籍文物的發掘，實是此部區域文學史值得肯定之處。尤其呂赫若（1914～1951）日記、林癡仙（1875～1915）日記的出土，使得相關研究可以深化。《彰化縣文學發展史》作者施懿琳體認新舊文學並行發展的日治時期，如果新、舊二元切割，則無法呈現文學的全貌，對文人、作家的評價易導致誤差，因此特別留意新舊文學之間的互動，具體論述新舊文學論戰對彰化作家的影響，並論述新文學作家的古典詩作，他們的作品與純粹漢詩詩人之作的異同之處。此外，該作對文社討論細緻，資料翔實。彰化崇文社相關活動（徵詩徵文的紀錄）的呈現，矯正過去偏重詩社，輕忽文社的偏見，而由此引發的臺灣儒教的討論，值得留意。《嘉義地區古典文學發展史》則是首度以古典文學為敘述主體的專著，同時探討內容從明、清貫徹到當代。《清代臺灣竹塹地區傳統文學研究》亦以區域性新竹的古典文學研究為主，探討清代臺灣竹塹區域社會特性與文學傳統的關係，文風形成的背景，以及作家與文學作品、文人集體活動樣態等，嘗試建構清代臺灣竹塹地區文學

發展的歷史面貌與特色。《安平文學史》則將隸籍安平或曾居安平，以及雖未居安平但以此地的人、地、事、物、景爲題材的作家之作爲主，內容包括神話、傳說、謠諺、民間故事等，起迄時間則自古代以至現代。臺南爲臺灣文化古都，安平又爲最早開發之區，人文薈萃，騷人墨客多有吟詠，此書之作可說是區域中的區域文學，其取材不侷限古典詩文，亦不侷限於該地人士，特闢外籍作家十位敘述，可說甚爲難得。臺中市、苗栗文學發展史之架構大抵亦同於臺中縣文學發展史，如果能多善用田野調查，成果應更可觀，尤其苗栗地區多爲客籍人士，其文風亦向來鼎盛，在上述區域文學史中，可說凸顯了族群特色。如上所述，吾人可發現區域文學史之撰述者多半來自學院裡從事臺灣文學研究的中青一代（年齡四十左右），他們普遍重視田野調查，不以現有文獻爲滿足，其書特色亦在於藉由田野調查、耆老訪談、文獻史料的蒐集與增補，以建立區域文學的論述。

不過，因區域文學史基本上都是應縣市文化中心的委請撰寫的，而戰前戰後的行政區域劃分不盡相同，遂使作家歸屬不免重疊出現，或見仁見智。這一些困境，必然也是日後臺灣其他區域文學史撰寫時必然要面對、要思考的。

㈢族群文學史的撰寫

一九九八年六月，客籍作家黃恆秋（1957～）出版了《臺灣客家文學史概論》，在一片以區域文學史撰寫的熱潮中，此書另闢蹊徑，改以族群文學發展爲論述中心，作者從界定客家文學出發，進而論述客家文學的演進、客家文學組織與結社、客家文學的類型、客家民間文學、客家文學的文化傳承，以及客家文學研究的未來方向。迄今爲止，惟目前僅見的第一本族群文學論述。其評論大多短小精湛，很少引經據典，談作家都是以代表作爲例，反映其創作風格與發展方向，因是「概論」有時難免意猶未盡，不夠深化，略顯粗糙。作者以一人之力，在無任何經費資助下獨自完成，又是首創，其缺失和不足固然難免，但其精神令人肯定。作家王爾德說：「我們對歷史的唯一責任是重寫它。」文學史的編寫本來就只有最早的一部，而沒有最後的一部，我們期待著有更多族群文學史的出現。

㈣學位論文的撰述

從過往論文的撰述，依時間先後列表如下，可對研究主題有一約略掌握：

	論文題目	作者	學　　校	年代
1.	連雅堂的生平及著作	林文仁	臺灣大學歷史系學士論文	1957
2.	日據初期重要的臺灣詩人	洪銘水	東海大學中文系學士論文	1979
3.	臺灣詩社之研究	王文顏	政治大學中研所碩士論文	1979
4.	清代臺灣流寓詩人及其詩之研究	周滿枝	政治大學中研所碩士論文	1980
5.	日據時期臺灣漢語文學析論	陳美妃	輔仁大學中研所碩士論文	1981
6.	臺灣詩史※	廖雪蘭（後改名廖一瑾）	中國文化大學中研所博士論文	1983
7.	日據時代櫟社研究	鍾美芳	東海大學史研所碩士論文	1985
8.	日據時期鹿港民族正氣詩研究	施懿琳	臺灣師範大學國研所碩士論文	1986

9.	臺灣寫實詩作之抗日精神研究（光緒二十一年至民國三四年）	許俊雅	臺灣師範大學國研所碩士論文	1987
10.	清代臺灣詩所反映的漢人社會	施懿琳	臺灣師範大學國研所博士論文	1991
11.	臺灣光復前重要詩社作家作品研究	陳丹馨	東吳大學中研所碩士論文	1991
12.	清代臺灣竹枝詞之研究※	翁聖峰	淡江大學中研所碩士論文	1992
13.	林占梅先生年譜	徐慧鈺	政治大學中研所碩士論文	1992
14.	連雅堂學述	張翠蘭	政治大學中研所碩士論文	1992
15.	丘逢甲嶺雲海日樓詩鈔研究	徐肇誠	成功大學歷史語言所碩士論文	1993
16.	洪棄生及其作品考述※	程玉凰	中正大學中研所碩士論文	1995
17.	道咸同時期淡水廳文人及其詩文研究——以鄭用錫、陳維英、林占梅爲對象	謝志賜	臺灣師範大學國研所碩士論文	1995
18.	丘逢甲：清末臺粵士紳的個案研究	楊護源	中興大學史研所碩士論文	1996
19.	櫟社三家詩研究——林癡仙、林幼春、林獻堂	廖振富	臺灣師範大學國研所博士論文	1996
20.	清代臺灣示禁碑之研究	曾國棟	成功大學歷史語言所碩士論文	1996
21.	寄鶴齋古文研究——以史詩爲範疇	鄭淑文	逢甲大學中研所碩士論文	1997
22.	臺灣南社研究※	吳毓琪	成功大學中研所碩士論文	1998
23.	日據時代臺灣儒教結社與活動	李世偉	中國文化大學中研所碩士論文	1998
24.	清代臺灣竹塹地區傳統文學研究	黃美娥	輔仁大學中研所博士論文	1999
25.	吳濁流的詩論與詩歌	潘進福	政治大學中研所碩士論文	1999
26.	許南英及其詩詞研究	楊明珠	中國文化大學中研所碩士論文	1999

27.	論《臺灣省通志稿》之纂修——以革命、學藝、人物三志爲例	曾鼎甲	中興大學歷史所碩士論文	1999
28.	連雅堂文學研究	黃美玲	中山大學中研所博士論文	1999
（註明※者，表示已交由出版社出版）				

1957 年以來，國內博碩士論文（含早期兩篇學士論文）有關古典文學研究約 27 篇，屬於清代的有 9 篇，屬於日治時期的有 15 篇，含括兩時代的有 3 篇。有 18 篇完成於九〇年代篇，佔了三分之二，可見進入九〇年代，學院研究對臺灣古典文學的研究激增。從八〇年代以來臺灣古典文學研究者身分來看，以女性居多（尤其扣除文學論述僅占其論文部分者，如楊護源、曾國棟、李世偉），迥異於其前以男性爲主，而且臺灣古典文學的研究在九〇年代後堂而皇之大舉進入學院，與早期自民間出發不一樣。若以學校（研究隊伍）觀之，政治大學、臺灣師範大學各有五篇，成大、中國文化大學各三篇。關注焦點則以日據時期的作家作品佔了大部分。說明了該時期文學在受到長期的壓抑、忽略之後，已漸獲學界重視，在臺灣文學史上的地位得到肯定。不過如從研究對象來看，大致上以日治時期的詩人連雅堂、丘逢甲、洪棄生、許南英、林癡仙、林幼春、林獻堂（1881～1956）爲主（吳濁流漢詩戰後居多，暫不列入），實大有開展空間。

這些學位論文，各有其貢獻與不足。如王文顏之作，王氏之前已有賴子清等單篇論文討論詩社，但王氏充分應用中央圖書館（今易名國家圖書館）臺灣分館，獲得新史料，爲學界初次勾勒臺灣詩社發展史的概貌，開啓日後臺灣詩社研究之緒端。後來對櫟社、南社之研究，可說受其啓發。不過這兩本論文又能在文獻之外，深入民間，從事務實的田野調查，所以有一定研究成果。

廖雪蘭《臺灣詩史》，則是首部建構臺灣古典詩歌的發展，多少有其參考之處，但資料整理較多。一九九二年政大中研所徐慧鈺的碩士論文：《林占梅先生年譜》，主要以林氏的詩作爲中心編成的編年體年譜，文中對林家的世系以及林占梅（1821～1868）周遭的人物與當時臺灣大事，均做了許多的考訂與整理的工作。

就理論架構、研究思路來說，近十年來的臺灣古典文學研究的學位論文，有頗多建樹。對於作家作品的研究，從初時簡要記述作家生卒里籍及重要作品簡單目錄外，近期研究則多能闡明作家個人遭遇與經歷，如：家庭背景、成長過程、人格特點、精神氣質、婚姻狀況、親戚師友的交往、參與的文學社團、事業的順逆與活動範圍等等；或探討作家的心路歷程與作品的關係。隨著田野調查工作、口述歷史的被重視，研究者不僅從既有文獻尋覓資料，也積極轉向訪問耆老、作家後代，以搜尋遺稿，更正確建構臺灣詩社發展狀況。

㈤個人論文集的出版

書名	作者	出版社	時間
臺灣文學散論	許俊雅	文史哲出版社	1994
臺灣文學研究	龔顯宗	五南出版社	1998
臺灣與傳統文化	陳昭瑛	中山學術文化基金會	1999
臺灣文學散論——傳統與現代	洪銘水	文津出版社	1999

臺灣古典詩面面觀	江寶釵	巨流出版社	1999
臺灣儒學──起源、發展與轉化	陳昭瑛	正中書局	2000

以上各書大抵將個人已發表的單篇論文，匯集一定份量後出版的論著。許之作新舊文學並納，與古典文學相關的論文，如：〈光復前臺灣詩鐘史話〉、〈三臺才女黃金川及其詩〉、〈陳第與東番記〉等，原發表時間在九〇年代前後，就詩鐘、女性詩人、散文三方面來看，取材之際已考慮臺灣古典文學應拓展的方向。龔氏之作，包含一、「小說研究」，論江日昇的《臺灣外記》；二、「作家與作品」，以詩人為主，尤其強調時勢對文學的影響；三、「詩話研究」探討王松的《臺陽詩話》；四、「區域文學研究」，敘述臺南安平文學；五、「古都搜神記」，「古都」指臺南，觀其篇名即可知。龔氏將作家及其文學活動與社會風俗及心理狀態、風俗習慣等聯繫起來進行考察，理出文學發展與文化演變的某種規律。其所指出的小說、詩話兩種文類之研究方向，值得吾人繼續發展。洪氏之作亦新舊文學並熔於一爐，屬於古典篇章者，如：〈日據初期臺灣的社會詩人──洪棄生〉、〈洪棄生的「觀風」與「戰記」〉、〈梁啓超與林獻堂的美國遊記〉等，都是視野廣闊、角度新穎、立論堅實之文。作者本人早年即國內研究洪棄生最早者，去國二十餘年後，仍念念不忘對洪棄生的研究。對洪棄生古文及日據時散文遊記這兩種文類的拓展，可以予人相當啓發，尤其清代時期遊記的研究尚未有專著。江氏之作，則是具系統性著作，作者嘗試從作家、作品、宇宙三角度考察臺灣文學，期待能深化此領域研究的新進路。陳昭瑛（1957～）之作，可見其近年研究方

向，嘗試爲臺灣儒學尋找文化根源，希望能在「中國情結」、「臺灣情結」在民族（同根）、文化（同源）的層面上尋得一致性。也許在臺灣文學研究才剛進入學術化階段，多種方法、多種功能的研究局面，沒甚麼不好，把文學論評作爲知識分子公共論壇的闡釋，也可以是一種評論姿態。

㈥其他

除了以上所述，更多的是單篇論文的撰寫及學術會議的舉行。九〇年代以來如果不計報刊所登，則短短十年已有單篇論文一百五十篇左右，加上東海大學所舉辦的臺灣古典文學與文獻會議，充分顯示了臺灣古典文學已具備學術獨立討論的意義與價值，會議規劃的論文分別從目錄學、版本學、教育學、方志學、旅遊學、文學史、詩學、小說學、金石學等角度，復邀請各不同領域的學者參與，可說深具遠見，富有觀念上的啓發，提供臺灣古典文學研究者很好的借鑑。該校吳福助教授編纂的《臺灣漢語傳統文學書目》工具書，尤值得肯定。依書前序言所述，該書所錄臺灣漢語傳統文學典籍數量：（1）明鄭時期：總集 2 家 2 種；別集 3 家 8 種。（2）清領時期：總集 20 家 22 種；別集 150 家 206 種。（3）總集 37 家 52 種；別集 130 家 211 種。（4）戰後時期：總集 72 家 94 種；別集 275 家 377 種。合計全書凡錄總集 131 家 170 種；別集 558 家 762 種。本書之出版，實在令人感佩，吾人不僅得以明瞭臺灣古典文學文獻數量之豐富，也建立臺灣古典文學可作爲一門研究學問的自信，對日後研究者提供莫大助益。

四、九〇年代臺灣古典文學研究現況的反思

較諸九〇年代以前，雖然臺灣文學的研究，逐漸由粗糙狀況邁向更爲精緻的境界，也由民族氣節、抗日精神、詩社延續漢文化等論述轉向深刻而務實的鑽研。但學界目前對臺灣古典文學的研究尚不夠普遍（仍較集中新文學），還存在許多空白的階段。而臺灣古典文學詮釋的重建工作，是臺灣文學史書寫的重要基礎，所以對不同文學階段的建構勢在必行，否則臺灣文學的內容終究還是殘缺不全的。[5]本文對臺灣古典文學研究的現況（其實某些部分也適合於新文學的研究），提出幾個方向的反省，如：臺灣文學史觀的反省、臺灣文學史料的反省、臺灣文學研究方法的反省。

㈠臺灣文學史觀的反省

在研究上，應把臺灣古典文學視爲一個單一主體或中國的一部分？此爲爭論已久且不休的問題。如這幾年研究日治下臺灣文學的一直有個疑問，到底是臺灣文學？還是日本文學？還是中國文學的一支？即使說是臺灣文學，也好像是日本這個外

5 目前臺灣文學史的出版，臺灣方面有葉石濤《臺灣文學史綱》及彭瑞金《臺灣新文學運動 40 年》，臺灣古典文學僅佔葉著極少篇幅，彭著則以新文學為主。中國大陸所合撰的著作，如《臺灣文學史》對櫟社、林癡仙的論述，有多處考訂欠精詳，錯誤難免。足見臺灣古典文學研究是填補、建構臺灣文學史必要工作。

來統治者下的殖民統治文學。我個人愈來愈感覺到日治時期五十年，臺灣是被置於日本帝國當中的，此時的臺灣文學應該放在日本殖民地的框架下，了解日本歷史、政治措施是很重要的。如果太偏重臺灣跟中國的關係，強調臺灣的抗日史，則很容易模糊了日據時代臺灣的歷史、文學原貌。臺灣處於哪一統治階段的時間裡，便應放在那一個歷史框架下來研究。如研究明鄭時期的文學，必須理解荷蘭歷史，研究清領時期的臺灣文學，臺灣是清朝版圖的一部分，此時則必須與滿清歷史連結，1945 年到 1949 年國府遷臺期間，則又應置於中國框架下來討論臺灣文學，至於臺海兩岸隔絕四、五十年的情況，就現實角度而言，就不應偏重於中國的框架裡（如談五、六〇年代文學，美國方面的影響連結絕對遠甚於中國）。惟有如此，我們所做的評斷才不至流於片面。以下舉例說明之：

1. 說明一

如談日據初期的詩社、詩人，目前臺灣古典文學研究幾乎不談日本漢詩人在臺之作。然而他們在臺的文學活動除了過去謂之有籠絡、監視臺灣文人之說法，今日卻也必須從更寬廣的視野來觀察，連結日本歷史來思考。

明治維新是日本近代史上一次大變革，變法的結果，薩（摩）長（州）勝過了幕府、佐幕諸藩，成爲政治上的勝利者，西南戰爭後，西洋化成爲國家政策，與德川幕府相始終的漢學遭到空前的挫敗，在以西洋化爲國策的的薩長藩閥領導之下，原同盟的東北諸藩和德川幕府系統下的漢學，幾乎全面敗退下來。甲午戰爭後，乙未年割臺，彼輩在日本國內既無發展環境，自然地將目光求諸於仍講漢學儒教的新領土臺灣。這也是理解日本東北人士當初極力主張領有臺灣的原因之一。日本漢詩學者的到來，使總督府揚文籠絡政策得以推進，也左右了臺灣古典文學的發展，尤其是漢詩。日據時期臺灣總督府掌控的報紙如《臺灣日日新報》，即漢詩重要發表園地。這一部分的探討，可以了解日據時期在臺灣的日本漢詩，它是在甚麼樣的歷史背景下登場？其後又是如何發展？就觀察的角度而言，不僅是臺灣總督府方面的視點，同時也是殖民地臺灣漢詩人如何被引彀其中的考察，兩者相對照關係的梳理。

2. 說明二

強調臺灣文學是中國文學的分支，臺灣文學乃至中國傳統文學之中，其持久不衰的主流是：黍離麥秀之悲、新亭西臺之痛。陳昭瑛《臺灣詩選注》編選註釋相當用心，所附之〈臺灣詩史三階段的特色〉一文，標舉了其一向關懷之重點，因此較偏重以民族氣節介紹臺灣古典詩。選詩時，歌詠明鄭遺蹟的作品顯然較多，如：孫元衡的〈安平鎮〉、宋永清的〈過寧靖王墓〉、陳肇興（1831～？）的〈登赤崁城〉、〈五妃祠〉、沈葆禎（1820～1879）的〈延平郡王祠題聯〉、施士浩（1855～1922）的〈登赤崁樓望安平〉……等。

筆者認為目前應避免全以漢人史觀的臺灣文學，或以中國史觀的臺灣文學來理解臺灣古典文學。 就現有利用方法而言，有時涉及各民族文學的感情，對各族關係的文學作品之取材、詮釋，很難避免主觀的感情，也很難擺脫預設的立場。舉例而言，臺灣古典文學的研究，如涉及不同民族，研究者通常都是肯定漢族文人的理想與情感，以漢人的政治立場、文化價值爲取向，因此自鄭成功以下至日據詩人作家作品的選擇、詮釋，便易強調愛國精神、民族氣節，站在漢族的立場與情感並沒有錯誤，雖可理解，卻不無遺憾。這樣的文學觀念與臺灣歷史發展、多族群的事實並不符，因而缺乏多元種族與文化的觀念，還容易造成評論的不公平、不客觀。今日對臺灣古典文學的研究應讓各種族、各族群的關係透明化，不曲解隱瞞文學的內外層結構。

㈡臺灣文學史料的反省

臺灣古典文學的研究，因佔有「時近而跡真、地近而易覈」之便，而具有多元且複雜的特性，臺灣文學的研究，往往需要許多外文史料來輔助。就荷據時期而言，可供研究資料，絕大部分典藏於海牙荷蘭總檔案館(Het Algemeen Rijksarchief，Den Haag)的荷蘭聯合東印度公司檔案，資料檔案之外，當時出版的有關臺灣之書籍刊物，亦是研究臺灣的重要資料。如 C.E.S 所著《被遺誤之臺灣》一書，極可能即是爲鄭成功所敗而回國的荷蘭長官揆一（Coyeet）爲申辯失臺之事而撰寫的，這些資料對明鄭時期文學的研究都是不能不注意的。尤其荷據臺灣以後，在臺灣南部的活動，如安平（古堡）、赤崁樓（紅毛樓）的建築，對文學亦有相當價值。龔顯宗《安平文學史》很顯然注意到了（另見《臺灣文學研究》一書，頁 184、242）。筆者認爲史料的蒐集對臺灣文學研究深度開展之效，是不容忽視的，以下僅敘若干方面的應用。

1. 說明一

文學史料足以影響對作家、改變對作家之評價，如丘逢甲內渡時期的表現，處於疑謗之間。研究者以文學創作資料來佐證問題立論觀點，並比對相關歷史史料，丘氏不待轉戰而內渡之事實。[6]另外，又如用清領時代修撰的官書史志、日本時代的公文書，應該有相當的警覺性。如研究知識分子參與的二〇年代社會運動，幾乎得仰賴臺灣總督府警務局所編纂的警察沿革誌，但據此所得的研究結論，很容易成爲日本警務局史觀下的臺灣社會運動。

2. 說明二

對家族史的應用，了解一個家族發展過程，及其與周遭的人群與環境（地域社會）的關係，家族的性格，其性格對於家族勢力的影響。陳進傳〈宜蘭漢人家族文學初探〉一文，雖有名詞界義及分類上的小瑕疵，但能關注家族史料之蒐集，奠定研究基礎，對學術領域的開拓，誠值得肯定。廖振富博士論文談林癡仙生平，如能應用族譜，即可補充林癡仙身爲養子之身分，而做爲霧峰大家族的養子，族人的深刻期許，是否深刻影響他，甚至造成一種壓力，尤其在割臺後，青雲路斷，科舉無望的悲哀下，諸多苦悶，縱情酒色，或許不無關係。所謂無悶

6 詳見黃秀政、楊護源合著〈丘逢甲與一八九五年反割臺運動〉，《國立中興大學文史學報》第 26 期（1996 年 6 月）。文學史料之運用，亦牽涉考證等相關問題，如沈斯庵未歸故鄉之因、其來臺時間、其卒年時間等，這都將影響對詩作之解讀。

草堂，其實正是有悶的自我寬慰。[7]

3.說明三

目前臺灣古典文學研究，多偏重在詩歌，鮮少涉及古典散文或詞作、古典小說。就《洪棄生古文研究》(鄭淑雯，1997)或《清代臺灣竹塹地區傳統文學研究》(黃美娥，1999)或《連雅堂文學研究》(黃美玲，1999)等學位論文來看，古典散文部分的探討或深度較為不足或只是論文其中一環，這方面的研究大有可發展空間。尤其如何利用方志藝文志、文學選集、個人別集以及各寺廟、古蹟之碑誌，誠為目前可開拓之新領域。何培夫〈臺灣碑碣文獻與文學資料初探〉一文揭示了碑碣中豐富的文學史料，其觀點值得留意。[8]

4.說明四

近年來頗流行以口述歷史來彌補文字資料的不足，但口述歷史亦有其問題需留意。口述歷史所採擷的是一種集體的記憶，並不完全正確，很多人的記憶，往往經過長時間生活經驗的累積、相關資料的閱讀以及記憶的退化、重組等層層因素，有些記憶已非原來面貌。有時因隱惡揚善或政治因素等顧忌，

---

7 過去談到林癡仙從未提及其養子身分，個人通過對族譜的理解，得知癡仙父林文明於清同治四年（西元 1865 年）為人設計被殺於公堂。癡仙是 1875 年出生的。而大家族何以多抱養養子，其實背後有相當複雜的因素，這都是研究臺灣早期文學應有的基礎常識。

8 見東海大學中國文學系編：《臺灣古典文學與文獻》（臺北：文津出版社，1999 年 1 月）一書。

而難以客觀。我們要將層層累積的東西剝掉，使真相呈現出來，實在有些困難。當然，口述歷史有其值得參考的價值，但是我們在使用口述歷史時，宜謹慎小心，抱持不斷反覆求證的態度才行。

㈢臺灣文學研究方法的反省

如果從研究方法、文學批評來看，古典文學的研究與現代文學也有很大不同。臺灣現代文學流行的批評策略緊緊聯繫（或說複製）西方當紅的文學理論，尤其臺灣特殊的政治情勢與文化機制的運作有著密切的關係，遂與目前西方文學批評理論中，強調「政治」、「權力」等概念息息相關，作品漸從藝術殿堂上退居，種種非藝術性的解讀圍繞在政治、文化論述上。雖然新理論新方法的引進固然開拓了學者的眼界，另一方面這些方法理論又往往根據西方學術的發展總結所得，與本地研究對象之間不免有隔閡。兩者如何協調，正有待我輩努力。

這其中固有隱憂之處，但古典文學的研究，如能適當吸收融會西方文學理論（如後殖民論述之類），未嘗不能有另一番生機。[9]

---

9 十年前，臺灣尚未出現後現代主義、後殖民論述、女性主義等等文學思考。如今，這些理論的實際應用，不僅對現代文學研究有其影響，其實對古典文學研究也開啟無限想像空間，尤其因這些理論的啟發，我們特別注意到了漢詩中的原住民、女性詩人的存在。對女性史的研究，臺灣直接引進西洋的理論，強調權利、宰制等。新文學的研究頗沿襲此一理論，但古典文學則不太一樣，比較注重女性生活史、女性心態及女性的位置。

1.說明一

如過去對女性研究不重視，女性在文學中扮演的角色未能多加著墨，女性研究資料也十分缺乏。目前這一情況獲得大幅改善，筆者指導的研究生刻以日治時期女性漢詩人為研究主題，正是此一問題意識的反映。臺灣史學者許雪姬做臺灣家族史研究時，就特別留意到過去家族歷史是男性的歷史，族譜上對於女方家族鮮少提及。個人研究黃金川時，也特別留意黃家家族歷史，黃金川之母對於其家族興衰，有主動關鍵性作用。而黃金川本人後來又嫁入高雄陳家（探討大家族聯姻，研究其婚姻圈，有助於了解黃金川詩中的情思）。女性文學的提出，目前僅見端倪。除黃金川之外，其後復有張李德和（研究者江寶釵）、杜淑雅、林次湘（黃美娥博士論文略微提及）、吳燕生（臺中縣文學發展史提及），希望能漸成研究潮流。

2. 說明二

當代學術所提倡者，乃為科際整合之研究模式，是以臺灣古典文學研究事實上必須以許多學科之研究方法為基礎，其所應用之史料亦當包含各個學科領域之資料，掌握政治社會、經濟、文化、教育、民族等因素對文學的意義。如日治末期臺灣古典文學，除理解皇民化運動外，對當時社會、複雜的民心取向及日本文化對死亡美學的思維及戰爭宣傳語言的深中人心等等，都需有一番了解。如能理解此一現象，有關皇民文學（或說認同文學）的研究，應可客觀有效展開、拓展此一議提的研究。以江寶釵《嘉義地區古典文學發展史》，論述日治時期嘉義古典文學的發展爲例，謂其創作主題之一是：

> 描寫日本戰敗之窘態等到太平洋戰爭進入尾聲，嘉義傳統詩人便著手描寫日本戰敗之種種，玉峰吟社社員林緝熙的〈聞沖繩戰敗〉云：月黑風腥戰火新，全軍血氣欲吞秦。蟲沙未化侵彊敵，燕雀居然入幕賓。天上神機遲此日，其間名世竟無人。千秋史筆如何序，援絕孤城玉碎頻。賴惠川〈無辜玉碎〉慨嘆日本政府被侵略野心貽誤，孤注一擲，難逃戰敗的命運：何人妄想建雄圖，傾國真同一注孤。敗報朝朝誇玉碎，可憐玉碎是無辜。[10]

詮說雖無錯誤之處，但論者如能掌握當時使用「玉碎」一詞之背景，則此處論述必然可以更深入。[11]日本的殖民教育與文化

10 江寶釵：《嘉義地區古典文學發展史》（嘉義：嘉義市立文化中心），頁 271。

11 在太平洋戰爭期間，「玉碎」被用來指稱困獸猶鬥式的全軍滅亡。此一用法固然來自中文「寧為玉碎，不為瓦全」，但從美學角度來說，日本人使用時有一種「壯美」觀念的灌輸。1943 年 5 月，美軍登陸阿留申群島的阿圖島（Attu），638 名日軍全玉碎，尤其 1944 年日軍與盟軍在馬里雅納群島的塞班島展開激烈爭奪戰，日軍見事不可為，曾發出訣別電報，決定懷抱玉碎之志。此役包括平民在內，死亡人數共計 51244 人，1945 年 3 月硫磺島戰役，玉碎總人數達 23000 人。日治末期的媒體報導，「玉碎」一詞頻見。所以林詩才說「援絕孤城玉碎頻」，賴詩說「敗報朝朝誇玉碎，可憐玉碎是無辜」。此一觀念似也影響臺灣人，據周婉窈主編的《臺籍日本兵座談會記錄并相關資料》所記，臺籍日本兵郭金城提起戰爭末期受盟軍攻擊時的情況，郭以激動情緒說：「世界上最大型

傳統思維的傳布，多少影響受日本教育的年輕一代，尤其不能不正視愛國教育對戰爭期間的臺灣年輕人的影響。明乎此，我們在研究皇民化時期的文學，便不能純以民族立場相責難。

由江氏選錄詩「玉碎」一詞，筆者想起另一有關「鷲鳥」與「櫻花」之用語[12]，說明了理解這特定時空歷史對文學研究的重要性。1924 年在今臺南市成立的留青吟社，於 1942 年時曾刊出以〈海軍機〉爲題之詩作（見《詩報》第 282 號，1942 年 10 月 26 日）。筆者初睹詩題，即感到納悶，再觀詩作內容，每一首詩都寫到空中飛機，並且大部分以鷲、荒鷲、海

的轟炸機的爆擊下，我們是怎樣躲藏？玉碎、玉碎、再玉碎！」（臺北：中央研究院臺灣史研究所籌備處，1997 年）

12 這些詩如旺熙：「扶搖萬里破雲封，克敵雷彈霸氣衝。百練精神跨海鷲，大鵬威武制夷鋒。」梅瘦：「萬里關山縱碧峰，身依母艦破英鋒。大和男子誠無敵，鵬翼雄飛盡壯容。」清雲：「飛行萬里火鋒衝，海國空權制暴兇。無敵皇軍荒鷲隊，擊沉英米幾艨艟。」（見《臺灣詩報》）等等，可看到此類用語及海、空並見情況，詩題「海軍機」之意，據此也就可以落實了解了。例多不贅舉。至於「櫻花」含意，大成吟社有詩題「櫻花」，幾皆提到大和魂，如楊鶴年：「國色惟應同國士，大和魂魄氣吞戎。」陳穎燦：「如霞似錦滿山紅，襯出大和武士風。」吳秉籌：「此是英雄真本色，丹心一點表精忠。」洪允吉：「此是大和魂魄化，凡花何敢共爭雄。」吳冬青：「紅葩可比英雄血，鐵幹猶如武士風。」安田光輝：「花是此花人武士，獨誇國色表精忠。」何以千篇一律以櫻花象徵武士？除了櫻花為日本國花之外，其實也牽涉日本傳統及戰時宣傳用語等背景因素。櫻花燦爛美麗，但瞬間飄落，猶如武士短暫而絢爛的生命。戰爭時期，櫻花也就成為軍人的代名詞，臺灣實施陸軍特別志願兵制度後，「若櫻」也就用來指年輕的志願兵（若，日文是年輕的意思）。

鷲、大鵬鳥、鷹、鳶爲喻，後來才知「荒鷲」、「海鷲」（尙有「陸鷲」）在當時新聞報導裡用得很頻繁，尤其日本攻陷新加坡（星洲）時，日本、臺灣的新聞媒體就使用這些詞彙，可說是戰爭期間產生的特有用法。鷲在日文裡即指老鷹，戰爭期間成了飛行員的代稱。惟有對此歷史時空、情境有所了解，方能體會此一時期詩作的特色，也才能合理解讀。如以今日臺灣陸、海、空軍事制度來看，則海軍有空機，令人滋生疑惑，因此有必要認識日本的軍事制度，原來日本只有海軍和陸軍，沒有獨立的空軍，但海陸兩軍皆各自擁有航空隊。

3. 說明三

此中較値得反思的是，區域文學的特色如何建構？「它的區域文化特性，如何內化成爲文學經驗題材、主題類型及語言風格，而營造出和其他區域不同性質的文學。……這個地方的作家，是否以臺北區域文化的特質作爲內容，而創造出其他區域文學所沒有的作品？這樣的討論才更貼切，更具體。」[13]雖然是以臺北爲說明對象，但同時適用於臺中、彰化、嘉義、臺南等區域文學的討論，如何建構凸顯各區域文學的特色，顯然是日後其他區域撰寫時不能不思考的重大問題。[14]

---

13 顏崑陽〈講評：〈臺北：一個文學中心的形成〉〉，收入封德屏主編：《鄉土與文學──臺灣地區區域文學會議實錄》（臺北：文訊雜誌社，1994 年 3 月），頁 399。

14 參陳萬益師〈現階段區域文學史撰寫的意義和問題〉，戰後五十年臺灣文學國際學術研討會論文，1999 年 11 月 12～14 日，國立臺灣大學主辦。

4. 說明四

研究方法、書寫模式基本上還是沿襲過去舊式文學史寫法，以時代背景、文學思潮、作家作品為主。此中江氏《嘉義地區古典文學發展史》特別在第一章緒論部分列了「研究方法與結構」，但仍不夠具體與深入。

又如文學史的分期，涉及撰述者的美學態度和審美視角，戰後每十年為一期的竹節式劃分法，作家創作生命難免被切割，任何一位作家都同時生存在「過去」、「現在」、「未來」這三種時間序列中，尤其對跨越世代、長期創作不輟的作家來說，不論放在哪一階段來書寫，都無可避免有所不足，對其創作歷程無法呈現出豐富的變貌。不同的時間幅度代表不同的觀點，對文學變遷的掌握呈顯不同意義。因此在建構臺灣文學史時，不同的時間層次是很重要的，應先分化好時間，用比較長時間的觀點去考察，再縮小焦距調到較短時間的觀點來研究，這樣才能貼近臺灣古典文學現象的發展脈絡，掌握其多元的、延續的及全貌的性質。

5. 說明五

過去臺灣文學的研究，經常充滿簡單而不容置疑的文學意識規範。作品必須反映現實、關懷社會、憐憫苦難人生、凝視臺灣歷史，因而造成評價的不公，如對流連詩酒情愛之作，其評價遠不如社會關懷之作，然而果真如此嗎？作為一位傳統詩人，林癡仙、洪棄生等人的風花雪月之作，或許更流露其人生沉痛處，更能直探其內在衷曲。今日我們必須拋開大一統的觀念，拋開文學（主題）反映（再現）時代、社會現實等非文學的因素，重新挖掘、詮釋作家作品，讓已塵埋的金劍，重新閃爍其耀眼的光芒。

從上述現象衍申出來的另一值得留意的重要事實是：大部分篇幅仍圍繞外緣資料爲多，同時對文學的總體描述以及具體作家作品的評價上，較無法勾勒具體風貌，對作品美學探索的份量，普遍單薄，或祭出形象生動、栩栩如生、感情真摯之類的按語。其重要原因：一者在於研究者文學修養及創作經驗的普遍缺乏，亦即對作品的藝術感覺不足或認識不夠。[15]具有創作經驗者，自能以其藝術眼光來閱讀、品味、評價以往時代的作品，自然會有許多精到之處（此一情形，如同對日據時期臺灣日語作家的日語文學的掌握，應能直接閱讀日文作品，從日語方向思考，才能掌握其文學審美）。再者，臺灣目前文學研究仍普遍偏向國族論述、認同的、文化的權力爭奪戰裡，導致許多作品被排斥或被忽視了。應從形式去考察內容的意義、技

---

15 此一情形，如沈斯庵〈感憶〉詩：「苦趣不堪重記憶，臨晨獨眺遠山青」，陳昭瑛謂「末聯有一分尋求解脫的決心，痛苦往事不堪回憶，在映入眼簾的滿山翠綠中似有一分淨化心靈的力量。在這兒『山』的意象，其靜止沉穩龐大，以及色彩的柔和，具有安定心情的作用。」見《臺灣古典詩選注》（臺北：正中書局，1996年），頁16。個人以為此與陸放翁「中原青一髮，翹首涕空橫」之情感相類，不勝家亡國破之感，可謂如出一轍，令人可敬亦可痛。詩詞中獨眺、憑欄、依欄、登高大都因詩人滿懷愁鬱，欲登高遠眺以解愁情，弔詭的是其結果常是欲解而結的。又如對日據時期臺灣日語作家的日語文學的掌握，應能直接閱讀日文作品，從日語方向思考，才能掌握其文學審美。

巧的分析、深層意義的發掘，臺灣文學熱鬧、多元的本來面貌方得呈現，臺灣文學的研究也才有出路。

五、結語

相對於過去的禁忌與囿限，臺灣古典文學研究者幾乎是在披荆斬棘、草萊新闢，田園重整的工作上，努力搜覓資料、摸索方法。雖不免仍有瑕疵與不足，但短短十年內，能有如是成果，實應給予肯定和期待。今後如何向新的題材、新的方法求得一條新路，如何以新的觀點闡發文學遺產，使之恰如其分，小心謹慎而不保守，大刀闊斧而不失其正，以打開研究的新局面，正是當務之急。[16]

方法的借鑑、資料的融通、科際的整合、研究領域的開拓以及論述的深化，都不是侷限於文學研究能說清的。將臺灣文學研究現代化作爲臺灣學術轉型的一個側面來理解和把握。如此方能真正掌握到近十年來臺灣文學研究的發展脈絡。正視學術發展中的缺陷和不足，也正視研究者性格中的缺陷或意識型態的糾葛。非專揭其短，而是展現學術道路之曲折坎坷。理論

---

16 筆者認為張誦聖在她的一篇論文：〈從當前對日據時期文學的學術探討看「臺灣文學研究」體制化的幾個面向〉，最後舉出她理想中的臺灣文學研究立場，不失為真知灼見。其意大抵為：研究者通過對作品文本的深入研究，尋找出獨特的藝術力量，並且從中展現出研究者應有的知識分子對社會、歷史的批判立場。戰後五十年臺灣文學國際學術研討會論文，1999 年 11 月 12～14 日，國立臺灣大學主辦。

探索的後浪推前浪和不斷在否定中前進，實是學術研究水準提高的重要標誌，後出轉精，史料的甄別與累積必然後來居上，無須因此悲戚。許多學術見解正是在這許多瑣細資料中生成湧出。

附錄一：九〇年代以來臺灣古典文學研究文獻篇目表（1990～2000）

作者	篇　目	期刊雜誌或出版社	年代
張炎憲	開臺第一位進士──鄭用錫	國文天地 5：11	1990、4
簡錦松	五四與日據時期臺灣傳統詩壇（五四文學與文化變遷學術研討會論文）（收入：《五四文學與文化變遷》）	臺北：臺灣學生書局	1990、4
許俊雅	臺灣第一篇遊記──陳第東番記	中央日報第 17 版	1990、4、3
許俊雅	延斯文於一線──日據時期臺灣傳統詩歌	中央日報第 17 版	1990、5、28
吳　浩	國內有關臺灣文學研究的博碩士論文目錄	臺灣文學觀察雜誌第 1 期	1990、6
邱奕松	府城兩才女──王香禪、蔡碧吟	臺南文化第 29 期	1990、6
陳大道	改名換姓從軍去，遺事常存稗史中──談「臺灣外記」的作者問題	臺灣文獻 41：2	1990、6
張德南	學界山斗鄭用鑑	臺北文獻第 93 期	1990、9
李瑞騰	臺灣舊體詩的創作與活動	臺灣文學觀察雜誌第 2 期	1990、9
許俊雅	「臺灣寫實詩作之抗日精神研究」導論	臺灣文學觀察雜誌第 2 期	1990、9
施懿琳	「日據時期鹿港民族正氣詩研究」緒論	臺灣文學觀察雜誌第 2 期	1990、9
邱奕松	王香禪與詩	臺北文獻第 93 期	1990、9

作者	篇　　目	期刊雜誌或出版社	年代
林文龍	光復以前臺灣匾額輯錄校補	臺灣文獻 41：3、4	1990、12
林文龍	臺灣中部古碑續拾	臺灣風物 40：4	1990、12
胡巨川	臺碑雜記──石刻史料	臺灣文獻 42：2、3，43：1、2	1991、6～1992、6
施懿琳	從歷史人物再評價的觀點談丘逢甲在臺灣史上的功過	逢甲中文學報第 1 期	1991、11
黃哲永	日據時期嘉義名妓彩雲詩錄	嘉義文獻第 20 期	1991、12
翁聖峰	由清代臺灣雜事詩論雜事詩的性質與發展	淡江大學中研所問學集	1991、12
施懿琳	明鄭時期的臺灣詩	中國學術年刊第 13 期	1992、4
許俊雅	陳第與東番記	中國學術年刊第 13 期	1992、4
林文龍	臺灣中部古碑雜記	史聯雜誌第 20 期	1992、6
黃俊傑	黃金川的情感世界與現實關懷（高雄市文化發展史學術研討會）（收入：高雄歷史與文化論集第 1 輯，陳中和翁慈善基金會出版，1994、4）	高雄：陳中和翁慈善基金會主辦	1992、6
翁聖峰	論清代臺灣竹枝詞的性質	臺灣文學觀察雜誌第 5 期	1992、7
唐淑芬 黃平芸	故黃典權教授病榻詩稿記	臺灣文獻 43：3	1992、9
許俊雅	日據時期臺灣文學研究概況	臺灣文學觀察雜誌第 6 期	1992、9
廖一瑾	日據時期臺灣三大詩社（收入：《古典文學》第 12 集）	臺北：臺灣學生書局	1992、10
施懿琳	日據時期臺灣古典詩的抗議	臺北：臺灣學生書局	1992、10

作者	篇　目	期刊雜誌或出版社	年代
	精神與比興諷喻傳統（收入:《古典文學》第12集		
林文龍	臺灣兩會魁──黃驤雲與許南英	臺南文化第34期	1992、12
鄭喜夫	鄭芝龍文錄及待訪佚文	臺灣文獻43：4	1992、12
廖一瑾	臺灣第一位閨秀詩人黃金川和她的金川詩草	中國文化大學中文學報第1期	1993、2
施懿琳	從《應社詩薈》看日據中晚期彰化詩人的時代關懷	中國學術年刊第14期	1993、3
廖一瑾	清代與日據時期高雄古典詩壇的特色（第二屆高雄市文化發展史學術研討會）（收入：高雄歷史與文化論集第1輯，陳中和翁慈善基金會出版，1994、4）	高雄：陳中和翁慈善基金會主辦	1993、5
許俊雅	三臺才女黃金川及其詩（第二屆高雄市文化發展史學術研討會）（收入：高雄歷史與文化論集第1輯，陳中和翁慈善基金會出版，1994、4）	高雄：陳中和翁慈善基金會主辦	1993、5
翁聖峰	論日據時期臺灣新舊文學之研究不宜偏廢	臺灣文學觀察雜誌第8期	1993、9
謝秋萍	梁啓超與霧峰林家三傑的臺灣情誼	臺灣文學觀察雜誌第8期	1993、9
楊哲宏	滄海桑田事萬變，中間不變故人心──談丘逢甲與謝道隆的情誼	臺灣文學觀察雜誌第8期	1993、9
鄒桂苑	由「臺灣行」看黃遵憲的臺灣觀	臺灣文學觀察雜誌第8期	1993、9

作者	篇　　目	期刊雜誌或出版社	年代
翁聖峰	《清代臺灣竹枝詞的研究》緒論	臺灣文學觀察雜誌第8期	1993、9
陳昭瑛	日據時期臺灣文學的民族性	中外文學22：4	1993、9
周宗賢	大龍峒陳悅記小史	臺北文獻第105期	1993、9
林文龍	淡水廳林占梅被控傳說與新史料	臺北文獻第105期	1993、9
黃榮洛	淡水廳流寓詩人林維丞及其詩稿	臺北文獻第105期	1993、9
黃得時	臺灣當年的文人抗日	中外雜誌55：1	1994、1
薛順雄	賴和舊俗文學的時代意義（收入：《臺灣文學中的歷史經驗》研討會論文集）	臺北：文津出版社1997、6	1994、5
魏仲佑	丘逢甲及其乙未臺灣割讓的悲歌（收入：臺灣文學中的歷史經驗）研討會論文集）	臺北：文津出版社1997、6	1994、5
廖一瑾	溪山如畫一時多少豪傑──陳逢源先生與二十世紀臺灣古典詩壇	中國文化大學中文學報第2期	1994、6
簡錦松	一九九四年臺灣傳統詩社現況之調查	文訊月刊第66期	1994、6
林正子著，蘇子建、徐鴻基譯	連橫臺灣通史卷三三林占梅傳──道咸年間北臺灣的一豪紳（收入：林占梅資料彙編）	新竹市立文化中心	1994、6
施懿琳	從朱仕玠《小琉球漫誌》看清乾隆時期的南臺灣（第三屆高雄市文化發展史學術研討會）（收入：高雄歷史與文化論集第2輯，陳中和翁慈	高雄：陳中和翁慈善基金會、高雄市議會主辦	1994、8

作者	篇　目	期刊雜誌或出版社	年代
	善基金會出版，1995、10）		
高志彬	李望洋研究的課題與文獻	宜蘭文獻雜誌第 12 期	1994、11
林瑞明	賴和漢詩初探（賴和及其同時代的作家：日據時期臺灣文學國際學術會議論文）	新竹：清華大學中國語文學系主辦	1994、11
施懿琳	彰化「應社」研究（賴和及其同時代的作家：日據時期臺灣文學國際學術會議論文）	新竹：清華大學中國語文學系主辦	1994、11
王富敬	詩人眷屬──黃哲永、邱素綢古典詩賞析	嘉義文獻第 24 期	1994、12
陳昭瑛	論臺灣的本土化運動：一個文化史的考察	中外文學 23：9	1995、2
李嘉瑜	試論孫元衡的臺灣山水詩	中國文化月刊第 186 期	1995、4
廖一瑾	臺灣古典詩壇近貌（收入：《第一屆臺灣本土文化學術研討會論文集》）	臺北：臺灣師大人文教育研究中心、文學院主辦	1995、4
施懿琳	周定山《一吼劫前集》中的大陸經驗與憂時情懷（收入：《第一屆臺灣本土文化學術研討會論文集》）	臺北：臺灣師大人文教育研究中心、文學院主辦	1995、4
龔顯宗	乙未割臺與舊體詩變貌	中華詩學研究所廿七周年紀念會	1995、4
林明德	臺灣地區媽祖廟匾聯之探索	臺灣文獻 46：2	1995、6
廖振富	日據時代櫟社詩人二家──賴悔之、莊雲從詩析論	臺中商專學報第 27 期	1995、6
施懿琳	彰化縣文學發展史概述（收	彰化：賴和文教基金	1995、9

作者	篇　　目	期刊雜誌或出版社	年代
	入：種子落地——臺灣文學評論集，賴和文教基金會出版，1996）	會主辦	
陳萬益	賴和舊詩的時代精神（收入：種子落地——臺灣文學評論集，賴和文教基金會出版，1996）	彰化：賴和文教基金會主辦	1995、10
黃哲永	淺註黃傳心的千古絕唱	嘉義文獻第 25 期	1995、12
何素花	清初旅臺文人之臺灣社會觀察——以郁永河《裨海紀遊》爲例	聯合學報第 13 期	1995、12
陳昭瑛	櫟社的歷史轉折—從傳統遺民文學到近代民族運動（臺大中文系學術演講論文）	臺大中文系主辦	1995、12
廖振富	林幼春、賴和與臺灣文學	文學臺灣第 17 期	1996、1
林文龍	黃任《香草箋》對臺灣詩壇的影響	臺灣文獻 47：1	1996、3
楊廷理著、劉漢忠輯錄	楊廷理的「勞生節略」及《東遊草》	臺灣文獻 47：1	1996、3
黃得時著、葉石濤譯	臺灣文學史序說（收入：臺灣文學集 1——日文作品選集，高雄：春暉出版社，1996、8）	文學臺灣第 18 期	1996、4
施懿琳	咸同時期臺灣社會面向的顯影——以陳肇興《陶村詩稿》爲分析對象（收入：第二屆	臺北：臺灣師大人文教育研究中心、國文學系主辦	1996、4

作者	篇　　目	期刊雜誌或出版社	年代
	臺灣本土文化國際學術研討會論文集）		
洪銘水	日據初期臺灣社會詩人──洪棄生（收入：第二屆臺灣本土文化國際學術研討會論文集）	臺北：臺灣師大人文教育研究中心、國文學系主辦	1996、4
許俊雅施懿琳	臺灣古典詩歌系譜的想像──評陳昭瑛《臺灣詩選注》	中外文學 24：12	1996、5
廖振富	欲吐哀音只賦詩──戰後的林獻堂詩	臺中商專學報第 28 期	1996、6
王基倫	金劍已沉埋，壯氣蒿萊──讀陳昭瑛「臺灣詩選註」	臺北：文訊雜誌社總號 128	1996、6
洪銘水	日據時期的隱逸詩人──林癡仙	東海學報 37：1	1996、7
張堂錡	江日昇與《臺灣外記》	人文及社會學科教學通訊 7：2	1996、8
龔顯宗	鄭用錫田園擊壤	鄉城生活雜誌第 32 期	1996、9
翁聖峰	劉家謀的《觀海集》	臺灣文獻 47：4	1996、12
葉大沛	曹士桂《宦海日記》述略	臺灣文獻 47：4	1996、12
黃美娥	新竹地區傳統文學史料存佚現況（清朝──日據時代）	國家圖書館館刊第 1 期	1997
黃得時著、葉石濤譯	臺灣文學史（收入：臺灣文學集 2──日文作品選集，高雄：春暉出版社，1999、2）	文學臺灣第 21 期	1997、1
龔顯宗	駱香林貞不絕俗	鄉城生活雜誌第 36、37 期	1997、1-2
陳昭瑛	《臺灣古典詩歌》選本的意識型態：敬答許俊雅、施懿琳	中外文學 25：9	1997、2

作者	篇　　目	期刊雜誌或出版社	年代
	兩教授		
施懿琳	由反抗到傾斜——日治時期彰化文人吳德功身份認同之分析	中國學術年刊第 18 期	1997、3
龔顯宗	嶔奇胡南溟	鄉城生活雜誌第 39 期	1997、4
施懿琳	日治中晚期臺灣漢儒所面臨的危機及其因應之道——以彰化「崇文社」爲例（1917～1941）（第一屆臺灣儒學國際學術會議）	臺南：成功大學主辦	1997、4
薛順雄	試探臺灣明清時期漢語舊詩所反映本島原住民的風土及習俗（收入：傳統文學的現代詮釋學術研討會論文集，臺北：文史哲出版社出版，1998、4）	臺中：東海大學中國文學系主辦	1997、5
龔顯宗	正直菩薩盧若騰	鄉城生活雜誌第 40、41 期	1997、5～6
林文月	從《雅堂先生家書》觀連雅堂的晚年生活與心境（《中國近代文化的解構與重建——連橫》學術研討會論文	臺北：國立政治大學主辦	1997、5
沈清松	論連橫《臺灣通史》中所顯示的臺灣精神《中國近代文化的解構與重建——連橫》學術研討會論文	臺北：國立政治大學主辦	1997、5
陳昭瑛	《臺灣通史・吳鳳列傳》中的儒家思想（《中國近代文化的解構與重建——連橫》學術研	臺北：國立政治大學主辦	1997、5

作者	篇　目	期刊雜誌或出版社	年代
	討會論文		
王文顏	連雅堂先生的詩社活動（《中國近代文化的解構與重建——連橫》學術研討會論文）	臺北：國立政治大學主辦	1997、5
簡宗梧	雞鳴不已於風雨——在巨變中連雅堂所展現的書生本色（《中國近代文化的解構與重建——連橫》學術研討會論文）	臺北：國立政治大學主辦	1997、5
廖振富	林癡仙詩中的臺灣與中國	臺中商專學報第 29 期	1997、6
黃淵泉	對「重修臺灣省通志藝文著述篇」的若干問題的說明	臺灣文獻 48：2	1997、6
黃淵泉	對「重修臺灣省通志藝文著述篇」的若干問題的說明	中國書目季刊 31：1	1997、6
黃美娥	一種新史料的發現——談鄭用錫《北郭園詩文鈔》稿本的意義與價值	竹塹文獻第 4 期	1997、7
黃美娥	日治時代臺灣詩社林立的社會考察	臺灣風物 47：3	1997、9
黃美娥	名志書院的教育家——鄭用鑑	竹塹文獻第 5 期	1997、10
楊惠南	兩首有關臺灣僧人抗清的詩作	國文天地 13：6	1997、11
龔顯宗	不為功名亦讀書——論鄭用錫詩的題材多樣與風格統一（第五屆清代學術研討會論文）	高雄：國立中山大學主辦	1997、11
吳冠宏	洄瀾雙文的巡訪——談駱香林與王彥的詩（第一屆花蓮文學研討會）（收入：第一屆花	花蓮縣立文化中心主辦	1997、12

作者	篇　　目	期刊雜誌或出版社	年代
	蓮文學研討會論文集，1998年 6 月，花蓮縣立文化中心出版）		
黃秀政 曾鼎甲	近五十年來臺灣方志之纂修——以《臺灣省通志稿・人物志》爲例（收入：中華民國史專題討論會）	臺北：國史館	1997、12
吳錦順	論臺灣古典詩的寫作方向（八十七年臺灣文化節，鄉土漢學綜合研討論文專集）	省立彰化社會教育館	1998、3
林正三	淺論古典詩未來發展之方向（八十七年臺灣文化節，鄉土漢學綜合研討論文專集）	省立彰化社會教育館	1998、3
吳登神	臺灣詩壇之回顧與展望（八十七年臺灣文化節，鄉土漢學綜合研討論文專集）	省立彰化社會教育館	1998、3
黃宏介	今日臺灣民間詩社詩詞吟唱之研究（八十七年臺灣文化節，鄉土漢學綜合研討論文專集）	省立彰化社會教育館	1998、3
邱閱南	臺灣傳統詩會舉辦方式之研究（八十七年臺灣文化節，鄉土漢學綜合研討論文專集）	省立彰化社會教育館	1998、3
吳承燕	臺灣詩學與鄉土文化的研究（八十七年臺灣文化節，鄉土漢學綜合研討論文專集）	省立彰化社會教育館	1998、3
吳福助	臺灣漢語傳統文學作品簡目（中華文化與文學學術研討系列——第四次會議：臺灣古典文學與文獻學術研討會）	東海大學中國文學系主辦	1998、5

作者	篇　　目	期刊雜誌或出版社	年代
	（收入：臺灣古典文學與文獻學術研討會論文集，文津出版社，1999、1）		
高志彬	清修臺灣方志藝文篇述評（中華文化與文學學術研討系列——第四次會議：臺灣古典文學與文獻學術研討會）（收入：臺灣古典文學與文獻學術研討會論文集，文津出版社，1999、1）	東海大學中國文學系主辦	1998、5
林文龍	臺灣早期詩文作品編印述略（1684～1945）（中華文化與文學學術研討系列——第四次會議：臺灣古典文學與文獻學術研討會）（收入：臺灣古典文學與文獻學術研討會論文集，文津出版社，1999、1）	東海大學中國文學系主辦	1998、5
薛順雄	從清代臺灣漢語舊詩看本島漢人社會及習俗（中華文化與文學學術研討系列——第四次會議：臺灣古典文學與文獻學術研討會）（收入：臺灣古典文學與文獻學術研討會論文集，文津出版社，1999、1）	東海大學中國文學系主辦	1998、5
陳進傳	宜蘭漢人家族文學初探（中華文化與文學學術研討系列——第四次會議：臺灣古典文學與文獻學術研討會）	東海大學中國文學系主辦	1998、5

作者	篇　　目	期刊雜誌 或出版社	年代
	（收入：臺灣古典文學與文獻學術研討會論文集，文津出版社，1999、1）		
阮桃園	文人探險家的視野——試評析郁永河《裨海紀遊》（中華文化與文學學術研討系列——第四次會議：臺灣古典文學與文獻學術研討會） （收入：臺灣古典文學與文獻學術研討會論文集，文津出版社，1999、1）	東海大學中國文學系主辦	1998、5
施懿琳	日據時期新舊文學論戰的再觀察——兼論其對臺灣傳統詩壇的影響（中華文化與文學學術研討系列——第四次會議：臺灣古典文學與文獻學術研討會） （收入：臺灣古典文學與文獻學術研討會論文集，文津出版社，1999、1）	東海大學中國文學系主辦	1998、5
洪銘水	葉榮鐘的《吟草》——跨越語言一代文化人的見證（中華文化與文學學術研討系列——第四次會議：臺灣古典文學與文獻學術研討會） （收入：臺灣古典文學與文獻學術研討會論文集，文津出版社，1999、1）	東海大學中國文學系主辦	1998、5
何培夫	臺灣碑碣文獻與文學資料初	東海大學中國文學系	1998、5

作者	篇　目	期刊雜誌 或出版社	年代
	探（中華文化與文學學術研討系列——第四次會議：臺灣古典文學與文獻學術研討會）（收入：臺灣古典文學與文獻學術研討會論文集，文津出版社，1999、1）	主辦	
羅景川	臺灣鄉土文學先進鄭坤五先生及其代表作《鯤島逸史》（中華文化與文學學術研討系列——第四次會議：臺灣古典文學與文獻學術研討會）（收入：臺灣古典文學與文獻學術研討會論文集，文津出版社，1999、1）	東海大學中國文學系主辦	1998、5
程玉凰	重建臺灣文學史之人物研究——以古典文學家洪棄生爲例（中華文化與文學學術研討系列——第四次會議：臺灣古典文學與文獻學術研討會）（收入：臺灣古典文學與文獻學術研討會論文集，文津出版社，1999、1）	東海大學中國文學系主辦	1998、5
黃秀政 曾鼎甲	論近五十年來臺灣方志之纂修——以《臺灣省通志稿人物志》爲例（收入：中華民國史專題論文集）	臺北：國史館	1998
黃秀政	論近五十年來臺灣方志之纂	臺灣文獻 49：2	1998、6

作者	篇　　目	期刊雜誌或出版社	年代
曾鼎甲	修——以《臺灣省通志稿學藝志》爲例		
方美芬	臺灣文學研究博碩士論文分類提要（1998 臺灣文學年鑑）	文訊雜誌社	1999
施懿琳	論日治時期楊守愚的新舊體詩（第一屆臺杏臺灣文學學術研討會——殖民地經驗與臺灣文學）（收入：第一屆臺杏臺灣文學學術研討會論文集殖民地經驗與臺灣文學，遠流出版社，2000、2）	臺杏文教基金會、靜宜大學中文系、臺灣日報主辦	1998、12
方美芬	博碩士論文中臺灣文學研究取向探討	國家圖書館館刊第 2 期	1998、12
曾品滄	戰後臺灣方志人物篇的評估——以臺北縣地區爲例（五十年來臺灣方志成果評估與未來發展學術研討會論文集）	臺灣省政府文化處主辦	19999、5
李貞德	婦女、性別與五十年來的臺灣方志（五十年來臺灣方志成果評估與未來發展學術研討會論文集）	臺灣省政府文化處主辦	1999、5
廖振富	徬徨、振作與沉淪——林癡仙詩中的時代刻痕（第五屆近代中國學術研討會）	中壢：中央大學中國文學系主辦	1999、6
陳萬益	現階段區域文學史撰寫的意義和問題（戰後五十年臺灣文學國際學術研討會）	國立臺灣大學主辦	1999、11
陳萬益	《臺中縣文學發展史》斷想	臺中縣政府主辦	2000、3

作者	篇　目	期刊雜誌或出版社	年代
	（臺灣文學研討會——臺中縣作家與作品）		
廖振富	可憐家國付浮沉——論櫟社詩人中的祖國情結及其演變（第六屆近代中國學術論文研討會）	中壢：中央大學中國文學系主辦	2000、3
黃美娥	北臺第一大詩社——日治時期的瀛社及其活動（第六屆近代中國學術論文研討會）	中壢：中央大學中國文學系主辦	2000、3
吳冠宏	重見江山麗，再使風俗淳——駱香林《題詠花蓮風物》初探（第二屆花蓮文學研討會——地誌書寫與城鄉想像）	花蓮縣文化局主辦	2000、5

參考文獻

方美芬：〈博碩士論文中臺灣文學研究取向探討〉，《國家圖書館館刊》第2期，1998年12月，頁295～308。

汪毅夫：《臺灣近代詩人在福建》，臺北：中華發展基金管理委員會、幼獅文化事業公司聯合出版，1998年。

吳福助主編：《臺灣漢語傳統文學書目》，臺北：文津出版社，1999年。

東海大學中國文學系編：《臺灣古典文學與文獻》，臺北：文津出版社，1999年。

———，《臺灣文學中的歷史經驗》，臺北：文津出版社，1997年。

施懿琳：〈臺灣古典文學研究現況——以出版專著爲主〉（未刊稿）。

陳萬益：〈賴和漢詩的時代精神〉，收入康原編《種子落地——臺灣文學評論集》，彰化：賴和文教基金會出版，1996年，頁85～137。

———：〈現階段區域文學史撰寫的意義和問題〉，戰後五十年臺灣文學國際學術研討會論文，臺北：國立臺灣大學主辦，1999年11月12～14日。

黃恆秋：《臺灣客家文學史概論》，臺北：愛華出版社，1998年。

黃得時著、葉石濤譯：〈臺灣文學史序說〉，收入葉石濤編譯《臺灣文學集 1》，高雄：春暉出版社，1996年，頁3～

19。

———:〈臺灣文學史——第一章明鄭時代〉，收入葉石濤編譯，《臺灣文學集 2》，高雄：春暉出版社，1996 年，頁 19～40。

———:〈臺灣文學史——第二章康熙雍正時代時代〉，收入葉石濤編譯，《臺灣文學集 2》，高雄：春暉出版社，1996 年，頁 41～92。

黃琪椿:〈區域特性與土地認同——龔鵬程先生〈區域特性與文學傳統〉商榷〉，《文學臺灣》第 9 期，1994 年 1 月，頁 118～131。

黃富三、古偉瀛等編:《臺灣史研究一百年：回顧與研究》，臺北：中研院臺灣史研究所籌備處，1997 年 12 月。

張炎憲、李筱峰、戴寶村主編:《臺灣史論文精選》，臺北：玉山出版社，1996 年。

黎活仁、黃耀餡主編:《方法論於中國古典和現代文學的應用》，香港：香港大學亞洲研究中心出版，1999 年。

蕭瓊瑞:《島民・風俗・畫——十八世紀原住民生活圖像》，臺北：東大圖書公司，1999 年。

龔顯宗:《臺灣文學研究》，臺北：五南圖書出版公司，1998 年。

龔鵬程:〈區域特性與文學傳統〉，《聯合文學》8 卷 12 期，1992 年 10 月，頁 158。

附 錄

相關臺灣古典文學研究的學位論文編目

許俊雅 編

編號	研究生	論文名稱	校院系所名稱	學位類別	指導教授	學年度	頁數
1	王文顏	臺灣詩社之研究	國立政治大學中國文學研究所	碩士	劉述先	68	208
2	周滿枝	清代臺灣流寓詩人及其詩之研究	國立政治大學中國文學研究所	碩士	黃志民	69	225
3	陳美妃	日據時期臺灣漢語文學析論	私立輔仁大學中國文學研究所	碩士	王靜芝	70	79
4	廖雪蘭	臺灣詩史	私立中國文化大學中國文學研究所	博士	林 尹 成惕軒	72	332
5	鍾美芳	日據時代櫟社之研究	私立東海大學歷史研究所	碩士	尹章義 張勝彥	74	248
6	施懿琳	日據時期鹿港民族正氣詩研究	國立臺灣師範大學國文研究所	碩士	施人豪	75	331
7	許俊雅	臺灣寫實詩作之抗日精神研究：光緒二十一年～民國三十四年之古典詩歌	國立臺灣師範大學國文研究所	碩士	李 鍌	76	286
8	徐慧鈺	林占梅先生年譜	國立政治大學中國文學研究所	碩士	黃志民	79	237
9	陳丹馨	臺灣光復前重要詩社作家作品研究	私立東吳大學中國文學研究所	碩士	張夢機	80	345
10	施懿琳	清代臺灣詩所反映的漢人社會	國立臺灣師範大學國文研究所	博士	王熙元 黃得時	80	643
11	翁聖峰	清代臺灣竹枝詞之研究	私立淡江大學中國文學研究所	碩士	李瑞騰	80	328

編號	研究生	論文名稱	校院系所名稱	學位類別	指導教授	學年度	頁數
12	張翠蘭	連雅堂學述	國立政治大學中國文學研究所	碩士	簡宗梧	80	240
13	徐肇誠	丘逢甲嶺雲海日樓詩鈔研究	國立成功大學歷史語言研究所	碩士	呂興昌	81	157
14	黃朝進	清代竹塹地區的家族與地域社會——以林鄭二家爲中心	國立臺灣大學歷史研究所	碩士	黃富三	82	141
15	程玉凰	洪棄生及其作品考述	國立中正大學中國文學研究所	碩士	謝海平	83	247
16	廖振富	櫟社三家詩研究——林癡仙、林幼春、林獻堂	國立臺灣師範大學國文研究所	博士	莊萬壽	84	414
17	謝志賜	道咸同時期淡水廳文人及其詩文研究：以鄭用錫、陳維英、林占梅爲對象	國立臺灣師範大學國文研究所	碩士	李　鍌	84	244
18	楊護源	丘逢甲：清末臺粵士紳的個案研究	國立中興大學歷史學系	碩士	黃秀政	84	230
19	李毓嵐	徐宗幹在臺施政之研究（1848～1854）	國立中央大學歷史學系	碩士	張勝彥	85	270
20	曾國棟	清代臺灣示禁碑之研究	國立成功大學歷史語言研究所	碩士	何培夫	85	160
21	吳毓琪	臺灣南社研究	國立成功大學中國文學研究所	碩士	陳昌明 施懿琳	86	241
22	林玉茹	清代竹塹地區在地商人及其活動網路	國立臺灣大學歷史研究所	博士	黃富三	86	328
23	鄭淑文	寄鶴齋古文研究——以史評爲範疇	私立逢甲大學中國文學研究所	碩士	崔成宗	86	200

編號	研究生	論文名稱	校院系所名稱	學位類別	指導教授	學年度	頁數
24	黃美玲	連雅堂文學研究	國立中山大學中國文學研究所	博士	龔顯宗	87	270
25	李世偉	日據時代臺灣儒教結社與活動	私立中國文化大學歷史研究所	博士	王吉林 宋光宇	87	241
26	賀幼玲	《臺灣外記》之人物與思想研究	國立中山大學中國文學研究所	碩士	龔顯宗	87	123
27	黃美娥	清代臺灣竹塹地區傳統文學研究	私立輔仁大學中國文學研究所	博士	曹永和 沈　謙	87	563
28	曾鼎甲	論《臺灣省通志稿》之纂修——以革命、學藝、人物三志爲例	國立中興大學歷史學系	碩士	黃秀政	87	228
29	潘進福	吳濁流的詩論與詩歌	國立政治大學中國文學研究所	碩士	王文顏	87	172
30	楊明珠	許南英及其詩詞研究	私立中國文化大學中國文學研究所	碩士	金榮華	87	364
31	李泰德	文化變遷下的臺灣傳統文人——黃得時評傳	國立臺灣師範大學國文研究所	碩士	莊萬壽	87	275
32	郭怡君	《風月報》與《南方》通俗性之研究	私立靜宜大學中國文學研究所	碩士	陳芳明	88	224
33	黃淑華	劉家謀宦臺詩歌研究	私立東吳大學中國文學研究所	碩士	歐陽炯	88	124
34	陳虹如	郁永河《裨海紀遊》研究	國立臺灣師範大學國文研究所	碩士	莊萬壽	88	186
35	郭承權	呂世宜書法研究——兼論與臺灣書壇發展之關係	國立臺灣師範大學美術研究所	碩士	王北岳	88	262
36	葉連鵬	澎湖文學發展之研究	國立中央大學中國文學研究所	碩士	李瑞騰	88	289
37	宋南萱	臺灣八景從清代到日據時期的轉變	國立中央大學藝術研究所	碩士	周芳美	88	87，附錄23頁

編號	研究生	論文名稱	校院系所名稱	學位類別	指導教授	學年度	頁數
38	劉麗卿	清代臺灣八景與八景詩	國立中興大學中國文學研究所	碩士	吳福助	88	303
39	洪博文	日治時期文學作品所反映的臺灣民主國形象	國立臺南師院鄉土文化研究所	碩士	呂興昌	88	83
40	陳淑娟	賴和漢詩的主題思想研究	私立靜宜大學中國文學研究所	碩士	施懿琳	88	284
41	邱靖桑	洪棄生社會詩研究	私立靜宜大學中國文學研究所	碩士	龔顯宗	88	292
42	劉麗珠	臺灣詩史──洪棄生詩與史研究	私立東海大學中國文學研究所	碩士	施懿琳	88	255
43	王惠鈴	賴惠川《悶紅墨屑》研究	國立中興大學中國文學研究所	碩士	吳福助	88	244
44	林淑慧	黃叔璥及其《臺海使槎錄》研究	國立臺灣師範大學國文研究所	碩士	莊萬壽	88	208
45	洪博文	日治時期文學作品所反映的臺灣民主國形象	國立臺南師範學院鄉土文化研究所	碩士	呂興昌	88	84
46	王文亮	臺灣地區舊廟籤詩文化之研究──以南部地區百年寺廟爲主	國立臺南師範學院鄉土文化研究所	碩士	丁　煌	88	236
47	蔡寶琴	海音詩俗語典故之分析	國立政治大學中國文學研究所	碩士	黃志民	89	156
48	曾絢煜	栗社研究	私立南華大學文學研究所	碩士	李正治	89	330
49	王幼華	日治時期苗栗縣傳統詩社研究──以栗社爲中心	國立中興大學中國文學系碩士在職專班	碩士	賴芳伶	89	153
50	蘇秀鈴	日治時期崇文社研究	國立彰化師範大學國文研究所	碩士	施懿琳	89	331
51	吳品賢	日治時期臺灣女性古典詩作研究	國立臺灣師範大學國文研究所	碩士	許俊雅	89	207，圖40

編號	研究生	論文名稱	校院系所名稱	學位類別	指導教授	學年度	頁數
52	郭侑欣	憂鬱的亞熱帶：郁永河《裨海紀遊》中的臺灣圖像及其衍異	私立靜宜大學中國文學研究所	碩士	陳萬益	89	261
53	陳佳妏	清代臺灣記遊文學中的海洋	國立政治大學中國文學研究所	碩士	黃志民 呂興昌	89	161
54	黃文車	黃石輝研究	國立中正大學中國文學研究所	碩士	陳益源	89	275
55	張作珍	北港地區傳統詩社研究	私立南華大學文學研究所	碩士	李正治	89	199
56	楊湘玲	清季臺灣竹塹地方士紳的音樂活動——以林、鄭兩大家族爲中心	國立臺灣大學音樂學研究所	碩士	王櫻芬	89	143
57	張清萱	連橫《臺灣通史・列傳》研究	國立中興大學中國文學研究所	碩士	吳福助	89	128
58	陳芳萍	彰化應社及其詩作研究	國立清華大學中國文學研究所	碩士	呂興昌	90	217
59	翁聖峰	日據時期臺灣新舊文學論爭新探	私立輔仁大學中國文學研究所	博士	陳萬益	90	412
60	戴雅芬	臺灣天然災害類古典詩歌研究——清代至日據時代	國立政治大學中等學校教師在職進修國文教學碩士學位班	碩士	王文顏	90	191
61	賴曉萍	丘逢甲潮州詩研究	私立逢甲大學中國文學研究所	碩士	余美玲	90	152
62	李陸梅	鄭坤五《鯤島逸史》研究	私立東海大學中國文學研究所	碩士	吳福助	90	124
63	陳明仁	東臺灣歷史再現中的族群與異己——以胡傳之《臺東州采訪冊》的原住民書寫爲例	國立花蓮師範學院鄉土文化研究所	碩士	康培德	90	126

編號	研究生	論文名稱	校院系所名稱	學位類別	指導教授	學年度	頁數
64	賴筱萍	許南英及其窺園留草研究	私立逢甲大學中國文學研究所	碩士	余美玲	90	212
65	李貞瑤	陳逢源之漢詩研究	國立成功大學中國文學研究所	碩士	施懿琳	90	257
66	徐千惠	日治時期臺人旅外遊記析論——以李春生、連橫、林獻堂、吳濁流遊記爲分析場域	國立臺灣師範大學國文研究所	碩士	莊萬壽	90	193
67	楊永智	明清臺南刻書研究	私立東海大學中國文學研究所	碩士	吳福助	90	237
68	趙俊祥	臺灣古蹟的歷史形成過程——以清代志書「古蹟」爲探討	國立中央大學歷史研究所	碩士	張炎憲	91	328
69	柯喬文	《三六九小報》古典小說研究	私立南華大學文學研究所	碩士	江寶釵	91	267
70	張靜茹	以林癡仙、連雅堂、洪棄生、周定山的上海經驗論其身分認同的追尋	國立臺灣師範大學國文研究所	博士	許俊雅	91	354
71	楊若萍	臺灣與大陸文學關係之歷史研究(1652 年～1949年)	私立中國文化大學中國文學研究所	博士	皮述民	91	320
72	吳玲瑛	孫元衡及其《赤嵌集》研究	國立政治大學中等學校教師在職進修國文教學碩士學位班	碩士	王文顏	91	183
73	李知灝	吳德功《瑞桃齋詩話》研究	國立中正大學中國文學研究所	碩士	江寶釵	91	470

編號	研究生	論文名稱	校院系所名稱	學位類別	指導教授	學年度	頁數
74	張淑玲	臺灣南投地區傳統詩研究	私立中國文化大學中國文學研究所碩士在職專班	碩士	廖一瑾	91	347
75	高麗敏	桃園縣文學史料之分析與研究	私立東吳大學中國文學研究所	碩士	陳明台	91	276
76	洪惠燕	鹿港文化人施文炳先生研究	國立中興大學中國文學系碩士在職專班	碩士	賴芳伶	91	338
77	閔秋英	石中英及其《芸香閣儷玉吟草》研究	國立彰化師範大學國文學系在職進修專班	碩士	吳彩娥	91	292
78	蘇娟巧	賴和漢詩意象研究	國立彰化師範大學國文學系在職進修專班	碩士	周益忠	91	
79	蔡玉滿	林占梅詩形賞析	國立新竹師範學院臺灣語言與語文教育研究所	碩士	范文芳	91	85
80	許育嘉	賴和漢詩修辭美學研究	私立南華大學文學研究所	碩士	沈　謙	91	194
81	許雯琪	洪棄生《寄鶴齋詩話》研究	私立逢甲大學中國文學研究所	碩士	余美玲	91	186
82	陳嘉英	尋找空間的女聲——以臺灣女詩人張李德和、石中英、黃金川爲探究對象	國立政治大學國文教學碩士學位班	碩士	黃美娥	91	387
83	賴金英	葉榮鐘及其文學研究	國立中興大學中國文學系碩士在職專班	碩士	徐照華	91	213
84	趙俊祥	臺灣古蹟的歷史形成過程——以清代志書「古蹟」爲探討	國立中央大學歷史研究所	碩士	張炎憲	91	328
85	陳光瑩	洪棄生詩歌研究	國立高雄師範大學國文學系	博士	龔顯宗	91	

編號	研究生	論文名稱	校院系所名稱	學位類別	指導教授	學年度	頁數
86	康書頻	王松詩中的祖國意識研究	國立中山大學中國語文學系研究所	碩士	龔顯宗	91	245
87	簡志龍	賴和漢詩中的社會現象分析與研究	屏東師範學院國民教育研究所	碩士	余崇生	91	163
88	徐慧鈺	林占梅園林生活之研究	國立政治大學中國文學研究所	博士	黃志民	91	340
89	塗怡萱	清代邊疆輿地賦研究	國立暨南國際大學中國語文學系	碩士	鄭毓瑜	91	175
90	陳速換	久保天隨及其澎湖遊草研究	國立高雄師範大學國文教學碩士班	碩士	周虎林	91	253
91	林惠源	嘉義藝文發展的歷史觀察	國立成功大學歷史學系	碩士	蕭瓊瑞	91	107
92	蔡翔任	張純甫「是左」、「非墨」思想研究——以古史辨運動爲背景	國立中正大學中國文學研究所	碩士	謝大寧	91	131
93	陳珮羚	清代臺灣中部「筱雲山莊」呂家的發展	私立東海大學歷史學系	碩士	張炎憲	91	154
94	張端然	日治時期瀛社之研究	私立中國文化大學中國文學研究所	碩士	廖一瑾	92	346
95	武麗芳	日據時期竹塹地區詩社研究	私立玄奘人文社會學院中國語文研究所	碩士	沈　謙 蘇子建	92	197
96	吳麗珠	《四庫全書》收錄臺灣文史資料之研究	私立東吳大學中國文學研究所	碩士	吳哲夫	92	247
97	江昆峰	《三六九小報》之研究	私立銘傳大學應用中國文學研究所	碩士	徐麗霞	92	657
98	郭麗琴	西螺地區文學發展研究	國立中正大學中國文學研究所	碩士	陳益源	92	205

編號	研究生	論文名稱	校院系所名稱	學位類別	指導教授	學年度	頁數
99	賴郁文	吳景箕及其詩研究	雲林科技大學漢學資料整理研究所	碩士	鄭定國	92	224
100	吳淑娟	臺灣基隆地區古典詩歌研究	私立中國文化大學中國文學研究所	碩士	廖一謹	92	397
101	陳琬琪	張純甫儒學思想研究	國立政治大學中國文學研究所	碩士	陳逢源	92	248
102	蔡幸君	桃竹地區傳統藝文研究——1920~1945 年間活動的考察	私立中國文化大學史學研究所	碩士	陳清香	92	186
103	吳梨華	從文獻資料解讀清代臺灣平埔族的社會文化	國立臺南師範學院臺灣文化研究所	碩士	蔡志展	92	250
104	顧敏耀	陳肇興及其《陶村詩稿》研究	國立中央大學中國文學研究所	碩士	李瑞騰	92	239
105	張滿花	張達修及其詩研究	國立彰化師大國研所國語文教學碩士班	碩士	游志誠	92	232

國家圖書館出版品預行編目資料

講座 FORMOSA：台灣古典文學評論合集 ／許俊雅主編. -- 初版 -- 臺北市：萬卷樓, 2004[民 93]

面；　　公分

ISBN 957－739－503－1 (平裝)

1. 台灣文學－評論

802.7　　93018601

講座 FORMOSA：台灣古典文學評論合集

主　　編：許俊雅

合　　撰：何培夫、余美玲、吳福助、林文龍、林美秀、施懿琳、高志彬、許俊雅、黃美娥、游適宏、廖振富

發 行 人：許素眞

出 版 者：萬卷樓圖書股份有限公司
臺北市羅斯福路二段 41 號 6 樓之 3
電話(02)23216565 · 23952992
傳眞(02)23944113
劃撥帳號 15624015

出版登記證：新聞局局版臺業字第 5655 號

網　　址：http://www.wanjuan.com.tw

E - mail：wanjuan@tpts5.seed.net.tw

承印廠商：晟齊實業有限公司

定　　價：600 元

出版日期：2004 年 11 月初版

ISBN 957—739—503—1